Le couvent des ombres

DÉJÀ PARUS DU MÊME AUTEUR

DANS LA MÊME SÉRIE
(RICK BENTZ & RUBEN MONTOYA)

Un danger dans la nuit
Visions
Noire était la nuit
Dans l'ombre du bayou
Les disparues de la nuit
Mortel parfum

DANS LA SÉRIE
SELENA ALVAREZ & REGAN PESCOLI

L'hiver assassin
Piège de neige

LISA JACKSON

Le couvent des ombres

Roman

MOSAÏC

Collection :
MOSAÏC

Titre original :
DEVIOUS
Publié par KENSINGTON PUBLISHING CORP.

Traduction de l'américain par BARBARA VERSINI

Photo de couverture
Personnage : © ROBERTO PASTROVICCHIO/ARCANGEL IMAGE
Réalisation graphique couverture : Dpcom.fr

83-85 boulevard Vincent-Auriol, 75646 PARIS CEDEX 13.
Service Lectrices — Tél. : 01 45 82 47 47
www.harlequin.fr

ISBN 978-2-2802-6366-5

1

— Le moment est venu, Camille.

La voix était claire, parfaitement audible.

Camille sourit intérieurement, tout en achevant de boutonner sa robe avec un indicible soulagement. Elle contempla son reflet dans le petit miroir et ajusta son voile.

— Tu es une apparition immaculée, murmura son père.

Mais il n'était pas vraiment là, n'est-ce pas ? Elle ne remonterait pas l'allée centrale à son bras. Non, bien sûr que non. Il était mort des années plus tôt. Du moins, c'était ce qu'elle avait cru. Mais son père n'était pas vraiment son père. Juste son père devant la loi. Elle battit des paupières. Elle se sentait un peu étourdie et tenta d'éclaircir ses idées, de lutter contre cette impression d'immatérialité qui l'assaillait.

C'est parce que c'est le jour de tes noces. Tu as les nerfs qui lâchent.

— Le fiancé attend.

Encore cette voix qui la pressait. Délirait-elle, ou quelqu'un s'adressait-il vraiment à elle ?

Idiote ! Bien sûr que quelqu'un s'adresse à toi !

Elle quitta la petite pièce où elle s'était habillée et parcourut d'un pas incertain le couloir sombre, à peine éclairé par quelques appliques tremblotantes, et pourtant illuminé d'une étrange phosphorescence.

Elle descendit les marches du large escalier de bois, polies par les milliers de pieds qui l'usaient depuis si longtemps, et prit la direction de la petite chapelle où elle savait qu'il l'attendait.

L'émoi faisait battre son cœur.

Son sang chantait dans ses veines.

O glorieuse nuit !

L'une de ses mains glissait sur la rambarde lisse et brillante que ses doigts effleuraient à peine.

— Dépêche-toi, ordonna de nouveau la voix à son oreille.

Elle se prit les pieds dans l'ourlet de sa robe et trébucha.

— Tu ne dois pas le faire attendre !

— Je ne le ferai pas attendre, promit-elle.

Le son de sa propre voix lui parut lointain, comme s'il résonnait à travers un long tunnel — ou peut-être simplement dans son crâne. Elle releva le jupon de sa robe pour accélérer le pas. Ses pieds frôlaient le sol. Elle se sentait légère, elle avait l'impression de flotter, l'impatience lui donnait des ailes…

La lune filtrait à travers les petites fenêtres à remplages, projetant des ombres et des motifs colorés sur le sol. En arrivant devant la chapelle, elle vacilla un peu, comme si elle avait porté de trop hauts talons.

Mais elle était pieds nus. Le froid glacial du sol de pierre la pénétrait.

Pauvreté, chasteté, obéissance.

Ces trois mots tourbillonnaient dans son crâne quand la porte de la chapelle s'ouvrit. Elle entra lentement. Un chœur d'anges s'éleva et monta vers les flèches de la cathédrale Sainte-Marguerite, en l'honneur de ce jour béni, celui de ses épousailles.

Nuit, plutôt… La nuit de mes épousailles.

Des cierges brûlaient sur l'autel au-dessous du grand crucifix qui rappelait aux fidèles les souffrances du Christ. Elle fléchit les genoux pour se signer, puis avança lentement.

Pauvreté, chasteté, obéissance.

Ses doigts se refermèrent sur les perles de son rosaire, le chœur des anges s'amplifia.

Comme elle atteignait l'autel, les cloches se mirent à sonner et elle s'agenouilla devant son Seigneur. Elle était sur le point de prononcer ses vœux, d'offrir son existence à l'objet de son adoration.

— Dieu… Seigneur… Si bon…

Elle courba la tête pour prier, puis la releva vers le crucifix, vers les blessures du corps émacié de son Seigneur, songeant à l'étendue du sacrifice auquel il avait consenti pour le rachat de leurs péchés. De *ses* péchés.

Car elle avait péché.

Encore et encore.

Mais, bientôt, son âme serait purifiée.

Par Son amour.

Et pour l'éternité.

Elle ferma les yeux et voulut de nouveau s'incliner en signe de soumission, mais, cette fois, sa tête lui parut lourde. Tandis que ses mains, qui tenaient le rosaire, maniaient maladroitement les perles, la chapelle vacilla et s'assombrit. Les statues de la Madone et des anges, près des fonts baptismaux, semblèrent soudain la fixer avec des yeux accusateurs.

Elle entendit le craquement d'une semelle sur le sol de pierre et la joie qui gonflait son cœur se dissipa, remplacée par une angoisse sourde.

N'aie pas peur…

Sa robe de mariée ne lui paraissait plus si soyeuse et légère. Le tissu en était soudain rêche et épais, il sentait le moisi.

Sous son voile, le duvet de sa nuque se hérissa.

Non, non… N'aie pas peur…

— A présent, tu sais, annonça la voix, si près de son oreille que le souffle la fit reculer. Tu sais que le salaire du péché est…

— La mort, murmura-t-elle.

Une terreur sans nom lui glaça le sang. Prise de panique, elle voulut se relever.

Et ce fut à cet instant que le destin frappa.

On lui arracha le rosaire des mains, les perles glissèrent de ses doigts.

Elle tenta de se redresser, mais elle avait les genoux en coton, les jambes molles comme du caoutchouc.

On lui passa quelque chose autour du cou. Puis on serra.

Non ! Pourquoi ?

Des tessons aussi pointus que des aiguilles s'enfoncèrent dans sa chair.

La panique explosa en elle.

Non ! A l'aide !

Avec la sensation qu'on la brûlait au fer blanc, elle se jeta en avant pour échapper à son agresseur, ce qui ne fit que serrer davantage le garrot autour de son cou et lui couper le souffle. Elle ouvrit la bouche pour respirer, mais en vain. Ses poumons — doux Jésus… — ses poumons allaient éclater sous la pression.

Seigneur, mais que lui arrivait-il ?

Pourquoi ?

La nef se mit à tanguer, les hauts plafonds en forme de dôme commencèrent à tourner sur eux-mêmes. Derrière elle, la créature maléfique tira un peu plus.

Elle tenta une nouvelle fois de se libérer, avec l'énergie du désespoir, donnant des coups de pied, mais son corps ne réagissait pas comme il aurait dû. La créature l'écrasait de son poids, le garrot entaillait sa gorge.

Son sang pulsait au niveau de ses globes oculaires et résonnait affreusement dans ses oreilles.

Ses doigts s'agrippèrent au garrot, si fort qu'elle se cassa un ongle.

Sa tête partit en arrière, retenue par le cordon, tandis qu'elle tentait de s'échapper.

Elle lutta sauvagement, mais en pure perte.

Ayez pitié, ayez pitié, ayez pitié, mon Père, épargnez-moi ! J'ai péché, mais j'implore Votre pitié…

Elle continuait à se débattre, mais plus faiblement, à présent. Ses forces l'abandonnaient.

Non, Camille, bats-toi ! N'abandonne pas ! Résiste ! Résiste tant qu'il te reste un souffle de vie !

Ses yeux levés vers le crucifix imploraient à présent le visage exténué du Christ qui se brouillait lentement. *Pardon…*

Elle se sentait si faible ! Lutter ne servait plus à rien.

— Je… vous en… supplie, essaya-t-elle d'articuler.

Mais il ne sortit de sa bouche qu'un son faible et confus, à peine distinct.

Le démon qui avait osé fouler le sol de cette chapelle, souiller de sa présence ce lieu sanctifié, tirait toujours sur la corde. Sans discontinuer. Avec une détermination cruelle et sans faille.

Les poumons de Camille étaient en feu, son cœur battait si fort qu'elle avait l'impression qu'il allait exploser. Ses yeux agrandis de terreur ne voyaient plus qu'un brouillard rouge.

Oh ! Seigneur, que de souffrance !

Elle tenta de nouveau d'inhaler un peu d'air, sans résultat.

Un sifflement perçant s'échappa de ses poumons.

Et le démon serra un peu plus, avec une rage froide et sans pitié.

Une douleur atroce la transperça.

— Catin ! cracha la voix. Fille de Satan !

Non !

Son regard chercha de nouveau le Christ en croix dont le visage était maintenant recouvert d'une mince pellicule écarlate, avec des larmes de sang qui suintaient de ses yeux.

Je Vous aime.

Le déluge de péchés qu'avait été sa vie déferla sur elle, et elle vit défiler tous ceux qu'elle avait floués. Sa mère et son père, sa sœur, sa meilleure amie… Tant d'êtres, dont certains l'avaient aimée. Tant d'innocents.

Elle comprit brusquement qu'elle payait aujourd'hui le prix de sa perversité. Ses mains lâchèrent le cordon pour aller griffer son abdomen et s'attardèrent quelques secondes au niveau de son ventre.

Une vive lumière éclata devant ses yeux. Puis tout devint noir.

Au nom du Père, du Fils et du Saint-Esprit… Ayez pitié de mon âme… Pardonnez-moi, car j'ai péché…

2

— Pour l'amour du ciel !

Installée dans la chambre du petit cottage attenant à l'hôtel — il s'agissait en fait d'une ancienne remise à carrioles qu'elle avait fait aménager pour y installer son appartement —, Valerie ne cessait d'appuyer sur la touche « Esc » de son ordinateur. Mais ce vieux machin restait obstinément bloqué. Elle l'avait acheté d'occasion, et il était d'humeur capricieuse.

— Allez, allez…, maugréa-t-elle entre ses dents.

Puis elle abandonna la partie et ôta la batterie, seul moyen d'éteindre l'engin.

Ça suffisait comme ça. Demain, elle irait s'acheter un ordinateur digne de ce nom. Il lui restait encore un peu d'argent sur sa carte de crédit. L'acquisition d'un ordinateur allait la lessiver financièrement, mais tant pis.

« Quand on divorce, on s'appauvrit », songea-t-elle avec ironie, tout en déposant l'ordinateur sur le couvre-lit froissé. Vêtue de son pyjama dépareillé, elle alla jusque dans la cuisine boire un peu d'eau au robinet. Puis, à travers la fenêtre dégoulinante de pluie, elle contempla la nuit.

C'était bientôt l'été, l'air était lourd, et elle transpirait. Elle entrouvrit la fenêtre, laissant entrer l'odeur du Mississippi et la rumeur discrète de La Nouvelle-Orléans. Dans le lointain, elle entendait le réseau autoroutier qui couvrait à peine le chant aigu des criquets et le coassement rythmé des crapauds.

Les cloches de Sainte-Marguerite se mirent à sonner les

douze coups de minuit. Elle leur trouva des accents désespérés, lugubres, et ne put s'empêcher de frissonner.

— Trop de soirées sur la chaîne de science-fiction, soupira-t-elle pour elle-même. Trop de cauchemars.

Mais l'image d'une silhouette maléfique, drapée dans un ample vêtement noir, s'insinua dans son esprit. La sinistre créature la fixait de ses yeux cruels, tout en augmentant de volume. Une chaîne pendait de sa main griffue. Elle était si présente que Valerie sentait presque son odeur.

Chuuuuut ! fit la créature en agitant une chaîne argentée. *Chut !*

Elle eut la sensation qu'il s'agissait d'un avertissement, que la créature venait lui annoncer un malheur.

— Camille…, murmura-t-elle.

Elle battit des cils pour chasser la créature, et celle-ci fit aussitôt retraite dans les méandres de son cerveau.

— Laisse-moi tranquille, murmura-t-elle de nouveau.

Elle se frictionna les bras, tout en tâchant de se convaincre que ce monstre n'était qu'un produit de son imagination torturée. Une personne saine d'esprit ne devait pas lui accorder la moindre attention.

Elle inspira profondément, tandis que les cloches continuaient d'égrener plaintivement les heures. Elle était encore glacée de peur et s'agrippa au comptoir, le temps de s'assurer que l'horrible apparition resterait, pour ce soir, là où était sa place : dans les profondeurs les plus reculées de son esprit, dans ces crevasses où la raison n'osait pas s'aventurer.

Oublie ça… Oublie.

— Tout va bien, dit-elle tout haut, s'efforçant de se persuader que cette vision n'avait pas le pouvoir de l'effrayer.

Elle était une femme solide. Du moins était-ce l'image qu'elle s'efforçait de donner.

— Pour l'amour du ciel ! Reprends-toi !

Elle s'obligea à lâcher le comptoir et à surmonter ses peurs ridicules, tout en se disant que c'était là le simple effet du stress. Et elle avait de quoi se sentir stressée ! Un divorce en cours, une carrière de flic abandonnée, un hôtel au bord de la faillite, et une sœur, son unique parente, qui avait choisi de s'enfermer dans un couvent austère à la discipline quasi médiévale. Et puis, pour couronner le tout, cet e-mail inquiétant qu'elle avait reçu d'elle, récemment…

Le regard de Valerie se perdit au loin, par la fenêtre, en direction de la cathédrale Sainte-Marguerite où Camille dormait, probablement.

Et où elle prononcerait bientôt ses vœux définitifs.

C'était tellement inattendu, ce choix… Camille passait pour une fille gaie et pleine de vie, toujours prête à faire la fête. Et surtout pour une femme qui aimait les hommes. Valerie ne savait pas grand-chose du couvent Sainte-Marguerite, mais suffisamment, tout de même, pour penser que ce n'était pas l'endroit où on fermerait l'œil sur les péchés de sœur Camille. Ce couvent coupé du monde, au point d'interdire téléphone et internet aux novices et aux nonnes, ressemblait plus à une forteresse qu'à une maison de Dieu. C'était un lieu hors du temps. Les religieuses qui parcouraient ces longs couloirs sanctifiés vivaient des siècles en arrière, respectaient des conventions archaïques, observaient une discipline cruelle, se nourrissaient d'opinions antédiluviennes. Tout ça sous la houlette de la mère supérieure — cette vieille chauve-souris de sœur Charity, une survivante de l'époque où les nonnes portaient l'habit noir, où une réglette venait s'abattre sur les doigts des élèves indisciplinés, où la peur et les punitions passaient pour plus efficaces que la prière pour remettre dans le droit chemin les brebis égarées. Sœur Charity était une gardienne de prison. Pas un guide spirituel.

Valerie n'arrivait pas à comprendre pourquoi Camille avait choisi de s'enfermer dans une institution aussi rigide et rétrograde.

Tu sais pourquoi. Mais tu ne veux pas l'admettre.

Psitt !

Un chuchotement mauvais ricocha dans le cerveau de Lucia.

Son regard vola aussitôt aux quatre coins de sa petite cellule. Elle avait la chair de poule et un goût de métal dans la bouche. *Notre Père qui êtes aux Cieux, faites que…*

Psitt !

Non, il ne s'agissait pas d'un cauchemar, mais bien de la monstrueuse présence qui se manifestait pour annoncer un malheur. Lucia repoussa les couvertures et se laissa glisser à genoux, sa longue chemise de nuit s'étalant autour d'elle comme une flaque, tandis qu'elle tendait instinctivement la main vers le rosaire accroché à l'une des quenouilles de son lit. Elle se signa avec le crucifix et se mit à réciter silencieusement le Symbole des Apôtres. Ses lèvres qui formaient les mots remuaient dans le noir, la sueur s'accumulait à la base de son crâne.

— Je crois en Dieu, le Père tout-puissant, créateur du Ciel et de la Terre…

Et elle y croyait. Avec ferveur. Elle puisait généralement un grand réconfort dans cette prière qu'elle connaissait depuis toujours. Quand elle se sentait angoissée, triste, ou esseulée, elle prenait son rosaire et la récitait, pour se placer sous la protection du Seigneur.

Psitt !

Le chuchotement se fit de plus en plus fort et autoritaire. Elle se mit à transpirer de plus belle.

Pas ici, non pas ici… Je vous en conjure… Pas dans le couvent…

Elle reprit sa prière, se concentrant, les yeux fermés, les coudes posés sur le fin matelas de son lit, s'efforçant de ne pas prêter attention à la voix. Dans son cerveau, le chuchotement s'intensifia, comme pour protester, et elle appuya le crucifix contre son front, tout en continuant à prier machinalement, à voix basse.

C'est impossible, impossible, se répétait-elle tandis que les mots s'échappaient machinalement de ses lèvres. Depuis qu'elle était entrée comme novice à Sainte-Marguerite, Lucia n'avait plus été confrontée à cet « incident » — comme le qualifiait pudiquement sa mère.

Ici, elle s'était crue à l'abri.

— Je crois en…

Psitt ! insista la voix.

Et, cette fois, une sorte de grésillement souligna l'appel, en même temps qu'un faible et bref éclair fendait les ténèbres de la chambre.

Lucia en eut le souffle coupé et lâcha son rosaire. Non, décidément, cette chose ne la laisserait pas prier tant qu'elle n'aurait pas obtempéré. Elle se leva, résignée, et avança pieds nus sur le plancher de bois, avec la sensation d'être traversée par un vent prophétique annonciateur de catastrophe — un vent aussi puissant que celui d'un ouragan frappant les côtes de Louisiane. Puis elle eut une vision de la chapelle du couvent.

Et ensuite d'un visage aux traits mal définis.

Une robe jaunie.

Un habit noir qui tourbillonnait.

Des lèvres déformées en un rictus mauvais.

Une lourde porte se refermant avec un cliquetis.

Un crucifix ensanglanté par les rigoles écarlates s'écoulant des stigmates de Jésus.

La mort, chantonna une voix par-dessus le grésillement qui avait envahi son cerveau.

Elle sortit en courant dans le couloir et descendit l'escalier en colimaçon. Ses doigts effleurèrent la rambarde. Elle avançait avec la sensation de suivre un chemin déjà tracé. Une lumière pâle filtrait à travers les panneaux sombres des vitraux, et la chaleur de cette journée de juin réchauffait encore la nuit.

Pourquoi ? ne cessait-elle de se répéter. *Pourquoi maintenant ? Pourquoi ici ? Mais ce n'est sans doute rien… Rien qu'un cauchemar qui a réveillé tes vieilles peurs.*

Le cœur battant comme un tambour endiablé, elle prit la direction de la chapelle réservée aux sœurs, un petit lieu de culte à l'ombre de la grande cathédrale. Avec l'impression que les ténèbres la poussaient de l'avant, elle appuya des deux mains sur les battants de la porte qui s'ouvrirent aisément sur la maison de Dieu — *leur* chapelle, un lieu préservé, à l'écart des tourments du monde, un lieu de lumière et de sainteté, de pardon et de rédemption. Pourtant, en y entrant, Lucia y perçut une présence inhabituelle, celle d'une âme aussi noire que celle de Satan, cachée dans l'ombre, à l'affût.

— Mon Père, aidez-moi...

Elle trempa l'extrémité de ses doigts dans l'eau bénite et se signa, tout en entrant dans la nef, où tout parut se figer, sauf les cierges allumés devant les statues dont les flammes tremblotaient en projetant des ombres mouvantes sur les murs de pierre. Un grand crucifix était accroché au-dessus de l'autel, depuis lequel Jésus semblait veiller sur la chapelle.

En posant les yeux sur le Christ, Lucia fit instinctivement le signe de la croix, de nouveau. Le bruit sourd dans son cerveau se transforma en sanglot.

Du coin de l'œil, elle crut percevoir un mouvement, une silhouette noire dont l'habit tourbillonna avant de disparaître par une porte.

— Mon père ? appela-t-elle, persuadée qu'il ne pouvait s'agir que d'un prêtre.

La porte se referma en cliquetant.

— Attendez ! Je vous en prie... Mon père... Oh...

Sa voix s'étrangla dans sa gorge. Elle venait de voir flotter un tissu blanc et transparent dont le feston de dentelle tombait lentement en ondulant, là, devant la première rangée de bancs.

Mais qu'est-ce que... ?

Elle crut que son cœur allait s'arrêter de battre.

Ses visions...

Une robe jaunie.

Un rictus.

Une porte qui se ferme tandis que les cloches sonnent l'heure.

Le murmure de la créature souffla son haleine dans sa nuque. Elle se mit à courir en trébuchant. Les plantes de ses pieds nus frappaient le sol de pierre et le bruit résonnait contre les hautes voûtes.

C'est impossible !

Non !

Elle s'arrêta dans l'abside, face à l'autel, et leva de nouveau les yeux vers le crucifix qui se détachait sur le grand vitrail sombre. Le regard baissé, le fils de Dieu contemplait le spectacle avec une expression douloureuse.

— Seigneur ! s'écria Lucia. Mon Dieu ! Sainte Vierge !

Un frisson d'horreur lui secoua la colonne vertébrale.

Une forme recroquevillée gisait devant la première rangée de bancs.

— Non ! Seigneur… Je vous en prie…

Son sang se glaça à la vue du corps allongé près des fonts baptismaux. En retenant un cri, elle tomba à genoux près de la jeune fiancée vêtue d'une fine robe au tissu usé et jauni. Un voile dissimulait son visage.

Le ventre de Lucia se noua quand elle reconnut sœur Camille. Celle-ci était livide, elle avait les lèvres bleues, ses yeux grands ouverts la fixaient à travers la dentelle du voile.

— Oh ! Doux Jésus…

Elle toucha la peau encore tiède de Camille, chercha un pouls au-dessus de l'ecchymose en forme de cercle qui entourait son cou. Elle se sentit sur le point de vomir. Quelqu'un avait fait ça à Camille. Quelqu'un avait tenté de la tuer. Seigneur… Etait-elle encore vivante, au moins ? Il lui semblait sentir battre son sang sous ses doigts, mais peut-être n'était-ce que le produit de son imagination.

— Camille…, murmura-t-elle d'une voix rauque. Camille, ne nous quitte pas… Je t'en supplie. Mon Dieu, je Vous en supplie !

Les cloches résonnaient à présent comme un glas.

— A l'aide ! s'écria Lucia en jetant des regards désespérés autour d'elle.

Sa voix monta jusqu'aux chevrons et lui revint en écho.

— Je suis là, chuchota-t-elle en se penchant vers Camille. C'est moi, sœur Lucy. Tiens bon. Reste avec nous, je t'en prie. Ton heure n'est pas encore venue.

Mais quelqu'un avait pourtant décidé que l'heure de Camille était venue, et, tout en se sentant coupable de cette mauvaise pensée, Lucia ne put s'empêcher de songer à *la* personne qui aurait pu désirer la mort de Camille Renard.

Elle murmura une rapide prière au Seigneur, avec toute la ferveur dont son âme était capable. Puis, les yeux emplis de larmes, elle se pencha sur l'oreille de Camille.

— N'abandonne pas, chuchota-t-elle.

Avec sa chemise de nuit, elle tenta d'arrêter le sang qui s'écoulait de sa blessure.

Camille n'eut aucune réaction.

Ses pupilles restèrent fixes.

Sa peau prenait à présent une couleur de cendre, et Lucia eut l'impression qu'elle était plus froide que tout à l'heure.

Le sang s'arrêta lentement de couler.

Lucia fut prise de panique. Elle devait faire quelque chose. Absolument.

Pitié, mon Dieu ! Ne la prenez pas. Pas maintenant… Pas encore… Oh ! Seigneur… !

— A l'aide ! hurla-t-elle, incapable de se résigner à abandonner son amie.

Elle ne doit pas mourir… Non !

Lucia vit défiler devant ses yeux le visage plein d'entrain de sœur Camille, avec sa beauté presque indécente, son sourire mystérieux, ses sourcils qu'elle haussait pour manifester son amusement ou son incrédulité. Pauvre Camille, pauvre âme égarée qui avait cru trouver refuge ici, dans ce couvent…

La gorge nouée, elle s'adressa de nouveau à Camille :

— Tu m'entends ? Camille, ne pars pas… Je te l'interdis…

Mais Camille avait fini de souffrir sur cette Terre. Son âme était désormais libérée du corps qui avait été le sien.

— Non… Je Vous en supplie… Seigneur, je Vous implore…

Une porte se referma avec un bruit sourd, tandis que les cloches continuaient de sonner.

Lucia sursauta.

On venait, enfin !

— Tiens bon ! dit-elle au corps de Camille, même si elle savait confusément que c'était déjà trop tard. On va t'aider.

Ses mots restèrent suspendus dans l'air glacial.

Lucia frissonna, puis elle murmura mentalement une dernière prière désespérée, couverte par le son des cloches qui finissaient d'égrener les heures.

3

Valerie se sentait un peu mieux. Elle ne frissonnait plus. La vision avait cessé de l'inquiéter.

Elle sortit d'un placard sa tasse préférée, et la remplit d'eau chaude du robinet avant de la mettre au micro-ondes. A travers la porte vitrée du four, elle s'amusa à regarder les noms qui apparaissaient. Cette tasse venait du site ABC.com et affichait, à mesure qu'elle se réchauffait, le générique de *Lost*, une de ses séries favorites.

Cette tasse, c'était Camille qui la lui avait offerte, à Noël. Il y avait longtemps. Avant que Slade Houston ne les sépare.

— Oh ! Cammie, murmura-t-elle.

Le micro-ondes sonna. Elle sortit la tasse avec précaution et y plongea un sachet de thé sans théine.

Il était plus de minuit, mais elle n'avait pas sommeil. Slade, son ex-mari, avait coutume de dire qu'on l'avait engagée dans la police grâce à ses insomnies qui faisaient d'elle une recrue en or, une folle du boulot capable de travailler seize heures d'affilée en étant payée pour huit.

Mais Slade avait une certaine tendance à exagérer.

Cela faisait partie de son humour débile de cow-boy.

Tout en entortillant autour de ses doigts les petits cheveux bouclés de sa nuque, Valerie ferma les paupières. Le visage de son mari passa devant ses yeux : une mâchoire forte et ombrée de barbe, un petit sourire en coin qui dévoilait des dents blanches, une peau tannée par l'impitoyable soleil du Texas, des yeux d'un bleu intense, au regard ombrageux. Slade Houston. Dur comme du vieux cuir, un cow-boy brut de décoffrage et sexy en diable — bref, un type dont il fallait se méfier.

Mais pourquoi donc pensait-elle à lui ce soir ?

Et hier soir, et avant-hier, et…

— Idiote, murmura-t-elle, tout en s'efforçant de chasser de son esprit le visage rieur de Slade.

Tiens, les cloches ne sonnaient plus, à présent. Tant mieux. Enfin le calme et le silence.

Mais ce simple constat suffit à raviver en elle la sensation qu'un malheur se préparait.

Arrête ça, tu iras voir Cammie demain, pour te rassurer.

Oui, demain elle rendrait visite à sœur Camille et elle insisterait pour lui parler, même si cette vieille chauve-souris de sœur Charity tentait de l'en empêcher.

« Je suis désolée, mais vous ne pouvez pas voir votre sœur aujourd'hui, lui avait-elle fait dire, la dernière fois qu'elle s'était présentée à l'improviste. Nous suivons ici des règles strictes. Des règles que nous respectons dans la joie car elles nous sont dictées par notre ordre et par le Seigneur. »

C'est ça…

Si sœur Charity était animée de bonnes intentions, Valerie ne l'avait pas encore remarqué. Cette espèce de vieille peau était imbue de son pouvoir, toute gonflée de son importance, et elle avait une vision tyrannique de la religion.

Un cocktail plutôt détonant.

Mais, cette fois, Valerie n'avait pas l'intention de se laisser éconduire.

L'écho du dernier son de cloche mourut, couvert par le bruit des pas qui approchaient. Lucia eut la chair de poule en contemplant le cadavre de son amie. Elle tenta de prier, mais les mots ne lui vinrent pas. Qui avait fait ça à Camille ? Et pourquoi ? Et pourquoi cette robe de mariée ? Que signifiaient ces gouttelettes de sang qui soulignaient en rond le décolleté du corsage ?

Elle jeta un coup d'œil du côté de la porte latérale qui s'était refermée quand elle était entrée, et son cœur se mit à battre la chamade. Elle avait brièvement aperçu une silhouette vêtue de noir — celle de l'assassin de Camille, ou celle de quelqu'un qui avait assisté au drame. Une vague de peur la submergea quand elle songea que les pas qui approchaient n'étaient peut-être pas ceux d'une personne bien intentionnée, mais ceux de l'agresseur de Camille.

Tout en esquissant un signe de croix, elle se tourna vers la porte et hurla de nouveau.

— A l'aide !

La porte latérale s'ouvrit, si violemment que le battant alla rebondir contre le mur. La mère supérieure, une imposante femme vêtue d'un habit noir, entra d'un pas vif. Ses cheveux gris, d'ordinaire dissimulés sous son voile, étaient tout décoiffés. Lucia constata qu'ils étaient frisés et plutôt indisciplinés.

— Sainte mère de Dieu, sœur Lucy, que se passe-t-il ? s'écria la mère supérieure.

Le bas de son jupon frôlait le sol avec un bruissement agité et son visage affichait la plus totale désapprobation. Puis elle parut soudain prendre conscience de l'endroit où elle se trouvait et fit une rapide génuflexion, tout en esquissant le signe de la croix au niveau de sa généreuse poitrine.

— C'est sœur Camille, bredouilla Lucia en se redressant, le regard rivé au corps sans vie de Camille.

— Mais que… ? Oh !

La mère supérieure poussa un petit cri étouffé en apparaissant au coin de la première rangée de bancs.

— Par tous les saints…, murmura-t-elle.

Elle courut jusqu'à Camille et se laissa tomber à genoux près d'elle.

— C'est trop tard, dit Lucia d'un ton désolé. Elle est morte.

— Mais comment… ? Pourquoi ? demanda tout bas la mère supérieure, comme si elle attendait une réponse du Seigneur.

Elle se pencha fébrilement sur le corps, en récitant une courte prière.

— Qui a pu faire une chose pareille ?

— Je n'en sais rien, j'ai vu quelqu'un sortir de la chapelle en arrivant, répondit Lucia.

Elle prit quelques secondes pour faire le tri entre la réalité et la fiction, entre ce qu'elle avait vu de ses yeux et les visions qui l'avaient poussée à quitter sa cellule.

— Oui, reprit-elle. Oui.

Elle désigna la porte transversale.

— Et sœur Camille était encore en vie…

La mère supérieure prit le poignet de Camille et se pencha sur elle pour chercher son pouls et sa respiration.

— Mais vous, sœur Lucy, que faisiez-vous ici ? demanda-t-elle.

Elle s'adressait à elle en employant son nom de religieuse, celui qu'elle avait choisi le jour où elle était entrée dans ce couvent.

— Je… Euh… J'avais entendu un drôle de bruit, mentit Lucia.

Personne ici n'était au courant de son secret, pas même son confesseur. La voix, elle n'en parlait pas. A personne.

— Un bruit ? Depuis votre cellule ?

— Je n'étais pas dans ma cellule. J'étais sortie pour aller aux toilettes.

Comme si elle se rendait brusquement compte que là n'était pas le plus urgent, la mère supérieure changea de conversation.

— Allez trouver le père Paul et dites-lui de venir me rejoindre.

— On ne devrait pas plutôt prévenir la police ?

La mère supérieure ferma les yeux, comme si elle luttait contre l'exaspération.

— Faites ce que je vous dis. Prévenez le père Paul, et ensuite, allez dans mon bureau pour appeler le 911.

— Mais il me semble que je devrais commencer par le 911…

— Cessez de discuter. Le plus important, à présent, c'est de prier pour l'âme de sœur Camille. Filez ! Et si vous rencontrez vos sœurs dans les couloirs, renvoyez-les dans leurs cellules.

L'expression de son visage dissuada Lucia de protester et elle sortit, par la porte où elle avait vu disparaître la silhouette noire. Renvoyer les autres dans leurs cellules ? Leurs *cellules*, en effet. Ou plutôt leurs niches. Comme des chiens.

Oh ! Seigneur… Pardon pour ces pensées impures.

Le cœur battant, elle referma la porte derrière elle et se mit à courir, tout droit vers le bureau de la mère supérieure. Sa désobéissance lui vaudrait probablement une punition, mais tant pis, Camille d'abord. Elle poussa la porte et fit irruption dans le sanctuaire de sœur Charity.

Le moindre petit objet était parfaitement à sa place, aligné sur les étagères de la pièce : les livres, les cierges, les crucifix, une belle amaryllis à la lourde fleur blanche, une photo du pape. Lucia contourna le large et vieux bureau de bois, tout en jetant un regard en coin aux fauteuils réservés aux visiteurs dans lesquels elle s'était trop souvent assise, les mains jointes, tandis que la mère supérieure la sermonnait de l'autre côté du large plateau en noyer. Elle décrocha le lourd récepteur noir, une relique datant des années soixante ou soixante-dix, et composa le numéro aussi vite que possible — ce qui n'était pas facile, avec ce cadran rotatif qui obligeait à attendre entre chaque chiffre.

— 911, quelle est la nature de votre urgence ? fit une voix de femme.

— Sœur Camille est morte ! Il y a eu un accident, ici, au couvent Sainte-Marguerite. Enfin, dans la chapelle. Et elle est morte et… je… je crois qu'on l'a tuée. Vite… Envoyez quelqu'un ! Vite !

Sa voix tremblait et grimpait d'un cran dans les aigus à chaque mot.

— L'adresse, je vous prie.

Lucia épela l'adresse du couvent, puis, comme on le lui demandait, le numéro de téléphone et son nom.

— Vous avez mentionné un accident, vous pourriez préciser ?

— Je… Non. Enfin… Il me semble… Je crois qu'on l'a étranglée. Tout ce que je sais, c'est qu'elle est morte et que la mère supérieure prie en ce moment devant sa dépouille.

— Vous pensez qu'il s'agit d'un meurtre ?

— Mais je n'en sais rien ! Nous avons besoin d'aide. Je vous en prie. Dépêchez-vous !

— C'est fait, nous avons déjà prévenu une patrouille. Vous devez rester en ligne.

— Impossible, je dois prévenir le père Paul. Il faut que je vous laisse.

— Je vous en prie, restez en ligne…

Lucia lâcha le récepteur et partit en courant, le laissant pendouiller au bout de son fil. Elle passa par la petite porte du bureau, celle que sœur Charity était seule à utiliser d'ordinaire.

Son cœur battait comme un tambour. Elle traversa une série de couloirs, sortit dans le jardin, passa devant la fontaine, longea le cloître détrempé par la pluie, en courant à perdre haleine, comme si elle avait eu Lucifer à ses trousses. Le vent furieux qui balayait les dalles de pierre soulevait les feuilles et tirait sur l'ourlet trempé de sa chemise de nuit.

Elle ne pouvait malheureusement confier à personne comment et pourquoi elle avait été réveillée en pleine nuit. Si elle parlait de la voix qui lui donnait des ordres, tout le monde la croirait bonne à enfermer. Elle-même, parfois, doutait de sa raison. Cette voix dans sa tête, ça ne regardait personne d'autre qu'elle et le Seigneur. Pas même le père Paul ou le père Frank. Eux, ils penseraient sans doute qu'elle était possédée par un démon — ce qui était peut-être le cas, après tout. Elle ne voulait pas attirer l'attention sur elle.

Cesse donc de penser à toi ! Camille est morte ! On l'a assassinée et son cadavre est allongé dans la chapelle !

Et la voix, qui le savait, l'avait avertie.

Tout cela était atroce. Incompréhensible. Complètement déboussolant.

Elle dut franchir une autre porte, puis passer sous un portique dégoulinant d'eau, avant de se trouver enfin devant la maisonnette du père Paul. Elle se jeta sur le battant et se mit à tambouriner.

— Mon père ! hurla-t-elle. Mon père ! Venez vite ! Il y a eu un… un accident !

Par-dessus le martèlement régulier de la pluie, elle entendit derrière elle des semelles de cuir crisser sur la pierre mouillée. Du coin de l'œil, elle entraperçut une silhouette noire qui émergeait d'une des portes du jardin. Elle poussa un cri étouffé et recula, si précipitamment qu'elle faillit tomber en marchant sur l'ourlet de sa chemise de nuit. Un homme apparut, grand et large. Son visage était pâle et grave, ses yeux paraissaient deux creux sombres dans la nuit.

— Père Frank, murmura-t-elle en reconnaissant le plus jeune des deux prêtres confesseurs.

Elle avait croisé ses mains sur sa poitrine et prit soudain conscience que sa chemise de nuit trempée lui collait à la peau et que le fin tissu de coton, sous la lumière du porche, ne dissimulait rien de son anatomie.

— Il y a eu un accident. Ou… Ou…

Elle avala sa salive, en songeant au secret que lui avait confié sœur Camille. Un secret qui concernait aussi l'homme qui se tenait devant elle.

— C'est sœur Camille… Dans la chapelle… Elle… Elle…

Elle baissa les yeux. Et ce fut à ce moment-là qu'elle remarqua le sang qui gouttait de la soutane noire du père Frank et coulait en fines rigoles sur le sol lisse et brillant du chemin de pierre.

— Elle est morte, acheva-t-il à sa place, d'une voix basse et couverte par le gargouillement des gouttières.

Il posa sur Lucia un regard torturé.

— Elle est morte et j'en suis responsable. Que Dieu me pardonne… J'en suis responsable.

4

— Pas encore couchée ?

La voix de Freya tira Valerie de ses songes.

— Tu sais bien que je suis insomniaque, répondit Valerie en tentant de repousser ses inquiétudes au sujet de Camille.

Elle lança le sachet de thé dans l'évier et jeta un coup d'œil par-dessus son épaule, en direction de la voûte donnant sur la maison principale. Quand elles avaient racheté ce vieil hôtel, Valerie avait eu un coup de cœur pour la petite remise à carrioles, tandis que Freya s'était installée dans un appartement au-dessus de la cuisine. Freya apparut, avec ses cheveux roux et frisés tout ébouriffés, vêtue d'un short et d'un T-shirt trop grand pour elle. Elle tenait dans sa main une tasse surmontée de crème fouettée et remplie à ras bord — au point que la crème débordait et coulait sur les côtés. Elle s'empressa de lécher le surplus avant qu'il ne tombe sur le linoléum craquelé du sol.

Freya était une vraie rousse couverte de taches de rousseur. Elle mesurait moins d'un mètre soixante et elle avait conservé le corps mince et ferme de la gymnaste qu'elle avait été au lycée, ainsi qu'un métabolisme que lui aurait envié une jeune fille de vingt ans sa cadette.

— Tu as une mine de chien, fit-elle remarquer.

— Merci du compliment.

— Vraiment, je t'assure, tu devrais essayer de dormir.

Si seulement elle avait pu dormir… Valerie se tourna vers Freya et s'appuya au comptoir.

— Tu peux parler, argua-t-elle sobrement.

Freya était insomniaque, elle aussi.

— C'est du décaféiné, répondit Freya en levant sa tasse comme pour porter un toast. Mais ça ne m'empêchera pas de rester éveillée.

— Moi, c'est du thé sans théine. Un truc qui s'appelle Calm.

Elle but prudemment une gorgée. Ç'avait un goût d'eau chaude parfumée au gingembre et à la camomille. C'était trop chaud, et elle se brûla la langue.

— C'est censé t'aider à te détendre et… Attends une seconde, je vais te dire.

Elle prit la boîte vide et lut.

— « Le mélange original de Calm vous apportera détente et sérénité. Rehaussée d'une touche de gingembre et de jasmin, la camomille vous apaisera et… »

— Je n'en doute pas, coupa Freya en fronçant le nez de dégoût. Vous apaisera… Pfff, tu parles… En tout cas, c'est sûrement infect.

— Non, ce n'est pas infect. Mais ça paraît probablement fade aux adeptes du Triple Caramel Macchiato et du Red Bull.

— Très drôle, marmonna Freya sans pouvoir retenir un sourire.

Elle enjamba l'une des chaises près de la table de bistro et s'installa.

Freya et Valerie étaient amies depuis le collège. C'était Freya qui avait convaincu Valerie d'investir dans ce petit hôtel de huit chambres nommé Briarstone House et situé dans Garden District, à proximité de l'avenue Saint-Charles. La vieille maison de style géorgien avait été quasiment épargnée par l'ouragan Katrina, mais ses propriétaires, respectivement grand-tante et grand-oncle de Freya, avaient décidé qu'ils ne voulaient plus être à la merci d'un ouragan de catégorie cinq. Voire d'un ouragan tout court.

Ils avaient fui, et en vitesse.

Freya avait proposé de racheter leur maison.

Ils avaient laissé sur place la plupart des meubles, n'emportant que ce que pouvait contenir leur caravane. Ils étaient partis vers l'Ouest, vers le coucher de soleil, vers un climat sec, se faire de nouveaux amis adeptes du ski et passer avec eux de longues nuits à jouer aux cartes et à boire des Martini.

Un choix qui faisait en ce moment à Valerie l'effet du paradis sur Terre.

Lorsque Freya lui avait proposé de devenir son associée, elle se trouvait justement à un tournant décisif de sa vie. Il n'avait pas fallu beaucoup d'arguments pour la convaincre que c'était une fabuleuse idée de transformer en hôtel cette vieille demeure géorgienne — surtout que ladite demeure se trouvait à peine à deux kilomètres à vol d'oiseau du couvent Sainte-Marguerite.

De son côté, Freya venait de rompre avec son compagnon et elle avait besoin de quelqu'un pour monter l'affaire avec elle. Elle avait envoyé à Valerie tous les détails par e-mail, laquelle avait sauté sur cette occasion de repartir de zéro.

Elles avaient conclu un marché.

La suite, tout le monde la connaissait.

Et elle n'était pas brillante.

Et quand elle entendait le son lugubre des cloches de la cathédrale, ou, comme en ce moment, l'eau qui gargouillait dans les gouttières, Valerie n'était plus très sûre d'avoir pris la bonne décision en venant s'installer à La Nouvelle-Orléans. Ce soir, par exemple, elle avait le cafard. Mais sans doute était-ce à cause de cette sensation de malheur imminent qui ne la quittait pas. Elle jeta un coup d'œil du côté de la fenêtre, mais, la nuit, on ne voyait pas la flèche de la cathédrale.

— Allez, crache le morceau, dit Freya en plissant les sourcils. Quelque chose te tracasse, je le vois bien. Attends… Suis-je bête… Pas la peine de poser la question. C'est toujours pareil… Laisse-moi deviner… C'est Slade.

— Ce n'est pas Slade, répondit Valerie d'un ton emphatique.

Freya leva les yeux au ciel. Elle n'en croyait pas un mot.

— Si tu le dis…

— Je te jure qu'il ne s'agit pas de Slade.

— Ça m'étonnerait. Nous devrions en parler, je t'assure.

— Pas question, répondit Valerie en se renfrognant et en

jetant à Freya un regard qui lui interdisait de franchir une certaine ligne blanche.

— Mais tout de même, tu devrais savoir que...

— Nous en avons déjà discuté. Je ne veux pas parler de lui ni penser à lui, tant que ça n'est pas absolument nécessaire. C'est-à-dire pas avant le jugement.

— Mais...

— Je ne plaisante pas, Freya... Slade est un sujet tabou.

Elle n'avait pas envie d'aborder le cas Slade. Et surtout pas ce soir, dans l'état de nerfs où elle se trouvait.

Freya parut sur le point d'insister, puis elle se ravisa.

— Très bien, admit-elle. Mais tâche de ne pas oublier que tu trouveras en moi une oreille attentive.

— Je ne l'oublierai pas.

— Est-ce qu'il aurait fait quelque chose que j'ignore ?

— Sans doute..., répondit Valerie en haussant une épaule. Mais quelle importance ?

Freya ouvrit la bouche, mais, cette fois, Valerie ne lui laissa pas le temps de prononcer le nom de Slade.

— Ce qui me tracasse, c'est Camille, puisque tu veux tout savoir. Je n'ai pas eu de ses nouvelles depuis plus d'une semaine.

Les vieilles poutres de bois de la maison craquèrent à ce moment, et Valerie crut entendre des pas au-dessus de leurs têtes. Encore le fantôme. Freya assurait que la maison était hantée.

— Tu as entendu ? demanda Freya.

Elle croyait dur comme fer au surnaturel et à toutes sortes de phénomènes paranormaux.

— Je te rappelle que cette maison a deux cents ans, marmonna Valerie en levant les yeux au ciel. Les poutres se réajustent. Rien d'anormal.

Freya n'insista pas.

— Bon, laisse tomber. Tu t'inquiètes parce que ta sœur ne te donne pas de ses nouvelles ? Tu sais depuis combien de temps je n'ai pas communiqué avec Sarah ? Des semaines. Et, pourtant, elle est ma jumelle. A en croire tout ce qu'on écrit sur les jumelles, nous devrions être sur la même longueur d'onde et avoir une sorte de…

Elle traça dans l'air des guillemets imaginaires.

— … lien spirituel…

Elle fit la moue et prit une gorgée de son déca crème.

— Un lien qui se serait établi pendant que nous étions dans le ventre de notre mère… Mais Sarah ne le sent pas, ce lien, apparemment.

Valerie caressa du pouce le bord fêlé de sa tasse.

— Cammie n'est pas comme Sarah.

— Cammie est sans doute très occupée, tout simplement. Tu sais bien que les religieuses n'ont pas droit à l'oisiveté. Prières, pénitences, bonnes actions… Elle n'a que l'embarras du choix.

Freya agita ses doigts dans les airs, comme pour matérialiser la multitude de tâches qui empêchaient Camille de se manifester.

— Elle a peut-être même fait vœu de silence, dit-elle en guise de conclusion.

— Vœu de silence ? Camille ?

Camille la passionnée réduite au silence… C'était dur à croire !

— Tu te souviens d'elle, n'est-ce pas ? ajouta-t-elle d'un ton ironique.

— Oh, oui ! répondit Freya en se mordillant la lèvre. Toujours en train de chercher les ennuis.

— Exactement, admit Valerie. Et elle n'a pas changé.

La sensation d'un malheur imminent lui revint en force.

— Je vois… C'est ce qui t'inquiète, en fait… Cammie n'est pas taillée pour entrer dans les ordres.

Elle but une gorgée de sa tasse.

— Et toi, tu n'étais pas taillée pour être flic.

Comme chaque fois qu'elle pensait à sa carrière ratée, Valerie eut un petit pincement au cœur. Elle fut tentée de protester et de répondre à Freya qu'elle avait été un bon flic, mais ç'aurait été se donner du mal pour rien. Une rafale de vent entra par la fenêtre ouverte, secouant les stores, comme pour lui rappeler son échec.

— Possible, mais ce n'est pas le problème, non ? demanda-t-elle sèchement.

— Oh... Je ne voulais pas te...

— Je sais, coupa-t-elle.

Elle agita une main en l'air, comme pour chasser une mouche agaçante.

— Ce n'est pas grave.

Mais le sujet était brûlant et, à dire vrai, en partie responsable de ses insomnies. Elle abaissa le battant de la fenêtre à guillotine et vit passer dans la vitre un reflet transparent — le sien : pâle, des pommettes hautes et aiguës, une grande bouche au pli amer, un regard inquiet. Ce n'était pas précisément beau à voir... La pluie déforma son image tandis qu'elle bouclait la fenêtre.

— Tu as raison, soupira-t-elle. J'ai vraiment une sale mine.

— Il te suffirait de quelques jours d'un vrai sommeil réparateur pour reprendre figure humaine.

Valerie en doutait, à vrai dire.

— Personne ne t'a jamais dit que tu avais une fâcheuse tendance à te ronger les sangs pour rien ? insista Freya.

— Si, toi.

— Eh bien tu devrais me croire. Cesse de ruminer au sujet de Camille. Elle fait sa crise de mysticisme, mais ça lui passera.

Elle eut un petit sourire en coin.

— Je me demande par quel miracle on ne l'a pas encore virée, ajouta-t-elle.

Si seulement tu savais ! songea Valerie. Elle but une gorgée de thé pour dissimuler son trouble, le regard tourné vers la nuit, vers les flèches invisibles de Sainte-Marguerite.

Seigneur, Freya... Si seulement tu savais...

Slade Houston plissa les yeux. Les pneus de son vieux pick-up crissaient sur l'asphalte détrempé et les essuie-glaces avaient toutes les peines du monde à écarter le déluge qui s'abattait sur le pare-brise. Il parvint tout de même à déchiffrer la pancarte et ne put retenir un sourire. Il venait d'entrer dans l'Etat de Louisiane. Bo, son vieux compagnon, un chien de chasse au lignage inconnu, était installé près de lui sur le siège du passager, la truffe collée à la vitre. Il jetait de temps à autre des regards suppliants de son côté. Il réclamait de l'air.

— Pas ce soir, mon vieux, commenta Slade en tripotant le bouton de la radio qui s'était mise à grésiller.

Il trouva une fréquence audible où l'on diffusait une vieille chanson de Johnny Cash, mais ça ne l'empêcha pas de continuer à ressasser les raisons qui l'avaient poussé à emprunter l'autoroute inter-Etats en pleine nuit. Il s'agissait probablement d'une folie vouée à l'échec… Ses deux frères, Trask et Zane, ne s'étaient pas gênés pour le lui dire pendant qu'il chargeait sa Ford, juste avant le coucher du soleil.

— Ça me dépasse complètement que tu veuilles encore te frotter à cette femme, avait marmonné Trask, le deuxième de la fratrie. Tu vas souffrir pour rien et c'est tout.

— Tu veux dire qu'il va souffrir encore plus, avait renchéri Zane.

Mais Slade ne leur demandait pas leur avis, et il avait lancé son sac de couchage et une couverture à l'arrière, avant de siffler son chien.

— Je me passe de vos commentaires, avait-il répondu, tandis que l'animal, avec ses grandes oreilles pendantes et fendillées, grimpait dans la cabine. Contentez-vous de faire le boulot ici. Je ne m'absenterai pas longtemps.

Il avait claqué la porte du passager, en sentant sur lui le poids de deux paires d'yeux désapprobateurs.

— Combien de temps ? avait demandé Zane.

— Je n'en sais rien encore. Ça dépendra.

— Montre-toi un peu malin, avait réclamé Trask.

— Je ne vois pas l'intérêt de commencer maintenant, avait-il ironisé, histoire de détendre l'atmosphère.

Mais la boutade était tombée à plat et ses deux frères ne lui avaient pas fait l'aumône de l'ombre d'un sourire. Ils avaient continué à le regarder avec un visage fermé.

Ce qui ne l'avait pas vraiment étonné. Ils n'avaient jamais apprécié Valerie.

Il avait grimpé derrière le volant, sans plus de commentaires. A travers la vitre ouverte de sa portière, il avait entendu les criquets qui entonnaient leur chant nocturne. Au loin, les montagnes étaient auréolées de chaudes nuances orange et or.

Mais Trask n'était pas disposé à abandonner si vite la partie.

— T'as l'intention de la ramener ici ?

— Valerie ? avait-il répondu, en sachant très bien que ce prénom donnait la chair de poule à son frère. Je n'en sais rien.

— Si tu te rabiboches avec elle, c'est que tu es encore plus crétin que je ne le pensais, avait grommelé Trask.

— T'en fais pas pour ça, elle ne voudra jamais.

— Méfie-toi d'elle, lui avait enjoint Zane.

— T'inquiète, je la connais mieux que toi, avait-il rétorqué en ricanant.

Il avait mis le moteur en route et effectué un demi-tour sur l'allée de gravier, sans même un dernier regard vers la vieille bâtisse de ce ranch dans lequel il avait grandi. Puis il avait accéléré, indifférent à la beauté du ciel rougeoyant au-delà des granges et de leurs toits surmontés de girouettes en forme de chevaux sauvages au galop. Sa vieille Ford était partie en cahotant sur le chemin défoncé, tandis que les chardons et les mauvaises herbes raclaient le dessous de la carrosserie. Il avait parcouru lentement des acres et des acres de champs où paissaient les chevaux et les bovins que ses frères et lui avaient hérités de leurs parents.

Une buse à queue rousse avait traversé le ciel au moment où il passait devant l'ancien moulin qui se dressait, solitaire, dans l'air immobile. Il l'avait interprété comme un bon présage.

Après avoir franchi la barrière et dépassé la boîte aux lettres, il avait allumé la radio et roulé sur la route du comté, en direction de Bad Luck. Au niveau de San Antonio, il avait bifurqué pour emprunter l'I-10, cette longue bande d'asphalte qui coupait droit vers l'est, laissant derrière lui ses frères, le Texas, et le soleil couchant.

Tout ça pour courir après une femme qui ne voulait plus de lui.

Les formulaires du divorce, dans la boîte à gants, étaient là pour le lui rappeler.

5

Il était un peu plus de minuit quand le téléphone sonna.

Montoya poussa un gémissement tout en roulant sur le côté pour l'attraper. Tandis qu'Abby, sa femme, se pelotonnait sous les draps, il baissa la voix et se leva discrètement pour répondre, comme il l'avait fait des centaines de fois auparavant. Il était inspecteur du département de police de La Nouvelle-Orléans. Les horaires échevelés et les coups de fil intempestifs en pleine nuit, il avait l'habitude.

Mais Abby était réveillée. Elle attendit qu'il raccroche pour manifester son inquiétude. Elle, elle ne s'habituait pas à le voir partir en pleine nuit.

— Qu'est-ce qui se passe encore ? demanda-t-elle d'une voix ensommeillée, tout en repoussant le drap et la mèche de cheveux qui lui retombait devant les yeux.

— Une femme. Probablement assassinée. Une religieuse.

Abby se redressa et s'adossa aux oreillers en allumant la lampe de chevet.

— Une religieuse ?

— C'est du moins ce que m'a dit l'agent qui a pris l'appel.

Il enfila le jean délavé qu'il avait jeté au pied du lit et chercha dans l'armoire un T-shirt propre.

— Pourquoi assassiner une religieuse ? insista Abby en rassemblant ses cheveux en arrière des deux mains.

Ce qui n'empêcha pas quelques mèches rebelles et frisées de lui échapper.

— Je l'ignore, mais j'entends bien le découvrir, répondit-il en lui adressant un bref sourire sans joie. Je suis payé pour ça.

— Oui, c'est vrai, admit-elle.

Elle tenta de nouveau de rassembler ses cheveux.

— Sois prudent, murmura-t-elle.

— Je suis toujours prudent, dit-il en se dirigeant déjà vers la porte.

— Dis donc, tu n'as pas l'impression d'oublier quelque chose ? protesta-t-elle en tendant vers lui son menton.

— Ah, oui, heureusement que tu m'y fais penser !

Il marcha jusqu'à l'armoire et en sortit la boîte dans laquelle il conservait son arme, sous clé. Il passa son harnais d'épaule et l'attacha, glissa les bras dans les manches de son blouson de cuir, et fit mine de repartir vers la porte.

— Tu peux être un parfait salaud, quand tu le décides, dit-elle d'un ton accusateur.

— Je suis toujours un parfait salaud.

— Je sais, soupira-t-elle.

Mais ses yeux brillaient de malice. Il trouva brusquement terriblement sexy la tignasse rousse et bouclée qui encadrait son visage.

— N'oublie pas que tu es papa, à présent… Donc… pas de risques inutiles, d'accord ? Je veux que Benjamin grandisse avec un père.

Il glissa son Glock dans l'étui et marcha vers elle.

— Moi aussi, dit-il en la repoussant contre les oreillers.

Il se pencha sur elle et l'embrassa passionnément, fouillant sa bouche de sa langue et lui malaxant le dos de ses grandes mains puissantes.

— Attends-moi, chuchota-t-il à son oreille.

— Sûrement pas, inspecteur, répondit-elle avec un rire dans la voix.

Il dut se concentrer sur l'enquête qui l'attendait pour maîtriser le désir qui montait en lui. Bon sang ! Elle était capable de déclencher chez lui une érection rien qu'en haussant un sourcil. Il l'avait littéralement dans la peau.

Son frère Cruz prétendait qu'elle le faisait marcher comme un toutou. Ce n'était pas tout à fait vrai. Sauf dans un domaine...

— Je rentrerai le plus tôt possible, tiens-toi prête à me recevoir.

— Seigneur, Montoya, épargne-moi ton baratin, rétorqua-t-elle en se calant de nouveau sous les couvertures et en couvrant ses boucles auburn avec un oreiller. En tout cas, un conseil, ne réveille pas Benjamin, sinon je t'étripe.

Il n'avait pas entendu clairement la phrase, à cause de l'oreiller, mais il avait parfaitement saisi le message. Ne pas réveiller Benjamin, leur petit garçon de trois mois.

Il quitta la pièce, le sourire aux lèvres, et faillit buter sur Hershey, leur grand balourd de labrador qui montait en permanence la garde devant leur chambre à coucher. Celui-ci se dressa d'un bond sur ses pattes en le voyant, et remua joyeusement sa queue qui alla battre en rythme la desserte. Montoya comprit qu'il se réjouissait à l'idée de lui piquer sa place dans le lit.

— Oublie, d'accord ? Elle a besoin de dormir en paix pour être belle demain.

— J'ai entendu ! cria Abby depuis la chambre.

Hershey interpréta la réponse comme une invitation et partit ventre à terre dans la chambre. Une petite ombre noire, Ansel, leur chat, sauta de la desserte et suivit l'exemple du chien.

— Super, concéda Montoya en se débattant pour enfiler ses chaussures.

Il n'avait pas le temps de s'occuper du chien ou du chat. Après tout, Abby était capable de se débrouiller avec les animaux.

Guidée par la lueur bleutée de la nuit, il traversa leur maison, une *shotgun house*[1], et dut passer dans la cuisine, puis dans le salon, pour atteindre la porte d'entrée. Dehors, l'air était étouffant, chargé de l'odeur du Mississippi. Il pleuvait dru et l'eau coulait en rigoles dans les rues. Il traversa en courant le jardin trempé et se réfugia en soupirant de soulagement sur

1. Une *shotgun house* est un style de maison américaine caractérisée par sa forme en longueur et son étroitesse, trois mètres cinquante de large tout au plus, faite de pièces en enfilade, sans couloir.

le siège de cuir de sa Mustang. Il claqua la porte, mit la clé de contact et fit démarrer le moteur.

Tout en se demandant ce qui avait bien pu se passer dans le vieux couvent de la cathédrale, il mit en route les essuie-glaces et appuya sur l'accélérateur. Pas de sirène, pas de gyrophare, rien que le bruit régulier des essuie-glaces contre le pare-brise et la voix familière du Dr Sam, une psychologue qui animait une émission de nuit à la radio.

Il y avait peu de trafic, à cette heure de la nuit, et il ne mit pas longtemps à rejoindre Sainte-Marguerite. Des voitures de patrouille bloquaient l'accès à la rue. Un camion de pompier était garé dans l'allée circulaire et les hommes attendaient, désœuvrés, sous un des grands chênes qui bordaient le bâtiment.

Montoya arrêta sa voiture en double file et se dirigea vers la cathédrale, un austère édifice surmonté de flèches. Des gargouilles étaient perchées tout en haut des gouttières, les sculptures monstrueuses et noircies de la façade contemplaient ce lieu sacré avec un regard mauvais, et leur présence maligne contrastait avec la croix qui s'élevait au-dessus du clocher. La lumière des gyrophares se reflétant dans les fenêtres à remplages rendait l'ensemble encore plus inquiétant.

Montoya dut s'arrêter devant la double porte de l'entrée, le temps de signer le registre et d'écouter les explications d'un agent en uniforme qui lui indiqua le chemin pour rejoindre la scène du crime. Il contourna donc à grands pas la nef centrale, poussa l'une des portes des bas-côtés, puis parcourut un étroit couloir menant à une chapelle coincée entre le bâtiment principal et ce qui ressemblait à un jardin.

En entrant, il eut l'impression de faire un bond en arrière dans le temps et se revit enfant, quand sa mère l'emmenait à la messe avec ses frères et sœurs. Une vague de nostalgie le submergea. Il reconnaissait l'odeur puissante de l'encens, l'atmosphère feutrée produite par les cierges qui projetaient une faible lumière vacillante. Il se souvenait des voix murmurées, de la grande voûte caverneuse qui l'impressionnait tant, avec ses étroites fenêtres à vitraux.

Il leva les yeux vers le crucifix et se signa, plus par habitude que par conviction.

Au fond de la chapelle, des agents s'entretenaient avec un petit groupe de trois personnes, sûrement des témoins, mais Montoya les ignora. Il venait d'apercevoir Rick Bentz, son partenaire, debout près de l'autel.

Bentz avait quinze ans de plus que lui, il appartenait presque à une autre génération. Il vivait avec sa seconde femme qui lui avait donné une petite fille qui n'avait pas encore soufflé sa première bougie. Le manque de sommeil creusait depuis quelque temps les cernes de ses yeux, et des mèches grises étaient apparues sur ses tempes. Il boitait toujours un peu, séquelle d'un récent accident, mais il était solide et bâti comme un boxeur — catégorie poids lourd, pour être précis. Ce soir, il portait un jean, un T-shirt, un blouson. Il fixait d'un air sombre quelque chose au pied de l'autel.

En avançant dans l'allée centrale, Montoya put voir qu'il s'agissait de la victime, comme il s'en était douté. Elle gisait devant la première rangée de bancs, le visage couvert par une nappe d'autel, avec quelques mèches de cheveux qui dépassaient. On aurait dit qu'elle avait pris la pose avant de mourir, les bras croisés sur la poitrine, un rosaire de bois entrelacé dans ses doigts. Elle portait une vieille robe de mariée jaunie, au tissu usé jusqu'à la corde. Elle était pieds nus. Montoya remarqua un anneau d'argent à l'annulaire de sa main gauche.

— Qui est-ce ? demanda-t-il.

— L'une des religieuses du couvent, répondit Bentz. Sœur Camille.

— On l'a tuée ici ? Devant l'autel ?

Comme un agneau qu'on sacrifie, apparemment…

— On dirait. Elle s'est défendue. Ses plantes de pied sont égratignées, elle a un ongle arraché.

Bentz montra la main droite du cadavre.

— Il n'y a plus qu'à espérer qu'elle a griffé son agresseur et qu'on trouvera son ADN sous ses ongles.

Montoya ne fit pas de commentaires. Bentz rêvait… Ils

trouvaient rarement des preuves aussi évidentes. Les assassins avaient appris à se méfier.

— Apparemment, on ne l'a pas transportée, elle a bien été assassinée ici, poursuivit Bentz en regardant autour de lui. Mais on ne peut rien affirmer pour l'instant. C'est grand, on n'a pas eu le temps de tout passer en revue.

Montoya leva les yeux vers le crucifix qui les dominait, tout en songeant que c'était un drôle d'endroit pour commettre un meurtre.

— Entre la cathédrale, le couvent et les jardins, c'est comme si nous avions un pâté de maisons entier à fouiller, soupira Bentz en se renfrognant.

— Et ce domaine est bien protégé, je suppose ? demanda Montoya. Clôturé et fermé ?

— Oui. La nuit, tout est bouclé, même la porte de la cathédrale. Soit l'assassin s'est glissé à l'intérieur avant la fermeture, soit il fait partie de la communauté.

Montoya fronça les sourcils en contemplant le corps drapé dans sa robe blanche. La femme était menue…

— Vous avez pris des photos ?

— Ouais.

Montoya enfila une paire de gants en latex, puis il se pencha pour soulever la nappe d'autel et jeter un coup d'œil au visage de la femme.

Merde !

Le choc lui coupa le souffle, et il dut faire un effort pour reprendre sa respiration. Il se sentait soudain glacé. Il crut même qu'il allait vomir.

— Tu as dit qu'elle s'appelait sœur Camille ? demanda-t-il à Bentz.

— Oui. Du moins c'est le nom que lui donne la mère supérieure. Son nom civil est…

— Camille Renard, acheva Montoya à sa place, tout en fermant les yeux.

Camille… Comment était-ce possible ? Il ne savait même pas qu'elle était revenue à La Nouvelle-Orléans. Il s'obligea à ouvrir les yeux, à les poser sur le pâle visage de Camille, à soutenir son regard fixe et vitreux.

— Bon sang de merde…, murmura-t-il tout bas.

— Tu la connais ? demanda Bentz.

— Je l'ai connue. Il y a longtemps.

Camille Renard. L'exubérante et capricieuse Camille. Jamais il n'aurait imaginé qu'elle finirait un jour dans un couvent.

— J'étais au lycée avec elle, expliqua-t-il.

— Oh ! merde…, marmonna Bentz d'un air inquiet. Ne me dis pas que tu es sorti avec elle…

Montoya sentit sa mâchoire se crisper.

— Je ne te le dis pas.

— Mais tu es sorti avec elle.

— Quand nous étions lycéens. Pas longtemps.

Juste assez longtemps pour l'entraîner dans un lit et pour lui prendre sa virginité.

6

Sœur Maura se glissa entre les draps de son petit lit et posa ses lunettes sur la table de nuit. Elle était si excitée qu'elle faillit renverser la pile des livres qu'elle avait entassés sous l'applique murale. Son matelas, aussi rude que de vieilles et hautes montagnes, craqua sous son poids. Elle caressa du bout des doigts son livre de prières, celui qu'elle mettait la nuit tout contre sa poitrine, sous sa chemise, mais elle ne ferma pas les yeux.

A travers l'étroite fenêtre de sa cellule, les lumières bleues et rouges des gyrophares de la police balayaient les murs blancs, lesquels vibraient à présent de couleurs vives que le Christ en croix cloué au-dessus de la porte semblait contempler avec désapprobation.

Le cœur de Maura battait en contrepoint des pulsations de la lumière.

Parfait.

Elle sourit dans le noir, tandis que ses doigts tournaient machinalement les pages du livre de prières. Mais elle ne songeait pas à prier, ni à réciter un psaume. Pas maintenant. Pas au moment où il se passait tant de choses importantes.

Des voix étouffées murmuraient de l'autre côté de la porte, dans le couloir.

Elle n'arrivait pas à se calmer.

Elle se répéta qu'elle devait rester dans son lit, feindre de dormir — et si quelqu'un l'avait vue, prétendre qu'elle venait des toilettes. Mais elle dut se faire violence pour ne pas se lever.

Elle pouvait même prétendre qu'elle s'était réveillée parce qu'elle avait ses règles. Personne ne s'aviserait de vérifier.

Quoique...

Elle se demandait parfois si leur révérende mère, ce vieux sac venu tout droit du Moyen Age, ne notait pas les cycles menstruels des sœurs. Ça ne l'aurait pas étonnée plus que ça. Après tout, cet endroit était régi par une infinité de règles auxquelles sœur Charity tenait comme si le Seigneur en personne les lui avait dictées.

Franchement, pour qui se prenait-elle ?

Est-ce que le Seigneur tout-puissant se préoccupait vraiment de savoir à quelle heure une personne se levait le matin, et si elle avait pris un petit déjeuner ou jeûné ? Maura n'en croyait pas un mot. Pas plus qu'elle ne pensait qu'Il se préoccupait de ce qu'elle lisait, ou des vêtements qu'elle portait, ou de savoir si elle avait laissé un grain de poussière dans sa cellule. Dieu n'était ni un chronométreur ni un gardien de prison.

Mais c'était pourtant ainsi que la mère supérieure le voyait.

Et c'était pénible, pour ne pas dire insupportable.

Plus pour longtemps, cela dit.

Elle repoussa d'un geste nerveux les draps rêches et blancs de son lit, envoya sa natte indisciplinée derrière son épaule, et se leva. Le sol était froid et doux sous ses pieds. Après un regard inquiet du côté de sa porte — on ne s'enfermait pas à clé, dans ce couvent, et quelqu'un pouvait toujours entrer —, elle avança à pas de loup vers la fenêtre pour épier ce qui se passait dehors. Sa cellule était située à un angle du bâtiment. Aussi, en se hissant sur la pointe des pieds, pouvait-elle voir le jardin par-dessus le toit du cloître et, en se tordant le cou, jusque devant l'enceinte.

Une camionnette approchait, gyrophares allumés.

Elle sourit de nouveau, tandis que les cloches sonnaient l'heure.

Les péchés de Sainte-Marguerite ne seraient bientôt plus un secret pour personne.

*
* *

La gorge nouée, Montoya fixait le visage exsangue de Camille Renard. Elle était toujours belle, mais ses grands yeux fixes ne voyaient plus rien. Ils ne verraient jamais plus rien.

Il serra les dents en songeant à la jeune fille qu'il avait connue au lycée.

Rayonnante.

Espiègle.

Intelligente.

Et supersexy.

— Merde…, murmura-t-il dans un souffle.

Qu'est-ce qui avait bien pu lui arriver ?

Il tenta de se concentrer sur le présent et d'oublier les images de la Camille du lycée.

— Hé ! s'exclama Bentz, qui le dévisageait. Ça va ?

— Très bien, mentit-il. Je me demandais ce que signifiait cette mise en scène.

Son regard glissa vers le corsage de la robe : l'encolure était tachée de gouttelettes de sang qui formaient comme un collier de perles écarlates.

— Aucune idée, répondit Bentz, toujours en le fixant d'un air méfiant. Ecoute, Montoya, si tu connaissais cette femme, je pense qu'il vaudrait mieux que tu restes en dehors de cette enquête.

Il ignora la remarque. Pour le moment, il était chargé de l'enquête. Tant qu'un de ses supérieurs ne lui signifiait pas le contraire, il s'activerait à chercher le meurtrier de Camille. Son partenaire pouvait toujours chanter.

— J'ai du mal à l'imaginer en religieuse, confia-t-il en se grattant la tête d'un air songeur.

— Montoya, tu as entendu ce que je viens de dire ?

— Oui, j'ai entendu, mais tu n'as pas à t'en faire, je mènerai cette enquête dans les règles de l'art, rétorqua Montoya, en laissant son regard errer sur la silhouette figée de Camille.

Avait-elle été agressée par quelqu'un qu'elle connaissait, ou par un inconnu ?

Ce n'était pas la première fois qu'il se trouvait sur une scène de crime où la victime était une religieuse. Sa propre tante, entrée dans les ordres, était morte dans d'affreuses souffrances, torturée par un malade, au cours d'une enquête qu'il avait menée — celle qui lui avait permis de rencontrer sa femme...

Le doigt glacial d'une impression de déjà-vu glissa le long de sa colonne vertébrale. Il jeta un coup d'œil du côté de Bentz, lequel fronçait les sourcils et affichait un air sombre, comme chaque fois qu'il était perdu dans ses pensées.

Les cloches sonnèrent.

1 heure du matin.

Montoya s'accroupit près de la victime.

— Pourquoi porte-t-elle une robe de mariée, d'après toi ?

— J'en sais rien.

Il désigna du menton les gouttelettes de sang qui tachaient la dentelle du décolleté.

— Tu crois que c'est son sang à elle ? L'assassin aurait pris le temps de déposer les gouttes une à une ?

— J'en ai comme l'impression, marmonna Bentz.

— A quel genre de dingue avons-nous affaire ?

— A un tordu complet.

Bentz avait les yeux fatigués, et ses pattes-d'oie étaient plus prononcées que de coutume.

— Il s'est servi du sang qui coulait de la gorge de la victime pour dessiner un collier sur sa robe, expliqua-t-il d'un air attristé. On n'avait jamais vu ça.

— Il s'agit peut-être de son sang à lui, fit remarquer Montoya, tout en laissant ses yeux errer sur les plis de la robe. Nous n'en savons rien encore.

— Son sang à lui, ça m'étonnerait. Je parierais plutôt qu'on ne trouvera rien qui permette de l'identifier.

— Est-ce qu'elle a été violée ?

— On ne sait pas encore, répondit Bentz en fronçant les sourcils. Je suppose qu'elle était vierge...

Le ventre de Montoya se noua et il tenta de repousser de son esprit l'image de Camille agrippée à lui, chez elle, sur le petit canapé de ses parents qui s'étaient absentés. Ce n'était pas le moment de penser à ses magnifiques seins blancs et fermes, à leurs tétons sombres et dressés. Il contempla quelques minutes la gaze jaunie du tissu et secoua la tête.

— Où sont ses vêtements ? Ceux qu'elle portait avant d'enfiler ce déguisement ? Tu penses que le tueur l'a habillée après l'agression ?

— Non, on ne dirait pas. Quant à ses vêtements, des gars sont en train de les chercher. Il est probable qu'elle portait une chemise de nuit. La règle de ce couvent est très stricte. Extinction des feux à 22 heures et tout le monde au lit. Nous ne sommes pas certains de l'heure de la mort, mais le corps a été découvert aux alentours de minuit. La femme qui l'a trouvé dit que les cloches ont sonné les douze coups.

Au-delà des bancs, le petit groupe — un prêtre et deux religieuses — était toujours rassemblé au fond de la chapelle. Le prêtre et l'une des nonnes étaient habillés, tandis qu'une jeune femme frissonnait sous une cape trop grande pour elle. Elle avait les cheveux trempés et les yeux exorbités d'une personne en état de choc. Quelque chose en elle parut vaguement familier à Montoya et un drôle de sentiment d'appréhension lui noua le ventre.

— La plus jeune, Lucia — sœur Lucy —, c'est celle qui a découvert le corps, expliqua Bentz. Elle prétend être sortie de sa cellule parce qu'elle a entendu « quelque chose », mais elle est incapable de dire quoi. Elle est venue jusqu'ici et elle a trouvé le corps de sœur Camille.

Lucia. Sœur Lucy…

Sœur Camille… .

Bon sang…

Montoya se garda bien de raconter à Bentz ce qui lui passait par la tête et se contenta de commenter l'évidence.

— La plus vieille est en habit de religieuse, fit-il remarquer.

Bentz acquiesça.

— Ce couvent n'est pas dans la mouvance progressiste, si tu vois ce que je veux dire.

Montoya, toujours accroupi, reporta son regard sur la victime. Le cou long et blanc de Camille portait une marque circulaire bleutée, comme si on l'avait garrottée. Le souvenir de sa bouche couvrant ce cou de petits baisers, puis le creux derrière l'oreille, vint se superposer à l'image de Camille morte. Son cœur se serra.

Quel genre de monstre avait pu faire une chose pareille ?

Et pourquoi ? Est-ce que Camille avait été choisie au hasard ? Qui pouvait avoir des raisons de la tuer ?

Il se redressa et se tourna vers le petit groupe retenu par les agents. Un policier en uniforme s'entretenait avec la plus âgée, celle qui portait l'habit, tandis que sœur Lucy se contentait d'écouter, recroquevillée sous sa cape. Le prêtre, un homme d'une soixantaine d'années aux cheveux gris et aux lunettes non cerclées, paraissait contrarié. Même dans la pénombre, on devinait les rides qui barraient son front.

— C'est donc sœur Lucy qui a trouvé le corps, lâcha-t-il sobrement. Ç'a dû lui faire un sacré choc.

Il prit le temps d'examiner attentivement la jeune femme. Avec son visage blafard et ses cheveux dégoulinants de pluie, sous cette cape trop grande, elle ressemblait à une orpheline abandonnée dans les rues. Et, pourtant, il la reconnaissait sans le moindre doute. Lucia Costa. C'était complètement surréaliste. Le nœud qui pesait sur son estomac se serra d'un cran.

— Quand sœur Lucy a appelé à l'aide, la mère supérieure, la vieille, sœur Charity, est venue, répondit Bentz en désignant le groupe du menton.

Montoya la trouva impressionnante dans sa robe noire surmontée d'une cornette blanche.

— Elle s'appelle Charity Varisco, poursuivit Bentz en vérifiant ses notes. Elle a entendu crier sœur Lucy et elle est venue en courant. Sur place, elle a tenté de ranimer la victime, et elle a envoyé sœur Lucy prévenir la police et le prêtre de la paroisse.

— Qui a posé ce tissu sur le visage de la victime ?

— C'est elle, la mère supérieure.

Comme Montoya ouvrait la bouche pour pester contre les imbéciles qui touchaient à la scène du crime, Bentz leva une main apaisante.

— Je sais, je sais, je le lui ai déjà fait remarquer. Elle assure que son intention n'était pas de souiller la scène de crime. C'était un geste de respect envers la morte.

Montoya jeta de nouveau un coup d'œil du côté de la femme en question. Elle était grande et bien charpentée. Elle soutenait sans ciller, la bouche pincée, le regard de l'homme qui l'interrogeait.

— La mère supérieure entretenait quel genre de relations avec la victime ? demanda Montoya.

— Une relation normale. Elle a connu sœur Camille il y a deux ans, quand elle est entrée comme novice dans ce couvent.

— Et le prêtre ?

— *Les* prêtres. Ils sont deux. Celui que tu vois, c'est le père Paul Neland, le plus âgé des deux. Il vit dans l'enceinte du couvent, dans un petit appartement mitoyen à celui de l'autre prêtre, le père Francis O'Toole.

Montoya sursauta et tourna brusquement la tête vers Bentz.

— Francis O'Toole ? Frank ? Où est-il ?

— On l'a déjà isolé pour recueillir sa déposition officielle. Et, comme tu peux le constater, on négocie en ce moment pour séparer les trois autres.

Montoya se rendit compte qu'un deuxième agent parlementait maintenant avec les membres du groupe. Sœur Lucy lui jeta un regard suppliant, puis le suivit, tandis que le premier entraînait sœur Charity dans la direction opposée.

Montoya sentait venir la migraine. Il y avait décidément trop de visages familiers, ici. D'abord Camille, puis Lucia, et maintenant Frank O'Toole ? C'était à la limite du vraisemblable.

— Que sais-tu au sujet des prêtres ? demanda-t-il à Bentz.

— Le plus âgé, le père Paul Neland, est affecté depuis dix ans à cette paroisse. Pour l'ancienneté, il arrive juste derrière la mère supérieure, qui est là depuis près de vingt ans. Avant ça, ils se sont connus dans une autre paroisse, au nord, du côté de Boston, je crois. O'Toole, lui, est arrivé il y a cinq ans.

— Il faut que je parle au père Frank O'Toole, déclara Montoya.

Bentz laissa échapper un long sifflement en dévisageant son partenaire, comme s'il venait de comprendre.

— Seigneur, Montoya ! Tu le connais aussi ?

— Oh ! oui..., avoua Montoya d'un air désolé. Je le connais.

Assise en tailleur sur son lit défait, Valerie tentait une dernière fois de rallumer son ordinateur récalcitrant.

— Allez, allez..., l'encouragea-t-elle, tandis qu'il ramait en émettant des bruits inquiétants qu'elle ponctuait par des grimaces.

Et l'écran ne s'allumait toujours pas...

Il était près de 1 heure et demie du matin. La pluie avait cessé, et les rayons de lune qui filtraient à travers la couche de nuages posaient une étrange lueur sur les buissons humides qu'elle apercevait à travers sa fenêtre.

Son corps criait grâce, mais son esprit ne parvenait pas à trouver le repos. Elle voulait absolument lire ses e-mails avant d'éteindre la lumière. Maudite insomnie... Depuis l'adolescence, elle ne fermait pas l'œil dès que le moindre souci l'assaillait. Elle avait tout essayé : les somnifères, le travail jusqu'à l'épuisement, et bien d'autres choses, mais rien n'y avait fait.

C'est le divorce.

Et Cammie.

Tout en attendant que l'écran daigne afficher quelque chose, elle jeta un coup d'œil sur l'unique photo de Slade qu'elle avait conservée, celle où il montait son cheval préféré, un hongre gris et fin répondant au nom de Stormy, avec leur chien Bo, qui courait derrière lui. Avec sa silhouette qui se détachait sur un ciel mauve et orangé, Slade Houston avait tout du cow-boy solitaire. Elle avait pris elle-même cette photo et l'avait conservée en souvenir de leur mariage. Elle avait brûlé toutes les autres, y compris les clichés officiels de la modeste cérémonie qui avait célébré leur union. Mais celle-là, elle n'avait pu s'y résoudre. Elle essayait de se faire croire que c'était à cause de la présence de Bo.

Mais elle se mentait à elle-même et elle le savait.

— Masochiste, murmura-t-elle en prenant la photo pour la retourner sur le tas de factures qui lui rappela le triste état des finances de l'hôtel.

Elle n'avait pas envie de songer maintenant à son compte en banque, pas plus qu'au fiasco de son mariage. Elle jeta un regard mauvais du côté du rectangle blanc. Demain, cette photo irait à la poubelle.

Peut-être.

L'écran se décida enfin à s'allumer, et elle se dépêcha d'ouvrir sa boîte e-mail, qu'elle trouva encombrée de spams, comme d'habitude. Elle repéra quand même, dans le tas, un message provenant de SisCam1 et remercia intérieurement le dieu de l'Internet, tout en cliquant pour lire ce qu'il contenait.

— Qu'est-ce que tu me racontes, cette fois, Cammie ? murmura-t-elle.

> J'ai réfléchi. Je ne peux plus endurer ça. Je quitte St Marg. Tu sais pourquoi.

— Oh ! Cammie…, murmura-t-elle.

Elle eut soudain le cœur lourd. Bien sûr qu'elle savait pourquoi… Camille attendait un enfant.

7

— Tu connais Frank O'Toole *et* Camille Renard ? demanda Bentz à Montoya en plissant les yeux.

— Oui. On était au lycée ensemble.

Il n'arrivait toujours pas à y croire. Retrouver ici, dans un couvent, deux camarades de lycée, sans compter Lucia… Et contempler le cadavre d'une fille avec laquelle il était sorti pendant plus de six mois. Il déglutit tout en jetant un regard vers le sol, où l'un des assistants du légiste se penchait sur le corps.

— Et ce n'est pas tout, avoua-t-il. Tu vois, cette religieuse, là-bas ?

Il montra du doigt la tremblotante Lucia Costa.

— Je ne la connais pas directement, mais elle a été la petite amie de mon frère Cruz. Elle était plus jeune que lui, je pense. J'avais déjà quitté le lycée quand elle y est entrée.

— Ce sont les grandes retrouvailles, déclara Bentz avec un regard songeur.

— Je n'en sais rien, répondit Montoya d'un air sombre en s'éloignant du corps. Qui est arrivé en premier sur les lieux du crime ?

— C'est Amos qui a pris l'appel.

Montoya observa l'agent qui parlait avec Lucia. Joe Amos était une nouvelle recrue, un grand baraqué à la taille épaisse et à la peau d'une chaude couleur moka, soulignée sur le visage par une rafale de taches plus foncées. Il les rejoignit pour écouter ce que disait Lucia et s'adossa à une colonne, un peu en retrait.

— Ensuite je suis revenue ici, avec le père Paul et le père Frank et…

Elle aperçut Montoya et s'arrêta net.

— Et… Oh ! Mon Dieu…

Elle ouvrit des yeux ronds comme des billes et fit un pas en arrière.

— Et quoi ? demanda Amos d'un ton pressant.

Lucia battit des paupières, comme si elle n'arrivait pas à croire ce qu'elle voyait.

— Vous êtes le frère de Cruz, murmura-t-elle d'une voix blanche.

Elle semblait sur le point de s'évanouir.

— C'est exact.

Elle fronça les sourcils.

— Raymond, c'est ça ?

— Ruben. Je travaille pour la police de La Nouvelle-Orléans. Je suis inspecteur.

Amos posa un regard aigu sur Montoya.

— Vous vous connaissez ?

Montoya secoua la tête.

— Nous avons fréquenté le même lycée, mais avec quelques années de décalage. Elle sortait avec mon frère.

— Vous lui ressemblez, dit Lucia en refermant sur elle les pans de sa cape. A Cruz…

— Il paraît.

Pas la peine de nier l'évidence. Ça faisait des années qu'il entendait la même rengaine. Ils avaient tous un air de famille, chez les Montoya.

Amos leva la main.

— Bon, si nous revenions à nos moutons ? Vous disiez avoir entendu un bruit. Quel genre de bruit ?

— Je… C'est difficile à expliquer, bredouilla Lucia en déglutissant péniblement. Un son perçant. Ça m'a réveillée et inquiétée. J'ai ressenti le besoin de prier.

— Perçant comme un cri ? insista Montoya. Comme un appel à l'aide ?

— Non… Je ne sais pas… Je ne peux vraiment pas dire.

— Mais ça vous a poussée à quitter votre chambre ? reprit Amos.

— Oui. Je me sentais inquiète, vous comprenez. Un peu comme si j'avais fait un cauchemar. Je savais que je n'arriverais pas à me rendormir, alors j'ai décidé d'aller prier à la chapelle. Parfois, cela m'apaise.

Elle paraissait effrayée. Elle se tassait sous sa cape, comme si elle voulait disparaître dans ses plis.

Amos baissa les yeux vers des notes gribouillées d'une écriture illisible.

— C'est là que vous avez trouvé le corps et aperçu une silhouette qui quittait la chapelle, lut-il. Vous avez appelé à l'aide, sœur Charity est venue, puis vous êtes partie pour réveiller les prêtres et vous êtes revenue. Ou plutôt vous avez réveillé le père Paul, puisque le père Frank n'était pas couché, c'est bien ça ?

— Oui, c'est ça, répondit-elle en accompagnant sa réponse d'un lent hochement de tête.

Amos se gratta le menton.

— Et ensuite ?

— Oh ! ensuite…

Lucia détourna son regard de Montoya.

— Ensuite nous avons… euh… nous avons attendu. Le père Paul a vérifié le pouls de Camille. Elle était morte.

Elle soupira.

— Nous avons prié pour son âme, ajouta-t-elle d'une voix rauque.

Son nez rougit et les larmes lui montèrent aux yeux.

— Et après… après… j'ai entendu des sirènes et vous êtes arrivés.

Elle inspira longuement, resserra encore les pans de sa cape et se tut.

— C'est donc vous qui avez découvert le corps ? demanda Montoya.

— Je viens de lui raconter tout ça, gémit Lucia en jetant un regard suppliant du côté d'Amos.

Mais Montoya n'était pas disposé à se laisser attendrir.

— Je n'étais pas là, dit-il sèchement. Faites-moi un résumé.

Elle se tassa un peu plus, puis elle se reprit et fit de nouveau le récit des événements de la nuit. Après l'arrivée de la mère supérieure, qui avait entendu ses cris, elle avait appelé la police, rencontré le père Frank, qui se trouvait dans le cloître, réveillé le père Paul, qui dormait, et elle était revenue à la chapelle avec les deux prêtres.

— Mais vous avez mentionné une silhouette qui quittait la chapelle la première fois que vous êtes entrée, fit remarquer Amos.

— Je… Il me semble avoir vu quelqu'un, oui.

— Vous n'en êtes pas sûre ?

— Non. Je venais de me réveiller et… Il m'arrive parfois d'être sujette à des crises de somnambulisme et… Je n'avais pas l'esprit clair.

— Des crises de somnambulisme ? s'étonna Montoya. Mais, cette fois, vous étiez éveillée ?

— Oui, c'est vrai, mais…

Elle était visiblement sur le point d'éclater en sanglots.

— C'est difficile à expliquer.

— Vous avez également entendu une porte se fermer, en dépit des cloches qui sonnaient les douze coups de minuit, c'est bien ça ? insista Amos qui, lui non plus, ne se laissait pas aisément attendrir, pas même par des larmes.

Lucia parut soudain extrêmement nerveuse. Effrayée, même.

— Oui, il m'a semblé, répondit-elle d'une voix mal assurée.

Montoya songea qu'on aurait pu trouver plus fiable, comme témoin. Il ne connaissait pas bien Lucia. Il avait eu pourtant l'un de ses frères aînés dans sa classe. Il se souvint qu'elle fascinait Cruz et tenta de se souvenir pourquoi. Elle était mignonne, mais il y avait eu autre chose… Ah, oui… Elle était un peu médium. Mais peut-être Cruz avait-il inventé ce détail. Son jeune frère avait la réputation d'être vaguement mythomane.

Ils lui posèrent encore quelques questions pour reconstituer la chronologie des faits, puis Montoya rejoignit Bentz.

— Elle est jolie, fit Bentz. C'était sérieux, entre elle et ton frère ?

— Plutôt, mais ç'a mal fini à cause d'un accident de voiture. Cruz conduisait. Ils ont failli mourir tous les deux.

L'affaire était probablement plus compliquée que ça, mais Montoya n'en connaissait pas tous les détails. Il n'était pas à La Nouvelle-Orléans quand c'était arrivé.

Ils allèrent retrouver la mère supérieure dans le couloir, près de la chapelle, où elle était interrogée par l'un des agents.

Elle s'exprimait calmement, à voix basse, d'un ton posé, en dépit de la tragédie. Montoya trouva que son visage n'accusait pas les soixante ans qu'elle avouait, mais sans doute la douce lumière des cierges l'avantageait-elle.

— J'ai déjà dit tout ce que je savais à l'agent Erwin, déclara-t-elle sèchement, en voyant approcher Montoya. Je pense que vous en avez terminé avec les témoins, à présent…

— Nous allons devoir interroger tous les occupants de ce couvent, dit Erwin.

La mère supérieure secoua lentement la tête.

— Les sœurs dormaient, je ne vois pas l'intérêt de les interroger.

— Elles ont pu entendre un bruit, l'une d'elles a pu se lever et traverser le couloir pour aller aux toilettes, insista Randi Erwin. On ne sait jamais. De plus, elles connaissaient sœur Camille. Elles nous éclaireront peut-être sur les éventuels mobiles de ce crime.

— Oh ! s'exclama la mère supérieure en se signant, comme si elle prenait soudain conscience de la gravité de la situation. Je leur parlerai. Le père Paul les guidera dans cette épreuve.

— Vous n'avez pas compris, interrompit Montoya d'un ton crispé, tout en se demandant si elle jouait les demeurées. Nous devons les interroger avant que vous ne leur parliez.

— Vous tenez vraiment à voir tout le monde ? demanda sœur Charity avec étonnement.

Montoya acquiesça.

— Oui, tout le monde. Chacun devra faire une déposition.

— De plus, j'ai encore des questions précises au sujet de la victime, ajouta Erwin.

— Nous sommes un ordre très secret, murmura la mère supérieure avec un visage fermé.

— Secret ? A propos d'une morte ? Il me semble que vous ne devriez pas hésiter à oublier certaines de vos règles. Je vous rappelle qu'il s'agit d'un meurtre.

Randi Erwin avait à peine trente ans, mais c'était une petite femme énergique qui en imposait. Elle se maquillait à peine et avait adopté une coupe courte, mais féminine et effilée. Elle avait beaucoup pratiqué la gymnastique à l'université et était maintenant très avancée dans les arts martiaux. Elle n'entendait se laisser manœuvrer par personne, ni par les vieux routards de la division qui cherchaient parfois à la draguer, ni par cette révérende mère si revêche.

— Il me faut une liste des amis de la victime, dit-elle. Voyez-vous quelqu'un qui aurait pu lui en vouloir ?

— Personne n'est l'ennemi de personne, ici, répondit sœur Charity en croisant ses deux mains.

Un geste de résignation, sans doute. Elle avait enfin compris que la police ne les lâcherait pas.

Bentz ne put réprimer un petit ricanement.

— Ici, il y a des êtres humains, comme partout ailleurs, coupa-t-il. Et les êtres humains sont sujets à l'envie, à la jalousie, aux vieilles rancœurs, au désir de revanche. On a mené bien des guerres au nom de la religion.

Leur interlocutrice tressaillit.

— Pas ici.

— Pourquoi Camille porte-t-elle une robe de mariée ?

— Je n'en ai pas la moindre idée.

— Où a-t-elle pu se la procurer, cette robe ?

Les sourcils de la mère supérieure se joignirent.

— Je ne sais pas, répondit-elle, au moment où l'agent Chris Conway approchait.

— La presse est là, annonça Conway. Une journaliste de WKAM veut vous parler.

— Elle attendra comme tout le monde la déclaration officielle de Sinclaire, rétorqua Bentz.

Tina Sinclaire était leur porte-parole.

— Et ce n'est pas pour tout de suite. Il faut d'abord prévenir les proches de la victime. Les journalistes ont sûrement écouté la fréquence de la police, et ils savent que c'est un homicide. Ils n'ont qu'à se contenter de ça pour le moment.

— Pigé, répondit Conway en repartant.

Montoya se tourna vers la mère supérieure.

— Je suppose que vous connaissez les proches de Camille Renard, dit-il.

Lui-même ne se souvenait pas vraiment des parents de Camille, qu'il avait à peine croisés.

— Il me semble que son père est assez âgé, ajouta-t-il d'un air songeur. Il travaille dans les chemins de fer. Et sa mère est enseignante à temps partiel, c'est ça ?

— Ses parents sont décédés. Elle a une sœur, qui vit au Texas, il me semble. Dans une petite ville… Je ne me souviens plus laquelle…

En effet, songea Montoya, Camille avait une sœur un peu plus âgée qu'elle d'un an ou deux.

— Vous connaissez le nom de sa sœur ?

— Je devrais, mais… Veronica, il me semble. Je vérifierai.

Ce prénom ne disait rien à Montoya, mais il se souvenait tout de même de la sœur : une grande fille au regard grave, sérieuse, studieuse et solitaire.

— Ce ne serait pas plutôt Valerie, son prénom ? insista-t-il.

La mère supérieure lui jeta un regard dur et sa bouche se pinça.

— Oui, répondit-elle en hochant la tête, ce qui eut pour effet de secouer sa cornette. Valerie, c'est ça.

— Il nous faut son adresse.

— Bien entendu, soupira la mère supérieure en tournant son regard vers les portes qui donnaient sur la chapelle.

A l'intérieur, les experts s'activaient maintenant à récolter des indices. Ils prenaient des photos, mesuraient, répandaient de la poudre pour relever les empreintes, promenaient une lampe à luminol pour révéler les taches. Ils ne laissaient rien de côté et inspectaient minutieusement le sol, les murs et les bancs.

— C'est un sacrilège, murmura sœur Charity en implorant Bentz et Montoya du regard. Je vous en prie, il faut leur dire d'arrêter ça. La chapelle est un lieu sacré et…

Elle leva une main, dans un geste de supplication, la paume tournée vers la chapelle où le légiste s'apprêtait à examiner le corps de Camille.

— Nous suivons une règle stricte et nous avons des horaires de prière précis. Il n'est pas concevable que…

Sa voix se brisa et Montoya se demanda si elle était émue par la mort de sœur Camille, si elle s'inquiétait de la réputation de son couvent, ou si elle jouait tout simplement la comédie.

— Un tel bouleversement est inacceptable, reprit-elle d'une voix moins assurée. Vous nous empêchez d'accéder à la chapelle, vous la souillez… Ce cordon jaune et tous ces gens qui rôdent autour du saint tabernacle…

— L'une de vos novices est morte, lui rappela Montoya en laissant percer une pointe d'agacement. Et il s'agit probablement d'un meurtre. Nous devons faire notre travail. Nous le ferons le plus vite possible, mais nous le ferons, vous pouvez me croire. En vous mettant en travers de notre chemin, vous risqueriez simplement d'avoir à nous supporter plus longtemps.

Le menton de la mère supérieure trembla, comme si elle s'apprêtait à protester. Puis elle se ravisa.

— Faites votre travail, dit-elle seulement. Mais je vous en prie, n'oubliez pas que vous êtes dans la maison de Dieu.

— Maison dans laquelle le diable vient d'officier, répondit Montoya.

— C'est peut-être un peu tôt pour l'affirmer, rétorqua-t-elle d'un ton qui ne souffrait pas de réplique. A présent, si vous voulez bien m'excuser…

Elle s'éloigna précipitamment, dans un froissement de tissu

et un cliquetis de perles. Montoya remarqua que sa robe était impeccable, à part l'ourlet, taché de boue.

Etrange.

Et elle était habillée, sa coiffe bien mise, en plein milieu de la nuit, comme si elle ne s'était pas couchée.

Est-ce qu'elle dormait avec son habit de religieuse ? Montoya se promit de lui poser la question plus tard, quand elle serait un peu plus disponible.

— Attendez, ma mère, dit Bentz en lui courant après. Je voudrais voir la chambre de sœur Camille.

— Vous ne trouverez rien dans la cellule de sœur Camille.

— Vous n'en savez rien, rétorqua Bentz.

Elle s'arrêta, puis acquiesça d'un bref hochement de tête.

— Suivez-moi.

Elle se dirigeait déjà vers l'escalier montant à l'étage. Montoya songea que ce n'était que partie remise. Il s'entretiendrait plus tard avec elle.

Pour l'instant, il avait de plus gros poissons à ferrer.

— Je crois que je vais interroger le père Frank O'Toole, dit-il à Erwin. J'ai hâte d'entendre sa version des faits.

8

Le frère de Cruz ?

Le frère de Cruz était inspecteur de police ?

Et c'était lui qu'on avait chargé de l'enquête ?

Une pierre glacée tomba sur l'estomac de Lucia. En découvrant le corps de Camille, elle avait cru toucher le fond. Mais elle s'était trompée.

L'inspecteur Montoya ressemblait à Cruz d'une manière effrayante — même pommettes aiguës, mêmes yeux sombres et méfiants, mêmes cheveux raides et épais, même dents blanches qui tranchaient sur sa peau cuivrée quand il souriait. Le père de Lucia avait toujours jugé Cruz trop séduisant pour être honnête. La remarque valait aussi pour son grand frère.

Sur l'ordre de la révérende mère, Lucia regagna sa chambre, où elle enfila son habit de nonne et noua ses cheveux. Puis elle s'efforça de chasser de son esprit l'image de Cruz Montoya, et alla frapper à la porte des autres sœurs pour leur annoncer que la mère supérieure les attendait au réfectoire. Plusieurs d'entre elles voulurent savoir pourquoi. Elle leur répondit qu'elle l'ignorait, mais qu'il fallait descendre. Elles n'insistèrent pas.

Il s'agissait d'un mensonge, mais, malheureusement, elle n'en était pas à un près. Elle avait déjà menti à propos de la voix. Et puis elle se sentait souillée par la présence de l'être maléfique qui s'était adressé à elle.

Sœur Angela répondit tout de suite, en passant sa tête à la porte, comme si elle avait attendu de l'autre côté du battant.

Les joues rougies, elle ajusta ses fines lunettes, et battit des paupières à cause de la lumière du couloir qui l'aveuglait.

— Que se passe-t-il ?

— Je n'en sais rien, dépêchez-vous, répondit Lucia entre ses dents.

Encore mentir…

— Mais…

— Je vous en prie, la révérende mère attend.

Angela acquiesça en silence et disparut dans sa chambre, tandis que Lucia passait à la porte suivante, celle de sœur Dorothy, qui ne répondit pas. Lucia frappa plus fort, mais toujours pas de réponse.

Le sinistre pressentiment qui l'avait submergée quelques instants plus tôt lui comprima de nouveau le cœur. Et si Camille n'était pas la seule victime du monstre ? Si l'assassin était monté à l'étage pour s'en prendre à une autre de ses sœurs ? Lucia ravala sa peur et referma les doigts sur son rosaire.

— Sœur Dorothy ?

Toujours rien du côté de sœur Dorothy, mais une porte s'entrouvrit lentement au bout du couloir, laissant apparaître sœur Maura, avec son éternel masque renfrogné sur le visage.

— Qu'est-ce que vous faites ? murmura sœur Maura en enfilant une paire d'épaisses lunettes.

— La révérende mère souhaite nous réunir au réfectoire.

— A cette heure-ci ? Mais pourquoi ?

Maura fronça les sourcils. C'était une femme sévère et compassée, peu communicative. Lucia la connaissait mal.

— Elle ne me l'a pas dit. Faites vite.

Une autre porte s'ouvrit et sœur Edwina considéra d'un air surpris le groupe qui commençait à se former dans le couloir.

— Que se passe-t-il ? demanda-t-elle en repoussant derrière son épaule son épaisse natte blonde.

Edwina dominait Lucia de cinq bons centimètres. Elle avait un corps athlétique et un visage nordique aux pommettes hautes. Ses yeux étaient profondément enfoncés et d'un bleu orageux, comme si elle était constamment en colère.

— Pourquoi frappez-vous à la porte de sœur Dorothy ? s'étonna-t-elle.

— La révérende mère nous attend dans le réfectoire, expliqua de nouveau Lucia, qui commençait à perdre patience.

— En pleine nuit ?

— Je sais…

— Mais qu'est-ce qu'elle nous veut ?

Sœur Edwina ne pouvait donc pas se contenter d'obéir ?

— Vous verrez bien, répliqua sèchement Lucia. Je crois que la révérende mère tient à vous le dire elle-même.

— Mais vous, que faites-vous debout ? insista sœur Edwina en jetant un coup d'œil par-dessus l'épaule de Lucia, vers sa cellule de l'autre côté du couloir. Pourquoi est-ce à vous que sœur Charity a confié la mission de nous rassembler ? ajouta-t-elle d'un ton indigné, comme si elle considérait ce choix comme une offense personnelle.

Lucia ne se sentait pas d'humeur à ménager les susceptibilités des unes et des autres. Elle avait de plus graves soucis. D'abord, la pauvre sœur Camille… Paix à son âme… Et ensuite la présence du frère de Cruz Montoya, qui allait mener l'enquête… Elle avait les nerfs à fleur de peau.

— Habillez-vous et descendez au plus vite, dit-elle, toujours aussi sèchement.

— Mais vous êtes au courant de ce qui se passe, n'est-ce pas ? déclara sœur Edwina d'un ton accusateur.

Edwina se montrait agressive à propos de tout et de rien. Elle avait une légère tendance à la paranoïa.

— C'est à la révérende mère de vous l'expliquer, reprit patiemment Lucia.

— Je vois, assura Edwina d'un ton plein d'ironie mordante.

Le battant de sœur Dorothy s'entrouvrit enfin, à peine.

— Qu'y a-t-il ? demanda-t-elle sans se montrer, avec une pointe de méfiance dans la voix.

Lucia n'en fut pas surprise. Petite, ronde et potelée, sœur Dorothy était une éternelle angoissée. Par ailleurs, elle n'avait pas l'air le moins du monde endormie.

Lucia répéta son court message. A présent, des portes s'ouvraient toutes seules. L'inhabituel remue-ménage, dans ce couloir d'ordinaire paisible et silencieux, avait fini par réveiller tout le monde. Angela sortit de sa chambre, et, ignorant le regard mauvais que lui lançait sœur Maura, elle vint rejoindre Lucia.

— Je vais vous aider, sœur Lucy, proposa-t-elle en lui emboîtant le pas, tandis qu'Edwina claquait sa porte. Ne vous inquiétez pas d'elle. Elle est furieuse parce que c'est vous que la révérende mère a désignée pour messagère.

Lucia ne répondit rien et palpa fébrilement les perles de son rosaire. Elle venait brusquement de comprendre pourquoi, cette nuit, elle avait fait un atroce cauchemar, pourquoi le souffle du mal avait murmuré à son oreille, pourquoi sœur Camille — paix à son âme torturée — avait été assassinée.

Elle l'avait compris. Mais elle ne pouvait pas le révéler.

Montoya trouva la porte qu'on lui avait indiquée près de l'abside de la cathédrale. Il frappa, puis poussa le battant sans attendre de réponse.

Les bras croisés sur la poitrine, un agent en uniforme surveillait un prêtre en soutane noire installé sous le halo ambre de l'unique lampe.

Le père Frank O'Toole était absorbé dans la prière. Il se tenait bien droit, ses grandes mains jointes sur ses genoux.

En entendant la porte s'ouvrir, il sursauta et leva la tête.

— Ruben ? murmura-t-il avec une pointe d'incrédulité dans la voix, en battant des paupières, comme s'il n'en croyait pas ses yeux.

— Comment ça va, Frank ? demanda Montoya en se penchant par-dessus la petite table de bois pour serrer la main de son ancien camarade.

Frank O'Toole avait une poigne ferme et vigoureuse, comme autrefois.

— J'ai connu de meilleurs moments, reconnut celui-ci,

tout en se levant avec un sourire résigné, bien différent de celui dont Montoya se souvenait. Mais qu'est-ce que tu fais ici ? demanda-t-il en remuant les sourcils.

Puis un éclair de compréhension passa dans ses yeux.

— Tu travailles dans la police ?

— Je suis inspecteur.

— Vraiment ?

Son sourire s'effaça.

— Je n'aurais jamais imaginé que…

— Moi non plus, coupa Montoya. Je ne me voyais pas en flic et toi, je ne te voyais pas en prêtre.

Au lycée, Montoya avait toujours eu une réputation de voyou. Frank, de son côté, était un garçon modèle — la vedette de l'équipe de foot et de basket en même temps qu'un élève brillant. Il avait tous les dons. Il venait en outre d'un milieu privilégié, son père étant un avocat de renom.

Il avait un jour surpris Montoya en train de tenter de faire démarrer sa voiture — une Mustang, justement — avec les fils de contact. Montoya n'avait alors que quinze ans et Frank avait menacé de porter plainte. Ils en étaient presque venus aux mains, mais ils avaient fini par trouver un arrangement : Montoya avait lavé et briqué la voiture durant six week-ends d'affilée et, en échange, Frank O'Toole l'avait baladé dans les rues de La Nouvelle-Orléans. Ils avaient noué une amitié brève et improbable. Montoya enviait à Frank son niveau de vie et sa popularité, tandis que ce dernier était fasciné par son côté rebelle — l'attirance bien connue du bourgeois pour le mauvais garçon.

O'Toole laissa échapper un long soupir.

— Tu as vu sœur Camille ? demanda-t-il en serrant les poings et en frottant nerveusement ses index avec ses pouces.

— Oui, répondit Montoya en acquiesçant du menton.

Il songea tristement que l'image du cadavre de Camille resterait à jamais gravée dans sa mémoire.

— C'est une honte, gronda le prêtre en levant les yeux au ciel, comme s'il attendait une réponse de ce côté-là.

Il avait toujours cette beauté frappante qui attirait tant les filles au lycée. Des mèches grises soulignaient la masse noire de ses cheveux, il avait quelques rides au coin des yeux et un nez un peu moins fin qu'autrefois, mais ces signes de maturité n'entamaient en rien son charme, au contraire.

— Je voudrais que tu me racontes ce qui s'est passé, demanda Montoya.

Une étrange lueur passa dans les yeux du prêtre. Quelque chose entre la culpabilité et la colère.

— J'aimerais bien le savoir, murmura-t-il. J'étais sorti, pour rendre visite à un paroissien malade, Arthur Wembley, qui en est à la phase terminale d'un cancer du poumon. J'ai passé la soirée avec lui et sa femme, Marion. Quand je suis rentré, j'ai trouvé sœur Lucy, qui frappait à la porte du père Paul. Elle était complètement paniquée et elle nous a demandé de la suivre à la chapelle.

Sa mâchoire se durcit et ses yeux parurent s'enfoncer dans leurs orbites.

— Nous n'avons pas cherché à comprendre et nous avons obéi, poursuivit-il en baissant encore plus la voix. Et là, nous avons trouvé sœur Charity, qui priait devant le corps de Camille.

Il se racla la gorge.

— Ensuite, un premier agent est arrivé.

— Pourquoi portais-tu ta soutane ? demanda Montoya.

— Les Wembley sont de la vieille école. Pour eux, je me mets en soutane. Mais je suis le plus souvent en civil.

— D'après toi, pourquoi Camille... sœur Camille... portait-elle une robe de mariée ?

— Je n'en sais rien, répondit-il en secouant la tête et en se mordant la lèvre inférieure, comme s'il réfléchissait. C'est une vieille robe. Du genre de celles que les novices portent le jour où elles prononcent leurs vœux définitifs, pour symboliser le fait qu'elles épousent le Christ.

— Tu es sérieux ?

O'Toole haussa une épaule.

— C'est une vieille coutume, et ici, au couvent Sainte-Marguerite, on respecte les vieilles coutumes, beaucoup plus que dans les paroisses voisines. Les religieuses portent l'habit et le voile, nos paroissiens s'abstiennent de manger de la viande le vendredi saint. Ça revient un peu à la mode…

Il détourna la tête et Montoya se demanda ce qu'il pensait de cette « mode ».

— Tu as fréquenté Camille, quand nous étions au lycée ?

— Non, répondit O'Toole en le regardant de nouveau, droit dans les yeux. Elle était plus jeune que moi. Mais j'ai connu sa sœur aînée.

— Valerie.

— Oui.

— Tu es sortie avec elle ?

Ils échangèrent un regard entendu. A l'époque, Frank était un tombeur et il avait fait des ravages parmi les jeunes filles du lycée Saint-Timothée. Montoya n'en revenait pas qu'il ait choisi la prêtrise et le célibat. Ça ne correspondait pas du tout à l'image qu'il avait de lui. Mais peut-être avait-il changé.

— Quand on a diagnostiqué chez ma jeune sœur la maladie de Hodgkin, j'ai fait un vœu, expliqua Frank, comme s'il avait lu dans ses pensées. J'ai promis au Seigneur de le servir s'Il l'épargnait.

— Et Il l'a épargnée ?

— Elle est morte l'année dernière, mais pas de sa maladie. Elle s'est fait écraser à un carrefour par un conducteur trop âgé qui a confondu la pédale de frein avec celle de l'accélérateur.

Il soupira en se frottant le visage, et les poils mal rasés de sa moustache firent un petit bruit de friction contre les articulations de ses doigts.

— Elle est morte sur le coup, heureusement, conclut-il.

— Et tu penses que le Seigneur a respecté sa part du marché ?

— Difficile à dire, murmura-t-il. Je ne suis pas imbu de mon importance au point de croire que le Seigneur s'est servi de ma sœur comme d'un pion, mais je pense que sa mort était une épreuve destinée à éprouver ma foi et ma vocation.

— Et cette épreuve, tu l'as surmontée ?

Frank eut un petit sourire, mais son visage demeura grave.

— C'est au Seigneur d'en juger, répondit-il.

— Pourquoi sœur Camille est-elle descendue à la chapelle en pleine nuit, d'après toi ?

— Si seulement je le savais ! répondit Frank d'un ton fervent.

Mais ses yeux évitèrent ceux de Montoya.

— Tu connaissais donc Valerie, autrefois, mais pas Camille ?

— Oui, c'est ça.

— Et Valerie vit en ce moment au Texas ?

— Non, pas du tout. Elle est ici, à La Nouvelle-Orléans.

— A La Nouvelle-Orléans, tu es sûr ?

La mère supérieure avait pourtant affirmé que la sœur de Camille habitait une petite ville du Texas.

Le prêtre acquiesça.

— Elle tient un petit hôtel dans Garden District, il me semble. Je ne me souviens pas du nom de l'hôtel, mais Camille m'a dit que sa sœur avait quitté le Texas il y a un an ou deux.

Sa voix s'était faite lointaine, comme s'il revoyait leur conversation.

— Tu parlais souvent avec Camille ?

— Quelquefois.

— C'est-à-dire ?

— Plusieurs fois par semaine. Parfois plus. Parfois moins.

— Est-ce qu'elle t'a parlé de ses anciens petits copains ?

— Tu veux dire, à part toi ? ironisa Frank en haussant un sourcil.

Montoya fit un effort pour ne pas montrer son agacement.

— Je cherche à savoir qui aurait pu lui en vouloir, répondit-il sèchement.

— Non. Elle n'a mentionné personne.

— Elle avait des ennemis ?

Frank secoua la tête.

— Je n'en sais pas assez sur sa vie personnelle pour répondre à cette question. Et ce qu'elle m'a dit en confession ne concerne qu'elle et le Seigneur.

— Mais tu l'as entendu.

— Tout comme le père Paul, précisa Frank avec un sourire un peu amer. Tu devrais plutôt interroger sœur Lucy ou sœur Louise. Elles semblaient proches d'elle.

Il paraissait soudain las et à bout de patience.

— Autre chose ? demanda-t-il.

— Pas pour le moment, mais il est possible que j'aie besoin de te parler de nouveau.

— Je comprends. N'hésite pas à m'appeler.

Il se leva, en affichant un sourire sans entrain. Puis il marcha vers la porte. Ce fut à ce moment-là que Montoya remarqua une tache au bas de sa soutane.

— Frank ?

Le prêtre se retourna, l'air excédé.

— Ta soutane est tachée, dit-il en montrant du doigt une auréole sombre et presque invisible, près de l'ourlet.

— Ah, oui ? Où ça ? demanda le prêtre en baissant les yeux. C'est sûrement de l'eau. J'étais sous la pluie…

Montoya s'agenouilla, avec la sensation d'être en prière devant ce prêtre en soutane, et palpa le tissu à l'endroit de la tache. Un fin résidu rouge se déposa sur ses doigts.

— C'est du sang, dit-il en levant les yeux vers le père Frank.

Ce dernier fronça les sourcils et son front se plissa.

— Celui de sœur Camille, probablement. Je me suis penché sur son corps pour prier et…

Sa voix se brisa et son visage exprima une grande tristesse.

— Il nous faut cette soutane, répondit Montoya en se redressant et en le regardant droit dans les yeux.

Frank parut sur le point de protester, puis il se ravisa.

— Bien entendu. Je te la donnerai.

Montoya sortait déjà.

— Si tu permets, je vais t'accompagner pour la prendre sur-le-champ.

— Tu n'as pas confiance en moi, Ruben ?

— Je mène une enquête pour homicide, Frank. Je n'ai confiance en personne.

9

— Et mer…

Valerie ravala un juron. Là, juste devant son porche, garé derrière sa vieille relique de Subaru, sous les longues branches d'un saule, il y avait un pick-up immatriculé au Texas, tout déglingué et maculé de boue. Sur le pare-brise, deux traînées sales en arc de cercle témoignaient de l'effort fourni par les essuie-glaces pendant l'orage de la veille.

La porte moustiquaire claqua derrière elle avec un bruit sec, effrayant un couple de geais bleus qui quittèrent la palissade qui leur servait de perchoir pour aller se réfugier au sommet d'un arbre.

Valerie les remarqua à peine. Elle n'avait d'yeux que pour le pick-up.

Du côté passager, cette truffe qui poussait dans l'interstice de la vitre entrouverte était celle de son chien. Du côté conducteur, affalé sur le volant, elle reconnut son mari.

Elle était ravie de voir le premier.

Mais pas le second.

En l'apercevant, Bo se mit à aboyer et gratter à la vitre, tout en mettant en mouvement l'ensemble de son arrière-train. Slade, maudit soit-il, ouvrit un œil et se frotta le front, tout en la gratifiant de son sourire nonchalant — un sourire éclatant qui fit valoir ses dents blanches au-dessus de son menton mal rasé. C'était scandaleux d'être aussi sexy quand on n'avait dormi que quelques heures dans une voiture.

Et, d'ailleurs, que venait-il faire ici ?

Elle avait déjà commencé à avancer vers le véhicule, et coupa à travers le carré de gazon qui faisait la fierté et la joie de Freya — une herbe détrempée et écrasée par la pluie de cette nuit, comme le reste de la végétation du jardin.

La porte du passager s'ouvrit en grinçant et Slade sauta sur le gravier, en même temps que Bo, qui le dépassa et courut vers elle, gémissant de plaisir.

— Hé, mon chien…, murmura-t-elle, émue.

Elle s'accroupit pour flatter le poil doux de sa tête et fut remerciée par d'exubérants coups de langue.

— Oui, toi aussi, tu m'as manqué, dit-elle en riant.

Le chien était fou de joie. Elle se souvint du jour où elle l'avait ramené de la fourrière — petit chiot noir et fauve, avec des yeux brillants et des oreilles démesurées qui traînaient presque par terre.

— Et moi ? protesta Slade en claquant la portière. Je ne t'ai pas manqué ?

Il s'adossa à la carrosserie avant de son pick-up. Valerie constata que cette voix à l'accent traînant du Texas lui faisait toujours autant d'effet. Et surtout qu'elle lui rappelait des souvenirs pénibles. Des souvenirs qu'elle aurait préféré oublier. Elle leva les yeux vers Slade, tout en continuant à gratter Bo derrière les oreilles.

— Si tu m'as manqué ?

Elle en aurait presque ri, mais la situation n'avait rien de comique.

— Tu plaisantes, j'espère ? Comme si la peste pouvait me manquer…

Il fit la grimace et afficha un air incrédule.

— Tu mens très mal, murmura-t-il.

— Pas comme toi, rétorqua-t-elle. Le roi de la tromperie.

Il n'eut pas l'ombre d'un sourire et ne répondit rien.

— Que viens-tu faire ici, Slade ? demanda-t-elle en se redressant.

Elle sentait dans son dos la chaleur du soleil matinal, promesse d'une belle journée après cette nuit orageuse. Les geais cacardaient gaiement et un hibou invisible hulula quelque part dans un arbre.

— J'ai pensé qu'il fallait qu'on parle, dit-il. Rien que toi et moi. En se passant de l'intermédiaire de nos avocats à deux cents dollars l'heure.

— Nous avons déjà essayé, et ça n'a pas marché.

— J'aimerais qu'on essaye encore.

— Tu es sérieux ?

Elle songea à leurs interminables discussions, à tout ce qu'elle avait tenté pour dialoguer, pour s'expliquer sainement avec lui, pour mettre les choses à plat. Lui, il s'était fermé comme une huître et était devenu de plus en plus distant, hors d'atteinte, pour protéger son énorme ego.

Puis elle songea à sa fierté bafouée. A la zizanie que Cammie avait semée entre eux.

— Et c'était urgent au point de rouler en pleine nuit et de dormir dans ton pick-up ?

— Je suis arrivé très tôt ce matin et je n'avais pas réservé de chambre ; j'ai pensé que tu n'apprécierais pas beaucoup que je te réveille.

— Tu as bien pensé. Mais en ce qui concerne des négociations avec moi, c'est trop tard.

— Pas si nous faisons tous les deux des efforts.

— Des efforts ?

Elle avança vers lui. D'un pas.

— Tu te fiches de moi ? Où est passé le cow-boy indifférent à tout qui n'a pas hésité à foutre en l'air son mariage ? Celui qui a dragué la sœur de sa femme et qui a prétendu ensuite que c'était elle qui lui avait fait du gringue ?

— Je n'ai pas dragué ta sœur, et tu le sais, rétorqua-t-il d'un air offensé.

Elle détourna le regard.

Le soleil se levait et La Nouvelle-Orléans s'éveillait lentement. Le bruit de la circulation dans l'avenue Saint-Charles, à quelques pâtés de maisons, devint plus audible.

Il était plus de 8 heures, les gens partaient travailler. Valerie songea qu'elle était épuisée, mais qu'elle aussi avait du travail, même si elle serait volontiers retournée se coucher. Hier soir, elle avait passé un long moment à se tourner et à se retourner dans son lit, pour finalement sombrer au petit matin. Elle ne se sentait pas en état d'affronter Slade Houston. Freya préparait déjà le petit déjeuner pour leurs quelques clients : des odeurs de bacon frit, de sirop d'érable tiède et de beignets aux pommes filtraient jusqu'à eux par une fenêtre ouverte. Il était temps qu'elle s'y mette aussi. Elle était chargée de préparer le café et de nettoyer.

— Ecoute, Slade, soupira-t-elle, au comble de l'agacement. Si tu as fait tout ce trajet pour me convaincre de parler avec toi, tu as perdu ton temps. Je ne changerai pas d'avis.

A ses pieds, le chien se mit à gémir en levant vers elle ses grands yeux tristes. Il ne manquait plus que ça ! Le cœur de Valerie se serra.

— Mais tu peux me laisser Bo, ajouta-t-elle. Comme ça, tu n'auras pas fait le déplacement pour rien.

Elle ne put retenir un petit sourire. Elle avait toujours adoré les chiens — des bâtards galeux aux chiens de race, ils la faisaient tous craquer.

— Rien ne t'empêche de prendre un chien, si tu en veux un, rétorqua-t-il sèchement.

— Compris.

Elle s'abstint de lui faire remarquer que c'était elle qui s'était déplacée jusqu'au refuge pour choisir Bo. De toute façon, Bo était plus heureux dans un ranch, à chasser les écureuils et les tatous, qu'enfermé dans un jardin minuscule dont la porte ne cessait de s'ouvrir et de se fermer pour laisser entrer des étrangers de passage.

— Mais tu vas me manquer, mon grand, ajouta-t-elle en s'adressant au chien.

Elle se penchait vers lui pour le caresser, quand elle aperçut du coin de l'œil une voiture de patrouille qui se garait devant la maison. Deux hommes en sortirent.

Elle se sentit brusquement glacée.

— Seigneur, murmura-t-elle.

La police… Ces deux-là n'étaient sûrement pas porteurs de bonnes nouvelles. Elle avait trop souvent été de leur côté de la barrière pour se raconter des histoires. Son estomac se noua douloureusement. Elle imaginait déjà les mots convenus qu'ils risquaient de prononcer… *C'était un accident… Sincères condoléances… Nous sommes désolés…*

Elle se prépara au pire. Elle entendit, du côté de la cuisine de l'hôtel, un bruit de vaisselle brisée qui lui parut lointain, comme venu d'un autre monde.

L'un des deux flics, le plus jeune, un type probablement d'origine hispanique et portant un blouson de cuir, marchait devant l'autre, plus trapu. Il les rejoignit le premier.

— Je suis l'inspecteur Montoya, de la police de La Nouvelle-Orléans, dit-il. Et voici mon partenaire, Rick Bentz. Nous cherchons Valerie Renard.

— Je suis Valerie, dit-elle, un peu surprise par le son de sa propre voix, qu'elle reconnaissait à peine.

Elle prit la carte qu'il lui tendait, tout en le dévisageant, et, brusquement, le temps parut comme suspendu. Cette mâchoire volontaire, ce nez aigu, ces yeux sombres… Le hibou avait cessé de hululer, une grosse fleur de bougainvillée se détacha sans un bruit de son arbre, en éparpillant au sol ses pétales roses.

— Montoya ? répéta-t-elle.

Elle s'entendait à peine, à cause du bourdonnement dans sa tête.

Il acquiesça d'un air entendu, comme s'il s'attendait à ce que le nom lui évoque quelque chose.

— Que se passe-t-il ? murmura-t-elle.

La voix de Slade lui parvint à travers le bruit de fond qui emplissait ses oreilles.

— Valerie ?

Elle ne lui répondit pas et continua à fixer le flic en blouson de cuir, son bouc, ses lèvres fines.

— Qui êtes-vous ? demanda celui-ci à Slade.

— Son mari, Slade Houston, répondit sèchement Slade. Peut-on savoir ce que vous voulez ?

Bo, qui était assis à ses pieds, poussa un long hurlement sinistre.

Slade lui jeta un regard sévère.

— Tais-toi, Bo.

— Madame Renard, dit le second flic, celui qui s'appelait Bentz, êtes-vous bien la sœur de Camille Renard, connue également sous le nom de sœur Camille, novice du couvent Sainte-Marguerite de La Nouvelle-Orléans ?

Tout en parlant, il surveillait le chien d'un œil vaguement inquiet.

Seigneur… Le cœur de Valerie battait maintenant à un rythme infernal.

Il s'agissait de Cammie. Ils venaient pour Cammie.

— Non ! s'exclama-t-elle en secouant lentement la tête.

Elle refusait de croire ce qu'elle avait déjà compris d'instinct. Elle ne voulait pas connaître la raison qui avait amené ces inspecteurs jusqu'à sa porte. Elle préférait ne pas comprendre ce que signifiaient leurs expressions sombres et résolues. Et, pourtant, elle le lisait dans leurs regards. Ils étaient les messagers de la mort.

— Pas Cammie…, murmura-t-elle avec horreur. Pas Cammie. Non ! Non ! Non !

Ses genoux cédèrent lentement sous elle, tandis que les mots sortaient d'eux-mêmes de sa bouche, explosant comme du verre brisé, en milliers de tessons tranchants. Elle sentit un bras puissant la rattraper par la taille.

Slade.

— Madame Renard ? demanda le plus âgé des deux inspecteurs d'un ton attristé.

— Camille Renard est bien sa sœur, intervint Slade, tout en la soutenant fermement.

— Cammie est ma petite sœur et…

Sa voix mourut lentement, sa gorge ne laissait plus passer que des mots rauques, teintés d'incrédulité.

C'était impensable. Impossible. Non. Camille était jeune et pleine de vie. Valerie revit son visage frais et son sourire si lumineux qu'il aurait pu éclairer le monde entier.

Puis elle se souvint des cloches de la veille, du monstre enveloppé d'une cape noire et traînant une chaîne, de ce démon aux yeux luisants de méchanceté, affamés de haine, qu'elle avait vu passer dans l'ombre. Lui aussi avait été un messager de la mort.

Un tambour battait maintenant dans sa tête, un glas sonnait à ses oreilles.

— Pourrions-nous entrer ? s'enquit Bentz, dont la voix lui parvenait de très loin.

Sans l'aide de Slade, elle n'aurait pas réussi à tenir debout.

— Nous voudrions vous parler tranquillement, ajouta-t-il.

La vision du monstre s'imposa de nouveau à son esprit, horrible et atrocement présente, maléfique, puante, exhalant une odeur qui lui brûlait les narines. Elle l'entendit ricaner de triomphe, avec un sourire qui découvrait une rangée de petites dents acérées.

Résiste. Sois forte. Pour Cammie. Renvoie cet infect oiseau de malheur dans sa tanière. Tu peux y arriver, Valerie. Tu as su le maîtriser, jusque-là. Ne le laisse pas gagner la partie. Il n'est qu'un produit de ton imagination. Rien de plus. Tiens bon. Pour l'amour de Dieu, tiens bon…

Elle poussa un long soupir. Non, elle ne se laisserait pas engloutir par la peur et les ténèbres, même si son cœur battait à tout rompre et que son sang était aussi glacé que l'âme du démon qui la hantait.

Bentz continuait à lui parler, mais ses plates condoléances lui parvenaient à travers un long tunnel.

Elle fit un effort pour revenir au présent et se tenir sur ses jambes.

— Il doit y avoir une erreur, dit-elle.

Mais, en même temps que sa langue et sa bouche articulaient son déni, la vérité pénétrait son cerveau. Elle comprit brusquement pourquoi elle n'avait pas eu de nouvelles de Cammie depuis un moment. Son dernier e-mail, celui qu'elle n'avait lu que la veille, lui revint à l'esprit :

J'ai réfléchi. Je ne peux plus endurer ça. Je quitte St Marg. Tu sais pourquoi.

Son cœur se fendit en deux et son chagrin eut au moins le mérite de chasser la monstrueuse vision qui devint plus floue et, sombre fantôme couleur d'encre, disparut de nouveau dans les profondeurs de son esprit.

— Que s'est-il passé ?

Cette fois, c'était la voix de Slade. Claire et distincte.

Bentz jeta un regard en coin à son partenaire.

— Nous ne sommes encore sûrs de rien. Nous devrions vraiment entrer dans la maison pour parler tranquillement.

A travers la pulsation du sang qui battait à ses oreilles, Valerie distinguait le murmure du trafic. Elle vit, sans vraiment le voir, un oiseau-mouche voletant au-dessus d'une branche tortueuse de chèvrefeuille et eut vaguement conscience que la porte de la maison principale s'ouvrait pour laisser sortir un couple d'une cinquantaine d'années — des clients de l'hôtel, qui s'arrêtèrent sur le large porche pour regarder dans leur direction. L'homme ajusta sur sa tête une casquette de base-ball, la femme plongea la main dans un sac en forme de cabas, mais leurs yeux restèrent rivés au petit groupe rassemblé près de la clôture.

A cet instant, les cloches de la cathédrale sonnèrent les heures, rappelant à Valerie les murs du couvent où sa sœur s'était crue à l'abri de tout.

Oh ! Cammie... Non...

Des images de Cammie enfant, avec ses dents mal alignées, ses grands yeux, ses taches de rousseur éparpillées sur son tout petit nez, lui traversèrent l'esprit. A cette époque, Cammie vénérait sa grande sœur. Puis il y avait eu les bouleversements de l'adolescence. Elle avait eu des seins, de longues jambes qui attiraient l'œil des garçons. Les pommettes de son visage s'étaient dessinées, ses yeux étaient devenus plus grands, son menton s'était affiné. Elle avait appris à sourire et à faire de petites mimiques pour séduire.

Sa séduction, Camille l'avait exercée sur pas mal de garçons, et notamment sur l'un d'eux que Valerie avait à peine connu, un garçon aux yeux noirs qui était devenu flic et qui se tenait en ce moment devant elle : Ruben Montoya.

A présent, elle le reconnaissait. Il n'avait plus son allure de voyou, mais on sentait encore en lui le rebelle : ce petit bouc n'allait pas très bien avec son statut de policier, et le diamant qu'il portait à l'oreille n'était sûrement pas du goût de ses supérieurs. On l'utilisait peut-être pour des missions en civil. Il pouvait aisément changer de personnage et se faire passer pour un dealer, un proxénète ou n'importe quel malfaiteur. Ça, c'était sûrement très apprécié.

Mais, aujourd'hui, il était là pour annoncer la mort de Camille… En était-il perturbé ?

Elle le dévisagea pour tenter de déchiffrer son expression, mais il arborait un masque dur et figé.

— Vous la connaissiez, dit-elle. Ma sœur, vous la connaissiez.

Il acquiesça, la bouche pincée.

— Attendez une seconde…, reprit-elle.

Peu à peu, son sang-froid lui revenait, et avec lui sa capacité de raisonnement. Montoya était en jean, T-shirt, blouson de cuir. En civil…

— Vous êtes inspecteur, c'est ça ?

On n'envoyait pas un inspecteur en civil pour annoncer un accident.

— Vous menez une enquête sur la mort de ma sœur ?

Son cœur recommença à battre comme un tambour.

— Pourquoi ? Que lui est-il arrivé ?

— Je vous en prie, madame Renard, dit Bentz en regardant d'un air entendu du côté du couple qui s'attardait toujours sur le porche. Entrons, cela vaudra mieux.

— Mais qu'essayez-vous de me faire comprendre ? demanda Valerie, exaspérée. Il y a eu un accident ? Au couvent ?

Mais l'expression des yeux de Montoya laissait entendre qu'il s'agissait d'un événement bien plus grave. Elle comprit aussitôt.

— Il ne s'agit pas d'un accident, affirma-t-elle d'une voix rauque. On l'a assassinée.

Ou elle s'est suicidée.

Mais cela, elle n'osa pas lc dire. Elle ne voulait pas le croire. Elle ne se sentait pas prête à admettre que le dernier message de Camille avait peut-être été un appel à l'aide.

Je ne peux plus endurer ça.

Je quitte St Marg.

Tu sais pourquoi.

Un appel à l'aide ou un adieu qu'elle n'avait pas su lire.

— Doux Jésus…, murmura-t-elle en sentant qu'elle se mettait à trembler.

— Val, fit la voix de Slade contre son oreille.

Il la poussa gentiment et la fit pivoter du côté de la porte de la cuisine, toujours ouverte. Puis il l'entraîna et siffla le chien, tout en jetant un regard d'avertissement aux inspecteurs.

— Entrons, nous verrons bien ce qu'ils ont à dire, ajouta-t-il.

Quelque chose dans le ton de sa voix parvint jusqu'à elle et la tira des replis sombres de la dénégation qui menaçaient de l'étouffer. Elle dégagea d'un coup sec le bras qu'il tenait et fit un effort pour se reprendre. Elle n'avait pas besoin que son futur ex-mari lui remonte le moral. Peu importaient les circonstances : pas question de jouer les victimes et de se laisser porter par un homme en qui elle n'avait pas confiance. D'autant plus que, sans cet homme, Cammie n'aurait jamais eu l'idée de se réfugier dans un couvent.

— Je suis capable d'assumer, dit-elle sèchement en s'écartant de lui.

Le chien les suivait, elle en eut vaguement conscience.

— Seule, précisa-t-elle.

— Mais je suis là.

— Tu es là, en effet ! Et justement ce matin. Comment ça se fait ?

Elle n'attendit pas sa réponse.

Elle se redressa de toute sa hauteur et entra d'un pas décidé dans la cuisine, en laissant retomber derrière elle la porte moustiquaire. L'un des flics — Montoya, le plus vif des deux — rattrapa le battant avant qu'il ne claque, puis la suivit à l'intérieur et traversa derrière elle le petit couloir au plancher de bois qui menait dans le salon. Elle alla s'adosser au manteau de cheminée, face aux trois hommes qui s'agglutinèrent à la porte, comme s'il n'osait pas poser un pied sur le tapis aux couleurs passées.

Elle jeta un coup d'œil à la carte que lui avait tendue Bentz et qu'elle avait jusque-là tenue dans son poing fermé. Ce qu'elle y lut confirma ses pires craintes. Rick Bentz appartenait bien à la division des homicides. Le vent froid qui balayait son âme devint soudain glacial.

— Ma sœur a été assassinée, n'est-ce pas ? murmura-t-elle en regardant fixement Montoya. Oh ! Seigneur, non... Je vous en supplie.

— Je suis désolé, répondit Montoya.

Elle sentit ses genoux flageoler de nouveau.

Non ! Les larmes lui montèrent aux yeux, tandis qu'elle fixait toujours Montoya, submergée par des souvenirs qui ébranlaient son âme. Ruben Montoya... A l'époque, au lycée, on l'appelait Diego et il fréquentait... Elle crut qu'elle allait vomir.

— Vous avez arrêté votre ami Frank O'Toole ? demanda-t-elle.

Le visage de Montoya se crispa.

— Le prêtre ? Pourquoi faudrait-il l'arrêter ? s'étonna Bentz, tandis que Slade se décidait à fouler le tapis pour la rejoindre.

Elle n'hésita pas une seconde.

— Parce que si quelqu'un avait un mobile pour tuer ma sœur, c'est bien ce sale hypocrite.

Elle en eut les larmes aux yeux. Combien de fois avait-elle répété à Cammie qu'elle devait quitter ce couvent, s'éloigner de Frank O'Toole, couper les ponts avec lui ? Pas assez sans doute... La culpabilité lui donna le vertige. Elle n'avait pas réussi à la convaincre. Mais Camille était si obstinée... Une rage sourde enfla dans son cœur étouffé de chagrin.

— Vous l'ignorez sans doute encore, mais... Camille était enceinte. Et devinez qui était le père ?

10

Sainte-Marguerite n'était plus un havre de solitude et de paix. Lucia soupira d'angoisse. Ce couloir tant de fois parcouru, qu'elle traversait en ce moment pour rejoindre sa cellule, était souillé à jamais. Elle le sentait au plus profond de son âme.

Même quand la police cesserait de franchir le mur d'enceinte. Même quand on aurait nettoyé le sang de la pauvre Camille. Même quand on aurait murmuré pour elle la dernière prière et que son corps reposerait en paix, quand les journalistes et leurs appareils photo ne tenteraient plus de violer leur intimité, le couvent resterait entaché par le drame qui venait de se dérouler.

Lucia savait aussi qu'elle ne serait plus jamais la même. Pas avec ce poids qui lui écrasait le cœur, ce fardeau avec lequel il lui faudrait apprendre à vivre.

Tout en entortillant l'une de ses mains dans les plis de son ample robe, elle tenta de se débarrasser de l'angoisse qui étreignait son âme depuis cette nuit. Mais le sentiment d'une présence maléfique persista, en dépit des puits de lumière colorés qui jouaient à travers les vitraux près de l'escalier.

Un beau et chaud soleil s'était levé.

Mais Lucia sentait dans ce couloir la présence du souffle glacé de la mort.

Elle n'avait pas dormi de la nuit et, ce matin, elle avait prié dans l'oratoire avec les autres sœurs, à 5 heures. Puis elle avait passé une heure à méditer dans le silence et à réciter son rosaire. Ensuite, la mère supérieure les avait convoquées dans le réfectoire — fait rare et qui constituait une entorse à leur routine. Là, le père Paul, le père Frank et la révérende mère avaient commenté de leurs voix solennelles la mort de sœur Camille, la tragédie qui s'était déroulée dans l'enceinte sacrée de la chapelle et du couvent. Le monde extérieur avait envahi leur havre de piété et de sainteté. On avait demandé aux sœurs de prier pour l'âme de Camille et de puiser auprès du Seigneur paix et réconfort.

— N'oubliez pas que vous êtes les fiancées du Christ, avait murmuré doucement le père Paul. Soyez assurées qu'il vous guidera en ces temps de trouble et de deuil.

Le père Frank avait alors fermé les yeux, comme s'il tentait de chasser une vision. La mère supérieure avait incliné la tête en se signant.

Lucia avait invoqué le Seigneur, mais cela ne lui avait apporté aucun réconfort, et le Seigneur ne s'était pas manifesté. A la place, elle avait eu la vision du cadavre de sœur Camille gisant devant l'autel de la chapelle — son visage couleur de cendre, ses lèvres exsangues.

Elle avait alors croisé le regard torturé du père Frank. Il ne portait plus sa soutane tachée de sang. Elle s'était demandé, alors, si ce sang était celui de sœur Camille. Si Frank O'Toole avait su que Camille portait son enfant ?

Et s'il savait qu'elle-même était au courant, pour lui et Camille ?

Se sentant rougir, elle s'était vivement détournée du père Frank, avec la sensation que ses yeux perçants tentaient de lire en elle.

Elle ne se souvenait que vaguement de ce qui s'était dit ensuite. La révérende mère leur avait assuré que la police ne tarderait pas à libérer les lieux, et aussi que la chapelle où l'on avait trouvé Camille serait nettoyée, purifiée, bénie.

Comme si quelques prières et un peu d'eau bénite pouvaient suffire à chasser le Malin…

Lucia n'était pas certaine d'être capable de fouler de nouveau le sol de pierre de la chapelle, ou de contempler le grand crucifix qui dominait l'autel, sans être hantée par l'image du corps de Camille dans sa robe blanche.

Après la réunion, on leur avait octroyé un temps de prière supplémentaire. Ensuite, chacune était partie vaquer à ses occupations quotidiennes.

L'ambiance du couvent était morose. Tout le monde semblait perdu dans de sombres pensées.

Lucia se hâta de descendre les marches scintillantes de l'escalier en laissant ses doigts glisser sur la rampe. Ne ferait-elle pas mieux de quitter cet endroit ? L'enquête sur la mort de Camille ne tarderait pas à déclencher un beau scandale dont le couvent ne se relèverait pas. A se demander si l'assassin ne cherchait pas surtout à nuire à la réputation de Sainte-Marguerite. Camille n'aurait alors été qu'un bouc émissaire...

Pauvre Camille... Si douce, mais tellement tourmentée... Ici, au couvent, leur passé commun les avait rapprochées. Elles avaient vécu enfants dans le même quartier de La Nouvelle-Orléans, elles avaient fréquenté le même lycée. Elles avaient connu les frères Montoya... Diego et Cruz...

Cruz... Seigneur...

Le simple fait d'avoir parlé au frère aîné de Cruz — ce frère qui lui ressemblait tant — donnait à Lucia envie de fuir le couvent. Cruz Montoya était le seul être qui connaissait son secret, le seul qui avait touché son âme, et aussi celui qui avait failli la tuer. Quelque chose gonfla son cœur. La peur, ou bien un autre sentiment, moins avouable... Parfois, quand elle songeait à Cruz et à ce qu'ils avaient partagé, elle était bouleversée, submergée par des souvenirs d'un érotisme torride et coupable. Elle revoyait sa peau mate et ferme, ses épais cheveux noirs, son torse musclé, son ventre plat, le jean délavé qui lui moulait les fesses et qu'il portait bas sur les hanches.

— Assez ! murmura-t-elle.

Ses pensées scandaleuses étaient un péché. Elle serait bientôt mariée avec l'Eglise et son Seigneur. Il lui était interdit de songer à un homme, et encore plus à Cruz Montoya, l'homme qui lui avait brisé le cœur. L'interdiction valait également pour ce frère qui lui ressemblait tant et qui, par ricochet, avait ravivé en elle des souvenirs qu'elle aurait dû effacer depuis longtemps de sa mémoire.

— Donnez-moi la force, murmura-t-elle.

Mais, comme en réponse, le sourire de Cruz et cette lueur coquine qui brillait dans ses pupilles noires passèrent devant ses yeux.

Elle eut tout à coup très chaud et se maudit intérieurement.

— Votre sœur était enceinte ? répéta Montoya d'un ton incrédule.

Il n'arrivait pas à y croire. De plus, Valerie Renard paraissait prendre la chose calmement et en parlait comme si c'était tout naturel.

Elle les avait entraînés dans le pittoresque bâtiment qui lui servait de maison — visiblement une ancienne remise à carrioles — et qui était relié à l'hôtel par un étroit couloir.

— C'est exact, répondit-elle sèchement, avec une petite moue écœurée. Elle avait une liaison avec Frank O'Toole.

Comme si elle avait lu dans les pensées de Montoya, elle ajouta :

— Je sais… Ils ont tous les deux fait vœu de chasteté, mais elle est tout de même enceinte, croyez-moi…

Elle se tut en se rendant compte qu'elle venait d'employer le présent et s'appuya un peu plus au manteau de cheminée.

— Enfin… Elle était… Seigneur… Elle est vraiment morte ?

Son mari fit un pas vers elle, visiblement dans l'intention de la consoler, mais elle l'arrêta d'un geste et il n'insista pas.

— Je suppose que vous vous souvenez de Frank, dit-elle en s'adressant de nouveau à Montoya. Vous étiez ami avec lui, il me semble. C'était un tombeur. Comme vous pourrez le constater, il n'a pas changé, soutane ou pas. Camille n'est pas sa première entorse au règlement… Elle m'a dit qu'il avait déjà eu une liaison avec une novice. Une certaine… Seigneur…

Je n'arrive pas à me souvenir de son nom… Je ne sais plus où j'en suis.

Elle leva les yeux au plafond, comme si elle cherchait à reprendre ses esprits.

— Une autre religieuse ? s'étonna Bentz.

Sans doute pensait-il que le choc causé par la mort de Camille lui faisait perdre les pédales.

Valerie acquiesça.

— Oui, je suis formelle. Camille a bien mentionné devant moi la liaison du père Frank avec une autre religieuse.

— Son nom ? insista Bentz.

— J'ai beau fouiller ma mémoire, je… Oh ! Attendez… Quelque chose comme Lily ou Leanne. Il me semble…

Elle renifla, puis se racla la gorge.

— Comment a-t-elle été assassinée ? demanda-t-elle d'une voix brisée.

Comme aucun des deux inspecteurs ne répondait, elle insista.

— J'ai besoin de savoir, murmura-t-elle.

— A première vue, on l'aurait étranglée, répondit Bentz. Nous ne connaissons pas encore avec certitude la cause de la mort, mais… pour l'instant, nous en sommes là.

Elle ferma les yeux et son expression se durcit, comme si elle imaginait le beau visage de sa sœur, les yeux exorbités, la bouche ouverte.

— Il l'a étouffée, murmura-t-elle.

— Nous en saurons un peu plus après l'autopsie, ajouta Bentz.

— Et ça s'est passé où ? reprit-elle en s'adressant de nouveau à Montoya.

— Dans la chapelle Sainte-Marguerite, aux alentours de minuit, probablement, dit Montoya. Mais, pour l'instant, nous ne pouvons pas vous en dire plus. Nous devons taire certains détails, pour le bon déroulement de l'enquête.

— C'était ma sœur, protesta-t-elle dans un souffle.

Montoya acquiesça.

— Je comprends parfaitement, mais c'est une question de

procédure. De plus, nous ne sommes sûrs de rien, nous devons rester prudents.

Elle parut accepter l'explication et refoula ses larmes, tout en se redressant.

— Vous n'habitez pas ici ? demanda soudain Bentz en s'adressant à Slade.

— Non, en effet. Je suis arrivé ce matin tôt du Texas. J'ai roulé toute la nuit.

— Vous vivez au Texas ?

Slade acquiesça et Valerie prit la mine de quelqu'un qui veut disparaître dans un trou de souris.

— Mais vous, vous vivez bien à La Nouvelle-Orléans ? poursuivit Bentz en se tournant vers Valerie.

— Oui. Mon mari et moi sommes séparés. Et en instance de divorce.

— Vous connaissiez donc Camille, vous aussi ? demanda Montoya à Slade en lui jetant un drôle de regard.

— En effet, puisqu'elle était ma belle-sœur, répondit sèchement Slade.

— Etiez-vous proche d'elle ? demanda Bentz.

Slade haussa une épaule.

— Proche, oui, si l'on veut… Elle était la sœur de ma femme… Elle a même vécu quelque temps avec nous.

— Quand ? demanda aussitôt Bentz en sortant un calepin.

— Il y a deux ans, environ, murmura Slade.

— Juste avant qu'elle ne décide de rentrer dans les ordres, commenta Bentz, qui avait fini par trouver un stylo et se mit à griffonner.

— Oui, c'est ça.

— Puis-je la voir ? coupa Valerie.

— Bien sûr, répondit Montoya, tout en se demandant si l'idée était vraiment judicieuse.

Le corps avait déjà été identifié.

— Mais nous avons d'abord quelques questions à vous poser, reprit-il. Que savez-vous au sujet des amis de votre sœur ? Avait-elle des ennemis ? Qui aurait pu vouloir sa mort d'après vous ?

— A part Frank O'Toole, vous voulez dire ? rétorqua Valerie d'un ton accusateur. Soyons clairs : pour moi, le coupable, c'est cet immonde salaud d'O'Toole, cet hypocrite qui cache son jeu derrière un col blanc de prêtre. Il l'a séduite, il l'a mise enceinte, et ensuite, comme elle manifestait l'intention de garder l'enfant et de le quitter, il l'a tuée pour la réduire au silence.

— Attendez une seconde, interrompit Bentz. Elle voulait le quitter ?

— Oui, certifia Valerie.

Montoya remarqua qu'elle luttait contre les larmes et serrait les dents.

— La dernière fois que je l'ai eue au téléphone, elle m'a dit quelque chose comme : « Il faut que j'en finisse avec lui. » Et vous savez ce qu'elle a ajouté ?

Cette fois, elle ne put retenir ses larmes. Bentz et Montoya attendirent la suite en silence.

— Qu'il risquait de mal le prendre. Qu'il allait la tuer.

Elle renifla et s'essuya les yeux d'un geste rageur.

— Et ce n'était pas une façon de parler, j'en suis certaine.

Elle déglutit péniblement. Elle avait les yeux rouges.

— Elle vous a dit explicitement qu'il l'avait menacée ? demanda Montoya.

— Non… Euh, non… Pas explicitement.

Elle battit de nouveau des paupières, pour lutter contre les larmes, et le fixa d'un air outré, comme si elle le prenait pour un idiot.

— Je ne sais pas grand-chose de leur relation, à part qu'elle ne pouvait être que malsaine et scandaleuse. Le terme « harcèlement sexuel » est trop faible pour qualifier ce qui se passe dans ce couvent.

Elle fit un pas en avant. Son mari lui saisit le poignet pour l'arrêter, mais elle se dégagea d'un geste brusque.

— Ecoutez… Ce prêtre est un psychopathe, une personnalité narcissique. Ma sœur avait peur de lui. D'après elle, il était capable de la tuer pour sauver sa réputation.

Cette fois, de grosses larmes roulèrent sur ses joues.

— Je vois que vous avez du mal à me croire, soupira-t-elle. Posez donc la question à votre légiste. Je pense qu'il vous confirmera que Camille était enceinte de plus de deux mois.

11

— Je veux tout savoir sur Francis O'Toole, lança Bentz dans son portable.

Montoya conduisait, se faufilant dans les embouteillages. Ils avaient baissé les vitres. La fumée du pot d'échappement d'un semi-remorque qui se serrait pour les laisser passer vint couvrir la vague odeur de barbecue qui flottait dans l'air.

— Non, je ne connais pas ses autres prénoms, mais ça ne devrait pas être la mer à boire de les retrouver. Il a dans les trente-cinq ans environ et c'est le plus jeune des deux prêtres rattachés au couvent Sainte-Marguerite. Il a été élève d'un lycée privé de La Nouvelle-Orléans, le Saint-Timothée.

Il jeta un coup d'œil interrogateur du côté de Montoya.

— Il y a vingt ans à peu près, c'est ça ?

Montoya acquiesça, tout en dépassant lentement le semi-remorque, mais ils arrivaient à un feu rouge et durent de nouveau supporter ses renvois de fumée noire.

Bentz se tut quelques secondes pour écouter la réponse de l'inspecteur qu'il avait en ligne.

— Renseignez-vous aussi sur une religieuse, sœur Leanne, ou Lily, qui a quitté le couvent... Non, pas encore... Mais je vais poser la question à la mère supérieure et j'aurai probablement son nom de famille. Des couvents et des religieuses, il n'y en a pas tant que ça de nos jours... Oui... Oui... D'accord.

Le feu passa au vert et Montoya accéléra de nouveau, laissant derrière eux le semi-remorque qui démarrait lentement.

— Il me faudrait aussi des infos sur un autre type, reprit

Bentz tandis que Montoya ralentissait à cause d'un crétin qui coupait les quatre files de voiture. Il s'appelle Houston… Oui, c'est ça… Comme la ville… Prénom : Slade… Il vit à Bad Luck, Texas. Quoi ? Ouais, je sais, mais c'est bien le nom de son bled. Il est marié à la sœur de la victime et il semblerait qu'il y ait eu quelque chose de louche entre lui et sa belle-sœur… Oui, je sais, mais c'était avant qu'elle n'entre dans les ordres…

Il plissa les yeux, ébloui par le soleil qui tapait sur le pare-brise.

— Hum… Je vois…, grommela-t-il, toujours en réponse à ce qu'on lui disait. C'est un peu bizarre, je sais. Très bien… On est en route pour la morgue de l'hôpital. Tu peux me joindre sur mon portable.

Il raccrocha en jurant tout bas.

— Tu penses que le beau-frère est mêlé à ça ? demanda Montoya.

Bentz haussa une épaule.

— Il a roulé toute la nuit. Seul dans son pick-up. Il n'a pas d'alibi. J'ai cru percevoir une certaine tension entre lui et sa femme. D'après ce qu'il dit, Camille a fait sa crise de mysticisme après avoir vécu avec eux. Tu penses qu'il s'agit d'une coïncidence ? Pas moi.

— Tu as peut-être raison.

— Je n'affirme rien. Je trouve simplement utile de regarder un peu de son côté.

— Mais ça ne colle pas avec la mise en scène, la robe de mariée et tout le reste.

— Parce que tu vois quelque chose qui collerait, toi ? demanda Bentz.

Non, à vrai dire, Montoya ne voyait rien. Il imaginait mal le cow-boy en assassin. Mais il avait tout autant de mal à croire à la culpabilité du père O'Toole.

— Vois-tu…, marmonna Bentz en grattant l'ombre de barbe qui commençait à apparaître sur son menton. Je n'ai rien contre les couvents, les cathédrales et les chapelles. Les gens s'y rassemblent pour prier et se recueillir et…

Il secoua la tête.

— Il y a quelques moutons noirs dans le lot, je te l'accorde, mais, pour la plupart, ceux qui fréquentent les lieux de culte sont sincères.

Il jeta un regard en coin à son partenaire.

— Pour la plupart, approuva Montoya.

Ils avaient eu tous les deux l'occasion de constater que le mal prenait parfois l'apparence de la religion et de la foi.

— Mais croyants ou pas, ces gens sont des êtres humains comme les autres. C'est bien le problème.

— J'ai interrogé le père Paul Neland, hier, reprit Bentz.

— Ah, oui ?

— Il était secoué, mais j'ai cru sentir qu'il n'était pas très content de son jeune homologue. Il n'a pas dit grand-chose, c'est plutôt sa réserve à son sujet qui m'a mis la puce à l'oreille. Je me demande s'il était au courant, pour sœur Camille et lui.

— Le père O'Toole s'était peut-être confessé auprès de lui.

— Tu parles ! En tout cas, ils sont dans de beaux draps. Quand on saura que le père O'Toole avait une liaison avec une des novices, l'Eglise va vouloir le virer. Ça leur fait une trop mauvaise publicité. L'évêché ne se mouillera pas pour défendre une brebis galeuse.

Son téléphone portable sonna et il répondit.

— J'ai compris, dit-il après avoir écouté en silence.

Il raccrocha et se tourna vers Montoya.

— C'était Zaroster, pour nous dire que l'affaire commence à faire du bruit. WKAM va en parler au journal de midi. C'est déjà sur la chaîne des infos, et le bureau est submergé d'appels.

— Merde ! Ça n'a pas traîné. Nous avons eu à peine le temps de prévenir la famille.

— Je sais, grommela Bentz en fronçant les sourcils. Mais le meurtre d'une religieuse, que veux-tu, ça ne laisse personne indifférent.

Quand Lucia poussa la double porte battante donnant sur la cuisine, elle se rendit compte qu'elle était en retard.

Les sœurs étaient déjà au travail pour préparer le repas de midi. Une bonne odeur de pain chaud se répandait. Tout en jetant une pincée d'herbes dans une casserole bouillante, Regina, leur cuisinière, une laïque qui ne souriait jamais, lui jeta un regard mauvais, histoire de lui faire sentir qu'elle n'appréciait pas son laisser-aller.

Regina était une imposante femme aux cheveux gris et filandreux qu'elle coiffait invariablement en une natte épinglée sur son crâne. Elle portait de grosses lunettes dotées d'épais verres progressifs censés éclaircir quand il faisait sombre, mais qui demeuraient toujours gris, ce qui lui faisait des yeux morts et voilés.

Tout près d'elle, sœur Irene coupait des fraises au-dessus de l'évier. Elle maniait avec dextérité un couteau dont la petite lame pointue lançait des éclats quand elle captait la lumière.

Lucia attrapa un tablier et prit sa place autour du plan de travail en marbre où sœur Angela et sœur Devota pétrissaient de la pâte. Angela l'accueillit d'un sourire, mais Devota resta concentrée sur la tâche qui consistait à enfoncer ses doigts dans la matière élastique pour l'étirer.

Ces deux-là étaient à l'opposé l'une de l'autre. Le jour et la nuit. Angela avait des joues roses, des cheveux blonds et, en ce moment, des lunettes éclaboussées de farine. Elle souriait, comme souvent, et affichait un air béat. Elle avait tendance à oublier la règle et se faisait souvent reprendre parce qu'elle se mettait à fredonner quand elle était supposée garder le silence, ou parce qu'elle courait dans le jardin au lieu de marcher tranquillement. Elle avait du mal à se plier à la dure discipline du couvent et à tempérer son exubérance naturelle, au grand désespoir de la mère supérieure.

Devota, elle, était une petite femme silencieuse et complexée, du moins c'était l'impression qu'elle donnait à Lucia. Elle avait un joli visage, d'épais cheveux bouclés, mais elle souriait rarement. Elle souffrait d'une boiterie due à un accident qui remontait à son enfance et dont elle refusait de parler. Pas besoin de se demander pourquoi elle avait choisi de travailler à la clinique de Sainte-Elsinore. Devota n'éprouvait aucune difficulté à se plier à la règle du couvent et ne se gênait pas pour la rappeler aux autres, notamment à sœur Angela. Devota était une donneuse de leçons dans l'âme.

— Vous êtes en retard, ma sœur, fit remarquer Regina en se tournant du côté de la grande pendule accrochée au-dessus de la porte. Une fois de plus.

— Désolée, murmura Lucia d'un air contrit.

Les coins de la bouche de Regina s'affaissèrent un peu plus et elle fusilla de nouveau Lucia du regard. Mais, aujourd'hui, Lucia avait des soucis plus graves que la désapprobation de cette vieille femme ronchonneuse.

— Nous manquons de farine, fit sèchement remarquer Regina, avant de se pencher sur une casserole qui bouillonnait sur la cuisinière.

Angela et Devota regardèrent Lucia. Angela leva les yeux au ciel et Devota haussa les épaules en désignant du menton un énorme sac de farine posé contre la porte du garde-manger.

— Vous ne m'avez pas entendue ? insista Regina.

Un lourd silence suivit sa question.

Sœur Irene s'arrêta de couper ses fraises pour regarder dans leur direction. Grande et mince, Irene jurait qu'elle avait été danseuse avant d'entrer au couvent ; elle continuait, en souvenir de sa vocation passée, à se coiffer avec un chignon bien tiré qui faisait ressortir ses pommettes hautes et son visage aigu.

— Si, si, j'ai entendu, dit Lucia. Je vais vous en chercher.

— Mais il y a un sac, là, intervint Irene.

Elle zézayait un peu, mais elle ne craignait personne, pas même la terrible révérende mère. Elle n'avait donc pas peur de contredire la cuisinière.

— Là, il est là, insista-t-elle en montrant le sac avec la pointe de son couteau.

Une légère rougeur colora la face ronde de Regina, mais elle ne se laissa pas démonter.

— Ça ne suffira pas, affirma-t-elle en remuant à peine les

lèvres, comme si elle serrait les dents. Nous attendons des invités et je dois faire des gâteaux toute la journée.

— Ce n'est pas une raison pour vous en prendre à sœur Lucy, fit remarquer Irene. Nous sommes toutes à bout de nerfs, aujourd'hui, et perturbées par ce qui est arrivé à la pauvre sœur Camille. Il ne faut pas s'attendre à ce que tout marche comme sur des roulettes, conclut-elle en hochant la tête, comme si elle s'approuvait intérieurement.

Surprise et mécontente que l'on ose contester son autorité, Regina se rebiffa.

— Peu importe ce qui s'est passé cette nuit, nous avons du travail. Le Seigneur, Lui, ne s'arrête jamais.

— Tout à fait d'accord, mais nous pouvons travailler dans un esprit d'entente et d'entraide, déclara Irene en abaissant son couteau. Dans la communion spirituelle.

Angela eut du mal à retenir un sourire et sœur Devota ne put s'empêcher de hausser un sourcil.

— Je vais chercher un sac de farine, dit Lucia d'un ton conciliant.

Elle marcha vers la porte, tandis qu'Irene s'intéressait de nouveau à ses fraises et que Regina se tournait vers ses fourneaux d'un air mauvais, comme si elle s'apprêtait à cracher des serpents.

Ta place n'est pas parmi ces femmes et tu le sais, murmura cette petite voix intérieure, qui se chargeait régulièrement de rappeler à Lucia que son engagement n'était pas aussi sincère que celui de ses sœurs. En comparaison de la leur, sa dévotion manquait de conviction et de force.

Angela, Devota, Irene, Louise et Dorothy étaient animées d'une foi que rien n'entamait. Même Regina, cette acariâtre, une laïque, la précédait sur le chemin du Seigneur.

— Pardonnez-moi, murmura-t-elle en esquissant un signe de croix.

Elle s'engagea sur le chemin de gravier qui traversait le jardin et menait à l'entrepôt. Des odeurs de lavande et de romarin flottaient dans l'air tiède, et les rayons de soleil se reflétaient dans les quelques flaques laissées par l'orage de la veille.

C'était une belle et chaude journée. Une journée bénie et pleine de promesses.

Et, pourtant, la noirceur qui assombrissait l'âme de Lucia ne voulait pas se dissiper.

La porte de l'entrepôt s'ouvrit en grinçant. A l'intérieur, il faisait frais. Les pots et les boîtes de conserve étaient alignés sur les étagères, tandis que les sacs de sucre et de farine étaient enfermés dans des caisses hermétiques. Lucia ouvrit celle qui contenait la farine et en sortit un sac de dix kilos. Elle le hissa sur son épaule et prit la direction de la sortie.

Elle entendit le corbeau avant de le voir : un gros oiseau noir et brillant, qui la fixait d'un œil pensif depuis le toit de la chapelle.

— Sœur Lucy ? appela une voix d'homme.

Elle faillit tomber et mit le pied dans une flaque en faisant volte-face. Le père Frank était là, debout sous l'arceau de l'une des portes du jardin.

— Mon père..., murmura-t-elle. Je... je ne vous avais pas remarqué.

Elle le revit, tel qu'elle l'avait vu la veille, les cheveux trempés par la pluie, le visage torturé, avec sa soutane tachée de sang.

— Laissez-moi vous aider, enjoignit-il en venant vers elle.

La porte du jardin claqua bruyamment derrière lui et le corbeau effrayé s'envola en coassant.

— Il me semble que nous devrions parler, lui dit-il en chargeant le sac de farine.

Un nuage de farine s'envola de son épaule, tandis qu'il abandonnait son sourire forcé.

— La nuit dernière, j'étais troublé et je vous ai dit que je m'estimais responsable de la mort de sœur Camille, murmura-t-il avec une expression de bête traquée. Je crois qu'il faut que je m'explique à ce sujet.

— Je ne vous demande aucune explication, coupa-t-elle précipitamment.

Un nuage passa devant le soleil en projetant une ombre sur le jardin.

— Mais je tiens tout de même à m'expliquer, Lucia, insista-t-il.

De sa main libre, il effleura son épaule, tout en sondant son regard avec une insistance dérangeante.

Elle blêmit. Elle n'avait pas envie de sentir la chaleur de ses doigts à travers le tissu de sa robe, et encore moins de l'entendre confesser ses péchés. Le confesseur, c'était lui.

Le corbeau s'était enhardi. Il était maintenant perché tout près d'eux, sur le toit de la cuisine.

Lucy frissonna. Elle avait l'impression que cet oiseau de malheur les espionnait, que le diable cherchait à écouter leur conversation.

— Vous devez me croire, reprit d'une voix étranglée le père Frank.

Il ferma les yeux et un souffle de vent joua avec une mèche de cheveux échappée du voile de Lucia.

— Que Dieu me pardonne, Lucia, murmura-t-il en battant des paupières. Je l'aimais…

12

Slade avait fait valoir que son pick-up bloquait la Subaru et qu'il devait, de toute façon, manœuvrer pour la laisser sortir. Ils avaient donc pris le pick-up pour se rendre à la morgue de l'hôpital, et c'était lui qui conduisait.

Il suivait en ce moment la voiture des deux inspecteurs, tandis que Valerie, perdue dans ses pensées, remarquait à peine les odeurs familières de vieux cuir et de poussière qui saturaient la cabine. Elle repoussa du pied une trousse à outils qui traînait sur le plancher, et contempla le reflet de son visage pâli dans la vitre maculée de traces de pattes et de museau.

Le trajet s'écoula comme dans un rêve, et elle n'aurait su dire s'il y avait eu ou non de la circulation. Au moment où elle descendait de la cabine, les lugubres cloches de la cathédrale Sainte-Marguerite se mirent à sonner.

Elle remarqua que le soleil jouait à cache-cache et que les nuages s'amoncelaient au-dessus de La Nouvelle-Orléans, la recouvrant d'un drap mortuaire. Ils poussaient à présent la porte du bâtiment. A l'intérieur, un épais tapis gris étouffait le bruit de leurs pas, et les gens murmuraient, comme si la solennité du lieu leur interdisait de parler à voix haute.

On les fit entrer dans la pièce réservée aux familles. Une épaisse vitre les séparait du local où l'on exposait les corps, mais Valerie se sentit tout de même pénétrée par l'atmosphère glaciale qui régnait de l'autre côté. Elle tenta de se préparer à l'épreuve qui l'attendait, en dépit de la petite voix, dans son crâne, qui ne cessait de protester.

Ils se sont trompés. Ce n'est pas Camille. Camille est vivante. Elle est vivante.

Quand l'assistant du légiste ôta le drap qui recouvrait le visage de Camille, Valerie crut que ses genoux allaient la trahir. Le visage si parfait de Camille était bleuté.

Elle laissa échapper un gémissement de protestation.

Le bras puissant de Slade se glissa aussitôt autour de sa taille pour la soutenir, tandis qu'elle continuait à fixer la femme allongée sur le chariot, son unique parente, sa sœur, si jeune…

— Pourquoi, Seigneur ? murmura-t-elle.

A présent, elle ne pouvait plus nier : la vérité était là, devant elle, qui lui entaillait le cœur comme une lame de rasoir. Des larmes roulèrent sur ses joues. Elle eut la nausée.

— Saloperie, marmonna Slade.

Dans la vitre, l'image de son visage déterminé et mal rasé, aux lèvres pincées, aux yeux plissés, se superposa à celle de Camille.

Quelle ironie du sort ! La silhouette de Slade sur le cadavre de Camille…

Après tout ce qui s'était passé… Leurs mensonges. Leurs cachotteries… Valerie ne put s'empêcher de se demander si Slade ne se sentait pas un peu responsable de la mort de Camille.

Elle, en tout cas, s'en sentait en partie responsable.

Ils avaient tous les deux contribué à sa descente aux enfers.

— J'aurais dû faire quelque chose, murmura-t-elle.

— Qu'est-ce que tu aurais pu faire ?

— La protéger.

— Impossible, répondit Slade.

Il fit un signe de menton à l'assistant, lequel recouvrit aussitôt le visage de Camille. Puis il entraîna Valerie avec lui. Loin de la vitre. Ils allèrent rejoindre les deux inspecteurs qui attendaient dans le couloir.

Elle songea à toutes les fois où elle avait interrogé des familles qui venaient tout juste d'identifier un cadavre.

— Nous pouvons parler ici ou au bureau de police, c'est comme vous voulez, dit doucement Bentz.

— Ici, ça ira très bien, répondit Valerie, qui avait retrouvé un peu de courage.

— Très bien, allons nous installer ailleurs, proposa Bentz.

Il les guida le long d'un couloir recouvert de moquette, jusqu'à une petite pièce meublée de trois fauteuils et d'un palmier en pot à l'agonie, le tout disposé près d'une fenêtre. Elle songea que c'était là, sans doute, que les médecins s'isolaient avec les patients ou leurs proches pour leur annoncer de mauvaises nouvelles. Dehors, le ciel ressemblait maintenant à une mer grise. Il n'allait pas tarder à pleuvoir.

Bentz leur fit signe de prendre place dans les fauteuils et s'installa avec eux. Il ne restait plus de siège libre et Montoya alla se poster près du palmier mourant, après avoir soigneusement refermé la porte derrière lui.

— Il faut nous dire tout ce que vous savez au sujet de la liaison entre votre sœur et le père O'Toole, enjoignit Bentz.

— Je ne sais malheureusement pas grand-chose, soupira Valerie.

Elle avait vu Camille un mois plus tôt et celle-ci lui avait confié qu'elle était enceinte, que le père de son enfant était un prêtre, et qu'elle envisageait de quitter le couvent.

— Mais elle est restée, fit remarquer Montoya.

— Oui, elle est restée, à ce moment-là…

Elle se racla la gorge et tenta d'appliquer le conseil que lui donnait autrefois son père chaque fois qu'elle se plaignait d'une difficulté. *Prends la vie à bras-le-corps.*

— Ensuite, elle m'a envoyé un e-mail pour me dire qu'elle ne supportait plus la situation… J'ignore ce qu'elle entendait exactement par là… Elle poursuivait en m'annonçant qu'elle quittait le couvent et que je savais pourquoi. Je suppose qu'elle faisait allusion à sa grossesse.

— Quand avez-vous reçu cet e-mail ?

— La nuit dernière. Il était tard quand je l'ai lu. Je m'inquiétais à son sujet et…

Et tu aurais dû aller lui rendre visite. Tu aurais peut-être pu la sauver.

Elle ne pouvait s'empêcher de se sentir coupable, tout en sachant qu'elle n'aurait probablement rien pu faire. Elle avait été flic, elle aussi. Elle s'était trouvée à la place de Montoya. Elle avait accompagné des proches éplorés à la morgue, elle les avait interrogés. Elle s'efforça donc de dominer sa culpabilité et de répondre avec précision aux questions des deux inspecteurs. Elle leur fit un résumé de la vie de Camille, depuis leur adoption. Elle leur apprit qu'elle connaissait Frank O'Toole de réputation depuis longtemps. Elle passa sous silence le fait qu'elle savait que Camille était sortie avec Montoya, au lycée. Elle ne leur cacha pas qu'elle avait pris quelques distances avec sa sœur au moment où celle-ci avait eu une relation trouble avec Slade, son mari.

Elle leur parla également de l'autre religieuse qui avait eu une liaison avec O'Toole, tout en précisant qu'il s'agissait peut-être d'une invention de l'esprit jaloux de Camille.

— Ainsi…

Bentz se tourna vers Slade, au moment où la pluie se mettait à taper contre les carreaux de la fenêtre.

— Vous avez eu une liaison avec votre belle-sœur juste avant son entrée au couvent ?

— Nous n'avons pas eu de liaison, protesta Slade d'une voix tranquille, en le regardant droit dans les yeux.

— Vous n'avez pas eu de liaison…, répéta Bentz d'un air sceptique.

Il jeta un coup d'œil interrogateur du côté de Valerie, puis se tourna de nouveau vers Slade.

— Dans ce cas, que s'est-il passé entre vous ? Vous lui avez fait des avances ? Ou c'est elle ?

— Elle m'a fait des avances, oui, on peut dire ça, répondit Slade en regardant sa femme.

— Qu'entendez-vous exactement par là ? demanda Montoya.

Valerie constata que Slade avait au moins la décence de paraître gêné.

— Vous savez ce que c'est, grommela-t-il. Elle me faisait

de l'œil, elle me disait des trucs à double sens, elle se tortillait devant moi.

— Devant vous ? s'étonna Bentz.

Il s'adressait cette fois à Valerie.

Elle secoua la tête.

— Non. Je n'ai jamais assisté à un tel manège.

— Vous avez assisté à quoi ?

Elle soupira et détourna les yeux du côté de la fenêtre où la pluie zigzaguait en rigoles sur les carreaux.

— J'ai vu une jeune femme perdue et un homme mûr qui n'a pas cherché à la décourager.

— Valerie ! C'est injuste ! protesta de nouveau Slade en se renfrognant. Camille t'a menti à propos de ce qui s'est passé.

Il se tourna vers les deux inspecteurs.

— Elle a menti, répéta-t-il. Elle lui a fait croire que c'était moi qui l'avais cherchée.

Il poussa un long soupir écœuré.

— Mais c'est totalement faux.

— Nous sommes prêts à écouter votre version, déclara Bentz.

— Nous étions mariés depuis un an, Valerie et moi, quand Camille est venue une première fois nous rendre visite au ranch. Elle est restée environ un mois et, déjà, elle a manifesté un certain intérêt pour moi, mais discrètement, et je ne m'en suis pas vraiment rendu compte. Ce n'est qu'à sa deuxième visite que j'ai compris, parce que, cette fois-là, elle y est allée carrément. Elle s'arrangeait pour me rejoindre quand je travaillais seul, et elle me faisait des avances, puis elle éclatait de rire.

Il défia Bentz du regard.

— Quand une femme vous cherche, vous le sentez. Surtout quand il s'agit d'une femme comme Camille.

— Elle était très belle, fit remarquer Bentz.

Slade ne répondit pas.

— Vous avez parlé à votre femme de ce comportement ?

— Non, répondit Slade en fronçant les sourcils.

Valerie eut envie de se lever et de quitter la pièce.

— Du moins pas au début.

— C'est Camille qui est venue me parler, coupa sèchement Valerie. Elle m'a juré que Slade essayait de coucher avec elle.

— C'était un mensonge, répondit Slade.

Il se tenait droit comme un pilier, ferme sur ses positions.

— Et vous avez cru votre sœur ? reprit Bentz en s'adressant de nouveau à Valerie, tandis que Montoya fixait Slade d'un air suspicieux.

— Je l'ai crue, mais Slade a nié et a prétendu que c'était le contraire. Je n'ai jamais vraiment su ce qui s'était passé entre eux, jusqu'où ils étaient allés.

— Je n'ai fait que dire la vérité. Je n'ai pas dragué ma belle-sœur. C'est elle qui me tournait autour, et moi, je ne savais pas quoi faire. Bref, après ce problème, Camille est partie au couvent.

— Elle est partie au couvent parce que, selon elle, vous lui aviez fait des avances ? Ça paraît fou. Nous ne sommes plus au Moyen Age.

— Camille prenait tout au tragique, répondit Slade.

— Quand l'avez-vous vue pour la dernière fois ? demanda Montoya.

La question s'adressait à Slade, mais ils répondirent tous les deux.

— Le jour où elle a quitté le ranch, dit Slade.

— Ça faisait un mois que je ne l'avais pas vue, admit Valerie. La dernière fois, c'était à l'orphelinat, où elle travaillait régulièrement. Nous n'avons pas beaucoup parlé. Ensuite, je l'ai eue une fois au téléphone. Puis j'ai reçu l'e-mail.

— Il me faudrait une copie de cet e-mail et aussi des précédents qu'elle vous aurait envoyés, déclara Bentz en prenant des notes.

Montoya laissa son partenaire diriger la suite de l'entretien. Valerie apprit que Camille s'était défendue et qu'elle avait probablement été assassinée devant l'autel de la chapelle, où, selon toute vraisemblance, elle s'était rendue volontairement. Elle ne put s'empêcher de frissonner en songeant aux dernières minutes que sa sœur avait passées sur cette Terre. Tout, dans cette histoire, était atroce, à glacer le cœur et l'âme.

Quand ils quittèrent l'hôpital, il était plus de 10 heures. La pluie avait cessé et un coin de ciel bleu perçait entre les nuages. Valerie regagna le pick-up de Slade en évitant les flaques, les yeux baissés vers le brouillard dense qui s'élevait du sol. A l'aller, elle était sous le choc et avait à peine pris garde au fait qu'elle roulait dans le pick-up de son ex-mari, mais cette fois, en grimpant dans l'habitacle, elle eut la sensation de visiter un vestige de leur mariage.

De leur vie.

Elle fut saisie d'un frisson en songeant qu'elle ne reverrait plus jamais Cammie.

Une perspective insupportable.

Mais qu'il fallait pourtant accepter.

13

Depuis la promenade qui longe les rives, je regarde couler les eaux troubles du Mississippi. Un cargo remonte le fleuve. L'air est chaud et chargé d'humidité, le ciel est sombre, mais je mets tout de même mes lunettes de soleil.

— Bonjour, mon père, me lance un homme en me dépassant à petits pas pressés.

Il a remarqué mon col blanc de prêtre.

Je lui souris.

Mais je ne réponds pas.

Tandis qu'il s'éloigne, je me détourne des eaux dont l'odeur rance me chatouille les narines. J'entreprends péniblement l'ascension du pont, ma jambe droite traîne en arrière, à peine, mais cette vieille douleur ne me quitte pas et ne se laisse pas oublier.

Mais la douleur physique, j'y suis habitué, je suis capable de l'endurer.

Je ne me sens pas essoufflé. Je ne transpire pas. J'ai réussi à conserver une bonne condition physique. A rester alerte.

A part ma jambe droite, qui traîne un peu.

Pas de chance.

Une blessure de guerre.

Je traverse le parc et je continue d'avancer, je dépasse un mime qui tente silencieusement de capter mon attention. Je ne lui fais même pas l'aumône d'un sourire, son visage blanc et triste ne m'intéresse pas. Mon regard se porte de l'autre côté du parc, au-delà de la statue d'Andrew Jackson caracolant sur son cheval, vers les flèches de la cathédrale Saint-Louis, qui s'élèvent sans fin et dont la croix surmontant le clocher semble percer le ventre rond des nuages.

Cette cathédrale blanche et imposante est comme un appel.

Mais je résiste, bien sûr.

Pour l'instant.

Valerie s'installa sur son siège en repoussant d'un pied agacé cette fichue boîte à outils, puis elle attendit que Slade la rejoigne.

— Ça va ? demanda-t-il en claquant sa portière.

— D'après toi ?

— D'accord, ma question était stupide.

— C'est le moins qu'on puisse dire.

Elle se détourna résolument vers la vitre, tandis qu'il mettait le moteur et les essuie-glaces en route, lesquels balayèrent en grinçant les gouttelettes accumulées durant l'averse.

— Et toi ? demanda-t-elle.

Il fit la moue.

— Je me sentirai bien quand ils auront coincé le salaud qui a fait ça, répondit-il.

Tandis qu'il passait la marche arrière, elle prit conscience de la puissante odeur de terre qui emplissait l'habitacle. Celle du ranch…

— C'est O'Toole qui a fait ça, affirma-t-elle.

Le pick-up se mit à vibrer, puis contourna lentement une SUV qui occupait deux places de parking.

— C'est un prêtre, Val, je t'en prie. Celui qui est censé donner l'exemple…

— C'est un homme comme un autre, Slade.

Elle ponctua sa remarque d'un regard entendu de son côté, et il comprit manifestement qu'il s'agissait d'une accusation déguisée.

— Peu importe qu'il ait fait vœu de célibat, poursuivit-elle, qu'il soit là pour entendre les confessions des autres, qu'il s'agenouille tous les matins pour prier ; il n'en reste pas moins un homme, et puis c'est tout.

— Un homme, d'accord, mais tous les hommes ne sont pas des pécheurs, fit remarquer Slade en la fixant droit dans les yeux.

Etait-ce la défense du prêtre qu'il prenait, ou bien la sienne ? se demanda-t-elle.

Ils quittèrent le parking de l'hôpital sans échanger un mot de plus.

L'espace d'une seconde, elle se souvint d'un champ de campanules et de castillées, de la chaleur du sol sous son dos, d'une douce fragrance fleurie qui flottait dans l'air. Les abeilles bourdonnaient, le ciel s'étendait à l'infini, bleu, au-dessus des montagnes du Texas. Elle avait plongé son regard dans le gris bleuté de celui de Slade, dont les pupilles s'étaient dilatées quand il avait étiré son long corps musclé pour se pencher sur elle. Elle avait frissonné d'anticipation. Puis les lèvres de Slade avaient pressé les siennes, et elle avait perdu pied.

— Merde, murmura-t-elle. Plus de ça.

— Plus de quoi ?

— Plus de tout.

Elle s'en voulait d'avoir laissé ses pensées s'aventurer dans cette direction, et se promit de ne pas recommencer, tout en s'adossant au siège craquelé. Elle fixa un point droit devant elle et se tut. Le visage sans vie de Camille l'obsédait. Sa mort la laissait seule au monde. Elle n'avait plus de famille, à présent.

A moins de prendre en compte un futur ex-mari et un chien aux oreilles tombantes.

Slade eut la délicatesse de ne pas lui faire la conversation, et ils n'échangèrent pas un mot en traversant les rues étroites menant à l'hôtel. Durant tout le trajet, elle tenta de se secouer, mais n'y parvint pas. Pourtant, elle savait qu'il ne servirait à rien de rester ainsi prostrée, à ruminer son chagrin. Et cela ne ferait pas revenir Camille.

— Tu connais ce flic ? demanda Slade au moment où ils prenaient la rue de la maison.

— Nous avons fréquenté le même lycée.

— Et O'Toole ?

— Aussi, répondit-elle en pinçant la bouche de dégoût. Cette affaire est une réunion de l'amicale du lycée, ajouta-t-elle d'un ton ironique.

— Ça fait tout de même un paquet de coïncidences, assura-t-il en exprimant tout haut ce qu'elle pensait depuis un moment.

— Nous avons tous grandi dans le coin, voilà tout, murmura-t-elle.

Mais, tout de même, c'était un drôle de coup du destin. Cammie et elle avaient quitté La Nouvelle-Orléans après le lycée. Valerie avait toujours pensé qu'il en était de même pour O'Toole. C'était étrange qu'il ait justement choisi un séminaire dans la région et qu'il se retrouve affecté au couvent Sainte-Marguerite. D'ordinaire, les prêtres n'exerçaient pas dans leur ville d'origine. Mais il avait un père qui se targuait de ses nombreuses relations et qui était sans doute intervenu en sa faveur — l'Eglise n'avait rien à refuser à ses généreux donateurs.

Quant à Ruben Montoya… Elle n'avait plus entendu parler de lui depuis le lycée et n'en revenait pas qu'il soit entré dans la police. Inspecteur de la police criminelle de La Nouvelle-Orléans. Rien que ça ! Elle l'aurait plutôt imaginé de l'autre côté de la barrière. Comme quoi, l'évolution des gens réservait son lot de surprises…

Slade se gara près du petit parking réservé à Briarstone House. Il eut, cette fois, la délicatesse de ne pas bloquer sa voiture.

— Tout ça est vraiment très étrange, marmonna-t-il, comme s'il réfléchissait tout haut.

— En effet, admit-elle.

Elle ne croyait pas beaucoup aux coïncidences. Elle avait trop longtemps travaillé dans la police. Elle avait appris à voir derrière les apparences, à chercher la vérité cachée.

Et parmi les apparences et les faits étranges du moment, il y avait le fait que Slade avait dormi dans son jardin la nuit où sa sœur avait été assassinée.

Coïncidence ?

Elle lui jeta un drôle de regard, tandis qu'il coupait le moteur.

— Et toi, cow-boy ? demanda-t-elle tout en allongeant le bras vers la poignée de la portière. Qu'est-ce qui t'a pris de venir ici, justement maintenant ?

Il eut ce petit sourire en coin qu'elle avait autrefois jugé irrésistible.

— Il me semblait te l'avoir déjà dit, répondit-il d'un ton assuré et prodigieusement agaçant. Je suis ici pour te convaincre de ne pas divorcer.

— Et il me semble t'avoir répondu que tu ferais mieux d'aller voir ailleurs, rétorqua-t-elle sèchement. Entre nous, c'est fini.

Il ouvrait la bouche pour répondre, et elle l'arrêta d'un geste.

— Et au fait… Je suis encore sous le choc, mais n'espère pas en profiter pour t'incruster. J'ai perdu ma sœur, mais je n'ai pas besoin de toi.

Comme il ouvrait de nouveau la bouche, elle ajouta :

— N'oublie pas que j'ai été flic.

— Ça n'a rien à voir. Il s'agit de ta sœur, cette fois.

— Ne t'occupe pas de moi, va-t'en, et puis c'est tout.

Elle ouvrit sa portière.

— Mais le chien reste. Merci de me l'avoir ramené.

Elle descendit du pick-up et entendit qu'il faisait la même chose de son côté. Quand elle ouvrit la porte du jardin, il l'avait déjà rejointe, et il marcha avec elle jusqu'à l'entrée de l'hôtel.

— Je t'ai dit que je ne te laisserai pas Bo, dit-il en faisant claquer ses bottes sur les marches, en duo avec elle.

— Tu m'ennuies, répliqua-t-elle avec agacement, se tournant vers lui.

Ils étaient maintenant devant la porte. Elle remarqua qu'il avait pris son sac à dos.

— Où veux-tu en venir ? soupira-t-elle.

— Nulle part, je viens me faire enregistrer à l'accueil.

Il ouvrit la porte et la tint poliment pour l'inviter à entrer.

— J'ai réservé une chambre dans cet établissement.

— C'est faux.

— C'est vrai. J'ai eu une certaine Freya au bout du fil, et elle a bien noté que je réservais une chambre pour la semaine.

— Tu m'as dit que tu avais dormi dans ton pick-up parce que tu n'avais pas de réservation.

— Je n'en avais pas pour la nuit dernière. Mais, ce soir, je dors dans la chambre que vous appelez « Chambre du jardin ».

— Oublie ça. Je vais te donner l'adresse d'un très bon motel à l'autre bout de la ville.

— Désolé, ma chérie, dit-il en exagérant un peu son accent traînant. Je ne veux pas perdre l'acompte que j'ai versé.

— Je vais te le rendre. Jusqu'au dernier centime.

Il n'était pas question qu'il reste ici. Pas question le moins du monde !

— Trop tard, répliqua-t-il avec un petit ricanement.

— Tu ne restes pas, répéta-t-elle.

Mais elle se sentit dépassée. Et trahie. Freya avait insisté, l'autre soir, pour parler de Slade. Valerie comprenait à présent pourquoi.

— Ecoute, reprit-elle d'un ton plus assuré. Ça ne marche pas. Peu importent les circonstances, tu ne peux pas t'installer dans cet hôtel.

Juste au moment où elle prononçait cette phrase, elle vit tourner au coin de la rue une camionnette de la télévision.

— Oh ! non…, murmura-t-elle.

Ainsi, les journalistes savaient déjà qu'elle était la sœur de la victime.

— Super, soupira-t-elle en se réfugiant dans l'entrée de l'hôtel, où quelques clients s'étaient installés pour lire.

L'un d'eux, un homme de quatre-vingts ans avec de grandes dents, la salua d'un geste de la main.

— Bonjour, dit-elle.

C'était pourtant tout sauf un bon jour.

— Bonjour, lança joyeusement l'épouse de l'octogénaire, une femme petite et menue comme un oiseau, qui portait une casquette à visière. Nous allons visiter le Quartier français, aujourd'hui, annonça-t-elle joyeusement, tout en enfilant des lunettes de soleil.

— Amusez-vous bien, répondit Valerie en se forçant à sourire.

Ils sortaient quand Freya entra. Elle jeta un coup d'œil par la fenêtre et fit la grimace.

— Seigneur, Val, je suis vraiment désolée, murmura-t-elle en la prenant dans ses bras.

— Merci, répondit Valerie en luttant contre les larmes.

La sonnette de l'entrée résonna à ce moment.

— Oh ! gémit-elle.

Il s'agissait probablement d'un journaliste aux dents longues en quête d'un article à sensation.

— Ne t'inquiète pas, je m'en occupe, intervint Slade en lâchant son sac près d'un porte-parapluies.

Il alla ouvrir la porte et se plaça de manière à barrer l'entrée.

— Je suis Brenda Convoy, de WKAM, fit une voix chantante et modulée. Je cherche Valerie Renard.

Valerie aperçut une femme mince, âgée de moins de trente ans, avec des cheveux noirs coupés court et de grands yeux de biche.

— Elle est occupée, répondit sèchement Slade sans bouger d'un millimètre.

— Et vous êtes ?

— Son mari.

Le visage de la journaliste s'illumina.

— Si ça ne vous ennuie pas, j'aimerais vous poser quelques questions au sujet d'une actualité que nous suivons. L'une des religieuses du couvent Sainte-Marguerite a été assassinée cette nuit et…

Valerie traversa l'entrée pour aller rejoindre Slade.

— Je suis Valerie Renard, dit-elle. Et je traverse des moments difficiles, comme vous vous en doutez. Je ne réponds donc à aucune question.

Elle claqua le battant sur la journaliste — et sur son cameraman, qui avait dû filmer un certain nombre d'interviews avortées au cours de sa carrière. La sonnette résonna de nouveau, mais elle l'ignora et ferma la porte à clé. Les clients possédaient une clé de chambre qui ouvrait la porte donnant sur le jardin de derrière. Cela les obligeait à passer devant son cottage, mais tant pis...

Et à propos de jardin et de clients...

Elle se tourna vers Freya.

— D'après ce que j'ai compris, Slade a loué la chambre donnant sur le jardin. C'est pour ça que tu tenais tant à parler de lui, l'autre soir...

Freya se tenait près de la fenêtre. Elle acquiesça d'un air rêveur tout en regardant au-dehors.

— Oui, avoua-t-elle en soupirant. Ils prennent des photos de la maison, en ce moment... J'imagine qu'on peut considérer ça comme de la publicité gratuite.

Elle osa enfin regarder Valerie.

— Je peux faire quelque chose ?

— Non, répondit Valerie. Mais la prochaine fois qu'un de mes ex-maris appelle pour réserver une chambre, tu lui raccroches au nez, par pitié.

— Je ne suis pas encore ton ex-mari, fit remarquer Slade.

— Ça ne va pas tarder, cow-boy.

— Nous verrons cela, rétorqua-t-il en ramassant son sac. A présent, j'apprécierais que tu me montres ma chambre.

— Avec grand plaisir.

Freya lui tendait déjà les clés.

— Formidable, marmonna-t-elle en les lui arrachant des mains.

Elle prit la direction de l'escalier. Slade lui emboîta le pas, avec ses bottes pleines de poussière. Une porte s'ouvrit quelque part au rez-de-chaussée et elle entendit un aboiement, suivi d'un bruit de griffes trottinant sur le sol de marbre de l'entrée. Une seconde plus tard, Bo grimpait l'escalier devant eux.

— C'est bas, ce que tu as fait, Slade, lança-t-elle en foulant le chemin d'escalier aux couleurs passées. Et ça me surprend. Même venant de toi.

Elle fit volte-face.

— Appeler Freya…
— Tu aurais accepté de me voir, si je te l'avais demandé ?
— Tu sais bien que non.
— Je n'avais donc pas le choix.
— On a toujours le choix, répondit-elle en se remettant à grimper.

Sur le palier du deuxième étage, Bo les attendait, en remuant l'arrière-train. Sa langue pendait hors de sa gueule, d'un côté. Il retroussa ses babines noires en une ébauche de sourire quand Valerie se pencha vers lui pour le flatter du plat de la main.

— Tu m'as manqué, espèce de petit brigand, lui dit-elle avec un rire joyeux.

Il gémit en réponse, comme s'il avait compris.

— J'espère que tu es bien traité, au moins, acheva-t-elle.
— Il est traité comme il le mérite.

Valerie se redressa et marcha vers l'une des extrémités du couloir de l'étage, vers la chambre marquée d'une plaque de cuivre annonçant « Chambre du jardin ». La poignée en cristal pivota aisément. Elle laissa passer Slade devant elle et il découvrit une pièce douillette et accueillante, avec un parquet de chêne rouge, un toit en soupente, une cheminée aux carreaux peints. La porte-fenêtre s'ouvrait sur un balcon qui donnait, comme l'indiquait le nom de la chambre, sur le jardin, mais aussi sur le petit cottage que Valerie appelait sa maison.

Valerie songea qu'il avait justement une vue directe sur ses appartements, perspective qui n'était pas pour la réjouir.

— Charmant, assura-t-il en lâchant son sac à dos, tandis que Bo inspectait le territoire en reniflant.
— Notre assurance ne nous permet pas d'accepter les animaux de compagnie.
— Tu veux le faire dormir dans le pick-up ?
— Je devrais. Mais je vais faire une exception pour lui. Il dormira chez moi.

Il ne put retenir un petit sourire.

— Si l'un de tes clients s'en plaint, fais-le-moi savoir.

— Si l'un de mes clients s'en plaint, je saurai régler le problème. Et si tu as besoin de quoi que ce soit…

— Oui ?

— Adresse-toi à Freya.

Elle sortit avec Bo et referma la porte derrière elle. Le rire de gorge de Slade la poursuivit jusqu'au rez-de-chaussée.

Quand Valerie poussa les portes battantes séparant la salle à manger de la cuisine, elle trouva Freya devant une pile de vaisselle qui trempait dans une eau savonneuse. Des pommes cuisaient dans une casserole, sur la cuisinière. L'odeur de la cannelle se mêlait à celle du Lysol que Freya utilisait pour laver le sol chaque matin.

Freya ouvrit la machine à laver et entreprit de la remplir.

— Ça va ? demanda-t-elle à Valerie en jetant un coup d'œil par-dessus son épaule. Hé, dis donc, pas de chien dans la cuisine !

La mousse dégoulinait des assiettes qu'elle sortait de l'évier pour les disposer dans le bac inférieur de la machine.

— Tu as raison, admit Valerie.

Et, d'un claquement de doigts, elle renvoya Bo de l'autre côté de la porte. Il sortit, la queue basse.

— Seigneur, j'ai l'impression d'être le père Fouettard ! gémit Freya.

— Ne t'inquiète pas. Il s'en remettra.

— Je suppose. Et toi ? Tu aurais besoin d'un verre, non ?

— Un verre ? Mais il n'est pas encore midi !

— C'est pour ça qu'on a inventé le Bloody Mary.

Valerie secoua la tête d'un air incrédule. Dans le jardin, un engoulevent esseulé poussa un cri lugubre.

— Je crois que je préfère m'en passer, répondit-elle. Ou du moins remettre à plus tard.

Pour le moment, elle avait trop à faire. Elle avait promis à Montoya de transmettre les e-mails de Camille à la police, mais, surtout, elle avait décidé de mener sa propre enquête sur le meurtre de sa sœur. Son cœur se serra à cette pensée et elle refoula ses larmes. Il faudrait aussi qu'elle s'occupe, tout en menant l'enquête, d'organiser les funérailles de Camille, qui avait bien le droit de reposer en paix.

Camille franchirait-elle les portes du paradis et trouverait-elle la paix éternelle ?

Ou bien son âme serait-elle damnée à jamais ?

14

— C'est vraiment dingue, tout ça, marmonna Bentz.

Ils venaient de quitter le local de la morgue et roulaient dans la Mustang de Montoya. Bentz était agité et ne cherchait pas à le cacher. Il avait posé son coude sur le rebord de la vitre ouverte. Le soleil tapait dur, et la clim ne suffisait pas à maintenir une température correcte dans la voiture.

— J'ai l'impression d'assister à une réunion d'amicale d'anciens élèves, ajouta-t-il.

— Oui, tu as raison…

— Pour commencer, tu connais la victime, poursuivit Bentz en pointant son index. Ensuite, tu connais la religieuse qui a trouvé le corps.

Un autre doigt vint rejoindre l'index.

— Et tu connais aussi le prêtre qui était l'amant de la victime… Je n'ai oublié personne ?

— Pour l'instant…, ironisa Montoya.

— Tu crois qu'il peut en sortir d'autres du placard ?

— J'espère que non !

— Tu as bien vérifié la liste des religieuses ? Tu as peut-être une autre petite amie dans le lot…

— Je vais vérifier, répondit Montoya.

Tout en poussant un grognement, Bentz tapota la poche de sa veste, puis en sortit un paquet de chewing-gums en bâtonnets.

— Si Camille Renard était enceinte, fit-il remarquer, c'est une enquête pour double homicide que nous menons.

— Il ne manquait plus que ça, gémit Montoya.

— Et c'est ton copain O'Toole qui est notre suspect numéro un, conclut-il.

Il fit une bulle avec son chewing-gum et referma ses lèvres dessus.

— Tu y crois, toi, que le prêtre est le père ?

Montoya ricana.

— Sais pas. Déjà que j'ai du mal à l'imaginer en prêtre… J'avoue que je suis un peu dépassé.

— Tout ça ne me dit rien qui vaille.

— A moi non plus.

— Une religieuse enceinte, c'est du jamais-vu.

— Disons qu'en général le vœu de chasteté les protège de ce genre d'accidents.

Montoya bifurqua dans une rue où un saxophoniste jouait en solo un air de blues pour un petit groupe. L'étui de son instrument était ouvert devant lui, et quelques pièces y luisaient sous le soleil.

— Tu crois que c'est vrai, que le prêtre a eu une liaison avec une autre novice avant Camille Renard ? demanda Bentz en plissant les yeux contre la lumière.

— Aucune idée. Mais on va vérifier. Zaroster s'en occupe.

— Il est bizarre, ce type. Pourquoi choisir d'être prêtre quand on aime à ce point les femmes ?

— Mystère…

— Ouais… De toute façon, le célibat des prêtres et des religieuses, je n'y crois pas une seconde. Ça ne peut que créer des problèmes. C'est antinaturel.

Montoya ne répondit pas et continua à conduire, tout en réfléchissant. Son esprit tournait aussi vite que les roues de la voiture. Il n'arrivait pas à comprendre comment Camille Renard avait pu échouer dans un couvent de La Nouvelle-Orléans. Et, en plus, se retrouver enceinte. Sa grossesse, il ne la mettait pas en doute. Elle n'aurait sûrement pas eu l'idée d'inventer un truc pareil. De toute façon, l'autopsie n'allait pas tarder à les renseigner.

— Elle était vraiment bizarre, cette scène de crime, reprit soudain Bentz tout en regardant par la vitre de sa portière.

— Bizarre et soigneusement étudiée, si tu veux mon avis.

— Les religieuses ne portent pas de robes de mariée et pas de bijoux non plus.

— Détrompe-toi. O'Toole m'a expliqué qu'elles portent une robe de mariée le jour où elles prononcent leurs vœux définitifs, en symbole de leur attachement au Christ. Et elles portent aussi une alliance. Mais je vois ce que tu veux dire. La manière dont le corps était allongé près de l'autel n'avait rien de naturel. Quant aux gouttes de sang sur le décolleté…

— Un rituel, suggéra Bentz.

— Un rituel de malade.

Le téléphone de Bentz émit un pépiement. Tout en répondant, il remonta la vitre de sa portière pour s'isoler du bruit extérieur.

Montoya en profita pour se plonger de nouveau dans ses pensées. Il dépassa une charrette tirée par un mulet gris et suivit le fleuve, tout en tentant de rassembler les éléments épars de leur enquête. Camille, la victime, vêtue d'une robe de mariée jaunie, apparemment étranglée. Qui avait des raisons de la tuer ? Et qui avait pu avoir l'idée d'une mise en scène aussi tordue ? Le père de l'enfant qu'elle portait… ?

Cela semblait tout de même peu probable.

Mais qui d'autre, alors ? Quelqu'un qui vivait dans le couvent, ou un ennemi extérieur ? Houston, le beau-frère de Camille Renard ? Les doigts de Montoya se crispèrent sur le volant. Slade Houston n'était pas très crédible en meurtrier. Mais le père Frank non plus.

Il espéra qu'ils auraient un autre suspect à leur disposition, quand ils auraient établi le groupe sanguin de l'enfant de Camille.

Bentz referma son téléphone d'un coup sec au moment où ils s'arrêtaient à un feu rouge.

— C'était le bureau du légiste, dit-il d'une voix basse et pleine de colère contenue. J'ai le rapport préliminaire. Elle est bien morte par asphyxie, étranglée, comme on le supposait. Et elle attendait un bébé. C'est un double homicide.

De nouveau, les mains de Montoya se crispèrent sur le volant. Il revit le corps de Camille étendu dans la chapelle, ses mains croisées, tenant son rosaire. Il eut soudain une pointe de remords en songeant qu'il avait autrefois rendu Camille malheureuse en la quittant.

— Qui était au courant de sa grossesse, à part sa sœur ? murmura-t-il tout bas.

— Le père, probablement, suggéra Bentz. Et peut-être s'était-elle confiée à une amie. Ou à la mère supérieure. Ou au prêtre qui la confessait.

Montoya y avait déjà songé.

— Je serais prêt à parier, en tout cas, que le secret n'a pas franchi les murs du couvent, dit-il.

— Oh ! tu sais, les gens sont bavards..., objecta Bentz en détournant les yeux vers sa vitre. Le labo vérifie les groupes sanguins de la mère et du bébé. Il nous faut un échantillon du sang d'O'Toole. On verra bien si après ça il figure toujours sur notre liste de suspects.

— Il va falloir établir la liste des hommes qu'elle aurait pu connaître ou rencontrer.

— Connaître au sens biblique ? ironisa Bentz en lui jetant un regard en coin.

— Bon sang, un peu de respect, c'était une religieuse, tout de même !

— Ouais, une religieuse enceinte.

Le feu passa au vert. Montoya accéléra.

— Ça ne m'étonnerait pas que notre capitaine te retire l'enquête, fit remarquer Bentz. Tu connais trop de monde, franchement.

Il acquiesça, comme pour lui-même.

— Ouais, elle va pas aimer ça, crois-moi.

— Moi non plus, je n'aime pas ça, marmonna Montoya.

— Et sœur Lucy ?

— Lucia, corrigea Montoya.

Il aborda trop vite son virage et les pneus de la Mustang crissèrent. Il était nerveux. Il sentait peser sur lui le regard de son partenaire — un regard plein de questions.

En effet, c'était une drôle d'histoire. Il n'arrivait pas à s'imaginer Frank O'Toole en assassin. Mais il ne l'aurait pas imaginé non plus en prêtre. Comme quoi, il ne le connaissait pas aussi bien qu'il pensait. Et il ne croyait pas vraiment à son explication alambiquée à propos de la maladie de sa sœur qui avait déclenché sa vocation.

Il a dû se passer quelque chose dans sa vie.

— Le mieux serait de poser la question au capitaine, on verra bien ce qu'elle en pense, dit-il en freinant pour laisser passer une camionnette qui transportait une demi-douzaine d'enfants.

Des ballons gonflables dépassaient des vitres et s'agitaient dans le vent, au grand plaisir des gamins qui riaient et poussaient des cris de joie. Il attendit que le véhicule s'éloigne, puis il entra dans le parking du poste de police et se gara.

— Ce qu'il y a de plus étrange dans cette affaire, reprit Bentz, c'est qu'elle semble tourner autour de toi.

Il allongea les jambes en faisant la grimace. Il avait été blessé à Baton Rouge, lors d'une affaire au cours de laquelle il avait failli perdre sa fille aînée, Kristi. Sa cuisse le faisait encore souffrir.

— Tu exagères. Ce n'est pas le plus étrange. Tout est étrange, là-dedans.

Pour la première fois depuis des mois, Montoya eut envie d'une cigarette. Il ne fumait plus, mais chaque fois qu'il était préoccupé, il se surprenait à tâter machinalement ses poches vides.

Depuis le début de cette affaire, il voyait défiler des images de sa jeunesse en une sorte de cortège de carnaval.

Et c'était plutôt angoissant.

***

— Je vous dis qu'il avait une liaison avec elle…, lâcha sœur Charity d'un ton furieux.

Elle était tellement agitée qu'elle ne tenait pas en place et arpentait de long en large le petit bureau du père Paul. Les étagères étaient chargées de livres pieux, la lumière filtrait à travers les vitraux. Le père Paul était assis derrière un imposant bureau en acajou foncé dont le bois brillait tant qu'il reflétait les rayons du soleil.

— Nous n'en sommes pas certains, objecta-t-il posément.

— Mais je les ai vus ! s'exclama Charity.

Elle en tremblait d'indignation.

— Vous savez bien que la discrétion n'était pas la principale qualité de sœur Camille, poursuivit-elle d'un ton méprisant.

Elle commençait à sentir battre une méchante migraine au niveau de ses yeux.

— Quant au père Frank, reprit-elle, il n'a pas encore compris le sens du vœu de célibat.

Le père Frank n'en était pas, en effet, à sa première incartade.

— J'ai parlé à l'évêque, répondit doucement le père Paul. Je lui ai exposé la situation sans détour.

Charity ferma les yeux.

— Une situation réellement embarrassante pour l'Eglise, murmura-t-elle.

— Nous surmonterons cette épreuve, assura le père Paul.

Mais elle surprit son regard las.

— Ayez la foi, sœur Charity.

— Ce n'est pas ma foi qui est en cause, soupira-t-elle en secouant la tête. Camille attendait peut-être un enfant.

Il leva la tête vers elle, avec une expression inquiète et méfiante.

— Non, protesta-t-il. C'est impossible.

Elle songea qu'il était bien naïf.

— Je n'en suis pas certaine, admit-elle. Mais j'ai surpris une conversation entre sœur Camille et sœur Lucy qui le laisse supposer.

Les rides du vieux prêtre se creusèrent.

— J'espère que vous vous trompez, dit-il.

Il eut un petit sourire attristé.

— Je me méfie des ragots, vous savez ?

Il jeta un coup d'œil à sa montre et elle comprit le message. Il était très occupé, et la congédiait poliment ; il préférait pratiquer la politique de l'autruche, la laissant affronter seule le problème.

— Je parlerai au père Frank, assura-t-il d'un ton dégagé.

Charity songea avec amertume que c'était un peu tard et se détourna, en bouillonnant intérieurement. Il était décidément insupportable, avec sa vision faussée de ce qu'il appelait pudiquement « la situation ». Il ne comprenait donc pas que le meurtre de sœur Camille risquait de ternir la réputation du couvent ? Non ! Bien sûr que non ! Chaque fois qu'ils avaient dû faire face à une « situation », c'est elle qui avait dû prendre les choses en main.

Elle quitta le bureau du père Paul et retourna dans son cher couvent. En traversant le long couloir qui menait à son bureau, elle effleura du bout des doigts les vieux murs chargés de souvenirs. Ce bâtiment avait derrière lui des siècles d'histoire. Elle eut une pensée émue pour ceux qui y avaient vécu avant elle. Eux aussi avaient affronté bien des tempêtes.

Elle allait entrer dans son bureau quand on l'appela.

— Révérende mère !

Elle reconnut la voix mélodieuse de sœur Zita. Sœur Zita était petite, mais dynamique. Elle ne lui avait jamais causé aucun souci.

— Oui, mon enfant, répondit-elle en lui adressant un sourire chaleureux.

— Je voulais vous parler à propos de Sainte-Elsinore, dit sœur Zita d'un air préoccupé. Depuis le départ de sœur Lea, c'était sœur Camille qui travaillait là-bas avec moi et…

Elle leva ses mains, les paumes vers le haut, dans un geste d'impuissance.

— Je vois, lâcha Charity. Pourquoi ne demanderiez-vous pas à Maura, ou à sœur Lucy ? Ou peut-être à sœur Edwina ? L'une d'elles pourra sûrement vous accompagner à l'orphelinat.

Elle la gratifia d'un sourire qui se voulait réconfortant.

— Même si l'orphelinat déménage, ne vous inquiétez pas, nous continuerons à nous en occuper. J'y veillerai. A présent, suivez-moi.

Elle la fit entrer dans son bureau et ouvrit le tiroir où elle rangeait l'emploi du temps. Effectivement, sœur Camille aurait dû se rendre le lendemain à l'orphelinat, qui se trouvait de l'autre côté du lac Pontchartrain. Charity soupira à l'idée qu'il serait bientôt démoli. Les choses évoluaient, on n'y pouvait rien.

— Voyons un peu…, murmura-t-elle. Oui. Sœur Maura ou sœur Devota seraient disponibles. De plus, elles connaissent bien l'orphelinat. Quant à Lucia… Il vaut mieux la laisser un peu en paix en ce moment. Elle a subi récemment un choc, je préfère la ménager.

— Très bien. Je demanderai donc à sœur Maura ou à sœur Devota, répondit docilement Zita.

— Que Dieu vous bénisse, mon enfant.

Zita partit et Charity demeura seule dans son bureau, avec pour tout réconfort le crucifix et un portrait du pape. Elle songea tristement qu'ils traversaient une époque troublée. Autrefois, quand elle n'était qu'une jeune novice, du temps de Vatican II, tout paraissait beaucoup plus simple. Plus strict aussi, sans doute, mais avec des frontières définies qui évitaient de se poser des questions inutiles.

Tandis qu'à présent… le monde s'était embrouillé, et on n'y comprenait plus rien.

15

Valerie n'arrivait pas à reprendre sa routine.

Rien ne sera plus jamais comme avant..., murmura dans sa tête une petite voix.

Elle tâcha de l'ignorer, referma la porte de son cottage et se dirigea vers sa Subaru. A l'intérieur, il faisait une chaleur à crever et la clim fonctionnait de façon sporadique — quand elle voulait bien fonctionner. Elle mit le moteur en marche, boucla sa ceinture, et entrouvrit sa fenêtre pour faire un courant d'air.

Slade était toujours là. Du moins son pick-up était-il toujours garé où il l'avait laissé. Mais elle s'occuperait de Slade plus tard...

Pour le moment, elle avait mieux à faire : déposer au bureau de police une copie sur clé USB des e-mails de Camille et rencontrer le père Frank O'Toole, cet hypocrite, ce salaud — ce faux prêtre. Elle décida de commencer par lui.

— Valerie !

Elle s'engageait déjà dans la rue et jeta un coup d'œil dans son rétroviseur. Du coin de l'œil, elle vit Slade grimper dans son pick-up.

Elle hésita, puis décida de l'ignorer. Elle n'était pas d'humeur à l'affronter. Elle fonça droit vers l'avenue Saint-Charles, avec l'intention de le semer. Là, elle se faufila dans les embouteillages, véritable marée de voitures composée essentiellement de touristes. Ils venaient admirer les pittoresques maisons victoriennes aux couleurs pastel, leurs toits en terrasse, leurs façades richement décorées, et ils roulaient au ralenti pour prendre des photos.

Elle soupira d'exaspération. Voilà qui n'allait pas lui faciliter la tâche pour semer Slade.

Se réconcilier avec elle ! Non, mais il délirait ou quoi ? Elle eut une pensée méprisante pour la petite part d'elle-même qui le jugeait encore fascinant, celle qui trouvait romantique qu'il ait entrepris ce long voyage depuis Bad Luck, rien que pour elle.

— C'est une plaie, ce type, murmura-t-elle.

C'était en partie à cause de lui que Camille était entrée au couvent. Elle ne pouvait pas l'oublier. Elle serra les dents, et, tout en ralentissant pour s'arrêter à un feu rouge, vérifia son rétroviseur et chercha du regard l'angle de la rue menant à l'hôtel. Le pick-up de Slade était là, attendant une occasion de se faufiler dans l'avenue Saint-Charles. Derrière elle, il y eut du mouvement, une BMW qui forçait le passage pour se placer entre deux voitures, mais elle la remarqua à peine. Elle n'avait d'yeux que pour le vieux pick-up.

Slade la suivait, pas de doute… Mais pourquoi ?

Elle eut un pincement au cœur et ne put s'empêcher de songer, l'espace d'une minute, qu'il tenait vraiment à elle, qu'il n'aurait pas fait tout ce trajet depuis le Texas s'il ne l'aimait pas, que le passé était le passé et que…

Un coup de Klaxon la fit sursauter.

— Le feu ne sera pas plus vert si vous attendez encore, ma petite dame ! fit remarquer le crétin à la BMW.

Elle démarra, s'en voulant de s'être laissé distraire par Slade, une fois de plus.

Tandis que la BMW s'arrangeait pour la dépasser en vrombissant, histoire de manifester son mépris, elle accéléra également et se dépêcha de traverser la ville.

De nouveau, elle songea à Camille et son cœur se serra. Son premier réflexe avait été d'accuser le père O'Toole, mais, à présent qu'elle y réfléchissait, elle n'était plus très sûre de sa culpabilité. Il avait rompu son vœu de célibat, mais de là à tuer une femme qui avait été sa maîtresse et qui portait son enfant… Etait-ce possible ? Sous l'influence de la passion, les hommes étaient capables de bien des horreurs, mais Frank O'Toole était tout de même un prêtre.

Pourtant, si l'on excluait Frank O'Toole, qui pouvait être l'assassin ?

Le trajet jusqu'à la cathédrale lui parut durer une éternité. Elle parvint sans trop de peine à se garer, au moment où les cloches se mettaient à sonner, comme pour annoncer son arrivée. Elle se rendit compte qu'il était midi. Douze coups... Douze heures plus tôt, elle avait écouté les douze coups de minuit, depuis sa cuisine, en se rongeant les sangs à propos de Camille, avec la sensation qu'elle avait des ennuis, mais sans se douter qu'elle était sur le point de rendre son dernier souffle. Elle eut la vision du corps de Camille étendu sur le chariot de la morgue. Parviendrait-elle un jour à oublier cette image ?

Elle fit remonter sa vitre, tout en se préparant à cette entrevue avec le prêtre, qui n'allait pas être facile.

Elle ne s'attendait pas précisément à être bien accueillie.

Après avoir verrouillé les portes de sa Subaru, elle s'avança en direction de l'impressionnant édifice, construction de brique et de pierre dont les flèches semblaient s'élever vers le ciel dans un élan de ferveur. La plus grande partie de la cathédrale avait plus de deux cents ans. Elle avait survécu aux guerres, aux ouragans, aux scandales. Entourée d'un vaste terrain, gardée par des grilles en fer forgé et par une rangée de chênes noueux, la paroisse Sainte-Marguerite était une relique d'un autre âge, un monde fermé à l'extérieur, replié sur lui-même.

Valerie remarqua avec étonnement que la rue n'était pas envahie par les camionnettes des médias, comme elle s'y était attendue. Pas trace non plus de policiers. S'ils continuaient à travailler sur la scène du crime, ils étaient discrets. En revanche, les lourdes portes de la cathédrale étaient fermées par un cordon jaune, et la terre remuée du jardin témoignait du passage de centaines de pieds.

Les pieds de ceux qui avaient cherché des indices pour retrouver le meurtrier de Camille.

Valerie suivit la grille qui fermait le terrain de la cathédrale.

Elle savait qu'elle trouverait, plus loin, une entrée qui servait aux livreurs, et que les religieuses empruntaient les rares fois où elles quittaient le couvent. Camille lui en avait parlé.

Elle la trouva derrière un chêne isolé.

Fermée à clé, bien entendu.

Une sensation d'étrangeté l'envahit soudain, tandis qu'une légère brise venait effleurer sa nuque. Elle ne put s'empêcher de lever les yeux vers les fenêtres sombres du couvent qui semblaient la contempler, tels des yeux sans âme, et la mettre au défi d'entrer.

Comme si le fait de franchir cette porte revenait à pénétrer dans un lieu interdit où elle n'avait pas sa place.

Qu'est-ce qui te prend ? De quoi as-tu peur ? Qu'est-ce qui pourrait t'arriver de pire que la mort de Camille ? Secoue-toi !

Un grand corbeau battit des ailes et coassa avant d'aller se percher sur une gargouille grimaçante. Elle sursauta et tenta de se persuader qu'il ne s'agissait pas d'un avertissement.

Il y avait une sonnette près de la porte. Elle appuya dessus.

Puis elle attendit, essayant de ne pas tenir compte du fait qu'elle se sentait observée par des yeux invisibles.

— Allez ! s'impatienta-t-elle, voyant que personne ne se manifestait.

Elle sonna de nouveau, plus longuement cette fois.

— Hé ! appela-t-elle. Il y a quelqu'un ?

De nouveau, une légère brise balaya la ruelle derrière elle. Elle fit volte-face, sentant une présence.

Mais il n'y avait personne.

Pas même un chat qui se serait faufilé entre les poubelles alignées sur le trottoir d'en face. Elle était seule, et les bruits de la ville paraissaient lointains, comme étouffés. Elle leva les yeux vers les tourelles et les pignons du couvent, mais, là non plus, il n'y avait âme qui vive. Pas même une ombre l'épiant depuis les fenêtres. Le chemin de gravier qui circulait dans le jardin était désert.

Et pourtant…

L'ombre des feuilles agitées par la brise faisait onduler le sol, comme si un fantôme venait de traverser.

Elle eut la chair de poule.

— Allez, murmura-t-elle pour s'encourager, tout en appuyant une troisième fois sur la sonnette.

Sa persévérance fut finalement récompensée : une femme de couleur, portant l'habit des nonnes, s'approcha de la grille en trottinant.

— Que puis-je faire pour vous ?

Elle était grande et plutôt jolie. Elle affichait un sourire patient et la fixait intensément.

— J'espère que vous n'avez pas trop attendu, dit-elle. Je suis sœur Zita.

Zita… Le nom disait quelque chose à Valerie. Cammie ne lui avait-elle pas dit que Zita intervenait avec elle, ainsi qu'une autre, sœur Louise, à l'orphelinat Sainte-Elsinore ?

— Je voudrais parler au père Frank O'Toole, et l'entrée principale de la cathédrale est fermée, expliqua Valerie.

Puis, devant l'air sceptique de la religieuse, elle crut bon d'ajouter :

— Je suis Valerie Renard, la sœur de Camille.

— Mes sincères condoléances, murmura la sœur.

Mais elle ne fit pas mine d'ouvrir la porte et jeta un coup d'œil méfiant par-dessus l'épaule de Valerie, comme si elle s'attendait à ce qu'elle soit accompagnée.

— Je ne suis pas autorisée à laisser entrer qui que ce soit, dit-elle d'un air contrit. Nous sommes en deuil et…

— Moi aussi, je suis en deuil, coupa sèchement Valerie, que ces simagrées agaçaient.

Le couvent était un véritable bunker, ce qui n'avait rien d'étonnant. Sans doute les nonnes craignaient-elles pour leur sécurité. De plus, on leur avait probablement interdit toute déclaration aux journalistes, pour ne pas compromettre l'enquête, mais aussi pour protéger le couvent et la paroisse. Sœur Charity avait transformé ce couvent en forteresse pour que le scandale ne transpire pas.

— Je vous en prie, insista Valerie. Je sais que le père O'Toole… Il était proche de ma sœur.

— Je suis vraiment désolée, répondit sœur Zita, avec le même sourire patient, accompagné cette fois d'une lueur angoissée dans le regard. J'ignore où se trouve en ce moment le père O'Toole. Laissez-moi votre numéro de téléphone, il vous rappellera peut-être.

— Peut-être ? répéta Valerie d'un ton ironique.

— Je ne peux rien vous promettre en son nom.

— Et vous ? demanda Valerie en changeant de sujet. Vous connaissiez bien Camille ?

— Je travaillais parfois avec elle à l'orphelinat, répondit la sœur d'un air attristé. Mais on ne peut pas dire que nous étions proches, ajouta-t-elle.

Des nuages passèrent devant le soleil.

Valerie se rendit compte qu'elle aurait du mal à soutirer quoi que ce soit à cette femme.

— Dans ce cas, laissez-moi parler au père O'Toole, reprit-elle.

Elle n'était pas disposée à abandonner la partie. Elle allait argumenter, quand elle entendit des pas sur le gravier.

— Que se passe-t-il ? fit une voix sèche et autoritaire.

Une femme grande, aux épaules larges, vêtue du strict habit des religieuses, apparut au coin de l'allée. Elle avait une allure imposante et des yeux perçants qui vous scrutaient à travers ses lunettes.

— Sœur Zita ?

— J'étais en train d'expliquer à cette femme que…

— Je suis Valerie Renard, coupa Valerie.

Elle avait deviné au premier coup d'œil qu'elle avait affaire à la mère supérieure, celle que Camille avait surnommée « Cerbère ». Leurs regards se croisèrent.

— La sœur de Camille, précisa-t-elle.

Tandis que Zita faisait un pas de côté, la révérende mère avança, les yeux plissés, en scrutant attentivement le visage de Valerie, comme si elle cherchait une ressemblance. Elle s'arrêta à quelques centimètres à peine de la porte. Valerie crut déceler de l'appréhension dans son regard…

— Je voudrais parler au père O'Toole, insista-t-elle.

— Je vois, lâcha la vieille femme. Je suis sœur Charity, la mère supérieure de ce couvent.

Son visage s'adoucit, une fraction de seconde, et sœur Zita, comme si elle obéissait à un ordre silencieux, partit sans dire un mot, laissant Valerie seule avec la révérende mère.

— Nous sommes très affectées par la mort de sœur Camille, reprit sœur Charity. Je tiens à vous exprimer toutes nos condoléances. C'est le moment pour vous de chercher du réconfort dans la foi.

— Je le sais, et c'est pour ça que j'ai besoin de m'entretenir avec le père Frank.

Valerie n'eut aucun scrupule à lui mentir sur ses intentions. Mère supérieure ou pas, cette femme la menait en bateau.

De nouveau, elle eut droit à un sourire béat. Mais les yeux de sœur Charity, eux, ne souriaient pas.

— Le père Frank n'est pas disponible en ce moment, répondit-elle.

— Je peux attendre.

— Je ne pense pas que ce soit une bonne idée.

— Et pourquoi cela ?

— Vous n'êtes pas sans savoir que la police mène une enquête sur la mort de votre sœur, je suppose.

— Je le sais, en effet, répliqua Valerie en essayant de contenir son énervement.

Elle se sentait épuisée, écrasée de chagrin, les nerfs à bout. Cette bonne sœur commençait vraiment à l'exaspérer.

— Je peux vous montrer ma carte d'identité, proposa-t-elle.

— Votre identité n'est pas le problème.

— Et quel est le problème ?

Sois diplomate… On n'attrape pas les mouches avec du vinaigre…

— Ecoutez, sœur Charity, je me doute que c'est très dur pour vous aussi.

Elle fouilla dans son sac et lui tendit sa pièce d'identité à travers les barreaux.

Sans quitter Valerie des yeux, sœur Charity prit la carte d'un geste vif. Elle la lut attentivement, les sourcils froncés, avec une petite moue, comme si elle cherchait la fraude. Bon sang… Elle ne la prenait tout de même pas pour une journaliste qui tentait de se faire passer pour la sœur de Camille ?

— Très bien, dit enfin sœur Charity en soupirant. Entrez.

Elle ouvrit la porte, à regret, et la laissa passer.

— Nous sommes harcelées par les journalistes et par la police, dit-elle en guise d'excuse, tout en rendant sa carte à Valerie.

La porte se referma derrière Valerie avec un déclic, et celle-ci suivit la mère supérieure le long d'un chemin sinueux qui traversait un jardin en fleurs.

— Vous attendrez le père O'Toole dans mon bureau. J'ignore où il se trouve et combien de temps il sera… Oh !

Sœur Charity venait de s'arrêter près de la fontaine et fixait un point à l'autre bout du jardin.

En suivant son regard, Valerie aperçut un couple sous une voûte donnant dans le cloître. Son ventre se noua quand elle reconnut le père Frank O'Toole.

Ce salaud !

Elle eut toutes les peines du monde à conserver son calme. Cet imposteur était là, tranquille, en grand apparat, avec sa soutane et son col blanc…

Il parlait à une jeune religieuse et se penchait tendrement vers elle. Ils paraissaient tous deux très absorbés par leur conversation. Ils ne voyaient ni Valerie, ni la mère supérieure, ni l'homme, un peu plus loin, qui réparait un robinet avec une clé à molette, un tuyau d'arrosage à ses pieds. La jeune novice était visiblement subjuguée par le prêtre et le fixait avec des yeux remplis d'adoration. Elle avait un nez couvert de taches de rousseur, des cheveux roux noués en tresse. Elle souriait timidement, une rose blanche à la main.

Le spectacle de leur couple donna la nausée à Valerie.

— Sœur Asteria ? appela sœur Charity, d'une voix mesurée, mais suffisamment forte pour être entendue.

— Oh !

La jeune fille fit un bond en arrière en apercevant la mère supérieure, puis elle tressaillit, comme si on venait de la brûler avec un tison. De saisissement, elle lâcha même sa fleur. Des pétales blancs tombèrent sur le sol de pierre et un petit point rouge apparut sur son index, là où une épine l'avait écorchée.

— Révérende mère… je… je ne vous avais pas vue arriver.

— Si vous voulez bien nous excuser, ma sœur, dit sèchement sœur Charity. Le père Frank a une visite.

Le visage de la jeune fille passa par toutes les nuances de rouge.

— Bien sûr… Je… Euh… Oui…

Elle disparut sans demander son reste.

Valerie la suivit des yeux tandis qu'elle s'éloignait. Il n'était pas bien difficile de se rendre compte que la pauvre sœur Asteria était sous le charme de ce séducteur diabolique.

Sans plus de commentaire, sœur Charity rejoignit le prêtre. L'ourlet noir de sa robe balaya au passage les pétales blancs de la rose qu'elle écrasa de son talon, comme par mégarde.

— Voici Valerie Renard, dit-elle. La sœur de Camille. Elle tenait à vous parler, mon père.

Le père Frank O'Toole se raidit, et il fixa Valerie avec une expression désolée. Elle crut voir briller de la haine dans ses yeux — mais peut-être n'était-ce que l'effet de son imagination. Cela ne dura que l'espace d'une seconde, en tout cas.

— Valerie, oui, murmura-t-il en hochant la tête. J'attendais votre visite.

16

Montoya ôta son blouson et s'installa derrière son bureau pour répondre à ses messages téléphoniques et à ses mails. Il avait étudié la liste des employés, des bénévoles et des résidents du couvent Sainte-Marguerite. Une liste écrite à la main. Bon sang ! Ils ne savaient donc pas ce qu'était un ordinateur ? Sur une autre feuille, on avait inscrit les noms de ceux qui étaient entrés dans l'enceinte du couvent le jour de la mort de Camille. Mais, bien sûr, il n'y avait pas de caméras de surveillance non plus, et cette seconde liste n'était peut-être pas exhaustive. Il ne devait pas oublier de se renseigner au sujet de sœur Lea, la religieuse qui aurait eu une liaison avec le père O'Toole avant Camille. Il cherchait sur internet des détails sur la paroisse Sainte-Marguerite, quand Inez Santiago, l'un des agents intervenus sur la scène du crime, entra dans le box de son bureau.

A peine trente ans et un corps délié de danseuse, Santiago était une femme à la beauté saisissante, l'une de celles qui font se retourner les hommes. Elle avait une démarche assurée, un regard vif, des cheveux châtains rehaussés d'une vibrante nuance de roux. Montoya la soupçonnait de faire des ravages à l'extérieur, mais, au bureau, elle se concentrait sur le boulot.

— Tu as quelque chose ? lui demanda Montoya, tandis que Bentz, qui suivait Santiago, s'arrêtait sur le pas de la porte.

— Rien de surprenant. J'ai reçu les clichés de la scène de crime et de la victime, et je vous les ai transmis par e-mail. J'ai imprimé les plus intéressantes et je vous les apporte.

Elle ouvrit l'enveloppe kraft qu'elle tenait à la main.

— Dès que j'aurai d'autres résultats, je vous les transmettrai aussi. Déjà, on peut dire qu'elle a bien été assassinée là où on l'a trouvée. Aucune trace de lutte ou de sang ailleurs. Du moins pour le moment. Nous savons qu'elle s'était retirée dans sa chambre vers 23 heures.

— Et dans la chambre, on n'a rien trouvé ? demanda Montoya.

Bentz secoua la tête.

— Rien d'anormal, dit-il. En tout cas, je n'ai rien remarqué à l'œil nu. Elle ne possédait presque rien. Quelques vêtements de ville pliés dans un tiroir, des objets personnels, ses chaussures placées côte à côte sur le plancher d'une armoire ridiculement petite, exactement au-dessous de sa robe de religieuse. Tout était parfaitement rangé, en place.

— Et son pyjama ?

— Une chemise de nuit. Pliée sur une étagère de l'armoire.

— J'avais aussi demandé à Marsolet de prendre la chambre, signala Santiago.

Elle étala toutes les photos sur le bureau de Montoya. Celles de la chambre montraient une pièce dénudée, dont l'austérité contrastait singulièrement avec les images choquantes du cadavre en robe de mariée.

Montoya s'attarda sur les gouttelettes de sang — parfaitement rondes et régulièrement espacées — qui soulignaient le corsage.

— Il veut qu'on s'intéresse au sang, indiqua-t-il.

— Tu crois ? demanda Bentz d'un air sceptique.

Brinkman passa la tête à la porte. Il empestait le tabac — il venait sans doute de fumer une cigarette — et tenait à la main un gobelet de café.

— Dites donc, vous avez une drôle d'affaire sur les bras, fit-il remarquer.

Brinkman travaillait dans la police de La Nouvelle-Orléans depuis des années. Il portait une veste pied-de-poule trop grande pour lui, le haut de son crâne était chauve, constellé de taches de rousseur, et cerné d'une couronne de cheveux trop longs. Brinkman était un homme antipathique, mais aussi un vieux routard bardé de récompenses. Comme il le disait lui-même : il connaissait la chanson.

— Vous savez que la victime était enceinte, je suppose, ajouta-t-il en faisant danser ses sourcils d'une manière suggestive.

— Ouais, c'est ce qu'on a entendu dire, répondit Bentz avec une pointe d'ironie.

— Mais comment est-ce possible, merde ? C'était une religieuse, tout de même !

Il eut un rire gras et rauque qui s'acheva en toux.

— Ils font ça où, d'après vous ? Dans le confessionnal ou quoi ?

Il but une gorgée de sa tasse.

— Vous avez la guigne. Encore une affaire avec des religieuses et des prêtres…

Il faisait allusion au père John, ce tueur en série qui se déguisait en prêtre pour assassiner des prostituées, et avait terrorisé La Nouvelle-Orléans une dizaine d'années plus tôt.

— Le père John était un faux prêtre, corrigea Montoya.

Brinkman eut un sourire libidineux.

— Si tu nous parlais plutôt de ce qu'on ne sait pas, suggéra Bentz d'un air sombre.

— Le groupe sanguin du fœtus, ça vous intéresserait ?

A présent, Brinkman captait toute leur attention.

Il se racla la gorge.

— B négatif.

— Ce qui signifie ? demanda Montoya.

— Pas mal de choses, répondit Brinkman avec un petit sourire suffisant. La mère, Camille Renard, était A positif. Donc le père du bébé de cette sainte femme est forcément de rhésus négatif. Ça restreint notre champ de recherche.

Santiago lui jeta un regard agacé.

— Si la mère était A et le bébé B, le père est B ou AB. B ou AB négatif, ce sont des types rares qui ne concernent pas plus de deux pour cent de la population, il me semble.

Brinkman ne parut pas se formaliser d'avoir été battu par Santiago sur le terrain des connaissances en biologie.

— Le sang recueilli sur le costume du prêtre est aussi A positif, ajouta-t-il d'un air satisfait.

— Il ne portait pas un costume, mais une soutane, coupa sèchement Santiago.

Elle n'appréciait pas beaucoup Brinkman. Le bureau de Montoya était trop petit pour eux deux.

Mais ce n'était pas le problème de Montoya.

— A positif ? répéta-t-il. Comme celui de la victime ? Frank n'est donc peut-être pas le père...

Brinkman lui adressa un clin d'œil. Montoya remarqua qu'il transpirait du front et en fut vaguement écœuré.

— Bingo ! s'exclama Brinkman. Tu marques un point, Montoya.

— Dommage qu'il faille attendre, pour les résultats ADN, lâcha Montoya, songeur. Du côté des analyses toxicologiques, il y a du nouveau ?

Brinkman secoua la tête.

— C'est encore trop tôt.

— Qu'est-ce que tu en sais ? demanda Santiago.

— J'ai vérifié avant de monter, susurra Brinkman, visiblement ravi de lui river enfin son clou.

— C'est tout ? soupira Montoya. Tu n'as rien d'autre pour le moment ?

— Non, ce n'est pas tout, répondit Brinkman avec un grand sourire qui découvrait une rangée de dents tachées par des années de cigarette et de café.

Ses yeux brillèrent de malice.

— Il y a un type, en bas, qui veut te parler. Il insiste. Il remue beaucoup d'air.

— Qui ? demanda Montoya avec une pointe d'angoisse.

L'air réjoui et goguenard de Brinkman ne lui disait rien qui vaille. Il sentait venir les ennuis.

— Un agitateur. Il harcèle la réceptionniste. Elle sait que tu es occupé, mais elle m'a appelé au secours quand je suis passé.

— D'accord, je donne ma langue au chat, dit Montoya,

tout en remarquant du coin de l'œil le voyant qui clignotait sur son téléphone pour signaler des messages. Qui est-ce ?

— Tu ne vas pas en revenir, répondit Brinkman, qui jubilait et ne pouvait visiblement pas s'empêcher de faire durer le plaisir.

Il but une gorgée de sa tasse, sans quitter des yeux Montoya. Le voyant clignota de nouveau.

— Il dit s'appeler Cruz. Cruz Montoya.

Montoya se levait déjà pour attraper son blouson. C'était le bouquet ! Il ne manquait plus que ça.

— Il prétend être ton frère.

A présent, Valerie comprenait.

Elle comprenait pourquoi le prêtre faisait des ravages parmi les femmes du couvent.

Grand, sombre, séduisant, Frank O'Toole incarnait l'archétype du héros hollywoodien. De plus, son sourire désabusé, ses yeux pétillants d'intelligence et de malice, et surtout son col blanc de prêtre, lui donnaient l'attrait du fruit défendu.

Sensuel, mais inoffensif.

En théorie.

— Je pense qu'il vaudrait mieux que je m'entretienne seul avec Mme Renard, dit-il à sœur Charity.

Celle-ci pinça les lèvres, visiblement hésitante, et parut sur le point de protester. Puis elle changea d'avis.

— Bien entendu, mon père, répondit-elle en s'éclipsant.

Le saule pleureur trembla quand elle passa devant lui. Puis la porte à double battant du bâtiment se referma sur elle et Valerie resta seule avec le prêtre, dans le jardin, en plein soleil.

Le père O'Toole désigna un banc sous la voûte du cloître.

— Nous pouvons nous installer, ici, mais si vous préférez vous isoler, nous pouvons aussi aller dans mon bureau, proposa-t-il.

— Ici, ce sera parfait, répondit Valerie.

Mais elle n'alla pas s'asseoir sur le banc et préféra rester debout près de la fontaine, sous la statue d'un ange aux ailes déployées, qui déversait le contenu d'une urne dans le bassin où s'ébattaient des poissons rouges.

Valerie balaya du regard le domaine où sa sœur avait vécu. De larges allées voûtées et de longs couloirs reliaient la cathédrale, le couvent et sa chapelle. Dehors, dans le grand jardin où ils se trouvaient, des arbres offraient des coins d'ombre à l'abri des regards. Des papillons et des abeilles voletaient au-dessus des fleurs.

L'endroit paraissait paisible et serein, propice à la méditation.

Et, pourtant, Valerie s'y sentait mal à l'aise.

— En quoi puis-je vous aider ? demanda le père O'Toole.

Elle n'avait pas l'intention de tergiverser.

— Je sais par Camille que vous aviez une liaison avec elle, dit-elle sèchement.

Le père O'Toole détourna le regard pour suivre l'envol d'un roitelet qui disparut au-delà du mur.

— Je vous dois des explications, murmura-t-il.

— Saviez-vous qu'elle était enceinte ?

Il soupira et ses larges épaules s'affaissèrent, comme sous le poids d'un fardeau invisible.

— Je… Euh… Nous n'aurions jamais dû aller si loin…

— C'est aussi mon avis. Vous étiez son confesseur, son guide spirituel. Vous n'aviez pas le droit de…

— Je sais ! coupa-t-il d'une voix forte.

Puis il leva la main, comme pour quémander le silence.

— Croyez-moi, je le sais. Je sais ce que vous allez me dire et je vous comprends. C'était une erreur et nous… Je savais parfaitement qu'elle avait confiance en moi, que j'avais de l'ascendant sur elle, que j'avais fait vœu de chasteté.

Il poussa un long soupir à fendre l'âme.

— C'était… c'était une erreur… Une terrible erreur.

Il parut soudain beaucoup plus âgé, comme si cet aveu lui avait fait prendre dix ans d'un coup.

— Mais si ça peut vous consoler, je peux vous dire que je l'aimais.

Il la fixa longuement et elle sentit planer quelque chose entre eux, une sorte de courant chargé d'électricité. Cet homme avait du charme. Indiscutablement.

— Et le bébé ?

Il ferma les yeux et le chagrin creusa encore un peu plus ses traits.

— Un pauvre innocent…, murmura-t-il.

— Camille aussi était innocente, dit-elle.

Elle n'était pas disposée à se laisser attendrir.

— Ma sœur était innocente. Tout comme son bébé, dont j'aurais été la tante.

Sa voix se brisa et elle retint avec peine ses larmes. C'était à cause de cet homme qui portait la soutane et se drapait dans ses regrets, que Camille était morte.

— Je suis vraiment désolé. Si vous saviez comme je me sens coupable… Je ne cesse de prier le Seigneur pour Lui demander de m'éclairer.

— Ah, oui ? Et pour sœur Lila, ou Lily, je ne sais plus, vous avez prié le Seigneur ?

Il déglutit péniblement et elle suivit des yeux le lent mouvement de sa pomme d'Adam.

— Sœur Lea, corrigea-t-il en fermant les yeux.

Des gouttes de sueur apparurent entre ses sourcils et il laissa échapper un soupir.

— Elle est partie, à présent, murmura-t-il.

— Où ?

— Sur la côte Ouest. Du côté de la baie de San Francisco, je crois.

— A cause de vous ?

De nouveau, il ferma les yeux, comme quelqu'un qui souffre physiquement.

— Oui.

— Vous n'y arrivez pas, c'est ça ? Vous avez fait vœu de chasteté, mais la chasteté, c'est au-dessus de vos forces.

— Je sais, dit-il en pressant ses lèvres l'une contre l'autre. Et croyez-moi, j'ai durement expié mes péchés.

— Ah oui ? Et comment ?

Il ne pensait qu'à lui. Elle n'en revenait pas d'un tel égocentrisme.

— Ma sœur est morte, mon père. Ainsi que l'enfant qu'elle portait. Et vous savez ce que je crois ?

Elle s'approcha de lui, en le fusillant du regard.

— Je pense que cette grossesse vous posait un gros problème. Camille voulait vous quitter et quitter le couvent. Mais ça ne vous suffisait pas. Vous l'avez tuée.

— Quoi ?

Il devint livide.

— Non, non, je ne l'ai pas tuée !

— Non ?

Il leva la main.

— Vous me croyez capable de meurtre ? Etes-vous sérieuse ? Vous dites que Camille voulait me quitter. Le terme est impropre. Nous n'avions pas vraiment une liaison au sens où vous l'entendez...

Il eut de nouveau un long soupir douloureux.

— Je suis désolé pour sœur Camille. Et... c'est vrai qu'il y avait quelque chose entre nous... Mais... je ne l'ai pas tuée. Jamais je n'aurais pu. Jamais...

— En tant que prêtre rattaché à un couvent, vous étiez prêt à reconnaître que vous étiez le père de l'enfant d'une novice ?

— Cela m'aurait posé un sérieux problème, c'est vrai, mais...

— Vous auriez tout perdu. On vous aurait retiré votre droit d'exercer et peut-être même excommunié. On vous aurait jeté à la rue, tout simplement.

Les yeux noirs du prêtre lancèrent des éclairs, et ce fut comme si la température du jardin grimpait de quelques degrés.

— Je ne l'ai pas tuée, répéta-t-il entre ses dents serrées, remuant à peine les lèvres.

Il paraissait en proie à la colère et lui saisit le bras en se penchant vers elle.

— Je l'aimais, murmura-t-il. Je jure devant Dieu que je ne lui aurais jamais fait de mal.

Il était presque convaincant, en cet instant. Presque.

— Sur ma vie, Valerie… Croyez-moi. Jamais je n'aurais fait quoi que ce soit pour lui nuire. Pas plus qu'à l'enfant.

Ses yeux étincelaient. La main qui tenait son bras la serrait avec force.

— Je l'aimais, répéta-t-il.

— Comme vous aimez sœur Asteria ?

— Quoi ?

Il en resta bouche bée.

— Vous pensez que… ?

— A dire vrai, je ne sais plus quoi penser, coupa-t-elle. Sœur Lea a quitté le couvent à cause de vous. Ma sœur vous aimait et, à présent, elle est morte.

Il soupira longuement. Il reprenait peu à peu des couleurs.

— Et je viens de voir une jeune religieuse vous dévorer des yeux, avec adoration.

— Mais non, sœur Asteria et moi…

Il lâcha son bras et ferma les yeux en secouant la tête.

— Je regrette, gémit-il. Si vous saviez comme je regrette…

— Pas autant que moi.

Il ouvrit les yeux et posa doucement la main sur son épaule.

— Ce n'est pas ce que vous pensez, Valerie, dit-il d'un ton énigmatique. Pas du tout.

— Vous ne savez pas ce que je pense, rétorqua-t-elle.

Elle eut brusquement la sensation d'être épiée et ne put s'empêcher de regarder du côté de la tour du clocher. Y avait-il quelqu'un qui les guettait, là-haut ? Ou bien derrière les vitraux ? Ou quelque part à l'ombre des arches donnant sur ce jardin si paisible ?

La brise vint agiter les petits cheveux de sa nuque, comme pour l'avertir d'un danger, et elle revit en un éclair la silhouette monstrueuse de ses rêves.

— Vous vous sentez bien ? demanda-t-il tout bas.

Non. Elle ne se sentirait plus jamais bien.

— Oui. Je… Ça va.

Est-ce que cet homme avait tué la femme qu'il jurait avoir

aimée ? Etait-il sincère ? Et elle, n'était-elle pas en train de succomber à son charme, comme tant d'autres idiotes ?

Elle repoussa lentement la main qu'il avait posée sur son épaule.

— Il faut me croire, Valerie, supplia-t-il. Jamais je n'aurais fait de mal à Camille, jamais.

— Mais si ce n'est pas vous, mon père, alors qui ?

— Je l'ignore.

Il arrivait vraiment à la faire douter…

Une porte grinça. Dans un tourbillon de jupon noir, la mère supérieure apparut et se dirigea vers eux, empruntant un chemin de pierre bordé de lys et de jacinthes.

Son visage était figé dans un masque de contrariété. Elle s'approcha d'eux à grands pas, avec son rosaire qui cliquetait.

— Madame Renard ? dit-elle d'une voix crispée. Je suis désolée d'interrompre cet entretien, mais votre mari est là et il veut vous voir.

17

Cruz Montoya n'avait pas la réputation d'être patient.

Mais on lui reconnaissait de l'esprit.

Du charme.

Et une remarquable capacité à se tirer d'embarras.

Mais il n'était pas patient, ça non. Et en ce moment, coincé dans l'entrée du poste de police, devant une réceptionniste à l'air furieux, avec ce sergent énorme au crâne rasé qui lui bloquait l'entrée menant à l'escalier et aux ascenseurs, il piaffait d'impatience. Il détestait être mêlé à la foule, et là il n'y avait pas moyen de s'isoler. C'était plein de témoins, d'agents, de suspects, de journalistes, tout ce monde allait et venait, parfois en troupeau. Insupportable. De plus, il n'éprouvait aucune sympathie pour les forces de l'ordre ; il avait du mal à se plier à une autorité, et devenait claustrophobe dans les espaces confinés.

— Il va descendre, déclara le gros sergent assis derrière son bureau, tout en jetant un coup d'œil méfiant à un vieil homme qui approchait en s'appuyant lourdement sur une canne. Attendez ici.

Le sergent et la réceptionniste lui avaient fait remarquer qu'il ressemblait à Diego, qu'ils appelaient « l'inspecteur » ou « Montoya », mais, à part ça, ils ne lui avaient posé aucune question. Apparemment, sa gueule leur suffisait. Aujourd'hui, elle lui donnait accès à la section des homicides.

Cruz en avait marre de poireauter et il était sur le point d'appeler sa mère pour lui demander le numéro de portable de

Diego, quand celui-ci apparut dans l'escalier. Diego était un peu plus âgé que lui, mais plus petit de quelques centimètres, plus compact. C'était le plus typé latino de la famille. Il n'avait pas changé. Il avait toujours son bouc et sa boucle d'oreille et portait son éternel blouson de cuir. Cruz se demanda comment il faisait pour le supporter, avec cette chaleur.

— Salut ! lança Diego en passant devant le sergent de faction.

Il contourna un agent qui accompagnait un type d'une surprenante maigreur et traversa un groupe de gens agglutinés en bas des marches.

— C'est O.K., ajouta-t-il, toujours à l'intention du sergent. Tu peux laisser entrer cet énergumène.

Avec un petit sourire, le sergent fit signe à Cruz d'avancer. La réceptionniste ne leva pas le nez. Elle était occupée à parlementer avec une femme aux dents abîmées et aux cheveux en bataille qui exigeait de voir son « mec ». Sans doute était-il en garde à vue. La réceptionniste devait avoir l'habitude.

— Diego ! s'exclama Cruz.

Ils se donnèrent une rapide accolade.

— Diego ? répéta le gros sergent qui parut brusquement se dérider. C'est le prénom de Zorro, ça, non ? Où sont ton masque et ta cape, Montoya ?

Il traça un Z imaginaire en faisant mine de tenir une épée à bout de bras.

— C'est aussi le nom du petit garçon d'origine hispanique dans l'émission de télé pour les petits, lança quelqu'un. Vous connaissez ? Ça s'appelle *Run Diego Run.*

— Ça ne serait pas plutôt *Go Diego Go* ? corrigea une voix de femme. Je connais bien, j'ai un gamin de deux ans. J'ai vu tous les épisodes au moins cinq fois.

— Tu n'as pas idée de ce que tu viens de déclencher, murmura Montoya à son frère. Ici, on m'appelle…

— Ouais, je sais, « l'inspecteur », répondit Cruz en grimpant les marches derrière lui. J'ai dû pratiquement vendre mon dernier-né pour obtenir l'autorisation de te voir.

— Tu n'as pas de dernier-né, fit remarquer Montoya.

— Pas que je sache, reconnut Cruz. Qu'est-ce que c'est que cet endroit ? Un poste de police ou un club de vacances ? Je croyais que tu étais au service des braves citoyens.

— Je suis sur une enquête délicate, grommela Montoya.

— Je sais, répondit Cruz. La religieuse. J'en ai entendu parler.

Diego lui lança un regard en coin.

— Et le nom de cette religieuse ne te dit rien ?

— J'ai pas entendu de nom. Juste une histoire au sujet d'une victime dont on ne pouvait pas divulguer l'identité parce que ses proches n'étaient pas encore avertis.

— Ah…

Diego parut hésiter.

— Quoi ?

Diego fronça les sourcils et consulta sa montre.

— Ça te dirait, que je t'invite à déjeuner ?

Déjeuner ? Mais il avait d'autres soucis !

— Si tu demandais plutôt au crétin de flic qui m'a confisqué ma moto de me la rendre ?

— Tu t'es fait embarquer ta moto ?

— Ouais. Il y a un petit problème avec les papiers. Ils croient que je l'ai volée. Je l'ai achetée le mois dernier à un type de l'Oregon. Nous avons tout fait dans les règles. Mais je n'ai pas encore les papiers définitifs.

— Ce n'est pas très compliqué à éclaircir, ne t'inquiète pas.

— Dis-le à l'emmerdeur qui ne veut pas me rendre ma bécane, reprit Cruz d'un ton amer. C'est Burgess, un nain avec un casque noir, imbu de son pouvoir, et carrément antipathique.

— Tu l'as mis en rogne ou quoi ?

Cruz se gratta la nuque d'un air songeur.

— Ouais, c'est possible.

— Tu roulais trop vite ?

Cruz haussa une épaule.

— Je roulais à cent dix et la vitesse était limitée à soixante-dix.

— Et tu lui as tenu tête, conclut Diego, qui avait deviné la suite, en retenant avec peine un sourire. Ce n'était pas très malin.

— Ben oui, je sais. C'est pour ça que je te demande de m'aider.

— Et moi qui croyais naïvement que je te manquais !

— J'avais prévu de venir te voir. J'ai hâte de faire la connaissance de ton fils, mais…

— Tu as eu des ennuis avant de trouver le temps de venir, coupa Diego en secouant la tête.

Ses cheveux noirs brillèrent sous les lampes au néon.

— Je vois que tu n'as pas changé.

Slade l'avait donc suivie jusqu'ici ? Et il était entré dans le couvent ? Mais pourquoi ? Le sang de Valerie ne fit qu'un tour.

— Il est là ? demanda-t-elle à sœur Charity.

— Dans le vestibule.

— Merci de m'avoir prévenue, murmura-t-elle.

— Il vous attend, insista la mère supérieure.

Qu'il attende !

— Oui, je m'en doute.

Mais, cette fois, la révérende mère n'avait pas l'intention de se laisser congédier.

— Madame Renard…

— Appelez-moi Valerie, je vous en prie.

— Valerie, vous devriez rejoindre votre mari. Je lui ai demandé de patienter, mais ça n'a pas eu l'air de lui plaire et… il n'est pas…

De nouveau, la porte grinça. Sœur Charity fit volte-face.

— Seigneur…, murmura-t-elle.

Slade apparut, derrière une religieuse qui lui faisait traverser le jardin. Ses bottes de cow-boy écrasaient le gravier du chemin. Avec son jean déchiré et sa chemise dont il avait retroussé négligemment les manches, il paraissait tout à fait déplacé dans ce cadre. Il effraya un oiseau moqueur qui s'envola d'un buisson de myrte.

La bouche de sœur Charity se crispa. Le visage du père O'Toole se ferma.

Mais la religieuse qui précédait Slade et le guidait à travers les fleurs et les arbustes paraissait aux anges. Elle était grande et boitait légèrement. Elle portait l'habit et la coiffe. Elle avait un visage lisse et des yeux d'un bleu profond. Valerie eut l'impression de l'avoir déjà rencontrée. Mais où… ? Elle devait sans doute se tromper.

— Je suis désolée de vous interrompre, dit-elle, mais M. Houston a tellement insisté…

— Je lui avais demandé d'attendre, sœur Devota, fit remarquer la mère supérieure d'un air mécontent.

Devota tressaillit sous l'affront.

— Je suis désolée, révérende mère… Je l'ignorais…

— Elle n'est pas responsable, signala Slade. Je vous suivais, elle m'a surpris.

— Et elle vous a ouvert la porte, dit la mère supérieure en secouant la tête. Pourriez-vous nous laisser, sœur Devota ? ajouta-t-elle en se tournant vers la jeune femme, que cet ordre peu amène parut contrarier.

— Bien entendu, répondit-elle en s'éclipsant, la tête basse.

Charity attendit que la porte du couvent se referme sur elle pour se tourner vers Slade.

— Je vous avais demandé d'attendre, monsieur Houston.

— Oui, oui, j'en ai conscience, marmonna Slade tandis que son petit sourire de mauvais garçon étirait un côté de sa bouche, puis l'autre. Mais je ne suis pas doué pour attendre.

Sœur Charity ne se laissa pas attendrir, ni charmer.

— Je suis désolée pour le deuil qui vous accable, reprit-elle en s'adressant à Valerie. Sincèrement. Mais, pour nous aussi, cette mort est un choc. Nous avons besoin de nous recueillir. Il nous faut du calme et de la solitude. Je suppose que vous comprenez. Nous ne laissons entrer personne.

— Ma sœur a été assassinée, fit remarquer Valerie. Une enquête est en cours. Vous n'interdisez tout de même pas l'entrée à la police ?

La mère supérieure ne se laissa pas démonter.

— Vous n'êtes pas inspecteur de police, madame Renard.

— Ma sœur ! s'exclama le père O'Toole sur un ton de reproche.

La mère supérieure se raidit.

— Nous cherchons la vérité, argua Slade.

Charity eut un faible sourire.

— La vérité, on la trouve en priant, par la Grâce de Dieu…

— Vous parlez du type qui a dit : « Tu ne tueras point », et qui se montre si cruel ? demanda Slade, ricaneur.

— Inutile d'en arriver là, murmura le père O'Toole.

La mère supérieure s'agita dans un bruit de froissement de tissu.

— Pour moi, Notre-Seigneur n'est pas un simple « type », répondit-elle avec un petit sourire crispé.

— Et moi, quand je dis que nous cherchons la vérité, je ne fais pas allusion à une vérité spirituelle, rétorqua Slade du tac au tac.

Les doubles portes de l'arrière de la cathédrale s'ouvrirent et deux religieuses en habit sortirent dans le jardin.

La plus grande des deux chantonnait tout bas, tandis que l'autre, fine et pâle, plissait les yeux derrière ses lunettes.

— Sœur Louise ! appela la mère supérieure.

Les deux femmes s'arrêtèrent net au niveau de la fontaine, près de l'ange qui déversait bruyamment son urne en les éclaboussant.

— Oui, révérende mère ? demanda en rougissant celle qui chantonnait quelques secondes plus tôt.

— Je préfère que vous ne vous promeniez pas dans le jardin tant que nous y sommes.

— Je… Nous ignorions qu'il y avait des visiteurs…

Louise jeta un regard en coin du côté de leur groupe, comme si elle le découvrait, et parut complètement atterrée.

— Oh, oui… Bien sûr… Je suis vraiment désolée.

— Attendez ! interrompit Valerie. C'est vous, sœur Louise ? Vous avez travaillé avec Camille, n'est-ce pas ?

— Je…

Louise jeta cette fois un regard affolé à la mère supérieure.

— Tout le monde travaille avec tout le monde, ici, vous savez ? murmura-t-elle.

— Je suis Valerie, la sœur de Camille, insista Valerie avec des yeux suppliants. J'aimerais vous parler.

De nouveau, sœur Louise quêta l'approbation de sœur Charity par-dessus l'épaule de Valerie.

— Je ne sais pas si…

Sœur Maura, qui l'accompagnait, se tassa sous sa coiffe, comme si elle voulait disparaître derrière les boucles rousses qui en dépassaient.

— Vous alliez avec elle à l'orphelinat Sainte-Elsinore.

— C'est vrai. Camille aimait beaucoup les enfants et elle était très attachée à cet orphelinat. Elle y passait beaucoup de temps, notamment pour chercher ses parents biologiques.

— Qu'est-ce que vous racontez ? demanda Valerie d'un air abasourdi. Pourquoi aurait-elle cherché nos parents biologiques ? Elle savait parfaitement qui ils étaient.

Louise se raidit.

— Je… J'ai dû mal comprendre. Je croyais qu'elle cherchait ses racines… Mais…

Elle recula lentement.

— J'ai mal compris, sûrement.

Valerie la regarda s'éloigner avec sœur Maura. Elles s'engouffrèrent dans un petit bâtiment situé à l'autre bout du jardin, à l'opposé de la cathédrale. Avant de disparaître, sœur Maura jeta un coup d'œil par-dessus son épaule, mais sans ralentir l'allure.

Valerie eut soudain l'étrange sensation qu'elle ne savait rien de sa sœur. Camille ne s'était jamais intéressée aux enfants et, pourtant, elle avait tenu à travailler à l'orphelinat, sans parler du fait qu'elle avait conçu un enfant. Et qu'est-ce que c'était que cette histoire de chercher ses racines ? Elles avaient connu leurs parents…

— Mais de quoi parlait donc sœur Louise ? demanda-t-elle en se tournant vers la mère supérieure.

— Ne faites pas attention, répondit celle-ci avec un sourire gêné. Sœur Camille était une personne plutôt perturbée.

Valerie eut l'impression qu'on lui cachait quelque chose. Que se passait-il dans ce couvent ? Les cloches se mirent à sonner. Sœur Zita, la religieuse qui l'avait fait entrer tout à l'heure, apparut.

— Révérende mère, je suis désolée de vous déranger, mais je dois vous rappeler que vous avez un rendez-vous, dit-elle.

— Attendez ! protesta Valerie. Je tiens à parler avec les amies de ma sœur. Je sais, par exemple, qu'elle était très proche de sœur Lucy.

— Je verrai ce que je peux faire, répondit sèchement la mère supérieure.

— Je dois absolument me rendre à l'hôpital, à présent, indiqua le père Frank.

Valerie comprit qu'elle se trouvait devant un mur et décida de ne pas insister. Elle n'avait plus rien à faire ici. Il était temps de partir. La mère supérieure l'agaçait, le père Frank la dégoûtait, Slade l'horripilait.

Quand elle atteignit la porte donnant sur l'extérieur, elle la trouva fermée à clé… Bon sang ! Cet endroit était décidément une prison.

— Je vais vous ouvrir, annonça précipitamment sœur Zita.

Valerie se retourna. Zita arrivait, suivie de Slade.

— Il ne faut pas en vouloir à la mère supérieure, dit doucement Zita en fouillant dans les plis de sa robe.

Elle en sortit une clé qu'elle introduisit dans la serrure.

— Elle est sur les nerfs, ajouta-t-elle. Comme tout le monde ici.

Elle regarda Valerie droit dans les yeux, tout en poussant la porte.

— Toutes mes condoléances, murmura-t-elle.

Elle paraissait tellement sincère que Valerie eut envie de pleurer. Elle fit un effort pour se ressaisir. Surtout, ne pas craquer. Ne pas s'apitoyer sur son sort.

— Merci, répondit-elle seulement.

Elle franchit la porte donnant sur le monde extérieur, suivie de Slade, et celle-ci se referma derrière eux avec un bruit sec.

Valerie jeta un dernier regard au jardin à travers les barreaux. Sœur Zita avait disparu.

Pourtant, quand elle se tourna vers le bâtiment du couvent, elle eut de nouveau la sensation pénible d'être observée. En levant les yeux, elle crut voir bouger quelque chose au niveau d'un balcon. Ce n'était pas qu'une impression. Une large silhouette noire les observait derrière les carreaux et recula lentement pour se fondre dans l'ombre.

Valerie en eut la chair de poule.

Elle battit des paupières.

Plus personne derrière la porte-fenêtre du balcon.

Cet endroit était un couvent et, pourtant, il s'en dégageait quelque chose de maléfique.

Mais bouleversée comme elle l'était par le meurtre de Camille, n'était-elle pas le jouet de ses émotions ?

18

Cruz dévisagea son frère aîné d'un air abasourdi.

— Lucia Costa est entrée comme novice au couvent Sainte-Marguerite ? répéta-t-il d'un ton incrédule.

Ils s'étaient installés dans le box d'une cafétéria proche du bureau de police, l'un en face de l'autre. L'endroit était correct, sans plus. On y servait des sandwichs et des assiettes de crudités et de viande présentées dans une vitrine le long du comptoir. Une odeur d'huile de friture brûlée flottait dans l'air, à peine diluée par les ventilateurs du plafond.

— Tu veux dire qu'elle est ici ? insista Cruz en pointant son index vers le plateau de la table. Ici ? A La Nouvelle-Orléans ?

— Mmm..., répondit Montoya tout en mordant dans son sandwich à la viande.

Il jeta un regard en coin du côté de la porte vitrée de l'établissement. Des passants circulaient lentement devant l'auvent rayé de l'établissement. Il faisait une chaleur d'enfer. Tout le monde vivait au ralenti.

— C'est pas une bonne nouvelle, grommela Cruz.

— Si tu le dis...

Montoya songea que Cruz avait toujours été un insoumis, mais, après tout, en y réfléchissant, ça n'avait rien d'étonnant. Dans la famille, ils avaient tous un petit côté rebelle.

Cruz mesurait plus d'un mètre quatre-vingts et le dépassait de quelques centimètres. Il était aussi plus large et plus musculeux que lui. Ses cheveux noirs frôlaient le col de sa veste en jean. Il avait des yeux sombres, un peu comme les siens, attentifs et perçants. Il avait passé quelques années à l'armée, après le lycée, puis il était entré à l'université, tout en faisant des petits boulots de barman et de camionneur pour payer ses études. A un moment donné de ce parcours chaotique, il s'était fait tatouer au niveau de l'avant-bras et il avait décroché une autorisation d'exercer en tant que détective privé. Comme il le disait lui-même, il était touche-à-tout. Avec ses épais sourcils et son nez de boxeur — un nez cassé à plusieurs reprises —, il avait gardé son allure de voyou et, d'après ce que pouvait constater Montoya, le discours aussi.

— Tu sais que j'ai cherché à renouer avec elle, reprit Cruz. Après l'accident, je l'ai cherchée comme un fou. Mais son père s'en est mêlé. J'ai laissé tomber. Quand on pointe un canon de revolver sur toi, ça te fait réfléchir.

— Je ne comprends rien à ce que tu racontes, objecta Montoya. Si tu commençais par le début ?

Cruz ricana, tout en tamponnant sa lèvre supérieure avec une serviette en papier.

— Je sortais avec elle. Je venais juste d'obtenir mon diplôme et de quitter le lycée. Elle y était encore. Toi, tu étais à l'université, à ce moment-là.

— Je m'en souviens, oui.

— J'avais signé pour entrer dans l'armée de l'air, mais il me restait quelques semaines avant de commencer. En attendant, je traînais, je ne faisais rien, je rendais les parents dingues. J'ai essayé de ne pas faire de dégâts…

— Mais tu n'as pas réussi.

— Ouais… Si tu veux… Bref… Un soir, nous étions sortis, Lucia et moi. Je conduisais la voiture. Trop vite, sans doute.

— Sans doute ?

— Oh ! ça va ! J'avais à peine dix-huit ans. J'étais probablement en train de réfléchir au moyen de persuader Lucia de coucher avec moi, et je n'étais pas suffisamment concentré sur ma conduite. Un putain de daim a sauté par-dessus une barrière, juste devant moi. J'ai pilé. Il y avait du brouillard.

J'ai essayé de l'éviter, merde. J'ai braqué comme un fou et les pneus avant ont mordu sur un bas-côté recouvert de gravier.

Montoya se souvenait de cette partie de l'histoire. Quand Cruz avait voulu éviter le daim, la voiture avait quitté la route et elle avait percuté une barrière, puis un cyprès. C'était le côté passager qui avait encaissé le choc. La portière avait été enfoncée. La vitre avait volé en éclats.

— Seigneur, c'était atroce..., murmura Cruz, dont les yeux noirs s'adoucirent. Elle s'est mise à hurler, à hurler... Et puis plus rien.

Cruz avait eu quelques égratignures, à cause du pare-brise qui avait volé en éclats — il lui en restait une petite cicatrice au coin de l'œil —, et aussi le poignet cassé, ce qui avait retardé son incorporation dans l'armée de l'air.

Lucia avait eu moins de chance que lui. Une branche du cyprès l'avait heurtée à la tempe. Montoya savait qu'elle était restée dans le coma quelque temps, mais qu'elle en était sortie.

— Tu l'as accompagnée à l'hôpital, n'est-ce pas ?

— Oui. Au début, je lui rendais visite tous les jours. Mais son vieux m'a menacé avec un revolver et il a convaincu le personnel soignant de m'interdire d'approcher sa fille — en prétendant que j'étais dangereux et en les menaçant de poursuites s'ils me laissaient entrer.

Il fit la moue.

— Phillip Costa était un dingue. Quand je pense qu'il était prêt à me tirer dessus...

Il but une longue gorgée de sa bière.

— Putain, Diego, c'était vraiment la merde. J'ai tout de même tenté de revoir Lucia avant de partir à l'armée. Je savais par un ami qu'elle était sortie du coma. Mais elle a disparu.

Il claqua des doigts.

— Comme ça... Evanouie dans la nature.

— Je croyais que tu étais un enquêteur de choc.

— Pas à l'époque. Je venais tout juste de quitter le lycée et je n'avais pas la moindre idée de ce que j'allais faire de ma vie. Lucia était introuvable. C'était comme si elle avait disparu de la surface de la Terre. Son père l'avait bien planquée… Il a dû être soulagé que j'intègre l'armée.

— Ça, je n'en doute pas. Il n'avait sûrement pas envie que sa fille tombe entre les griffes d'un type qui avait toujours des démêlés avec les uns et les autres.

— Ouais, je veux bien… Mais tout de même…

Il plissa les yeux en fixant sa bouteille, comme s'il voyait défiler son passé dans le liquide ambre qu'elle contenait.

— La manière dont elle s'est volatilisée, c'était vraiment bizarre.

Il but de nouveau une longue rasade.

— Je me suis toujours demandé ce qu'elle était devenue, reprit-il. Novice dans un couvent… J'avoue que je n'y avais pas pensé une seconde.

Il secoua la tête et un sourire songeur étira ses lèvres.

— Non, sans blague… Pas une seconde !

La porte du restaurant s'ouvrit et deux hommes vinrent s'installer dans le box voisin du leur. Ils commentaient bruyamment les derniers matchs de base-ball, tout en riant.

Montoya ne put s'empêcher de les observer, rapidement, avec son œil de flic. Un réflexe. La faune habituelle de ce genre d'endroit… Dents en or, barbes mal rasées et grisonnantes, casquettes. Cruz leur jeta aussi un regard distrait.

— Je l'ai même crue morte, reprit Cruz.

— Elle est en vie, je peux te l'assurer.

— J'aurais bien aimé le savoir il y a quelques années, répondit Cruz.

Il vida sa bière.

— Ouais, je t'assure que ça m'aurait soulagé.

Il repoussa ce qui restait de son sandwich et de ses frites avec un visage maussade.

— Et tu n'as pas été tenté de la chercher de nouveau ?

— Après l'armée ? A quoi bon ?

— Par simple curiosité. Pour savoir ce qu'elle était devenue.

— Non. C'était loin. J'étais passé à autre chose. Et en plus… Je me disais que c'était pas plus mal. Elle avait toujours été un peu bizarre… J'avais l'impression qu'elle lisait dans mes pensées et ça me foutait la trouille.

— Tu veux dire qu'elle était médium ?

— Appelle ça comme tu veux. Elle avait parfois des pressentiments…

Montoya voyait très bien de quoi il parlait. La femme de Bentz, Olivia, était un peu médium, elle aussi. Elle avait même aidé Bentz à résoudre une affaire, quelques années plus tôt.

— Et puis, à l'hôpital, quand j'avais encore l'autorisation de la voir… Elle était étendue sur son lit, dans le coma, et elle a ouvert les yeux, quelques secondes. Elle m'a regardée fixement et elle a remué les lèvres, comme si elle essayait de parler. Je ne suis pas certain, mais il me semble qu'elle a articulé le mot : « danger ».

Cruz se mit à gratter l'étiquette de sa bouteille, juste au moment où la serveuse venait déposer une autre Lone Star sur la table.

— Il vous fallait autre chose ? demanda-t-elle d'un ton morne.

Montoya secoua la tête. Elle les abandonna sans un sourire, pour s'occuper d'une autre table.

— Tu es en train de me dire qu'elle est sortie du coma pendant quelques secondes pour t'avertir d'un danger ? demanda Montoya d'un ton sceptique.

Cruz fronça les sourcils.

— Je sais, c'est difficile à croire, soupira-t-il. Peut-être que je me suis fait des idées, ajouta-t-il en prenant la bouteille pleine. Comment savoir ?

— En effet, comment savoir…

— Et, d'ailleurs, on s'en fout, conclut Cruz.

Il but une longue rasade de bière, posa la bouteille et croisa les bras sur la table.

— Bon, à présent qu'on a fini de ressasser les vieux souvenirs, si tu t'occupais de trouver un moyen de faire revenir ma bécane ?

***

Valerie avait assez d'ennuis en ce moment ; elle n'avait pas besoin, en prime, d'avoir son mari sur le dos.

— Tu as dépassé les bornes, fit-elle sèchement remarquer, tandis qu'ils empruntaient l'allée ombrée de la cathédrale. Rien ne t'autorisait à me suivre. Tu n'avais pas à entrer dans ce couvent !

— Ça, c'est vrai. Mais nous sommes deux.

Elle voulut ouvrir la portière de sa voiture, mais il allongea le bras pour la claquer, l'emprisonnant presque contre la carrosserie avec son large corps.

— Qu'est-ce que tu cherchais là-bas, Valerie ? demanda-t-il.

Elle fit volte-face. Il la fixait de ces yeux qui l'avaient tant troublée autrefois, ces yeux d'un bleu dont la nuance variait selon son humeur.

— Je voulais parler à O'Toole.

— C'est à la police de s'en charger. Tu as été flic. Tu es bien placée pour le savoir. Laisse ça aux professionnels.

Son visage n'était plus qu'à quelques centimètres du sien. Beaucoup trop proche… Le cœur de Valerie se mit à battre et son esprit à s'égarer dans des territoires interdits. Il recula d'un pas, comme s'il avait senti lui aussi le danger, et jeta un coup d'œil derrière lui, en direction de la cathédrale. Deux religieuses en habit, avec voile et cornette, disparaissaient justement au coin de l'imposant édifice.

— Comment ça se fait qu'elles se déguisent à ce point-là ? grommela-t-il. Je croyais que les religieuses se promenaient en civil, de nos jours.

— Elles ont le choix. Ça dépend des ordres, ou des diocèses… Ou des paroisses… Je n'en sais trop rien, en fait. Il y a longtemps que je me suis désintéressée des affaires de l'Eglise.

Elle se revit, arpentant les couloirs sombres de l'orphelinat, le cœur lourd de solitude.

— D'après Camille, le couvent Sainte-Marguerite a toujours

été très conservateur, et la plupart des religieuses le choisissent en connaissance de cause, reprit-elle.

Slade plissa les yeux.

— Elles choisissent de vivre hors du temps. C'est absurde, si tu veux mon avis.

— Je ne t'ai pas demandé ton avis, fit-elle remarquer. Et je suis furieuse que tu aies osé me suivre.

Il la gratifia de son petit sourire. Horriblement sexy. Surtout avec cette ombre de barbe…

— Je m'en doutais, rétorqua-t-il.

— Slade, je ne plaisante pas. De quel droit me prends-tu en filature ? De plus, tu es entré là-dedans…

Elle désigna l'enceinte du menton.

— En prétendant que nous étions mariés.

— Nous sommes mariés.

— Plus pour longtemps.

— L'Eglise catholique prend très au sérieux l'institution du mariage, opposa-t-il en haussant les épaules. Je me suis dit que ce serait un moyen de me faire ouvrir les portes de cette prison. Ç'a marché.

— Eh bien, les portes sont fermées, à présent, fit remarquer Valerie.

Elle jeta un regard en coin du côté de l'entrée principale de la cathédrale et du cordon jaune de la police agité par le vent.

— Fermées et bien gardées, ajouta-t-elle.

— A se demander ce que cette vieille cathédrale peut bien avoir à cacher.

— *Amen*, dit-elle.

Mais elle n'était pas tout à fait de son avis. Pour elle, le coupable était Frank O'Toole. Les religieuses de Sainte-Marguerite n'étaient pas responsables de la mort de Camille.

Il laissa échapper un petit ricanement sans joie.

— Tu rentres à l'hôtel ? demanda-t-il.

— Pas encore.

Elle secoua la tête, tout en se glissant dans l'habitacle surchauffé de sa voiture.

— J'ai des documents à déposer au bureau de police.

Elle claqua sa portière et mit le contact. Le vieux moteur démarra en crachotant. Elle fit descendre sa vitre.

— Et je n'ai pas besoin d'une escorte, lança-t-elle.

Il hésita, puis acquiesça d'un bref hochement de tête.

— Entendu. Je te retrouve à la maison.

A la maison ? Quelle maison ?

— Bon sang, Slade ! Tu n'as donc rien de mieux à faire ?

Elle alluma la climatisation, qui se mit à souffler un air brûlant.

— Il te faudrait un bouvillon à marquer, un chien à ramasser, une clôture à réparer…, ajouta-t-elle d'un ton ironique.

C'était plus fort qu'elle. Elle ne pouvait s'empêcher de l'agresser.

Il lui adressa un grand sourire, provocateur et enjôleur.

— Justement… Je m'occupe des clôtures qui me séparent de ma femme…

— Epargne-moi tes fadaises, grommela-t-elle en attrapant ses lunettes posées sur le tableau de bord. Tu es devant une cathédrale, cow-boy. Tu devrais faire attention à ce que tu racontes. Si tu continues à mentir, tu risques d'être foudroyé par la colère divine.

Elle songea aussitôt à Camille. A son corps sans vie allongé devant l'autel.

— Je dois y aller, murmura-t-elle.

Elle démarra sans lui laisser le temps de rétorquer. Il recula pour la laisser passer, et elle s'engagea dans la rue déserte.

Dans son rétroviseur, elle vit qu'il la regardait s'éloigner. Une fois de plus, elle ne put s'empêcher de remarquer son jean bas sur les hanches et ses avant-bras tannés par le soleil. Un vrai cow-boy du Texas…

Un cow-boy dont tu es toujours amoureuse.

— Pas du tout, grommela-t-elle.

Elle n'était tout de même pas folle au point d'être amoureuse d'un type qui avait voulu la tromper avec sa sœur.

19

— Pourrais-tu me rappeler ce que tu reproches à Slade ? demanda Freya d'un ton dégagé, comme si la question venait de lui traverser l'esprit.

Elle était occupée à sortir du four des brownies bien dorés, qui sentaient délicieusement bon. Une odeur de paradis et de vanille tiède. L'estomac de Valerie gargouilla, lui rappelant qu'elle n'avait rien avalé de la journée.

Elle prit un verre et y fit tomber quelques glaçons avant de sortir la carafe de limonade du réfrigérateur.

— Tu en veux ? demanda-t-elle à Freya.

Celle-ci fit signe que non de la tête, puis désigna du menton une tasse contenant un liquide brun, posée sur le plan de travail, près de la fenêtre.

— Je me suis déjà servi un café frappé, répondit-elle.

Elle déposa le plat de brownies sur la cuisinière.

— Et n'essaye pas de changer de conversation, reprit-elle. Je t'ai posé une question à propos de Slade.

— Oui, j'ai entendu. Je reproche à Slade pas mal de choses. Tellement que je ne peux pas en tenir le compte.

— Mouais…

La porte donnant sur le jardin était ouverte. A travers la moustiquaire, Valerie pouvait voir Bo, boule de fourrure assise sur le porche, qui regardait dans leur direction. Il était tellement occupé à les surveiller qu'il ne sentit même pas la présence du chat qui traversait le jardin en fraude, avant de disparaître derrière la haie.

— Dis donc, tu as perdu ton flair ou quoi ? lui demanda Valerie.

En entendant sa voix, il inclina la tête et se hissa en position assise, prêt à répondre à son appel.

— Non, tu ne peux pas entrer…

Ce que ce chien avait pu lui manquer, tout de même !

Sa queue battit le plancher peint du porche quand elle sortit le rejoindre.

— Tu es un bon chien, murmura-t-elle en le grattant derrière les oreilles. Tu le sais, pas vrai ?

— Tu lui as manqué, ça se voit, cria Freya depuis l'intérieur de la maison.

— Je suppose.

— Je ne parlais pas du chien.

— Tu parlais de Slade ? demanda Valerie d'un ton incrédule en secouant la tête. Non, là, je crois que tu te fais des idées. Je doute beaucoup que je lui aie manqué.

Slade n'avait besoin de personne. Elle l'imaginait mal en train de se plaindre de l'absence d'une femme qui l'accusait de l'avoir trompée, et qui réclamait le divorce.

— Tu permets, je sais de quoi je parle, insista Freya en apparaissant de l'autre côté de la moustiquaire, sa tasse de café à la main.

— C'est vrai que tu as eu deux maris.

— Plus un fiancé.

— Plus un concubin.

— Ah, non, pas le concubin, pas lui ! Je préfère ne pas m'en souvenir.

Elle sortit sur le porche et s'accouda à la rambarde.

— Mais je sais ce que je dis à propos de Slade. Il te dévore des yeux.

— Bon, ça suffit Freya, j'ai compris ! protesta Valerie, appuyant son verre glacé contre son front pour lutter contre la migraine.

Elle ferma les yeux, pour se couper de Freya, de Slade et du monde entier.

— Il me semble que nous avions conclu un accord quand je suis venue m'installer ici, murmura-t-elle. Un truc qui disait que nous ne devions pas nous mêler de la vie privée l'une de l'autre.

Freya ne répondit pas.

— Freya ? Notre accord ?

— C'est bon, c'est bon… Je disais juste que…

— J'ai entendu ce que tu disais, coupa Valerie.

Elle ouvrit les yeux en soupirant et but une longue gorgée de limonade fraîche.

— Tu veux un brownie à la vanille ? proposa Freya.

— Et comment ! Et toi ?

— Oui, je ne peux pas résister. Je vais en chercher. Ne bouge pas, je reviens tout de suite.

Elle s'éloigna de la rambarde et rentra dans la cuisine. Valerie resta là, à rêvasser sur le porche. Elle tenta de faire le point. Pour l'instant, ses démarches ne l'avaient menée à rien. Le père Frank niait avoir tué Camille. La mère supérieure du couvent ne lui avait rien appris. Quand elle avait déposé les e-mails au bureau de police, Montoya était absent et son partenaire était resté muet.

Et puis il y avait le problème Slade. Bon sang ! Pourquoi ne l'avait-elle pas tout simplement mis à la porte ?

Le chagrin et l'humiliation auxquels il l'avait exposée deux ans plus tôt revinrent en force, avec ce petit serrement douloureux au niveau du cœur. Avec le recul, elle se rendait compte que ç'avait été la parole de Camille contre celle de Slade. Elle avait cru à la version de Camille, d'après laquelle Slade s'était glissé dans sa chambre et dans son lit. Camille lui avait également assuré qu'il ne s'était rien passé, mais d'un ton tellement hésitant qu'elle avait semé dans son esprit la graine empoisonnée du doute. Graine qui avait vite germé. Oui, Slade avait toujours apprécié Camille, et ils avaient flirté. Oh ! et puis qu'est-ce que ça pouvait bien faire ? A présent, tout ça était loin. Elle s'apprêtait à divorcer de Slade, et Camille était morte. Elle agita son verre et, tout en regardant les glaçons qui tournaient à l'intérieur, elle se demanda si elle n'avait pas été trop dure avec sa sœur, trop impulsive avec son mari, trop prompte à imaginer le pire.

C'est ton côté flic, non ?

Sans doute, mais elle n'était plus flic, à présent. Cela aussi, c'était derrière elle. Elle avait démissionné de son poste d'inspecteur en quittant le Texas. Du moins officiellement. Parce que, pour Camille, elle avait l'intention de reprendre officieusement du service.

Les vieilles habitudes ont la vie dure.

Pour elle, Frank O'Toole était l'assassin.

Qui d'autre pouvait l'être ?

Son instinct lui criait qu'il ne fallait pas chercher ailleurs.

Mais sa raison lui rappelait qu'il ne fallait pas se fier aux apparences.

Camille avait été une jeune femme perturbée, aucun doute là-dessus. Valerie n'était pas très renseignée sur les circonstances exactes de sa mort, mais elle en savait assez pour conclure que sa sœur n'avait pas été une victime choisie au hasard. Cette robe de mariée… Etait-ce une idée de Camille, ou bien avait-elle agi sur l'ordre de quelqu'un ? Sa chemise de nuit avait été retrouvée dans sa chambre, soigneusement pliée. Camille avait donc accepté d'enfiler cette robe. Elle avait obéi, selon toute probabilité, à une personne qu'elle connaissait.

Il ne restait plus qu'à trouver qui et à le prouver. Mais le temps passait… Valerie savait que les premières quarante-huit heures étaient décisives pour résoudre une affaire. Passé ce délai, les chances de démasquer l'assassin diminuaient de moitié.

Il fallait donc coincer O'Toole au plus vite. Quelques instants plus tôt, quand il lui avait juré qu'il n'avait pas tué Camille, elle avait été à deux doigts de le croire. Mais, à présent qu'elle était seule, elle faisait de nouveau confiance à son sixième sens.

O'Toole s'était laissé emporter par la passion.

Les inspecteurs avaient mentionné des traces de lutte, mais, à part ça, ils étaient restés discrets sur les circonstances du meurtre. Elle comprenait parfaitement leur position. Ils gardaient pour eux les détails de la scène du crime, parce que ça multipliait leurs chances de confondre l'assassin. Elle tenta de faire le point sur ce qu'elle savait. Camille avait été étranglée vers minuit. O'Toole était le suspect numéro un, mais il restait à prouver sa culpabilité.

Ou son innocence.

Mais si O'Toole était innocent, qui avait pu haïr Camille au point de la tuer ?

Laisse la police faire son travail...

Elle avait toujours trouvé insupportable que des civils viennent fourrer leur nez dans une enquête de police.

Mais, dans son cas, c'était différent. Elle était tout de même de la partie. Elle avait du métier et de l'expérience. Et on avait assassiné sa sœur, bon sang ! Elle ne pouvait tout de même pas rester les bras croisés en regardant Montoya et Bentz progresser à une lenteur d'escargot.

Elle allait prendre les choses en main.

— J'ai toujours pensé que des brownies frais pouvaient panser n'importe quelle blessure, fit la voix de Freya de l'autre côté de la moustiquaire.

Puis elle apparut, avec une petite assiette chargée de gâteaux qu'elle déposa sur la table.

Valerie ne fit pas de commentaire. Elle appréciait l'intention, mais un brownie, même frais, ne risquait pas de lui faire oublier que sa sœur avait été sauvagement assassinée.

Freya mordit dans une part.

— Ooooh... Je crois que je ne les ai jamais aussi bien réussis.

— Tu es une excellente cuisinière et aussi une femme modeste, ironisa Valerie.

Elle mordit à son tour dans le gâteau tiède. Le chocolat fondait dans la bouche et les noix de pécan craquaient sous la dent. Bo se mit à baver d'envie, tout en la fixant avec des yeux tristes et suppliants.

— Tiens, j'ai aussi quelque chose pour toi, dit Freya en fouillant dans sa poche.

Elle en sortit un biscuit pour chien que Bo accepta, avec un manque d'enthousiasme évident.

Freya pensait à tout. Et à tout le monde.

— A présent, Val, oublions un peu notre stupide marché, déclara-t-elle en la regardant droit dans les yeux. Tu vas m'expliquer pourquoi tu es persuadée d'être mariée avec le diable en personne.

Slade s'était réfugié dans un bar du Quartier français, à quelques pâtés de maisons du fleuve. Il en était à sa seconde bière. Après avoir quitté Valerie, il avait décidé de faire un tour en ville, histoire d'éviter l'hôtel et de la laisser un peu tranquille.

Il avait d'abord roulé jusqu'à Sainte-Elsinore, l'orphelinat situé de l'autre côté du pont qui enjambait le lac Pontchartrain. Il avait trouvé un bâtiment de stuc, autrefois blanc, mais à présent noirci par les années. D'immenses saules drapaient de leurs branches le mur qui entourait la paroisse comprenant un orphelinat, un couvent et une école rattachée. L'endroit n'était pas accueillant et paraissait même déserté. L'école, en tout cas, était visiblement fermée pour la journée.

Slade avait tout de même découvert une porte laissée entrouverte par un homme d'entretien, et il en avait profité pour se glisser dans le bâtiment. Il avait parcouru les couloirs vides. La plupart des portes étaient fermées à clé, bien entendu, et il avait soigneusement évité les endroits où il avait entendu des voix. Mais il avait eu le temps de repérer les lieux et, surtout, les bureaux de la paroisse et de l'orphelinat. Il avait vu au passage des jouets et des dessins sur des murs au plâtre décrépi, signes de la présence d'enfants. Sur une fenêtre, il avait remarqué une affiche annonçant une soirée pour recueillir des fonds. Les locaux, jugés insalubres, seraient bientôt fermés ; l'orphelinat déménageait. Le délabrement était visible — murs fissurés, taches d'humidité sur les plafonds, odeur de moisi mal dissimulée par celle des produits d'entretien. Comme Sainte-Marguerite, Sainte-Elsinore paraissait appartenir à un autre âge. Proche de la fin.

Il avait grimpé les marches de l'escalier menant à l'étage,

puis il était sorti par un escalier extérieur, en remarquant au passage la disposition des chambres, un terrain de jeux désolé, les couloirs reliant entre eux les bâtiments.

Il n'avait pas forcé de porte, préférant se montrer prudent. Il n'aurait pas voulu qu'on le surprenne à rôder ici et qu'on lui pose des questions embarrassantes sur les raisons de sa présence. Il ne savait pas lui-même ce qu'il était venu faire. Sans doute avait-il eu envie d'en savoir davantage sur l'endroit où Camille et Valerie avaient vécu quelque temps avant d'être adoptées par les Renard. Mais il n'y avait pas que ça. Camille était récemment intervenue à Sainte-Elsinore, et elle avait souhaité travailler avec les enfants de l'orphelinat. Pourquoi ce besoin de se replonger dans un passé visiblement douloureux ?

Il était ensuite retourné en ville et il avait filé directement vers Sainte-Marguerite, tout en réfléchissant à ce qu'avait dit sœur Louise : Camille avait cherché ses racines à Sainte-Elsinore.

Mais quelles racines, puisqu'elle était censée tout savoir de ses origines ?

Il y avait quelque chose à creuser de ce côté-là.

Après avoir vérifié le nombre de kilomètres qui séparaient l'orphelinat du couvent, il avait décidé de visiter d'autres quartiers de La Nouvelle-Orléans, certains encore marqués par le passage de l'ouragan Katrina, abandonnés, vides, évacués, comme une zone dévastée par la guerre.

Mais il avait éprouvé du plaisir à parcourir cette ville où sa femme avait grandi.

Il avait choisi de s'arrêter au Plug Nickel, un bastringue aussi pittoresque que son nom. L'endroit où il se trouvait en ce moment.

La serveuse qui astiquait le comptoir portait un débardeur et un short qui exposaient une peau entièrement couverte de tatouages. Elle avait même une toile d'araignée sur le cou et, pour mieux la montrer, sans doute, elle avait relevé ses cheveux, noués par un foulard rouge.

— Vous en voulez une autre ? demanda-t-elle tout en remplaçant son bol de Chex Mix vide par un plein.

— Non, je n'ai pas encore terminé celle-là, répondit-il.

— O.K.

Elle tira sur sa cigarette, écrasa le filtre dans un cendrier placé près de la fontaine à soda, puis alla à l'autre bout du comptoir, servir d'autres clients. Deux jeunes filles qui devaient avoir environ vingt ans riaient en buvant du vin. Un peu plus loin, un type esseulé sirotait un scotch, tout en matant à la dérobée les deux filles dans le miroir derrière le bar.

Les bouteilles alignées brillaient comme des joyaux sous la douce lumière. A l'une des deux tables de billard, deux hommes jouaient au neuf-trous. Slade ne les voyait pas, mais il entendait claquer les boules.

La télévision, installée en hauteur à l'un des coins de la salle, était branchée sur une chaîne locale. Les nouvelles de 17 heures débutaient, et le présentateur commença par l'affaire du moment : le meurtre de la religieuse de Sainte-Marguerite.

Slade se crispa sur son tabouret.

Le volume était trop bas pour entendre parfaitement ce qui se disait, surtout avec le bruit de fond de la salle, mais il parvint tout de même à saisir l'essentiel. Un journaliste devant la cathédrale donnait des détails sur le crime, puis l'image du grand édifice dont la porte était bouclée par le cordon jaune fut remplacée par une photographie de Camille. Elle n'était pas en habit de religieuse, et Slade reconnut un cliché de Camille à l'université, qui datait d'environ cinq ans — celui que Valerie avait mis sur la cheminée du ranch quand elle y habitait encore.

Puis le reportage enchaîna avec un rapide survol de l'histoire du couvent, agrémenté de photographies en noir et blanc des mères supérieures qui s'y étaient succédé.

La barmaid remarqua qu'il s'intéressait aux nouvelles.

— C'est dingue, cette histoire, lança-t-elle.

Elle lâcha dans les trois verres alignés devant elle des glaçons qui s'entrechoquèrent bruyamment.

— Pourquoi assassiner une religieuse ?

Elle versa une bonne dose de vodka dans les verres.

— Vraiment, c'est incompréhensible…

— Il n'y a rien à comprendre, c'est un dingue qui a fait ça, déclara le type tout seul devant son scotch. En tout cas, cette religieuse-là, c'était une beauté, elle ne ressemble pas à celles que j'ai connues quand j'étais à l'école.

Il sourit, dans l'espoir sans doute d'entraîner les deux femmes assises près de lui dans la conversation.

Elles l'ignorèrent, autant qu'elles ignoraient la télévision.

Slade ne répondit pas. La beauté de Camille n'expliquait pas sa mort.

Mais elle expliquait, en revanche, la catastrophe qu'avait été sa vie.

Il la revit, avec ses jambes galbées, son cou gracieux, ses longs cheveux noirs retombant en boucles épaisses sur ses seins nus et pleins, ronds, avec de larges tétons roses dressés qui quémandaient la caresse de ses doigts et de sa langue.

C'était la veille de Noël, la pluie battait les carreaux, le vent d'est soufflait une brise glaciale sur le ranch. Quelque part dans le ranch, une radio diffusait *Belle nuit, douce nuit.* Camille l'avait appelé. Elle l'attendait dans sa chambre, elle avait allumé des bougies. Elle avait glissé à son cou un long collier de perles qui était retombé entre ses seins, tandis que ses yeux bleu électrique brillaient de désir.

Il avait failli craquer…

Il s'était arrêté juste à temps.

Mais ça n'avait pas évité la catastrophe.

La traversée des enfers.

Le présentateur annonçait le sujet suivant, et Slade vida sa bière. Il laissa un pourboire sur le comptoir, salua la barmaid tatouée d'un signe de tête, et sortit dans la chaleur humide de cette fin d'après-midi.

L'image de Camille le suivit à l'extérieur. Il tenta de s'en débarrasser, mais elle tint bon, comme si elle avait une volonté propre, tel un fantôme tremblotant. Il constata avec une certaine angoisse que la mort de Camille n'avait fait que rendre sa présence plus palpable. Il avait à présent l'impression qu'elle ne le lâcherait jamais.

Il marcha un peu, en direction du fleuve, à grands pas décidés, en remarquant à peine les gens qu'il croisait. Des groupes d'adolescents, pour la plupart, avec leurs écouteurs d'iPod à l'oreille, ou parlant dans leur portable. Puis une coureuse en sueur, visiblement résolue à boucler son trajet avant le crépuscule. Deux sans-abri barbus, portant sac à dos et casquette, qui lui quémandèrent quelques sous. Perdu dans ses pensées, il demeura insensible au charme couleur locale de cette foule disparate.

Il faisait chaud, un air humide et voluptueux, bien différent de celui auquel il était habitué dans son ranch près des montagnes, lui collait à la peau.

Du haut de son quai, il contempla les bateaux et les barques qui remuaient l'eau trouble du grand Mississippi. Le soleil était déjà bas dans le ciel. Dans quelques heures, il disparaîtrait à l'horizon.

Les ombres s'allongeaient peu à peu, mais la tiède moiteur de la journée ne se dissipait pas ; elle paraissait monter du sol, à présent.

Il regagna son pick-up et grimpa dans la cabine chauffée par le soleil.

Il décida qu'il était temps de rejoindre Valerie. Elle s'était plainte, quand il l'avait suivie jusqu'au couvent, mais il lui avait tout de même semblé lire autre chose dans ses yeux. Une sorte d'encouragement…

Et il ne t'en faut pas plus, n'est-ce pas ?

Elle t'a épousé, mais elle n'a pas su te faire confiance.

Elle est partie.

Tu devrais te résigner au divorce. Au moins, vous pourrez refaire votre vie chacun de votre côté.

Leur amour avait été comme un incendie de forêt. Soudain et dévastateur. Il s'était embrasé, il avait tout brûlé sur son passage, ne laissant que des cendres.

Ils s'étaient rencontrés le jour où il avait appelé le bureau du shérif pour signaler du bétail disparu. On lui avait répondu qu'on allait lui envoyer quelqu'un, et il s'était attendu à voir arriver au ranch un adjoint aux cheveux argentés, avec de la bedaine et des années d'expérience. Mais c'était Valerie Renard, un mètre soixante-dix, qui était descendue de la Jeep, moulée dans un uniforme qui lui allait à ravir et qui mettait en valeur son corps athlétique. Elle portait des lunettes réfléchissantes qui lui couvraient la moitié supérieure du visage, un chapeau qui dissimulait ses cheveux auburn coiffés en arrière. Les strip-teaseuses déguisées en flic l'avaient toujours fait fantasmer, et il avait cru à une blague de ses frères.

Mais, comme elle ne sortait pas ses menottes pour l'arrêter et qu'elle lui demandait avec le plus grand sérieux des détails sur la disparition de ses bêtes, il avait compris qu'il s'agissait d'un vrai flic. Ils n'avaient jamais retrouvé les vingt têtes qui lui manquaient, probablement emportées par une bande de voleurs de bétail qui avait sévi dans la région.

Mais il n'avait pas oublié cette sulfureuse adjointe qui n'avait pas tardé à être promue inspecteur. Et quand il s'était enfin décidé à lui proposer un rendez-vous, il avait eu la surprise de l'entendre répondre :

— Bien sûr, cow-boy, pourquoi pas ?

Pourquoi pas ?

Elle aurait eu des tonnes de raisons de refuser, et lui autant de la tenir à distance, mais il avait préféré les ignorer. Ils avaient fait l'amour au troisième rendez-vous. Au bout d'un mois, elle était venue s'installer au ranch. Six mois plus tard, ils s'étaient mariés. Pas de doute, leur rencontre avait été soudaine et passionnée.

Mais ils avaient foncé droit dans le mur.

Les ennuis étaient venus de la petite sœur, Camille Renard, une version plus jeune et plus sauvage de Valerie. Et, surtout, Slade le comprenait maintenant, une femme déterminée à briser leur mariage.

Et aujourd'hui encore, après sa mort, elle se dressait entre eux.

Valerie avait choisi de croire sa sœur plutôt que son mari. Et ça, Slade avait du mal à le lui pardonner.

Il plissa les yeux vers le soleil couchant pour suivre un remorqueur qui aidait une barge à remonter le fleuve. Le convoi progressait lentement. Mais sûrement.

Il espéra qu'il en serait de même pour Valerie et lui.

20

Après avoir expliqué à Freya qu'elle ne prenait pas Slade pour le diable en personne, mais plutôt pour son bras droit, Valerie passa quelques heures à réunir des informations concernant sa sœur. Elle avait déjà laissé des copies des e-mails de Camille à la police, mais elle en fit d'autres, qu'elle sauvegarda sur un disque dur.

Elle rédigea ensuite une rapide biographie de Camille mentionnant sa naissance, la mort de leurs parents biologiques, leur court séjour à l'orphelinat, leur adoption par la famille Renard, les lieux successifs où elles avaient vécu avec eux. Elle n'oublia pas la liste des écoles qu'elles avaient fréquentées, celle des amis et petits copains de Camille, du moins ceux dont elle se souvenait. Au début, elle dut se contenter de prénoms, mais, après quelques recherches sur internet, elle put compléter avec les noms de famille.

Elle se promit de contacter l'ex-fiancé de Camille, un étudiant en droit de l'université de Tulane, Brandon Keefe. Elle ne savait pas grand-chose de leur relation ni du pourquoi de leur rupture, sinon que Brandon avait quitté Camille pour épouser une ex.

Il y avait aussi la meilleure amie de Camille pendant ses années de lycée, Georgiana Pagano, qui était partie dans une université de Californie et s'était mariée avec un homme rencontré à Los Angeles.

Valerie avait beau lire et relire sa liste, elle ne trouvait pas d'ennemis à Camille. Sa sœur avait probablement trompé et blessé pas mal de gens, mais, ensuite, elle avait tenté de se racheter. Au point de s'enfermer dans un couvent...

Mais avait-elle pour autant réussi à changer ?

Dans ce couvent, elle avait conçu un enfant...

Avec un prêtre... Rien que ça...

Ce qui rappela à Valerie qu'elle devait ajouter à sa liste les religieuses et les prêtres du couvent. Sœur Lucy, la préférée de Camille, celle dont elle disait qu'elle avait quelque chose de « spécial », de « différent », celle qui était un peu médium. Pour cette raison et pour d'autres, Lucia avait fasciné Cammie. De plus, d'après Cammie, sœur Lucy était entrée au couvent pour fuir un passé douloureux.

Comme elle.

Camille avait fui sa culpabilité. Elle avait cherché à racheter sa faute, à oublier qu'elle avait tenté de séduire le mari de sa sœur. Valerie ne pouvait s'empêcher de frémir de honte quand elle se revoyait en train de hurler à Cammie de « foutre le camp et de les laisser en paix ». Peu après, elle aussi avait « foutu le camp ». Parce qu'il n'y avait plus rien à sauver dans son mariage. Slade et Cammie... Slade avec sa propre sœur... Chaque fois qu'elle y pensait, elle en avait le cœur déchiré.

— Et merde..., murmura-t-elle entre ses dents.

Elle fit un effort pour se concentrer sur ce qu'elle avait entrepris. Ça ne servait à rien de se lamenter à propos du passé. On ne pouvait plus rien y changer.

Et si je n'avais pas épousé Slade... ?

Et si je n'avais pas invité Camille à séjourner au ranch ?

Et si on ne m'avait pas appelée cette nuit-là pour un accident ?

Et si je n'avais jamais rien su de ce qui s'était passé entre eux ?

Et si j'avais ravalé mon orgueil et pesé le pour et le contre ?

Et si je n'avais pas mis Cammie à la porte ?

Avec des « si »...

— Arrête avec ça.

Ressasser de vieux souvenirs et se lamenter ne ferait pas avancer les choses. Elle devait plutôt réfléchir froidement. En flic.

Elle s'efforça de se rappeler les religieuses mentionnées par

Camille. Sœur Edwina, la prétentieuse. Sœur Angela, l'idiote de service, la « sotte bonté personnifiée » — qualificatifs qui auraient pu paraître étranges dans une autre bouche que celle de Camille, mais qui correspondaient bien à son sens de l'humour un peu pervers.

— Les religieuses ne sont-elles pas censées incarner la bonté ? avait demandé Valerie à Camille, un jour que celle-ci lui rendait visite à l'hôtel.

Elles étaient installées dans le jardin, près d'un trio d'oiseaux perchées sur des poteaux de différentes hauteurs. Le soleil les forçait à plisser les yeux.

Cammie avait souri, avec une drôle de lueur dans le regard. Puis elle avait pouffé.

— La plupart s'efforcent d'être bonnes. Ça va avec les murs. On peut dire d'Angela qu'elle a réussi. Mais pour sœur Edwina…

Elle avait agité la main pour illustrer le fait que son opinion n'était pas très définie.

— Pas vraiment. Quant à sœur Devota…

Elle avait levé les yeux au ciel.

— Sœur Devota est une perpétuelle victime. C'est une aigrie.

Elle avait acquiescé en silence, comme pour elle-même.

— Irene est imprévisible. Parfois, elle est complètement indifférente à ce qui se passe autour d'elle, elle se sent au-dessus de tout. Si le royaume des cieux est réservé aux gens humbles, elle n'aura pas son entrée. Elle peut se montrer dure comme du fer, ou douce comme un agneau, ça dépend de son humeur.

Elle s'était tue quelques secondes, songeuse.

— Sœur Zita aussi m'intrigue. Toujours silencieuse, à observer les autres. Elle me donne la chair de poule. Elle n'ouvre la bouche que pour obéir aux ordres de la révérende mère. On dirait qu'elle cherche à se faire bien voir de sœur Charity, des prêtres, de Dieu lui-même, peut-être. En tout cas, ça sonne faux. Mais, enfin, je suis mal placée pour la critiquer.

Elle s'était avancée jusqu'à l'un des abris pour les oiseaux que Valerie avait installés dans son jardin, et avait collé son œil au trou.

— Pas de pensionnaire ? avait-elle demandé.

— Pas encore. Tu as tout de même des amies ?

— Au couvent ? Juste Lucia. Et c'est surtout parce que nous avons été dans le même lycée. Ça nous fait…

Elle avait tracé dans le vide des guillemets imaginaires.

— Une sorte de passé commun… Même si on ne se fréquentait pas à ce moment-là. Sinon, je m'entends bien avec Angela. Elle est vraiment douce et gentille. C'est impossible de ne pas l'aimer.

— Mais tu viens de me dire qu'elle était la sotte bonté personnifiée.

— Oui, j'ai été un peu mauvaise langue.

— Toi, mauvaise langue ?

— Oh ! ça va… En tout cas, Angela a l'air d'une fille sincère et honnête. Je n'en dirais pas autant de Maura.

— Ah bon ? Et pourquoi ?

— Je ne sais pas. Une impression. Toujours le nez dans un bouquin. Toujours silencieuse. A vous observer derrière ses grosses lunettes. Et jamais un sourire.

Elle avait jeté à Valerie un regard en coin.

— Je n'ai pas l'impression qu'elle soit très inspirée par l'Esprit Saint. Il n'y a en elle aucune joie.

— C'est peut-être tout simplement une femme introvertie.

— Possible. Mais celle que j'ai le plus de mal à cerner, c'est Asteria. Elle a l'air de planer complètement. Elle est du genre à croire aux contes de fées et aux crapauds qui se transforment en princes. C'est une romantique invétérée.

— Et elle a choisi d'être religieuse ?

Valerie avait trouvé cela étrange, pour ne pas dire contradictoire.

— Oui. Va savoir pourquoi… Sœur Edwina m'a raconté qu'Asteria avait été fiancée à un garçon qui s'est suicidé et que c'est ce qui l'a poussée à entrer dans les ordres. D'après Asteria, pour elle, c'était le couvent ou l'asile.

— Elle n'a pas tendance à dramatiser, cette sœur Asteria ?

— On pourrait dire ça de toutes les sœurs du couvent. Elles ont toutes eu un drame dans leur vie. Un événement qui les a poussées à se retrancher du monde. Sauf sœur Charity, qui assure qu'elle a toujours voulu être religieuse. Tu y crois, toi ?

Camille s'était tue et avait poussé un gros soupir.

— Je ne devrais pas dire du mal de mes sœurs. Je n'aimerais pas entendre ce qu'elles auraient à dire de moi.

— En tout cas, quand tu m'en parles, j'ai l'impression que tu es dans un lycée, avec des gamines, pas dans un couvent.

Camille avait éclaté de rire.

— Et ça te surprend ? Eh bien oui, les sœurs d'un couvent ne sont pas plus évoluées que des gamines de lycée. Le monde entier est rempli de gamins. Regarde un peu autour de toi.

— Tu exagères.

— Pas du tout. Il y a ceux qui commandent et ceux qui obéissent. Et tout ce petit monde forme des clans. Comme dans un lycée.

Camille avait détourné le regard avec une expression soucieuse. Ce jour-là, elle n'était pas en habit et portait un pantalon gris et un chemisier blanc, sans maquillage. Ses cheveux noirs tirés en arrière et noués en torsade avaient au soleil des reflets bleutés. Elle était allée s'asseoir sur un banc. Elle paraissait incroyablement triste.

Valerie s'en était étonnée et ne le lui avait pas caché.

— J'ai l'impression que tu n'es pas heureuse. Tu n'es peut-être pas faite pour vivre dans un couvent.

Camille avait eu un sourire las.

— Lorsque le vin est tiré, il faut le boire.

— Ça ne te ressemble pas, cette résignation.

— Je suis entrée au couvent pour de mauvaises raisons et je le sais. Mais j'y resterai.

Elle avait ajusté le bandeau qui entourait son visage.

— J'ai un peu exagéré avec mes commentaires désobligeants à propos des autres religieuses. Certaines ont vraiment la foi.

J'aimerais l'avoir autant qu'elles. Je prie tous les jours pour ça, mais… Je ne sais pas…

Elle avait secoué la tête, en fronçant légèrement les sourcils.

— Des femmes comme sœur Louise, sœur Angela et sœur Dorothy sont à leur place dans ce couvent. Même si elles sont toutes les trois vaguement amoureuses du père O'Toole, le plus jeune des prêtres, qui est un peu trop séduisant. Il anime la chorale et tous les sopranos sont sous son charme…

Elle avait souri.

— Moi aussi, sans doute.

Elle avait gratté du bout des doigts la peinture écaillée du poteau sur lequel était perché l'abri pour les oiseaux.

— Mais ce sont des femmes de bien. Sœur Louise, par exemple… Elle fait partie de ces personnes qui voient la vie en rose — un truc que je ne peux pas comprendre. Toujours en train de chanter ou de fredonner, ce qui a le don d'exaspérer la mère supérieure.

Camille avait souri, de nouveau.

— Elle travaille parfois avec moi, à Sainte-Elsinore…

Elle avait jeté un regard en coin à Valerie.

— Je sais que tu ne veux plus entendre parler de cet endroit et que tu penses que je devrais l'éviter, mais je crois, au contraire, que c'est là que je peux apprendre à donner de ma personne.

— Vraiment ? avait répondu sèchement Valerie.

Elle n'aimait pas évoquer Sainte-Elsinore, et encore moins l'orphelinat.

— Oui, vraiment, avait insisté Camille avec un grand sourire. Tu vois… Je fais des efforts pour m'intégrer, pour devenir une religieuse digne de ce nom… Mais c'est un combat quotidien. C'est difficile.

— Tu penses que c'est plus difficile pour toi que pour les autres ?

— Comment savoir ? Les autres non plus ne correspondent pas à l'idée qu'on se fait d'une religieuse. Irene, par exemple, a été danseuse.

— Une *prima ballerina* transformée en nonne, c'est difficile à croire.

— Sœur Irene a une face sombre. Comme nous toutes, je suppose.

Camille avait plissé les yeux pour suivre le vol d'une buse qui planait au-dessus d'elles.

— Mais ce qui est certain, c'est que toutes les femmes de ce couvent sont persuadées d'avoir fait le bon choix en se consacrant à Dieu.

— Et pas toi.

— Pas moi.

— Personne ne te met un pistolet sur la tempe. Tu peux encore changer d'avis.

— Pour quoi faire ? Pour aller où ?

— Ne sois pas ridicule, Camille. Tu es jeune, belle, intelligente. Si tu as envie de rester dans ce couvent et de prononcer tes vœux, si tu penses que c'est une vie pour toi, parfait. Mais si tu as l'impression que ce n'est pas ta place… il ne faut pas rester.

Camille avait détourné le regard, fixant un point situé au-delà d'un massif de romarin. Puis elle avait sorti de sa poche des lunettes de soleil, pour dissimuler ses yeux.

— Le problème, vois-tu, c'est qu'on n'a jamais voulu de moi nulle part.

Valerie avait compris l'allusion. Et cela lui avait déchiré le cœur.

— Je suis désolée, avait-elle murmuré.

Elle s'était sentie coupable. C'était à cause d'elle que Camille s'était réfugiée dans un couvent. Elle l'avait chassée du ranch.

— Je n'aurais pas dû te jeter dehors.

— Non, avait protesté Camille. Tu as bien fait. Ce qui s'est passé avec ton mari… c'est inexcusable. Tu sais que je n'ose en parler à personne. Pas même à la mère supérieure du couvent. Pas même au prêtre qui est mon confesseur.

— Tu as menti à sœur Charity ?

— Je n'ai menti que par omission, avait répondu Camille.

Elle avait reniflé bruyamment, comme si elle luttait contre les larmes. Mais, avec ses lunettes, Valerie n'avait pu voir si elle pleurait ou non.

— Tout ça n'était qu'une lamentable erreur.

— Toute ma vie n'est qu'une lamentable erreur, avait soupiré Camille.

Puis elle s'était levée et elle était partie.

Et aujourd'hui, près d'un an plus tard, Valerie avait le cœur serré à l'idée qu'elle n'avait pas su aider sa sœur. Ce jour-là, elle aurait peut-être pu la convaincre de quitter le couvent, si elle avait su lui parler…

Mais peut-être n'y serait-elle pas parvenue.

Pourtant, la culpabilité pesait sur elle, comme un poids mort.

Elle nota les commentaires de Camille à propos des sœurs du couvent, y ajoutant ses impressions sur celles qu'elle avait croisées aujourd'hui. Puis elle passa en revue d'autres personnes qui avaient traversé la vie de Camille : Regina St. James, Terry Sue quelque chose, et d'autres que Camille avait mentionnées à l'occasion. Il y avait aussi quelques laïques qui intervenaient au couvent et dont il fallait qu'elle se procure l'identité.

Et puis il y avait O'Toole. Surtout O'Toole.

O'Toole représentait une énigme. Elle tenta de l'imaginer dans un confessionnal, écoutant d'une oreille bienveillante les religieuses de Sainte-Marguerite… L'image avait quelque chose d'incongru et de dérangeant.

Elle entoura son nom, plusieurs fois, à l'encre noire, comme si elle le plaçait au centre d'une cible.

Eh bien oui, il était sa cible principale.

Qui d'autre que lui aurait eu intérêt à tuer Camille ?

Elle ne voyait vraiment pas.

Mais s'il y avait quelqu'un d'autre, elle le découvrirait.

21

Cruz avait récupéré sa moto. Avant de l'enfourcher, il avait tenté de nouveau d'évoquer Lucia Costa et le meurtre de Camille, mais, cette fois, Montoya avait changé de conversation. Pas question d'ébruiter les détails de la scène de crime avec son frère. Il se sentait déjà suffisamment mal à l'aise de mener une enquête sur la mort de Camille Renard, une ex-petite amie.

On ne l'avait pas remplacé, par chance… Ils manquaient d'hommes en ce moment, personne n'était disponible.

Bon sang… Dire que son ex-petite amie et celle de son frère Cruz avaient échoué dans un couvent. Les vocations étaient pourtant de plus en plus rares…

Autre invraisemblable coïncidence, elles avaient toutes les deux choisi un couvent rétrograde de La Nouvelle-Orléans.

Comme toujours, il régnait dans le bureau de police une activité fébrile : les téléphones ne cessaient de sonner, les claviers cliquetaient, un éclat de rire interrompait parfois le murmure incessant des conversations. La climatisation ronronnait doucement, mais il faisait tout de même près de trente degrés. La chaleur des corps, des lampes et des appareils faisait grimper la température.

Lynn Zaroster, l'une des jeunes détectives les plus douées de l'équipe, passa d'un pas vif et élastique devant le bureau de Montoya, avec sa chevelure brune et bouclée qui ondulait autour d'elle. Elle tenait d'une main son portable qu'elle avait collé à l'oreille, et de l'autre une bouteille de Coca Light qui était secouée à chaque pas.

— Je sais…, dit-elle. Je sais. Peu m'importe ce que raconte ce salaud. Je te dis que je lui ai lu ses droits et qu'il m'a affirmé avoir parfaitement compris de quoi il retournait. Demande à Mott, il était là.

Elle poursuivit son chemin dans le couloir, en faisant claquer ses talons.

Montoya se concentra de nouveau sur son affaire. Il tapota nerveusement son bureau avec la pointe de son stylo, tout en fixant l'écran de son ordinateur qui affichait une photo de la scène du crime. Puis il se mit à griffonner sur un carnet les questions qui n'avaient pas encore de réponses.

Qui avait un mobile pour tuer Camille ?

Qui en avait matériellement la possibilité ?

Pourquoi portait-elle une robe de mariée ?

Que signifiaient les gouttelettes de sang autour du décolleté ?

D'où lui venait cette impression que la mère supérieure et les sœurs du couvent érigeaient un mur pour se protéger, au lieu de coopérer pleinement avec la police ?

Il avait quelques idées, des ébauches de théorie, mais rien de concret, à part que le père Frank était leur suspect numéro un.

Frank O'Toole.

Il ferma les yeux et tenta de visualiser le jeune homme qu'il avait connu autrefois en train d'étrangler celle qui avait été son amante. Puis la lâchant pour abandonner son corps au pied de l'autel devant lequel il avait l'habitude de s'agenouiller.

Et ensuite ?

Il était sorti sous la pluie et sœur Lucy était entrée quelques minutes après son départ ?

Tout ça n'avait aucun sens.

Il décida de passer de nouveau en revue ce qu'il savait, avec l'espoir de trouver des réponses quelque part dans ses notes, ou dans celles des agents qui avaient interrogé des témoins. Il avait là des dépositions de toutes les sœurs, des laïques qui avaient accès au couvent ou à la cathédrale, et aussi quelques-unes de passants qui s'étaient trouvés dans les alentours à l'heure du crime — par exemple celle d'un homme, M. Sylvester, qui promenait son chien, et aussi celle de deux adolescents qui s'étaient réfugiés dans une voiture pour flirter, dans l'allée d'une maison voisine. Les deux jeunes, surpris par la police à moitié dévêtus dans un habitacle aux vitres embuées, avaient eu la trouille de leur vie. Evidemment, ils étaient trop occupés pour avoir remarqué quoi que ce soit d'inhabituel.

La plupart des sœurs dormaient et assuraient n'avoir rien entendu, à part Lucia Costa, qui, elle, avait entendu « quelque chose » qu'elle n'était pas en mesure de décrire, et la révérende mère, sœur Charity, qui avait été alertée par les appels à l'aide de sœur Lucy. Sœur Louise avait reconnu être sortie de sa cellule pour se rendre aux toilettes, à peu près à l'heure du crime. Sœur Irene était encore éveillée, mais dans son lit, à se tourmenter et à prier pour son père malade. Le père Paul lisait, le père O'Toole était absent, en visite auprès d'un paroissien atteint d'un cancer. Clifton Sharkey, l'homme à tout faire, le seul laïque à habiter le couvent, se trouvait dans sa chambre, à l'autre bout du domaine. C'était un homme de soixante-dix ans encore plein d'énergie. Lui non plus n'avait rien remarqué d'anormal ce soir-là. Il regardait une émission télévisée. Il possédait l'une des deux télévisions du couvent. L'autre appartenant au père O'Toole.

Seules trois personnes avaient admis être au courant de la grossesse de sœur Camille : le père Frank, Valerie Renard et Lucia Costa. Camille ne s'était pas confiée auprès de la révérende mère, du moins c'était ce que prétendait celle-ci.

Etait-ce à cause de ce bébé à venir que l'on avait tué Camille ? Ou bien y avait-il un autre mobile qui restait à découvrir ? Un autre secret honteux et bien caché ?

Il relut la déposition de Lucia. En allant réveiller le père Paul, elle avait rencontré le père Frank, dehors sous la pluie, et celui-ci lui avait déclaré au sujet de la mort de Camille : « C'est ma faute, que Dieu me pardonne… »

Phrase qui ressemblait à s'y méprendre à un aveu.

Après avoir relu les dépositions, Montoya décida d'interroger de nouveau certaines des religieuses et, en particulier, Lucia. Il avait besoin de précisions sur ce qui l'avait poussée à quitter sa cellule en pleine nuit. Qu'avait-elle entendu exactement ? Un cri de douleur, de peur, un appel à l'aide ? Etait-elle certaine que le père Frank lui avait bien dit : « C'est ma faute… » ? Il avait l'intention de demander au père Frank de confirmer cette version, ainsi que pas mal d'autres éléments. Du côté des voisins, ils n'avaient pas obtenu grand-chose, mais ça valait le coup d'insister un peu. Il voulait aussi faire parler la mère supérieure et le père Paul, ainsi que Valerie, la sœur de Camille. Elle leur avait envoyé les e-mails de Camille, puis elle était passée leur déposer une clé USB. Elle était consciencieuse et prudente, mais il y avait de quoi, vu qu'on avait assassiné sa sœur.

En lisant les e-mails de Camille, il s'était senti vaguement voyeur. Il y avait visiblement quelque chose de brisé dans la relation entre les deux sœurs Renard — quelque chose qui n'était jamais clairement évoqué. Le dernier message de Camille était tout simplement affligeant. On la sentait complètement déprimée.

J'ai réfléchi. Je ne peux plus endurer ça. Je quitte St Marg. Tu sais pourquoi.

Elle avait donc douté d'elle-même et de sa vocation.

Ce qui n'avait rien de surprenant, quand on connaissait le personnage.

Camille s'était sentie sous pression dans ce couvent, au point d'envisager de le quitter. Etait-ce uniquement à cause de sa grossesse, ou bien y avait-il une autre raison ? La grossesse pouvait suffire… Une religieuse mettant au monde un enfant… Tout le monde lui aurait jeté la pierre…

Néanmoins, tout en tournant et retournant son stylo entre ses doigts, Montoya ne pouvait s'empêcher de se demander si cette grossesse n'était pas un écran de fumée, l'arbre qui leur cachait la forêt.

Il se gratta le menton, signe qu'il réfléchissait intensément.

Pour commencer, il se demandait d'où Camille avait envoyé ses e-mails, puisqu'il n'y avait pas d'ordinateur à Sainte-Marguerite — un signe de plus que les sœurs de ce couvent vivaient comme au Moyen-Age. La plupart des messages provenaient d'un BlackBerry, autre machine du diable interdite au couvent. Quelques-uns avaient été écrits depuis une bibliothèque de la ville proche de Sainte-Marguerite.

Il avait demandé qu'on vérifie que le BlackBerry était bien enregistré au nom de Camille Renard et que c'était elle qui l'avait payé. Bentz s'en chargeait. Ainsi que de se procurer la facture et le relevé détaillé. Etrange, d'ailleurs : cette religieuse qui avait soi-disant renoncé à tous les biens matériels n'aurait pas dû, en principe, posséder un BlackBerry ni aucun autre appareil du même acabit.

Mais, pour l'instant, on n'avait pas retrouvé le BlackBerry en question.

Ce qui faisait un petit secret de plus.

Il décida de lister les anomalies de la vie de Camille — les détails qui ne cadraient pas avec sa vie dans ce couvent rétrograde ni avec la routine à laquelle elle était censée se plier. Sa grossesse. La robe de mariée qu'elle portait quand on l'avait tuée. Les messages envoyés à sa sœur.

Les couvents n'étaient pas équipés avec le dernier cri de la technologie, mais Sainte-Marguerite battait tous les records. Et, pourtant, Camille avait trouvé le moyen d'écrire des e-mails. Peut-être même des SMS. Elle avait communiqué avec sa sœur, il le savait, mais peut-être aussi avec d'autres personnes.

Il avait tenté de reconstituer les derniers jours de la vie de Camille, mais ça ne l'avait pas beaucoup avancé. Comme celle des autres nonnes, ses journées s'écoulaient selon un emploi du temps strict qui incluait des temps de prière et de méditation, des messes, des sermons. Elle aidait à préparer les repas, elle mangeait au réfectoire avec les autres. Elle faisait un peu de ménage et s'était portée volontaire pour s'occuper du jardin. Elle ne sortait jamais, sauf pour intervenir à l'orphelinat Sainte-Elsinore, de l'autre côté du lac Pontchartrain.

A part ça, elle n'avait jamais l'occasion de quitter Sainte-Marguerite, du moins en théorie. On voyait mal comment elle avait pu rencontrer qui que ce soit à l'extérieur.

Son assassin était donc probablement une personne qu'elle croisait dans l'enceinte de son couvent ou à l'orphelinat Sainte-Elsinore, la vieille institution où elle avait vécu avec sa sœur. D'après les notes de Montoya, Camille était encore un bébé quand elle y était entrée et Valerie avait cinq ans. Valerie en avait sûrement quelques souvenirs, mais pas Camille. Pourquoi donc avait-elle souhaité y travailler ?

Montoya baissa les yeux vers la pile de dépositions entassées sur son bureau. Celle de Frank O'Toole se trouvait sur le dessus. Apparemment, son alibi était solide, mais ça valait le coup de vérifier de plus près. Surtout à la lumière du commentaire qu'il avait fait devant sœur Lucy, ou Lucia.

Au bout du couloir, un type réclamait avec véhémence qu'on lui ôte ses menottes et criait son innocence.

Comme la plupart des criminels.

Le téléphone portable de Montoya sonna. Le visage d'Abby s'afficha à l'écran.

— Salut, lança-t-il d'un ton chaleureux.

— Salut, toi…

Entendre la voix d'Abby suffisait à l'apaiser. Il s'adossa à son fauteuil en soupirant.

— Quoi de neuf ? demanda-t-il.

— Rien de neuf. Toujours les couches, les renvois, la lessive et le manque de sommeil, grâce à toi et à Ben.

Il pouffa, puis bâilla. Il était debout depuis près de vingt-quatre heures. Son dos et sa nuque commençaient à s'en ressentir.

— Je t'appelais pour savoir si tu avais l'intention de rentrer à la maison pour dîner, reprit Abby. Tu sais, avant qu'il ne fasse nuit ?

En plus de l'ironie, il crut déceler une pointe d'amertume dans le ton.

— Et au fait, pendant ton absence, ton fils a sorti une rangée de dents.

Cette fois, pas de doute, c'était de l'ironie. Elle était furieuse.

— Très drôle, répondit Montoya.

— Je peux être drôle, mais encore faut-il m'en donner l'occasion.

Il jeta un coup d'œil à sa montre.

— Je serai là pour dîner, dit-il.

— Génial ! Tu crois que tu pourrais acheter sur le chemin du pain et une bouteille de vin ? Du vin français. Ou italien.

— Il faudrait pour ça que tu me serres bien fort le bras. Ou une autre partie du corps de ton choix.

— Ton nez ? rétorqua-t-elle du tac au tac.

— Ne te précipite pas. D'ici ce soir, tu as le temps de te décider.

— Des promesses, toujours des promesses… Appelle-moi quand tu quittes le bureau ; comme ça, tu trouveras en rentrant le dîner chaud et servi.

— Tu es vraiment adorable.

— Je sais.

Elle raccrocha et lui aussi, le sourire aux lèvres. Il avait eu de la chance de trouver une femme comme elle. Beaucoup de chance. Il contempla d'un air attendri la photo qui trônait sur son bureau, celle d'une Abby aux épaules nues, tenant dans ses bras un Benjamin emmitouflé. Elle posait un regard plein d'amour sur l'enfant. Celui-ci dormait, avec ses longs cils noirs qui balayaient ses joues rondes et ses cheveux qui encadraient son visage serein.

Le cœur de Montoya se gonfla d'une émotion pleine de douceur qu'il n'aurait jamais cru pouvoir éprouver.

— Salut ! lança Bentz en passant la tête à la porte. Je m'en vais de ce pas interroger notre bon père Frank. J'ai pensé que ça t'intéresserait de venir.

— Maintenant ? protesta Montoya en jetant un coup d'œil à sa montre.

— Hé oui, maintenant. Ce monsieur est très occupé, je n'ai pas pu le coincer plus tôt.

— Nous sommes tous occupés. « Le bon père Frank », c'est le surnom que tu as trouvé à O'Toole ?

— Oui. Je m'avance un peu. On ne sait pas encore s'il est bon ou pas.

Montoya repoussa son fauteuil à roulettes et attrapa son blouson.

— On ne va pas tarder à le savoir, marmonna-t-il.

Pour les résultats de l'analyse ADN, il fallait encore attendre. Mais ils avaient prélevé du sang au père Frank et ils sauraient bientôt s'ils pouvaient le considérer comme un candidat, au moins pour la paternité du bébé.

Montoya enfila le harnais de son arme.

Et si Frank n'était pas un candidat valable, ils se retrouveraient à la case départ.

J'ai allumé quelques bougies et ouvert l'unique fenêtre pour laisser entrer le souffle de la nuit. Je suspends ma soutane sur un cintre. Je prends mon temps. Je fais tiédir l'huile, puis je verse le liquide soyeux sur mon corps nu, comme pour me donner l'onction. Mes mains me caressent doucement, mes muscles sont fermes et bien dessinés sous mes paumes, ils tressaillent quand je les masse.

Je sens sous mes doigts mes épaules puissantes et mon ventre plat.

Mes hanches et mes cuisses musculeuses luisent à la lueur de la bougie. Mes fesses sont rondes et souples.

Je vois mon reflet dans le petit miroir.

Ma longue et séduisante silhouette.

Presque parfaite.

Presque, seulement.

A cause des cicatrices.

Celle de mon épaule, trace d'une balle qui est venue se loger là et que j'ai gardée jusqu'à avoir la force et le courage de la retirer moi-même. Son passage a laissé une dépression, une sorte de fossette, mais discrète, à peine visible. Elle n'avait pas pénétré profondément.

Mon autre imperfection vient d'une blessure plus sévère.

A la jambe droite.

Au-dessus de la rotule.

Un enchevêtrement de chair boursouflée barré d'une cicatrice. Je l'effleure délicatement. C'est une blessure de guerre. D'une guerre que j'ai menée pour la bonne cause.

Une blessure qui m'a contraint à abandonner quelque temps ma mission.

Le temps de rééduquer ma jambe, de me remettre à marcher sans boiter, et aussi à courir.

Mes doigts glissent le long de la cicatrice, ils pétrissent la chair torturée et la nourrissent d'huile.

J'ai été courageux et patient.

Je vais maintenant recevoir ma récompense.

Le Seigneur m'appelle.

J'ai fini d'attendre.

Je m'agenouille face au miroir.

J'inspire longuement. Je pense aux femmes.

A toutes ces femmes avec leur sourire aguicheur, leur regard d'allumeuse, leurs lèvres pulpeuses. Je pense aux cochonneries qui sortent de leur bouche. Toutes des séductrices et des putes, des sirènes, des catins. Elles se croient irrésistibles. Elles s'imaginent que je brise mes vœux pour elles.

Si seulement elles savaient…

Elles prendraient la fuite.

Mais peut-être pas. Peut-être que ça exciterait au contraire leur désir de se vautrer dans la boue.

Oh ! oui… Probablement.

Je souris dans la pénombre au souvenir de leurs péchés, de leur chaude peau sensuelle, à l'odeur de leur désir se mêlant à celle de leur parfum et de leur sueur.

J'ai une érection.

Une douce chaleur m'envahit.

Je revois toutes ces bouches ouvertes sur le néant, tous ces yeux figés sur une lueur de désir et de surprise.

Et je m'absorbe dans la prière.

22

Le père Frank avait été appelé d'urgence au chevet d'un malade. Bien sûr... Comme c'était commode !

En attendant, il leur avait posé un lapin. Montoya serra les dents. Bentz regarda fixement sœur Charity à travers la grille fermée.

La révérende mère, qui s'était déplacée en personne pour leur répondre quand ils avaient sonné, n'avait pas l'air contente.

— Le père Frank est à l'hôpital, dit-elle d'un air pincé.

A travers ses épaisses lunettes, les yeux de sœur Charity les accablaient d'un mépris tranquille.

— Vous auriez dû prendre rendez-vous, reprit-elle d'un ton de reproche.

— Mais j'avais rendez-vous, insista Bentz.

La vieille religieuse fronça ses sourcils gris.

— On l'a appelé à l'hôpital, marmonna-t-elle en enfouissant ses mains dans les manches de son habit.

Elle n'avait visiblement pas envie de discuter et attendait qu'ils se décident à partir.

Mais Bentz ne bougea pas d'un millimètre.

— Puisque nous sommes là, nous pourrions interroger quelqu'un d'autre, dit-il.

— Il est tard, fit remarquer la mère supérieure. Du moins pour nous. C'est le père O'Toole que vous deviez voir et il n'est pas là. Revenez demain, à une heure plus décente.

— Nous préférons maintenant, objecta Montoya. Plus les événements sont frais dans l'esprit des gens, et mieux c'est.

Bentz hocha la tête pour signifier qu'il partageait l'opinion de son partenaire.

— De plus, le père O'Toole finira bien par rentrer, ajouta-t-il.

Sœur Charity parut sur le point de discuter, mais Bentz lui coupa la parole en égrenant la liste des personnes qu'ils souhaitaient interroger de nouveau.

— Entendu, concéda-t-elle.

Elle leur ouvrit la porte en affichant un air renfrogné, puis s'éloigna d'un pas raide pour prévenir les sœurs qui allaient être entendues.

Montoya avait décidé d'interroger Lucia — ex-petite amie de son frère ou pas. Il voulait juger lui-même de ses réactions, en direct.

Il se retrouva donc assis dans la pièce où il avait rencontré le père O'Toole moins de vingt-quatre heures auparavant — une pièce triste, faiblement éclairée par quelques appliques —, autour de la même table, avec la même sensation dérangeante qui l'assaillait : la vérité se cachait quelque part dans les recoins sombres, toute proche, mais hors de portée.

— Ainsi, vous ne vous souvenez pas de ce qui vous a réveillée ? demanda-t-il en vérifiant ses notes.

Lucia secoua la tête tout en croisant nerveusement ses deux mains. Elle était livide et aurait visiblement préféré se trouver ailleurs qu'entre ces quatre murs, à répondre aux questions d'un inspecteur de police.

La porte donnant sur le couloir était restée entrouverte et un peu d'air frais passait à travers. Montoya eut envie de se lever pour la fermer. Il soupçonnait la mère supérieure de rôder dans les couloirs pour espionner. Lucia aussi devait s'en douter, ce qui ne contribuait pas à lui délier la langue.

De l'autre côté de la chapelle, Bentz se trouvait dans une pièce semblable à celle-ci. Il se chargeait du reste des religieuses et du personnel — de tous ceux dont la déposition initiale méritait quelques éclaircissements.

— Non, vraiment, je n'arrive pas à me souvenir. C'était un

bruit, sans doute, mais je ne saurais pas dire lequel… En fait, j'avais surtout une sensation.

Elle se mordit la lèvre d'un air angoissé. Elle mentait mal.

— Je… Euh… Il s'agissait peut-être d'un bruit que j'ai entendu dans mon sommeil. Je rêvais, il me semble.

— Mais c'était un cri ou pas ? demanda Montoya.

Elle secoua la tête avec véhémence.

— Non, ce n'était pas un cri.

Elle rougit et détourna le regard.

— Un appel à l'aide ?

— Non plus.

— Des pas ?

Elle se tourna vers lui, avec une expression pitoyable.

— Je suis désolée, murmura-t-elle. Je ne sais vraiment pas.

Il comprit qu'il ne tirerait rien de plus d'elle sur ce sujet et décida de changer de direction.

— Très bien, soupira-t-il. Parlons à présent du père O'Toole. Vous l'avez trouvé dans le jardin, c'est bien ça ?

— Oui. Mais c'est plutôt lui qui m'a trouvée. Je frappais à la porte du père Paul et le père O'Toole est arrivé. Il m'a même surprise.

— D'accord… Vous étiez l'amie de Camille Renard…

— On pourrait dire ça, oui, répondit-elle en haussant une épaule. J'étais une de ses amies. Nous sommes toutes amies, dans ce couvent.

Montoya en douta fortement.

— Mais c'est à vous qu'elle avait confié être enceinte. Et rien qu'à vous.

De nouveau, elle évita son regard.

— Oui, avoua-t-elle d'une toute petite voix. Nous avions fréquenté le même lycée, ça nous avait rapprochées, même si, à l'époque, nous ne nous connaissions que de vue.

— Vous a-t-elle dit que le père était Frank O'Toole ?

Des rides apparurent sur le front lisse de Lucia.

— Elle n'a pas mentionné son nom.

Montoya prit note.

— Elle m'a seulement dit qu'elle était enceinte de son amant.
— Mais sans préciser que son amant était le père O'Toole ?
— Sans le préciser, reconnut Lucia en avalant sa salive. Mais je… je les ai vus plusieurs fois ensemble et… ils ne savaient pas que j'étais là. Et… ils s'embrassaient et… Vous comprenez…
Elle détourna le regard, gênée.
— D'autres que vous ont dû les voir, non ?
— Je suppose, murmura-t-elle en haussant de nouveau une épaule.
Elle paraissait tendue. Incroyablement mal à l'aise.
— Ils essayaient de se montrer discrets, mais c'est difficile de s'isoler, dans un couvent.
— Comment sœur Camille assumait-elle le fait d'être enceinte ? demanda Montoya.
— Je… je crois qu'elle avait peur. Elle ne savait pas trop quoi faire, mais il me semble qu'elle avait décidé de quitter le couvent.
— Elle était vraiment prête à mettre cet enfant au monde ?
— Pardon ? Oh !
Elle écarquilla ses grands yeux en comprenant qu'il faisait allusion au fait que Camille aurait pu avorter.
— Bien sûr… Elle allait le mettre au monde et l'élever. Jamais elle n'aurait fait quoi que ce soit pour interrompre sa grossesse. Non, non, ajouta-t-elle comme pour elle-même, en secouant violemment la tête. Je pense que ça ne lui a même pas traversé l'esprit.
A présent, elle ne cherchait pas à biaiser. Montoya sentait la différence.
— Sœur Camille était une enfant adoptée et elle recherchait ses parents biologiques. On lui avait dit qu'ils étaient morts, mais elle n'y croyait pas et… non… elle n'aurait jamais fait souffrir son enfant en l'abandonnant. Jamais.
Elle redressa le menton d'un air crâne, comme si elle se battait pour défendre la réputation de son amie.
— Est-ce qu'elle faisait pression sur le père O'Toole pour qu'il reconnaisse l'enfant ? demanda Montoya.

— Je… je l'ignore. Je crois qu'il savait qu'elle attendait un enfant, mais je ne pense pas que… Si vous croyez qu'elle lui demandait d'abandonner la prêtrise pour l'épouser, non, je dirais non, ce n'était pas le genre de Camille.

— Comment a réagi le père O'Toole quand il a su que Camille était enceinte ?

— Elle m'a dit que le père de l'enfant était mécontent. Mais je ne peux pas vous garantir qu'elle parlait d'O'Toole, même si c'est probable.

— Furieux à quel point ?

Elle secoua la tête.

— Comment voulez-vous que je le sache ? C'est à lui qu'il faudrait poser la question.

— Nous n'y manquerons pas.

— Il ne l'a pas tuée, affirma-t-elle en le regardant droit dans les yeux. Il me l'a juré.

— Vous lui avez posé la question ?

— Non, bien sûr que non. Mais il me l'a dit.

Elle lui raconta sa dernière conversation avec le prêtre, mais d'un ton de plus en plus vague et gêné, comme si elle regrettait d'en dire tant, comme si elle avait la sensation de trahir Camille et O'Toole.

Montoya se rendit compte qu'il avait commis une erreur en tenant à l'interroger lui-même. Elle paraissait nerveuse et intimidée et lui jetait des regards de biche effarouchée. Parce qu'il était un homme et parce qu'il ressemblait à Cruz. Lucia se serait sentie plus en confiance avec une femme…

Il lui demanda alors si elle avait vu Camille en possession d'un BlackBerry ou d'un téléphone portable.

— Non, pas que je sache, répondit Lucia. Par contre, elle tenait un journal, il me semble. Mais peut-être n'était-ce qu'un simple carnet dans lequel elle notait quelques pensées, ajouta-t-elle d'un ton réticent.

Un journal… Voilà qui pouvait être intéressant. Mais Bentz avait fouillé la chambre de Camille et il n'avait rien trouvé.

Il tenta d'en savoir un peu plus sur ce journal, mais Lucia ne l'avait jamais vu ; elle en avait seulement entendu parler.

Encore une impasse… Cet entretien avec Lucia lui avait apporté plus de questions que de réponses.

— Merci, dit-il. Ça sera tout pour aujourd'hui.

Les épaules de Lucia s'affaissèrent de soulagement. Elle était visiblement ravie que cette torture prenne fin.

En sortant dans le couloir, ils trouvèrent sœur Charity, qui faisait les cent pas, le visage fermé, son rosaire à la main.

— Vous en avez terminé ? demanda-t-elle en fixant Montoya de ses yeux pénétrants, que ses lunettes aux verres loupes rendaient encore plus impressionnants.

— Pas encore.

Elle secoua la tête et le bord de sa coiffe frôla avec un bruissement le tissu de sa robe.

— Vous êtes ici dans la maison de Dieu, dit-elle d'un ton doucereux. Pas dans un poste de police. Je sais que vous faites votre travail, mais nous ne pouvons pas tolérer indéfiniment vos interventions dans l'enceinte de ces murs.

L'espace d'un instant, elle abandonna sa cuirasse et posa sur lui un regard suppliant.

— Nous souhaitons tout comme vous que l'assassin de Camille soit arrêté et traduit en justice. Mais pas à n'importe quel prix. Tout le monde ici est perturbé. La méfiance rôde dans les couloirs de ce couvent. Les ragots et la peur ont remplacé l'espoir, l'amour et la foi.

Elle laissa échapper un long soupir douloureux.

— Je m'en remets au Seigneur tout-puissant, au Fils et au Saint-Esprit pour nous aider à surmonter cette crise. Mais je vous supplie de respecter la maison du Seigneur comme il se doit.

— Nous ne faisons que mener une enquête en interrogeant des témoins.

— Je le vois bien, inspecteur, mais vous devez être conscient des perturbations que cela engendre pour nous.

Elle paraissait plus vieille et plus ridée que la veille. Moins combative, aussi.

Montoya eut un élan de compassion, qu'il s'empressa de refréner. Il devait poursuivre son enquête comme il l'entendait, maison de Dieu ou pas.

— Une enquête de police prend du temps, ma mère, dit-il. Je suis sûr que vous ne voudriez pas que nous laissions passer quelque chose d'important. Il faut donc que nous procédions avec soin et minutie.

— Avec soin et minutie ?

Elle eut une moue agacée.

— Venez avec moi, dit-elle soudain d'un ton résolu.

Elle avança d'un pas vif vers la chapelle, avec ses jupes qui dansaient autour d'elle, et leur ouvrit la porte.

— C'est ça, pour vous, le soin et la minutie ?

Elle haussa un sourcil incrédule et désigna d'un large geste la petite nef.

Toutes les surfaces planes étaient couvertes de poudre à relever les empreintes, y compris le bois des bancs et la tapisserie des prie-Dieu. Les livres de prières et les psautiers n'avaient pas été épargnés. C'était une pagaille noire.

— Il faut nous laisser le temps de relever les empreintes, protesta Montoya.

— Inspecteur, je vous rappelle une fois de plus qu'il s'agit d'un endroit sacré. Le fait qu'on y ait commis un meurtre ne doit pas vous le faire oublier.

Sur ce, elle s'éloigna, dans le froufrou de son habit, en lui lançant un dernier regard méprisant.

Il décida de lui laisser le temps de se calmer et partit à la recherche de Bentz, lequel, d'après sœur Devota, qui le renseigna, avait décidé de fouiller de nouveau la chambre de Camille. Sœur Devota le conduisit donc dans le bâtiment du dortoir, le faisant passer par un long et étroit couloir sans fenêtres, au mur jalonné de vieilles appliques qui paraissaient tout droit sorties du donjon d'un château. Il ne put s'empêcher de penser qu'il régnait décidément une étrange atmosphère dans ce couvent.

Ils grimpèrent ensuite un escalier en colimaçon et sœur Devota lui montra de loin la chambre de Camille. Le père

Paul et sœur Edwina, la plus grande des religieuses, celle qui avait un type scandinave, montaient la garde devant la porte, sans doute pour surveiller Bentz.

A l'intérieur de la petite chambre, pas plus grande qu'une cellule de prison, la faible lueur de la lampe de chevet luttait difficilement contre les ténèbres. On se serait presque cru dans un tombeau. Le lit était défait, résultat du passage des experts.

Bentz tira le sommier pour jeter un coup d'œil au plancher.

— J'ai pensé que j'avais pu laisser passer quelque chose, dit-il à Montoya, tout en se servant de son portable comme d'une lampe de poche pour éclairer les lattes du plancher.

Montoya alla s'accroupir près de lui.

— Tu n'as pas trouvé de journal intime ? demanda-t-il tout bas, de manière à ce que les autres n'entendent pas.

— Un journal ? demanda Bentz en ricanant. Oh ! mais je vais sûrement le trouver ! Et le nom du tueur sera inscrit en caractères gras, sur la première page, n'en doute pas.

Il leva les yeux vers le plafond craquelé.

— Si je le vois, je te le donnerai, ne t'en fais pas, conclut-il.

— Ouais, je m'en doutais un peu, soupira Montoya en se redressant.

Il regarda avec lassitude les murs salis de poudre par les experts. Ils ne trouveraient rien ici. Son instinct le lui disait. Que dalle.

Il contourna lentement l'étroit petit lit. Le père O'Toole et Camille n'avaient sûrement pas fait l'amour sur cette inconfortable paillasse. Mais au fond… pourquoi pas ? Tout était possible. La passion emportait tout. Le sens commun et le sens des convenances.

En regardant de plus près le matelas, il crut remarquer qu'il manquait un bouton de matelassage. Il enfila un gant de latex et tira sur le fil nu, puis glissa son doigt dans le minuscule trou qu'il venait de dévoiler.

Le bout de son index rencontra un obstacle, à peine perceptible sur l'envers du tissu.

— Qu'est-ce que c'est ? murmura-t-il.

En se penchant, il vit que la toile avait été recousue, par des points presque invisibles.

Il prit son Pomeroy 500, un couteau à plusieurs lames, et coupa précautionneusement les fils.

Puis il passa la main dans la fente et sentit du papier. Il tira lentement une longue et mince enveloppe, froissée par son séjour dans le matelas.

Il n'y avait pas d'adresse, mais l'enveloppe était tout de même scellée. Une tache rouge, comme un sceau, marquait la pointe du rabat collant.

— C'est du sang ? demanda Bentz.

— On dirait, oui.

— Attention aux empreintes ! lança Bentz.

Mais Montoya n'avait pas l'intention de toucher au rabat, à cause du sang. Sans compter que les experts y trouveraient sans doute aussi des traces de salive et des empreintes.

En se servant de la lame la plus fine de son couteau, il découpa l'un des côtés de l'enveloppe. A l'intérieur, il n'y avait qu'une simple feuille, une lettre, écrite à la main, portant en en-tête la mention « A mon amour » et signée C.

Entre cet en-tête et la signature, quelques paragraphes étaient rédigés d'une écriture rapide et nerveuse. La personne qui avait écrit, une femme, expliquait à son amant ce qu'elle attendait de lui. Et elle ne parlait pas de fleurs et de romance, mais de sexe, avec des demandes extrêmement précises — des demandes particulières qui incluaient le bondage.

Montoya, qui ne s'étonnait pourtant plus de rien, en fut abasourdi.

— C'est bien l'écriture de sœur Camille ? demanda-t-il.

La mère supérieure, qui venait d'arriver, prit le temps de lire, puis eut une moue écœurée, en avançant tellement les lèvres qu'on aurait pu les croire tirées par des fils invisibles.

— Ça y ressemble, admit-elle enfin.

Puis la pitié prit le dessus sur le dégoût et elle se signa.

— Camille était une âme torturée, murmura-t-elle.

23

Valerie était installée dans son fauteuil favori, les jambes repliées sous elle, ses notes à propos de Camille posées sur la table. Une unique lampe brûlait, la nuit tombait lentement, la télévision, branchée sur une chaîne d'informations, clignotait silencieusement, et Bo ronflait à ses pieds, roulé en boule.

Elle venait de parler au téléphone avec l'inspecteur Montoya et réfléchissait encore à leur conversation, quand le chien leva la tête en émettant un grondement sourd.

— Tais-toi, dit-elle.

Mais il se leva d'un bond et alla appuyer sa truffe contre la vitre de la double porte donnant sur le porche, tout en continuant à grogner.

— Hé ! insista-t-elle. Ça suffit, je t'ai dit.

Le chien resta collé à la vitre, le regard fixe, le poil dressé, les babines retroussées.

— Qu'est-ce qui t'arrive ? demanda-t-elle tout en éteignant la lampe, pour ne pas être vue depuis l'extérieur.

Puis elle se leva et alla le rejoindre.

Le jardin était éclairé par l'applique du porche et par quelques plots qui jetaient des flaques de lumière bleutée dans les allées. Les grands chênes projetaient des ombres aux formes étranges et inquiétantes, mais rien ne parut anormal à Valerie. La fenêtre de Freya était éclairée, ainsi que le couloir du premier étage et quelques-unes des chambres. L'étage supérieur se trouvait dans le noir.

— Ce n'est rien, murmura-t-elle au chien pour le rassurer,

tout en tentant de se persuader qu'il avait dû sentir un opossum, un raton laveur, ou tout simplement un chat en vadrouille.

Elle ralluma la lampe et alla dans la cuisine se préparer un thé.

Quand elle revint, avec sa tasse à la main, les oreilles de Bo frémirent de nouveau. Et, cette fois, il laissa échapper un bref aboiement.

— Oh ! mais ça suffit ! dit-elle, agacée. Tu as compris ?

Puis elle entendit le ronflement d'un moteur. Un vieux moteur. Elle sut, sans même avoir à regarder, que Slade était de retour.

Super… Juste au moment où elle avait besoin de calme pour rassembler ses idées. Depuis son échange téléphonique avec l'inspecteur Montoya, elle réfléchissait. A sa vie. Et surtout à celle de Camille.

Elle ferma les yeux et lutta contre cette petite parcelle d'elle-même — une parcelle féminine, sans nul doute — que Slade parvenait encore à émouvoir.

Cesse de te tracasser à son sujet. Tu devrais te réjouir de l'avoir près de toi. Il peut t'aider à trouver le meurtrier de Camille. Au pire, il te soutiendra moralement.

Elle tressaillit.

La soutenir moralement ? Lui ? L'homme qui avait tenté de séduire sa sœur ?

Quelle blague…

Une fois de plus, elle fut assaillie par le doute. Et si Camille avait menti au sujet de ce qui s'était passé avec Slade ? Ce n'était pas à exclure…

Bo se déchaînait. Il ne cessait de remuer la queue en gémissant. A travers les interstices des stores, Valerie ne put s'empêcher de suivre des yeux Slade, qui descendait de son pick-up. Et qui, au lieu d'entrer dans l'hôtel par la grande porte, prenait visiblement le chemin de son cottage.

— Nous y voilà, grommela-t-elle en se levant, juste au moment où il atteignait la porte et frappait.

Quand elle ouvrit le verrou, puis le battant, Bo devint comme fou.

Slade était là, de l'autre côté de la porte moustiquaire, pile sous la lampe du porche. Son visage était tout en angles et en ombres. Il la fixa d'abord d'un air décidé, puis un sourire coquin étira ses lèvres.

— Je t'ai suffisamment laissée en paix ? demanda-t-il.

— Tu n'as pas quitté l'hôtel, rétorqua-t-elle sèchement. Donc non.

Elle fut une fois de plus saisie par l'intensité de sa présence. Ses épaules bloquaient presque l'entrée. Elle avait presque oublié à quel point il avait un corps large et puissant.

— Sois un peu gentille avec moi, murmura-t-il.

— Je suis toujours gentille.

Le sourire de Slade s'élargit.

— Dans ce cas, fais-moi entrer. Quand on est gentil, on ne laisse pas les gens sur le palier.

Bo approuva d'un jappement, mais Slade lui lança un regard sévère qui le fit taire.

— D'accord, dit-elle en ouvrant la porte moustiquaire et en s'écartant pour le laisser passer. Entre. J'avais justement quelque chose à te donner.

Elle se dirigea vers son bureau, où elle remarqua au passage quelques factures impayées et urgentes au sommet d'un tas. Mais elle ne cherchait pas une facture, plutôt une grande enveloppe qui venait de son avocat.

— Voici où j'en suis, dit-elle. C'est une proposition d'entente.

Elle lui tendit l'enveloppe.

— Il reste encore quelques détails à régler, et puisque tu es là, autant en profiter.

Elle haussa les épaules, en essayant de surmonter son sentiment d'humiliation. Elle avait hâte de couper tout lien avec lui, et elle aurait voulu le lui dire. Qu'il sache qu'elle n'avait pas l'intention de laisser ce mariage désastreux gâcher le reste de sa vie. Mais elle ne trouvait pas les mots. Depuis qu'elle avait appris la mort de Cammie, tout cela lui paraissait dérisoire.

— J'ai déjà une copie de ce document dans mon pick-up, rétorqua-t-il sèchement en lançant l'enveloppe sur le bureau d'un geste négligent. De plus, je trouve le moment mal choisi pour aborder le sujet.

Il n'avait pas tort.

— Sans doute. Mais, au moins, tu sais que je n'ai pas changé d'avis.

— Ne t'en fais pas pour ça, j'ai compris, répondit-il.

Son expression s'était durcie.

— Il n'empêche que nous avons quand même d'autres chats à fouetter en ce moment, tu ne crois pas ?

Elle acquiesça.

— En effet, tu as raison.

Elle lui désigna un fauteuil.

— Je tenais simplement à ce que les choses soient claires entre nous.

— C'est clair comme du cristal.

— Tant mieux.

Elle passa derrière le comptoir de la cuisine.

— Je peux te proposer du thé, du café ou du soda, lança-t-elle par-dessus son épaule.

Elle ouvrit la porte du réfrigérateur, tout en le surveillant du coin de l'œil. Il se penchait sur Bo pour le gratouiller derrière l'oreille, et cette scène familière lui fit un petit coup au cœur. Combien de fois les avait-elle vus ainsi, tous les deux, sur le porche de la vieille maison du ranch, lorsque Slade rentrait et que le chien venait l'accueillir, leurs deux silhouettes se détachant sur le ciel embrasé par le soleil couchant ! Ensuite, Slade ôtait ses bottes et venait la rejoindre.

Une fois à l'intérieur, il n'oubliait jamais de l'embrasser. Parfois, c'était un simple baiser sur la joue, mais, le plus souvent, il la serrait dans ses bras et pressait ses lèvres tièdes sur les siennes.

— Il me semble que nous avons le temps, en nous dépêchant, murmurait-il à son oreille, sur le ton de la plaisanterie.

Il sentait le foin, le cuir des chevaux et la poussière, et, durant la première année de leur mariage, elle n'avait jamais refusé la proposition.

— Le temps de quoi ? lui répondait-elle en faisant mine de ne pas comprendre.

Et puis elle éclatait de rire. Il la soulevait dans ses bras. Il l'emportait dans la chambre où ils faisaient l'amour, follement, avec passion. Et sans hâte.

Parfois, en rentrant du travail, il lui était arrivé de le trouver devant la cuisinière, en train de touiller une casserole contenant une mixture à peine identifiable. En l'entendant approcher, il se retournait et levait les mains en l'air.

— Je suis innocent, inspecteur, disait-il avec des yeux brillants de malice.

— J'en doute, répondait-elle invariablement.

Il demeurait face à la cuisinière et nouait ses mains derrière son dos, tout en tournant la tête vers elle pour lui lancer un regard plein de sous-entendus.

— Dans ce cas, passez-moi les menottes.

Et ça finissait au lit.

Comment avaient-ils basculé de cet amour joyeux à une relation pleine de haine et de défiance ?

La réponse était simple.

A cause de Camille.

Valerie rencontra le regard de Slade et se demanda si lui aussi luttait, en ce moment, pour débarrasser son esprit des toiles d'araignées du souvenir.

— J'ai aussi une bière, suggéra-t-elle.

— Une bière, oui, ça me va.

Il la rejoignit dans la cuisine, lui prit des mains la bouteille de Coors et la décapsula. Il but une longue gorgée à même le goulot, tout en la suivant dans le salon. Elle reprit place dans son fauteuil. Il se laissa tomber sur le canapé.

— J'ai parlé à l'inspecteur Montoya, tout à l'heure, annonça-t-elle en repliant ses jambes sous elle.

Elle venait de décider qu'elle pouvait lui faire confiance et lui parler de Camille.

— Du nouveau ? demanda-t-il.

— Pas de nouvelles réponses, soupira-t-elle. Juste de nouvelles questions.

Elle lui expliqua que la police recherchait un BlackBerry, ou un téléphone portable, ainsi qu'un journal intime ou un carnet sur lequel Camille aurait pu noter quelques commentaires relatifs à son existence.

— Je sais qu'elle possédait un téléphone, mais je n'avais jamais pris vraiment conscience que c'était contraire au règlement du couvent. Quant au journal, je n'en avais jamais entendu parler.

Elle dédaigna son thé qui refroidissait, et poursuivit :

— Le plus étrange, c'est qu'il a de nouveau mentionné le fait que Camille recherchait nos parents biologiques. Quand sœur Louise en a parlé la première fois, je ne l'ai pas crue. Nous avons toujours su que nos parents étaient morts dans un accident. Nadine et Gene, nos parents adoptifs, avaient un lien de parenté avec eux. Enfin, Nadine, plutôt.

— Et vous n'avez jamais douté de leur version.

— Jamais, murmura-t-elle en secouant lentement la tête, tout en soulevant sa tasse. Nous n'avions aucune raison de le faire.

— Mais Camille, elle, avait dû trouver des raisons.

— Probablement, admit Valerie d'un air rêveur. Mais c'est dingue. On ne nous a jamais rien caché.

— Tu en es certaine ?

— Absolument certaine.

— Mais qu'est-ce qui te permet de l'affirmer ?

Elle but une gorgée de thé, du bout des lèvres.

— Tout ce qu'on m'a toujours dit va dans ce sens. Je n'ai vraiment aucune raison, je te le répète, de douter de quoi que ce soit.

— Tu n'as donc jamais envisagé la possibilité que Gene et Nadine Renard vous aient menti ? insista-t-il en haussant un sourcil sceptique. Beaucoup de gens racontent des histoires, surtout si ça peut les faire passer pour meilleurs qu'ils ne sont.

Elle lut le doute dans ses yeux et détourna les siens, parce qu'elle ne voulait pas savoir. Il se trompait, c'était certain.

Nadine, leur mère, leur avait raconté des centaines de fois l'histoire de leur adoption et la façon dont ils avaient dû se battre. Et leur père, qui renchérissait, elle le revoyait, assis à la table de la cuisine, expliquant qu'il avait parlé avec le prêtre de la paroisse, faisant valoir le fait que sa femme avait un lien de parenté avec les petites.

— J'y suis allé aujourd'hui, annonça Slade, en revenant au présent.

— Où ça ? A Sainte-Elsinore ? Mais pourquoi ?

— J'avais du temps à tuer.

— Beaucoup de temps, alors, parce que c'est loin, murmura-t-elle comme pour elle-même.

Elle songea à la cathédrale blanche, aux murs entourant la cour et l'école, aux cloches qui ne sonnaient jamais parce que le clocher était en piteux état, comme tout le reste.

Il haussa une épaule.

— Les bureaux de la paroisse étaient fermés, mais j'ai trouvé ça.

Il lui tendit un prospectus qui annonçait une vente aux enchères pour récolter des fonds en faveur de l'orphelinat.

— Mais qu'est-ce qui t'a pris d'aller là-bas ? insista-t-elle.

Il avait sûrement eu une idée derrière la tête.

— Tu voulais que je te fiche la paix, j'ai donc dû trouver quelque chose à faire. J'ai décidé de faire un saut dans le temps, de visiter quelques-uns des endroits dont tu m'avais parlé. Je suis aussi passé devant ton ancienne maison, et devant ton collège et ton lycée.

Elle fut brusquement submergée d'images floues de son passé, des images qui charriaient la confusion et la peur. Elle, enfant, se demandant ce qui était arrivé à ses parents, s'inquiétant au sujet de sa petite sœur, qui était encore un bébé. Des mains la caressaient. Des voix tentaient de la réconforter et de lui expliquer que ses parents étaient partis au ciel. Des visages étrangers aux traits flous se penchaient sur elle, pleins de compassion, et leurs lèvres murmuraient des mots apaisants. Mais ça ne l'empêchait pas d'avoir peur et d'être seule.

— Tout ira bien, avait dit une vieille femme en lui tapotant l'épaule.

— C'était la volonté de Dieu, nous devons nous y plier, avait ajouté un homme portant une soutane brodée.

— Les voies du Seigneur sont impénétrables, avait ajouté une femme aux cheveux noirs et bouclés.

Valerie n'avait pas compris ce qu'ils voulaient dire, mais elle avait parfaitement senti, en revanche, que sa vie venait de basculer. Puis, peu de temps après, Gene et Nadine Renard s'étaient manifestés, sortis de nulle part, et ils l'avaient adoptée, ainsi que sa sœur, qui n'était qu'un bébé.

— J'avoue que toute cette histoire a quelque chose d'irréel, reconnut-elle en baissant le nez vers sa tasse, et en contemplant le contraste entre le thé brun et la céramique blanche.

— Tu te souviens un peu de tes parents biologiques ? demanda Slade.

— Bien sûr que je m'en souviens. J'avais quatre ans quand ils sont morts. Presque cinq.

Mais, en y réfléchissant, ses souvenirs manquaient de précision. Un jardin, avec un bassin à sec, une table et des chaises délabrés. Sa mère… mince, avec une taille de guêpe et des cheveux noirs, paressant sous la véranda, avec un short très court, le brandon de sa cigarette qui luisait au bout de sa main, agitant de l'autre main les branches d'un saule pleureur. Son père, lui, s'occupait le plus souvent dans le garage. Il faisait du bruit avec son marteau. Ils avaient aussi une cave. Un escalier en colimaçon y descendait et aboutissait à un couloir sombre qui sentait le moisi. Au bout se trouvait une porte fermée.

Elle n'était même pas certaine que ces images correspondent à des souvenirs réels. Peut-être les avait-elle piochées ici et là pour se forger un passé.

Elle eut soudain la gorge sèche.

— Est-ce que tes parents adoptifs te parlaient des relations qu'ils avaient eues avec tes parents ?

— Non. Ils n'étaient pas vraiment proches et...

Sa voix se brisa et elle leva les yeux vers lui.

— Mais je t'ai déjà dit tout ça, murmura-t-elle.

Elle lui avait déjà parlé de son passé, autrefois, quand ils étaient mariés.

— Tu ne m'as jamais montré de photos de tes parents biologiques, fit-il remarquer.

— Tu sais, à l'époque, ils n'avaient pas d'appareils photo numériques ni d'ordinateurs. Toutes les photos d'eux ont été perdues et...

C'était du moins ce qu'on lui avait raconté. Mais elle commençait à douter de tout. Elle eut soudain un poids sur l'estomac. L'idée que ses parents adoptifs avaient pu lui mentir lui était insupportable.

— Tu connais au moins leur nom ? insista Slade. Ton vrai nom de famille ?

— Oui. Ils s'appelaient Mary et Michael Brown.

— Brown, c'est un nom très répandu.

— Oui, je sais. Mais pourquoi nous aurait-on menti ? Papa et maman... Nadine et Gene... Pourquoi auraient-ils eu quelque chose à cacher ?

— C'est peut-être ce que Cammie essayait de découvrir.

— Seigneur..., soupira-t-elle.

Cammie avait toujours eu une imagination débordante et un penchant pour le tragique.

Slade inclina la tête de côté et elle suivit le mouvement de sa pomme d'Adam tandis qu'il buvait une longue rasade de bière.

— Elle avait peut-être trouvé des réponses, qui sait ? C'est peut-être pour ça qu'on l'a tuée.

— Mais ça ne tient pas debout. Tout cela est si loin...

Elle s'efforça de se souvenir des détails de la disparition de ses parents. On lui avait raconté qu'ils avaient trouvé la mort dans un accident d'avion. Ils étaient partis en vacances en laissant leurs deux filles, Valerie et Camille, chez des amis. Comme elles n'avaient plus leurs grands-parents, elles avaient été accueillies à Sainte-Elsinore, le temps que des parents éloignés — ceux qui leur restaient en guise de famille — décident de la conduite à tenir.

On avait choisi de les placer chez les Renard, Nadine étant cousine au troisième degré avec Mary Brown. De plus, les Renard avaient été les seuls à accepter de se charger d'une petite fille de cinq ans et d'un bébé.

— Cammie n'a jamais évoqué avec toi le fait qu'elle recherchait vos parents biologiques ?

— Non, répondit Valerie en secouant la tête.

— Et pourquoi, d'après toi ?

— Je l'ignore. Sans doute craignait-elle que je ne juge sa démarche insensée.

Un vent sec et pénétrant balaya son âme, venu des failles qui menaçaient les fondations de sa vie, balayant des souvenirs qu'elle n'avait jamais remis en question jusque-là. Elle rencontra le regard de Slade et sa gorge se noua.

— Si Mary Brown n'était pas ma mère, murmura-t-elle en froissant le prospectus entre ses doigts, alors toute ma vie n'aura été qu'un mensonge.

— Bénissez-moi, mon père, parce que j'ai péché, murmura sœur Asteria tout en se signant.

Elle s'était confessée la veille, mais elle avait éprouvé le besoin de soulager son âme aujourd'hui. De l'autre côté du panneau grillagé, elle devinait la silhouette du prêtre, dans une attitude recueillie, prêt à l'écouter. C'était le père Paul, heureusement, pas le père Frank. Elle tenta d'ignorer les battements affolés de son cœur et croisa pieusement les mains, tout en prenant une longue inspiration.

D'une voix douce, le père Paul l'encouragea à poursuivre. Elle ferma les yeux.

— J'ai aimé un homme qui était marié. Quand je l'ai appris, je l'ai quitté, bien sûr…

Elle ne voyait pas son visage, mais elle savait qu'il l'écoutait attentivement.

— Je me suis promis de ne plus jamais commettre une telle erreur, de ne plus aimer un mortel, de suivre la voie de Jésus, notre Sauveur, de puiser en lui ma force, de…

Elle s'interrompit, pour lutter contre les larmes qui lui venaient aux yeux, et soupira bruyamment.

— Calmez-vous, mon enfant, dit le prêtre. Et poursuivez.

Elle obéit et lui confia ce qui la torturait depuis des semaines.

— J'ai eu des pensées impures, avoua-t-elle. Et des actes, aussi…

Sa voix se brisa, puis elle tenta de se reprendre. Elle ne pouvait plus porter seule ce fardeau. La pénitence, quelle qu'elle soit, serait moins lourde que sa culpabilité.

Elle allait poursuivre quand elle crut entendre un bruit de pas, tout près du confessionnal.

Elle tressaillit.

Mais non… Personne n'aurait osé espionner ce qui se disait ici. Cette confession ne concernait qu'elle et le prêtre.

Et pourtant… Elle sentait une présence et crut même entendre un soupir étouffé.

Son malaise s'intensifia.

Qui était-ce ?

— Je vous écoute, mon enfant, insista le prêtre.

Apaisée par sa voix douce, Asteria reprit sa confession. Elle se faisait des idées, sans doute. Elle avait toujours eu une imagination débordante.

Et en ce moment, avec le meurtre de sœur Camille, ses angoisses prenaient des proportions considérables. Elle était sur les nerfs, comme tout le monde au couvent.

Elle devait absolument se défaire des secrets qui lui pesaient, des péchés qui l'enfermaient.

Elle décida d'ignorer les petits cheveux de sa nuque qui se hérissaient, la sueur qui perlait dans son dos.

Elle était seule avec le père Paul dans la maison de Dieu et elle s'apprêtait à faire pénitence. Elle poussa un long soupir et reprit sa confession.

Elle ne risquait rien.
Ici, dans l'enceinte du couvent, elle était à l'abri.
Du moins, elle tenta de s'en convaincre.
Vainement.

24

— Je te laisse le chien, annonça Slade tout en se levant pour aller déposer sa bouteille vide dans la cuisine.

Il se sentait déjà chez lui dans ce petit cottage si différent de son ranch du Texas. Parce que Valerie y vivait, sans doute.

— C'est vrai, je peux le garder ? demanda-t-elle depuis le salon, par-dessus le ronronnement de la télévision qui marchait toujours, mais dont elle avait mis le son au minimum.

— Pour la nuit, précisa-t-il.

Bo leva la tête, mais demeura allongé sur le tapis, aux pieds de Valerie. Quand elle se leva, il se dressa aussitôt sur ses pattes. Toujours prêt à la suivre…

Slade songea avec un peu d'amertume que lui aussi était toujours prêt à la suivre… Où qu'elle aille. Dès qu'il s'agissait de Valerie, il devenait un Faible, avec un grand F. Ses frères avaient bien raison.

— Mais peut-être que je le garderai définitivement, insista-t-elle.

— Tu peux toujours rêver.

Il lui jeta un regard en coin et comprit, à la lueur qui brillait dans ses yeux, qu'elle avait décidé de le taquiner. Comme autrefois… Dieu, que c'était bon !

— Nous nous plierons à la décision du juge pour chien, ajouta-t-elle.

— Bo reste au ranch avec moi, un point c'est tout, trancha Slade en se dirigeant vers la porte.

Et ce satané chien ne daigna même pas tourner la tête vers lui. Décidément, il était scotché à Valerie, tout comme son maître.

— J'aime bien quand un mâle, un vrai, me dit ce que je dois faire, ironisa-t-elle. Ou ce qui va se passer. Comme si je n'étais pas capable de décider par moi-même ni de réfléchir !

Elle éteignit la télévision avec un petit sourire en coin et vint vers lui en affichant un air de défi.

— Tu cherches le conflit, fit-il remarquer.

— Ah, oui, tu trouves ?

— Si tu veux la bagarre, c'est possible. A toi l'honneur.

Mais il ne put s'empêcher de sourire aussi. Il eut envie de la prendre dans ses bras, de la soulever de terre, de l'emporter dans la chambre située au bout du couloir — il l'avait repérée en arrivant. A travers une porte entrouverte, il avait vu un pied de lit et reconnu un tapis familier sur le plancher. Mais ce n'était pas la bonne méthode. Pas avec elle. En allant trop vite, il ne ferait que l'inciter à accélérer la procédure de divorce.

Comme elle ne disait plus rien, il ouvrit la porte. Mais pas la porte moustiquaire.

— Je suis certaine que je te ferai mordre la poussière, dit-elle enfin.

Bon sang ! Mais elle le cherchait !

— Méfie-toi, Valerie.

— Et de quoi donc ? rétorqua-t-elle en haussant un sourcil et le menton.

— Je pourrais très bien me conduire… Comment est-ce que tu appelles ça, déjà ? Comme un homme des cavernes.

Elle poussa un gémissement exaspéré.

— Vraiment ? Et dans quel but ? Pour me montrer qui est le maître ? Pour me sauver ?

Il soupira.

— Tu peux garder Bo ce soir, mais…

Il jeta un regard d'avertissement au chien.

— Il rentrera avec moi au ranch.

— Bien entendu, dit-elle d'un ton ironique et avec un regard qui signifiait son désaccord. Si tu le dis.

— Il faudrait que nous allions demain à Sainte-Elsinore. Je pense que ce sera ouvert, cette fois.

— « Nous » ?

— Nous. Que tu le veuilles ou non, je me sens concerné par ce qui se passe.

— Tu n'y es pas obligé.

— C'est possible. Mais je me sens tout de même concerné.

Elle hésita.

— Ecoute, Slade, ce n'est pas parce que nous sommes encore officiellement mariés que tu dois jouer les protecteurs avec moi. Je suis capable de me débrouiller. N'oublie pas que j'ai été flic. Inspecteur.

— Un inspecteur qui faisait des cauchemars, murmura-t-il.

— Tous les flics en font, des cauchemars. Ça fait partie du boulot.

Elle disait toujours ça, mais il ne la croyait qu'à moitié. Ces cauchemars, bien que rares, la terrorisaient. Elle criait dans son sommeil et elle se réveillait tremblant de peur, en sueur. Il avait souvent tenté de la réconforter, en la prenant dans ses bras et en lui murmurant que ce n'était rien, rien qu'un vilain rêve, et qu'il était là. Mais elle se levait et allait s'allonger sur le canapé du salon avec une couverture, à regarder les braises mourantes du feu, Bo à ses pieds.

Il lui laissait le temps de se calmer, puis il la rejoignait. Quand il la questionnait, elle refusait de lui raconter son rêve et confessait d'un ton vague un « stress » considérable, lié au boulot.

Il avait fini par comprendre que les horreurs dont elle était témoin l'atteignaient plus qu'elle ne voulait l'admettre.

Elle s'était encore approchée de lui et il lui aurait suffi d'allonger le bras pour écarter la mèche bouclée qui lui collait à la joue, pour la prendre par le cou et l'attirer à lui. Mais il résista.

— C'est d'accord, pour demain ? demanda-t-il.

Si ça n'avait tenu qu'à lui, ils seraient restés en dehors de cette enquête et ils auraient laissé la police faire son travail. Mais, pour Valerie, il n'en était pas question. Elle tenait à s'occuper elle-même du meurtrier de sa sœur. Il s'était donc résigné à l'aider. A deux, ils avaient plus de chances de découvrir des éléments susceptibles d'aider les autorités. Pas question, bien entendu, d'en parler aux inspecteurs. Ils n'auraient pas été d'accord, et pour cause…

Mais Valerie y tenait.

Donc…

Elle parut hésiter et fronça les sourcils.

— Ne sois pas bête, insista-t-il. Je n'ai pas ton expérience, mais j'ai hérité d'un cerveau, à ma naissance, comme toi. Et je me pose quelques questions. Notamment au sujet du père Frank et de votre adoption. Tout le monde a l'air de penser que Camille a été tuée parce qu'elle était enceinte d'un prêtre… Ce n'est peut-être pas si simple.

— Que veux-tu dire par là ?

— Je veux dire qu'il faut se méfier des évidences.

— Et que fais-tu de la robe de mariée ?

Il fit un pas vers elle.

— Je n'en sais rien encore. Mais je suis persuadée qu'il faut aborder les choses avec un esprit ouvert, examiner toutes les hypothèses. Et c'est là que je peux vraiment t'aider.

Elle allait protester, mais il lui coupa la parole.

— Parce que je suis moins impliqué que toi émotionnellement.

— Je ne suis pas…

Elle s'interrompit et soupira.

— C'est vrai, admit-elle. Tu as raison.

Mais elle ne paraissait pas ravie à l'idée de coopérer avec lui.

— Je vais t'aider, reprit-il, mais tu dois me promettre que nous avertirons la police dès que nous trouverons quelque chose. Pas question d'agir seuls.

— Bien entendu, répondit-elle.

Elle ferma les yeux quelques secondes.

— Je n'arrive pas à croire qu'elle soit morte. Je pensais que ça n'arrivait qu'aux autres…

Elle soupira.

— Je n'arrive pas à croire que je ne la verrai plus.

Bon Dieu ! Il aurait tant voulu refermer ses bras sur elle, la serrer contre lui, lui murmurer des platitudes à l'oreille. Elle dut le sentir, car elle crut bon d'ajouter :

— Je te préviens, nous marchons ensemble pour Camille, mais si tu oses mettre sur le tapis le divorce, la séparation ou notre mariage, je coupe définitivement les ponts avec toi. Que ce soit clair, je ne céderai pas sur ce point.

Il fut tenté de protester.

Mais il comprit qu'elle avait suffisamment de problèmes avec la mort de Camille, et il se contenta de hocher la tête.

— C'est d'accord, dit-il.

— Parfait.

— Bonne nuit, sale traître, ajouta-t-il en s'adressant au chien.

Puis il ouvrit la moustiquaire et sortit dans la nuit fraîche.

Il ne se retourna pas et n'attendit pas d'entendre derrière lui le déclic du verrou. Il partit. Il allait respecter les règles qu'elle avait fixées.

Pour le moment. Jusqu'à ce qu'ils découvrent ce qui était arrivé à Camille.

Montoya songea qu'Abby allait être furieuse.

Et qu'elle aurait de bonnes raisons.

Il était en retard. Très en retard. Mais ce n'était tout de même pas sa faute si la découverte de la lettre de Camille dans le matelas avait déclenché une réaction en chaîne. Il avait fallu appeler les experts, lesquels avaient emporté le matelas, puis interroger de nouveau un certain nombre de personnes, notamment le père Frank, qu'il avait rencontré dans son bureau, une pièce remplie de livres de philosophie, d'histoire et aussi, bien sûr, d'ouvrages religieux. Un rapide survol des étagères lui avait permis de remarquer au passage les noms de Friedrich Nietzsche, de Sigmund Freud, de Mao Tsé-toung et de Thomas Jefferson — pour ne citer qu'eux.

Le plateau du bureau du prêtre était nu, lui, uniquement

chargé de quelques photos des membres de sa famille — dont quelques-uns connus de Montoya.

Il y avait aussi un crucifix au-dessus de la porte, un autre derrière le fauteuil du prêtre, une image de Jésus et une autre du Sacré-Cœur, les deux encadrées et accrochées au mur.

Après avoir lu la lettre, le père Frank avait fermé les yeux en la repoussant loin de lui, comme s'il craignait que les mots ne quittent la feuille pour s'élever en volutes et former l'image de Satan.

— Oui, avait-il répondu dans un souffle, quand Montoya lui avait demandé s'il reconnaissait l'écriture de Camille.

Par ailleurs, il ne pensait pas que la lettre ait été écrite pour lui, et il ne voyait pas à qui sœur Camille avait pu raconter de telles obscénités.

En effet, à qui ?

Est-ce que Frank O'Toole mentait, dans le dessein de détourner l'attention de lui ? S'il disait la vérité, cela signifiait que sœur Camille avait eu un autre amant, et sans doute un type versé dans la domination et les menottes. Ou bien était-ce le père Frank qui avait des pratiques sado-maso ? Quand ils avaient quitté son bureau, Bentz avait déclaré que ce type-là leur racontait des bobards.

Mais si Camille avait vraiment eu un autre amant ? Ils étaient bien obligés de se poser la question.

Et cette question taraudait Montoya depuis qu'il avait lu la lettre. Les réponses du père Frank et de sœur Charity ne l'avaient pas beaucoup éclairé. Quand il avait demandé à sœur Charity de lui confirmer que le prêtre revenait de l'hôpital, elle avait détourné le regard, comme si elle était gênée, mais elle avait confirmé.

Charity Varisco protégeait les siens.

Montoya décida qu'il était temps pour lui d'oublier un peu cette enquête. Au moins pour quelques heures.

Le halo de ses phares balaya sa petite maison quand il entra dans l'allée. Il se gara et coupa le moteur. Il ramassa le pain et la bouteille de vin sur le siège du passager, verrouilla sa voiture, puis traversa à la hâte le carré d'herbe de son jardin. Des maisons semblables à la sienne s'alignaient tout le long de la rue. Le chien des voisins, un sympathique dalmatien, sauta par-dessus le buisson de buis qui séparait les deux jardins.

— Salut, mon vieux ! lança Montoya en se baissant pour le caresser.

La porte de la maison d'à côté s'ouvrit.

— Apollo ? appela depuis le porche une femme d'une cinquantaine d'années, en robe de chambre et savates.

Montoya vit briller le brandon de sa cigarette dans la nuit.

— Allez, viens, espèce de chenapan ! Dépêche-toi de rentrer ! Il ne va pas tarder à pleuvoir !

— Tu ferais mieux de rentrer chez toi, sinon tu vas avoir des ennuis avec ta patronne, toi aussi, dit Montoya au chien.

Celui-ci partit comme une flèche, et sauta sans effort par-dessus le buisson pour rejoindre sa maîtresse, qui l'attendait sous le porche.

— Qu'est-ce qui te prend, de quitter le jardin ? gronda-t-elle gentiment, tout en lui ouvrant la porte moustiquaire pour le faire rentrer.

Il fila à l'intérieur, tandis que la femme saluait Montoya d'un geste de la main. Puis elle écrasa son mégot dans un des pots de fleurs qui décoraient le porche et entra à son tour, en refermant la porte d'un coup sec.

Il était temps pour Montoya d'affronter Abby.

La maison n'était pas éclairée. Abby n'avait même pas laissé pour lui la veilleuse du porche.

Mauvais signe.

En poussant le battant, il sentit une odeur de cire de bougie flotter par-dessus celle du fromage, du persil et du poisson.

Il alluma le plafonnier et constata que le couvert était mis pour deux. Des assiettes blanches luisaient, propres et vides, sur des sets de table rayés or. Au centre trônait un saladier rempli de pétales de roses, près d'un chandelier aux bougies presque consumées, surmontées d'une longue mèche noire.

Il comprit tout de suite qu'il allait avoir de très gros ennuis.

— Merde, murmura-t-il.

Il posa ses clés, le pain et la bouteille de merlot sur le comptoir, puis se dirigea vers le fond de la maison. Elle était deux fois plus longue que la normale, puisqu'il avait acheté la maison voisine et ouvert une communication entre les deux. Il avait dû refaire des travaux après l'ouragan Katrina, mais il était content du résultat.

Sous la porte de la chambre filtrait une lumière tremblotante. Celle de l'écran de télévision.

Le chien gémit et gratta de l'autre côté du battant.

Elle avait pris le chien dans sa chambre. C'était encore plus mauvais signe.

Il ouvrit lentement le battant et Hershey, véritable tornade de pattes griffues, de poil brun et de langue humide, lui sauta dessus pour le renifler. Sans doute avait-il senti l'odeur d'Apollo.

— Du calme, mon chien, dit doucement Montoya avant de passer prudemment la tête à la porte.

— Tu as un petit peu de retard, lança posément Abby depuis son lit.

Elle était assise, adossée à un monticule de coussins, et ne daigna pas quitter des yeux l'écran de télévision. Elle avait relevé ses cheveux et portait un T-shirt trop grand pour elle. Son chat, Ansel, était roulé en boule au niveau de sa tête. Sur le coussin de Montoya.

Elle appuya sur « pause » et se tourna vers lui.

— Oui, je sais, je suis désolé, dit-il.

— Pas la peine de t'excuser auprès de moi, rétorqua-t-elle sèchement.

Elle paraissait vraiment furieuse.

— Tu t'excuseras plutôt auprès de ton fils, la prochaine fois que tu le verras. Dans pas trop longtemps, j'espère.

— Je n'y peux rien. C'est mon boulot.

— Oui, je sais, c'est toujours le boulot.

— C'est grâce à ce boulot que je t'ai rencontrée, lui rappela-t-il en se glissant près d'elle pour l'embrasser dans le cou.

Elle eut un mouvement de recul et le fixa droit dans les yeux.

— Je m'en souviens, dit-elle enfin d'une voix un peu radoucie. Je ne voudrais pas jouer les mégères, mais tu as une famille, à présent.

Elle mettait sa colère en avant, mais il savait lire dans son regard et ne fut pas dupe. Elle était surtout angoissée.

— Tu savais ce que je faisais, quand on s'est mariés, murmura-t-il.

— En effet, soupira-t-elle.

— Et tu n'as pas le droit de me reprocher aujourd'hui d'avoir un boulot trop prenant.

— Bien sûr que j'ai le droit. Parce que c'est différent. Nous avons un enfant, à présent.

— A propos d'enfant…

Il se leva et se dirigea vers la porte.

— Ah, non ! protesta-t-elle d'une voix étouffée et rageuse. Ruben ! Je te jure que je te tue si tu le réveilles…

Montoya n'y prêta aucune attention. La porte donnant sur la chambre du bébé était entrouverte et il se glissa doucement à l'intérieur. Les veilleuses éclairaient la pièce d'une douce lumière. Benjamin dormait, mais Montoya n'hésita pas à le prendre dans ses bras et à le porter dans leur chambre, où Abby avait remis la télévision. Un rire préenregistré ponctua une scène d'une série qu'il ne connaissait pas.

— Je t'avais dit…, maugréa-t-elle.

— Chuuut…

Il se glissa dans le lit, en serrant le bébé contre lui. Ansel miaula pour protester, puis sauta à terre et fila hors de la pièce sans demander son reste.

Le petit Ben bâilla, mais n'ouvrit pas les yeux. Il avait une belle tignasse noire avec des épis, des membres grassouillets. Il ressemblait à son père plus qu'à sa mère, mais cela pouvait changer. Du moins Montoya l'espérait-il.

Abby coupa de nouveau le son de la télévision.

— Très bien, dit-elle. J'accepte tes excuses.

— Tant mieux.

— Mais je n'aime pas que tu rentres si tard.

Cela faisait des mois qu'ils se disputaient à ce sujet.

— Qu'est-ce que tu veux que je fasse ? Que je rende mon badge pour prendre un poste de vigile au centre commercial ?

— Ne sois pas stupide. Tu pourrais choisir un poste moins risqué, tout en restant dans la police. Un poste avec des horaires plus réguliers.

Elle écarta une mèche de cheveux de ses yeux et caressa doucement la joue ronde de son fils.

— Un poste administratif.

— Je deviendrais fou en cinq minutes.

Elle soupira et appuya son front contre le sien, au-dessus de leur enfant.

— Oui, sans doute, murmura-t-elle.

— Mon métier, c'est d'arrêter les méchants, Abs, tu le sais.

— Et ce métier te plaît.

— Oui, il me plaît.

Elle ouvrit la bouche, mais il l'arrêta net.

— Ne me demande pas de choisir entre toi et mon métier, coupa-t-il. Ce ne serait pas juste. Tu sais très bien ce que vous représentez pour moi, toi et Ben.

— Mais…

— Il n'y a pas de mais. C'est comme ça. Je peux avoir une famille et faire mon boulot.

Elle sourit, mais son regard était triste et résigné.

— Tu sais que je t'aime, et j'avoue que j'ai été séduite par ton côté flic insoumis. Mais, à présent, c'est différent. Il ne s'agit pas que de toi et moi. Ben a besoin de son père. Et moi de mon mari. Les règles du jeu ont changé.

Elle leva les yeux au ciel.

— Bon sang, je deviens une geignarde qui fait du chantage affectif à son mari ! J'ai horreur de ça.

— Si tu as horreur de ça, arrête, murmura-t-il en se penchant pour l'embrasser. J'ai apporté du vin et du pain…

— Quel exploit ! Je te félicite !

— Nous pourrons manger demain le bon dîner que tu avais cuisiné pour ce soir, suggéra-t-il d'un ton conciliant.

— C'étaient des fruits de mer, répliqua-t-elle en plissant le nez d'un air dégoûté. Ça ne se mange pas le lendemain.

— Désolé.

Elle acquiesça.

— C'est pas grave. J'en ai offert à Cruz. Il a apprécié.

Il la regarda d'un air surpris.

— Il est passé tout à l'heure pour voir Ben, mais il n'a pas pu rester.

— Voilà qui me surprend, ironisa Montoya.

— Ça doit être une tare de famille, rétorqua-t-elle.

— Je vois que tu m'en veux encore.

Il leva les mains dans un geste d'impuissance.

— Qu'est-ce que je peux faire pour que tu me pardonnes ?

— Je n'en sais rien.

— Je t'invite au restaurant demain. Cherche une baby-sitter pour Ben.

— Une sortie ? En plein milieu d'une enquête ?

Elle savait qu'il ne fallait pas y compter, et ne put s'empêcher de sourire.

— Je ne vois pas comment tu pourrais sortir. Franchement.

— Femme de peu de foi !

— Eh oui, que veux-tu… Allez, cessons donc de nous disputer. Tu es pardonné.

Elle n'était pas vindicative ni rancunière, il devait le reconnaître. Soupe au lait, oui. Mais ses colères ne duraient jamais longtemps.

Elle se leva alors.

— Je crois que c'est le moment où je dois jouer mon rôle de femme attentionnée, dit-elle.

— Ah, oui, j'avoue que j'apprécierais.

— Occupe-toi de ton fils, pendant que je réchauffe ton dîner.

— Tu n'es pas obligée de…

— Je ne suis pas obligée, non.

Elle s'arrêta sur le seuil de la porte et se tourna pour lui lancer un regard attendri.

— Mais je sais que tu t'évertues à combattre le crime, pour

que les braves gens puissent se promener tranquillement dans notre belle ville. Et c'est pourquoi je t'offre volontiers un rameau d'olivier. J'ai été injuste avec toi. Ton travail est important. Tu n'étais pas en train de t'amuser, mais de chercher l'assassin d'une religieuse.

Elle croisa les bras et s'adossa au chambranle.

— Je sais que tu as ton boulot dans le sang, soupira-t-elle. Mais, parfois, c'est plus fort que moi. Le soir, quand il est très tard et que tu n'es pas là, je craque. J'ai peur qu'il te soit arrivé quelque chose. J'ai peur de ne plus te revoir. J'ai peur que Ben soit privé de son père.

Elle le fixa droit dans les yeux.

— Je ne peux pas m'en empêcher, Ruben. Et ça me terrorise.

25

Le grenier était sombre, uniquement éclairé par un faible rayon de lune qui entrait par la lucarne. La chaleur de la journée restait prisonnière des chevrons, une humidité tiède emplissait la petite pièce.

Un oiseau de nuit cria, et sa plainte dérangea un bref instant la quiétude de la ville endormie. Edwina laissa tomber sa chemise de nuit à ses pieds, comme une flaque autour d'elle, et ôta ses sous-vêtements.

Puis elle se tourna et contempla son reflet dans le vieux miroir fêlé. Nue, sa peau était d'une blancheur saisissante, du moins pour la moitié de son corps qui recevait le rayon de lune, l'autre moitié étant dans l'ombre. La fêlure du miroir divisait son corps en deux parties et produisait une distorsion, comme pour lui rappeler qu'elle était à la fois une servante du Seigneur et une pécheresse.

Sa pâle tresse retombait sur l'une de ses épaules et l'extrémité caressait ses petits seins. Son corps était musculeux et athlétique, elle avait la taille fine, de larges épaules, des hanches étroites, de minuscules tétons sombres, l'un visible et l'autre se confondant avec la pénombre. La touffe blonde entre ses cuisses était elle aussi traversée par la ligne déformante qui fendait le miroir.

Elle tendit le bras et ses doigts explorèrent le dos du miroir. Elle sentit le clou qui dépassait du cadre et le fouet en cuir qui y était pendu.

Elle saisit la poignée et prit le fouet. Un fouet à neuf lanières de cuir.

Elle se laissa tomber à genoux devant le miroir, murmura tout bas une prière, puis éleva la main qui tenait le fouet, bien haut. Les neuf lanières à nœuds se balançaient maintenant au-dessus d'elle.

— Pardonnez-moi, dit-elle dans un souffle.

Elle songea à ses péchés, qui étaient si nombreux. Si honteux. Elle avait derrière elle une vie entière de pécheresse à laquelle elle avait mis fin en venant ici. Dans ce couvent où elle avait enfin appris à lutter contre sa nature.

« Vous devez surmonter la douleur et la peur, lui avait-on dit. Dépasser ce qui est mortel. Expier. »

Et comme elle l'avait déjà fait, tant de nuits avant celle-ci, elle se prépara, tout en surveillant sa silhouette dans le miroir.

Accepte la douleur, en rémission de tes péchés.

Elle se sentait prête. Elle abattit le fouet.

Le fouet s'abattit une première fois en sifflant dans les airs.

Slash !

Et une deuxième fois.

Slash !

Les lanières mordaient sa peau et la douleur était aussi violente que des piqûres de frelon.

Terriblement aiguë.

Elle retint un cri et sa respiration.

Mais ne tressaillit pas.

Et ne ferma pas les yeux.

Parce qu'elle savait, tout au fond de son âme, qu'elle était observée, jugée, évaluée.

Elle n'aurait pas su dire qui regardait.

Ni combien de paires d'yeux étaient fixées sur elle en ce moment.

Et, d'ailleurs, ça n'avait aucune importance.

Elle souffla lentement et se redressa.

Puis elle éleva de nouveau le fouet.

Le sifflement qu'il fit en s'abaissant résonna dans la pièce

***

Valerie jugea qu'il était un peu tard pour déranger des gens, mais elle se promit de décrocher son téléphone à la première heure le lendemain. Elle avait l'intention de demander à son ancien partenaire d'interroger les fichiers de la police. Il y avait aussi l'une de ses anciennes camarades de chambre d'université qui avait travaillé au FBI pendant des années. Eux trouveraient bien un moyen de vérifier l'identité de Mary et Michael Brown. Et aussi de fouiller leur passé.

Après sa conversation avec Slade, quelques heures plus tôt, elle s'était mise à chercher sur internet des renseignements relatifs à ses parents adoptifs, mais ça n'avait rien donné. Puis, comme elle ne pouvait pas tout à fait négliger ses obligations vis-à-vis de Freya, elle s'était attaquée au tas de factures, pour régler les plus urgentes. Elle avait terminé en mettant à jour le site Web de Briarstone.

C'était ici, dans le petit bureau de son cottage, qu'elle se chargeait de la partie administrative de leur affaire. Quand elle n'aidait pas Freya à accueillir ou à servir les clients, elle vérifiait les réservations et s'occupait du site Web où elle signalait les manifestations locales dignes d'intérêt. Elle maintenait aussi le contact avec d'autres hôtels du quartier.

La connexion sans fil du cottage était accessible depuis les chambres, et les clients pouvaient donc utiliser leur ordinateur. Mais l'hôtel ne mettait pas de machines à leur disposition, pas plus que de télévision — il n'y en avait que deux dans tout le bâtiment, l'une dans les appartements de Freya, l'autre dans la chambre de Valerie. Pour Freya, il était important que Briarstone conserve son cachet, quitte à sacrifier quelques commodités. Les chambres disposaient tout de même d'une salle de bains individuelle et de l'électricité, mais, pour l'électronique, elles avaient limité les dégâts.

Heureusement, ce soir, la connexion avait fonctionné à peu près correctement, beaucoup mieux que de coutume. Valerie referma son ordinateur et sortit sous le porche, où l'air humide sentait le fleuve et la nuit. Des nuages lui dissimulaient la lune et les étoiles. Un orage se préparait. Elle s'appuya des deux mains à la rambarde et leva les yeux vers le bâtiment principal. Aujourd'hui, Slade avait aidé Freya à déboucher un tuyau d'évacuation des eaux, opération délicate et compliquée qui l'avait obligé à vider un siphon, à louer un serpent, à démonter.

Il avait également remplacé des prises murales en mauvais état et une ampoule capricieuse dans l'entrée. Et, du coup, il avait grandi dans l'estime de Freya.

— Non seulement il est séduisant, mais en plus il est bricoleur, avait-elle fait remarquer à Valerie, qui traversait le couloir où elle venait de passer l'aspirateur.

Désireuse d'éviter une nouvelle conversation au sujet de son futur ex-mari, Valerie avait filé tête baissée dans la cuisine, laquelle sentait le bacon, la cannelle, et les pommes chaudes — Freya ayant déjà préparé le pudding pour le petit déjeuner du lendemain.

Mais on n'échappait pas comme ça à Freya. Elle l'avait suivie dans la cuisine, au prétexte de surveiller le four.

— Oh ! j'ai bien compris que tu ne voulais plus de lui, avait-elle commencé…

— Ça suffit, Freya, pas aujourd'hui, avait protesté Valerie, qui ne se sentait pas d'humeur à perdre son temps en discussions oiseuses.

— Bon, je vois que le sujet est toujours aussi sensible.

— Et moi, je vois que tu es toujours aussi indiscrète.

Freya avait ri, tout en levant les mains en signe de reddition.

— Très bien, j'ai compris. Parler de Slade ne relève pas de mes compétences. Je me tais.

— Parfait.

Valerie était passée dans la buanderie pour plier quelques serviettes, puis elle était retournée dans son cottage.

Elle avança de quelques centimètres pour se pencher à la rambarde du porche. De là, elle pouvait voir la fenêtre de la chambre de Slade. La lumière était allumée.

Elle lui avait demandé de quitter la ville, mais il avait refusé. Elle aurait dû lui en vouloir d'être toujours là.

Mais c'était tout le contraire. Elle lui en était presque reconnaissante, car elle se sentait protégée, en sécurité.

Décidément, elle était toujours aussi sotte quand il s'agissait des hommes. Et en particulier de Slade.

Lorsque les premières gouttes de pluie se mirent à tomber, elle retourna à l'intérieur.

Les journaux racontent n'importe quoi.

Absolument n'importe quoi.

Comme toujours.

Ça ne devrait pas me surprendre.

Avec, pour tout éclairage, la flamme des bougies qui brûlent dans ma petite chambre, je regarde les actualités dans une vieille télé. C'est perturbant de mesurer à quel point les journalistes sont incompétents.

Aussi nuls que la police.

Je pense aux inspecteurs chargés de l'enquête et j'en ai presque un haut-le-cœur. Ruben Montoya et son partenaire, Rick Bentz. Ces deux-là savent regarder et poser les bonnes questions. Je me détourne de l'écran de télévision, ce qui me permet d'entendre sans le voir le reportage qui porte sur le meurtre de Camille Renard, la pauvre religieuse assassinée par un malade.

Le commentaire me fait sourire et je remercie brièvement Notre-Seigneur de m'avoir accordé une intelligence supérieure.

Si seulement ils savaient…

Je regarde de nouveau l'écran, le visage figé de la journaliste.

Je murmure entre les dents :

— Allez !

J'ai hâte qu'ils passent aux images. Le ton attristé et convenu de cette journaliste m'indispose, autant que le discours qu'elle tient sur Camille.

Camille, la beauté.

Camille, la menteuse.

Camille, la condamnée.

Est-ce que sœur Camille avait compris ce que c'était que de se donner au Seigneur ?

Non.

Est-ce qu'elle avait pris ses vœux au sérieux ?

Sûrement pas.

Enfin, une photo de Camille apparaît, en habit de nonne, un rosaire à la main. L'image même de la piété.

Quel blasphème !

Cette représentation angélique de la diabolique Camille est à peine supportable. Et, pourtant, je la désire de nouveau, je sens son corps contre le mien, le souffle tiède et torturant de son murmure contre mon oreille, je revois son sourire pervers et cette lueur coquine dans son regard.

Oh… La caresser de nouveau…

Me vautrer avec elle dans le péché.

Je ferme les yeux et, à présent, je sens son haleine sur mon visage. J'ai la bouche tellement sèche de désir que j'ai l'impression qu'elle est remplie de sable. Je songe un instant qu'il faudrait que je me flagelle, pour me calmer. Mais pas ce soir. Je n'ai pas le temps.

Pour le moment, ce désir coupable et inassouvi me tient lieu de punition.

Mais il y aura plus.

Ce soir, l'épée du jugement va frapper.

J'ouvre les paupières et je vois de nouveau l'écran zébré de friture.

Les détails de sa mort me donnent la nausée. Et puis on parle d'elle comme si elle avait été une sainte. Pour un peu, elle serait canonisée. C'est insupportable.

Cette femme était aussi éloignée de la sainteté qu'une Jézabel.

Et tout aussi désirable et tentatrice.

Son visage souriant et béat est une imposture. Je ne peux pas supporter plus longtemps cette ignominie. J'éteins la télévision.

— Va rôtir en enfer…

Mais l'image de Camille continue à me hanter. Je souffle les bougies. Une douleur aussi brûlante que les feux de l'enfer transperce mon âme.

Puis j'entends son rire, comme si elle était là, près de moi.

Je quitte la pièce. Vite. Et, tâchant vainement d'empêcher son fantôme de me poursuivre, je ferme la porte à clé derrière moi.

26

Gracie Blanc avait besoin de liquide. Elle avait de nouveau du retard dans le paiement de son loyer, et Harold Horwood, cette raclure de gérant, qui avait le culot de se faire appeler McCorny, comme l'un des personnages d'une célèbre émission de télévision — tu parles ! — la harcelait. Il lui proposait de payer en nature et d'être son protecteur.

« Tu es une pute et j'ai un pénis en érection. Tu piges ? »

Il se croyait malin. Il n'était qu'un grossier personnage.

Il n'était pas moche, et même plutôt beau mec, avec des cheveux raides et foncés, une peau mate. Mais il lui donnait la nausée. Il fallait absolument qu'elle trouve un autre endroit où crécher.

Et puis elle ne voulait pas de lui comme souteneur. Sans blague… Elle n'avait pas besoin d'un homme pour « diriger sa carrière », selon l'expression qu'il employait. Son ambition n'était pas de faire carrière sur le trottoir.

Elle rêvait d'un nouvel appartement et d'un vrai travail. L'ennui, c'était que l'appartement qu'elle occupait en ce moment n'était pas cher. Quant au boulot, c'était compliqué à trouver, et elle était douée pour son travail actuel. Sans compter qu'elle ne risquait pas de gagner autant en servant dans un bar ou dans un restaurant.

Elle remonta lentement Bourbon Street, en short et talons hauts, sous les lumières clignotantes des enseignes au néon, bousculée par la foule. Ici, il y avait trop de monde et personne ne la remarquait. Elle se fondait dans la masse. Aussi, elle bifurqua vers le fleuve et se dirigea vers un quartier moins fréquenté, où les flics patrouillaient rarement.

Elle s'arrêta sous un lampadaire pour allumer une cigarette, puis alla se poster dans son coin habituel. Elle était parfois obligée de partager son territoire, mais ça ne la dérangeait pas. Au contraire, elle se sentait plus tranquille quand une autre la voyait monter avec un client. Par précaution, elle avait toujours son téléphone portable sur elle, au cas où quelque chose tournerait mal.

Ici, les types circulaient en voiture au ralenti, ils ne descendaient même pas, ils n'avaient pas à craindre d'être vus avec une pute.

La nuit était chaude, mais humide, et il n'allait pas tarder à pleuvoir. Mais elle fit tout de même glisser sa veste le long de ses épaules, parce qu'elle avait désespérément besoin de fric.

Elle portait dessous un petit haut moulant. Avec ça et sa jupe en cuir noir, elle faisait toujours des ravages. Elle s'arrangeait pour garder la taille fine et des fesses bien fermes, de jolies fesses, rondes, mais pas trop, juste assez pour attirer le regard des hommes. Ses cheveux aussi, plaisaient. Ils étaient longs et roux, épais, brillants, bouclés, ils lui retombaient jusqu'à la taille. Et enfin, ses seins, bien sûr, les mecs les reluquaient aussi. Mais c'étaient surtout les cheveux, à bien y réfléchir, qui les faisaient craquer.

Allez comprendre pourquoi…

Elle s'adossa à un lampadaire et tira une longue bouffée de sa cigarette. Plusieurs voitures passèrent lentement devant elle, mais aucune ne s'arrêta, et les conducteurs ne firent pas descendre leur vitre. Dans ces cas-là, pas la peine d'insister. Elle attendit patiemment.

Des adolescents passèrent dans une Lexus noire à deux portes, musique à fond — les basses résonnaient dans la rue à travers les vitres fermées. Au second passage, ils s'arrêtèrent, et un nuage d'herbe sortit par la vitre de la portière quand le conducteur la fit descendre.

Elle avança d'un pas nonchalant vers le véhicule. Le conducteur, un gamin au visage boutonneux qui n'avait probablement pas l'âge d'avoir le permis, n'osait même pas la regarder. Il s'agrippait si fort au volant qu'il en avait les articulations exsangues.

A l'arrière, ils s'entassaient à quatre.

— Combien ? demanda celui qui conduisait.

Celui qui occupait le siège du passager eut la présence d'esprit d'arrêter le rap hurlé par les enceintes.

Elle les dévisagea, tout en songeant à son jeune frère, qui était resté à Duluth et qui était à peine plus âgé que ces gamins.

— Cinq cents dollars chacun, dit-elle pour les décourager.

Elle avait quand même ses critères. Des gamins de cet âge-là, surtout à plusieurs, ça n'était pas dans ses cordes. Elle ne voulait pas d'ennuis.

— Cinq cents ? répéta le conducteur d'un air ahuri.

— Va te faire foutre ! gueula un Afro-Américain assis à l'arrière. Hors de question. C'est du vol !

— Ce sont les prix, déclara-t-elle posément.

— Mon cul !

— C'est ça ou rien. Si ça ne vous convient pas, circulez.

— Cette salope voudrait nous saigner à blanc, lança un autre adolescent, enfoncé dans le siège arrière, dont elle ne voyait pas le visage.

Elle commençait à en avoir marre.

— Le gang-bang, c'est pas donné, rétorqua-t-elle.

— Tu n'as pas vu mon engin, chérie, ronronna le petit sans visage.

A présent, il pleuvait à verse.

— Je vais vous montrer de quoi je suis capable, puisque vous insistez, dit-elle sèchement.

— Avec plaisir, chérie, répondit-il.

Elle sortit son téléphone portable.

— Si vous ne dégagez pas tout de suite, j'appelle mon protecteur. Et je vous préviens, il n'est pas commode.

— On a cinquante dollars, intervint une petite voix. Ça devrait aller, non, pour une pipe ? Rien que pour Jesse, mon frangin. C'est son anniversaire.

— Bon anniversaire, Jesse, lâcha-t-elle avec un ricanement. Ça te fait quel âge ?

Un rouquin pressa une face rubiconde contre la vitre arrière.

— Dix-huit ans, répondit à sa place Sans Visage.

Elle se retint d'éclater de rire. Jesse n'avait pas plus de quatorze ou quinze ans, grand maximum. Et, à présent, elle avait assez perdu de temps. Elle jeta son mégot sur le trottoir, l'écrasa du bout de sa chaussure, puis composa un numéro au hasard. Par chance, ce fut une voix d'homme qui répondit.

— Ecoute, Big Len, commença-t-elle, j'ai un petit problème… Oui, c'est ça, à mon coin de rue habituel… Des gamins qui ne veulent pas me lâcher… Oui, viens avec Ralph. Et dépêche-toi.

— Elle bluffe, dit Sans Visage, le plus malin. Elle cherche à nous enculer.

— J'aimerais bien qu'elle nous encule pour de bon, répondit l'Afro-Américain.

Gracie fixait un point au bout de la rue, comme si elle attendait quelqu'un, manège qui fut suffisant pour inquiéter le conducteur.

Il ouvrit la bouche et la referma, comme un poisson hors de l'eau.

— Mon père me tuera si j'ai le moindre problème avec la voiture, dit-il.

— Quel froussard ! protesta Sans Visage.

Mais le conducteur appuya sur l'accélérateur et fila, en grillant presque le feu rouge.

Gracie était sur le point de rentrer chez elle quand une Sedan gris métallisé, qui avait déjà fait plusieurs fois le tour du pâté de maisons, apparut de nouveau au coin de la rue. C'était sa dernière chance. Il pleuvait trop, et elle n'allait pas tarder à ressembler à une serpillière.

La voiture s'arrêta en effet à sa hauteur et un type portant des lunettes noires fit descendre la vitre. Cette fois, pas d'odeur de marijuana ni de gamins bourrés de testostérone. Pas de rap non plus : juste une émission diffusée par la radio, avec un auditeur qui racontait ses malheurs et une bonne femme qui tâchait de lui donner des conseils.

— Tu aimerais passer un bon moment ? demanda-t-elle en minaudant.

— Je ne demande que ça, répondit-il avec un étrange sourire.

— C'est pas gratuit.

Il acquiesçait déjà. Il connaissait la chanson, apparemment : il ne tiqua même pas quand elle lui annonça vingt dollars de plus que le tarif habituel.

Bon sang, mais il pleuvait de plus en plus… Les essuie-glaces de la voiture rejetaient des paquets d'eau.

— Et on va chez moi, précisa-t-elle.

— C'est d'accord. Je t'y emmène.

Elle fit en courant le tour de la voiture et s'installa sur le siège du passager. A l'intérieur ça sentait bon. Le propre. Pas d'odeur de tabac froid. Elle lui dicta son adresse et l'observa du coin de l'œil tandis qu'il conduisait en silence, calmement, tout vêtu de noir, la veste fermée jusqu'au cou. Le chuintement des essuie-glaces sur le pare-brise et le crissement des pneus sur la chaussée détrempée couvraient la radio. Ils arrivèrent bientôt devant l'immeuble où elle habitait. Son deux pièces se trouvait au rez-de-chaussée, tout au fond du couloir, près de la sortie de secours. Elle descendit de la voiture en courant, à cause de la pluie, et il la suivit. Elle remarqua qu'il n'avait pas ôté ses lunettes de soleil et trouva ça bizarre, mais sans s'inquiéter davantage. Dans son métier, elle était habituée à rencontrer des tarés. Certains ne demandaient même pas à faire l'amour, juste à parler ou à la regarder se masturber ou… Enfin, bref, elle avait vu de tout. Elle avait appris que tous les goûts étaient dans la nature, et elle était capable de deviner ce qui faisait fantasmer un type.

Le couloir puait la sauce spaghettis de Mme Rubino — une de ses spécialités, comme elle disait, dans laquelle elle mettait suffisamment d'ail pour tenir à distance une armée de vampires. La vieille cinglée avait mis sa télé à fond et le vacarme de son émission de jeu préférée résonnait dans tout le rez-de-chaussée. Mme Rubino était dure d'oreille. Elle était aussi l'unique voisine de Gracie, de ce côté du bâtiment, et se montrait amicale au point d'en devenir indiscrète. Elles étaient toutes deux séparées des autres par un cagibi où l'on rangeait les produits d'entretien, un ascenseur et un escalier.

Gracie ne s'excusa pas pour l'odeur d'ail qui s'arrêterait, elle le savait, au seuil de sa porte. Elle faisait brûler des bougies parfumées pour que son appartement sente la vanille et le musc.

Elle déverrouilla sa porte et entra.

Le mec entra aussi et, tandis qu'elle allumait les bougies, elle l'entendit enlever sa veste.

— On paye d'avance, dit-elle gentiment en approchant son briquet de la mèche noire d'une bougie.

— Je sais, répondit-il seulement d'une voix chaude, presque mélodieuse.

Elle sentit, plus qu'elle ne vit, qu'il sortait son portefeuille, l'ouvrait, déposait un billet sur la petite table de la cuisine disposée près de la fenêtre. Puis elle entendit le bruit sec des stores vénitiens qui se fermaient.

Elle reposa son briquet. La plupart des types se foutaient pas mal de l'ambiance feutrée, mais elle, elle appréciait la lumière tamisée et l'odeur douce et sucrée des bougies. Elle ôta sa propre veste et se tourna lentement vers son client.

Son cœur fit une embardée quand elle vit le col blanc qu'il avait jusque-là caché sous sa veste.

— Vous êtes un prêtre ? demanda-t-elle.

Elle posait la question, mais, au fond, ça n'avait pas d'importance. Un prêtre restait un homme, et le type était peut-être tout simplement déguisé. Elle avait rencontré un paquet de médecins qui ne savaient pas par quel bout on prenait un stéthoscope. Pourquoi pas un prêtre ?

Il ne répondit pas et entreprit de se déshabiller, en commençant par le pantalon qu'il plia soigneusement. Puis il passa à la chemise et au col. A la lueur des bougies, elle vit se dessiner ses muscles, durs et sinueux. Il était fort et plutôt bien foutu, séduisant, même, sauf qu'elle ne voyait toujours pas ses yeux cachés derrière ses lunettes noires.

Elle songea vaguement qu'il aurait pu être mannequin s'il n'avait pas eu cette vilaine cicatrice à la cuisse, une entaille rouge qui paraissait battre au rythme de son cœur. Elle essaya de ne pas penser à ce qui avait pu causer pareille blessure. Un accident de moto, peut-être.

Ou pire encore.

Elle frissonna.

Son regard se posa sur le billet qu'il avait glissé sous le vase vide de la petite table. Un billet de cent dollars… Mais taché au niveau des yeux de Benjamin Franklin. Cela lui déplut, puis elle tâcha de se raisonner. Quelle importance ? Un vieux billet avait autant de valeur qu'un neuf. Et avec ça, elle allait pouvoir payer une bonne partie de ses arriérés de loyer. Harold lui foutrait la paix pour un moment.

Bon… Restait maintenant à gagner ce billet. Elle se tourna vers son client.

Dont le pénis pendait mollement.

— Tu vas mettre ça, dit-il.

Il s'approcha d'elle et, à la lueur de la bougie, elle vit briller quelque chose, des petites perles de verre qui coulaient des doigts de sa main droite.

Un chapelet ?

Merde.

Elle se demanda s'il allait lui demander de s'agenouiller pour prier avec lui.

En parlant de tarés…

— Vous ne m'avez pas dit ce que vous vouliez, dit-elle.

Il était tout près d'elle, à présent, suffisamment pour l'embrasser, pour lui arracher son haut ou pour faire descendre sa jupe.

S'il en avait envie…

— Je veux que tu te soumettes, murmura-t-il doucement en se penchant en avant pour la saisir par le cou. Que tu te soumettes totalement.

— Comme vous voudrez, répondit-elle en souriant.

Elle éleva lentement les bras pour s'agripper à son cou et se blottit contre lui, frottant contre les poils de son torse ses seins à peine couverts par son haut en crochet.

— Du moment qu'on me paye…

— C'est bien ce que je pensais, dit-il avec un petit sourire en coin, tout en la faisant reculer vers la porte de la chambre.

Elle eut l'impression qu'il cachait quelque chose dans sa main. Autre chose que le chapelet.

— Déshabille-toi, ordonna-t-il.

— Pas de problème.

Enfin, il s'y mettait. Elle lui fit un rapide strip-tease, en espérant que ça réveillerait son sexe, mais l'engin n'eut pas un tressaillement, pas même quand elle prit ses seins dans ses mains pour lui présenter ses tétons.

Elle n'en fut pas vraiment étonnée.

— Vous êtes plutôt pas mal, susurra-t-elle pour flatter son ego.

Il ne répondit pas et se contenta de poser une petite radio sur le lit, puis l'alluma, sur la même fréquence que celle de la voiture, comme s'il avait l'intention de continuer à écouter l'émission. Puis, lentement, comme s'il accomplissait un rituel, il lui passa le rosaire au cou et laissa pendre entre ses seins les perles réchauffées par ses mains.

Elle se laissa embrasser, puis caresser. Il était un peu brusque, mais rien d'insupportable.

Puis ils s'allongèrent sur la couverture en patchwork de son lit et elle s'employa à l'exciter, du mieux qu'elle put, en le léchant, en ronronnant contre lui, en caressant des zones qui garantissaient généralement une érection chez les plus réfractaires.

Mais pas chez lui, visiblement.

Super… Elle allait devoir se donner du mal pour gagner son fric, ce soir. Mais il était beau mec, ça faisait une petite compensation.

Elle allongea le bras pour lui ôter ses lunettes.

— Ne touche pas.

— Oh… pardon. D'accord.

— Je ne plaisante pas, dit-il d'une voix rauque. Ne touche pas à mes lunettes, répéta-t-il, tandis que son sexe s'animait enfin.

— J'ai dit d'accord.

Elle commençait à le trouver un peu trop bizarre et décida qu'il valait mieux qu'il prenne son pied le plus vite possible pour qu'elle puisse le foutre dehors. Elle se remit à l'embrasser et à lui faire son numéro de charme, mais il la repoussa et la fixa à travers les verres sombres de ses lunettes.

— Tu n'es qu'une pute ! dit-il.

Bon… Il ne lui restait plus qu'à entrer dans son jeu. Qu'on en finisse.

— Et vous aimez les putes, mon père, n'est-ce pas ?

— Je les hais ! s'exclama-t-il rageusement.

Elle constata que son sexe se dressait lentement.

— Et vous voulez me punir ? susurra-t-elle.

Elle espéra qu'il n'allait pas lui flanquer une fessée. Mais bon… Une petite, si elle n'avait pas le choix… Elle roula sur le ventre et releva les fesses pour les lui présenter, puis elle tourna la tête vers lui en lui jetant une œillade coquine.

— C'est vrai que je n'ai pas été très sage, mon père, dit-elle en faisant la moue. J'ai péché, je le confesse. Vous croyez que je mérite une fessée ?

Il eut un sourire mauvais et abattit une main sur ses fesses.

Elle poussa un cri de douleur.

— La fessée, c'est juste pour commencer, prévint-il en tirant sur le rosaire dont les perles s'enfoncèrent dans son cou.

— Hé ! protesta-t-elle.

Elle voulut crier, mais sa voix s'étrangla dans sa gorge et elle ne put émettre que des gargouillis. Il s'était assis sur elle, à présent, et la clouait au matelas de tout son poids, face contre l'oreiller.

Un vent de panique la submergea.

Elle tenta de se débattre, de donner des coups de pied, de le repousser. Elle sentait dans son dos son sexe qui ne cessait de durcir. Plus elle luttait, plus il durcissait.

Putain ! Elle était tombée sur un cinglé. Un vrai.

Elle avait les poumons en feu, ses forces l'abandonnaient peu à peu. Le souffle rauque de l'homme résonnait à son oreille, la radio murmurait dans la pièce, qui devenait de plus en plus sombre.

Non !

Elle songea à son frère, qui vivait dans le Minnesota, à la dernière fois qu'elle avait vu sa mère. Puis elle se demanda comment elle avait pu être stupide au point de faire confiance à ce malade.

Que le Seigneur me vienne en aide.

Puis ce fut le néant.

27

— Ton suspect numéro un a pris un avocat, annonça Brinkman à Montoya, qui entrait dans la cafétéria.

Montoya n'avait pas envie d'entendre ça de bon matin, à l'arrivée, et surtout pas de la bouche de ce crétin de Brinkman.

Agacé, il s'éloigna de lui, ses semelles de cuir crissant sur le sol encore tout reluisant du nettoyage de la veille — une odeur de produit d'entretien parfumé au pin flottait encore dans la pièce et se mêlait à celle du café.

Quelques collègues circulaient en se penchant au-dessus des tables couvertes de journaux et de magazines, tout en buvant à petites gorgées leur premier gobelet. C'était le rituel du matin. Ils lisaient les gros titres et échangeaient quelques commentaires avant de rejoindre leur poste de travail. Sur l'une des tables rondes, quelqu'un avait posé une boîte dans laquelle il restait une demi-douzaine de petits cakes décorés d'une crème blanche et de copeaux de chocolat. Elle était ouverte, à disposition, entourée de gobelets salis et froissés, et de papiers gras.

Voyant que Montoya ne répondait pas, Brinkman crut bon d'insister.

— J'ai cru comprendre que le père du prêtre était un avocat haut de gamme.

Montoya se souvenait parfaitement du père de Frank, un homme grand et maigre, dont le pantalon portait toujours un pli impeccablement marqué, qu'il soit en costume ou pas. Quand il venait assister à un entraînement de basket ou à un match de foot, Raymond « Buzz » O'Toole, même s'il s'habillait décontracté, en jean et polo, conservait son allure.

Il devait être au bord de l'apoplexie à l'idée que son fils, un homme de Dieu, soit compromis dans un scandale aussi sordide.

— Je croyais que Buzz O'Toole ne prenait jamais d'affaires criminelles, fit remarquer Montoya.

— Ça ne l'empêche pas d'avoir des amis dans les bas-fonds, répliqua Bentz en fixant d'un air morne son gobelet à moitié vide. Il a engagé quelqu'un du cabinet où travaillait ton beau-frère.

Cole Dennis était le beau-frère d'Abby, pas le sien, mais Montoya n'était pas d'humeur à couper les cheveux en quatre. Surtout pas avec Brinkman, qui cherchait toujours la petite bête.

— La grande nouvelle, c'est que j'ai parlé à cet avocat, lequel, évidemment, affirme que son client est innocent en se fondant sur le fait qu'il est du groupe sanguin B positif.

— Si O'Toole est B positif, il ne peut pas être le père de l'enfant de Camille, fit remarquer Montoya.

Cette nouvelle le soulageait. Il avait toujours eu du mal à imaginer Frank O'Toole en meurtrier. Du moins pas le Frank O'Toole dont il se souvenait.

— Mais ça ne prouve rien, poursuivit Brinkman. Il a très bien pu la tuer par jalousie. Il a découvert qu'elle le trompait et il a pété les plombs.

— Après lui avoir fait enfiler une robe de mariée ?

— Va savoir ce qui a pu lui passer par la tête, déclara Brinkman avec un sourire vicieux.

— Non, ça implique la préméditation et ça ne colle pas avec le crime passionnel.

— Sans doute. Mais l'hypothèse doit tout de même être envisagée.

— Des hypothèses, on en a, rétorqua sèchement Montoya. Ce qui nous manque, ce sont des faits.

— Je viens de t'en donner, des faits. A présent, tu n'as plus besoin d'attendre les résultats de l'analyse ADN pour savoir qu'il faut chercher le père ailleurs. Mais c'est dingue, quand même… Quand j'étais gamin, les religieuses n'étaient pas aussi chaudes. Je n'aurais jamais osé en draguer une. Je fantasmais plutôt sur les petites en uniforme, tu sais, avec leurs chaussettes et leurs jupettes plissées.

— Oh ! ça suffit, arrête un peu, veux-tu ? protesta une femme, tout en jetant à Brinkman un regard douloureux et en déposant dans le réfrigérateur le sac de son déjeuner. Comporte-toi un peu en adulte.

Montoya eut envie d'applaudir. Il n'avait pas le temps de s'intéresser aux fantasmes de Brinkman. Les siens suffisaient amplement à l'occuper. La nuit dernière, il avait réussi à se réconcilier avec Abby — réconciliation qui incluait une petite séance du genre de celles dont ils étaient friands avant la naissance du bébé. S'il se laissait aller à ses pensées, elles risquaient de le mettre dans tous ses états. Aussi s'efforça-t-il de se concentrer sur autre chose. Au moins, cette « séance » lui avait permis de se réveiller d'excellente humeur. Une humeur que Brinkman semblait bien décidé à assombrir.

— Revenons à O'Toole, dit-il à ce dernier, le tirant probablement d'une rêverie scabreuse.

— Je ne sais rien de plus, répondit Brinkman. A part que cet avocat va nous foutre des bâtons dans les roues.

Il se pencha sur la boîte de gâteaux et en prit un qu'il avala d'une bouchée. Puis il traversa la pièce en direction de la cafetière et fit la grimace.

— Quelqu'un veut encore du café ? lança-t-il à la cantonade.

Il espérait visiblement que quelqu'un prendrait le taureau par les cornes et se déciderait à refaire du café, mais personne ne bougea.

Lynn Zaroster entra. Il se tourna vers elle, en brandissant la cafetière, et lui adressa un clin d'œil et un sourire.

Mais elle n'était pas du genre à se laisser manœuvrer.

— Ben voyons, tu t'adresses à moi, parce que tu considères que c'est un travail de femme, c'est ça ? Oublie-moi, Brinkman.

— Mais merde, il s'agit juste de faire un peu de café…

— J'avais pigé, rétorqua Lynn tout en effectuant un demi-tour sur elle-même, vers la porte, tandis que ses boucles brunes s'agitaient avec indignation.

— Ce n'est pas parce que tu es une femme, objecta Brinkman. Tu fais du meilleur café que moi, voilà tout.

— Mais oui, c'est ça !

Elle le fusilla du regard et partit.

Louis Brounier, qui avait observé la scène sans un mot, secoua la tête en rassemblant les papiers épars d'un dossier. Brounier était un grand Afro-Américain, bien charpenté et plutôt massif, qui ne se déplaçait pas aussi vite qu'autrefois mais auquel rien n'échappait.

— Tu ferais mieux d'arrêter ton cirque et de te préparer toi-même du café, conseilla-t-il à Brinkman.

— Je t'emmerde, Brounier.

— C'est ça…

— J'ai du boulot, se plaignit Brinkman. Je suis sur une affaire de meurtre.

— Une seule ? Veinard !

— Tu peux vraiment être chiant, Brounier, quand tu t'y mets.

— Tout ce que je veux dire, c'est que nous avons tous du boulot, rétorqua ce dernier en fourrant son journal sous son bras.

Puis il quitta la pièce en marmonnant quelque chose qui sonnait vaguement comme « quel con » !

— J'ai entendu ! lui cria Brinkman.

— Tant mieux. C'est bien fait pour toi.

Brinkman se servit un deuxième gâteau et désigna la boîte.

— Qu'est-ce qu'on fête ? demanda-t-il.

— L'anniversaire de Peggy, celle du département des personnes disparues, lança Del Albright, sans même se retourner.

Il se penchait sur le comptoir et parcourait la page des sports.

— C'est Rita qui les a apportés. Il faudrait tout de même que tu en laisses un à Peg.

— Pour quoi faire ? demanda Brinkman en mordant dans un autre gâteau. Elle est tout le temps au régime.

Montoya en avait assez entendu. Il abandonna la pièce et se réfugia dans son bureau pour revoir les pièces du dossier

Camille Renard, et éplucher une fois de plus son emploi du temps dans les heures qui avaient précédé sa mort.

Elle avait passé, comme d'habitude, le plus clair de son temps dans l'enceinte du couvent, dont elle n'était sortie que quelques heures pour se rendre à l'orphelinat Sainte-Elsinore, où elle intervenait dans une classe de maternelle.

Si elle avait eu rendez-vous avec le père O'Toole ou un autre homme, elle avait su se montrer discrète.

La lettre qu'ils avaient trouvée dans son matelas n'avait jamais été envoyée. Pour l'instant, le labo travaillait dessus. Montoya avait été choqué par le ton presque suppliant sur lequel elle réclamait ce qu'elle appelait des « faveurs ».

Pourquoi diable avait-elle choisi d'entrer dans un couvent ? Il était normal que le célibat pèse à un être humain, et la plupart des nonnes, ou des membres du clergé, devaient souffrir de frustrations. Les gens étaient des êtres sexués. Pour respecter le vœu de célibat, il fallait une foi puissante et inébranlable.

Foi que Camille n'avait visiblement pas possédée.

Par ailleurs, elle avait envisagé de ne pas prononcer ses vœux définitifs. Il comprenait aisément pourquoi.

— Tu as réagi trop tard, murmura-t-il tout bas.

Il passa plusieurs coups de fil en attendant les résultats de l'autopsie, tout en ne cessant de penser au père du bébé de Camille. Mais qui était-ce donc ? Un paroissien ? Peut-être même le père d'un des enfants dont elle s'occupait ? Un des laïques qui travaillaient au couvent ? Clifton Sharkey, l'homme à tout faire, avait soixante-dix ans et six enfants, et il était même deux fois grand-père. Elwin Zann, le concierge, en avait quarante-deux. Tous deux avaient un solide alibi à l'heure du crime.

Tout en terminant son café et en ouvrant l'e-mail qui contenait le rapport d'autopsie, il songea que tout ça n'avait aucun sens. Il posa son gobelet et commença à lire. Le légiste confirmait les conclusions du rapport préliminaire : Camille Renard était enceinte de huit ou neuf semaines, elle était morte étouffée, le cou garrotté par un objet de texture non lisse, peut-être un rosaire, comme en témoignait sa blessure marquée de points plus profonds.

Par ailleurs, le légiste avait découvert de fines marques croisées sur les épaules de Camille et dans le bas de son dos, la plupart déjà cicatrisées.

Ça, c'était nouveau. Montoya fronça les sourcils et nota.

Garrottée par un rosaire… Ce mode opératoire lui rappelait quelqu'un… Il tapait déjà un nom sur son ordinateur quand Bentz s'encadra sur le seuil.

— Tu penses au père John, indiqua Bentz en fixant l'écran.

— C'est vraiment par acquit de conscience… Le père John est mort. Tu l'as tué, je te rappelle.

Il désigna l'écran où venait d'apparaître la photo de Cherie Bellechamps, une prostituée rousse, la première victime du père John, ce psychopathe déguisé en prêtre.

— Je l'ai *peut-être* tué, corrigea Bentz.

— Le père John est mort ! protesta Montoya.

Bentz l'avait grièvement blessé dans un marais. Il n'avait pas pu s'en tirer.

— Le mode opératoire est proche, répondit posément Bentz.

— Merde, je ne veux même pas y penser…, gémit Montoya. Ça fait combien d'années ? Dix ? Douze ?

— Dans ces eaux-là, répondit Bentz en fronçant les sourcils.

— De plus, le père John s'en prenait surtout aux prostituées, poursuivit Montoya en secouant la tête.

— Une religieuse enceinte pourrait éventuellement correspondre à cette définition.

— Sauf qu'il est mort ! insista Montoya.

Il n'arrivait pas à y croire. Ça ne tenait pas debout. Bentz se trompait forcément de cible.

— Je te rappelle que son corps n'a jamais été retrouvé.

— Je veux bien, mais tout de même… Il était en plein marais et tu l'as touché.

Montoya sentit sa pression sanguine augmenter. Pas ça ! Ce salaud était mort, et il ne voulait plus jamais entendre parler de lui.

— De plus, il manque quelques éléments essentiels pour attribuer le crime au père John. On n'a pas retrouvé de billet de cent dollars avec les yeux de Benjamin Franklin rayés au feutre noir, que je sache. Personne n'a remarqué un prêtre aux lunettes noires rôdant dans le coin. Et Camille Renard n'a pas été violée. Tu sais bien que le père John profitait de ses victimes.

— Tu as raison, soupira Bentz. Pourtant…

— Je te dis que ce crime n'est pas celui d'un tueur en série, coupa Montoya. Ce crime…

Il tapota du doigt la version imprimée du rapport d'autopsie que Bentz venait de déposer sur son bureau.

— Ce crime est personnel. Le tueur connaissait Camille.

Bentz tira sur sa cravate, comme si elle le gênait. On voyait, à ses yeux fatigués et à ses traits tirés, qu'il n'avait pas dormi correctement depuis des jours. Sa fille souffrait de coliques, et son sommeil en pâtissait.

— C'était une supposition, dit-il.

— Oui, eh bien, je ne la retiens pas.

Il ouvrit sur son ordinateur la photo de Camille telle qu'on l'avait trouvée, dans sa robe de mariée jaunie, couchée au pied de l'autel. Puis il plaça à côté, sur l'écran, celle de Cherie Bellechamps, bras et jambes écartés sur les draps défraîchis de son lit d'hôtel. Rien à voir, c'était l'évidence. Il passa ensuite en revue d'autres clichés de Cherie, toujours pour les comparer à celui de Camille. Non, vraiment rien de commun.

— J'espère qu'il est mort, conclut Bentz d'un ton fervent.

Puis il détourna les yeux de l'écran et ajouta :

— J'ai une piste. J'ai localisé la borne depuis laquelle Camille téléchargeait ses factures. Le fournisseur d'accès nous les a envoyées ce matin.

— Et tu as eu le temps d'y jeter un œil ?

— Ouais.

— Et ?

Bentz déposa une liste de numéros sur le bureau de Montoya.

— Elle a appelé sa sœur et O'Toole, comme on pouvait s'y attendre, l'orphelinat, et aussi…

Il posa son doigt sous un numéro.

— Celui-ci, la paroisse.

Le doigt glissa un peu plus bas.

— Et celui-là, le seul qui pose problème, et qui vient d'un téléphone prépayé. J'ai déjà contacté le magasin dans lequel ce téléphone a été acheté, en liquide, comme tu t'en doutes, par Camille Renard en personne.

— Elle possédait donc deux téléphones ?

— On dirait bien. Sauf si quelqu'un s'est fait passer pour elle ou si elle l'a donné à quelqu'un. Ils ont des caméras de surveillance, dans la boutique, et ils conservent les enregistrements plusieurs mois. Je vais y passer demain pour vérifier que l'acheteur était bien Camille. Et si c'était elle, il va falloir chercher ce putain de téléphone, parce qu'il aurait dû se trouver dans ses affaires…

— Tout comme le BlackBerry et son journal, déclara Montoya d'un air sombre. Dis donc, pour une nonne qui avait renoncé aux biens de ce monde, elle était équipée, la petite Camille Renard !

— Théoriquement, elle avait aussi renoncé aux hommes, et pourtant elle était enceinte, fit remarquer Bentz. J'ai vérifié, pour le groupe sanguin. Nous cherchons un gars du type B négatif ou AB négatif.

— Ce qui exclut Frank O'Toole.

Bentz acquiesça.

— Mais qui restreint le champ des recherches.

— Oui. Il ne reste plus qu'à découvrir qui était l'autre amant de Camille, murmura Montoya, rêveur, en jetant un œil sur la photo de Camille. Elle fréquentait beaucoup de monde, pour une religieuse. Pas étonnant qu'elle ait annoncé à sa sœur qu'elle avait décidé de quitter le couvent.

Montoya tapota pensivement son stylo sur son bureau.

— Il faut trouver le père de ce bébé, murmura-t-il.

28

— Mais je veux simplement lui parler, insista Cruz en décochant son plus beau sourire à sœur Charity.

Il se sentait horriblement mal à l'aise.

Ce fauteuil de bois était parfaitement inconfortable.

Et, surtout, cet endroit lui donnait la chair de poule.

Il lui rappelait ces heures à patienter dans un couloir sombre au sol recouvert d'un linoléum, dans une odeur de désinfectant, de moisissure et de sueur, à attendre le moment où le principal ouvrirait sa porte et le recevrait pour lui attribuer le châtiment qu'il méritait — lui, Cruz Montoya, l'éternel mécréant.

La vieille religieuse qui l'accueillait aujourd'hui, dans ce bureau aussi charmant qu'une tombe, n'était pas plus sensible à son charme que le principal en question.

— Nous ne sommes pas dans un foyer pour étudiants, ici, monsieur Montoya, déclara-t-elle sèchement, tandis que de petites rides se creusaient autour de sa bouche pour souligner sa désapprobation. Nous sommes dans un couvent. Nous menons une vie simple, faite de dévotion, et nous respectons un emploi du temps extrêmement strict. Si sœur Lucy désire entrer en contact avec vous, elle vous écrira ou vous téléphonera durant son temps libre.

Elle le dévisagea froidement, avec des yeux d'aigle derrière ses grosses lunettes, tout en croisant les mains sur son bureau. Des veines bleues étaient visibles sous sa peau fine de femme âgée, mais ses doigts paraissaient robustes, suffisamment pour couper en deux un ruban adhésif.

— Laissez-moi votre numéro de téléphone et je le lui transmettrai, je vous l'assure.

Cruz n'y crut pas une seconde. Sœur Charity était de la vieille école. Elle faisait penser à un gardien de prison plus qu'à une figure protectrice et aimante, comme on aurait pu s'y attendre de la part d'une religieuse.

Elle ne transmettrait rien du tout.

Il l'avait compris.

Et elle le savait.

Elle avait au moins raison sur un point : Sainte-Marguerite, avec ses fauteuils de bois, ses crucifix, ses couloirs sombres et silencieux, n'avait rien d'un foyer d'étudiants.

Elle rompit le silence qui s'était installé.

— Je trouve tout de même étrange que vous rendiez visite à sœur Lucy justement en ce moment, après le meurtre de sœur Camille. C'est votre frère qui est chargé de l'enquête, et d'un seul coup…

Elle ouvrit les doigts, comme si elle mimait une explosion.

— … vous voilà.

— Il se trouve que j'ai rendu visite à mon frère et qu'il m'a parlé de Camille et de Lucia. J'ignorais qu'elle était ici. En l'apprenant, j'ai eu envie de la voir. Je n'ai pas de mauvaises intentions, ma sœur.

Les yeux de la religieuse pétillèrent, et sa bouche eut un léger rictus.

— Et pourquoi avez-vous envie de la voir ?

— C'est personnel.

— Vraiment ? ironisa-t-elle, avec un sourire qui n'atteignait pas ses yeux.

Cruz avait grandi dans une famille catholique. Les religieuses, il les connaissait, car il en avait croisé quelques-unes. Il les avait classées en deux catégories : celles qui étaient bonnes et pleines d'humanité et les autres, celles qui, comme sœur Charity, avaient une âme desséchée et ne parlaient que de règlements, d'obéissance et de punitions. Cruz se demanda ce qui pouvait bien faire vibrer ce morceau de bois, d'où elle venait, ce qui l'avait poussée à entrer dans un couvent.

— Vous pouvez vous confier à moi sans crainte, monsieur Montoya, reprit-elle.

Sans blague !

— Je vous ai dit que c'était personnel.

Elle se leva en poussant un long soupir, pour lui signifier qu'elle mettait fin à leur entrevue.

— Dans ce cas, vous pouvez partir, dit-elle. J'informerai sœur Lucy de votre passage.

Elle mentait. Une fois de plus.

Cruz se leva juste au moment où l'on frappait doucement à la porte.

Sœur Charity pinça les lèvres, visiblement contrariée.

— Si vous voulez bien m'excuser, dit-elle. Je suis une femme très occupée. Vous savez ce qu'on dit à propos de ceux qui sont au service du Seigneur ? Qu'ils ont toujours à faire… Eh bien c'est la vérité, monsieur Montoya.

On frappa encore, puis la réceptionniste, une laïque d'une effrayante maigreur, aux cheveux frisés et portant un costume tailleur, passa sa tête à la porte.

— Désolée de vous déranger, révérende mère, murmura-t-elle en jetant un coup d'œil inquiet du côté de Cruz, mais il y a un appel pour vous, de la part de sœur Simone, de Sainte-Elsinore.

— Merci, Eileen, je vais prendre cet appel. M. Montoya allait partir, justement.

Elle le congédiait sans autre forme de procès.

Tandis que la réceptionniste battait en retraite, sœur Charity revint vers son bureau pour décrocher le récepteur d'un vieux téléphone noir qui devait bien dater des années soixante.

— Que le Seigneur soit avec vous, murmura-t-elle à Cruz.

Il sortit en passant devant la réceptionniste, tout en se demandant comment un couvent pouvait dégager autant d'énergies négatives.

Il prenait la direction de la porte donnant sur l'extérieur, quand il entendit un chant. Il savait qu'il n'aurait pas dû se montrer. Comme l'avait souligné la mère supérieure, il se trouvait dans un lieu sacré, un lieu de prière et de recueillement. Mais il refoula ses scrupules.

De toute façon, il ne risquait rien.

Au pire, on le ficherait dehors.

Et après ?

Ces dames effarouchées iraient-elles jusqu'à appeler la police ?

Non, de toute évidence. Il ne commettait aucun délit.

Sans bruit, tout en se sentant vaguement coupable d'on ne sait quel péché, il avança dans la direction du chant.

Au détour d'un couloir, le son devint brusquement plus audible.

Accompagné au piano, un chœur de femmes chantait un *Ave Maria* dans une pièce dont la porte était restée entrouverte. Il s'aventura jusqu'au battant et risqua un coup d'œil à l'intérieur.

Une vingtaine de religieuses, toutes en habit noir, chantaient en harmonie, avec une expression inspirée et transfigurée par la foi. Elles ne quittaient pas des yeux la femme qui les dirigeait, une religieuse également, de grande taille, et qui tournait le dos à la porte.

Lucia Costa se trouvait au centre du groupe, au premier rang. Elle avait une voix haute et claire.

Le cœur de Cruz se serra. Elle n'avait pas beaucoup changé. Elle était toujours petite et menue, avec un visage lisse, de grands yeux, des cils épais, des sourcils arqués, des pommettes hautes, un menton fin et pointu.

Il la revit, coincée dans la prison de métal de l'habitacle de sa voiture, le visage couvert de sang, les cheveux poisseux et emmêlés, les yeux révulsés.

La cicatrice qui barrait l'un de ses sourcils le démangea, signe qu'il se sentait coupable.

Au même instant, le regard de Lucia s'égara du côté de la porte. La surprise lui fit manquer une note et les deux religieuses qui l'encadraient — une Afro-Américaine et une petite à lunettes épaisses — lui jetèrent un regard de reproche.

Lucia pâlit et se tourna de nouveau vers la femme qui dirigeait le chœur en agitant une baguette. Puis le piano s'arrêta net, tandis que les voix mouraient lentement.

— Mes sœurs, je vous prie, dit la femme en frappant le pupitre de sa baguette. Les sopranos, vous avez un problème ? Sœur Lucy ?

— Je…, bredouilla Lucia. Je ne savais plus où on en était.

— Concentrez-vous, ma sœur, reprit la religieuse qui les dirigeait en tapant de nouveau sur le pupitre.

Le piano résonna de nouveau et le chœur reprit.

Cruz décida d'attendre.

Pourquoi pas ?

Si on le fichait dehors, il aurait au moins tenté sa chance. Sœur Charity était sévère, mais ce n'était tout de même pas un dictateur. Elle était censée faire preuve de clémence.

Il croisa donc les bras sur la poitrine et demeura près de la porte, adossé au mur.

Au bout de vingt minutes environ, le chant cessa et il entendit un brouhaha étouffé de pas, puis une nuée de religieuses se déversa dans le couloir, en un défilé de robes noires, de cornettes et de voiles blancs. Dans cet accoutrement, elles se ressemblaient toutes, et Cruz avait du mal à les distinguer les unes des autres.

Plusieurs d'entre elles eurent un mouvement de surprise en le voyant.

— Je suis sœur Irene, puis-je vous aider ? lui demanda l'une d'elles, en posant sur lui des yeux gris dévorés de curiosité.

— Je voudrais parler à sœur Lucia, dit-il, juste au moment où il repérait enfin Lucia, laquelle tentait de se fondre dans la masse.

— Cet homme n'a rien à faire dans les couloirs, fit remarquer une femme à lunettes avec une tête de rat de bibliothèque.

— Oh ! sœur Maura, ce n'est pas grave, protesta une autre, grande et mince, avec un joli visage et un gentil sourire. Il me semble que c'est à sœur Lucy de se débrouiller avec lui.

Elle sourit à Cruz.

— Je suis sœur Devota, ajouta-t-elle.

— Mais personne n'a le droit d'entrer dans cette aile du couvent, insista sœur Maura.

Une religieuse potelée, aux joues rondes et roses, pouffa.

— Oh ! Maura, laissez tomber, voyons…

— Certainement pas, sœur Angela, répondit Maura en rougissant.

Lucia, qui était devenue livide, fit un pas en avant pour se détacher du groupe.

— Je vais lui parler. Il… C'est un vieil ami de la famille. Cruz Montoya…

Elle lui jeta un regard glacial :

— Voici Zita, ajouta-t-elle en lui présentant l'Afro-Américaine.

— Moi, c'est Edwina, indiqua une femme à l'allure athlétique.

Ses yeux d'un bleu intense le fixaient avec méfiance.

Les autres se présentèrent aussi. Sœur Dorothy fut prise d'un tic nerveux qui fit tressauter son œil. Sœur Louise, qui portait les partitions, lui offrit un sourire gentil, mais intrigué.

— Suis-moi, proposa Lucia. Nous serons mieux dans le jardin, pour parler.

Elle lui fit descendre l'escalier, puis suivre un long couloir sombre, et poussa enfin un double battant donnant sur le jardin et une fontaine.

Dès que la porte se referma, Lucia fit volte-face vers lui.

— Qu'est-ce que tu es venu faire ici ?

— Te voir.

— Après tout ce temps ?

— Je t'ai cherchée partout. Tu avais disparu.

Elle le contempla fixement.

— En effet. Et c'était volontaire.

— Pourquoi ?

— Pourquoi ? répéta-t-elle en levant les yeux au ciel. Parce que je ne voulais plus te voir.

— Il t'aurait suffi de me le dire.

— Et tu te serais effacé ?

Il hésita et tenta de se souvenir de la culpabilité qu'il avait éprouvée après l'accident, de l'amour qu'il avait éprouvé pour elle. Mais l'avait-il réellement aimée ? Il ne savait plus. C'était si loin. Et si compliqué.

— Tu vois, dit-elle en allongeant le bras pour lui toucher l'épaule. Va-t'en, Cruz. J'ai choisi de devenir une servante de Dieu.

— Vraiment ?

— Oui, vraiment, répondit-elle d'une voix ferme.

Il crut déceler une lueur de doute dans son regard, mais elle affichait un air décidé et fier. Une ombre parut soudain s'abattre sur le jardin.

— Va-t'en, dit-elle d'un ton angoissé.

— Je voudrais au moins te poser une question.

— Laquelle ?

— Pourquoi avoir décidé de rentrer dans un couvent ?

— Tu ne trouves pas que c'est évident, Cruz ? murmura-t-elle. C'est à cause de toi.

La gorge de Cruz se noua, et il fut soudain pris du désir de l'embrasser, sur-le-champ. Elle partait déjà, mais il la saisit par le coude et l'obligea à se retourner.

— Pourquoi me fuis-tu, Lucia ?

Elle s'humecta les lèvres et il poussa un grognement impatient.

— Lucia…

— Nous n'étions pas faits pour vivre ensemble, Cruz, et… c'est mieux ainsi. Je suis heureuse.

Ses mouvements raides et le ton trop aigu de sa voix la trahissaient. Elle le fixa de ses yeux sombres et pénétrants.

— A présent, laisse-moi partir et ne cherche plus à me voir. Tu as compris, Cruz ? Plus jamais. Je ne veux plus de contact avec toi.

Sans même y réfléchir, il l'attira à lui et l'embrassa. Elle se laissa faire. Elle soupira contre sa bouche et entrouvrit la sienne.

Il ferma les yeux pour mieux goûter les lèvres qui se pressaient contre les siennes, cette langue qu'elle lui offrait. L'espace d'une seconde, elle se laissa aller contre lui, comme si elle laissait enfin s'exprimer librement une passion qu'elle avait vainement tenté d'étouffer.

Il poussa un gémissement.

Elle se raidit.

C'était fini.

— Non ! murmura-t-elle en le repoussant et en le fixant d'un air horrifié. Ce n'est pas possible. Pas ça !

Elle recula, comme si on l'avait giflée.

— Oh… Non…

Elle secouait si violemment la tête que son voile en tremblait.

— Attends ! protesta-t-il.

Il ne voulait pas la perdre de nouveau. Il avait encore tant de questions à lui poser. Il restait tant de choses, entre eux, qui n'étaient pas résolues.

— Lucia…

— Non, Cruz. Je ne veux plus te voir.

De nouveau, il lui saisit le bras.

— Alors, au moins, appelle-moi.

— Non.

Il lui récita son numéro de téléphone. Il était facile à retenir.

— Tu t'en souviendras, dit-il.

— Peu importe.

Elle dégagea son bras.

— Va-t'en, Cruz, et ne reviens plus jamais. Plus jamais.

Elle partit en trébuchant, puis disparut par la double porte, à l'intérieur du couvent.

Cruz se résigna à prendre la direction de la sortie. Il remontait l'allée quand il remarqua sœur Charity, qui l'épiait depuis l'un des balcons. Même de loin, son visage blanc qui se détachait contre son voile noir exprimait la plus complète désapprobation.

Et plus encore…

Elle avait l'air de quelqu'un qui vient d'être témoin d'une

scène écœurante et ne trouve pas de mots pour exprimer son dégoût.

Tandis qu'ils se défiaient du regard, elle se signa, puis disparut, laissant Cruz se demander pourquoi ce geste pieux et anodin lui avait fait l'effet d'une menace.

29

L'après-midi était déjà bien avancé quand Valerie et Slade prirent le chemin de la paroisse Sainte-Elsinore. Le soleil, en partie caché par les nuages, était bas dans le ciel. Il allait sans doute encore pleuvoir.

Valerie avait passé une grande partie de la journée à enregistrer de nouveaux clients, à noter les réservations par internet et, bien sûr, à vérifier les factures. Elle avait également aidé Freya à s'occuper des draps et à faire le ménage dans le salon, la femme de ménage qu'elles avaient engagée à temps partiel ne venant pas à bout de tout. Elles ne servaient pas de dîner, mais, le soir, proposaient du vin, du fromage, des biscuits salés, et des douceurs cuisinées par Freya. Aujourd'hui, Freya avait préparé plusieurs fournées de bouchées aux pralines et de biscuits au gingembre, sa spécialité. L'arôme de la vanille et du gingembre avait flotté dans l'hôtel tout l'après-midi.

Valerie résistait rarement à la tentation de goûter les gâteaux tout juste sortis du four, encore chauds, mais aujourd'hui elle n'y avait même pas songé. Elle n'arrivait pas à croire que le monde continuait de tourner, pendant que le corps de Camille était étendu à la morgue, attendant d'être enterré.

Elle ne s'était pas encore occupée du problème de la cérémonie… C'était au-dessus de ses forces. Elle n'acceptait pas le fait de ne plus jamais voir sa sœur, de ne plus entendre son rire, de ne plus échanger de regards complices avec elle.

— Il faut que tu assumes, ne cessait-elle de se répéter.

Mais la tristesse ne la lâchait pas : elle guettait, à la lisière de sa conscience, prête à se déverser en un flot d'émotions.

Valerie tâchait donc de s'occuper, pour ne pas se laisser submerger.

Aujourd'hui, tout en travaillant, elle n'avait cessé de surveiller son portable, espérant un coup de fil de l'inspecteur Montoya lui annonçant qu'on avait arrêté l'assassin de Camille.

Mais l'affaire était plus compliquée qu'elle ne l'avait pensé tout d'abord.

Quand on lui avait appris que sa sœur avait été étranglée, elle n'avait pas douté de la culpabilité de Frank O'Toole. Mais plus elle y réfléchissait, moins elle le croyait capable de meurtre. Il n'avait pu tuer Camille. Elle l'avait lu dans ses yeux, lors de leur entrevue au couvent. Elle l'avait compris à ses réponses, à l'accablement qui le frappait.

Il avait avoué son amour pour Camille avec tant de ferveur qu'elle ne pouvait s'empêcher de le croire, même s'il lui déplaisait de le reconnaître.

Mais si Frank O'Toole n'était pas le coupable, qui donc avait pu tuer Camille, après lui avoir fait enfiler une robe de mariée ?

Quelqu'un qui la haïssait.

Qui avait des comptes à régler.

Qui avait accès au couvent et connaissait les lieux.

Qui avait suffisamment d'ascendant sur Camille pour la faire obéir.

Quelqu'un de suffisamment fort pour avoir physiquement le dessus sur elle.

— C'est insupportable, murmura-t-elle.

Le temps passait. L'enquête n'avançait pas.

Slade sortait à présent de la ville pour prendre l'I-10, en direction du nord-est, et traverser le lac Pontchartrain. Des mouettes survolaient les eaux et décrivaient des cercles dans le ciel, où des nuages paresseux et vaporeux s'étiraient devant le soleil.

Plus ils approchaient de Sainte-Elsinore, plus Valerie avait l'estomac noué. Elle se sentait tellement nerveuse qu'elle en avait des démangeaisons dans les paumes.

Ils aperçurent en premier la cathédrale, une construction de briques blanches ornée de vitraux et d'une flèche qui pointait vers le ciel. Quand ils approchèrent, Valerie put constater que le clocher présentait des fissures, qu'il manquait aux fenêtres des panneaux remplacés par des planches, que la chaux des briques était défraîchie.

Pendant que Slade se garait dans un parking, elle observa, à travers la grille, les enfants qui jouaient dans la cour de l'école, sur de vieux équipements de plein air. L'endroit lui parut lugubre, puis elle s'en voulut. Sainte-Elsinore était une paroisse chrétienne, avec un couvent, un hôpital et un orphelinat. Les gens qui travaillaient ici donnaient de leur personne, et ils étaient animés de bonnes intentions.

Le terrain de jeux résonnait de voix haut perchées, de cris et de rires. De grands arbres au feuillage touffu formaient une épaisse canopée au-dessus de l'allée qui menait à l'entrée du bâtiment.

Le cœur serré, Valerie grimpa les hautes marches et entra dans le vestibule, où flottait une odeur de pain chaud et de cannelle. Elle alla droit à la porte vitrée du bureau d'accueil et entra. A l'intérieur, une femme travaillait devant un écran d'ordinateur. Elle leva les yeux en la voyant arriver.

— Que puis-je pour vous ? demanda-t-elle avec un grand sourire, en lui tendant la main. Je suis sœur Philomena.

Elle avait des yeux brillants et une poigne ferme. Elle portait un pantalon et un pull léger, des cheveux coupés au carré.

Rien à voir avec les nonnes drapées de noir que Valerie avait connues trente ans plus tôt.

Elle déclina son identité et présenta Slade comme son mari, sans préciser qu'ils étaient en instance de divorce.

— Je suis la sœur de Camille Renard, dit-elle. On m'a dit qu'elle travaillait régulièrement chez vous.

— Oh… Toutes mes condoléances, murmura sœur

Philomena d'un ton sincèrement affligé. Camille était une personne délicieuse.

Valerie en eut les larmes aux yeux, et elle fut aussi surprise de cette réaction que du compliment de la religieuse. Apparemment, cela lui faisait du bien de penser que quelqu'un avait apprécié Camille.

— Merci, murmura-t-elle en évitant de regarder Slade.

Puis elle se racla la gorge.

— J'aimerais parler aux sœurs qu'elle côtoyait ici, dit-elle.

— Et pourquoi pas aussi au prêtre ? suggéra sœur Philomena. Le père Thomas est un homme bon qui saura vous guider dans cette épreuve.

Valerie n'était pas à la recherche d'un guide, mais du meurtrier de Camille. Sœur Philomena ne pouvait pas le deviner.

— Plus tard, peut-être, répondit-elle d'un ton conciliant. Pour l'instant, je préférerais m'entretenir avec ses amies.

— Je comprends, répondit sœur Philomena en hochant la tête.

Elle alla gratter doucement à une petite porte, disparut dans la pièce contiguë, puis réapparut au bout de quelques secondes, accompagnée d'une petite femme qui trottinait derrière elle.

La mère supérieure mesurait à peine plus d'un mètre cinquante. Elle portait une jupe bleu marine et une veste assortie sur un chemisier blanc. Elle semblait déborder d'énergie. Son visage était ridé et tanné par le soleil, comme celui de quelqu'un qui passe son temps dehors. Un crucifix en or pendait à son cou, au bout d'une chaîne. Des lunettes de vue étaient perchées sur son petit nez rond.

Elle se présenta comme sœur Georgia.

— Je suis vraiment désolée, murmura-t-elle en prenant les mains de Valerie dans les siennes. C'est très dur pour nous aussi, vous savez. Nous sommes très touchées par la mort de votre sœur. Suivez-moi dans mon bureau, nous pourrons parler tranquillement.

Ils lui emboîtèrent le pas, et elle les fit entrer dans une pièce exiguë où ils s'installèrent sur de vieux fauteuils défoncés placés devant le bureau. De nombreuses fenêtres laissaient entrer la lumière. L'une d'elles donnait sur la cour que les enfants avaient maintenant quittée. Des étagères chargées de livres couvraient l'un des murs, un vieux globe terrestre trônait sur une table, près d'un pot d'orchidées noires.

— En quoi puis-je vous être utile ? demanda la mère supérieure dès qu'ils furent assis.

— J'aurais besoin de certaines informations concernant ma sœur, expliqua prudemment Valerie. Je sais qu'elle travaillait régulièrement chez vous et qu'elle avait entrepris des recherches au sujet de nos parents biologiques.

— En effet, elle tenait absolument à découvrir leur identité.

— Mais elle connaissait leur identité ! protesta Valerie. Nous avons vécu avec eux et je me souviens d'eux.

Elle lui raconta l'accident de leurs parents et l'histoire de leur adoption. La mère supérieure l'écouta patiemment, sans l'interrompre, en jetant de temps à autre un regard du côté de Slade.

— Les dossiers d'adoption étant classés depuis longtemps, je n'ai pas pu aider Camille, dit-elle quand Valerie eut terminé. A part l'écouter et lui donner quelques conseils, comme je le fais chaque fois que quelqu'un vient ici en quête de ses origines.

Elle fronça légèrement les sourcils.

— Quant à la véracité de votre version…

Elle haussa les épaules.

— Mais vous pourriez ressortir les dossiers, insista Valerie.

Georgia acquiesça.

— Oui, en théorie. Sauf qu'ils sont sous scellés et que nous n'avons pas le droit d'y accéder.

— Il y a sûrement un moyen.

Valerie commençait à comprendre que sœur Georgia, sous ses abords charmants, était aussi rigide que sœur Charity.

— Il s'agit de ma vie, reprit-elle en pointant son pouce vers sa poitrine. De plus, je pense qu'il est possible que ma sœur ait été tuée à cause de ce qu'elle avait découvert.

Le visage de la révérende mère demeura impassible.

— Je vous en prie…, supplia Valerie. J'ai besoin de savoir la vérité. Vous pouvez tout de même le comprendre ?

— Je comprends, mais vous devez aussi comprendre que j'ai des responsabilités et des obligations. Si vous souhaitez…

Le portable de Slade sonna au moment où il fouillait dans sa poche.

— Désolé, dit-il.

La mère supérieure eut une moue désapprobatrice.

— Je vous prie de m'excuser, bredouilla-t-il en se levant précipitamment.

Il s'exclama, répondit quelque chose à propos d'un cheval malade et du vétérinaire qu'il fallait appeler d'urgence. Puis il referma la porte derrière lui et Valerie n'entendit plus sa conversation.

— Vous parvenez à surmonter votre deuil ? demanda la mère supérieure avec une sollicitude qui n'était pas feinte. Ce doit être difficile pour vous.

— Oui, c'est difficile, répondit seulement Valerie.

Elle ne se sentait pas d'humeur à s'étendre sur son chagrin, ses angoisses, les problèmes que lui posait l'organisation des funérailles. Elle était venue ici pour chercher des réponses. Au premier abord, cette mère supérieure lui avait paru plus chaleureuse et plus humaine que sœur Charity, mais elle se rendait compte, à présent, qu'elle avait tout de même affaire à un bloc de béton. Elle fit un effort pour ne pas montrer son mécontentement et sa déception.

— J'aurais vraiment besoin d'avoir accès à mon certificat de naissance, insista-t-elle. Et aussi de parler avec les religieuses qui travaillaient avec ma sœur. J'essaye de comprendre ce qui lui est arrivé. C'est important pour moi.

— Mais n'est-ce pas le rôle de la police, plutôt ?

— Oui, bien sûr, mais…

Valerie en avait assez de se heurter à un mur. Elle décida de prendre la vieille femme par un autre biais.

— Avez-vous des frères et sœurs, révérende mère ? murmura-t-elle d'un ton pitoyable.

Sœur Georgia acquiesça.

— Nous étions cinq, répondit-elle.

— Et comment réagiriez-vous si le plus jeune des cinq… ?

— C'est mon frère Patrick, le plus jeune, coupa sœur Georgia d'un ton rêveur.

— Comment réagiriez-vous si Patrick était assassiné ? Vous ne tenteriez pas l'impossible pour que son meurtrier soit traduit en justice ?

Georgia lui adressa un sourire patient et vaguement condescendant.

— Je comprends votre désir de faire quelque chose, de trouver des réponses, d'obtenir réparation. Mais, parfois, il est plus sage de chercher la paix intérieure en s'en remettant au Seigneur.

Elle se pencha par-dessus son bureau et prit la main de Valerie.

— C'est souvent le seul moyen de trouver des réponses. S'il m'arrivait ce que vous dites, je m'efforcerais de me fier au Seigneur.

Valerie retira lentement sa main. Ces discours lénifiants commençaient à la fatiguer. Elle voulait des actes, de vraies réponses.

— Je ne vous demande pourtant pas grand-chose, protesta-t-elle en luttant contre les larmes.

Elle avait envie de hurler et de secouer cette vieille nonne, mais elle parvint à prendre du recul, de la distance, à mobiliser son sang-froid d'ancien inspecteur de police.

— Je n'ai pas l'intention de gêner le travail de la police, et encore moins de m'en prendre aux autorités de l'Eglise.

Sœur Georgia poussa un long soupir, tout en tambourinant sur son bureau.

— Très bien, dit-elle enfin. Je pense que les sœurs qui travaillaient avec Camille seront ravies de vous rencontrer.

Elle griffonna quelques noms sur un Post-it qu'elle colla sur un prospectus identique à celui que Slade avait rapporté la veille.

— Je ne peux pas rouvrir de vieux dossiers pour vous, et même si je décidais de le faire, cela prendrait beaucoup de temps. Ces dossiers datent d'une époque où l'informatique n'existait pas ; ils sont archivés quelque part dans le sous-sol. J'ignore où exactement.

Valerie n'en crut pas un mot, mais elle décida de ne pas insister sur ce point. Du moins pour le moment.

Georgia lui adressa un sourire engageant.

— J'espère que vous assisterez à notre collecte de fonds, dit-elle. Vous avez vécu à Sainte-Elsinore, et nous comptons beaucoup sur des gens comme vous. Cela vous distraira un peu de votre chagrin… De plus, le projet mérite qu'on s'y intéresse. D'ailleurs…

Elle ouvrit un tiroir, prit une enveloppe et en sortit deux tickets d'entrée.

— Il me reste justement deux entrées. Je vous invite, ainsi que votre mari.

Elle lui tendit les entrées et le prospectus avec son Post-it, puis la guida à travers l'orphelinat, dont elle lui fit traverser la cathédrale, les jardins et la cour.

La visite fut éprouvante pour Valerie. Le domaine avait subi quelques transformations, mais elle avait tout de même l'impression de faire un saut dans le temps, de revivre la terreur et l'angoisse qu'elle avait ressenties en arrivant ici, lorsqu'elle venait tout juste de perdre ses parents.

Le bâtiment de l'orphelinat, en particulier, lui donna la chair de poule. Elle avait conservé un souvenir flou du pavillon, du dortoir blanc qui devenait sombre et effrayant la nuit, après l'extinction des lumières. Au-dessus de chaque petit lit en fer, on avait accroché un crucifix, les draps étaient rêches et sentaient la javel. Elle se revit, couchée, cachée sous les draps, osant à peine sortir la tête, écoutant grincer des semelles dans le couloir, regardant passer des ombres, pleurant en songeant à ses parents.

Ce dortoir l'avait toujours terrorisée. Les autres filles la regardaient avec des yeux ronds et hantés. La plupart des religieuses — elles portaient l'habit, à cette époque — s'étaient montrées douces, mais toujours trop occupées pour s'intéresser vraiment à elle. Certaines, même si elles étaient rares, n'étaient visiblement pas faites pour travailler avec des enfants.

La cour non plus ne lui avait pas laissé un bon souvenir. Les enfants formaient des clans, et elle, en tant que nouvelle, s'était sentie exclue, étrangère.

En la traversant aujourd'hui, sous un ciel sombre et chargé de nuages, elle s'arrêta quelques instants devant le toboggan, dont elle reconnut la descente en vrille. La première fois qu'elle l'avait approché, une fille à peine plus âgée qu'elle lui avait barré l'accès à l'échelle.

« C'est le mien », avait-elle affirmé en ricanant.

Elle n'avait pas insisté, et la fille avait grimpé en traînant la patte. Valerie avait compris plus tard que cette boiteuse faisait la loi et que même les plus grands lui obéissaient.

Mais le pire, pour elle, avait été la séparation d'avec sa sœur, qu'elle avait craint de ne jamais revoir. Heureusement, les Renard les avaient adoptées toutes les deux, parce qu'ils étaient parents…

Du moins, c'était ce qu'elle avait toujours cru.

Lucia glissa son petit paquet dans la fente de la boîte postale, tout en se signant d'un geste machinal.

Voilà, c'était fait.

Elle eut l'impression d'entendre le rire de sœur Camille.

« Je me doutais bien que tu étais incapable de tenir une promesse… Tu fais vraiment une drôle d'amie… », aurait-elle sans doute dit, avec ses yeux pétillants de malice.

Seigneur…

Lucia se sentit minable.

— Je suis désolée, murmura-t-elle.

Elle marchait droit devant elle, sans même regarder, et bouscula un petit garçon, un gamin de trois ans. Effrayé, il alla se réfugier dans les jupes de sa mère, une femme blonde qui portait dans ses bras un bébé, un gros sac de couches et plusieurs paquets.

— Que Dieu soit avec vous, murmura Lucia.

Puis elle fila sans demander son reste, comme une voleuse.

Dehors, la chaleur la heurta de plein fouet. Le soleil disparaissait derrière une épaisse couche de nuages et l'atmosphère était humide et étouffante. Elle était en nage et se demanda si c'était uniquement à cause du temps, ou si son état de nerfs y était pour quelque chose.

— Tu sais ce que c'est, ton problème ? lui avait demandé une fois Camille, tandis qu'elles quittaient la chapelle pour traverser les couloirs glacials du couvent.

— Parce que j'ai un problème ?

Les yeux bleus de Camille avaient pris la couleur sombre d'une mer sous l'orage.

— Tu as peur de tout. Comme si tu fuyais quelque chose. Ou quelqu'un.

— Pas du tout. Je…

— Bien sûr que tu fuis, avait insisté Camille.

Puis elle s'était penchée vers elle pour murmurer à son oreille.

— Mais je n'essayerai pas de percer ton petit secret. Nous avons toutes un secret.

Elle avait eu, alors, ce petit sourire entendu qui la caractérisait.

— Je vais tout de même te confier le mien…

Elle lui avait glissé un objet dans les mains.

— Conserve ça pour moi, s'il te plaît. N'en parle à personne. Et, surtout, ne le perds pas.

Le cœur de Lucia se serra. Camille ne s'était pas trompée. Elle était lâche. Et elle fuyait quelqu'un.

Elle l'avait compris depuis qu'elle avait revu Cruz. En ce moment, le seul fait de penser à lui la faisait rougir. Et ce regard qu'il avait posé sur elle, quand il lui avait donné son numéro de téléphone… Mais pour qui se prenait-il ? Pas question qu'elle l'appelle.

— Seigneur, aidez-moi, murmura-t-elle tout en posant un pied sur la chaussée.

Un coup de Klaxon la fit sursauter et elle aperçut du coin de l'œil une grosse voiture qui fonçait droit sur elle.

— Attention ! hurla une voix, tandis qu'elle trébuchait sur le trottoir en reculant.

Les pneus de la voiture crissèrent, son moteur rugit.

Elle tomba, au ralenti, le regard rivé au monstre métallique, à sa mâchoire, à ses deux phares qui ressemblaient à deux énormes yeux de verre.

Des bras puissants la soulevèrent pour l'arracher à la chaussée et la tirer en arrière. Le monstre passa devant elle, à quelques centimètres. Il fit une embardée, puis disparut dans la circulation. Elle n'en vit qu'une silhouette métallique et des vitres noires.

Le cœur battant, avec l'adrénaline qui pulsait dans ses veines, elle s'abandonna aux bras sauveurs qui la soutenaient.

Puis elle identifia une odeur d'après-rasage qu'elle ne connaissait que trop bien.

— Pas ça…, gémit-elle en ouvrant les yeux.

C'était bien lui, Cruz Montoya. Et il posait sur elle un regard fervent.

30

La visite de Sainte-Elsinore réveillait chez Valerie de sombres souvenirs qu'elle s'efforçait de repousser. Elle croisa quelques nonnes et des laïques de l'orphelinat, ceux qui avaient travaillé avec Camille. Ici, personne ne portait l'habit. Quand elle le fit remarquer à sœur Georgia, celle-ci hocha la tête.

— Nous ne sommes pas aussi attachés aux traditions qu'à Sainte-Marguerite, dit-elle. Notre prêtre, le père Thomas, est plutôt progressiste, et je n'ai pas été la seule à me réjouir d'abandonner la robe noire, le voile et la cornette. Chacun ses choix, bien sûr, mais ici nous essayons de faire preuve d'un peu de souplesse. Notre mission est avant tout de servir Dieu, et je ne crois pas qu'il attache de l'importance au fait que nous le fassions dans des vêtements confortables et pratiques.

Valerie suivait la pétulante mère supérieure, laquelle marchait d'un pas vif et énergique. Mais elle pensait toujours à Slade, qui était devenu invisible depuis le coup de fil. Sa disparition la perturbait tout de même un peu. Elle avait cru comprendre qu'un de ses frères lui signalait un problème avec le bétail, mais, apparemment, rien de grave.

En jetant un coup d'œil par une fenêtre, elle aperçut son pick-up, garé là où il l'avait laissé. Il n'avait donc pas quitté Sainte-Elsinore. Elle décida de ne pas s'inquiéter pour lui. Après tout, il était capable de se débrouiller.

La mère supérieure lui présenta d'abord la cuisinière, une grande femme incroyablement mince.

— Camille était un être charmant et qui adorait les enfants, déclara celle-ci, tout en lançant un tablier sale dans un panier et en accrochant son bonnet.

Ensuite ce fut sœur Rosaria, qu'elles trouvèrent devant une armoire à pharmacie, en train de vérifier des stocks de médicaments. Elle comptait des flacons et des pots, les sourcils froncés, mais elle s'interrompit pour leur parler.

— Elle m'aidait à l'infirmerie chaque fois que j'en avais besoin. On pouvait compter sur elle.

Elle dévisagea Valerie par-dessus les verres de ses fines lunettes.

— Les enfants détestent les piqûres, tout le monde le sait… Mais Camille savait s'y prendre avec eux.

Elle eut un sourire attristé.

— Elle va me manquer. Je suis vraiment désolée pour vous et votre famille.

Valerie avait la gorge nouée quand elle quitta l'infirmerie pour emprunter un couloir, qui, si sa mémoire était bonne, menait à la chapelle.

— Oh ! voici sœur Simone…, murmura la mère supérieure en passant devant une fenêtre. Elle était très proche de Camille.

Elle se dirigea vers une porte donnant sur l'extérieur pour rejoindre sœur Simone, qui ramassait dans la cour des ballons et une balle de base-ball oubliés.

Grande et bien charpentée, sœur Simone avait une peau couleur café, des cheveux noirs crépus et un regard méfiant. Elle chantonnait une chanson populaire, mais elle se tut en les voyant approcher.

Sœur Georgia fit les présentations. Quand sœur Simone comprit qu'elle avait devant elle Valerie Renard, la sœur de Camille, un masque de tristesse se peignit sur son visage.

— Elle va vraiment me manquer, murmura-t-elle. Elle était fiable, ponctuelle, toujours souriante.

— Sœur Georgia ! appela la réceptionniste en se montrant à la porte. Enfin, vous voilà ! On vous demande au téléphone !

— Veuillez m'excuser, dit précipitamment sœur Georgia. Dans les jardins du Seigneur, il y a toujours à faire… C'est bien ce qu'on dit ?

— C'est bien ça, assura sœur Simone avec un sourire qui découvrait des dents d'un blanc éclatant. Il y a toujours à faire pour ceux qui servent le Seigneur.

— En effet, répondit la mère supérieure d'un ton distrait. Pourriez-vous vous occuper de Valerie, sœur Simone ? Elle voudrait rencontrer celles de nos sœurs qui côtoyaient Camille.

Puis elle s'éclipsa, sans laisser à Simone le temps de répondre.

— Je crois que vous voilà réquisitionnée, dit Valerie. On ne vous a pas laissé le choix.

— Vous vous sentez bien, ma sœur ? demanda une voix de femme.

Lucia était encore sous le choc. Parce qu'elle venait de frôler la mort. Et parce que c'était Cruz qui lui avait sauvé la vie.

Elle prit brusquement conscience que tout le monde la regardait — ou, plutôt, *les* regardait. Ils formaient en vérité un drôle de couple. Elle en habit de nonne, et lui en T-shirt et en jean, qui la serrait toujours dans ses bras.

— Je vais bien, ça va…, assura-t-elle.

Elle s'adressait à la femme et à tous ceux qui s'étaient arrêtés : deux adolescents de couleur qui la fixaient d'un air méfiant, la maman blonde avec les deux petits, un groupe de jeunes filles. Un peu plus loin, il y avait aussi deux hommes en costume, et, comble de malchance, un prêtre qui s'adressait à un sans-abri poussant un chariot de supermarché. Lucia se demanda si elle n'aurait pas préféré mourir, tout compte fait.

— J'étais perdue dans mes pensées, dit-elle. J'ai traversé sans regarder.

Elle se força à sourire et se sentit rougir.

Le feu passa au vert et la plupart des piétons traversèrent. La femme avec les deux enfants prit le petit garçon récalcitrant par la main et l'entraîna en direction de l'aire de jeux d'un square, visible à travers la haie de chênes et les rangées de buissons de myrte.

Lucia inspira profondément, puis se tourna vers Cruz. Cruz, son sauveur.

— Que fais-tu ici ? demanda-t-elle en jetant un regard inquiet du côté du bureau de poste. Tu me suivais ?

— On peut dire ça.

Sainte Mère... Elle n'avait pas besoin de ça. Pas maintenant. Ni jamais.

Il eut ce sourire insolent, si sensuel, et elle s'en voulut de le remarquer.

— Et pourquoi donc ? demanda-t-elle sèchement.

— Pour t'éviter de te faire écraser.

Elle se retint de rire.

— La vraie raison ?

— Parce que la dernière fois que je t'ai parlé, tu m'as demandé de ne plus chercher à te voir.

— Tu es vraiment impossible.

— Ça fait partie de mon charme.

— D'accord, j'ai compris.

Elle se remit à marcher, pour s'éloigner des passants curieux qui n'avaient pas bougé et continuaient à lui lancer des regards intrigués. Tout en passant devant les vitrines, elle tenta de se persuader qu'elle tremblait parce qu'elle venait d'échapper à la mort, et pas à cause de Cruz. Mais, bien sûr, elle se mentait, et elle le savait.

Le mensonge commençait à devenir une habitude chez elle. Ce n'était pas sain.

Et, en plus, Cruz lui avait emboîté le pas. Il ne la lâcherait donc pas ?

— Je crois que nous sommes quittes, à présent, n'est-ce pas ? dit-il.

— Quittes ? répéta-t-elle en secouant la tête. Que veux-tu dire par là ? Je ne tiens pas le compte des points.

— Bien entendu.

Elle n'avait pas l'intention de se laisser piéger.

— Tu ne m'as toujours pas dit pourquoi tu me suivais, fit-elle remarquer.

Elle songea au paquet qu'elle venait de poster et eut soudain les paumes moites. Seigneur… Elle mentait, oui. Elle dissimulait. Elle ne faisait même que cela.

— Je croyais pourtant t'avoir dit que je ne voulais plus te voir.

— Oui, je sais. Mais je ne l'ai pas pris très au sérieux.

— Et pourquoi donc ?

Elle avait oublié à quel point il pouvait être agaçant, avec son assurance.

— Oh ! après tout, tu peux croire ce que tu veux ! marmonna-t-elle.

Elle regrettait amèrement de s'être laissé embrasser, de lui avoir donné de l'espoir.

— Laisse-moi tranquille. C'est tout ce que je te demande.

Elle s'arrêta sous l'auvent d'une petite boutique et contempla leurs deux silhouettes qui se reflétaient dans la vitrine — celle d'un homme et d'une femme se détachant en surimpression sur des robes d'été. Un couple mal assorti, à première vue. Et pourtant… A y regarder de plus près… quelque chose passait entre eux. Elle avait les joues rouges. Il posait sur elle un regard intense.

Elle sentit flotter entre eux le souvenir du baiser qu'ils avaient récemment échangé. Son cœur se mit à battre, en même temps qu'un pouls à la base de son cou.

Et, soudain, elle vit passer une silhouette sombre et menaçante — autant que les nuages noirs qui s'amoncelaient dans le ciel.

Un prêtre portant des lunettes noires. Elle se figea. Il se dégageait de lui quelque chose d'étrange.

— Qu'est-ce que tu as ? demanda Cruz.

Le prêtre avait disparu. Elle se retourna pour le chercher du regard du côté du parc.

— Tu l'as vu ? demanda-t-elle.

— Qui ?

— Le prêtre.

— Quel prêtre ? demanda Cruz en suivant son regard. Celui qui parlait au sans-abri, au coin de la rue ?

— Je ne sais pas. Peu importe.

Mais l'image restait gravée dans son cerveau, brûlante et glacée, floue, mais si présente…

Comme celle qu'elle avait vue, autrefois, il y avait si longtemps, la nuit de l'accident.

Ce soir-là, elle était montée dans la voiture de Cruz. Il avait mis la radio à fond, elle était heureuse d'être avec lui, excitée à l'idée de défier son père. Ils n'étaient encore que des gamins et le monde s'ouvrait devant eux, vaste et plein de possibles.

Puis les phares de Cruz avaient éclairé le daim, qui était resté figé de peur, au milieu de la route, dans le brouillard, avec ses yeux qui reflétaient la lumière.

Une voix râpeuse avait murmuré près de son oreille.

Le fils de Lucifer est un messager de la mort.

Elle avait hurlé quand les pneus avaient dérapé. Puis la voiture était partie sur le bas-côté, il y avait eu un bruit de ferraille et de vitres brisées. La panique, la douleur. La douleur dans son dos.

Et aujourd'hui, tout en fouillant le parc du regard, elle avait la chair de poule, avec la même sensation qu'un terrible danger la guettait.

— Je dois y aller, murmura-t-elle en fixant la cicatrice de Cruz.

La cicatrice de l'accident.

Il la saisit par le bras.

— Lucia, s'il te plaît…

Tout en songeant qu'elle serait à jamais damnée pour ça, elle se hissa sur la pointe des pieds et déposa un baiser sur sa joue. Il voulut en profiter pour chercher ses lèvres, mais elle le repoussa.

— Cruz, si tu m'aimes… Je t'en prie… Ne me suis pas…

Puis elle partit en courant, en direction du parc, sentant sur elle le poids du regard de Cruz.

31

— Ainsi, vous êtes la sœur de Cammie, dit sœur Simone à Valerie.

Elle enfonça ses mains dans les poches de son pantalon, tout en hochant la tête d'un air sentencieux.

— Elle disait que vous étiez proches, toutes les deux.

Nous l'étions… Jusqu'à ce que Slade Houston vienne se mettre entre nous.

— C'est triste qu'elle ne soit plus là, reprit Simone. Vraiment. J'aimais beaucoup sœur Camille. Le Seigneur lui avait fait don de la joie de vivre. Je n'ai jamais compris pourquoi elle restait à Sainte-Marguerite.

Son regard croisa celui de Valerie, puis elle détourna les yeux.

— Ce n'était pas un endroit pour elle.

— Pourquoi ?

Sœur Simone haussa une épaule et prit un air évasif, tout en suivant le manège d'une guêpe qui s'employait à construire un nid sous l'avant-toit.

— Camille ne me faisait pas l'effet de la nonne traditionnelle à cheval sur les règles. Elle était plutôt… indépendante. Surtout d'esprit.

Apparemment, sœur Simone avait compris quelque chose à l'énigme que constituait Cammie. Elle était bien la première… Valerie se demanda si elle pouvait évoquer avec Simone le bébé de Camille, mais elle hésita. La presse allait bientôt en parler, et la nouvelle se répandrait comme une traînée de poudre.

Elle avait plus de chances d'obtenir des renseignements en se montrant directe.

— Saviez-vous qu'elle était enceinte ?

Sœur Simone écarquilla légèrement les yeux.

— Sainte Mère..., murmura-t-elle en secouant la tête. Je... je craignais en effet que... Mais non, je ne savais pas.

— Mais vous saviez qu'elle avait une relation avec le père Frank O'Toole ?

— J'avais entendu dire qu'elle... qu'elle sortait avec un prêtre.

Elle baissa les yeux.

— Je crois que je préférais ne pas le savoir, reprit-elle en soupirant. Une fois, Camille a essayé de m'en parler, et puis elle a changé d'avis. Je l'ai vue aussi, une autre fois, partir avec un prêtre.

— Le père O'Toole ? insista Valerie.

Il lui fallait des certitudes.

Simone haussa les épaules d'un air gêné, puis se mordit la lèvre, tout en regardant du côté du clocher, vers les hirondelles qui volaient en se détachant sur le ciel nuageux.

— Je ne sais pas. Il faisait nuit, il me tournait le dos, mais il était grand, bâti comme le père O'Toole.

— Est-ce que le père O'Toole venait souvent ici ?

— Je ne sais pas trop. Il... il venait, bien sûr, dire la messe avec le père Thomas. Il faisait aussi des visites à l'orphelinat et à l'hôpital, comme bien d'autres. Sainte-Elsinore est unique, vous savez, c'est une vraie communauté.

Oui, elle le savait. Elle n'avait pas oublié. Même si elle n'y avait pas vécu longtemps.

— Sœur Camille disait que vous étiez la seule parente qui lui restait, fit remarquer sœur Simone, tandis qu'elles traversaient la cour déserte où une balançoire vide, agitée par la brise, grinçait plaintivement.

— Nos parents sont morts et nous n'avons pas d'autres frères ou sœurs ni de cousins. Camille recherchait nos parents biologiques, c'est bien ça ?

Simone battit des paupières et son expression se durcit.

— Vous le saviez ? Je croyais pourtant qu'elle n'en avait parlé à personne…

— Nous étions toutes les deux concernées, répondit Valerie.

Cette phrase sibylline lui évitait de mentir, autant que de dire la vérité.

— Je sais qu'elle cherchait ici, dans vos dossiers et aussi sur internet, des renseignements à propos des gens qu'on nous avait toujours présentés comme nos parents biologiques.

Sœur Simone acquiesça, tout en tripotant la croix pendue à son cou.

— Elle avait abouti à quelque chose ? demanda Valerie.

— Je l'ignore, répondit sœur Simone en hochant la tête. Mais…

Elle jeta un coup d'œil par-dessus son épaule et fronça les sourcils.

— Je l'ai aidée dans ses recherches sur internet et je sais aussi qu'elle tenait un journal.

Le cœur de Valerie tressaillit.

Sœur Simone se racla la gorge, comme si elle prenait soudain conscience d'en avoir trop dit.

— Vous savez où se trouve ce journal ? demanda Valerie.

Simone parut hésiter, puis elle se décida.

— Chaque nonne possède ici un casier dans une pièce qui ferme à clé. C'est récent, mais, à la suite de vols, l'école a décidé que nous avions le droit d'enfermer quelques objets personnels, ainsi que nos cours.

En passant devant le toboggan, Valerie contempla pensivement le carré sablonneux, au bout de la descente, sur lequel des milliers de petits pieds avaient laissé leur trace.

Mais pas les siens.

Une rafale de vent secoua les chaînes qui entouraient l'aire de jeux et Valerie dut faire un effort pour ne pas être submergée par les souvenirs de cette enfance où elle avait vécu dans la peur.

La voix de sœur Simone la tira de sa rêverie.

— Par ici, suivez-moi.

La nonne avait rangé les ballons et la balle de base-ball

dans un panier, sur le porche, et lui tenait la porte. Elle passa devant elle, et Valerie la suivit le long d'un couloir familier. Elle reconnut les carreaux du sol, et elle se souvint de l'emplacement des classes. Seuls les dessins et les peintures exposés aux murs avaient changé. Elles passèrent devant le gymnase, où régnait une activité fébrile. Des bénévoles préparaient la vente de charité qui aurait lieu dans quelques jours. Les objets vendus pour récolter des fonds seraient présentés ici, dans le gymnase, mais le dîner se tiendrait dans un hôtel, à quelques pâtés de maisons. Ensuite, l'orphelinat fermerait pour toujours ses portes.

Plus elles avançaient et plus le cœur de Valerie battait. Elle revit les enfants qui la fixaient le jour de son arrivée. Mais comment s'appelait donc la femme qui l'avait conduite ici ? Theresa… ? Tonia ? Non. Elle ne savait plus. En revanche, elle se souvenait avec précision de la religieuse qui l'avait accueillie.

Sœur Ignatia.

Sœur Ignatia lui avait saisi le bras pour la pousser dans ce même couloir, lui enfonçant ses ongles pointus dans la peau. Le couloir lui avait paru immense. Sans fin. Sombre et effrayant.

« Dépêche-toi un peu, ma petite », avait dit sœur Ignatia.

Elle portait l'habit noir et marchait d'un pas vif qui faisait crisser le tissu de ses lourdes jupes noires. Sœur Ignatia lui rappelait la vieille femme qui pédale sur sa bicyclette dans *Le Magicien d'Oz*. Pour suivre son allure, elle avait dû courir.

« On ne t'a jamais dit que la paresse était un péché ? »

Valerie avait vu défiler d'innombrables portes, se demandant devant chacune d'elles où se trouvait Camille et si elle la reverrait un jour.

Puis sœur Ignatia l'avait laissée dans une pièce, en compagnie de sœur Anne.

Sœur Anne avait su accueillir avec patience et gentillesse la petite fille effrayée qu'elle était. Sœur Anne était douce avec les enfants. Elle leur lisait des histoires et les prenait tour à tour sur ses genoux. Elle ne les grondait pas quand ils manipulaient son voile ou son rosaire.

« Dieu apprécie la curiosité naïve des enfants », avait-elle dit à sœur Ignatia, qui s'apprêtait à réprimander Valerie parce qu'elle jouait avec les perles rouges du chapelet.

La vieille Ignatia avait marmonné quelque chose au sujet des défauts qu'il fallait corriger, mais elle n'avait pas osé s'interposer. Ignatia était trop contente de se débarrasser des enfants et de laisser à sœur Anne le soin de s'en charger.

C'était si loin… Trente ans…

Sœur Simone poussa une porte et fronça les sourcils.

— C'est bizarre, dit-elle. Cette porte aurait dû être fermée à clé.

Elle traversa la pièce et se dirigea vers les casiers.

— La porte de celui de Camille est ouverte, murmura-t-elle pour elle-même. De plus en plus bizarre.

Valerie la suivit et regarda par-dessus son épaule. Le casier était vide.

La gorge de Valerie se noua.

— Je ne comprends pas, reprit sœur Simone.

— Qui possède les clés de cette pièce ?

— Sœur Georgia, sœur Philomena, l'homme d'entretien et quelques autres personnes.

— Le père Thomas ?

— Oui, bien sûr, le père Thomas aussi.

— Et, dans votre casier, il manque quelque chose ? demanda Valerie.

— Je ne vois pas pourquoi… Je… je vais vérifier…

Elle ouvrit son casier. A l'intérieur, il y avait quelques livres et une petite boîte de marqueurs.

— On n'a touché à rien, assura sœur Simone.

Elle en ouvrit un autre, et, comme Valerie s'y attendait, il n'était pas vidé non plus, mais contenait deux pelotes de laine jaune et quatre aiguilles à tricoter, avec, sur l'une, un tricot en cours qui ressemblait à l'ébauche d'une couverture pour bébé.

— Où est celui du père Thomas ? demanda Valerie.

— Le père Thomas n'a pas de casier ici, répondit sœur Simone en se redressant. Il a un bureau personnel.

— Il y est, en ce moment ?

— Je ne pense pas. Il doit assister demain à une série de conférences. Je crois qu'il a pris l'avion ce matin tôt.

— Mais vous avez un double de la clé ?

— De la clé de son bureau ? Oh ! non !

L'idée parut la choquer.

— Bien sûr que non, reprit-elle.

Valerie eut envie d'insister. Il y avait sûrement quelque part un double de cette clé, et elle aurait bien voulu entrer dans le bureau du père Thomas, mais elle se tut. De toute façon, elle préférait être seule pour le fouiller.

— C'est tout de même étrange, lâcha sœur Simone en l'entraînant dans le couloir.

Valerie se demanda de nouveau où était passé Slade. Cela ferait bientôt une heure qu'il avait reçu ce coup de fil qui l'avait obligé à quitter le bureau de la mère supérieure.

— Qu'est-ce qui est étrange ? demanda-t-elle, tout en songeant que tout, dans cette affaire, était étrange.

— J'ai appelé ce matin le couvent Sainte-Marguerite pour dire à la mère supérieure que j'avais l'intention de leur remettre les affaires de sœur Camille. Et voilà qu'elles disparaissent.

— A quelle heure lui avez-vous téléphoné ?

— En fin de matinée, répondit sœur Simone en fronçant les sourcils. Elle a dit qu'elle m'enverrait quelqu'un pour les récupérer, mais personne n'est venu.

— Vous pourriez chercher sur l'ordinateur… Camille a peut-être laissé des dossiers.

— Je ne sais pas trop si…

— Il s'agit aussi de mes parents, fit valoir Valerie.

— Je… Il faudrait que je demande l'autorisation à sœur Georgia.

Valerie allait protester, quand elle vit apparaître Slade, au bout du couloir, qui avançait tout en rangeant son portable dans sa poche de chemise.

— On peut y aller ? demanda-t-il à Valerie.

Puis il tendit sa grande main à sœur Simone.

— Je suis Slade Houston, le mari de Valerie.

— Sœur Simone. Ravie de faire votre connaissance.

— Sœur Simone était une amie de Camille, expliqua Valerie. Elle m'a fait visiter les lieux.

— Dommage, j'ai raté ça, assura Slade avec son petit sourire en coin. Bon, Val, on y va ?

Il lui lança un regard entendu, et elle comprit qu'il essayait de lui dire quelque chose. Elle ne protesta donc pas, même si elle avait l'impression de ne pas en avoir terminé ici. Quelque part dans ces couloirs, elle en avait l'intuition, se trouvait la réponse à la mort de sa sœur.

— Pourriez-vous me prévenir si vous retrouvez les affaires de Camille ?

— La mère supérieure s'en chargera, répondit sœur Simone.

Puis elle les raccompagna jusqu'à la sortie.

— Tu as un problème ? demanda Valerie à Slade quand ils furent enfin seuls. Des ennuis au ranch ?

Il ouvrit la porte de son pick-up avec un petit sourire. Encore ce petit sourire.

— Non, tout va bien.

— Mais je croyais que tu avais reçu un coup de fil.

— C'était une excuse pour quitter le bureau. Je me suis appelé moi-même.

Il grimpa derrière le volant, et elle du côté passager.

— Qu'est-ce que tu racontes ?

— Il n'y avait rien à tirer de la révérende mère. Je me suis dit que je devais trouver un moyen de m'éclipser pour visiter tranquillement les lieux.

— Mais tu es un vicieux ! s'exclama-t-elle tandis que la pluie se mettait à tambouriner sur le toit de la carrosserie.

— Je prends ça comme un compliment, ironisa-t-il.

— Et tu as trouvé quelque chose ?

Il mit le moteur en marche.

— Oui, répondit-il tout en vérifiant son rétroviseur avant de sortir du parking.

Le cœur de Valerie s'accéléra.

— C'est bon... Dis-moi ce que c'est.

Il lui jeta un regard en coin.

— Regarde dans la poche de mon blouson, dit-il en s'engageant dans la rue.

Elle tendait déjà le bras vers l'espace entre les deux sièges où il avait calé son blouson. Dans l'une des poches, elle sentit un sac en plastique, puis la tranche d'un livre. Aussitôt, elle songea au casier vide de Camille. Elle sortit le sachet qui contenait, en fait, un mince carnet noir qu'on aurait pu prendre pour un recueil de prières.

— C'est le journal de Camille ?

— On dirait.

— Tu l'as volé ? demanda-t-elle d'un ton incrédule.

Et elle qui avait cru que l'assassin avait volé ce journal parce qu'il y était mentionné...

— Je l'ai emprunté, corrigea-t-il. Nous allons le lire, et ensuite le confier à la police.

— Tu l'as lu ?

— J'en ai lu juste assez pour m'assurer qu'il appartenait à Cammie.

— Et tu avais sur toi un sac Ziploc pour le protéger ?

— J'en ai trouvé un dans un tiroir, et je me suis dit que tu serais furieuse si je mettais mes empreintes là-dessus.

Elle caressa doucement, à travers le plastique, la couverture de cuir. Ouvrir ce carnet allait lui permettre de connaître les pensées les plus intimes de Camille, peut-être même un peu de son âme. Elle redoutait ce qu'elle s'apprêtait à découvrir.

— J'ai l'impression de commettre une indiscrétion, murmura-t-elle. Je ne me sens pas très à l'aise.

Il lui jeta un regard en coin.

— Mais tu veux savoir qui a tué ta sœur ?

— Oui.

— Dans ce cas...

Elle se redressa.

— Oui, tu as raison.

A l'instant précis où les pneus du pick-up mordaient sur le

pont qui traversait le lac Pontchartrain, la pluie redoubla de violence.

— Il y a des gants dans la boîte à gants, dit-il.

— C'est vrai ?

— Oui. C'est une boîte à gants.

— Oui, je sais, mais… Oh… laisse tomber… C'est sans importance.

Elle ouvrit la boîte à gants et, en effet, elle y découvrit une lampe torche, une pince, des tenailles, un couteau, un sac de biscuits pour chiens, ainsi qu'une boîte de gants en latex.

— Je m'en sers pour m'occuper du bétail, expliqua-t-il. N'oublie pas que j'examine des bêtes, que je leur fais des piqûres, que je les nettoie, que je les aide à mettre bas. J'ai mon matériel.

— Matériel qui te sert aussi quand tu voles des pièces à conviction dans un couvent.

— Exactement.

Ils savaient tous deux que les inspecteurs chargés de l'enquête seraient furieux, mais elle ne le lui reprocha pas. Elle enfila en silence une paire de gants et ouvrit délicatement le carnet qui allait lui donner accès au monde secret de sa sœur, tandis que la pluie se déversait sur eux et agitait la surface du lac.

— Tu sais que tu iras en enfer, pour ça.

Il augmenta la vitesse des essuie-glaces et sourit.

— Ah, oui, tu crois ?

— Oui. Le diable se frotte déjà les mains à l'idée de récupérer ton âme.

— Qu'il vienne la chercher, ricana Slade en lui jetant un regard qui affola son pouls. De plus, J'ai souvent pensé qu'il attendait aussi la tienne.

— Dans ce cas, nous nous retrouverons en enfer, c'est ça ?

— Oui, répondit-il en lui adressant un clin d'œil. Tu peux d'ores et déjà considérer que nous avons rendez-vous.

32

Le bébé ne cessait de pleurer.

— Ce sont les dents, expliqua Olivia.

Bentz promenait la petite dans ses bras, en la berçant pour tâcher de la calmer. Il crut Olivia sur parole.

— Je vais la prendre, proposa Olivia.

Elle posa le livre dans lequel elle cherchait des solutions à leur problème — un manuel traitant de la première année de vie de l'enfant, bourré de bons conseils.

Elle emporta le bébé dans la cuisine, où elle fut accueillie par les cris rauques de Chia, le perroquet que lui avait légué grand-mère Dubois, laquelle avait aussi donné son prénom Virginie — Ginny — à la petite.

— Ne t'inquiète pas, Coco, murmura Olivia. Tout va bien.

En fait, tout allait mal, comme Ginny se chargeait de le faire savoir à sa mère avec force hurlements. Bentz, qui l'avait suivie, ne put s'empêcher d'admirer son calme. Il avait déjà une fille de son premier mariage, Kristi, vingt-cinq ans de plus que sa demi-sœur. En tant que parent, il était un vétéran. Il avait quelques blessures de guerre pour le prouver.

Kristi lui en avait fait baver.

Kristi était une personnalité explosive, toujours à chercher les ennuis. Comme sa mère. Bentz l'adorait, même si elle lui avait volé quelques années d'espérance de vie en faisant les quatre cents coups. Elle avait même frôlé la mort… Il espérait que la vie de Ginny serait moins mouvementée que celle de Kristi.

Heureusement, Kristi s'était assagie. Elle était à présent

mariée à Jay McKnight, qui travaillait comme expert à la police d'Etat et enseignait la criminologie à l'université All Saints de Baton Rouge.

Le bébé cessa de pleurer et se mit à gazouiller dans les bras de sa maman — spectacle qui fit fondre le cœur de Bentz.

— Tu vois, c'est juste une question de doigté, murmura Olivia.

Fort de son expérience avec Kristi, Bentz se doutait que cette petite le passerait un jour au rouleau compresseur, mais ça ne l'empêchait pas de l'adorer. C'était ça, être père.

Il n'imaginait plus un monde sans Ginny, même si elle leur menait la vie dure. Il était en admiration devant ses cheveux blonds, de la même teinte que ceux de sa mère, et tellement fins qu'on voyait la peau de son crâne. Ses grands yeux ébahis ouverts sur le monde le faisaient littéralement craquer. Et puis elle était si dégourdie… Elle rampait à travers toute la maison en terrorisant Hairy, leur vieux chien, un autre animal hérité de la ménagerie de la grand-mère d'Olivia.

Avec Ginny, Bentz voyait l'avenir en rose.

— D'accord, dit-il, tu as gagné. Tu te débrouilles mieux que moi, pas de doute.

Abandonnant Olivia et Ginny, qui n'avaient plus besoin de lui, il se rendit dans son bureau pour appeler Jay, son beau-fils. Il comptait lui demander d'accélérer les analyses ADN pour l'affaire Camille Renard, et aussi de refaire l'expertise sanguine du fœtus, par mesure de prudence.

Il s'installa dans son fauteuil en songeant à Camille, à l'enfant qu'elle portait dans son ventre et dont la vie s'était arrêtée avant même d'avoir commencé.

Libérée de l'étreinte de sa mère, la petite Ginny se faufila comme une anguille dans l'antre de son père et arriva en rampant. Elle leva la tête — visiblement fière de son exploit — et lui sourit en découvrant deux incisives inférieures.

Depuis le pas de la porte, Olivia les observait d'un air attendri.

— Viens là, toi, murmura Benz.

Il prit Ginny dans ses bras et la planta sur ses genoux en

embrassant son charmant petit crâne. Elle s'affaira aussitôt à déchiqueter un bloc-notes, tandis qu'il composait le numéro de Jay.

Il restait encore trop de questions sans réponses, dans l'affaire Camille Renard.

— Tout ça est vraiment très romantique, ironisa Slade.

Il s'était installé face à Valerie et prenait connaissance des photocopies du journal de Camille.

— On devrait le brûler, murmura Valerie, qui n'avait pas touché à son verre de vin depuis le début de la soirée.

Elle prit une page en soupirant.

— C'est trop personnel.

— La police a besoin de ce journal, fit valoir Slade.

— Je sais…

Valerie s'était résignée au fait que les détails les plus intimes de la vie de sa sœur allaient être lus, relus, étudiés et analysés. Mais à contrecœur. Slade la comprenait. Tout le monde allait savoir que Camille Renard n'avait absolument rien d'une nonne.

Il avait utilisé le matériel approximatif de Valerie pour scanner, puis imprimer les pages du journal, de façon à pouvoir le lire tout en laissant intact l'original pour la police. Ils lisaient depuis plusieurs heures, mais n'avaient rien trouvé de ce qu'ils attendaient. Ils avaient espéré des révélations, mais Camille s'exprimait surtout par ellipses ou au moyen d'un charabia incompréhensible. Il y avait bien quelques noms griffonnés ici et là, mais aucun en rapport avec la ou les liaisons de Camille — du moins pas directement. Ils planchaient depuis un moment sur une série de lettres et de chiffres auxquels ils ne comprenaient rien.

Valerie se décida enfin à goûter son vin. Elle paraissait troublée.

— Je pense qu'elle a utilisé un code, murmura-t-elle en fronçant les sourcils.

Elle montra une ligne où Camille avait inscrit : « RV 7734 CV ».

— Il pourrait s'agir d'un code pour un numéro de téléphone, suggéra-t-il. Ou pour une plaque d'immatriculation.

— Je ne sais pas. Pour RV, je pensais à « rendez-vous ». CV pourrait être un numéro de chambre. 105, en chiffres romains, ce qui donnerait : « rendez-vous chambre 105 ».

— C'est possible. Les numéros des psaumes sont souvent indiqués en chiffres romains, ça lui a peut-être donné l'idée. Rien ne marche comme dans le monde normal, dans ce couvent.

— Tu en parles comme d'une prison.

— Ce n'est pas une prison ?

— D'après Camille, ça n'en était pas une, expliqua Valerie. Elle m'a dit que rien ne les obligeait à rester, à part leur foi et leurs vœux.

Elle fronça les sourcils, tout en relisant.

— Comment savoir ? murmura-t-elle d'un ton angoissé.

Elle passa quelques pages en revue, et s'arrêta de nouveau sur une phrase codée.

— En voici une autre, dit-elle. TOM BF 2 M&M.

— BF, ce n'est pas ce que les gamins emploient pour dire *best friend*, meilleur ami ? demanda Slade.

— Mais comment est-ce que tu sais ça ? Tu t'intéresses au langage des ados ? Toi, un cow-boy du Texas ?

— Nous avons un ordinateur connecté à internet, au ranch, figure-toi. Je suis sur Facebook. Et je sais envoyer des SMS.

Il lui adressa un clin d'œil.

— Je n'en reviens pas, ironisa Valerie.

— Voyons, Val, tout le monde connaît les abréviations des SMS et des messageries instantanées. Et les nonnes de Sainte-Marguerite sont comme tout le monde. Même si elles vivent dans un couvent qui a l'air coupé du monde.

— Il n'en a pas que l'air, crois-moi, mais peu importe…

Elle leva les yeux au ciel.

— Revenons-en plutôt à notre énigme, monsieur Texto. Si on admet que TOM vaut pour Thomas, comme le prêtre de Sainte-Elsinore, ça donnerait : « Thomas est le best friend de m&m's, les bonbons » ?

— Beaucoup de gens adorent les m&m's, rétorqua-t-il d'un air impassible.

— Je sais. J'en fais partie.

Elle reprit son sérieux.

— Tom…, murmura-t-elle. Tu crois que…

— Qu'elle avait aussi une liaison avec le prêtre de Sainte-Elsinore ?

Il secoua la tête.

— Elle n'a tout de même pas dégoté deux prêtres, dans des paroisses voisines, prêts à renier leurs vœux. Ça serait tout de même un peu fort. Et ça en dirait long sur le célibat des prêtres.

— Ou sur le sien.

— En ce qui concerne le sien, nous sommes déjà fixés, fit-il remarquer.

Elle décida de ne pas se lancer dans cette discussion et préféra boire une gorgée de vin plutôt que de répondre. Puis elle passa de nouveau les feuilles imprimées en revue, jusqu'à tomber sur un autre message crypté – un gribouillis, celui-là, un cœur entourant les lettres « C.A.L.L.E.D. ».

Le cœur signifiait-il que Camille était amoureuse ? Et les lettres ? Que désignaient-elles ? Des prénoms ?

Valerie soupira. Sur le cœur, Camille avait repassé plusieurs fois son crayon, comme si elle rêvassait. Etait-ce vraiment un message ?

Elle trouva une dernière feuille avec un gribouillis du même acabit : les deux mots « Révérende mère » assaillis par une volée de flèches.

Là encore, impossible de savoir si Camille avait eu un problème précis avec sœur Charity ou si elle avait eu besoin de se défouler, comme ça, pour rien.

Elle décida de laisser tomber les messages cryptés et entreprit de lire le texte.

Au bout de quelques minutes, elle leva la tête vers Slade, tout en caressant du bout des doigts son verre de vin.

— Il me semble que je te dois des excuses, murmura-t-elle.

Il comprit aussitôt à quoi elle faisait allusion. Elle venait sûrement de lire le passage où Camille reconnaissait avoir tenté de séduire « un cow-boy borné qui prend le sacrement du mariage au sérieux, autant que son héritage de Texan ».

— Ce n'est peut-être pas de moi qu'elle parle, fit-il remarquer.

— Et de qui donc ? rétorqua-t-elle en le regardant droit dans les yeux. De tes frères ? Il me semble qu'ils sont célibataires.

Elle but lentement une gorgée de vin et il fut une fois de plus saisi par la beauté de son visage, beauté dont elle n'avait pas conscience, ce qui ajoutait encore à son charme. Rien à voir avec la pétulante Camille…

— Et si elle avait menti, dans ce journal ? suggéra-t-il, tout en se penchant sur la table pour attraper sa bière en faisant grincer le bois de la chaise de cuisine. Si elle s'était amusée à raconter que c'était moi qui lui avais couru après, tu l'aurais crue ?

Valerie ne répondit pas.

— C'est encore elle qui mène la danse, Val, conclut-il d'une voix pleine de colère contenue.

— Que veux-tu dire par là ?

— Que tu aurais dû avoir confiance en moi. C'est elle que tu as choisi de croire, pas moi. Et c'est encore elle que tu crois aujourd'hui.

— Je pensais que tu serais heureux d'apprendre que je savais enfin la vérité.

Il vit briller dans ses yeux une lueur qu'il connaissait bien et sentit qu'il aurait pu tenter un rapprochement, mais il n'en était pas question. Pas dans ces conditions.

— Ce journal ne contient peut-être que de pures inventions, fit-il remarquer, désignant une feuille sur laquelle Camille décrivait une scène de sexe particulièrement crue.

— Tu veux dire qu'elle aurait menti en rédigeant son journal intime ?

— Je dis que c'est possible. Qu'il ne faut pas croire absolument tout ce qu'elle écrit.

— Y compris quand elle parle de votre relation.

— Exactement.

Il serra si fort les dents qu'il en eut mal à la mâchoire.

— C'est moi que tu dois écouter, Val. Pas ta sœur. Parce que je suis ton mari et que je ne t'ai jamais menti.

Valerie déglutit péniblement et détourna le regard. Il dut se retenir pour ne pas se lever et parcourir les quelques centimètres qui les séparaient.

— Très bien..., murmura-t-elle. Tu as raison. Ce journal pourrait être un tissu d'inventions.

Elle fronça les sourcils et se mordilla pensivement la lèvre.

— Mais je ne pense pas que ce soit le cas, ajouta-t-elle en secouant la tête, comme si elle réfléchissait tout haut. Par exemple, quand elle parle de son premier amant...

Elle reposa son verre de vin d'un geste lent.

— Son premier amant, celui qu'elle a eu au lycée... D'après toi, de qui s'agit-il ?

Il haussa une épaule.

— Comment veux-tu que je le sache ? Elle ne mentionne pas son nom.

— Un garçon athlétique. D'origine hispanique.

— Eh bien quoi ? Il y en a plein. Ça pourrait être n'importe qui.

— C'est Ruben Montoya, lâcha-t-elle d'un ton écœuré.

Comme Slade la fixait d'un air sceptique, elle précisa :

— Je le sais.

— Tu sais qu'ils sont sortis ensemble, mais ça ne signifie pas que...

— Il a été son amant, coupa-t-elle en tapotant une page du bout de son index. D'après elle, il était le premier. Ensuite, elle mentionne toute une ribambelle de petits copains, un ou deux types avec lesquels elle a couché juste une fois, tout ça sans jamais donner de noms. Ensuite il y a toi... Qu'elle n'a pas réussi à avoir. Puis un prêtre. Et le prêtre, nous savons qui c'est.

— Frank O'Toole.

— Frank O'Toole, le salaud ! lança-t-elle.

Elle se leva et alla vider d'un geste rageur son verre de vin dans l'évier. Bo la suivit en remuant la queue. Ce manège avec le chien commençait à agacer sérieusement Slade.

— Montoya ne devrait pas être chargé de cette affaire, poursuivit Valerie. Il est trop impliqué personnellement. Et Frank O'Toole devrait déjà être derrière les barreaux.

— Tu es sûre que c'est lui, l'assassin ?

— Oui. Enfin... non... En fait, je ne suis sûre de rien.

Elle secoua la tête, et l'éclairage au-dessus de l'évier fit briller des reflets auburn dans ses cheveux. Il songea à toutes les fois où il avait quitté leur chambre, au petit matin, en contemplant ces mêmes reflets à la lueur du soleil levant. Souvent, elle ouvrait un œil endormi et lui souriait. Alors il revenait vers le lit. En se concentrant un peu, il pouvait presque sentir l'odeur des draps séchés au soleil du Texas, mêlée à celle de son parfum et du sexe. Il eut un tiraillement dans le bas-ventre qu'il s'efforça d'ignorer.

Ce n'était pas du tout le moment.

— C'est bien ça le problème, poursuivit Valerie d'un air préoccupé. Frank O'Toole ne me fait pas l'effet d'un type capable de meurtre. Quand il dit qu'il aimait ma sœur, je ne peux pas m'empêcher de le croire. Tout de même... J'ai du mal à les imaginer ensemble... Surtout en train de faire des trucs pareils...

Elle jeta un regard méprisant du côté de la table.

Lui aussi avait du mal à imaginer un prêtre dans les scènes extrêmes décrites par Camille — un homme qui rendait visite aux malades dans les hôpitaux, qui donnait de son temps aux enfants d'un orphelinat, qui s'investissait dans la construction de refuges pour les sans-abri... L'amant de Camille était un dominateur à la limite du sadisme.

Mais après tout... comment savoir de quoi était capable un homme, prêtre ou pas ?

Il dissimulait peut-être une face sombre.

On pouvait avoir l'air tout à fait normal et être un pervers.

Il se souvenait d'avoir vu sur internet la photo d'une vieille femme se rendant à la messe, vêtue d'un costume tailleur — près de quatre-vingts ans, blonde, une coupe au carré impeccable et stricte, un sourire doux et innocent. Et puis une autre photo, de la même femme, nue, le corps recouvert de piercings et de tatouages, le pubis rasé, qui regardait l'objectif d'un air langoureux.

Il s'était toujours demandé s'il s'agissait d'un trucage. Si quelqu'un s'était amusé à mettre la tête de la vieille dame sur ce corps nu et provocateur, pour jouer sur le choc du contraste.

En tout cas, l'image était restée gravée dans son esprit, et elle lui revenait chaque fois qu'il se demandait si une personne était bien ce qu'elle prétendait être. Combien de gens apprenaient avec incrédulité que leur gentil voisin avait maltraité sa femme ou violé des enfants ? Il ne fallait pas se fier aux apparences.

Frank O'Toole, prêtre ou pas, pouvait tout à fait être l'homme qui attachait Camille aux montants d'un lit, qui la massait avec de l'huile tiède, qui l'excitait avec des jouets sexuels, qui flirtait avec les limites et la douleur.

Il était peut-être son assassin.

— En tout cas, le type dont elle parle est un malade, affirma Valerie tout en rinçant son verre.

Elle tapota d'un air absent la tête du chien, puis alla s'installer côté salon, dans son fauteuil favori, en levant les yeux vers Slade, qui n'avait pas bougé de la table de la cuisine.

— Je suis vraiment désolée, reprit-elle d'une voix émue. Désolée d'avoir douté de toi. D'avoir cru ma sœur plutôt que toi.

Il songea que c'était sans doute le moment de se lever, de la rejoindre, de la soulever, d'écarter les cheveux qui retombaient sur son visage, d'embrasser ses cils en lui murmurant des mots doux, d'accepter ses excuses. Mais il ne pouvait pas. Pas encore. Il restait encore entre eux trop de non-dits.

Bien sûr, ç'aurait été facile de l'emporter dans la chambre. Il l'imaginait déjà, nue et affamée de lui, humide de sueur, poussant ses hanches contre les siennes, ses cheveux épars sur l'oreiller, ses seins ronds et pleins tendus vers lui, réclamant sa bouche et la caresse de ses mains, ses jambes qui s'enrouleraient autour de lui, le cri rauque qu'elle pousserait quand il entrerait en elle.

Ils auraient fait l'amour sauvagement, pour oublier, pour oublier Camille et le mal qu'elle leur avait fait.

Et ce n'était pas ce qu'il voulait.

Il se leva d'un bond.

— Je crois que nous avons tous les deux besoin d'une bonne nuit de sommeil, déclara-t-il en laissant la bouteille sur la table. Demain, il faut se lever tôt pour apporter à la police le journal de Camille.

Il marcha vers la porte, puis hésita sur le seuil et se retourna.

— Nous avons aussi à réfléchir. A propos de nous.

Bo s'était levé et demeurait entre eux, la tête inclinée, en remuant la queue, comme s'il ne savait lequel des deux choisir.

— Tu restes là, lui dit-il.

Lui aussi aurait eu envie de passer la nuit dans ce charmant petit cottage. Auprès de sa femme.

Sans un regard pour Valerie, il poussa la porte moustiquaire et se fondit dans l'épaisseur de la nuit.

33

— C'est l'heure, insista la voix. Hâte-toi.

Sœur Asteria se glissa hors de sa cellule. Elle se sentait prise de vertige à l'idée de ce qui l'attendait. Elle releva le jupon de sa longue robe, afin de permettre à ses pieds nus de trottiner plus aisément sur le plancher de bois.

Elle était exaltée, comme ivre, et trébucha en descendant un peu trop vite les marches de l'escalier.

— Il t'attend.

Il l'attendait ! Aiguillonnée par la voix, elle accéléra encore l'allure. Arrivée devant la porte donnant sur l'extérieur, pourtant, elle marqua un temps d'hésitation.

— Maintenant, ordonna la voix. Allez !

En dépit de l'allégresse qui la portait, elle sentit le premier frisson de peur affleurer à sa conscience — frisson qui lui rappela qu'elle s'apprêtait à commettre un grave péché.

Souviens-toi de sœur Camille, fit une voix venue du plus profond d'elle-même, celle-là.

Mais elle l'ignora et se concentra sur l'exercice difficile qui consistait à tenir debout, tout en poussant la double porte qui s'ouvrit sur la nuit. La lune brillait dans le ciel, les fragrances fleuries du jardin se mêlaient à l'odeur de terre mouillée. Le gravier de l'allée lui écorchait les pieds, mais elle ne sentait pas vraiment la douleur. Elle passa sous une des arches voûtées du jardin. La grille était ouverte, comme si quelqu'un l'avait attendue.

Bien sûr qu'on l'attendait.

Joseph, son fiancé, l'attendait.

Elle fit un effort pour visualiser son beau visage, pour imaginer ce qu'elle ressentirait quand elle l'embrasserait de nouveau.

Mais non… Ce n'était sûrement pas Joseph. Ou bien était-ce Joseph ? L'espace d'un instant, elle se sentit perdue. La lueur de la lune lui parut soudain étrange. Mais pourquoi ne se trouvait-elle pas dans une église ? Et si ce n'était pas Joseph, son fiancé, qui l'attendait devant l'autel, qui était-ce donc ?

Tu vas épouser Jésus, le fils de Dieu. Tu es une nonne.

Bien sûr.

Elle tenta de retrouver la sensation d'allégresse qui l'avait portée jusque-là et qui s'était envolée, remplacée par l'idée affreuse qu'on l'avait trompée, peut-être droguée, pour mieux la manipuler.

— Par ici.

La voix la guida jusqu'au bout d'une allée, puis la fit bifurquer pour franchir de nouveau une grille — ouverte, elle aussi. Elle dut tout de même la pousser un peu, et quand les gonds rouillés grincèrent, elle se rendit compte qu'elle se trouvait dans le cimetière, au milieu des tombes. Le vent secouait les arbres et tirait sur le bas de sa robe. La mousse espagnole qui pendait des branches torturées s'agitait, comme autant de fantômes.

— Le moment est venu d'expier tes péchés, sœur Asteria, murmura la voix à son oreille.

Non !

Elle voulut crier, mais n'émit aucun son. Une terreur sans nom envahit son âme.

— Tu n'as pas respecté tes vœux.

Attendez… Elle aurait voulu protester, mais, de nouveau, elle demeura muette.

— Avance.

Dévorée de peur, elle avança en titubant. Dans ses veines, son sang était figé comme de la glace. Le froid qui l'envahissait semblait lui rappeler qu'elle méritait un châtiment.

Un corbeau poussa un cri plaintif et moqueur avant de s'envoler vers les cieux couleur d'encre. Elle songea au triste destin de la pauvre sœur Camille et se mit à trembler. Le tissu rêche de sa robe la démangeait. Elle eut la sensation que sa fin était proche. Des larmes coulèrent de ses yeux et elle envisagea de s'échapper, de faire demi-tour, de courir au milieu des tombes en appelant à l'aide.

Mais son corps ne lui obéissait plus.

Pas plus que sa voix.

Parce qu'elle avait péché.

Et qu'elle méritait un châtiment.

Elle savait que sœur Camille portait une robe de mariée, elle aussi, le soir où on l'avait assassinée. Ainsi, la mort de Camille avait été un avertissement, mais elle n'en avait pas tenu compte.

Aidez-moi mon Dieu, je vous en supplie, pria-t-elle mentalement, tout en trébuchant de nouveau.

En perdant l'équilibre en arrière, elle sentit dans son dos la pointe aiguë d'un couteau qui la poussait en avant, plus avant au milieu des tombes et des tombeaux. Son agresseur n'était qu'une vague silhouette drapée de noir, mais elle eut l'impression de le connaître.

Son cœur battait sauvagement, la suppliant de s'enfuir. Elle aurait bien voulu courir, si seulement ses jambes avaient pu. Elle n'essaya même pas. Elle tenait à peine debout.

Asteria était l'aînée de sept enfants. Elle avait toujours obéi.

Sans poser de questions.

Sans protester.

Depuis sa première communion, elle avait eu dans le Seigneur une foi inébranlable, qui n'avait failli qu'à une seule occasion, un court moment.

Pour Joseph.

Elle n'avait que seize ans à l'époque, elle était encore une gamine stupide. Lui avait vingt-quatre ans, du moins était-ce ce qu'il avait prétendu, en lui dissimulant soigneusement l'existence d'une épouse et d'une fille.

Bien sûr, elle l'avait quitté dès qu'elle avait su la vérité, horrifiée d'apprendre qu'il lui avait menti, en refusant d'écouter ses pitoyables excuses au sujet d'un mariage sans amour qui le rendait malheureux.

Elle avait décidé de ne plus jamais le revoir.

Peu de temps après, pendant que sa femme et sa fille dormaient, il s'était enfermé dans son garage et il avait mis le moteur en marche.

La veuve de Joseph avait rendu Asteria responsable de cette tragédie, lui reprochant d'avoir fait de leur enfant un orphelin. De plus, elle s'était retrouvée sans le sou. L'assurance vie ne lui avait pas versé un centime, à cause du suicide.

Asteria s'était sentie salie. Ignoble. Elle avait décidé de se racheter en consacrant sa vie au Seigneur. Elle avait terminé sa scolarité et était entrée au couvent.

Sans se douter qu'elle tomberait amoureuse d'un homme de Dieu, du père O'Toole. Son cœur se gonfla en revoyant son visage si viril, si doux, si séduisant.

Et pourtant…

C'était à cause de lui qu'elle avait péché.

Satan avait-il voulu la soumettre à la tentation ?

Non… Pas avec le père Frank…

Et, pourtant, elle était là, dans cette robe de mariée, sur le point de payer le prix de ses péchés, au milieu de cette mer de tombes prête à l'engloutir.

Son cœur battait si fort qu'elle crut qu'il allait exploser, ses veines se gonflaient de peur. Ses doigts cherchèrent le réconfort de son chapelet.

Comment en était-elle arrivée à cette extrémité ?

Elle laissa échapper un sanglot et sentit la pointe du couteau entamer le tissu de sa robe. Le contact de la lame glacée sur sa peau tiède fit grimper sa terreur d'un cran. Un filet de sang tiède coula le long de sa cage thoracique. Elle voulut crier, de nouveau, mais n'y parvint pas.

— Non, murmura-t-elle faiblement.

Le sang battait à ses oreilles. Elle n'entendait plus que ça.

— Si tu cries, je condamne ton âme à l'enfer, menaça la voix. A présent, avance.

Asteria se remit docilement à avancer, zigzaguant entre les tombes. Elle songea à son père et à sa mère, à ses six frères et sœurs qui vivaient encore chez eux. Leurs visages passèrent devant ses yeux, mais ce fut celui de Mary, la plus petite, huit ans, qui demeura le plus longtemps. Mary avait des taches de rousseur, des cheveux frisés, des yeux profonds d'un brun sombre. Elle ressemblait beaucoup à Asteria et elle était très croyante, bien que trop jeune, encore, pour savoir vraiment ce qu'était la foi.

— A genoux, ordonna la voix.

Asteria s'arrêta devant une tombe surmontée d'une statue d'ange aux ailes déployées. L'ange semblait se pencher sur elle, mais son visage était dans l'ombre et elle ne put lire son expression.

— Tout de suite ! insista la voix en la poussant sans ménagement.

Elle tomba sur le sol, et le gravier lui blessa les genoux à travers le fin tissu de sa robe.

— Quel est le salaire du péché ? demanda la voix.

La question fit exploser la peur d'Asteria en milliers de petites lames tranchantes.

— Car le salaire du péché est…, proposa la voix.

— La mort, acheva-t-elle d'une voix rauque, tandis que la terreur hurlait tout au fond d'elle-même.

Elle se mit à prier, en silence.

Notre Père qui êtes aux…

On lui passa quelque chose autour du cou.

Non !

Bats-toi, Asteria. Tu dois te battre. Personne ne viendra à ton secours.

Elle tenta de se lever, mais le nœud qui enserrait sa gorge se referma sur elle, lui entamant la peau.

La terreur la submergea de nouveau. Elle vit passer devant ses yeux une lueur rouge, comme un cri de détresse muet.

Bats-toi. Fuis ce malade !

Elle tenta d'appeler. De respirer.

Mon Dieu, je Vous en supplie, sauvez-moi !

Elle se répéta la phrase plusieurs fois, y mettant toute sa ferveur, tout en se débattant sauvagement. Elle agita un bras, tandis que l'autre tirait sur le nœud qui lui enserrait la gorge. Elle avait les poumons en feu, son cerveau hurlait de douleur et plongeait lentement dans les ténèbres, tandis que les cloches se mettaient à sonner, comme pour accompagner ses derniers instants.

Non… Non… Jésus… Notre Sauveur…

La tête lui tournait, la pression qui pesait sur sa cage thoracique la paralysait. Son âme s'attarda encore quelques minutes dans son corps, puis, brutalement, elle dut s'en détacher, car elle vit clairement son assaillant tordre le garrot pour le serrer plus fort. La suite de la scène, elle l'observa du dessus : le sang qui perlait à son cou, sous forme de gouttelettes grenat qui se mirent à grossir, son corps, qui tressautait une dernière fois, puis devenait inerte.

Une lumière blanche passa devant ses yeux et elle eut le temps de penser que c'était celle dont tant de gens parlaient, celle qui montrait le chemin de l'au-delà. Puis ce furent de nouveau les ténèbres, un épais nuage opaque qui absorba sa douleur et sa peur.

Elle était en train de mourir.

Des fragments de sa vie défilèrent.

Une question lui traversa l'esprit, avec une étrange acuité.

Est-ce que les portes du paradis s'ouvriraient pour elle ?

Ou bien serait-elle jetée dans les profondeurs de l'enfer pour l'éternité, comme elle le craignait ?

Psitt !

Lucia ouvrit les yeux.

Non ! Pas ça !

En dépit de la brise fraîche qui entrait par la fenêtre de sa cellule, Lucia était en sueur, au point d'en avoir le crâne humide. Elle se révolta intérieurement. Non ! Elle s'agrippa aux draps et à la fine couverture de son lit, tout en priant pour s'être trompée.

Elle ne voulait plus entendre la voix rauque de ce démon...

— Seigneur, je Vous en supplie, murmura-t-elle.

Son corps était si tendu qu'elle pouvait à peine respirer. Elle eut la vision d'un ange, les bras levés, les ailes déployées.

— Non...

Mais elle sut qu'elle allait de nouveau plonger dans les ténèbres et l'horreur.

Les cloches sonnèrent minuit, d'un ton doux et plaintif.

Seigneur... Non...

Tout en luttant contre la panique, elle roula hors du lit et alla chercher son habit dans l'armoire. Sa jupe avait à peine touché le sol qu'elle attrapait déjà, de ses doigts tremblants, son rosaire posé sur la table de nuit, en priant tout bas.

Quand elle franchit en courant la porte de sa chambre pour suivre le long tunnel sombre du couloir, elle perçut nettement la présence maléfique — une odeur de démon, puissante, répugnante, attirante.

Elle ne s'était pas attendue à rencontrer quelqu'un, mais, au détour du couloir, elle faillit heurter sœur Edwina.

— Oh ! s'exclama-t-elle en portant ses mains à son cœur. Que faites-vous ici, sœur Edwina ?

La douche et les toilettes se trouvaient dans la direction opposée. Edwina ne venait donc pas de là.

— Je n'arrivais pas à dormir, répondit Edwina. Et vous ?

— Je n'ai pas le temps de vous expliquer. Venez avec moi.

Elle attrapa Edwina par la manche et se remit à avancer.

— Je... j'ai la sensation qu'il se passe quelque chose d'anormal, dit-elle.

— La sensation ? répéta Edwina.

Lucia ne voulait pas en dire plus. C'était trop délicat. Trop compliqué.

— C'est difficile à expliquer. Suivez-moi, insista-t-elle en se mettant à descendre l'escalier, sans même se retourner vers sœur Edwina. Dépêchez-vous, je vous en prie.

Le claquement des semelles de sœur Edwina derrière elle suffit à la rassurer un peu. Elle se demanda vaguement pourquoi sœur Edwina errait dans les couloirs à cette heure tardive, tout habillée, avec son voile, mais elle n'avait pas le temps de s'appesantir sur la question.

— Où allons-nous ? demanda Edwina.

— Je… je ne sais pas trop.

— Attendez une seconde, protesta sœur Edwina. Vous ne savez pas ce qui vous paraît étrange, vous ne savez pas où vous allez, mais vous…

— Suivez-moi, c'est tout, coupa Lucia.

Elle n'avait pas l'habitude de donner des ordres, mais ce soir, doux Seigneur, elle n'avait pas le choix… Ne fût-ce que pour sa santé mentale. A condition qu'elle soit vraiment saine d'esprit, ce dont elle commençait à douter. Mais elle continua d'avancer. Elle espérait ardemment se tromper. La voix n'était peut-être que le fruit de son imagination. Mais elle avait la chair de poule, et un tel signe ne trompait pas…

— Je me demande pourquoi je vous écoute, marmonna sœur Edwina quand elles franchirent la porte donnant sur le jardin.

Le vent sec et frais charriant l'odeur du Mississippi les heurta de plein fouet. De gros nuages voilaient le ciel, leur dissimulant la lune et une partie des étoiles.

Lucia n'attendit pas sœur Edwina et prit le chemin qui traversait le jardin, droit vers le cimetière.

Seigneur, protégez-moi.

En dépit de la voix maléfique qui ne cessait de la pousser en avant, elle s'efforçait de ne pas perdre contact avec son Seigneur.

Edwina la rattrapa au moment où elle franchissait la grille du cimetière.

— Vous avez perdu la tête ? protesta-t-elle, tout en lui emboîtant le pas au milieu des tombes et en la fixant de son regard clair.

Elle avait peut-être perdu la tête, en effet, mais elle y réfléchirait plus tard. Elle ne répondit pas à sœur Edwina et continua à traverser le cimetière, au pas de course, avec le vent qui jouait dans ses cheveux. La voix du démon ne la guidait plus, mais elle n'hésita pas sur la direction à prendre.

Elle avait peur de ce qu'elle risquait de trouver, son cœur battait, elle pria pour s'être trompée.

Seigneur... Faites que ce soit une erreur...

Elle ne ralentit pas l'allure quand l'ange apparut. Il était gris, les ailes déployées, les bras levés vers le ciel. Une traînée noirâtre salissait ses joues, comme s'il avait pleuré.

Comme dans sa vision.

Et, au pied de la statue, devant la tombe, gisait un corps de femme.

Sœur Edwina l'aperçut un dixième de seconde après Lucia et poussa un cri terrible.

Les rayons de lune frissonnaient sur le corps. La femme, comme sœur Camille, portait une robe de mariée défraîchie. Le vent soulevait les plis vaporeux de sa jupe et secouait les branches, tout en gémissant doucement.

— Seigneur Dieu ! cria Edwina tandis que Lucia se penchait pour voir s'il restait un souffle de vie à ce corps étendu. Pas Asteria...

Elle se prit le ventre à deux mains et tomba à genoux en poussant un long gémissement de désespoir. Puis elle se mit à sangloter.

Le regard de sœur Asteria était fixe, perdu dans le ciel sombre.

Les mains de Lucia prirent le poignet d'Asteria, pour chercher son pouls. En espérant... En priant...

Mais elle ne le trouva pas.

Asteria ne respirait plus.

Elle ne bougeait plus.

Son âme s'élevait déjà vers le ciel.

Les yeux de Lucia se remplirent de larmes.

Une prière lui vint aux lèvres et elle la récita — litanie entrecoupée de sanglots —, tandis que les cloches de minuit se taisaient enfin.

34

— Ne me dis pas que c'est une ancienne copine de lycée, celle-là aussi ? demanda Bentz à Montoya, qui s'accroupissait devant le corps de sœur Asteria.

Sans l'étincelle de la vie, Asteria était à peine reconnaissable. Son visage avait pris une teinte bleutée et son regard était aussi morne que les tombes qui les entouraient.

— Très drôle, répliqua Montoya.

— Tu n'as pas répondu, fit remarquer Bentz.

— Non, Bentz, répondit Montoya en se redressant. J'ai rencontré cette femme la nuit où nous avons interrogé les religieuses du couvent.

Il y avait quelques jours à peine… Montoya avait l'impression que cela faisait une éternité.

— Tant mieux, approuva Bentz.

Montoya était de son avis. Oui, cela valait mieux. Toutes ces têtes connues rassemblées dans une enquête qu'il menait, ç'avait quelque chose de surréaliste. L'idée l'avait même traversé qu'il était peut-être au centre de cette histoire. La mort d'Asteria le rassurait au moins sur ce point.

— C'est un véritable cauchemar, murmura Bentz tandis qu'il s'éloignait du corps.

Le légiste avait terminé l'examen préliminaire. On déposa le corps dans un sac à glissière pour l'emporter.

Lynn Zaroster rejoignit Bentz et Montoya, en faisant un détour pour éviter le périmètre de la scène du crime. Elle salua Montoya d'un sourire résigné. Ils avaient été partenaires durant le congé maladie de Bentz, quand celui-ci récupérait d'une blessure qui avait failli lui coûter la vie et le rendre inapte au travail. A son retour, Zaroster avait dû faire équipe avec Brinkman, qu'elle ne supportait pas. Depuis, elle attendait le départ à la retraite de Bentz — elle était bien la seule, dans le département de police — pour être de nouveau en tandem avec Montoya.

— La presse demande des explications. Et vite. Les journalistes parlent déjà de meurtres en série.

— Déjà... ? dit Bentz en secouant la tête. C'est un peu prématuré, non ?

Montoya n'était pas d'accord avec lui. Les textes prétendaient qu'il fallait au moins trois victimes, avec un temps de latence entre les meurtres, pour parler de tueur en série, mais c'était la théorie. Personne ne savait vraiment comment fonctionnait le cerveau d'un psychopathe. Pour lui, deux religieuses tuées selon le même mode opératoire, c'était clair... L'assassin frapperait encore. Ou il avait déjà frappé, ailleurs, et ils n'étaient pas encore au courant.

— Brenda Convoy insiste, commenta Zaroster, fixant la scène du crime en fronçant les sourcils.

Montoya fit la moue. Il n'avait jamais apprécié cette arriviste de Brenda Convoy, qui travaillait pour WKAM. Cela dit, il n'appréciait pas les journalistes tout court.

— Je lui ai dit d'attendre la déclaration de notre porte-parole, et j'ai cru qu'elle allait en cracher une pendule, soupira Zaroster, dont le beau visage était éclairé par les pâles rayons de lune et par les flashes intermittents des photographes.

— On dit « chier une pendule », corrigea Brinkman.

Le visage de Zaroster se ferma, mais Brinkman ne parut pas le remarquer.

— De toute façon, tu n'as qu'à la laisser dire, poursuivit-il. Elle sait très bien qu'elle doit s'adresser à Tina Sinclaire, comme tout le monde.

— Bon, qu'est-ce qu'on a ? coupa Montoya.

— Pour l'instant, rien, soupira Brinkman.

Il avait perdu son ironie mordante. Lui aussi était perturbé par cette affaire.

— Tout ça est bien moche, avoua-t-il.

— Dites donc, ça ne vous dérangerait pas de me laisser faire mon travail ? fit la voix de Bonita Washington, coordinatrice des experts. On a une scène de crime à examiner.

Elle était afro-américaine, grande, dotée d'un caractère bien trempé. Elle avait tiré ses cheveux en arrière. Son visage était couvert d'une fine couche de transpiration. Elle avait un bloc-notes dans une main et une trousse dans l'autre.

— Dééésolé ! répondit Brinkman avec un ricanement condescendant.

La trêve n'avait pas duré longtemps. Sa légendaire connerie reprenait le dessus.

— On essaye de faire notre travail, nous aussi.

— Eh bien, faites-le plus loin, rétorqua Washington en les fusillant de son regard vert. Et laissez-moi faire le mien.

Elle tourna le dos à Brinkman pour parler à Santiago, tandis que les photographes mitraillaient le périmètre, éclairant de leurs flashes les cryptes et les statues du cimetière, les tirant tour à tour du néant un dixième de seconde, le temps d'une photo.

Brinkman fit la grimace.

— Elle s'est levée du mauvais pied, on dirait.

— Je t'ai entendu, Brinkman, lâcha Washington sans se retourner, tout en se dirigeant vers la statue au pied de laquelle on avait trouvé le corps. Je reconnais que je n'aime pas être dérangée en plein milieu de la nuit.

— Tu n'es pas la seule, figure-toi, grommela Brinkman.

Comme elle ne répondait pas, il décida d'abandonner la partie.

— Vous ne trouvez pas bizarre que ce soit la même personne qui ait découvert le corps ? demanda-t-il, tout en fouillant dans sa poche pour en sortir un paquet de Marlboro tout écrasé.

Il fit adroitement tomber une cigarette et planta le filtre dans sa bouche, tandis qu'ils circulaient entre les tombes blanchies à la chaux qui sortaient du sol. La Nouvelle-Orléans étant au niveau de la mer et, pour certaines parties de la ville, carrément au-dessous, on y érigeait des tombeaux hors de la terre. Les gens n'avaient pas envie qu'une inondation leur rapporte le cercueil de leur grand-mère.

— Vous ne m'avez pas répondu, insista Brinkman avec sa cigarette encore éteinte qui s'agitait à chaque mot. Vous ne trouvez pas bizarre que ce soit la même qui trouve le corps, à peine quelques minutes après le meurtre ?

— T'inquiète, je vais me charger de ça, répondit Montoya. Je compte commencer par interroger sœur Lucy.

— On dirait qu'elle en sait plus qu'elle ne veut bien le dire.

Ils franchissaient à présent la grille du cimetière. Brinkman sortit son briquet et s'arrêta pour allumer sa cigarette. Montoya sentit l'odeur tentatrice du tabac et contempla avec envie le brandon qui rougeoyait dans le noir.

— Et le prêtre ? demanda Brinkman.

— Je m'en charge, proposa Bentz. Je suppose que son avocat ne va pas tarder à se montrer.

Brinkman cracha un jet de fumée.

— Vous avez visité la chambre de la victime ?

— Pas encore. C'est Zaroster qui doit y aller.

— Je l'accompagne, dit Brinkman. Comme ça, la mère supérieure ne pétera pas une coronaire à l'idée qu'un homme seul fouille le lit d'une de ses ouailles.

Il s'éloigna, en laissant dans son sillage un nuage de fumée.

— Il est imbuvable, lâcha Bentz.

— C'est peu dire, soupira Montoya tout en se dirigeant vers la porte à double battant qui donnait sur le couloir reliant la cathédrale au couvent.

Depuis l'appel au 911, le domaine du couvent était sens dessus dessous. Cette fois, la police avait investi les lieux sans la moindre retenue : le cimetière, la chapelle, la cathédrale, le couvent et tous les bâtiments du domaine étaient marqués par le cordon jaune. Les policiers fouillaient tout et partout. La presse était là aussi. Les journalistes s'étaient postés en face de la cathédrale, avec des équipes pour filmer et des projecteurs.

Ils se chargeaient de prévenir les citoyens qu'on avait retrouvé le cadavre d'une autre religieuse en robe de mariée. Sauf que, cette fois, le tueur avait frappé dans le cimetière, pas dans la chapelle.

Pourquoi ?

Le périmètre était bouclé, les interrogatoires avaient commencé.

A l'extérieur, des hommes interrogeaient les voisins et patrouillaient dans le quartier à la recherche d'indices.

Mais tout le monde savait que le tueur était peut-être déjà loin. Le temps que la police arrive, il avait pu se mettre à l'abri.

Montoya emprunta le couloir menant au bureau de la révérende mère. Une fois de plus, le corps avait été découvert à minuit, quand les cloches sonnaient encore les douze coups. Un agent était arrivé sur place huit minutes plus tard, laps de temps au cours duquel sœur Lucy avait prévenu le standard, puis réveillé sœur Charity, dans cet ordre, au grand déplaisir de sœur Charity.

Sœur Lucy... Encore elle.

Brinkman avait raison. Il était tout de même étrange que ce soit elle qui ait découvert les deux cadavres. Pour ne pas dire carrément louche.

Montoya s'était garé devant le cimetière à minuit vingt-sept, en même temps qu'une camionnette de la télévision qui s'était mêlée aux véhicules de la police.

Ce cadavre en robe de mariée dans un cimetière lui avait donné la chair de poule.

Jusque-là, comme tout le monde, il avait cru que le cas de Camille était un cas isolé, que le meurtrier était le père de son enfant et qu'il l'avait tuée parce qu'elle était enceinte. La mort de sœur Asteria l'obligeait à réviser cette théorie. Un meurtrier en série... Bon sang... Un dingue s'amusait à prendre des religieuses pour cibles.

Et plus précisément des religieuses du couvent Sainte-Marguerite.

Sauf s'il y avait entre les deux femmes un lien autre que leur appartenance au couvent.

Ses pas résonnaient dans le couloir. Il passa devant le bureau de la révérende mère, mais ne s'y arrêta pas. Il se rendait dans les petites pièces, près de la chapelle, là où se déroulaient les interrogatoires.

Il allait probablement y passer les prochaines heures, et ça n'allait être une partie de plaisir pour personne.

— Lève-toi. Il fait jour. Il faut y aller.

Valerie reconnut la voix de Slade. Lointaine et vague.

— Valerie !

Elle ouvrit les yeux. Il faisait jour, en effet. Le soleil entrait par la fenêtre. Slade était tout habillé, mais il venait de prendre sa douche, comme en témoignaient ses cheveux encore humides. Il se penchait au-dessus d'elle. Bo, qui s'était couché au fond de son lit, se leva d'un bond en remuant la queue. Slade le gratta derrière les oreilles.

— Mais quelle heure est-il ? demanda-t-elle en se soulevant pour jeter un œil au réveil. 6 h 30 ?

Elle avait l'impression de ne pas avoir dormi.

— Allez, debout ! dit-il en lui donnant une tape sur les fesses à travers la couverture.

— Mais qu'est-ce qui te prend ? protesta-t-elle. Je croyais que tu avais dit 8 ou 9 heures et…

Elle battit des paupières.

— Comment es-tu entré, au fait ?

— Freya m'a donné une clé.

— Rappelle-moi de lui tordre le cou.

— File sous la douche. Je prépare le café.

— Je pourrais peut-être lui tirer une balle entre les deux yeux, remarque. Ça me demanderait moins d'efforts.

— Allez, dépêche-toi, au lieu de râler.

— Je n'aime pas qu'on me bouscule, le matin.

— Ah, oui, ça, je m'en souviens, dit-il d'un ton qui contenait une pointe de nostalgie.

Elle aurait voulu le fusiller du regard, mais il avait déjà quitté la pièce.

Mais pourquoi était-il si pressé de partir ?

Elle se leva et ôta le T-shirt trop grand qu'elle portait pour la nuit. En apercevant son reflet dans le miroir, elle fit la grimace. Elle avait les cheveux en bataille, les yeux cernés à cause du manque de sommeil, le teint blafard. Elle se détourna de ce spectacle affligeant et alla se doucher, en prenant le temps de laver ses cheveux, qu'elle noua ensuite en queue-de-cheval. Puis elle mit du rouge à lèvres, du blush et un peu de mascara sur les cils, histoire de se donner meilleure mine. Cela suffisait, comme maquillage. Ensuite, elle s'habilla et rejoignit Slade, pieds nus. Dans le salon flottait une bonne odeur de café frais. Slade avait mis la télévision, branchée sur la chaîne locale qui diffusait justement les nouvelles du matin.

Il revenait justement du jardin, Bo sur ses talons.

— Le chien a mangé et il a fait un tour. Sers-toi un gobelet de café à emporter et partons.

Il attrapa le journal de Camille, l'original, celui qui était rangé dans le sac en plastique.

Tandis qu'elle se versait du café en y ajoutant un peu de crème, il alla terminer le sien, debout derrière le canapé, les yeux rivés sur l'écran de télévision.

— Tu devrais venir voir ça, suggéra-t-il.

Elle s'approcha au moment où l'image changeait pour montrer une grande porte de bois qu'elle reconnut aussitôt. Celle de la cathédrale Sainte-Marguerite… Un journaliste se tenait devant l'édifice et s'adressait à la caméra.

— C'est du direct, indiqua Slade. Pas une rediffusion.

— Qu'est-ce que tu veux dire par là ?

— J'ai appris la nouvelle par la radio. Il y a eu un autre meurtre au couvent Sainte-Marguerite, cette nuit, à minuit.

35

— Ne me dis pas qu'elle était enceinte ! lança Montoya à Zaroster.

Ils se trouvaient dans la cafétéria du bureau de police et se servaient du café, tout en parlant, bien entendu, de la dernière victime de Sainte-Marguerite, sœur Asteria McClellan, vingt-deux ans.

— Il est encore trop tôt pour le dire, il faut attendre l'autopsie. Elle aura lieu un peu plus tard dans la journée ; ils lui ont donné la priorité.

— Parfait.

— Quelqu'un a parlé à la famille ?

— Elle a encore ses parents et six frères et sœurs, tous plus jeunes, qui vivent encore à la maison, à Birmingham, soupira Zaroster.

Elle baissa les yeux vers son calepin.

— Les parents, Jacob et Colleen McClellan, seront prévenus dans la matinée.

Elle jeta un coup d'œil à sa montre.

— Ça ne devrait pas tarder.

Montoya ne fit pas de commentaire. Annoncer à des parents la mort de leur fille n'était pas une tâche agréable, mais elle était nécessaire, et souvent instructive.

Il était 8 heures du matin. On n'était qu'au début de cette maudite journée et il avait déjà abusé du café et fumé quelques cigarettes, signe qu'il commençait à tourner à vide. L'adrénaline ne lui suffisait plus. Moins de quatre heures de sommeil. Il se sentait au bout du rouleau.

Il était resté sur les lieux du crime jusqu'à plus de 3 heures du matin, à tenter d'interroger les novices et les religieuses, avec sœur Charity et le père Paul, qui lui mettaient discrètement des bâtons dans les roues. Ils avaient en apparence coopéré, répondu aux questions, autorisé les contacts avec ceux qui vivaient confinés derrière les murs du couvent. Mais ils avaient aussi, à plusieurs reprises, parlé de prévenir l'archevêché et l'évêque. Traduction, pour Montoya : l'Eglise allait engager des avocats, même si, pour reprendre les mots de sœur Charity, ils étaient « prêts à tout pour aider à démasquer l'âme torturée qui commet ces crimes ».

En apprenant la mort de sœur Asteria, le père Frank avait paru sous le choc. Il était devenu tout pâle et s'était appuyé au mur.

« Non… », avait-t-il murmuré.

Puis il avait fermé les yeux et récité tout bas une prière, en remuant les lèvres, mais sans émettre aucun son.

Montoya se demanda une fois de plus si les deux novices avaient été amies. D'après les autres sœurs, ce n'était pas le cas.

Sœur Asteria avait-elle eu, elle aussi, une liaison avec le père Frank ? Quand il avait posé la question aux autres nonnes, aucune n'avait su lui répondre, mais plusieurs avaient rougi en se trémoussant sur leur chaise — Edwina, Devota, Charity, Maura.

Lucia n'était pas seule quand elle avait découvert le corps, mais accompagnée de sœur Edwina. Comme la première fois, Lucia avait été tirée de son sommeil par un bruit qu'elle ne pouvait ou ne voulait identifier. Dans le couloir, elle avait croisé Edwina, laquelle prétendait être sortie pour se rendre aux toilettes, version qui ne collait pas tout à fait avec celle de Lucia.

Montoya s'adossa en soupirant à son fauteuil. Le bureau commençait à s'animer. Il entendait les voix de ses collègues qui arrivaient, les téléphones qui sonnaient, la climatisation qu'on venait d'allumer et qui fit brusquement entendre son ronronnement familier.

Les rouages de l'enquête étaient en marche. Des agents interrogeaient ceux qui avaient connu et fréquenté sœur Asteria, s'employaient à reconstituer ses derniers jours, notaient ce qui leur paraissait incongru par rapport à sa vie de religieuse, lui cherchaient des points communs avec sœur Camille. Du côté du labo, les experts analysaient les indices recueillis et triés, le légiste incisait sans doute en ce moment même le corps d'Asteria pour entamer l'autopsie. Deux inspecteurs étaient partis pour Sainte-Elsinore, même si sœur Asteria n'avait en principe aucun lien avec l'orphelinat, où elle n'intervenait pas.

Montoya songea au visage criblé de taches de rousseur d'Asteria, et son ventre se noua. Encore une jeune vie broyée trop tôt. Sans merci. Et dans d'affreuses circonstances.

Il voulait absolument coincer celui qui l'avait attirée jusqu'au cimetière, celui qui lui avait fait enfiler cette robe de mariée, celui qui avait disposé des gouttes de sang en collier sur son corsage, celui qui avait placé son rosaire entre ses mains jointes.

Un malade.

Il était en train de vérifier ses e-mails, quand le téléphone sonna. Il décrocha aussitôt.

— Montoya.

— Inspecteur Joan Delmonte, de la police de San Francisco, fit une voix de femme. Vous m'avez demandé de rechercher une certaine Lea de Luca, anciennement novice au couvent de Sainte-Marguerite.

— C'est exact, répondit Montoya.

Lea de Luca était la novice qui avait eu, d'après Camille, une liaison avec le père O'Toole.

— On a dû mal vous renseigner, parce qu'elle n'est pas dans le secteur. J'ai cherché dans tous les couvents. Je me suis même adressée à l'archevêché. Personne ne la connaît. Cette femme ne se trouve pas dans la baie de San Francisco.

Montoya eut un mauvais pressentiment.

— Elle n'a pas des parents auxquels vous pourriez vous adresser ? poursuivit son interlocutrice.

— Je vais me renseigner, soupira Montoya. Et je vous tiens au courant.

Son instinct lui disait que quelque chose ne tournait pas rond. Pourquoi Lea ne se trouvait-elle pas à San Francisco ? Est-ce que la mère supérieure de Sainte-Marguerite l'avait mené en bateau ?

— Continuez vos recherches, dit-il. Parmi les laïques. Elle a pu quitter le couvent. Il me semble qu'elle possédait un diplôme qui lui permettait d'enseigner, du moins ici, en Louisiane.

— Entendu. Je chercherai parmi les enseignants laïques.

— Merci. Je vous rappelle.

Il raccrocha, contempla le récepteur du téléphone d'un air songeur. Puis, pris d'un doute, il décrocha de nouveau et composa le numéro de la police de San Francisco pour demander Joan Delmonte.

Ce fut bien la même voix qui répondit.

— C'est Montoya, dit-il. Nous venons de nous parler. J'ai oublié de vous laisser mon numéro de portable.

Elle eut un rire rauque qui s'acheva en toux. C'était une fumeuse, apparemment.

— Ne me prenez pas pour une bille, Montoya. Vous rappelez pour vérifier que j'étais bien un inspecteur de police, et pas une dingue. Désolée de vous décevoir, je suis bien la vraie McCoy. Mais donnez-moi tout de même votre numéro de portable.

Il le lui dicta, puis raccrocha, juste au moment où Zaroster s'encadrait sur le seuil de son bureau.

— Les parents de sœur Asteria sont prévenus. Les journalistes ne parlent plus que de ça.

— Dis-leur de…

— Je sais. De s'adresser à notre porte-parole. Tina prépare une déclaration.

— Parfait.

— Mais ce n'est pas ça qui arrêtera des emmerdeuses comme Brenda Convoy.

Le visage de Montoya se ferma.

— Oui, je m'en doute. Merci tout de même.

Toute la division se trouvait dans un état de fébrilité indescriptible. Ils avaient à présent deux homicides sur les bras. Les fédéraux n'allaient pas tarder à débarquer.

Il se passa la main sur le visage. Il n'était pas rasé. Ses yeux le brûlaient.

Il termina son café et s'intéressa de nouveau aux deux photos des victimes qu'il avait mises côte à côte sur son écran pour les comparer. Elles étaient toutes deux allongées sur le dos, serrant leur rosaire entre leurs mains jointes, vêtues d'une robe de mariée jaunie, avec ces gouttelettes de sang qui soulignaient leur décolleté, comme un collier.

Une mise en scène.

La première se trouvait devant l'autel d'une chapelle. La seconde devant une tombe, sous la statue d'un ange aux ailes déployées.

Une fois de plus, il se demanda s'il y avait un lien particulier entre ces deux femmes.

Et pourquoi avaient-elles quitté leur cellule en pleine nuit ?

— Allez, dit-il en s'adressant à l'écran, comme si les deux mortes avaient pu lui révéler leur secret. Allez…

Du coin de l'œil, il vit Bentz s'encadrer sur le seuil de sa porte. Il tenait son café dans une main. Et dans l'autre un sac contenant un livre.

— Nous avons de la visite, annonça-t-il.

Il paraissait à bout, lui aussi. Il venait de se doucher et il avait encore les cheveux mouillés, mais ses yeux étaient rouges et cernés.

— J'espère que ce n'est pas un journaliste, grommela Montoya.

— Non. Beaucoup mieux que ça. La sœur de la victime et son mari. Ils nous ont apporté un cadeau.

Il tendit le sac à Montoya.

— Qu'est-ce que c'est ? demanda ce dernier.

Mais il avait déjà compris qu'il avait dans les mains le journal intime de Camille Renard.

— Le carnet qu'on cherchait, répondit Bentz.

— Et il était où, ce carnet ?

— A Sainte-Elsinore. Dans son vestiaire, ou son casier, je n'ai pas bien compris. Le mari a piqué ça hier.

— Quoi ? Il l'a piqué ? Mais merde ! Quel crétin !

Il se leva d'un bond, avec le sac contenant le journal.

— Mais qu'est-ce qui lui a pris ? Il aurait dû nous appeler. A présent, on ne pourra jamais présenter ça devant un tribunal !

Il fulminait. Cette goutte d'eau faisait déborder le vase de sa frustration. Mais pour qui se prenait ce cow-boy texan ?

— Aucun avocat ne l'acceptera comme pièce à conviction. On ne peut plus rien en faire, même si Houston jure qu'il nous l'a donné tel qu'il l'a trouvé. Merde et merde !

Il repoussa d'un coup de pied son fauteuil sous son bureau.

— Sans compter qu'il a dû y laisser des empreintes.

Il se passa la main dans les cheveux et fit un effort pour se maîtriser.

— Où sont-ils ?

— Dans la pièce des interrogatoires numéro un.

— Allons-y.

Il sortit de son bureau à grands pas furieux, en emportant avec lui le journal.

— Elle n'était pas flic ou quelque chose comme ça, la femme ? demanda-t-il à Bentz.

— Elle était inspecteur de police. Dans un comté du Texas.

— Inspecteur… Ouais, ça m'étonne qu'à moitié. Je me suis toujours demandé comment ils formaient leurs inspecteurs, au Texas.

Il accéléra l'allure.

— Putain ! jura-t-il entre ses dents. Putain de merde !

Valerie s'était doutée qu'elle passerait un sale quart d'heure et elle comprit tout de suite qu'elle ne s'était pas trompée en voyant entrer l'inspecteur Montoya. Il était fou de rage. Il posa le sac contenant le journal de Camille sur la table, mais resta debout.

— C'était à la police de s'en charger, gronda-t-il. Nous suivons des procédures très strictes pour récolter les pièces à conviction. Ce n'est pas à vous que je vais l'expliquer.

— C'est mon mari qui l'a pris, il a cru bien faire, rétorqua-t-elle sèchement.

Slade était assis près d'elle, sur une chaise. On ne les avait pas encore séparés, mais ça n'allait pas tarder. Aucune importance, puisqu'ils ne disaient que la vérité.

— Il y a eu un autre meurtre cette nuit à Sainte-Marguerite, reprit-elle. Nous en avons entendu parler à la radio et à la télévision.

Montoya hésita une seconde, visiblement désarçonné.

— La victime est sœur Asteria McClellan, dit-il.

— Seigneur..., murmura Valerie.

Elle porta sa main à sa bouche pour étouffer un cri. Sœur Asteria, la jolie rousse au visage juvénile et criblé de taches de rousseur... Celle qui contemplait le père O'Toole d'un air extasié, une rose à la main, dans le jardin du couvent.

Elle en eut la nausée.

— Non..., murmura-t-elle en secouant la tête.

— Vous la connaissiez ?

— Je l'ai vue une fois.

Elle raconta à Bentz et à Montoya la scène du jardin.

— J'ai eu l'impression qu'elle était amoureuse de lui. Elle s'apprêtait à lui offrir une fleur, elle le dévorait du regard et...

Elle se rendit compte qu'elle extrapolait et secoua la tête.

— Ce n'était qu'une impression, bien sûr...

— Quelqu'un d'autre que vous les a vus ? demanda Montoya.

— La mère supérieure, sœur Charity. Et aussi sœur Zita.

— Celle qui est afro-américaine.

— Elle est afro-américaine, en effet, mais je ne sais pas si c'est la seule.

Montoya la fixait d'un air incrédule. Apparemment, il n'était pas ravi que le nom du père O'Toole soit de nouveau mentionné.

— Asteria avait des liens particuliers avec votre sœur ?

— Je… je ne crois pas…

— Camille ne vous avait jamais parlé d'elle ? insista Montoya.

— Peut-être… Il me semble… Mais juste en passant…

Elle secoua la tête.

— D'après vous, elles n'étaient donc pas particulièrement amies ?

— Non, je ne crois pas.

Elle fixa, songeuse, le journal dans son sac en plastique.

— Mais j'ignorais beaucoup de choses au sujet de Camille, murmura-t-elle.

Montoya avait suivi son regard.

— Vous auriez dû laisser ce journal sur place et nous appeler, reprocha-t-il. Vous n'avez rien pris d'autre ?

— Il n'y avait rien d'autre dans le casier, signala Slade.

— Avez-vous parcouru ce journal, inspecteur ? demanda Valerie. Vous serez sûrement intéressé par le fait que Camille y parle de tous ses amants. Depuis le tout premier…

Montoya tressaillit, imperceptiblement.

— Y compris O'Toole ?

— Elle ne donne pas de noms.

Elle vit à sa mine qu'il était déçu. Lui aussi avait espéré lire dans le journal de Camille le nom de son assassin.

— Et je n'ai pas pu repérer le passage qui le concerne, poursuivit-elle. Mais je suis certaine qu'elle parle de lui, comme des autres.

— Vous avez donc lu ce journal dans son intégralité ? demanda Montoya d'un ton de reproche.

— Nous avons mis des gants pour le manipuler, et nous avons scanné les pages avant de les lire, précisa Slade.

Montoya serra les dents. Il était clair qu'il se retenait pour ne pas exploser.

Bentz prit le relais, depuis le seuil de la porte.

— Vous avez reconnu certains de ses amants ? demanda-t-il.

— Reconnu, c'est beaucoup dire. Pas formellement. Mais,

par déduction, je suis à peu près certaine de l'identité de quelques-uns.

Elle regarda Montoya droit dans les yeux. Il avait l'air toujours aussi furieux. Et aussi épuisé.

— Vous me faites la leçon à propos des procédures et des pièces à conviction, mais vous, vous ne devriez pas mener cette enquête, lui dit-elle. Vous avez été le premier amant de Camille.

Montoya pâlit légèrement, mais il ne se laissa pas démonter et se pencha vers elle.

— Je constate que vous avez en effet lu ce journal avec la plus grande attention. Et je suppose que vous pourrez donc nous renseigner sur le fait le plus important : à savoir qui a été le *dernier* amant de votre sœur.

— Le dernier, c'est Frank O'Toole. Je vous l'ai déjà dit.

— Frank O'Toole ne nie pas avoir été l'amant de votre sœur, murmura Montoya d'un air accablé. Mais nous avons un petit problème. D'après le résultat des analyses de sang, O'Toole ne peut pas être le père du bébé qu'elle portait. Donc, à part lui, qui était récemment l'amant de sœur Camille ?

Sœur Charity luttait intérieurement depuis des heures. Elle était assise à son bureau, elle avait mal partout, ses yeux la brûlaient comme s'ils étaient pleins de sable. Elle s'était assoupie à deux reprises, ici même, dans son fauteuil, avec son recueil de prières ouvert devant elle, bercée par le bruit de la machine à écrire de la pauvre Eileen qui, elle non plus, n'en menait pas large.

— Que s'est-il passé ? lui avait-elle demandé en arrivant, le matin.

Quand Charity lui avait raconté ce qu'elle savait de la fin atroce de sœur Asteria, Eileen avait poussé un cri étouffé.

— Seigneur… La pauvre enfant…, avait-elle murmuré avec des yeux brillants de larmes.

Elles avaient prié ensemble. Puis Eileen s'était installée à son bureau, se munissant d'une boîte de mouchoirs en papier qu'elle avait posée près du bol décoré d'un ange dans lequel elle mettait ses pastilles de menthe.

Charity, elle, n'avait pas réussi à travailler. Elle n'en pouvait plus. Elle avait dû répondre une fois de plus aux questions de la police, en pleine nuit, après quoi elle s'était entretenue jusqu'à l'aube avec les deux prêtres, le père Paul et le père Frank. Comme elle s'en était doutée, il était ressorti de leur discussion qu'elle ne pouvait pas compter sur eux. Le père Paul était incapable d'affronter l'évêché, pas plus que les paroissiens, surtout ceux qui avaient un portefeuille bien garni.

Quant au père Frank… C'était encore plus grave.

Elle regrettait de ne pas avoir réagi tout de suite, quand elle avait compris à qui elle avait affaire. Mais elle avait préféré faire l'autruche.

Et, à présent, deux novices étaient mortes.

La culpabilité lui déchira le cœur et elle songea, tout en écoutant le tip-tap régulier des doigts d'Eileen qui filtrait par la porte entrouverte, qu'elle avait sa part de responsabilité dans la mort d'Asteria.

Accablée, elle ferma les yeux.

Si seulement elle ne s'était pas montrée si réticente avec la police, après le meurtre de Camille… Si seulement elle avait un peu moins péché par orgueil, moins songé à protéger la réputation de son cher couvent… Si seulement…

— Pardonnez-moi, Seigneur, murmura-t-elle pour la centième fois.

Elle avait passé les premières heures de l'aube agenouillée sur le sol glacé de la chapelle, les mains jointes, à prier pour que le Seigneur l'éclaire.

Elle fit un effort pour se reprendre. Elle n'avait pas le droit de flancher. Elle avait besoin de se reposer. Elle ne dormait presque plus. Une âme perdue et torturée s'en prenait à ses novices — à celles dont elle avait la charge et qu'elle considérait comme ses enfants.

Elle repoussa sa chaise et se leva péniblement, puis elle sortit par la porte de son bureau qui donnait sur le petit couloir. Ce couvent était sa maison. Son unique foyer. Sa famille.

Peu de gens savaient qu'elle était orpheline, qu'elle avait grandi à Sainte-Elsinore, que personne ne l'avait adoptée. Elle avait toujours vécu au milieu des nonnes. Elle n'avait jamais douté de sa vocation.

Jusqu'à aujourd'hui.

Les couloirs du couvent étaient déserts et silencieux. Les agents y avaient semé le chaos pendant la nuit, mais ils étaient partis, à présent, et seul le cimetière était encore entouré du cordon jaune.

Les religieuses passaient aujourd'hui la journée en méditation et en prière. Ce soir, elles se réuniraient pour une messe célébrée par les deux prêtres.

Charity aurait pu s'allonger, comme son corps le lui réclamait, mais elle ne prit pas la direction de sa cellule. Elle sortit dans le jardin et s'arrêta près de sa chère fontaine. En se penchant sur le bassin, elle aperçut son reflet, masqué par son ombre, agité par les mouvements de l'eau, traversé par le passage des poissons rouges qui nageaient tout au fond.

En apercevant le reflet de sa silhouette en habit, elle eut brusquement l'impression de contempler la relique d'un temps révolu depuis longtemps. Pourtant, elle croyait à sa mission. Elle avait aidé tant de pauvres femmes, comme elle abandonnées de tous.

— Ma sœur ?

La voix la fit sursauter.

De l'autre côté de la fontaine se tenait l'insupportable Montoya, cet inspecteur. Il ne lui plaisait pas. Elle n'avait pas confiance en lui.

— Puis-je vous parler une seconde ? demanda-t-il.

Au moins, il avait appris à se montrer respectueux. Il faisait des progrès.

— Je suis désolée, révérende mère, déclara sœur Devota, qui accompagnait l'inspecteur. Nous revenions de l'orphelinat…

Elle désigna sœur Irene, qui l'accompagnait.

— Et il attendait à la porte.

— Ce n'est rien, sœur Devota, murmura Charity. Vous avez bien fait.

Devota se mordit la lèvre, puis s'éloigna de son pas inégal. Devota était une femme difficile, pleine d'une foi impatiente qui alimentait ses doutes. Charity la regarda s'éloigner. Comparée à la démarche fluide et élégante de sœur Irene, la boiterie de sœur Devota n'était que plus évidente.

Mais elles étaient toutes deux des servantes de Dieu.

— Que puis-je faire pour vous, inspecteur ? demanda Charity.

Elle était étonnée de le voir seul. En général, ils se déplaçaient à deux. Sans doute étaient-ils débordés, en ce moment…

— Il me semblait avoir répondu à toutes vos questions cette nuit, ajouta-t-elle sèchement.

— Je viens vous entretenir d'un élément nouveau, répondit Montoya.

Elle apprécia qu'il entre tout de suite dans le vif du sujet.

— Vous m'aviez dit que sœur Lea de Luca avait quitté La Nouvelle-Orléans pour entrer dans un couvent à San Francisco.

— En effet.

— Quel couvent ?

— Je ne sais pas. Mais elle n'a pas prononcé ses vœux définitifs.

Montoya parut surpris par cette révélation et contourna la fontaine pour la rejoindre.

— Elle m'a envoyé une carte, à Noël, pour me dire qu'elle avait décidé de devenir enseignante. Sans m'expliquer les raisons de ce changement.

— Et vous savez où elle enseigne ?

— Dans une école catholique. Saint-Dominique ou Notre-Dame-des-Lamentations, je ne sais plus.

Elle fronça les sourcils, comme si elle réfléchissait.

— Oui, Notre-Dame-des-Lamentations, plutôt.

Montoya secoua la tête.

— La police de San Francisco s'est renseignée. Personne n'a jamais entendu parler de sœur Lea dans les paroisses de la ville.

— Je viens de vous dire qu'elle n'était plus religieuse.

— Vous ne m'avez pas compris. Pas de Lea de Luca.

Charity sentit cette fois trembler les fondements mêmes de sa foi.

— Pourtant… Je ne comprends pas… Elle m'a écrit…

— Mais elle ne vous a pas appelée ni rendu visite ?

Elle lui adressa son sourire patient, celui qui intimidait tant les novices, celui qui laissait entendre que la question était stupide. Mais elle savait que l'inspecteur Montoya n'était pas un idiot — même si cette boucle qu'il portait à l'oreille et sa ridicule barbiche ne plaidaient pas en faveur de son intelligence.

— Il me semble vous avoir déjà expliqué que dans ce couvent nous ne recevions pas de visites de politesse, répondit-elle avec une moue dédaigneuse.

— Les lettres qu'elle vous a envoyées, vous les avez toujours ? répondit-il seulement.

— Je dois avoir conservé sa dernière carte, qui datait de Noël, mais je n'en suis pas certaine.

Elle émit un soupir résigné.

— Suivez-moi dans mon bureau, je vais vérifier.

Il remonta avec elle l'allée du jardin et traversa les couloirs sombres du couvent jusqu'à son bureau.

Il la regarda ouvrir le tiroir où elle rangeait sa correspondance et fixa d'un air incrédule le dossier ridiculement mince qu'elle en sortait. Elle le fouilla et en tira une enveloppe blanche contenant une carte postale représentant la Vierge Marie tenant dans ses bras l'Enfant Jésus — tous deux ceints d'une auréole, un agneau à leurs pieds. Au verso, sœur Lea avait inscrit d'une écriture appliquée d'écolière un verset de la Bible et cette phrase : « Que la paix soit avec vous, en ce moment béni entre tous. »

— Pouvez-vous me confier cette carte et son enveloppe ? demanda Montoya.

Comme elle acquiesçait en silence, il les glissa dans un sac Ziploc.

La réceptionniste aux cheveux frisés passa sa tête par la porte entrouverte, tout en grattant doucement le battant.

— Je suis désolée, ma sœur, quelqu'un demande à vous voir... Oh !

Elle ouvrit de grands yeux en apercevant Montoya, et des yeux encore plus grands quand elle vit que la mère supérieure poussait la petite porte du bureau.

— Merci, Eileen. L'inspecteur Montoya et moi en avons presque terminé.

— Inspecteur ?

Eileen haussa ses sourcils gris derrière ses épaisses lunettes qui lui faisaient des yeux de hibou.

— Mais l'homme qui est ici dit que...

Bentz, le partenaire de Montoya, le grand baraqué, apparut derrière Eileen.

— C'est bon, dit Charity. Qu'il entre. Il serait bien que je parle aux deux inspecteurs.

Eileen s'écarta légèrement pour laisser passer Bentz.

— Veuillez fermer la porte, Eileen, je vous prie, reprit Charity.

Puis, se tournant vers Bentz et Montoya, elle leur désigna les deux fauteuils disposés devant son bureau.

— Je suis contente que vous soyez là tous les deux, murmura-t-elle. Car... voyez-vous... je n'ai pas été totalement honnête avec vous.

36

— J'ai l'impression de la découvrir, murmura Valerie. De ne pas l'avoir connue.

Ils venaient de pénétrer dans le columbarium. De hautes fenêtres laissaient entrer la lumière du soleil. Les bottes de Slade résonnaient sur le sol de marbre. Comme chaque fois qu'elle entrait ici, Valerie se sentit glacée. Elle ne pouvait s'empêcher de penser que des fantômes flottaient sous ces hauts plafonds qui atteignaient presque six mètres. Elle avait la sensation d'avancer dans un long tunnel de pierre aux murs habités par des morts.

Les cendres de ses parents, Gene Richard Renard et Nadine Bates Renard, reposaient ici pour toujours, dans deux urnes placées côte à côte, au cinquième rang en partant du bas, enfermées dans un mur veiné de marbre.

Slade demeura en retrait, adossé à une échelle qui servait à atteindre les cases les plus hautes, tandis qu'elle s'approchait pour caresser du bout des doigts les lettres de leurs noms. Lui était mort d'un cancer de la gorge à soixante-dix ans, deux ans plus tôt. Elle, d'une rupture d'anévrisme, à cinquante-huit ans, peu après Noël, l'année où Camille avait décidé de passer quelque temps au ranch, puis était entrée au couvent. Valerie se demandait parfois si cet accident vasculaire était dû au stress qu'avait engendré la dispute de ses deux filles, même si les médecins lui assuraient que non.

Elles avaient en tout cas traversé, toutes les trois, une période difficile.

Valerie s'efforça de chasser de son esprit ces détestables souvenirs.

— C'est un peu comme si Camille avait eu deux personnalités différentes, murmura-t-elle.

— Tu penses qu'elle avait une personnalité schizoïde ? demanda Slade.

Elle secoua la tête.

— Pas à ce point-là, tout de même. Je pense plutôt à un clivage entre ses différents cercles de vie. Tout le monde a une vie privée, une vie personnelle, une vie sociale. La vie sociale, tout le monde la voit, les amis ont accès à votre vie personnelle, et ensuite il reste le jardin secret. Je faisais plutôt allusion au jardin secret de Camille.

— Il y avait au moins une personne qui le partageait avec elle, fit remarquer Slade.

Il marcha jusqu'à elle et posa sa main sur son épaule. Délicatement, tendrement. Et ce fut comme un pont entre eux.

— Oui, en effet, murmura-t-elle.

Elle songea à celui que Camille mentionnait dans son journal comme son « aimé », et se demanda si le terme désignait le père O'Toole ou l'homme dont elle avait porté l'enfant.

Si seulement Camille avait pu se confier à elle… Lui parler de son autre amant…

Mais peut-être n'avait-elle pas su qui était le père de son enfant…

Valerie poussa un soupir, tout en relisant les prénoms de ses parents, Gene et Nadine, qui formaient une rime. Gene plaisantait souvent à ce sujet, en ajoutant qu'il aurait sûrement choisi Valdine et Camdeen comme prénoms pour Valerie et Camille, si elles n'en avaient pas déjà eu un — boutade à laquelle elle répondait en levant les yeux au ciel.

Ils avaient été de bons parents. Gene travaillait comme soudeur dans les chemins de fer, et Nadine comme enseignante remplaçante dans des écoles publiques. Mais ils avaient souhaité que leurs filles adoptives suivent une scolarité à Saint-Timothée.

« Un peu de catéchisme ne vous fera pas de mal », avait dit

Gene, tout en sirotant une bière devant la télévision, à même la bouteille.

Mais Nadine l'avait regardé de travers – elle était très pieuse et, pour elle, le catéchisme était essentiel.

Plus tard dans la soirée, Valerie les avait entendus se disputer dans leur chambre, au sujet des frais de scolarité.

Elle passait dans le couloir et s'était arrêtée net, la main sur la rambarde de l'escalier qu'elle s'apprêtait à descendre. Par la porte entrouverte, elle avait aperçu dans le miroir de la chambre le reflet de son père, qui ôtait sa salopette de travail. Elle avait été frappée par la blancheur et les muscles de ses jambes. Il était sur le point d'ôter son slip noir quand il avait tourné la tête vers l'escalier. Elle avait rougi et filé.

Elle n'avait pas entendu la suite de la conversation.

Elle se demanda où étaient enterrés ses parents biologiques, et pourquoi on ne les avait jamais emmenées sur leur tombe. Cette femme qui l'avait accompagnée à l'orphelinat, leur amie, devait le savoir, elle… Valerie se souvenait de son visage, mais pas de son nom de famille. Thea… Elle était mariée avec un certain Steve… Non, pas Steve… Plutôt Stanley… Stanley O'Malley ! Le nom avait brusquement surgi des profondeurs de sa mémoire.

— Partons, murmura-t-elle. Allons-y.

Elle ne savait pas pourquoi elle avait éprouvé le besoin de venir jusqu'ici, en compagnie de Slade, pour poser la main sur le nom de ses parents. Sans doute parce que Gene et Nadine avaient emporté dans leur tombe le secret de ses origines.

Ils prirent sans un mot le chemin de la sortie.

— Tu veux aller où ? demanda Slade au moment où ils franchissaient la porte de verre donnant sur l'extérieur.

Ils suivirent le chemin de pierre qui traversait la pelouse et menait au parking. Le soleil brillait généreusement, et le ciel était d'un bleu resplendissant.

— Je veux d'abord aller à la bibliothèque et aux sièges des journaux locaux pour chercher des renseignements sur mes parents biologiques, et aussi sur une amie à eux. Je crois qu'elle s'appelait O'Malley. C'est elle qui s'est occupée de Cammie et moi, quand ils sont morts. J'aimerais entendre ce qu'elle a à dire.

— D'accord.

Elle avait ouvert la voiture. Il se glissa sur le siège du passager.

— Ensuite, nous rentrerons à Briarstone et je jetterai un œil dans des affaires que ma sœur y avait laissées, poursuivit-elle en s'installant au volant de sa Subaru.

Elle mit le moteur en marche, tout en faisant descendre sa vitre.

— Quand Camille est entrée au couvent, elle m'a demandé si elle pouvait déposer des cartons chez moi. Nous n'étions pas en très bons termes, mais j'ai tout de même accepté.

Elle quitta le parking et prit la direction de la voie rapide, vers le lac Pontchartrain.

— Je me souviens que j'avais trouvé ça un peu bizarre, à l'époque. Après tout, elle aurait pu les laisser au couvent... Mais, enfin, je n'ai pas posé de questions, et elle a déposé ses cartons dans le grenier qui se trouve au-dessus du garage. Personne n'y a touché depuis.

Elle jeta un regard en coin du côté de Slade.

— Tu marches avec moi ? demanda-t-elle.

— Bien sûr, répondit-il en souriant. On va ouvrir des cartons. C'est sympa. Ce sera un peu comme d'ouvrir des cadeaux. Ça me rappellera Noël.

— C'est ça, dit-elle d'un air sombre. Ça te rappellera Noël.

Installés dans les deux inconfortables fauteuils de bois du bureau de la mère supérieure, Bentz et Montoya écoutaient en silence sa confession. Sœur Charity se montrait à présent sous un jour différent. Montoya avait la sensation de la voir enfin telle qu'elle était : une vieille femme qui perdait peu à peu les rênes de la forteresse spirituelle dont elle avait la charge.

— Je ne devrais peut-être pas m'adresser à vous sans témoins, sans un avocat de l'évêché ou une autorité supérieure de l'Eglise. Le père Paul désapprouverait probablement ma démarche, mais ce ne serait pas la première fois que nous serions en désaccord et... je crois aux vertus des règles et de la discipline, mais parfois... eh bien, il m'arrive... Même si je respecte ma hiérarchie... il m'arrive de prier et de demander conseil à Notre-Seigneur. Et ensuite d'agir en mon âme et conscience, selon ce qu'Il m'a inspiré.

Elle soupira.

— En ce moment, la réputation de l'Eglise est mise à mal, ternie par de nombreux scandales. Du coup, on a tendance à oublier tout le bien qu'elle apporte. Ici, nous aidons les malades et les indigents, nous offrons conseils spirituels et amour. Savez-vous que le couvent Sainte-Ursuline, le premier couvent de La Nouvelle-Orléans, date du XVIIe siècle ? Les sœurs de ce couvent ont fait beaucoup pour la ville, notamment en matière de soins. Elles y ont créé la première pharmacie. Elles ont aussi œuvré dans le domaine de l'éducation... Mais vous n'êtes pas venus pour écouter l'histoire de notre ordre, et je n'ai pas à vous convaincre. Je pense que vous êtes conscients de notre valeur. Je voulais simplement souligner le fait que le mal se cache parfois derrière le bien, hélas.

Montoya trouva cet aveu surprenant dans la bouche d'une femme aussi rigide. Aujourd'hui, la mère supérieure lui semblait plus ridée. Plus voûtée, aussi.

— C'est vraiment désolant que des hommes et des femmes de Dieu soient contraints de s'exprimer à travers des avocats.

Ses yeux gris exprimèrent une infinie tristesse.

— Aussi, je préfère vous dire toute la vérité moi-même, avant qu'une autre de mes novices ne soit frappée par le mal qui rôde en ce moment dans mon couvent.

Elle se leva et marcha vers la fenêtre, pour contempler le jardin.

— Vous me posez des questions au sujet de sœur Lea et je n'en suis pas étonnée. Je me doutais que vous finiriez par vous intéresser à elle.

— Pourquoi cela ? demanda Bentz.

— Parce qu'elle aussi était tombée amoureuse du père

O'Toole, répondit en soupirant la mère supérieure. Les jeunes novices qui entrent dans ce couvent ne sont pas encore tout à fait des femmes. Elles sont jeunes, pleines de vie, de joie, de naïveté. Certaines ont encore l'esprit rebelle de l'adolescence... Mais leur désir de servir Dieu est sincère et je suis là pour les guider. Il leur faut de la discipline et... Bref, je ne vais pas encore me lancer dans une digression... Elles sont tout de même des êtres sexués et...

Elle sortit une main de ses manches et l'agita dans les airs, comme pour chasser ce qu'elle s'apprêtait à dire.

— J'ai bien senti que sœur Lea était attirée par le père O'Toole. C'est un homme séduisant et plein de charme...

Elle jeta un regard en coin du côté de Montoya.

— Et une femme, religieuse ou pas, n'est jamais tout à fait insensible au charme d'un homme séduisant.

Elle se racla la gorge et sa main disparut de nouveau dans les plis noirs de son habit.

— Je n'étais pas la seule à avoir remarqué, cette... cette « attirance » de sœur Lea pour notre prêtre. J'ai surpris des conversations entre certaines de mes sœurs... Quant au père Frank... Eh bien, c'est un homme. Et en tant qu'homme... il s'est trouvé dans une situation délicate, comme vous pouvez l'imaginer.

Elle détourna de nouveau le regard vers le jardin.

— J'ai longuement parlé avec sœur Lea. Nous n'avons pas directement abordé ce qui s'était passé entre elle et le père Frank, mais elle n'a pas discuté quand je lui ai proposé de quitter ce couvent. En revanche, elle a tenu à prendre en main la suite... Elle n'était plus très sûre de sa vocation. Je n'ai pas insisté. Je l'ai laissée partir.

— Et vous n'avez pas pris de ses nouvelles ? demanda Bentz.

Elle se tourna vers lui et lui adressa un regard qui aurait pu trancher du granite.

— Non, inspecteur, je n'ai pas pris de ses nouvelles. Je lui ai demandé de me tenir au courant de sa décision finale, et elle m'a envoyé une carte pour m'annoncer qu'elle quittait l'Eglise... Attendez... Je devrais pouvoir la retrouver...

Elle revint vers son bureau et ouvrit le tiroir où elle rangeait sa correspondance, le même que tout à l'heure, et fouilla dans plusieurs dossiers avant de trouver ce qu'elle cherchait.

Elle leur tendit une carte postale de la cathédrale Saint-Paul de San Francisco, avec ses deux flèches qui crevaient le brouillard. Au dos de la carte, sœur Lea déclarait qu'elle était arrivée et très excitée à l'idée de découvrir la belle ville de San Francisco. Elle ajoutait qu'elle n'avait pas encore pris de décision à propos de ses vœux définitifs.

— Nous pouvons la garder ? demanda Montoya.

Elle acquiesça.

— Bien sûr...

— Avez-vous songé à contacter des membres de sa famille ? demanda Bentz, tandis que Montoya glissait soigneusement cette seconde carte dans le sac qui contenait déjà la première.

— Non, répondit la mère supérieure d'un air désolé. Les parents de Lea étaient divorcés. La mère de Lea est morte il y a quelques années, dans un accident de voiture, si mes souvenirs sont bons. Quant au père... Lea ne le voyait plus depuis longtemps... Il s'est remarié peu après le divorce et il a quitté le pays.

Ses sourcils se froncèrent sous la guimpe de son voile.

— Il me semble qu'il vit au Mexique.

— Elle avait des frères et sœurs ?

— Des frères et sœurs ? Non... Je croyais que vous saviez...

Elle paraissait sincèrement surprise.

— Sœur Lea était une enfant adoptée...

Montoya se sentit parcouru de ce petit frisson qui le prenait chaque fois qu'une enquête faisait un bond en avant.

— Elle venait de l'orphelinat Sainte-Elsinore ? demanda Bentz.

— Mais oui, bien sûr, répondit la mère supérieure, comme s'il s'agissait d'une évidence. De nombreuses sœurs de ce couvent sont d'anciennes orphelines de Sainte-Elsinore. Elles sont donc liées par leur choix spirituel, mais aussi par un passé commun.

Les lèvres de la mère supérieure tremblèrent un peu.

— Je viens moi aussi de cet orphelinat, ajouta-t-elle.

— Vous aussi, vous êtes une enfant adoptée ? demanda Montoya.

Il voulait être sûr d'avoir bien entendu.

— Mon frère a été adopté, mais pas moi…

Elle soupira.

— J'ai grandi à l'orphelinat. Comme beaucoup d'entre nous. Les plus âgées, notamment, qui sont rarement adoptées. Ça me fend le cœur de penser que cet orphelinat va fermer et…

— Sœur Camille aussi venait de Sainte-Elsinore, n'est-ce pas ? demanda Montoya.

— En effet, admit la mère supérieure.

— Mais pas Asteria, qui venait d'une famille nombreuse.

— Non, inspecteur, corrigea la mère supérieure d'un air songeur. Sœur Asteria aussi était une enfant adoptée.

Elle eut un sourire triste et teinté d'ironie.

— Asteria a été adoptée par un couple qui n'arrivait pas à avoir d'enfant, puis Colleen, la mère, s'est retrouvée enceinte douze mois plus tard. Ensuite, elle a mis au monde toute une ribambelle d'enfants.

Le cerveau de Montoya fonctionnait à plein régime. Fallait-il chercher le lien entre les victimes du côté de Sainte-Elsinore, plutôt que du côté de Sainte-Marguerite ?

— Pourriez-vous nous communiquer la liste des sœurs qui viennent de l'orphelinat Sainte-Elsinore ? demanda-t-il.

— Je pourrais, oui, bien sûr… Mais ce serait tout de même dévoiler leur vie privée et…

— Il nous suffirait de consulter quelques dossiers pour établir nous-mêmes cette liste, fit valoir Bentz. Vous nous feriez simplement gagner du temps.

La mère supérieure acquiesça.

— Très bien. Je vais leur en parler d'abord. Mais vous aurez votre liste.

— J'aurais encore une question à vous poser, dit Montoya. Y avait-il quelque chose entre sœur Asteria et le père O'Toole ?

— Quoi ? Mais non, pas du tout ! Inspecteur, tout de même... Nous ne sommes pas dans un club de rencontres, ici. Dans ce couvent, les sœurs et les prêtres ont fait vœu de célibat. Non, ne me coupez pas la parole... Je savais, pour sœur Camille et le père O'Toole... J'admets aussi que sœur Lea était attirée par lui... Mais, pour sœur Asteria, je suis catégorique.

Elle détourna les yeux et son regard se perdit dans le vide. Montoya crut voir passer une lueur de doute dans ses prunelles...

— Peut-être qu'ils ont vaguement flirté. Ou qu'Asteria s'est imaginé que... Mais il ne s'est rien passé de sérieux entre eux, je peux vous l'assurer.

Montoya acquiesça, mais il n'était pas convaincu. Pourtant, il n'insista pas et décida de profiter des bonnes dispositions de la mère supérieure pour poser d'autres questions et aborder les sujets délicats.

— Le dos de sœur Camille était couvert de cicatrices..., commença-t-il prudemment.

La mère supérieure se raidit et attendit la suite en silence.

— Des marques fines et croisées, précisa-t-il.

— Comme si on l'avait fouettée, ajouta Bentz.

La mère supérieure murmura tout bas quelque chose.

— Pardon ? dit Montoya.

Elle ferma les yeux et, quand elle les rouvrit, ils ne fixaient plus un point dans le vide. Son regard était clair et direct. Elle les contemplait avec l'intensité d'un entomologiste qui vient de découvrir une nouvelle espèce d'insectes.

— Parfois, inspecteurs, quand un pécheur désire se repentir, il a recours à la punition corporelle. Ce n'est pas une pratique que j'encourage, mais je ne l'interdis pas non plus.

— Vous ne l'encouragez pas, mais vous la tolérez dans votre couvent ? insista Bentz en fronçant les sourcils.

— Je pense que c'est à chacun de trouver le moyen de faire pénitence.

— Sœur Camille pratiquait l'autoflagellation ?

— Je n'en suis pas certaine. Je me doute que cette pratique doit vous paraître bien archaïque… Mais oui, certaines, ici, la pratiquent… Et… oui, sans doute sœur Camille en faisait-elle partie.

Elle se racla la gorge et tira une grosse clé du tiroir de son bureau.

— Suivez-moi, dit-elle. Je voudrais vous montrer quelque chose.

Elle les fit passer par la petite porte, traverser un long couloir, grimper un escalier jusqu'au deuxième étage. Puis elle poussa une porte et ils se retrouvèrent dans un grenier. Là, elle alluma la lumière, retroussa ses jupes, traversa d'un pas vif un espace encombré de vieux bureaux, de lampes poussiéreuses, de lits délabrés, de petits bibelots et de cadres.

Obscurcis par la saleté et les toiles d'araignées, les quelques soupiraux laissaient entrer une lumière voilée. Le sol était jonché de pièges à rats.

A l'autre bout de cet espace, ils trouvèrent une deuxième porte, aussi haute que le toit en soupente. La révérende mère s'arrêta et passa sa main sur une poutre au bois rugueux pour attraper un trousseau attaché à un gros anneau.

Sur ce trousseau, il y avait la clé de la porte, qu'elle ouvrit, avec un déclic, en faisant tinter les autres clés. Puis elle poussa le battant, qui céda en grinçant, comme pour protester, sur un espace vide et sombre.

La révérende mère alluma la lumière et entra. La pièce était minuscule. Des vêtements protégés par des housses pendaient à une tringle, tout le long d'un des murs — de vieux habits ecclésiastiques, apparemment. Une deuxième tringle, sur le mur d'en face, était vide.

Sœur Charity contempla la tringle vide en secouant la tête d'un air incrédule.

— C'est impossible…, murmura-t-elle en se signant. Impossible.

— Que se passe-t-il, ma sœur ? demanda Montoya, qui sentait grimper l'adrénaline.

— Les robes de mariée. Elles ont disparu.

Elle avança vers la tringle sur laquelle pendaient les habits noirs qu'elle se mit à passer en revue.

— C'est bien ce que je craignais, avoua-t-elle tout en faisant coulisser les cintres sur la tringle, l'un après l'autre, et en ouvrant les housses de plastique, comme si elle espérait voir apparaître les robes de mariée.

— Des robes de mariée..., lâcha Bentz. Comme celles des victimes ?

Elle lui jeta un regard outré et condescendant, comme si elle jugeait la question parfaitement superflue.

— Oui, bien entendu... Ce sont les robes portées par les novices le jour où elles prononcent leurs vœux définitifs. Celles que nous entreposons ici sont tellement défraîchies que nous ne les utilisons plus depuis longtemps.

Elle continua à chercher et à défaire les housses, fébrilement, mais méthodiquement, jusqu'à ce qu'il n'en reste plus.

— Elles étaient pourtant là, assura-t-elle.

Elle commençait à montrer des signes de panique. Un tic nerveux faisait tressaillir son œil, tout près de la guimpe de son voile.

— Il y en avait combien ? demanda Montoya, qui avait, lui, un poids sur l'estomac.

— Une douzaine, répondit-elle sèchement, en rougissant.

— Quand êtes-vous montée ici pour la dernière fois ?

— Hier, murmura-t-elle en fermant les yeux. Je suis venue hier et j'ai compté seulement onze robes.

Elle ouvrit les yeux et désigna le portant vide.

— Onze. Seulement onze...

Sa voix se brisa.

— Et aujourd'hui il n'y en a plus une seule.

— Pourquoi, « seulement » onze ? demanda Bentz.

— Parce que j'aurais dû en trouver douze, répondit-elle en se signant de nouveau. J'ai vérifié dans mes registres. Hier, il en manquait une.

Montoya eut la sensation d'être traversé par un vent glacé.

— La douzième, c'était celle que portait sœur Camille, suggéra-t-il.

— Oui.

— Et sœur Asteria a hérité de la onzième, ajouta Bentz en cherchant le regard de Montoya. Il en reste donc dix en circulation.

— Dix robes pour dix autres victimes, tu penses ? demanda Montoya.

— Oh, non ! s'exclama la mère supérieure.

Mais Montoya comprit à son air qu'ils ne faisaient qu'exprimer tout haut ce qu'elle pensait tout bas.

— Il nous faut au plus vite la liste de celles de vos religieuses qui étaient autrefois à Sainte-Elsinore.

— Et aussi la liste de celles qui y travaillent, ajouta Bentz.

— Oui, oui, je vais vous la donner, murmura la mère supérieure, tout en tripotant nerveusement la croix qui pendait à son cou. Tout de suite, précisa-t-elle avec un empressement qui les surprit.

Elle battit des paupières et renifla, comme si elle luttait contre les larmes.

Montoya se demanda s'il s'agissait de larmes de colère ou de culpabilité, mais, au fond, cela n'avait pas vraiment d'importance.

— Suivez-moi, dit-elle.

Elle avait repris son attitude raide et digne.

— Et si le père Paul n'est pas content, je lui demanderai de se plaindre directement auprès de Notre-Seigneur.

37

L'après-midi était déjà bien avancé quand Slade aida Valerie à descendre du grenier les cartons de Camille.

Les ombres du jardin s'étiraient lentement, la journée avait filé à une allure folle. Valerie s'était occupée de factures urgentes et de la paperasse qui ne pouvait plus attendre. Pendant ce temps, Slade avait appelé ses frères pour prendre des nouvelles du ranch, réparé un arroseur du jardin qui était bouché, puis il s'était occupé de l'ordinateur qui avait besoin d'une mise à jour. Ensuite, comme l'appareil tournait mieux, Valerie en avait profité pour faire des recherches sur internet. Elle avait trouvé plusieurs O'Malley, mais pas le couple qui l'aurait intéressée.

Elle n'avait cessé de penser à Camille et à son journal. Elle était obsédée par les images des scènes érotiques que sa sœur y décrivait. Et puis il y avait les étranges messages cryptés.

Ils ne signifiaient peut-être rien de particulier, mais elle ne pouvait s'empêcher d'y réfléchir.

A présent, elle était installée devant son bureau. Une femme dont le mari devait se faire opérer de la vésicule biliaire venait d'annuler son voyage à La Nouvelle-Orléans et donc sa réservation pour Briarstone. Un client de moins. Elle poussa un soupir.

Slade trafiquait de nouveau l'ordinateur. Une douce brise d'été entrait par la porte moustiquaire. Bo, qui dormait de l'autre côté, allongé sous le porche, poussa un gémissement aigu, signe qu'il rêvait.

— Il devrait être encore plus rapide, à présent, assura Slade en revissant le boîtier de l'appareil.

— Comment as-tu appris à faire tout ça ? demanda-t-elle en désignant le portable du menton.

— A faire quoi ?

— A réparer cet engin, à rajouter de la mémoire… Enfin, tout ça…

Il eut un petit sourire amusé qui étira le coin de ses lèvres.

— Qu'est-ce que tu crois ? Nous utilisons des ordinateurs, au ranch.

— Oui, je sais, mais…

— J'ai eu ma période presque *geek*, plaisanta-t-il en levant les yeux de l'écran.

Il repoussa sa chaise et se leva, en tenant son tournevis comme il aurait tenu un six-coups, puis il s'étira de tout son long, touchant presque le plafond, faisant craquer ses vertèbres.

— Vraiment ? dit-elle en essayant de ne pas remarquer son ventre musclé et la touffe de poils qui dépassait de sa ceinture.

— Tu ne t'en souviens pas ? demanda-t-il en haussant un sourcil étonné.

— Que tu étais un dingue de l'informatique ? Non.

— J'ai dit « presque ».

Elle leva les yeux au ciel.

— Donc ce qu'on dit est vrai, murmura-t-elle. La femme est toujours la dernière au courant…

— C'est un peu normal, vu qu'elle n'était pas vraiment là ces derniers temps, rétorqua-t-il du tac au tac.

Valerie soupira.

Elle n'avait pas envie d'aborder la question de leur mariage et du divorce en cours. Pas même envie d'y penser. Pas maintenant.

— Tu es donc un cow-boy ultramoderne ?

— Ouais, répondit-il en faisant tournoyer le tournevis, avant de le coincer dans la ceinture de son pantalon, à la manière d'un colt. Au ranch, on est polyvalents. On est capables d'aider une vache à mettre bas *et* de réparer un ordinateur.

Il eut de nouveau ce grand sourire coquin et tellement irrésistible.

Elle ne put s'empêcher de rire de bon cœur, pour la première fois depuis très longtemps. Elle se souvint brusquement pourquoi il lui avait tant plu.

Oh ! Slade… Si seulement nous pouvions faire table rase. Tout reprendre à zéro…

Elle se rendit compte, à cet instant, qu'elle n'avait jamais cessé de l'aimer.

Sa gorge se noua.

Quelle idiote tu fais…

On ne pouvait revenir en arrière. A présent, de longues années de solitude s'étendaient devant elle. Elle avait perdu ses parents et sa sœur, et elle n'avait plus de mari.

Elle eut honte de s'apitoyer sur son sort et rougit, avec l'espoir que Slade ne se doutait pas des idées qui lui traversaient l'esprit.

— Tu vas me dire ce que tu en penses, déclara-t-il en venant s'installer près d'elle avec l'ordinateur.

Il était si proche qu'elle sentait l'odeur de son après-rasage. La même odeur s'attardait naguère sur les draps, quand elle restait au lit alors qu'il était déjà levé pour nourrir les chevaux. Agacée, elle s'efforça de chasser ce souvenir de son esprit.

Il se penchait sur elle, à présent. L'une de ses épaules la frôlait, son visage était tout près du sien. Il tapota quelques touches du clavier.

— On va essayer quelque chose, annonça-t-il.

— Ah ? Et quoi donc ?

Il lui lança un regard en biais.

— Eh bien… je pensais à un programme, mais si tu as une idée plus intéressante, ne te gêne surtout pas, dit-il d'une voix chaude et pleine de sous-entendus.

— Dans tes rêves, cow-boy.

— Dans les tiens, plutôt.

— Je refuse de parler de ça avec toi, répliqua-t-elle, d'autant plus sèchement qu'elle se sentait fondre à l'intérieur.

Il lui répondit par un petit rire moqueur. Comme s'il avait deviné. Elle tourna la tête vers lui et son regard tomba sur la grosse boucle de son ceinturon qui se trouvait à hauteur de ses yeux, avec, au-dessous, une sorte de renflement prononcé, lui sembla-t-il.

Il ne manquait plus que ça !

Elle s'empressa de revenir vers l'écran.

— Très bien, tu as toute mon attention, dit-elle en s'en voulant de sa voix essoufflée.

Il ne répondit pas. Elle devint écarlate.

— Tu peux vraiment être insupportable, quand tu t'y mets, reprit-elle pour rompre le silence.

— Et ça te plaît, répondit-il d'une voix chaude et pleine, familière.

— Bon sang, mais quel ego !

Elle fit mine de ne pas remarquer la lueur ironique qui brillait dans ses yeux, et, tout en évitant de poser les siens sur l'indécente proéminence de son jean, elle attrapa la souris et ouvrit le programme dont elle se servait pour gérer les réservations.

— Voyons si je peux annuler le couple Miller, dit-elle.

— Tu es une coquine.

Nous sommes deux, alors.

— Et toi, tu réfléchis avec… Oh ! laisse tomber…

— Tu allais dire avec ton cœur, c'est ça ?

— Oui, c'est ça… Comment as-tu deviné ?

Il se pencha pour murmurer à son oreille :

— En fait, ce n'est pas tout à fait vrai…

Il soufflait son haleine tiède sur sa peau, puis, la seconde d'après, ses lèvres effleuraient son cou. Elle frissonna et sentit ce tressaillement caractéristique, entre ses jambes, qui annonçait le désir.

Et les ennuis.

Elle eut la présence d'esprit de ne pas tourner la tête vers lui. Surtout pas. S'ils s'embrassaient…

— Je ne pense pas que ce soit une bonne idée, murmura-t-elle.

— Tu as raison, reconnut-il d'un ton conciliant.

— Slade…

Elle ferma les yeux.

Ne fais pas ça…

Elle le fit pourtant… Elle tourna la tête vers lui. Mais il ne l'embrassa pas. Il n'appuya pas ses lèvres sur sa bouche affamée. Un peu désarçonnée, elle ouvrit les yeux : il la fixait avec des pupilles brûlantes de désir, tellement dilatées qu'on ne voyait presque plus leur couleur bleue. Il était si proche qu'elle distinguait les pores de sa peau, les poils de sa barbe qui pointaient, et qu'elle sentait, mêlée à celle de son après-rasage, l'odeur de son désir.

Elle avala sa salive pour humecter sa gorge, soudain aussi sèche qu'un canyon du Texas au plus fort de l'été.

Il s'écarta lentement.

— Tu sais, Val, jamais je ne t'aurais trompée, murmura-t-il d'une voix rauque.

Elle en eut les larmes aux yeux.

— Ni avec Camille. Ni avec personne.

Elle eut un nœud à la gorge et dut lutter pour ne pas éclater en sanglots.

— J'ai été tenté, je l'avoue, ça oui. Mais je savais que ça ne valait pas le coup.

Il poussa un long soupir.

— Je ne voulais pas risquer de te perdre pour un plan sexe… Parce que avec toi…

Il détourna le regard vers la porte moustiquaire derrière laquelle Bo attendait maintenant qu'on lui ouvre.

— Peu importe. Tu le sais. Nous le savons tous les deux.

— Oh ! Slade…

Une larme roula sur sa joue et elle l'essuya du revers de sa main. Elle ne pouvait pas prendre ce chemin. Pas maintenant, alors qu'elle était si fragile. Elle devait affronter la mort de Camille — ou plutôt son meurtre… Elle venait d'apprendre que ses parents adoptifs lui avaient probablement menti sur ses origines. Les fondations de sa vie s'effritaient. Et, à présent, voici que Slade revenait vers elle. Cela faisait beaucoup.

Reprends-toi. Et cesse de pleurnicher.

— Je… je crois que nous devrions jeter un œil dans les

affaires de Camille, dit-elle en se levant pour aller chercher un couteau.

Puis, le cœur battant, elle se dirigea vers les cartons qu'ils avaient entassés dans le salon.

Il y en avait cinq, couverts de poussière, soigneusement étiquetés. Valerie songea avec amertume qu'ils représentaient tout ce qui restait de la fille pleine de vie qu'avait été Camille.

Bien sûr, elle s'était débarrassée de ce qu'elle possédait avant d'entrer au couvent. Mais tout de même… Cinq cartons, c'était un bien maigre héritage.

Valerie s'agenouilla devant l'un d'eux et se pencha pour déchiffrer l'écriture audacieuse et fantasque de Camille.

— « Chambre », lut-elle tout haut. Ça me semble parfait pour commencer.

Elle fit jaillir la lame du couteau et entreprit de couper le Scotch qui le scellait.

Constantina Rubino raccrocha rageusement le téléphone pour ne plus entendre la voix de son indigne fille, puis écrasa sa cigarette. Depuis que Giovanna, qui avait cru bon de se rebaptiser Jean, avait épousé le minable qui lui servait de mari — de cinquième mari, rien de moins, et le pire de tous —, elle n'avait plus une seconde pour s'occuper de sa pauvre vieille mère arthritique. Enfin, au moins, celui-là, le cinquième, avait du fric. Du moins, c'était ce que prétendait Giovanna. Constantina, au vu des bijoux clinquants qu'elle portait lors de sa dernière visite, avait tendance à la croire.

Pour une fois.

Il restait à Constantina Enzo et Carlo, les deux plus adorables fils de la Terre. Eux n'avaient pas changé le prénom qu'elle avait choisi pour eux quand elle les avait mis au monde. Ils avaient certes épousé des protestantes, mais, au moins, ils lui avaient donné des petits-enfants, cinq en tout, cinq petits anges. Enzo avait divorcé une fois et s'était remarié, mais ce n'était pas sa faute. Sa première femme était une dépensière et une putain.

Hélas, il n'avait pas fait annuler son mariage. Et cela inquiétait Giovanna. Enzo irait-il au paradis ? Elle soupira et fit un signe de croix au-dessus de son opulente poitrine.

Malheureusement, Enzo vivait à New York, cette ville de perdition, et Carlo vendait des parcelles de terrain dans le désert, à Scottsdale, en Arizona.

Seule Giovanna, ou plutôt Jean, habitait près d'elle.

Mme Rubino se leva péniblement de son fauteuil avec un gémissement douloureux et résigné, puis, en s'aidant de son déambulateur, elle prit au ralenti le chemin de la cuisine pour voir où en était la sauce qui mijotait sur la cuisinière. Sa hanche malade la faisait souffrir, mais elle refusait de prendre les drogues que lui prescrivait le médecin. Elle n'avait pas envie de devenir dépendante de ces substances empoisonnées. Elle prenait un petit cachet d'Aleve de temps en temps, avec un verre de vin, mais pas plus.

Tout en grimaçant de douleur, elle s'arrêta devant la fausse cheminée que Carlo et sa femme, Misty — Misty, mais qu'est-ce que c'était que ce nom ? —, lui avaient fait livrer pour Noël. Sur le manteau en vinyle — tellement bien imité qu'on aurait pu le croire en châtaigner —, elle avait placé des photos de ses petits-enfants et la grande photo de son mariage où on la voyait au bras de son cher Silvio, que Dieu ait son âme. Elle portait une robe blanche et un voile de dentelle fait à la main, et lui un costume noir. Elle considéra d'un air attendri le Silvio de sa jeunesse. Cette photo faisait ressortir le contraste entre ses yeux noisette et sa moustache noire comme la nuit — bien taillée pour la circonstance. Elle caressa son visage du bout des doigts, tout en lui murmurant en italien des mots d'amour fervents.

Pour toujours.

Un mari, un amour.

Pas cinq.

Son regard se porta ensuite sur le portrait de Jésus, avec son auréole dorée, et elle lui sourit, en se signant de nouveau et en récitant un rapide *Ave Maria*. Puis elle poursuivit son chemin en direction de la cuisine, en pestant contre ce déambulateur qui la ralentissait.

Elle éteignit la cuisinière et songea brusquement à la jeune femme qui vivait de l'autre côté du couloir. Une prostituée. Pas de doute. Les hommes défilaient dans sa chambre et n'y restaient pas longtemps…

Pourtant, hier, en l'espionnant par son œil de porte, elle avait vu un prêtre quitter son appartement.

Et ça, c'était bon signe…

Cette pauvre enfant commençait peut-être à se repentir.

Et si c'était le cas, Constantina se devait, en tant que bonne chrétienne, de l'aider sur le chemin difficile de sa nouvelle vie. Le moment était venu de resserrer les liens avec elle.

Tout en fredonnant, Constantina sortit un pot de ses placards et y versa sa sauce encore frémissante — une sauce tellement délicieuse que son amie Donna-Marie Esposito ne cessait de lui répéter, quand elles jouaient au gin rami, le samedi après-midi, qu'elle aurait dû en faire une marque déposée, comme Paul Newman. Quand Constantina lui rétorquait, en rougissant tout de même de plaisir, qu'elle n'avait ni les fonds ni la célébrité de M. Newman, Donna-Marie agitait ses petits doigts potelés et couverts de bagues pour chasser ces arguments.

« Et après ? Je n'ai jamais goûté de meilleure sauce que la tienne. Même ma défunte tante ne faisait pas mieux et… Oh ! attends… »

Arrivée là, elle s'interrompait et tendait l'oreille, comme si elle écoutait un message qu'elle seule pouvait entendre. Elle demeurait immobile quelques secondes, les mains refermées sur ses cartes, les pierres de ses bagues captant les reflets du lustre suspendu au-dessus de la table, sa Camel sans filtre dans la bouche.

« Tu pourrais l'appeler "La véritable sauce italienne de Mamma Rubino". Je t'assure que tu ferais fortune. Et, au fait, Gin… »

Elle abattait alors son jeu sur la table.

Tout en souriant, Constantina vissa le couvercle de son pot. Puis elle prit le temps d'allumer une cigarette qu'elle fuma jusqu'au filtre — pas de gaspillage, comme le lui avait appris sa pauvre mère, qui avait élevé neuf enfants — paix à son âme. Puis elle se lava les mains après avoir écrasé son mégot et déposa le pot dans un panier accroché à son déambulateur.

Il lui fallut un certain temps pour traverser le couloir et arriver jusque devant l'appartement de la jeune fille. Gracie avait mis la musique à fond et elle n'écoutait pas du Frank Sinatra. Ce truc que les jeunes appelaient… Du rap, c'est ça. Ah, les jeunes d'aujourd'hui…

Quand elle voulut frapper à la porte, celle-ci s'ouvrit. Pourquoi cette gamine laissait-elle sa porte ouverte ? C'était imprudent, surtout dans ce quartier…

— Gracie ? appela Constantina. Gracie ?

Comme elle n'obtenait pas de réponse, elle entreprit de traverser la pièce, toujours aussi lentement.

— Gracie ? Je vous ai apporté de la sauce spaghettis et…

Gracie ne se montra pas. Etait-elle toujours au lit ? La porte de la chambre était ouverte. Mme Constantina se demanda à quoi pouvait ressembler la chambre d'une femme de mauvaise vie.

— Gracie ? appela-t-elle de nouveau.

Elle n'aurait pas voulu se montrer indiscrète ou impolie, surprendre Gracie nue, en train de s'habiller.

— Gracie ?

Elle manœuvra pour faire passer son déambulateur dans l'embrasure de la porte. Elle commençait à transpirer et à regretter de ne pas avoir pris un paquet de…

Elle s'arrêta net.

Gracie gisait sur son lit. Nue.

Son corps était grisâtre, elle avait les yeux ouverts et enflés, la peau du cou éraflée, les bras grands ouverts, les seins qui tombaient sur le côté. La touffe entre ses jambes était rasée, avec une drôle de forme.

Et, surtout, elle était morte.

Morte.

Constantina se mit à hurler. Comme elle n'avait jamais hurlé de sa vie.

De toute évidence, cette fille avait été étranglée.

Assassinée.

Elle avait payé cher sa vie de pécheresse.

Sainte mère de Dieu…

Constantina esquissa fébrilement le signe de la croix, avec des doigts tremblants et la certitude que Lucifer en personne observait la scène en ricanant, prêt à refermer ses doigts griffus sur son cœur affolé, pour le lui arracher.

Elle tenta de faire demi-tour, le plus vite possible.

Mais une douleur d'acier lui transperça la hanche.

Le démon !

Paniquée, elle voulut courir, trébucha, se rattrapa de justesse.

Les flammes de l'enfer dansèrent devant ses yeux.

— A l'aide !

De nouveau, elle trébucha et, cette fois, tomba tête la première, en entraînant avec elle son déambulateur.

Le pot de spaghettis fit un vol plané et s'écrasa contre un mur. Une sauce épaisse et rouge comme du sang se mit à couler sur la peinture blanche.

Et, durant tout ce temps, Constantina ne cessa de hurler, hurler, hurler à réveiller les morts.

Elle repoussa le déambulateur, défit sa jupe et, toujours hurlant, se mit à ramper vers la porte.

— A l'aide ! hurla-t-elle encore. Pour l'amour de Dieu, appelez la police !

Son vieux cœur battait comme un tambour, ses jambes tremblaient.

L'espace d'une seconde, elle crut voir Dieu lui-même, une lumière aveuglante et dorée dans l'embrasure de la porte.

— Seigneur…

Elle tendit un bras vers lui, en espérant qu'il aurait pitié de son âme si pieuse.

Puis elle se rendit compte qu'il s'agissait du rayon d'une lampe de poche, et pas du tout du Seigneur. Et, dans le prolongement de ce rayon, les petits yeux méchants du gérant de l'immeuble la contemplaient fixement.

Harold Horwood.

— Qu'est-ce qui se passe ici, putain ? marmonna-t-il.

— Appelez le 911, répondit-elle sèchement en se tenant le cœur à deux mains. Réclamez la police et une ambulance.

— Pour quoi faire, putain ?

— Pour Grace.

— Qu'est-ce qui lui arrive, à Grace ? insista-t-il en se dirigeant vers la chambre.

Il enjamba le déambulateur pour franchir le seuil, et s'arrêta net devant la flaque de véritable sauce italienne de Mamma Rubino.

— Merde ! gueula-t-il. Nom de Dieu !

— Appelez le 911, répéta-t-elle. Et surveillez votre langage.

38

Bentz monta lentement dans la voiture de patrouille. Il avait mal partout, il n'en pouvait plus.

Montoya, comme d'habitude, prit le volant et démarra en trombe. Ils n'échangèrent pas un mot. Ils ruminaient tous les deux en silence, atterrés par ce qu'ils venaient d'apprendre au couvent Sainte-Marguerite.

Il y avait des embouteillages, il faisait aussi chaud dans cette foutue voiture que dans un four, l'humeur de Bentz se détériorait à chaque panneau « stop ». Il était trop vieux pour supporter tout ça. Le bébé qui l'empêchait de dormir et le manque de sommeil dû aux interrogatoires qu'ils menaient pendant la nuit, c'était trop pour lui. Plus sa chemise qui lui collait à la peau, à cause de la chaleur et de l'humidité. Plus l'angoisse de piétiner dans une affaire qui commençait à faire un peu trop parler d'elle.

Un dingue prenait son pied à tuer des religieuses. Merde ! Mais pourquoi ?

Ils nageaient dans le sordide, la perversion, l'incompréhensible. Un journal intime évoquant des pratiques sadomasochistes, des religieuses qui se livraient à l'autoflagellation, des orphelines qui entraient dans les ordres, un prêtre qui aurait mieux porté un costume de gigolo que la soutane, une mère supérieure qui gardait pour elle ses secrets, une religieuse qui avait disparu à San Francisco. Pour l'instant, l'affaire n'impliquait que deux couvents, Sainte-Elsinore et Sainte-Marguerite, lesquels n'étaient peut-être que la pointe d'un iceberg.

L'Eglise catholique allait-elle devoir affronter un nouveau scandale ?

Bentz n'était pas vraiment pratiquant, mais il croyait en Dieu et, surtout, il pensait que la plupart des membres du clergé et des pratiquants étaient de bonnes âmes, aux intentions louables.

Mais parfois, avec ce sale boulot qui vous faisait côtoyer des criminels sadiques, des tarés à l'esprit torturé qui vous amenaient à vous interroger sur les racines du mal, il y avait de quoi douter de la bonté de votre Créateur.

Heureusement, il avait sa femme et ses deux filles — la première, une forte tête qui serait sans doute bientôt mère, et la deuxième qui ne se déplaçait encore qu'à quatre pattes —, pour lui remettre les idées en place et lui permettre de relativiser. Il n'y avait pas que du mauvais dans l'être humain. Celui qui supervisait tout ça n'était donc pas complètement pourri.

— Nous avons encore de la compagnie, grommela Montoya en attrapant le paquet de Marlboro qu'il avait récemment acheté.

Il désigna du menton un coin de la rue, juste en face du parking de la police, où s'étaient garées quelques camionnettes portant le sigle de WSLJ.

— Il ne nous manquait plus que ça…, maugréa Bentz.

— T'en fais pas, on les laisse à Tina.

— Ouais, tu as raison.

Ils sortirent de la voiture et Bentz s'arrêta pour attendre Montoya, qui prenait le temps d'allumer sa cigarette.

— Abby sait que tu t'es remis à fumer ?

— Je ne me suis pas remis à fumer, protesta Montoya. Mais cette femme a un flair de chien de chasse et tu penses bien qu'elle a détecté tout de suite l'odeur du tabac. J'en fume une ou deux pour me calmer. Dès qu'on en aura fini avec cette putain d'affaire, je jette le paquet.

— Ouais, je te crois.

— C'est sérieux.

Pour toute réponse, Bentz lui jeta un regard qui signifiait qu'ils avaient déjà eu cette conversation, puis il grimpa l'escalier de l'entrée, tout en massant sa nuque endolorie. Montoya tira encore deux longues bouffées de sa cigarette, puis l'écrasa dans le cendrier de sable.

Il était déjà tard, l'heure du changement d'équipe, comme ils purent le constater quand Bentz poussa la porte d'un coup d'épaule.

Des agents en uniforme ou en civil allaient et venaient dans le couloir, au milieu d'un brouhaha de conversations et de rires.

Bentz échangea quelques regards de-ci de-là, sans un mot, et adressa tout de même un vague sourire à Vera, de la section des personnes disparues, qui filait dans une direction opposée à la sienne.

Il était absorbé dans ses pensées et tentait de dresser le bilan de leur chienne de journée. Ils n'avaient pas obtenu grand-chose des prêtres de Sainte-Marguerite et pas beaucoup plus du personnel de Sainte-Elsinore, qui dépendait d'ailleurs d'une autre juridiction, ce dont tout le monde se foutait. La petite révérende mère, sœur Georgia, semblait plus coopérative que son homologue de Sainte-Marguerite, mais elle ne leur dirait rien de plus que ce qu'elle leur avait déjà dit. Quand ils avaient mentionné le journal de Camille et son contenu licencieux, elle s'était fermée comme une huître. Elle ne portait pas l'habit, elle déambulait en pantalon et en pull dans les couloirs de son couvent, mais quand on grattait un peu, elle était tout aussi rigide que sœur Charity.

Pour l'instant, ils n'avaient abouti à rien.

Du côté des prêtres, ça n'était pas plus instructif. Durant leur dernier entretien, le père Paul s'était montré d'une extrême nervosité et n'avait cessé de se mordiller les lèvres et de tripoter les plis de sa soutane. Le père Frank, lui, avait décidé de ne plus s'adresser à eux en dehors de la présence de son avocat, et donc ils avaient dû remettre leur interrogatoire à plus tard. Quant au père Thomas, de Sainte-Elsinore, ils n'avaient pas encore réussi à le voir. Pas de chance.

Bentz commençait à se demander si le père Thomas Blaine existait ailleurs que dans l'imagination de sœur Georgia. De toute évidence, c'était elle et elle seule qui menait la barque à Sainte-Elsinore.

Il entra dans son bureau, où la climatisation luttait pour maintenir une température supportable, lança sa veste sur le portemanteau, et se laissa tomber sur son fauteuil. Il avait appris aujourd'hui que sœur Camille et sœur Asteria étaient toutes deux passées par l'orphelinat de Sainte-Elsinore. Tout comme sœur Charity et quelques autres novices du couvent.

Est-ce que ce détail avait de l'importance ?

Impossible à dire, pour le moment.

Il y avait aussi la lettre trouvée dans le matelas de Camille. Lettre écrite à son amant, mais jamais postée.

Et destinée à Frank O'Toole ?

Ou pas ?

Il ôta le harnais de son arme et l'accrocha au dossier de son fauteuil. Il songea qu'il venait de pénétrer avec son arme dans deux couvents et deux cathédrales. Cette affaire était complètement dingue…

Quant à la disparition des robes de mariée… Il n'osait même pas y réfléchir. Ça ne lui disait rien qui vaille. Rien du tout.

Sœur Charity leur avait dressé la liste des religieuses qui venaient de Sainte-Elsinore et de celles qui avaient choisi d'y travailler régulièrement.

« Sœur Asteria McClellan,
Sœur Camille Renard,
Sœur Dorothy Reece,
Sœur Maura Voile,
Sœur Irene Shikov,
Sœur Devota Arness,
Sœur Zita Williams,
Sœur Louise Cortez,
Sœur Angela Peterson,
Sœur Edwina Karpovich. »

Toutes ces femmes étaient des religieuses de Sainte-Marguerite, et toutes étaient passées à un moment de leur vie par l'orphelinat Sainte-Elsinore. La plupart étaient originaires des Etats du Sud-Est, mais pas toutes. Et elles n'étaient sûrement pas toutes amoureuses du père O'Toole.

L'orphelinat Sainte-Elsinore n'avait peut-être rien à voir avec les deux meurtres de Sainte-Marguerite.

Le fait que les deux victimes aient été amoureuses du père O'Toole pouvait être une simple coïncidence. Camille avait eu une liaison avec O'Toole, mais, pour Asteria et Lea De Luca, ils n'avaient aucune preuve.

N'empêche qu'O'Toole n'était pas le genre de type qui aurait dû porter une soutane.

Bentz passa quelques coups de fil, vérifia ses e-mails, relut le dernier rapport d'autopsie concernant Camille Renard et son fœtus. Elle était morte asphyxiée, et les marques laissées sur son cou montraient qu'on s'était servi d'un rosaire pour l'étrangler.

Elle s'était griffée la peau en tentant de s'en libérer.

L'estomac de Bentz se noua quand il imagina la lutte désespérée de la pauvre fille, se débattant, donnant des coups de pied, les yeux révulsés.

— Qui t'a fait ça ? murmura-t-il.

A travers la fenêtre, il entendit le grondement de moteur d'un semi-remorque qui passait dans la rue.

Il était prêt à miser sa retraite sur O'Toole, ce don Juan qui se prenait pour un prêtre. O'Toole n'était pas le père de l'enfant que portait Camille, mais ça n'écartait pas sa candidature pour le meurtre.

Le téléphone sonna. Il vérifia le numéro qui s'affichait et reconnut celui de Kristi, sa fille.

— Salut, dit-il en coinçant son portable entre son épaule et son oreille.

— Salut à toi aussi, répondit Kristi.

Il l'entendait mal, comme s'il y avait du vent là où elle se trouvait, ou comme si elle était au volant de sa voiture et lui parlait à travers le dispositif utilisé par les conducteurs.

— Je t'appelle parce que je me suis dit que tu avais besoin d'être soutenu moralement, reprit-elle.

— Vraiment ? répondit-il d'un ton soupçonneux.

Elle venait d'achever la rédaction d'un roman policier fondé sur des faits véridiques, et était en pourparlers avec plusieurs maisons d'édition pour l'éditer. Un des éditeurs lui avait mis en tête que l'homme qui avait aidé à résoudre l'affaire des « vampires » de l'université All Saints — c'est-à-dire, lui, Bentz — aurait pu lui écrire une préface.

Il n'en était pas question.

Il n'aimait pas que sa fille s'intéresse de trop près aux meurtres et aux meurtriers. Pas question de l'encourager dans cette voie. Pas même avec une simple préface.

— Vraiment, dit-elle. Si tu ressens le besoin de parler de ton enquête avec moi, je suis prête à t'écouter.

— Je m'en doute.

— Oh ! papa… Je t'en prie…

Leur conflit de toujours… Kristi était une forte tête. Il soupira. Il la rendait responsable de ses cheveux blancs.

— Comment c'est, la vie de femme mariée ? demanda-t-il pour changer de conversation.

— Quelle subtile transition ! fit-elle remarquer en riant de bon cœur. Je te le dirai ce week-end. J'ai l'intention de passer voir Ginny. Et toi et Olivia aussi, bien sûr.

Il sourit. Elle le taquinait.

— Nous en serons ravis. Viens avec Jay.

— C'était mon intention. Tu sais bien que je ne vais nulle part sans mon mari.

— Je sais. Et je devine aussi que tu le tannes pour lui soutirer des informations.

— Je dirais plutôt que je les négocie contre certaines gâteries.

— Kristi… Je suis ton père, tout de même…

— Un père qui vient d'avoir un bébé. Ne me dis pas que tu es hors du coup question sexe, mais bon, changeons de sujet.

Il rit. Puis ses yeux tombèrent sur la liste des sœurs élevées à l'orphelinat Sainte-Elsinore — qui était aussi la liste des cibles potentielles du tueur, s'ils ne se trompaient pas.

— Je vais appeler Olivia pour m'arranger avec elle, d'accord ? proposa Kristi.

— Bonne idée.

— O.K., papa. A plus tard.

Il contempla rêveusement son téléphone. Kristi avait frôlé plusieurs fois la mort. Parce qu'il était flic. Il n'aimait pas s'en souvenir.

Il espéra que ça ne se reproduirait plus.

En vérifiant de nouveau ses e-mails, il constata que le rapport de toxicologie de Camille Renard était arrivé. Il le parcourut et fronça les sourcils en lisant que son sang contenait du Rohypnol. Le Rohypnol était une drogue utilisée par les violeurs. Mélangé à une boisson ou à de la nourriture, il rendait la victime consentante. Le plus souvent, elle ne se souvenait de rien.

Voilà qui pouvait expliquer pourquoi les victimes avaient enfilé une robe de mariée avant de suivre l'assassin, l'une dans la chapelle, l'autre dans le cimetière. Restait maintenant à trouver qui les avait droguées et pourquoi.

Il était facile de se procurer ce produit, discrètement, en l'achetant dans les rues ou sur internet. Lui-même recevait régulièrement par internet des publicités pour un produit similaire.

— Fils de pute, murmura-t-il.

Des heures plus tard, Bentz avait éclusé toute sa paperasse, mais il n'avait pas progressé d'un millimètre dans la compréhension de l'affaire Sainte-Marguerite.

Il afficha une fois de plus les photos des victimes sur son écran d'ordinateur. Camille, allongée près de l'autel. Asteria, dans le cimetière, son regard fixé sur le ciel et sur l'ange surplombant la tombe devant laquelle elle était étendue.

Deux orphelines de Sainte-Elsinore.

Deux femmes amoureuses du même prêtre.

Deux novices réfugiées dans un couvent après une peine de cœur.

Il tambourina du bout des doigts sur son bureau tout en tournant la tête du côté de la fenêtre. Il faisait nuit. Les lumières de la ville brillaient dans le noir.

— Salut ! lança Montoya en apparaissant sur le seuil de sa porte.

Il ne portait pas son blouson, il n'était pas rasé, et paraissait lui aussi au bout du rouleau.

— Ouais ?

— Regarde ce que nous avons trouvé dans la boîte aux lettres, poursuivit Montoya en déposant sur son bureau un sac Ziploc contenant un téléphone prépayé.

— C'est celui de Camille Renard ?

— Exactement.

— Qui l'a envoyé ? demanda Bentz en s'emparant du sac.

— Anonyme.

— Tu as regardé ce qu'il contenait ?

— Bien sûr. Pour qui me prends-tu ?

— Et ?

— Je ne peux encore rien affirmer, mais il y a peut-être quelque chose d'intéressant.

Bentz acquiesça.

— Les gars du labo s'occupent de l'enveloppe, poursuivit Montoya. Ils recherchent des empreintes ou de la salive. On aura peut-être même une empreinte ADN, mais ça risque de prendre du temps.

— Tu penses que ça vient du tueur ? demanda Bentz. Qu'il s'amuse et qu'il veut nous montrer qu'il est plus malin que nous ?

— Possible.

Brinkman passa sa tête à la porte, en poussant Montoya.

— On vient de recevoir un appel, dit-il. Homicide. Femme de race blanche. Une femme qui travaillait.

— Une prostituée, tu veux dire ?

Brinkman ricana.

— Tu n'es pas si bête que tu en as l'air, Montoya. Elle a déjà un casier chez nous. Gracie Blanc, alias Grace La Blanc ou Grace Lee Blanco. Comme si un pseudo pouvait suffire à nous dérouter…

— Et le meurtrier ?

— Disparu. Elle est morte depuis quelques heures. C'est une voisine qui l'a trouvée. Une vieille femme qui vit dans le même bâtiment, au même étage, à l'autre bout du couloir. Elle s'est mise à hurler, ç'a alerté le gérant, qui nous a appelés. Quand le premier officier de patrouille est arrivé, il a trouvé Gracie sur son lit. Le légiste est en route, ainsi qu'une seconde équipe d'agents.

« Et les journalistes, probablement », songea Bentz.

— J'y vais, dit Montoya.

Bentz attrapait déjà son arme et sa veste. La journée n'était pas terminée.

— Parfait, dit Brinkman.

Il affichait une fois de plus l'air d'un chat qui vient d'avaler un canari et Bentz leva les yeux au ciel. Ce type était vraiment un idiot.

— Parce que ça pourrait avoir un lien avec votre affaire, reprit Brinkman. La vieille femme est une curieuse… Devinez qui elle a vu entrer dans l'appartement de la fille, la nuit dernière !

— Qui ? demanda Montoya d'un ton agacé.

— Un prêtre.

Bentz se figea.

— Un prêtre ?

— Ouais, un prêtre, répondit Brinkman, visiblement ravi de son effet de surprise. Elle espionnait la fille à travers son œil-de-bœuf, et elle a vu un prêtre entrer vers minuit dans l'appartement de Gracie.

39

Tout en écoutant la radio qui joue doucement un tube des années quatre-vingt, je taille soigneusement les facettes des perles de verre. Il faut que les bords soient bien tranchants, qu'ils entament aisément la peau.

L'image de ces jolies petites perles accomplissant leur travail me fait sourire. Je fais glisser le chapelet dans mes mains. La chaîne qui tient les perles est solide. Le chapelet coule entre mes doigts. Il semble me sourire.

Ce soir, le marais est calme. L'eau clapote paisiblement. Une odeur lourde de végétation pourrie et de poisson parvient jusqu'à moi. J'entends le chant aigu du chœur nocturne des criquets, soutenu par celui des crapauds, plus grave.

La musique s'arrête, remplacée par la voix du Dr Sam, qui débite ses fadaises pseudo-scientifiques aux crétins qui l'appellent pour lui demander conseil à propos de leurs amours, de leurs enfants, de leurs parents mourants.

Bande d'idiots ! Ils ne voient donc pas qu'elle n'est qu'un imposteur ? Qu'elle ne fait que distiller du poison ?

Mon sang bout dans mes veines quand je songe que j'ai été à deux doigts de l'éliminer, autrefois… Je contemple rêveusement la tête d'alligator accrochée au-dessus de mon lit et ses yeux rouges et luisants, pareils à ceux d'un démon. Ses dents aiguës me rappellent les points de suture de ma cuisse et ce vétérinaire incompétent qui en est responsable. Les douleurs qui me gênent encore. L'alligator, je l'ai surnommé Ipana, du nom de la pâte dentifrice qu'utilisait mon grand-père.

— Bien essayé, je murmure, en m'adressant à Ipana.

La voix du Dr Sam, douce et lisse comme de la soie, conseille à une pauvre fille de mettre fin à une relation prétendument destructrice, d'abandonner le père de son enfant…

C'est une ordure, cette femme.

— Reste avec lui, Lola, je grommelle. Donne-lui une chance. Il faut que ton fils connaisse son père. Et donne-lui ce qu'il te réclame au lit, bon sang…

Quelle conne ! Elle fait un enfant avec un homme, et ensuite, elle décide que celui-ci n'est pas assez bien pour elle. Par contre, elle n'oubliera sûrement pas de lui réclamer une pension alimentaire…

Camille n'aurait jamais fait une chose pareille. Camille était soumise et obéissante. Bien sûr, elle avait son petit caractère, juste assez pour mettre du piquant à nos ébats. Je pense à elle et ça suffit pour faire tressauter mon sexe.

Je n'ai jamais eu une maîtresse aussi désireuse de bien faire. Aussi prête. Aussi vicieusement divine.

Et, à présent, elle est morte.

Je viens de me blesser avec une perle et le sang coule de mon doigt. Dans ma lutte avec Ipana, j'ai perdu, en plus d'un morceau de cuisse, un peu de mon habileté.

Mais c'est tout de même Ipana qui est mort. Je suce mon doigt et je l'enduis de colle chirurgicale. Puis j'enfile les dernières perles, celles que je viens de tailler. Quand j'ai terminé, je noue le tout avec un nœud bien solide. J'ai fini mon rosaire. Je suis content.

Je tire dessus pour tester sa solidité.

Il est solide.

Et sans pitié.

Il est parfait.

Je le glisse dans la poche de mon sac à dos, là où je range mes lunettes de soleil.

La soutane est déjà dedans, soigneusement pliée.

J'entends un poisson sauter quelque part dans les eaux du

marais. Je suis prêt. J'éteins la radio. Je sors et je descends prudemment l'échelle pour rejoindre le canot qui m'attend.

A première vue, les cartons de Camille ne contenaient rien d'intéressant. Ils avaient ouvert et vidé les cinq, dont le contenu était maintenant dispersé sur le sol du salon.

Quelques souvenirs, des vêtements, des photos.

Pas de lettres d'amour, pas de journal intime.

Les cartons contenaient aussi la robe de confirmation de Camille, son costume de pom-pom girl du lycée Saint-Timothée, une photographie encadrée de leurs parents — en somme, les témoins d'une vie ordinaire.

— Tu es déçue ? demanda Slade en allumant le plafonnier.

La nuit commençait à tomber et la pénombre du crépuscule à entrer dans la pièce.

— Très déçue, avoua-t-elle.

— Tu ne t'attendais tout de même pas à trouver un message de l'assassin taché d'un échantillon de son sang ?

— Peut-être que si, reconnut-elle avec un demi-sourire. Je m'attendais au moins à trouver quelque chose qui nous aurait mis sur la bonne piste.

Elle avisa un chapelet et le ramassa, en fixant les perles de verre qu'elle fit glisser entre ses doigts, pour les déposer au sol. Le chapelet s'y enroula, comme un serpent dont la tête aurait été la croix.

— Je mise toujours sur Frank O'Toole, dit-elle d'un air songeur.

— Même si ce n'est pas lui le père de l'enfant.

— A cause de ça, justement.

— Reposons-nous un peu, conseilla-t-il. Je t'emmène dîner dehors. En revenant, nous regarderons de nouveau tout ça, avec un œil neuf.

Il enjamba une pile de vêtements de Camille et lui tendit la main.

Elle avait la sensation que la réponse était là, dans ces affaires éparses, mais elle ne parvenait plus à réfléchir. Il avait raison, un peu d'air leur ferait du bien.

— Entendu, dit-elle en acceptant sa main pour se relever. Mais je vais tout de même aller voir Freya. Elle a peut-être besoin d'aide dans le salon.

Freya n'allait pas tarder à servir les gâteaux et les boissons, comme tous les soirs. Et aussi à faire le tour des chambres pour y déposer une assiette de truffes — maison, bien entendu.

— Je te retrouve dans l'entrée dans…

Elle jeta un coup d'œil à sa montre.

— … quarante-cinq minutes, ça te va ?

— Parfait, répondit-il.

Il siffla le chien et ils sortirent tous les deux dans le jardin, où quelques bourdons butinaient encore la lavande.

Valerie trouva Freya sur le porche de derrière, des herbes sous le bras, en train d'agiter son chapeau pour chasser un moustique et des mites.

— Vous avez trouvé quelque chose ? demanda-t-elle.

— Rien qui vaille la peine d'être raconté, répondit Valerie en s'adossant à la rambarde, tout en observant le chat du voisin qui se glissait à travers un buisson de myrte.

Bo, qui passait tout près, ne parut pas le remarquer.

— Je suis venue pour te donner un coup de main avec le service.

— Trop tard, dit Freya en jetant un regard en coin à Slade.

Valerie devina à son air qu'elle se posait une foule de questions.

— J'ai déjà servi dans le salon, y compris les alcools et le déca, poursuivit-elle.

Elle jeta de nouveau un coup d'œil du côté de Slade.

— J'ai fait aussi la tournée des chambres. Tu peux m'appeler « Mme Efficace ».

— Et aussi « Mme Modeste ».

— Euh… Mme Modeste, ça pourrait être toi aussi.

— Jamais de la vie, protesta Valerie en riant.

— Donc, c'est officiel, tu peux prendre ta soirée, et ta nuit, conclut Freya.

— Stop… ! Tu vas bientôt dépasser les bornes… Et pour ce qui est de ma soirée, je n'ai pas besoin de ta permission. Tu te prends pour la patronne, à présent ?

— Mais j'ai toujours été la patronne.

— C'est cela…

— Moi, je trouve que la patronne a de bonnes idées, argua Slade, qui s'était approché. Je file sous la douche et on se retrouve dans l'entrée.

Il disparut dans la cuisine, mais Bo n'osa pas le suivre, pas devant Freya, car il avait compris qui menait la barque dans l'hôtel.

— Dis donc, lança Freya. C'est un vrai rendez-vous…

— Si tu veux appeler ça comme ça.

— Je dis ce que je vois, rétorqua Freya en contemplant fixement le T-shirt froissé et le pantacourt de Valerie. Tu vas t'habiller comment ?

— Comme ça me plaît. Nous sommes en train de divorcer, je te rappelle.

Mais elle descendait déjà les marches en direction de son cottage. Elle allait se doucher et se changer. Bo la suivit, bien sûr…

— Je me demande si c'est une bonne idée, ce divorce, fit la voix de Freya derrière elle.

Valerie se posait la même question, mais elle décida de ne pas y réfléchir. Elle entra dans le cottage, laissant Bo sur le porche, lequel se précipita sur sa gamelle pour boire à grands coups de langue.

Les affaires de Camille étaient toujours là, éparpillées, et Valerie ramassa machinalement une brosse à cheveux. Il y avait forcément quelque chose d'important dans ce fouillis. Quelque chose qu'ils n'avaient pas su voir. Elle contempla les chaussures de bébé coulées dans le bronze, les bulletins scolaires, de vieux CD, des cassettes, un ensemble de minicassettes datant de l'été où Camille avait voulu apprendre l'espagnol, une bague offerte par un soupirant de lycée, une poupée Barbie — sa première, à en juger par ses cheveux emmêlés et son teint sale.

Valerie reposa la brosse en soupirant. Non, décidément non, elle ne voyait pas ce qui pouvait l'inspirer parmi ces objets.

Son portable sonna à ce moment et elle le sortit de sa poche.

— Allô ?

Mais il n'y avait personne au bout du fil. Son téléphone affichait « appel manqué » et le numéro de l'appelant était masqué.

Elle s'attendait à ce que le téléphone sonne de nouveau, mais ce ne fut pas le cas. Elle passa encore en revue les affaires de Camille, mais, une fois de plus, elle ne trouva rien qui sorte de l'ordinaire. Tout en se disant qu'elle faisait un piètre flic — ou, plutôt, ex-flic —, elle ôta son jean et son T-shirt et fila dans sa douche, pas plus grande qu'une cabine téléphonique, installée dans un coin de la salle de bains.

La tuyauterie grinça quand elle ouvrit le robinet. Elle ouvrit la fenêtre, à cause de la buée qui était aussi épaisse que le brouillard de San Francisco.

Une fois sous le jet, elle se débarrassa de la sueur et de la poussière de la journée, puis resta quelques minutes de plus pour dénouer les muscles tendus de sa nuque, tout en se demandant pourquoi elle avait accepté de dîner avec Slade.

Il ne s'agissait pas d'un rendez-vous galant. Freya se trompait. Mais elle aurait peut-être dû s'abstenir.

Après tout, qu'est-ce que ça peut faire ? Slade te soutient de son mieux. Et tu es encore attirée par lui, avoue-le…

Dieu, que c'était compliqué !

Tu es sûre que c'est si compliqué que ça ? Tu sais maintenant que c'est Camille qui a menti, et pas Slade. Il n'y a donc aucune raison pour lui faire payer les pots cassés. Tu devrais lui faire confiance de nouveau. Te donner le droit de l'aimer.

— Tu es pathétique, grommela-t-elle.

Mais elle avait beau protester, il avait réussi à se frayer de nouveau un chemin jusqu'à son cœur. Elle n'y pouvait rien.

Elle décida de cesser de penser à son mariage et à la nécessité de le sauver ou non, et se lava les cheveux. Puis, une fois de plus, elle resta sous la douche, immobile, à réfléchir, tout en savourant le jet tiède qui coulait sur ses épaules et sur son dos.

Tu aimes Slade. Tu l'as toujours aimé. Tu ne vas pas gâcher votre amour à cause des mensonges d'une morte.

— Cammie, murmura-t-elle en fermant les yeux.

Elle songea à Cammie enfant, en train de grimper dans un arbre pour récupérer leur petite chatte, et restant coincée, elle aussi, en haut d'une branche. Cammie tétanisée et pleurant. Le chat collé au tronc, les griffes plantées dans l'écorce. Le chat avait fini par descendre tout seul, et c'était elle, Valerie, qui avait grimpé pour aider sa sœur… Elle l'avait ensuite grondée. Mais Camille, une fois le danger passé, avait tendance à l'oublier.

Ensuite, il y avait eu la Camille du lycée, membre de l'équipe de foot féminine et pom-pom girl, celle qui avait commencé à sortir avec des garçons. Plus vieux ou plus jeunes qu'elle. Peu lui importait. Cette Cammie-là n'avait pas hésité à piquer le petit copain de sa meilleure amie — peut-être était-ce lui qui lui avait offert cette bague tape-à-l'œil avec sa pierre rouge —, petit copain qu'elle avait ensuite trompé avec un professeur stagiaire. Valerie ne vivait déjà plus avec elle, à cette époque, mais elle avait entendu parler de l'histoire. Cammie étant déjà majeure, le professeur n'avait pas été poursuivi en justice, mais on l'avait renvoyé.

Des années plus tard, quand Cammie avait terminé sa formation d'aide-comptable, elle avait cumulé plusieurs emplois. Et aussi plusieurs amants.

Puis elle était venue au ranch… La suite, tout le monde la connaissait. Cammie avait tenté de briser son couple, elles s'étaient disputées…

Et elles étaient rentrées toutes les deux à La Nouvelle-Orléans, pour des raisons différentes, et Camille avait tenu à mettre ses affaires dans le grenier.

— Mais qu'est-ce que je vais en faire ? avait protesté Valerie en montant avec elle les cartons dans le grenier.

Il faisait une chaleur d'enfer, ce jour-là, dans le petit espace investi par les araignées et les guêpes.

— Je n'en sais rien. Je verrai. Je passerai les chercher, ne t'en fais pas.

Elles avaient descendu l'échelle et Valerie avait refermé la trappe.

— Tu seras au couvent, avait-elle fait remarquer.

— Un couvent n'est pas une prison. J'aurai le droit d'aller et venir, tu sais…

Valerie avait secoué ses mains pleines de poussière et elles étaient sorties du garage, sous le chaud soleil de Louisiane.

— Ah… je ne sais pas pourquoi, mais je m'étais imaginé qu'une novice n'avait pas le droit de sortir.

— Autrefois, sans doute, mais plus maintenant. La mère supérieure m'a même proposé de travailler à l'orphelinat Sainte-Elsinore.

— Et tu as l'intention d'accepter ?

Cammie avait haussé les épaules.

— Je n'en ai pas la moindre idée. Tout ce que je sais, c'est que je sortirai comme je voudrai. C'est la maison de Dieu… Il n'y a pas de clés. Du moins, pas sur les portes. D'ailleurs, ce ne sont pas les murs qui font une prison, ni les barreaux une cage…

Camille avait-elle voulu lui faire comprendre que la pression était plutôt morale, au couvent ?

Elle était toujours sous la douche à se masser la nuque, et les canalisations grincèrent de nouveau.

Elle songea au journal de Camille, à ses pratiques sexuelles… En tant que religieuse, Camille devait se soumettre à son Dieu. Mais elle s'était plutôt soumise à ses partenaires sexuels.

Tout cela n'avait aucun sens.

Mais qu'est-ce qui avait du sens, dans le journal de Camille ? Ses croquis griffonnés à la hâte ? Ses messages codés qui n'en étaient peut-être pas ?

Le cœur qui entourait les lettres « C.A.L.L.E.D. » ?

Et que signifiait « TOM BF 2 M&M » ?

— RV 7734 CV, récita-t-elle tout haut.

Elle répéta plusieurs fois le second message de Camille comme une comptine et, brusquement, un souvenir lui revint. Un souvenir de l'orphelinat. La petite fille qui l'avait empêchée de grimper sur le toboggan — elle s'appelait Darlene ou Eileen — lui avait demandé si elle savait ce que désignait le nombre 7734, tout en jetant un regard entendu du côté de sa copine, une fille frisée avec de grandes dents en avant.

— C'est l'enfer, avait-elle dit, devant le silence de Valerie.

Dents-en-avant avait ri en secouant la tête.

— Non.

— Bien sûr que si.

La fille avait jeté un coup d'œil par-dessus son épaule pour s'assurer que sœur Anne, la vieille nonne qui surveillait la cour, ne regardait pas dans leur direction, puis elle avait tracé les chiffres dans la terre, avec un bâton.

— Lis ça à l'envers, avait-elle dit.[2]

Dents-en-avant avait poussé un petit cri, puis elle avait mis sur sa bouche ses doigts grassouillets.

— Tu as raison, avait-elle murmuré, juste au moment où sœur Anne se tournait vers elle.

La fille s'était dépêchée d'effacer les chiffres et de jeter son bâton au loin.

— L'enfer, avait-elle lancé à Valerie avant de s'enfuir en courant.

Au même moment, la cloche avait sonné la fin de la récréation.

— L'enfer…, murmura Valerie.

Bo aboya, mais elle n'y prêta pas attention.

Elle songeait au troisième message : RV en enfer CV…

Elle avait l'impression d'être tout près du but…

Elle prit son gant de massage et se frictionna les épaules.

— Camille, qu'est-ce que tu as voulu dire ? murmura-t-elle.

Bo aboya de nouveau. Plus fort, cette fois.

Valerie cessa de se frictionner et tendit l'oreille.

Il lui semblait avoir entendu un bruit par-dessus l'eau qui coulait et le gargouillement des canalisations.

Elle en eut la chair de poule.

Est-ce que ce bruit venait de l'intérieur de la maison ?

2. A l'envers, le nombre 7734 peut se lire *hell*, qui signifie « enfer ».

Sa gorge se noua.

Oui, il y avait bien un bruit. Comme un bruit de pas.

Slade, probablement…

— Je n'en ai que pour une seconde ! cria-t-elle.

Puis elle songea que Slade lui avait donné rendez-vous dans le hall d'entrée.

Et, pourtant, le plancher craqua de nouveau. Quelqu'un marchait chez elle.

— Qui est là ?

Elle attendit, avec l'eau qui dégoulinait de son menton et de ses coudes.

Pas de réponse.

Rien que le déferlement de l'eau sur les carreaux de la douche.

Elle déglutit péniblement.

Avait-elle bien refermé la porte donnant sur le jardin ?

Avait-elle seulement fermé la porte moustiquaire ?

Impossible de s'en souvenir.

Elle ne fermait pas dans la journée, parce qu'elle passait son temps à aller et venir, mais, le soir, elle n'oubliait jamais de mettre le verrou.

Sauf quand elle laissait Bo sur le porche.

Seigneur ! Elle n'avait même pas poussé la porte de la salle de bains : elle l'avait laissée entrouverte.

Le cœur battant, elle tendit le bras pour attraper sa serviette et là, à travers la vitre embuée de la cabine de douche, elle perçut un mouvement du côté de la porte. Une ombre. Une ombre noire qui lui rappela le démon de ses rêves, celui qui l'effrayait tant avec ses petites dents aiguës et ses yeux mauvais.

Elle secoua la tête et chassa cette vision cauchemardesque, tout en inspirant une grande bouffée d'air humide. Pour une fois, elle regretta de ne plus avoir son arme. La buée était si épaisse que…

Elle entendit, nettement, cette fois, des pas qui s'éloignaient précipitamment. Puis qui couraient à travers sa maison.

Espèce de salaud… Tu ne vas sûrement pas…

Elle s'enroula dans la serviette et avança vers la porte.

Son cœur se mit à battre. Dans cette salle de bains, elle était prise au piège. La petite fenêtre au-dessus des toilettes était trop petite pour la laisser passer. Elle s'accroupit et poussa la porte d'un coup sec, juste au moment où la porte moustiquaire craquait.

— Merde…

Elle traversa la cuisine en courant — laissant derrière elle la marque humide de ses pieds nus. La porte moustiquaire était maintenant fermée. Quelques lumières brillaient le long du chemin qui menait à la maison principale. Elle sortit sur le porche, mais il n'y avait personne dans le jardin non plus.

Elle se demanda si elle n'avait pas rêvé, tout simplement.

Bo se promenait tranquillement en reniflant l'herbe, à la recherche du meilleur endroit pour se soulager. Pourquoi avait-il aboyé quelques minutes plus tôt… ?

Mais qui serait venu rôder autour de sa maison ?

— Viens, mon chien, dit-elle quand il eut fini d'arroser le massif de fleurs préféré de Freya.

Il accourut aussitôt vers elle et grimpa les marches du porche, la langue pendante.

— La prochaine fois, il faudra trouver un autre endroit pour ton pipi, gronda-t-elle en lui tapotant la tête. Sinon, Freya risque de t'interdire le jardin.

Il aboya en guise de réponse, tout en balayant de sa queue le plancher du porche, et fourra sa tête contre sa cuisse, pour réclamer des caresses. Mais Valerie était toujours humide, couverte de chair de poule, et elle était pressée de rentrer.

— Allez, viens…

Elle referma soigneusement la moustiquaire et son loquet, puis elle revint sur ses pas. En traversant le salon, elle vit au premier coup d'œil que quelqu'un avait touché aux affaires de Camille.

Mais qui était entré chez elle ?

Et pourquoi se sentait-elle encore épiée ?

Elle regarda du côté de la fenêtre et, en un éclair, elle entrevit la silhouette noire du démon qui hantait ses rêves.

— Ne sois pas stupide, murmura-t-elle tout bas.

Mais elle éprouva le besoin de vérifier que les portes et les fenêtres étaient bien fermées, avant d'aller s'habiller.

Son portable sonna de nouveau. Comme il était sur le bureau, elle répondit presque tout de suite.

Une fois de plus, il n'y avait personne au bout du fil.

40

— Pas de panique, ce n'est que de la sauce spaghettis, expliqua l'un des policiers à Montoya, qui fixait d'un air méfiant les épaisses traces rouges le long du mur, devant l'entrée de la chambre de Grace Blanc.

Il venait de franchir le périmètre de la scène du crime, avec Bentz et Brinkman, et de signer le registre.

Ils se trouvaient dans un petit salon presque vide, occupé par quelques meubles qui avaient dû être haut de gamme dans les années soixante-dix, mais qui affichaient à présent un air fatigué, pour ne pas dire délabré. Deux tables métalliques voisinaient avec un long canapé vert et un fauteuil à bascule qui ne pouvait provenir que d'un vide-grenier.

— Tant mieux, répliqua Brinkman avec un affreux rire, en regardant la trace rouge et dégoulinante. J'ai cru un instant que c'était un truc vraiment glauque. Genre… des bouts de cervelle sanglante.

— Très drôle, lâcha Bonita Washington d'un ton sarcastique. On n'est plus à l'école primaire, Brinkman, et il serait temps que tu grandisses.

— J'essayais juste de détendre un peu l'atmosphère, protesta Brinkman.

— C'est ça… Tu devrais montrer un peu plus de sensibilité et de délicatesse, pour changer.

Elle n'appréciait pas beaucoup qu'on plaisante sur une scène de crime. Elle était concentrée sur son travail, comme toujours.

— Tout est là, dans le périmètre. Faites le tour et déguerpissez. Plus tôt on sortira le corps, mieux ce sera pour tout le monde.

Eve Marsolet prenait déjà les clichés, un autre déposait de la poudre pour prélever des empreintes, un troisième mesurait les taches de sauce tomate.

Montoya se fraya un chemin jusqu'à la chambre, là où on avait tué la fille, suivi de Bentz et de Brinkman.

Un représentant de la médecine légale examinait le corps de la victime — une rousse qui gisait sur son lit défait, les yeux fixes et grands ouverts. On aurait presque pu croire qu'elle était plongée dans la contemplation du plafond, si elle avait été encore en vie. Elle était à moitié habillée, avec un visage déformé par la peur et la douleur, un cercle ensanglanté autour du cou, et des traces de griffures à la gorge, là où elle avait essayé d'arracher le garrot.

Montoya songea que ses dernières minutes avaient dû être atroces. Il détourna le regard. Quelle saloperie ! Abby avait peut-être raison… Il serait sans doute mieux à travailler derrière un bureau.

La pièce sentait la vanille, l'ail et la mort, un sale mélange, un de ceux qui donnaient la nausée à Bentz. Ce dernier avait beau être un vétéran, il supportait mal la vue d'un cadavre. Il faisait de son mieux pour le cacher, y compris en ce moment, mais Montoya l'avait surpris plusieurs fois à vomir en sortant d'une scène de crime.

— Heure de la mort ? demanda Montoya au spécialiste qui prenait la température du cadavre.

L'homme fronça les sourcils, tout en regardant le thermomètre.

— Minuit environ, peut-être 1 heure, répondit-il, tout en hochant sentencieusement la tête, comme s'il s'approuvait lui-même. Le degré de rigidité du cadavre le confirme.

— C'est à peu près l'heure où « Mme Curieuse » a vu le prêtre sortir, fit observer Brinkman.

— N'oubliez pas de bien protéger ses mains, fit remarquer Montoya aux experts qui travaillaient dans la chambre.

— Comme si on allait oublier ! rétorqua Washington, tout

en baissant son bloc-notes pour envoyer un regard courroucé dans sa direction. Fais ton travail, Montoya, je fais le mien.

Brinkman haussa les sourcils.

— Prends ça ! articula-t-il silencieusement.

Montoya ne répondit pas. Il voulait être sûr qu'on ne perdrait pas une miette de ce qu'il pouvait y avoir sous les ongles de la victime. Et tant pis si Washington prenait la mouche.

Bentz s'était éloigné dans le salon et fixait un point. Il était immobile et étrangement figé. Montoya crut qu'il était sur le point de vomir et le rejoignit.

— Regarde ça, dit Bentz d'une voix blanche.

Il ne fixait pas un point, mais une table. Et sur cette table se trouvaient une radio et un billet de cent dollars, avec les yeux de Benjamin Franklin noircis au feutre.

— Merde ! s'exclama Montoya. Et c'est une…

— Une prostituée rouquine, indiqua Bentz à sa place. Vérifie la station sur laquelle est branchée la radio.

Montoya se pencha vers la radio, la gorge nouée. Mais il savait déjà qu'elle serait réglée sur WSLJ.

— Le Dr Sam anime toujours son émission, n'est-ce pas ? demanda Bentz. Tu vois de quoi je parle ? De celle où elle donne des conseils au milieu de la nuit.

— *Les Confessions de minuit*, murmura Montoya. Abby l'écoute de temps en temps, quand elle donne le sein au bébé.

Samantha Leeds Wheeler, *alias* Dr Sam, prodiguait ses conseils sur les ondes. Elle avait été l'obsession du père John, ce tueur en série qui s'habillait en prêtre pour mieux tromper ses victimes et qui assassinait des femmes rousses — comme elle —, tout en écoutant *Les Confessions de minuit* sur WLSJ. Un tueur qui laissait justement en guise de signature, sur la scène du crime, un billet de cent dollars, avec les yeux de Benjamin Franklin noircis à l'encre.

L'estomac de Montoya se noua. Il avait brusquement la très pénible sensation, ou plutôt le pressentiment, que les choses allaient empirer.

— Il faut appeler la station pour demander au Dr Sam si elle n'a pas reçu des appels bizarres.

— J'y vais tout de suite, dit Bentz.

C'était lui qui avait tiré sur le père John, lui qui l'avait envoyé au fond du marais où il avait servi de repas aux alligators.

On n'avait jamais retrouvé le corps du père John, mais les crimes de prostituées rousses avaient cessé, et tout le monde en avait conclu qu'il était mort noyé dans les eaux troubles du bayou.

Mais personne n'en avait jamais apporté la preuve.

— Appeler le Dr Sam, pour quoi faire ? demanda Brinkman, qui était toujours un peu dur à la détente.

Puis il avisa le billet sur la table, et ce fut comme si la lumière se faisait brusquement dans son esprit.

— Merde ! murmura-t-il en secouant son crâne chauve. Mesdames et messieurs, on dirait qu'il est de retour…

— Lui, ou un plagiaire qui connaît son mode opératoire, corrigea Montoya.

Ils n'avaient pourtant pas divulgué tous les détails à la presse, à l'époque. L'assassin était donc bien informé…

— Cinq contre un que c'est le père John, déclara Brinkman en mordillant sa lèvre inférieure, tout en fixant le billet.

Mais personne n'eut le cœur de relever le pari.

Valerie avait beau tenter de se persuader que son imagination lui avait joué des tours, elle n'était pas tranquille. Quelqu'un s'était introduit chez elle. Mais dans quel but ?

Cette intrusion avait certainement un rapport avec la mort de Camille.

Depuis qu'elle vivait dans ce petit cottage, elle n'avait jamais eu à se plaindre du moindre problème de ce genre. Et comme par hasard, quelques jours après la mort de Camille, quelqu'un entrait dans sa maison.

— Valerie ?

Elle faillit s'évanouir de peur.

Elle fit volte-face, si rapidement qu'elle faillit en perdre sa serviette. Slade se tenait sur le porche, derrière la porte. A en juger par ses cheveux mouillés, il sortait lui aussi de la douche. Bo était à ses pieds et remuait doucement la queue, la truffe collée à la moustiquaire.

— Oh ! s'exclama-t-elle. Je ne suis pas encore prête.

Il balaya lentement son corps, d'un regard appuyé, et elle serra instinctivement la main sur cette serviette qui ne cachait pas grand-chose de plus que son buste.

— Ah, oui ? Je te trouve parfaite.

— Merci, répondit-elle dans un souffle.

Son angoisse se dissipa un peu. La présence de Slade avait quelque chose de rassurant. D'apaisant.

Elle sentit son regard s'attarder à la lisière de ses seins, là où son poing se crispait sur la serviette.

— Tu vas me laisser entrer ou quoi ? demanda-t-il en haussant un sourcil.

Elle poussa un long soupir.

— Ou quoi…, répondit-elle en faisant allusion à une vieille plaisanterie entre eux.

Mais le cœur n'y était pas. Elle se sentait sur les nerfs, survoltée intérieurement. Elle se dépêcha d'ouvrir, en mettant au passage les pieds dans les flaques d'eau qu'elle avait laissées sur le sol de la cuisine.

— Désolée, dit-elle tout en défaisant le loquet de la porte moustiquaire.

— Quelque chose ne va pas ?

— Je…

Elle ne savait pas trop quoi dire. De nouveau, elle doutait. Est-ce que quelqu'un était vraiment entré chez elle, ou bien était-ce le vieux démon de ses rêves qui revenait la hanter ?

— Je ne sais pas.

— Comment ça, tu ne sais pas ?

— Ça peut paraître idiot, mais… je crois que quelqu'un est entré pendant que je prenais ma douche. Enfin, je… Il me semble avoir vu quelqu'un, et…

Elle agita sa main libre.

— Oh ! Je n'en sais rien. Je suis un peu trop sur la défensive, ces derniers temps.

— Il y a de quoi, tu n'es pas la seule, répondit Slade.

Il entra dans la cuisine et se hissa sur un tabouret.

— Raconte, dit-il simplement.

Elle ne se fit pas prier. Enveloppée dans sa serviette, elle lui raconta tout, dans les moindres détails.

— Mais c'était peut-être tout simplement le vent qui faisait battre la porte, dit-elle en guise de conclusion.

— Et les bruits de pas ?

Elle soupira.

— Je ne sais pas. Mon imagination, sans doute. Comme l'ombre qui est passée devant la porte. Bo a aboyé, mais… Oh ! mon Dieu, je n'en sais rien…

Elle fut tentée de lui parler de ce rêve récurrent où un démon terrifiant, habillé de noir, la poursuivait en sifflant comme un serpent à son oreille et en faisant cliqueter une chaîne.

Mais elle se l'interdit.

Au grand jour, son cauchemar paraissait ridicule et pouvait faire douter de sa santé mentale. Pourtant, elle était forte. Solide. Courageuse. Elle s'était démenée pour sortir du rang. Elle était devenue inspecteur, un poste habituellement réservé aux hommes. Surtout au Texas…

Et voici qu'elle frissonnait de peur, en dépit de la canicule, et que Slade en profitait pour glisser un bras autour de ses épaules !

— Ça va aller, dit-il. On est là.

Elle trembla de plus belle, mais, cette fois, cette réaction n'avait plus rien à voir avec la peur. C'était le bras puissant de Slade qui l'enveloppait, si familier et étranger, désiré et craint, qui déclenchait ce tremblement venu du plus profond d'elle-même.

— Qui ça, « on » ? parvint-elle à articuler.

— Bo et moi.

— Qu'est-ce que je ferais sans vous ? demanda-t-elle d'un ton railleur.

Il poussa un soupir agacé.

— Je ne sais pas, dit-il. Mais il me semble que tu t'en sortirais moins bien. Du moins en ce moment.

— C'est vrai, admit-elle.

Il lui administra à travers la serviette une petite tape sur les fesses.

— Ça me fait mal au cœur de te le rappeler, mais il faut que tu t'habilles, murmura-t-il.

Ses lèvres s'étirèrent, et il esquissa ce sourire provocateur qu'elle avait tant détesté parce qu'il était irrésistible.

— Je vais faire le tour du jardin avec Bo, suggéra-t-il. Pour voir s'il y a des traces du passage de quelqu'un.

Un fantôme ne laisse pas de traces…

Car elle avait à présent la sensation qu'un être immatériel avait franchi le seuil de sa maison, avec des intentions maléfiques.

Elle frissonna de nouveau et regarda du côté de son bureau, où ses notes et les copies du journal de Cammie étaient étalées tout à l'heure.

— Oh, non !

— Quoi ?

Mais elle se dirigeait déjà vers le recoin de la pièce où elle avait calé son bureau. Les factures de téléphone, les reçus, le courrier pas encore ouvert, et les fiches de réservation étaient entassés en piles bien rangées. Le prospectus pour la vente aux enchères de Sainte-Elsinore était encore glissé entre les pages du roman qu'elle lisait en ce moment. Mais c'était tout.

Les photocopies du journal de Cammie avaient disparu.

Envolées, les pages surchargées de lignes où Cammie décrivait ses fantasmes sexuels. Valerie eut une bouffée d'angoisse à l'idée de ce qui se passerait si un journaliste s'emparait de cette littérature pour la publier dans un magazine à scandales. Elle voyait déjà la couverture que ça ferait… « *Confessions d'une nonne assassinée* », avec une photo de Cammie en habit religieux.

— Seigneur ! murmura-t-elle.

Elle balaya le plancher du regard, au cas où les feuilles seraient tombées. Mais rien…

— Qu'ils aillent tous au diable, murmura-t-elle dans un souffle.

Slade s'approchait d'elle en lui demandant ce qui se passait, quand elle remarqua le petit appareil noir glissé sous une étagère, sur un coin du bureau. Exactement à l'endroit où elle posait sa tasse de café quand elle travaillait.

— Qu'est-ce que c'est que ça ? murmura-t-elle.

— Quoi ? demanda Slade.

— Il me semble que…

Presque invisible, le mince appareil électronique était placé devant un portrait de Cammie, pris durant sa dernière année de lycée.

Valerie fut parcourue d'un frisson.

— Qu'est-ce que c'est ? demanda Slade d'une voix angoissée, tandis qu'elle ramassait l'objet. Un téléphone ?

— Un BlackBerry, dit-elle.

Et, tout en sachant qu'elle n'aurait pas dû, elle l'alluma.

— Je crois que c'est celui de Camille.

Au bout de quelques secondes, le petit écran s'éclaira et une image apparut.

Une photo de Cammie mourante.

— Non ! hurla Valerie.

Elle lâcha le téléphone, comme s'il lui brûlait la main.

— Oh, mon Dieu, non ! gémit-elle sans quitter l'appareil des yeux.

Il venait de toucher le bureau, l'écran tourné vers le haut, et le choc mit l'image en mouvement. Valerie se figea, incapable de détourner les yeux. Cela ne dura que quelques secondes, les dernières secondes de la mort de Camille.

Cammie regardait l'objectif, les yeux arrondis par une terreur sans nom, les lèvres bleues, la peau blême. Elle ouvrait la bouche, le sang coulait de sa gorge à l'endroit où le garrot, un rosaire de pierres noires, lui coupait la respiration.

Valerie lâcha sa serviette. Ses genoux se dérobèrent sous elle. Elle serait tombée si Slade ne l'avait pas retenue. Son bras puissant lui enserra la taille, il pressa contre elle son corps presque nu.

— Je suis désolé, murmura-t-il à son oreille, tout en enfouissant sa main dans ses cheveux.

— Quelle sorte de monstre ferait une chose pareille ? demanda-t-elle d'une voix rauque.

Les larmes roulaient sur ses joues.

— Il est complètement taré…, gémit-elle.

Elle s'appuyait sur Slade d'une main et s'agrippait à son épaule de l'autre. Pour la première fois de sa vie, elle se laissa aller, elle ne chercha pas à lutter, à se montrer forte. Elle s'abandonna.

— Ce n'est pas juste, vraiment pas juste…

— Je sais, dit-il. Je sais.

Elle se sentait responsable. Elle s'était montrée trop dure avec Cammie. Elle n'aurait pas dû la jeter dehors…

Tout ça pour une stupide histoire de coucherie avec Slade.

Cammie… Oh ! Cammie… Je regrette ! Si tu savais comme je regrette !

Elle avait failli à son rôle d'aînée. Elle n'avait pas su protéger sa sœur.

— Viens, dit Slade en l'entraînant dans sa chambre. On sortira une autre fois.

— Tu … tu t'imagines que je vais pouvoir dormir ?

— Peu importe. Tu as besoin de t'allonger et de te reposer.

Elle voulut résister. Ce n'était pas le moment de se reposer, elle voulait agir, faire quelque chose, n'importe quoi pour retrouver l'assassin de Cammie. Mais elle ne se sentait plus de taille à lutter contre le monde entier — contre Slade, contre le fantôme, contre le meurtrier…

Elle se laissa donc entraîner à l'intérieur de la chambre et ne résista pas quand Slade la glissa, nue, entre les draps. Elle ne tenta pas non plus de se lever quand il l'abandonna pour aller lui chercher de l'eau.

Il revint bientôt et posa le verre sur la table de nuit, puis tira le fauteuil en rotin près du lit et ôta ses bottes.

— Non, gémit-elle.

— Repose-toi.

— Je ne peux pas…

Tant de questions se bousculaient dans son crâne… Qui avait déposé chez elle ce BlackBerry ? Etait-ce le BlackBerry de Camille ? A part cette horrible vidéo, contenait-il des renseignements importants ? Elle devait absolument le confier à la police, le plus vite possible.

— Repose-toi, répéta-t-il, repliant ses bras sur sa poitrine. Reste allongée. Réfléchis si tu ne peux pas t'en empêcher, mais reste tranquille.

— Le temps de reprendre mes esprits ?

— C'est ça, dit-il. Ça serait une bonne idée.

Elle ferma les yeux et se laissa retomber sur l'oreiller. L'obscurité se referma sur elle, tandis qu'elle tentait de chasser de son cerveau les images de la mort de Camille.

Elle sentit remuer le lit quand Bo grimpa sur le matelas et vint se pelotonner contre elle, comme s'il voulait la réconforter. Elle lui tapota machinalement la tête, et ce simple geste lui fit du bien.

Ne craque pas ! Tu n'as pas le droit ! Pas maintenant. Tu le dois à Cammie. Tu dois rester forte pour retrouver son meurtrier.

Elle devait absolument se calmer, réfléchir, démêler les fils de cette affaire. Mais tout s'embrouillait dans sa tête. Il y avait le meurtre de Camille et celui d'Asteria, mais aussi le fait que Camille s'était posé des questions à propos de leur adoption. Qui était le père de son enfant, si ce n'était pas O'Toole ? Pourquoi Cammie avait-elle enfilé cette robe de mariée ? Que cachait donc sœur Charity à Sainte-Marguerite ? Quelle était la signification des gribouillis et des messages incompréhensibles du journal de Cammie ?

Et puis… Seigneur… qu'allait-elle faire avec Slade ?

— Je ne peux pas, murmura-t-elle soudain. J'ai besoin d'agir. Il faut que je me lève.

— On agira ensemble, répondit doucement Slade.

Sa voix était toute proche. Il s'était probablement installé dans le fauteuil en rotin, près du lit.

— Non, protesta-t-elle. C'est maintenant qu'il faut agir.

Elle avait l'impression que le temps lui fuyait entre les doigts, que chaque seconde qu'elle n'utilisait pas à chercher l'assassin de Camille était une seconde gâchée.

Elle repoussa les couvertures, tira sur elle le drap pour couvrir son corps — même si Slade l'avait vue nue des milliers de fois —, puis se glissa hors du lit. Assis dans le fauteuil en rotin, les jambes étendues devant lui, les talons posés sur le bord du matelas, il lui bloquait le passage. Il leva les yeux vers elle.

— Tu es sûre que tu ne veux pas te reposer un peu ?

— Tout à fait sûre. Ce n'est pas le moment de m'apitoyer sur mon sort. Celui qui fait ça est un immonde salaud, et je veux le coincer.

Elle crut qu'il allait tenter de l'arrêter, mais il hocha la tête et ôta ses pieds du matelas.

— Tu peux compter sur moi, dit-il seulement, d'un ton qui lui mit du baume au cœur.

— Notre dîner… Ce sera pour plus tard…

— Je sais.

— Tu veux bien me laisser seule un instant ?

Elle serrait toujours le drap sur sa poitrine.

— Non, je ne veux pas, répondit-il avec un sourire ambigu.

Elle haussa un sourcil. Il se leva en soupirant.

— Je ne veux pas, mais je vais le faire tout de même, parce que je suis un vrai gentleman.

— Encore un mauvais point pour toi, Houston.

Il ricana et siffla le chien.

— Allez viens, Bo, la dame veut être seule. Nous allons faire un tour dans le jardin, lança-t-il par-dessus son épaule en sortant. Même s'il y avait quelqu'un, il est sûrement loin, à présent.

— C'est sûr.

Elle attendit qu'il ait disparu pour enfiler à la hâte des sous-vêtements, un T-shirt et un jean. Puis elle attacha ses cheveux, mit un peu de gloss sur ses lèvres, et retourna dans le salon.

Le BlackBerry se trouvait toujours à l'endroit où elle l'avait abandonné. Elle le prit et le glissa précautionneusement dans un sac en plastique. Elle pouvait tout de même manipuler l'appareil. Elle décida de vérifier qu'il n'y avait pas d'autres vidéos que celles de la mort de Camille.

Il y en avait deux.

Son cœur fit une embardée quand elle reconnut sur la première sœur Asteria, en robe de mariée, un rosaire autour de la gorge, en train d'étouffer. De grosses larmes roulaient sur ses joues. Et comme Camille, elle rendit l'âme devant l'appareil.

Mais à quel genre de dingue avaient-ils affaire ?

Les mains de Valerie tremblèrent quand elle appuya de nouveau sur les touches pour passer à la suite. L'écran demeura noir, cette fois, mais elle entendit une voix — une voix horriblement sifflante et mauvaise, semblable à celle qui hantait ses rêves.

— Tu es sur la liste. Tu ne m'échapperas pas.

Elle eut soudain l'impression d'avoir du sable dans la bouche. Ce message lui était destiné, elle n'en douta pas une seconde.

41

Comme il s'y était attendu, Slade ne trouva rien dans le jardin, à part une femelle opossum portant neuf ou dix petits sur son dos, qui rôdait du côté de la clôture, sous le cerisier, là où poussait l'herbe aux perruches.

Celui qui avait déposé le BlackBerry semblait s'être volatilisé. Il n'avait laissé aucune trace, ni aucune odeur qui aurait pu exciter Bo.

Mais Bo n'ayant même pas senti l'opossum, on ne pouvait guère compter sur lui.

— Allez, viens, mon garçon, lui dit Slade.

Il décida de ne pas s'affoler.

Après tout, l'intrus n'avait agressé personne.

Mais l'idée que quelqu'un avait rôdé chez Valerie pendant qu'elle était seule le tourmentait. Elle avait beau mettre en avant son passé d'inspecteur de police, il la savait vulnérable.

Un malfaiteur était tout de même entré dans le cottage.

Ce salaud aurait pu être armé et tirer, en se voyant découvert, au lieu de s'enfuir en claquant la porte moustiquaire. Et Valerie aurait pu se retrouver aux urgences, à l'hôpital… Ou bien être atteinte d'une balle en pleine tête.

— Arrête de gamberger, grommela-t-il tout en gravissant les marches du porche.

Avant de rentrer, il se retourna pour parcourir une dernière fois du regard le jardin, la maison principale et les bâtiments attenants.

A présent, il faisait nuit, à l'exception des rayons du couchant qui jetaient une lueur bleutée sur la pelouse et les fleurs — dont les corolles s'étaient déjà refermées pour la nuit. Seules quelques voitures circulaient dans la rue. Celles qui étaient garées appartenaient à des voisins.

Mais il allait tout de même prévenir Montoya.

Quelqu'un avait volé le journal de Camille.

Pourquoi ?

Et de qui pouvait-il s'agir ?

Il retourna près de son pick-up, ouvrit la boîte à gants, et en sortit son revolver, un .38, une arme pas très puissante, mais suffisante pour impressionner un éventuel assaillant. Il le glissa dans la ceinture de son jean, revint vers la maison, et grimpa de nouveau les marches du porche.

A l'intérieur, il trouva Valerie, qui l'attendait. Elle avait rangé le BlackBerry dans un sac en plastique, elle était pâle comme la mort et il lut la peur dans ses yeux, mais elle affichait un air résolu.

— Qu'est-ce qu'il y a ?

— Un petit cadeau, dit-elle. Laissé par notre ami.

— Notre ami ?

— Oui, celui qui nous a laissé le BlackBerry.

— Il a laissé autre chose ?

— Vois toi-même…

Elle lui tendit le BlackBerry dans son enveloppe transparente.

Une fois de plus, il suivit sans un mot le film de la mort de Cammie — son regard terrifié, son dernier souffle…

— Fils de pute, murmura-t-il en luttant contre la nausée.

— Le spectacle n'est pas terminé, dit Valerie d'un ton morne et résigné.

Une deuxième vidéo apparut sur le petit écran, mais, cette fois, c'était sœur Asteria, qu'il reconnut pour avoir vu sa photo à la télévision. Elle aussi se débattit pour ne pas mourir. Puis ses yeux devinrent globuleux, ses lèvres se tordirent en un affreux rictus, le sang perla à sa gorge, elle s'effondra au sol.

— Seigneur…, murmura-t-il, horrifié.

Valerie mania de nouveau les touches du téléphone.

— Ne me dis pas qu'il y a une autre vidéo, Val.

— Cette fois, c'est un message vocal, répondit-elle.

Elle mit le haut-parleur en route et il entendit une voix rauque et dure, manifestement déguisée. Il n'aurait pas su dire si c'était un homme ou une femme qui parlait, mais le ton menaçant et le sifflement écœurant, en revanche, ne laissaient aucun doute.

— Tu es sur la liste.

Il y eut une légère pause.

— Tu ne m'échapperas pas.

Il en resta d'abord tétanisé. Puis il se révolta, à l'idée que quelqu'un menaçait Valerie, et sa colère prit le dessus.

— C'est à toi qu'il s'adresse, murmura-t-il.

— On dirait, oui.

— Il faut appeler Montoya.

— Je lui ai déjà laissé un message, dit-elle, d'un ton faussement calme.

Cette maison qui avait paru à Slade si accueillante, parce qu'elle sentait bon le parfum de Valerie et le pot-pourri de fleurs, lui faisait à présent l'effet d'un piège mortel, d'un endroit où Valerie était à la merci du premier salaud venu qui déciderait de s'en prendre à elle. Un téléphone sonna. Valerie lui tendit le sac à fermeture Eclair qui contenait le BlackBerry et ramassa son portable posé sur le comptoir.

— Montoya, annonça-t-elle après avoir vérifié l'identité de l'appelant.

— Dis-lui de venir au plus vite !

Elle acquiesça, tout en répondant à Montoya. Après un bref échange avec lui, elle raccrocha.

— Il arrive.

— Bien. Quand il sera là, j'en profiterai pour aller chercher mes affaires.

— Tes affaires ?

— Bo et moi, on déménage chez toi. Je ne te lâche pas d'une semelle jusqu'à ce que tout ça soit terminé, jusqu'à ce que le taré qui te prend pour cible soit mort ou derrière les barreaux. Mort, de préférence.

— Mais…

— Inutile de discuter, Val. Je camperai sur ton canapé. Tu es trop importante pour moi… Je ne vais pas rester assis les bras croisés en sachant qu'un dingue peut entrer chez toi à n'importe quel moment. Sûrement pas. On va changer les serrures de toutes les portes, même celles de la maison principale. Appelle Freya et dis-lui ce qui se passe. Nous allons faire le tour de l'hôtel pour vérifier que personne ne s'y cache. Et nous demanderons aussi la protection de la police.

— Du calme ! s'exclama-t-elle. Tu exagères un peu. Si ce type avait voulu me tuer, il aurait pu le faire facilement. J'étais sous la douche, je l'ai vu, et il m'a probablement vue aussi. Mais il n'a pas cherché à m'agresser.

— N'empêche que…

— Il voulait juste me terroriser et il a réussi, coupa-t-elle.

Elle hocha la tête, tout en tripotant nerveusement son téléphone portable.

— Tu oublies les deux femmes qu'il ne s'est pas contenté de terroriser.

— Ces deux femmes étaient des novices de Sainte-Marguerite, fit remarquer Valerie.

A la manière dont elle fronçait les sourcils, Slade devina qu'elle tentait de recoller les morceaux du puzzle.

— Le tueur sait que je mène ma propre enquête, dit-elle enfin. Il veut m'impressionner pour que j'arrête.

— Il t'a directement menacée, rétorqua Slade. Tu as lu le journal de Cammie, tu fouines du côté de Sainte-Marguerite et de Sainte-Elsinore. Il se sent traqué, il est prêt à faire couler le sang.

— Mais pourquoi donc a-t-il emporté les photocopies du journal ? Qu'est-ce qu'elles pourraient bien lui apprendre ?

— Comment savoir ?

Slade fit défiler dans son esprit les pages couvertes de l'écriture de Camille. Des pages qui évoquaient ses prouesses sexuelles.

Vraies ? Totalement inventées ? Les deux à la fois — demi-vérités entremêlées de fantasmes ? Ils ne le sauraient sans doute jamais. En tout cas, ces pages avaient de l'importance pour quelqu'un.

— Peut-être que ce journal a permis à la police d'avancer dans son enquête et que le tueur le sait, suggéra-t-il.

Il la vit frémir et il comprit qu'elle souffrait toujours à l'idée que des étrangers — inspecteurs de police ou pas — aient fouillé dans la vie intime de Camille.

— On ne peut que l'espérer, soupira-t-elle.

— Nous devrions tout arrêter et nous en remettre à la police, fit-il remarquer prudemment. Nous risquons de les gêner, tu le sais.

— Pas question.

Elle leva vers lui un regard suppliant, tout en s'approchant.

— J'ai été flic et je fais confiance à la police. Mais je sais aussi à quel point une division peut être débordée, combien d'heures de travail et d'hommes il faut pour venir à bout d'une affaire aussi complexe. Je pense qu'ils mettent toute leur énergie dans cette enquête. Ils vont probablement créer une équipe spéciale et demander l'aide du FBI. Et c'est tant mieux. Mais il s'agit de Camille, mon unique sœur.

Elle était maintenant tout près de lui, et l'extrémité de ses pieds nus touchait les pointes de ses bottes.

— Je ne ferai pas machine arrière, Slade. Et tu le sais. Tu me connais. N'insiste pas.

Soudain, il ne songea plus qu'à l'embrasser, à l'attirer dans ses bras, à la broyer contre lui, à lui faire l'amour jusqu'à ce que la lumière de l'aube filtre à travers la fenêtre, et réchauffe leurs corps nus et trempés de sueur. Mais c'était, bien sûr, une chose impossible.

— D'accord, admit-il d'un ton réticent.

Il supportait mal, à vrai dire, l'idée qu'elle prenne autant de risques.

— Mais, en échange, je reste, poursuivit-il. Je ne bouge pas d'ici.

Il pointa un doigt vers le sol.

— Avec toi ! Jusqu'à ce que le danger soit écarté.

Pour une fois, elle ne discuta pas.

Et cela lui fit l'effet d'un petit miracle.

Montoya reçut l'appel de Valerie au moment où ils enveloppaient les pièces à conviction dans l'appartement de Grace Blanc.

— On décolle, annonça-t-il à Bentz.

Il lui résuma le peu qu'il savait, à savoir que quelqu'un était entré chez Valerie Houston et y avait laissé un BlackBerry. Ils traversèrent le parking de l'immeuble de Grace Blanc jusqu'à la voiture de patrouille, au pas de course — un exploit pour Bentz, qui n'était plus tout jeune et affichait quelques kilos superflus. Ils montèrent ensemble dans la Crown Vic. Montoya, comme toujours, prit le volant.

Le trafic était fluide, mais ils roulaient vite et il était obligé de se faufiler entre les autres véhicules, plus lents que lui.

— Notre gars ne chôme pas, lança Bentz.

— Il fait des heures sup, on dirait, reconnut Montoya.

Il passa devant un pick-up qui lambinait et prit la direction de Saint-Charles, où les réverbères éclairaient la rue d'une lueur sinistre. Les feuilles des grands arbres qui longeaient l'avenue brillaient sous les lampes. Un tram solitaire passa dans la direction opposée, avec quelques passagers à bord.

De l'autre côté de la large avenue divisée en deux par la ligne de tramway, s'alignaient de grandes maisons entourées de parterres plantés de fleurs et de grilles en fer forgé.

Un quartier de riches.

— Qu'est-ce que deux nonnes et une prostituée peuvent bien avoir en commun ? s'interrogea Bentz tout en regardant par la fenêtre.

— Ta question ressemble au début d'une plaisanterie de bas étage, indiqua Montoya.

Il prit un virage trop vite et fit la grimace. Sur sa gauche, Briarstone était déjà visible, éclairée comme un sapin de Noël.

— La réponse est évidente, poursuivit-il. C'est que toutes les trois fréquentaient un prêtre de très mauvaise réputation.

— Ah ! s'exclama Bentz tandis que Montoya remontait déjà l'allée pour arrêter la Crown Vic à quelques centimètres du pare-chocs d'un vieux pick-up tout cabossé. Voilà qui amène donc à poser une deuxième question... Qui est ce fichu prêtre ?

— Oui, c'est ça, la vraie question, grommela Montoya tout en coupant le moteur.

Il se mit à passer mentalement en revue les suspects. Le père Frank O'Toole, qui avait avoué une liaison avec sœur Camille, mais qui n'était pas le père de son bébé. Le père Paul Neland, le vieux prêtre de Sainte-Marguerite, celui qui prenait soin de garder la bouche cousue. Le père Thomas de Sainte-Elsinore, celui qu'on ne voyait jamais. Ou un autre ? Et pourquoi pas le père John, le soi-disant prêtre qui serait revenu d'entre les morts pour tuer une autre prostituée ? C'était une possibilité. Mais qu'est-ce que le père John avait à voir avec les morts de Sainte-Marguerite ? Il ne s'en prenait qu'aux rousses. Il y avait aussi le problème de la novice disparue, Lea de Luca. Jusqu'à présent, la police de San Francisco n'avait pas retrouvé sa trace.

Il avait la sensation qu'il finirait par donner un sens à tous ces éléments disparates. Il suffisait de tirer sur le bon fil pour dénouer l'écheveau. Mais par où commencer ? Le couvent ou l'orphelinat ?

Il descendit de voiture et se dirigea vers la porte d'entrée. Sur le perron, une silhouette les attendait. Il reconnut Slade, le mari de Valerie Houston, l'homme qui avait débarqué du Texas la nuit où sa belle-sœur et soi-disant amante avait été tuée.

Coïncidence ou non ?

— Content que vous soyez venus, dit Houston en serrant la main de Bentz, puis celle de Montoya.

Il semblait perturbé. Sincèrement inquiet.

— Ma femme vous a expliqué ce qui s'est passé, je suppose. Entrez.

Il les fit entrer dans l'ancienne remise à carrioles que Valerie Houston avait transformée en cottage pour l'habiter. Elle était à l'intérieur, debout dans la cuisine, avec un gros chien à ses pieds. Le chien suivit des yeux Montoya et Bentz, et sa queue, qui jusque-là balayait le sol, s'immobilisa lentement.

Montoya remarqua que le mari portait une arme dans la ceinture de son pantalon.

— Vous avez un permis pour ça ? demanda-t-il, montrant le revolver.

Houston acquiesça et Montoya ne demanda pas à voir le permis. Il vérifierait lui-même. Plus tard.

— Voici le BlackBerry, annonça Valerie sans préambule.

L'appareil était enveloppé dans un sac en plastique qu'elle fit glisser sur le comptoir de la cuisine.

— Je ne sais pas si c'est celui de Camille. Je pense que oui, et que le meurtrier le lui a volé la nuit où elle est morte, et qu'il l'a ensuite utilisé. Je l'ai ramassé et donc touché, avant de me rendre compte de ce que c'était.

Elle rencontra le regard de Montoya.

— J'ai regardé dedans, aussi, parce que je ne pouvais pas m'en empêcher.

Bentz sortit son bloc-notes, et Montoya son enregistreur.

— Reprenons depuis le début, dit Bentz. Que s'est-il passé ?

Elle se lança dans le récit du cambriolage — si on pouvait parler de cambriolage, puisqu'il n'y avait pas eu effraction. Elle avait entendu du bruit et cru voir un intrus. Puis la porte moustiquaire avait claqué.

Elle répondit à toutes leurs questions, tandis que son mari confirmait, la plupart du temps. Ils avouèrent que les objets éparpillés dans le salon appartenaient à Camille, et provenaient de cartons qu'elle avait entreposés dans un grenier au-dessus du garage.

Puis ils montrèrent la première vidéo sur le BlackBerry. Montoya regarda en silence, le cœur plein d'une rage sourde, Camille Renard, qui luttait pour ne pas mourir étouffée, vêtue de sa robe de mariée jaunie.

Ce dingue avait filmé en direct le meurtre d'une femme… D'une religieuse.

— Mon Dieu…, murmura-t-il quand la deuxième vidéo démarra.

Son ventre se noua quand il reconnut sœur Asteria, elle aussi en robe de mariée, dans l'obscurité du cimetière, au milieu des tombes blanchies, une expression suppliante sur le visage, avec, autour du cou, un chapelet en guise de garrot. Il remarqua que sa robe n'était pas encore tachée de sang. Sans doute le tueur avait-il rajouté les gouttelettes du décolleté après sa séance vidéo.

Quand ce fut terminé, Montoya demeura quelques instants sans pouvoir parler ni réfléchir, à écouter le tic-tac d'un réveil qui résonnait dans son cerveau.

Puis il songea à Grace Blanc, étalée sur son lit, à moitié habillée, la gorge en sang et abîmée par un garrot. Il jeta un coup d'œil à Bentz, lequel était livide.

— Vous avez parlé d'un message audio, dit-il.

— Oui, répondit Slade d'un air soucieux.

A travers le plastique, Valerie appuya sur une autre touche, et bientôt une voix siffla à travers la pièce.

— Tu es sur la liste.

Puis une pause.

— Tu ne m'échapperas pas.

La voix était manifestement masquée, effrayante, pleine de morgue.

— J'ai cru comprendre que vous ne voyez pas de qui il pourrait s'agir ?

— Non, répondit Valerie en secouant la tête.

— Mais pourquoi vous prendrait-on pour cible ? Vous n'êtes pas religieuse.

— J'aimerais bien le savoir. Ç'a peut-être un rapport avec le journal de Camille. Celui qui est entré chez moi l'a pris. Peut-être contient-il quelque chose qui l'accuse, quelque chose qui permettrait de l'identifier.

— Peut-être, murmura Bentz en prenant des notes. En tout

cas, je suis d'accord avec vous. Vous êtes probablement visée par cette menace.

Montoya acquiesça.

— Nous posterons un homme dehors, dit-il, pour surveiller la maison.

Elle acquiesça à son tour.

— Il nous faut les affaires de Camille, ajouta-t-il. Nous allons les emporter.

— D'accord.

— Je veux jeter un coup d'œil au grenier, déclara Bentz. Camille a pu y laisser quelque chose en dehors des cartons.

— Je vous y conduis, proposa Slade.

Il alla ouvrir un tiroir, sans la moindre hésitation, et en sortit une lampe torche. Montoya songea que pour un homme qui débarquait tout juste du Texas pour se rabibocher avec sa femme, il connaissait bien la maison. Par ailleurs, l'hostilité qu'il avait ressentie entre les deux époux, lors de leur première entrevue, avait manifestement disparu.

— Vous n'avez rien remarqué d'autre ? demanda-t-il à Valerie. Rien d'inhabituel ?

Il ne fut pas surpris qu'elle hoche la tête.

— Mon téléphone a sonné plusieurs fois cet après-midi, mais, quand j'ai décroché, il n'y avait déjà plus personne au bout du fil. Et le numéro de l'appelant était masqué.

— Nous embarquons votre téléphone.

Elle ouvrit la bouche pour protester, puis soupira.

— D'accord, dit-elle seulement.

— Et ça aussi, ajouta-t-il en montrant le BlackBerry.

Valerie hochait déjà la tête en le regardant droit dans les yeux.

— Vous connaissiez ma sœur, inspecteur, dit-elle.

Son menton tremblait, mais son regard était dur.

— Coincez le type qui lui a fait ça, reprit-elle. Clouez sa dépouille au mur.

— Vous avez ma parole, assura-t-il, tout en se demandant s'il serait capable de tenir sa promesse.

Bentz lui jeta un regard d'avertissement, mais il fit mine de ne pas le remarquer et se dirigea vers la porte, en ramassant au passage le BlackBerry qu'il mit dans sa poche.

Ils firent le tour des lieux et interrogèrent brièvement l'associée de Valerie Houston, Freya Martin, ainsi que cinq pensionnaires — un couple du Maine, dans les soixante-dix ans, dont la femme déclara qu'elle n'avait rien entendu hormis les ronflements de son mari, et trois femmes de l'Oregon, la quarantaine, qui étaient en virée, « sans mari ni petit copain », et qui n'avaient rien remarqué. Freya avait entendu le chien aboyer, mais c'était tout. Aucun bruit de pas, de moteur, pas de cri… Personne ne s'était penché à sa fenêtre au bon moment pour voir quelqu'un s'enfuir dans l'allée.

Autant dire qu'ils n'étaient pas très avancés.

Quand ils remontèrent dans la Crown Vic, les cloches se mirent à égrener fiévreusement les heures dans le lointain, et Montoya eu l'impression qu'elles se chargeaient de lui rappeler sa promesse à Valerie Houston : il devait clouer au mur la dépouille du salaud qui avait tué Camille Renard.

42

Quelques jours s'étaient écoulés paisiblement, sans événement notable. Et c'était justement ce qui inquiétait Montoya : il avait l'impression de se trouver dans l'œil du cyclone.

Ce matin-là, il avait réussi à se lever pour courir à l'aube. Il n'en était pas à la moitié de son circuit, mais il avait déjà des crampes, preuve qu'il avait négligé son entraînement ces deux dernières semaines. Ses huit kilomètres habituels n'en finissaient pas, il peinait et haletait, tandis qu'Hershey courait sans effort à ses côtés.

Il songea qu'il allait devoir renoncer à ses cigarettes occasionnelles, s'il voulait rester au niveau du chien. De plus, Abby menait une guerre silencieuse contre la cigarette en le regardant de travers et en plissant le nez d'un air écœuré quand il rentrait de sa « promenade », laissant derrière lui une traînée de tabac. En temps ordinaire, elle se serait montrée plus directe. Mais elle le ménageait parce qu'il était plongé jusqu'au cou dans une enquête difficile. Et il devait reconnaître qu'il en profitait.

Il bifurqua dans le Quartier français, suivi d'Hershey qui commençait à fatiguer, lui aussi. Ils passèrent sous les balcons aux rambardes en fer forgé des belles demeures victoriennes. De la vapeur s'échappait des bouches d'égout. Les fenêtres des appartements situés au-dessus des boutiques étaient les seules à être éclairées.

Il accéléra l'allure, en allongeant sa foulée.

Il atteignit bientôt le fleuve et suivit un chemin le long de la rive, en humant l'air chargé des odeurs du Mississippi. Un groupe de pélicans s'envola devant lui, effrayé par le bruit de ses pas. Hershey les contempla d'un œil envieux, mais ne daigna pas les pourchasser.

— Tu es un bon garçon, lui dit Montoya en haletant.

Puis il songea de nouveau à l'enquête. Le tueur n'avait plus frappé, c'était déjà ça…

Du moins, s'il avait frappé, ils n'en savaient rien.

Les fédéraux étaient sur le coup et menaient leur enquête en collaboration avec la police, la presse exigeait des réponses, tout le monde dans la division était sur la brèche. On s'attendait à découvrir d'un moment à l'autre une nouvelle victime — une novice en robe de mariée, ou bien une prostituée étranglée avec un rosaire et payée avec un billet de cent dollars maculé de feutre.

Mais, pour le moment, rien.

Bentz avait interrogé le Dr Sam, la psychologue de l'émission *Confessions de minuit* sur WSLJ, celle qui avait été la cible du père John quelques années auparavant. Elle avait juré n'avoir reçu aucun appel ou demande émanant de timbrés — façon de parler, car Montoya pensait que pour appeler une psychologue en direct sur les ondes et lui déballer sa vie, il fallait être givré. Pourtant, les auditeurs étaient friands de ce genre d'émission… Il y avait celle de Jerry Springer, celle du juge Judy…

— Ils sont tous fous, déclara-t-il à l'intention d'Hershey, qui tirait sur le bout de sa laisse.

Il continua à avancer dans la lumière du matin, transpirant, laissant vagabonder ses pensées et observant la brume qui montait de la rivière.

Le journal de Camille Renard les avait édifiés sur ses pratiques sexuelles, mais, à part ça, il n'avait rien apporté de décisif. Montoya avait été un peu vexé en lisant le récit de sa première expérience — avec lui – qu'elle décrivait comme décevante. Tu parles ! Bien sûr qu'elle avait été déçue… Même à cette époque, elle attendait bien plus que ce que pouvait donner un jeune lycéen fougueux mais inexpérimenté.

Ses autres amants avaient été plus à son goût, apparemment.

Montoya avait passé le journal au crible, en tâchant de rattacher des noms aux événements. Il avait reconnu au passage Brandon Keefe, un homme dont elle avait été amoureuse et qui était maintenant marié et père de deux enfants en Californie. Et aussi Joshua Lassiter, un fidèle de la paroisse Sainte-Marguerite — mais elle n'était pas encore novice du temps de leur liaison. Les autres, il n'avait pas réussi à leur donner un nom. Sauf évidemment pour le dernier, qui devait être le père Frank. Ou bien un autre, le père de son enfant.

Mais qui cela pouvait-il bien être ?

Le BlackBerry de Camille n'avait livré aucun indice pour le moment, mais les techniciens travaillaient toujours dessus, même si les messages, les contacts et les anciens appels avaient été effacés.

Celui qui avait enregistré la mort de deux novices et un message pour la sœur de Camille s'était montré prudent.

Et cet enfant de salaud commençait sérieusement à lui taper sur les nerfs.

Le laboratoire travaillait aussi sur les groupes sanguins, mais, jusqu'à présent, on n'avait trouvé aucun candidat sérieux pour la paternité du bébé de Camille. Ils vérifiaient en ce moment le groupe des hommes qui travaillaient au couvent — Elwin Zaan, le gardien, Clifton Sharkey, l'homme d'entretien, Neron Lopez, le jardinier.

Le père Thomas, lui, se faisait remarquer par son absence. On n'avait pas encore pu prélever son sang.

Etrange.

Mais Montoya doutait que Thomas puisse être le père. Il attendait de le voir pour le croire… Son jeu de mots le fit sourire…

Il était arrivé au niveau de l'échoppe où il avait l'habitude de prendre son café et s'y arrêta. Il régla son café, demanda une coupelle d'eau pour le chien, laissa la monnaie dans le pot réservé aux pourboires pour Jessica, la barmaid, une Afro-Américaine aux courbes généreuses et aux cheveux platine.

Puis il prit le chemin du retour, avec son gobelet. Hershey, enfin fatigué, le suivait, la langue pendante.

La routine, quoi…

Sauf qu'un tueur rôdait de nouveau dans les rues de La Nouvelle-Orléans et qu'il avait déjà fait deux victimes.

D'abord Camille Renard, puis Asteria McClellan. Et, entre elles, deux points communs : Sainte-Elsinore, un orphelinat où elles avaient séjourné, et Sainte-Marguerite, un couvent où elles étaient entrées comme novices.

A part ça, elles étaient à l'opposé l'une de l'autre… Camille, la délurée, avait collectionné les amants. Asteria, la pieuse, était morte vierge.

Les deux femmes avaient été droguées : on avait retrouvé des traces de Rohypnol dans leur sang. La drogue des violeurs — qu'on avait fait absorber à des nonnes, bon sang !

Du côté de Grace Blanc, ça n'avançait pas beaucoup non plus. Le témoignage de la vieille Italienne, Mme Rubino, qui prétendait avoir vu un prêtre à travers son œil de porte, était plutôt vague. Son oreille était aussi défaillante que sa vue, et si on l'appelait à la barre des témoins, à supposer qu'il y ait un jour un procès pour ce crime, c'est-à-dire un accusé, son témoignage serait aisément débouté par n'importe quel avocat.

Montoya coupa à travers les pelouses pour rejoindre sa maison. Sur le seuil, il s'étira quelques minutes, puis termina son café avant de jeter son gobelet. Le chien des voisins, Apollon, un dalmatien, se mit à gémir depuis son porche, pour se signaler à Hershey.

— Non, dit Montoya au labrador. Tu restes ici. Assis !

Il retira son T-shirt et s'en servit pour essuyer les pattes du chien, qui frétillait d'impatience.

— Hé ! du calme.

Hershey se laissa faire, mais fila comme un éclair à l'intérieur dès qu'il lui ouvrit la porte.

— Tu essaies de gagner des bons points ? demanda Abby.

Elle était en robe de chambre, les cheveux noués au-dessus de la tête, en train de découper des fruits au-dessus de l'évier de la cuisine. Le café passait. Benjamin dormait sur sa chaise haute dans un coin.

— Avec toi ? demanda Montoya, en lui adressant un clin d'œil. Toujours.

— Oh ! Montoya. Tu es un ange…

Elle agita sa main devant son visage, comme si elle s'éventait, puis elle laissa échapper un petit rire et se remit à découper des tranches de cantaloupe et de pastèque. Benjamin poussa un léger soupir des plus attendrissants. Montoya posa un doigt sur sa joue dodue et le regarda remuer ses petites lèvres.

— Est-ce que Cruz est là ? demanda-t-il.

— Il dort toujours, répondit-elle avec un sourire entendu. Il n'est que 6 heures et demie. Les seules personnes saines d'esprit à être déjà levées sont les mères qui donnent le biberon et les inspecteurs de choc.

— Exact.

Son frère s'était installé chez eux depuis près d'une semaine. Il passait une heure ou deux avec eux, rendait quelques brèves visites à sa mère ou à d'autres parents, et traînait dehors le reste du temps. Montoya le soupçonnait de chercher à revoir Lucia Costa, la fille qu'il avait connue à l'université — la novice qui intéressait la police de La Nouvelle-Orléans, celle qui avait découvert les cadavres de sœur Camille et de sœur Asteria.

Lucia cachait quelque chose, mais il aurait été bien en peine de dire quoi. Et il n'était pas ravi que Cruz s'intéresse à elle. Ça ne pouvait que nuire à l'enquête.

— Je suis sérieuse, reprit Abby. Il est trop tôt pour se lever et aller courir.

— Oui, sans doute. Mais tu sais ce que c'est.

— Quand tu es sur les nerfs à cause d'une enquête difficile, tu n'arrives pas à dormir. Et du coup, moi non plus.

Elle soupira, coupa une autre cantaloupe en deux, puis entreprit d'enlever les pépins.

Montoya, qui traversait la cuisine pour filer vers le fond de la maison, lui fouetta au passage les fesses avec son T-shirt sale.

— Hé ! Tu cherches les ennuis, protesta-t-elle en brandissant son couteau.

— Les ennuis ? Oh, oui ! J'avoue que je ne serais pas contre.

— Vraiment ? demanda-t-elle d'un ton aguicheur.

Il ne put résister et l'enlaça.

Elle jeta un coup d'œil au bébé endormi dans l'angle de la pièce, et parut hésiter.

— Je croyais que tu partais tôt, ce matin, dit-elle.

— Tu as les moyens de me faire changer d'avis.

Il l'embrassa à pleine bouche et, comme chaque fois qu'elle lui ouvrait le chemin de ses lèvres, il eut l'impression qu'une coulée de lave se déversait dans ses veines.

Il glissa sa langue entre ses dents et sa main dans les plis de sa robe, pour tâter ses seins gonflés de lait sous la dentelle de son soutien-gorge.

— Mmm..., murmura-t-elle.

Pas de chance, son portable sonna. Il envisagea de l'ignorer, mais Abby le repoussa.

— Le devoir t'appelle, dit-elle en haussant les sourcils.

— Zut, murmura-t-il.

— Tout à fait, approuva-t-elle d'un ton sarcastique. Zut.

Il lui donna un rapide baiser sur la joue avant de répondre.

— Montoya.

— On a une piste, dit Bentz, avec la voix rauque de quelqu'un qui vient tout juste de se réveiller.

— Je t'écoute...

— Clifton Sharkey, l'homme d'entretien. Il a un casier. Pour violences domestiques.

— Comment on a pu rater ça ?

— Ça remonte à une bonne dizaine d'années et ça s'est passé au Canada. Mais ça va nous permettre de l'emmener pour l'interroger.

Montoya sentait déjà grimper l'adrénaline — ce bourdonnement familier qui le prenait quand une enquête commençait à se décoincer.

Il fila directement dans la salle de bains.

— Je serai là dans vingt minutes, dit-il à Bentz.

— Hé, Montoya, j'ai un truc à te dire…

— Quoi ? répondit Montoya en refermant la porte de la salle de bains d'un coup de pied.

— Je mise quand même sur O'Toole.

— Nous sommes en deuil, mais ça ne nous autorise pas à ignorer nos responsabilités, commença la mère supérieure d'un ton solennel.

Elle les avait réunies après le petit déjeuner, pour la troisième fois de la semaine. Lucia était assise avec les autres dans les durs fauteuils d'une des pièces donnant sur le couloir qui menait à la cathédrale, l'une de celles que l'on utilisait pour les séminaires, les rencontres ou les prières de groupe. Elle sentait un peu le moisi, les fenêtres étaient fermées, le tableau blanc derrière sœur Charity était bien essuyé.

Le père Paul et le père Frank se tenaient près de la porte. Le père Paul arborait un sourire forcé, aussi chaleureux qu'une tempête de neige sibérienne. Ses mains aux doigts rosis étaient doucement enlacées.

Le père Frank semblait avoir vieilli de dix ans depuis la semaine dernière. Ses cheveux bruns étaient en bataille, sa mâchoire teintée d'un semis d'ombre barbue, ses yeux creux et vides, comme si la vie et peut-être même sa foi avaient fui son âme. Ses doigts remuaient constamment et nerveusement. Signe qu'il était hanté par ses propres péchés.

Sœur Louise tentait désespérément de croiser son regard, mais il paraissait prisonnier de son monde intérieur. Son corps se trouvait dans cette pièce, mais son cœur et son âme étaient ailleurs, loin d'ici.

Tout le monde à Sainte-Marguerite était sur les nerfs, et Lucia se demanda si certains ne regrettaient pas d'avoir choisi de servir cette paroisse. Et pas seulement ceux qui portaient l'habit religieux. Les laïques étaient également affectés.

Le gardien, Elwin Zaan, appuyé sur son balai, était lugubre comme la mort.

Neron Lopez, leur boute-en-train de jardinier, n'avait pas été capable de décocher un sourire de la semaine. Lucia l'avait vu continuellement se signer, tout en levant un regard inquiet vers les flèches de la cathédrale, comme s'il craignait d'être frappé par la colère de Dieu pendant qu'il ratissait les jardins et arrachait les mauvaises herbes.

Regina, la cuisinière revêche, avait cessé de râler. La croix à son cou s'était faite davantage visible ces derniers jours, miroitant au bout de sa chaîne quand elle roulait des gâteaux et servait la soupe à la louche. Les ordres qu'elle aboyait dans la cuisine étaient moins virulents, et elle supportait les bavardages et les commérages avec résignation.

Eileen, la réceptionniste aux cheveux frisés, passait le plus clair de son temps à se tamponner les yeux. Seul Clifton Sharkey, l'homme d'entretien qui s'occupait de toutes les réparations, des chaussures aux chaudières, ne semblait pas du tout affecté, à part qu'il transpirait anormalement. Lucia regarda dans sa direction. Il était en train de s'essuyer une fois de plus les sourcils.

— Nous devons rester unies, insista la mère supérieure, tout en faisant les cent pas devant le bureau. Ne laissez pas la peur gangrener vos âmes…

Mais elle n'y pouvait rien : les nonnes de Sainte-Marguerite étaient nerveuses et agitées. Plus personne ne se sentait en sécurité à l'intérieur des murs consacrés du couvent.

Elles en parlaient entre elles, au jardin, ou en effectuant les diverses corvées quotidiennes. Dès qu'elles avaient une minute, entre deux prières ou deux méditations, elles échangeaient à voix basse leurs inquiétudes. Lucia s'était attardée dans le jardin pour observer des abeilles et un colibri qui butinaient les fleurs parfumées d'un magnolia. Puis elle s'était mêlée aux sœurs qui se rassemblaient pour les vêpres, tout en commentant la situation.

— Pourquoi Asteria ? Elle était si bonne et si pure ! avait

demandé sœur Dorothy, en triturant les perles de son rosaire de ses doigts boudinés.

— Si bonne et si pure, je vous en prie, ma sœur, c'est vite dit…, avait murmuré sœur Maura en la transperçant d'un regard noir.

— Elle était pure, c'est vrai, avait dit sœur Angela, en les toisant par-dessus ses petites lunettes.

— Et vous croyez que la pureté vous protégera d'un fou ? avait insisté sœur Maura.

Lucia avait approuvé en silence Dorothy et Angela.

— Ce que je voulais dire, c'est que je ne comprends pas, pour Asteria… Tandis que pour sœur Camille…

Sœur Dorothy n'avait pas osé aller jusqu'au bout de sa pensée et elle s'était signée.

— Nous ne devrions peut-être pas parler de tout ça, avait objecté sœur Zita, tout en ôtant une peluche de sa manche.

C'était toujours elle qui faisait entendre la voix de la raison.

— C'est vrai, nous n'avons pas à interpréter le châtiment divin, avait renchéri sœur Devota.

— Parce que pour vous, la mort de notre sœur est l'expression d'un châtiment divin ? s'était étonnée sœur Maura.

Au même moment, deux corbeaux avaient poussé des cris rauques en haut du toit de la chapelle.

— Eh bien, elle était… Vous voyez ce que je veux dire… Avec le père O'Toole, avait murmuré timidement sœur Dorothy en rougissant jusqu'à la guimpe de son voile.

— Mais le père O'Toole, lui, n'a pas été puni par Notre-Seigneur, avait objecté Louise avec emphase, les joues rougissantes, en esquissant un signe de croix affolé sur sa poitrine.

— Pour l'instant, avait murmuré sœur Angela d'une voix angoissée.

Sœur Louise avait secoué la tête avec véhémence.

— Non. Le père O'Toole est un homme… un homme…

Elle n'avait pas trouvé ses mots.

— Le père O'Toole et sœur Camille avaient une liaison.

— Je sais, mais…

— Mais quoi ? avait demandé sœur Maura.

Elle avait levé les yeux au ciel avant d'ajouter :

— Vous allez me dire que c'était la faute de Camille ? Je sais bien que nous vivons dans un autre temps, ici. Mais tout de même... Sœur Camille n'était pas plus à blâmer que le père Frank. C'est un prêtre, Louise !

— Taisons-nous, ça ne sert à rien de parler de ça, avait protesté sœur Irene.

Puis elle avait posé ses longs doigts fins sur l'épaule de Louise.

Sœur Devota avait approuvé.

— Vous avez raison, ma sœur. Plutôt que de perdre notre temps avec des ragots, nous devrions prier le Seigneur et nous en remettre à lui. Il saura nous conseiller et nous montrer la voie.

Sœur Maura avait levé les yeux au ciel, tout en caressant nerveusement la tranche de son livre de prières.

— Je pense qu'il nous conseillerait d'entrer dans le XXIe siècle, avait-elle ironisé.

Devota avait pris un air solennel.

— N'oubliez pas vos vœux, ma sœur. Nous avons choisi de servir le Seigneur et notre devoir est de L'honorer.

— Et d'expier nos pensées coupables, avait ajouté Sœur Edwina d'un ton sombre.

Lucia s'était souvenue que, d'après sœur Camille, sœur Edwina croyait aux vertus de l'autoflagellation. Elle-même l'avait croisée une fois dans les couloirs, en pleine nuit, la chemise de nuit rayée de stries rouges dans le dos.

Sœur Louise avait laissé échapper un long soupir. Elle aussi se croyait amoureuse de Frank O'Toole.

Lucia se demanda s'il lui avait fait des avances, s'il était conscient de son charme et en usait, ou s'il ne se rendait pas compte que la plupart des novices soupiraient sur son passage.

Mais tout ça n'avait plus d'importance.

Ce qui comptait, c'était que ces meurtres semaient la peur et la discorde dans le couvent.

L'espace d'une seconde, Lucia s'était demandé si elle ne devait pas se confier à ses sœurs, leur parler de la présence diabolique qui se manifestait auprès d'elle, de sa certitude que le démon n'en avait pas fini avec son œuvre de mort. Mais le regard angoissé de sœur Devota l'avait fait changer d'avis.

Elle n'avait pas voulu passer pour une folle.

— Nous devrions cesser de nous perdre en conjectures, avait-elle dit simplement.

— Sœur Lucy a raison, avait déclaré sœur Zita. Les voies du Seigneur sont impénétrables.

Elle avait balayé d'un regard sévère le groupe de nonnes réunies dans la cour.

— Contentons-nous de prier.

— Et de prier avec ardeur, parce que nous ne savons pas qui sera la prochaine victime, avait ajouté sœur Dorothy d'un ton grave.

— Ni même s'il y aura une prochaine victime, avait précisé sœur Angela, en rajustant ses petites lunettes sous la guimpe de son voile.

Lucia avait remarqué une perle de sueur qui coulait sur son visage.

— En effet, avait admis sœur Louise.

Lucia avait soudain pris conscience que Louise ne fredonnait plus depuis le début de la semaine et que, sans le bourdonnement de sa jolie voix, les couloirs de Sainte-Marguerite paraissaient terriblement calmes, silencieux comme des tombes.

L'ambiance était lugubre.

Tout le monde avait peur, elle le constatait encore aujourd'hui.

Les joues de sœur Angela étaient pâles et blafardes. La mine de sœur Maura était plus sombre que de coutume, et ses doigts s'agitaient le long des bords usés de son livre de prières. La voix d'oiseau chanteur de sœur Louise s'était tue. Sœur Edwina, habituellement droite comme un « I », semblait s'être tassée sur elle-même. Même sœur Devota, si pieuse — à l'image de son nom —, paraissait sombre et pensive.

De plus, les médias ne cessaient de parler de Sainte-Marguerite, ce qui mettait tout le monde mal à l'aise. Les camionnettes de télévision stationnaient en permanence devant la cathédrale, pour filmer des journalistes qui commentaient en boucle le meurtre des deux novices.

Comme par hasard, les messes données à la cathédrale attiraient depuis peu un nombre impressionnant de paroissiens qui venaient satisfaire une curiosité morbide, plutôt que prier dans la foi. On avait également noté une augmentation sensible des promeneurs qui venaient visiter le bel édifice et ses jardins.

Les voitures de police qui patrouillaient dans le quartier et les quelques verrous rajoutés sur les portes ne rassuraient personne.

Et surtout pas Lucia.

Car elle savait que le mal venait de l'intérieur.

Même dans les lieux sanctifiés de la chapelle, quand elle s'installait à genoux, les mains jointes, il lui semblait entendre le murmure du mal, sentir son souffle brûlant dans son cou. Et cette maléfique présence lui barrait l'accès à ce sentiment de paix qui descendait d'ordinaire sur elle avec la prière.

Il lui arrivait de se demander si elle était responsable de ce qui se passait. Si ce n'était pas sa foi chancelante qui avait attiré le mal dans les couloirs du couvent, et causé la mort de deux de ses sœurs.

Mais non ! Bien sûr que non ! Elle délirait.

Et, pourtant, c'était auprès d'elle que le démon se manifestait.

Elle était la seule à avoir entendu l'affreux sifflement de sa voix maléfique, la seule à avoir obéi à ses instructions. Elle était l'élue. Satan lui-même l'avait choisie.

Elle était entrée au couvent pour de mauvaises raisons, c'était cela qui avait attiré le mal.

Elle devait partir. Pour éviter un carnage.

Et pas seulement à cause de la voix… Parce qu'il y avait Cruz. Cruz Montoya.

Lui aussi était une incarnation du mal. Sa présence était un danger pour elle. Il l'attirait. Elle n'arrivait pas à lui résister.

— Nous devons respecter nos vœux et notre engagement, fit la voix de sœur Charity.

Lucia eut l'impression que la mère supérieure la fixait, comme si elle s'adressait à elle en particulier — tout en continuant à aller et venir devant le tableau blanc, comme une institutrice qui s'efforce de captiver l'attention d'une classe de cancres.

Lucia fit donc de son mieux pour paraître captivée. Il ne fallait pas que la révérende mère se doute de ce qu'elle préparait.

— Et continuer à vivre comme d'habitude, poursuivit sœur Charity. C'est ce que le Seigneur exige de nous, et c'est aussi ce qu'auraient voulu sœur Camille et sœur Asteria. Je ne vous demande pas de les oublier pour autant. Nous continuerons à chérir leur mémoire et à souffrir en songeant à ce qu'elles ont souffert. Mais nous devons avancer sur le chemin de Dieu, lui offrir nos prières, œuvrer pour lui ici-bas. Et nous consoler à l'idée que sœur Camille et sœur Asteria sont maintenant près de Jésus et de la Sainte Vierge.

Elle fit un signe de tête au père Paul et au père Frank, qui vinrent la rejoindre devant le tableau. Le visage de sœur Louise fut soudain transfiguré par le bonheur. Tout le monde s'en aperçut. Lucia croisa le regard de sœur Devota, qui secoua la tête d'un air désapprobateur.

— Sœur Charity a raison, enchaîna le père Paul. Nous devons poursuivre notre œuvre, car nous sommes ici-bas au service de Notre-Seigneur. Notre devoir est d'enseigner aux enfants, de nourrir les sans-abri, de tenir la main des malades. Tout cela est important. Nous devons rester unis et combattre la peur, car elle nous est inspirée par le diable.

Il balaya lentement du regard l'assemblée, sans doute pour laisser à tout le monde le temps de méditer cette phrase.

— Je demande donc à chacune d'entre vous d'assister à la collecte de fonds, demain à Sainte-Elsinore. Le père Thomas dédiera la soirée à sœur Camille et à sœur Asteria. C'est un beau geste auquel nous nous associons.

De nouveau, son regard parcourut l'assemblée, mais cette fois froidement, comme pour mettre les sœurs au défi de protester.

— A présent…

Sa voix s'était radoucie et il arborait un sourire propre à réchauffer les cœurs égarés.

Il leva les mains vers le ciel, en guise de supplication.

— Prions ensemble…

Puis il joignit les mains.

— Notre Père qui êtes aux cieux…

Lucia inclina la tête, tout en échangeant un regard avec sœur Edwina. Les discours lénifiants de la mère supérieure et du père Paul ne leur étaient d'aucun secours. Comme elle, Edwina était terrifiée.

43

— Ce message…

Valerie montra les notes qu'elle avait griffonnées sur le prospectus publicitaire pour la vente aux enchères de Sainte-Elsinore.

— RV 7734 CV… Je crois que j'ai compris ce que ça signifie : « Rendez-vous en enfer, Charity Varisco ».

Elle s'adossa à son fauteuil et fit signe à Slade d'approcher.

— Peut-être, répondit-il d'un ton neutre, en déposant devant elle une assiette comportant un sandwich au thon et des cornichons. Tiens, c'est pour toi.

— Merci, dit-elle en souriant.

Comme il se penchait au-dessus d'elle, elle fut saisie par les effluves de son après-rasage. Cette odeur évoquait pour elle leurs corps nus enlacés entre les draps, là-bas, au Texas, quand la lumière du petit matin filtrait à travers la fenêtre entrouverte, quand le chant des fauvettes était ponctué par le jacassement des geais ou le lent meuglement d'un veau solitaire.

Sa gorge se noua. Le ranch lui manquait. Elle en eut les larmes aux yeux.

Il fit mine de ne rien remarquer et se concentra sur le message de Camille.

Puis elle s'éclaircit la gorge.

— J'imagine qu'elle a écrit ça un jour où elle était en colère contre elle.

— Et que signifierait l'autre message : « TOM BF 2 M&M » ?

— J'y ai beaucoup réfléchi et j'ai une idée, mais je ne suis sûre de rien.

C'était la vérité. Elle y avait longuement réfléchi, chaque fois qu'elle avait eu une minute. Dès qu'elle n'était pas occupée à travailler ou dévorée d'angoisse à l'idée qu'elle était menacée, elle revenait au puzzle de la vie secrète de Camille.

— Je ne suis pas convaincue que BF signifie « meilleur ami ». M &M désignent probablement des personnes, d'après moi, nos parents, nos parents biologiques, Mike et Mary Brown.

— Sur lesquels nous n'avons trouvé aucun renseignement.

— Et s'ils n'avaient jamais existé ? C'est peut-être ça, tout le problème.

— Et qui désignerait TOM ? demanda-t-il.

— TOM désignerait Thelma O'Malley.

— Pas Tom, le prêtre de Sainte-Elsinore ?

— Non, pas le prêtre. Thelma est la veuve qui nous a conduites à l'orphelinat en nous disant que nos parents venaient de mourir... Mais impossible de retrouver sa trace. J'ai cherché à Thelma O'Malley, Mme Stanley O'Malley, S. O'Malley, et T. O'Malley. J'ai appelé des tas de gens, mais je n'ai pas pu mettre la main sur la bonne personne.

— Tu as parlé de ça à la police ?

Elle secoua la tête.

— Non, parce que je ne suis sûre de rien. Je me fonde sur un pressentiment et sur un raisonnement tiré par les cheveux. La police a le journal de Camille en main, de toute façon.

Frustrée, elle sentait poindre une méchante migraine. Elle s'adossa à son fauteuil. Ses épaules touchèrent le torse de Slade, qui se raidit.

— J'aimerais bien avoir le moyen de retrouver cette Thelma.

— Si elle est encore en vie.

— Oui, soupira-t-elle. Si elle est encore en vie.

Son regard se posa sur le prospectus.

— La réponse est peut-être là, dit-elle.

Elle lut distraitement la liste des objets mis aux enchères et celle des célébrités locales qui assisteraient à la soirée, notamment un arrière de l'équipe des Saints, l'archevêque, et la psychologue qui officiait sur les ondes, le Dr Sam — pour ne citer qu'eux.

— A Sainte-Elsinore ?

— Oui. Sans doute dans ces registres que la mère supérieure n'a pas envie que je consulte.

Elle demeura songeuse quelques minutes en pensant à sœur Georgia, si douce et accueillante en apparence, mais dure comme la pierre et intransigeante à l'intérieur.

— Il faut que je trouve un moyen d'y accéder sans passer par elle.

La main de Slade se posa sur son épaule.

— Sérieusement, dit-il, c'est l'affaire de la police.

Depuis la visite de l'intrus, il était inquiet et prêchait la prudence. Elle aussi se sentait inquiète. Elle n'avait pas protesté quand il avait changé les serrures du cottage, ainsi que celles du bâtiment principal, puis vérifié les loquets des fenêtres. Par ailleurs, il s'était installé dans son salon, et sa présence contribuait à la rassurer.

Ils s'entendaient bien, en dépit de tout ce qu'ils traversaient en ce moment — les tensions liées à l'enquête, la peur, l'angoisse. Ils avaient réussi à sortir un peu, pour se changer les idées, et elle lui avait montré quelques aspects de La Nouvelle-Orléans — un bar connu dans Bourbon Street, une grande plantation située près des rives du fleuve, en bordure de la ville.

Elle se sentait sur le point de retomber amoureuse de lui. Mais ce n'était pas d'actualité. Pas encore.

Cruz Montoya avait la sensation d'être un perdant.

Et ça ne lui convenait pas. Il n'était pas du genre à attendre que ça se passe, sans bouger. Il commençait à rêver de plus verts pâturages. Il entendait affronter la vie. Sa vie.

Il plia vaguement la couette qui lui servait de couverture, puis se dirigea vers la douche. Sa famille vivait ici, ce qui pouvait suffire à justifier le fait qu'il reste. Il s'entendait bien avec Abby, il adorait son neveu, il voyait régulièrement sa mère, mais c'était Lucia Costa qui le retenait à La Nouvelle-Orléans. Pas la peine de se raconter des histoires… Il était amoureux d'elle. Encore.

Putain ! Mais qu'est-ce qui lui avait pris d'entrer au couvent ?

Enfin, religieuse ou pas, elle lui plaisait toujours autant.

Il ne put s'empêcher de sourire en songeant que sa mère serait horrifiée, si elle savait qu'il en pinçait pour une novice. Heureusement, elle n'était pas médium.

Pas comme Lucia…

Qui lisait dans les pensées des gens.

Lucia avait de magnifiques cheveux noirs et brillants, un regard pénétrant, un petit menton obstiné, mais ce n'était pas ça qui le faisait craquer. Pas plus sa taille fine et ses seins assez ronds pour attirer le regard des hommes. Et non plus son intelligence. Non, ce qui le fascinait chez elle, ce qui l'empêchait de lâcher prise, c'était ce don qui lui permettait de deviner les gens.

Point barre.

En sortant de sa chambre, il faillit marcher sur le chat, ce fichu chat qui traînait toujours dans les pattes des gens. Ansel, s'il se souvenait bien… L'animal cracha dans sa direction en lui jetant un regard furieux, puis se sauva à toutes jambes.

— Tu viens de te faire un ami pour la vie, annonça sobrement Abby.

Elle était dans le salon, en train de trier les photos de Ben. La photo, c'était son métier. Elle avait pris un congé maternité, mais ça ne l'avait pas empêchée de mitrailler son bébé.

Hershey, couché à ses pieds, leva la tête et se mit à battre la queue sur le plancher.

— Il restera toujours le chien, répondit-il d'un ton résigné. Lui, il m'aime.

— Ça ne veut rien dire. Il n'a pas beaucoup de jugeote. Il aime tout le monde, même notre éboueur grognon et ma sœur Zoé, qui insupporte la plupart des gens.

Elle lui jeta un regard en coin.

— Y compris moi. Parfois.

— Je l'ai entendu dire.

Zoé était la sœur aînée d'Abby, qui vivait à Seattle. D'après Ruben, leurs relations étaient plutôt tendues.

— Ne te méprends pas. Je l'adore et je ferais n'importe quoi pour elle, mais elle a le don de me prendre à rebrousse-poil.

— Je vois le tableau.

Il voyait très bien. Parce que lui aussi, même s'il s'entendait bien avec les membres de sa famille, il avait du mal avec quelques-uns d'entre eux.

— Il y a du café, mais il faut le faire réchauffer. Ça fait un moment que je l'ai préparé. Ton frère est parti très tôt, ce matin.

— Ouais, je l'ai entendu.

Cruz se servit une tasse de café qu'il mit dans le micro-ondes, puis il se pencha vers Benjamin, qui avait suivi la manipulation d'un air intéressé.

— Tu ressembles un peu trop à ton papa, lui chuchota-t-il.

Ben avait en effet la peau mate, les yeux noirs et les cheveux frisottés de son père.

Abby ne put s'empêcher de rire.

— C'est ce qu'on m'a dit.

— Tu t'en sortiras quand même, ajouta Cruz à l'intention de son neveu, lequel lui répondit par un grand sourire édenté. Et les femmes seront folles de toi.

— Laisse-le tranquille, veux-tu ? Il n'a pas quatre mois. Les « femmes » devront attendre un peu. Disons vingt, non, plutôt trente ans !

Le micro-ondes sonnait. Cruz prit sa tasse — en se brûlant les doigts avec l'anse — et la transporta précautionneusement jusqu'à la salle de bains, où il essaya d'avaler quelques gorgées avant d'entrer sous la douche. Sous le jet, enveloppé de vapeur, il songea à cette nuit brumeuse durant laquelle son véhicule avait dérapé. Cette nuit maudite où il avait perdu Lucia.

Mais, aujourd'hui, il l'avait retrouvée.

Sauf que, pas de chance, elle était devenue inaccessible.

La chance, on se la fait, disait souvent sa grand-mère. *Dans la vie, il faut se secouer.*

Il attrapa le savon. Elle avait raison. Il était temps de suivre les bons conseils de sa grand-mère.

Les locaux de la police étaient devenus une maison de fous. On avait mis deux fédéraux sur l'affaire, deux agents que Bentz avait connus à Los Angeles, mais, pour l'instant, ils restaient en retrait. Les journalistes campaient dehors, guettant la moindre information. Le téléphone vert ne cessait de sonner, et les prétendus tuyaux arrivaient à un rythme phénoménal. A part ça, c'était Clifton Sharkey qui avait pris finalement la tête dans la course aux suspects.

Montoya était littéralement vidé. Il passa la matinée à revoir les éléments de l'enquête, seul et en équipe. Il rogna sur sa pause-déjeuner pour lire ses e-mails et les derniers rapports. Il cherchait un moyen de coincer Clifton Sharkey.

Pour débarrasser les rues de ce salaud, bien sûr, mais pas seulement.

Il avait hâte de prouver qu'O'Toole n'était coupable que d'avoir rompu son vœu de célibat. O'Toole avait été son ami, et il préférait que ce soit quelqu'un d'autre qui soit désigné comme le monstre qui assassinait des religieuses.

L'après-midi était déjà bien avancée quand Bentz lui demanda de le rejoindre dans son bureau. On avait enfin reçu le casier judiciaire de Sharkey, lequel se trouvait déjà là. Bentz voulait discuter de la manière dont ils mèneraient l'interrogatoire.

Il savait déjà par Bentz que le délit remontait à dix ans et qu'il s'agissait d'une affaire de violence domestique.

Les sourcils froncés, la chemise déboutonnée, la cravate de travers, les lunettes au bout du nez, Bentz était en train de consulter le dossier de Sharkey étalé sur son bureau.

— Il lui a cassé le poignet, expliqua-t-il sans préambule. Elle est allée à l'hôpital, mais quand il a fallu déposer plainte, elle a refusé de témoigner contre lui.

— Typique, indiqua Montoya.

Il avait vu ça des centaines de fois. Des femmes maltraitées, mais qui n'osaient pas se révolter — ça durait depuis des générations.

Bentz le regarda par-dessus ses lunettes.

— Il a eu six enfants de cette femme et ils ont maintenant deux petits-enfants. Ils sont toujours mariés mais ils ne vivent plus ensemble.

Il montra le rapport sur les blessures d'Henrietta Sharkey.

— On leur a imposé la résidence séparée.

— Pas de divorce ?

— Catholiques jusqu'au trognon.

Bentz se frotta pensivement le visage.

— Pas d'autres incidents, reprit-il. Et, depuis, il lui envoie une bonne part de ce qu'il gagne.

— Il veut expier sa faute.

— Peut-être bien, marmonna Bentz d'un air peu convaincu. Comment savoir ?

— Rien d'autre ?

— Oh ! si, il y a autre chose. Son alibi le soir de la mort de Camille Renard est bidon. Il a prétendu qu'il était avec son deuxième fils et qu'ils regardaient un match, tu te souviens ? Eh bien j'ai appelé ce matin le fils en question, et il a fini par avouer que son père était seul chez lui, ce soir-là, pour regarder les Astros se prendre la pâtée.

— Il faut le convoquer.

— Brinkman est déjà en train de l'appeler.

— Mais tu n'es toujours pas convaincu que c'est Sharkey ?

Bentz secoua la tête.

— Pour Asteria McClellan et Gracie Blanc, ses alibis tiennent la route.

Il croisa de nouveau le regard de Montoya.

— Tu vois bien… Ça ne peut pas être lui pour Camille, et un autre pour Asteria. Nous n'avons tout de même pas deux tueurs qui s'amusent à droguer des nonnes, à leur faire enfiler des robes de mariée, à les étrangler avec un rosaire et à peindre le décolleté de leurs robes avec leur sang.

Il secouait la tête.

— Je veux bien qu'il y ait un deuxième meurtrier pour la prostituée. Mais pour les nonnes…

Il haussa les sourcils.

— Fichtre, non !

— « Fichtre » ? répéta Montoya.

Bentz lui adressa un sourire penaud, puis hocha la tête tout en contemplant une photo de Ginny posée devant lui.

— Ouais, Livvie ne veut plus que je dise des gros mots. Elle a peur que Ginny les répète.

Il soupira.

— Alors, je fais « fichtrement » attention.

Page trois ?

L'article sur le meurtre de la prostituée est relégué à la page trois ?

— Crétins !

Je n'en reviens pas. Je relis encore une fois l'article à la lueur de ma lampe à huile, tout en écoutant le vent qui souffle sur le bayou. Cet article aurait dû s'étaler à la une.

Qui sont les imbéciles qui décident de la place des articles ?

Incroyable !

Je fulmine. Je jette au loin cette saleté de journal. Je le brûlerai plus tard.

Les criquets et les grenouilles ont commencé leur cacophonie nocturne. Au loin, un train halète, puis émet un sifflement aigu et solitaire. Il doit traverser en ce moment la forêt de cyprès.

Il est tard, l'heure d'allumer la radio pour écouter cette émission pernicieuse prétendument destinée à soulager les âmes en peine. J'entends « Jo » — ou bien est-ce « Joe » ? — d'Aberdeen, Washington, se plaindre du manque d'attention de son mari, qui passe plus de temps sur internet qu'avec sa famille. Puis c'est Karen, d'une ville au nom imprononçable de l'Ohio, qui se désespère parce que sa fille, une ado, fugue la nuit, probablement pour rencontrer son petit ami, un voyou à éviter absolument. Enfin il y a Ozzie, de Birmingham, dont la femme veut un troisième enfant et menace de divorcer s'il n'est pas d'accord. Il ne voit pas de raisons d'augmenter sa progéniture. Deux fils lui suffisent.

Le Dr Sam répond à tous d'une voix claire et assurée, comme si elle savait de quoi elle parle.

Des idiots.

Ce sont tous des idiots.

Je prends à témoin l'alligator qui me fixe avec ses yeux vitreux — des yeux qui savent.

Quand j'écoute le Dr Sam, je sais que je n'ai pas encore accompli mon œuvre.

Je reprends les feuilles de journal froissées et je les étale sur la vieille table de bois, une ancienne porte, posée sur des tréteaux. Pour la quatrième fois, je relis l'article, un article bourré d'erreurs et d'inexactitudes. C'est tout de même incroyable ! Je me demande qui a renseigné le demeuré qui a signé ça. Est-ce que la police l'a volontairement abusé ? Ou est-ce qu'il n'a pas fait son travail et qu'il a brodé, pour faire du sensationnel ? Et le rédacteur en chef, qu'est-ce qu'il foutait, ce minable qui n'a pas été capable de voir que la mort de cette prostituée méritait la une ?

Il n'y a plus de professionnels.

C'est le problème dans ce pays ! Un manque généralisé de compétence et d'intégrité dans le travail.

Page trois !

Il faut que ça change.

Je suis tellement énervé que je vois du rouge dans les yeux d'Ipana. Il me toise, avec son sourire plein de dents. Il se fiche de moi.

— Ce sont des débiles, lui dis-je, en me détournant vers la fenêtre.

La lune est haute dans le ciel et un rayon de lumière filtre à travers ma petite fenêtre. Je ferme les yeux pour écouter le rythme doux et assuré de la voix du Dr Sam.

— C'était le Dr Sam. Prenez soin de vous, à La Nouvelle-Orléans. Bonne nuit à vous tous et que Dieu vous bénisse.

N'oubliez pas, quels que soient vos ennuis, que demain est un autre jour.

Elle marque un temps de pause.

J'attends, j'entends le bruit de l'eau qui lèche les pilotis de ma cabane, le « ploc » d'un poisson qui saute.

— Faites de beaux rêves, reprend-elle d'une voix vibrante et pleine d'humanité.

Puis la musique enfle lentement derrière elle. L'émission est finie.

De beaux rêves ?

Ça m'étonnerait.

Demain, un autre jour ?

Elle se trompe.

Et je vais le leur montrer.

44

Le démon revint cette nuit-là, avec l'insistance mauvaise des suppôts de Satan. Un serpent d'argent enroulé autour de ses doigts agitait une langue fourchue en direction de Valerie, tout en la fixant de son regard opaque de reptile.

Tu es sur la liste, siffla-t-il d'un ton mauvais. *Tu ne m'échapperas pas.*

Il glissa dans les airs pour s'arrêter au-dessus de son visage, si proche qu'elle sentait son souffle brûlant sur sa peau.

Elle se figea. Hypnotisée, paralysée, elle se sentait incapable de repousser cette tête menaçante qui la défiait. Le serpent ouvrit sa gueule noire et elle vit briller ses crocs d'où suintaient des perles blanches de venin.

Attention, Val ! hurla la voix de Camille.

Un spectre passa dans le champ de vision de Valerie, laissant dans son sillage une bouffée d'air glacée.

Attends, Camille, attends-moi, voulut appeler Valerie.

Mais aucun son ne sortit de sa gorge.

Trop tard, murmura le démon. *Elle est partie.*

Non !

Elle n'a eu que ce qu'elle méritait. Et tu le sais.

Non ! hurla Valerie. *Cammie ! Reviens, Cammie !*

A présent, elle la cherchait du regard, et son cœur battait sauvagement. Elle eut soudain conscience du gouffre que l'absence de Camille avait ouvert dans son âme.

Ne me laisse pas, Cammie… , sanglota-t-elle. *Je ne voulais pas que tu partes. Je ne voulais pas que tu quittes le ranch.*

Trop tard. Elle est partie. Elle est morte.

Cette fois, c'était le serpent qui avait parlé.

Valerie tenta de hurler de nouveau, mais elle n'avait plus de voix. La créature renversa la tête en arrière et partit d'un grand éclat de rire — un rire discordant, aussi désagréable que le crissement d'une craie sur un tableau noir.

Valerie se sentit alors prise de frissons. Elle baissa les yeux et se rendit compte que sa peau se couvrait lentement d'écailles argentées, semblables à celles du serpent.

Son air horrifié fit de nouveau rire la créature, qui découvrit une rangée de petites dents, pas plus grandes que des dents de rat, mais aiguës et suintant le poison.

Tu es sur la lissste, répéta le serpent en la fixant de ses yeux brillants.

Puis il se jeta sur elle.

Elle hurla. Il allait la mordre.

— Valerie ! Valerie !

La voix de Slade lui parvenait de très loin, comme s'il l'appelait depuis l'autre bout d'un long tunnel.

— Val, pour l'amour du ciel, réveille-toi.

Elle battit des paupières.

Elle n'était plus dans le noir, mais éclairée par la lueur douce de sa lampe de chevet. Slade se penchait sur son lit et la secouait sans ménagement, l'obligeant à refaire surface, repoussant son affreux cauchemar quelque part dans les ténèbres de son esprit.

— Tout va bien, murmura-t-il. Ce n'était qu'un rêve.

— Non..., protesta-t-elle. Ce n'était pas qu'un rêve, c'était bien trop présent.

— Chut..., reprit Slade.

Ses grands bras l'enveloppèrent et il s'allongea près d'elle, sur la couverture.

— Tout va bien, insista-t-il, sa bouche contre ses cheveux.

Elle lui fut reconnaissante de sa force, de sa présence, de ce calme qui apaisait le tumulte de ses émotions. Elle s'agrippa à lui et se mit à sangloter. Pour la sœur qu'elle avait perdue des années plus tôt. Pour la femme qu'était devenue Camille.

Pour ce bébé qu'elle ne connaîtrait jamais. Pour son mariage, qu'elle avait été si prompte à détruire.

Les larmes qu'elle retenait depuis trop longtemps coulaient à présent sans retenue. Elle ne reverrait plus jamais Camille. Elle ne partagerait plus avec elle ces fous rires qui leur coupaient le souffle.

— Cammie…, gémit-elle. Cammie…

Slade la laissa traverser la tempête en silence, la serrant contre lui, soufflant son haleine chaude sur sa joue.

— Je… je suis désolée…, lui dit-elle.

— Chhut…

— Non, Slade… Je suis désolée. Pour nous. Pour ce que je t'ai fait. Pour ne t'avoir pas cru.

— Ce n'est rien, dit-il d'une voix douce. C'est du passé.

— Tu crois ? Vraiment ? Tu crois qu'il est trop tard pour nous deux ?

— Je ne sais pas, admit-il.

Elle non plus, ne savait pas.

Jusque-là, elle avait voulu divorcer, le plus rapidement possible, en maudissant le jour où elle l'avait rencontré.

Mais à présent…

A présent qu'elle était près de lui dans ce lit, réconfortée par sa force paisible, par son amour, elle prenait la mesure de son erreur.

— Je… je t'aime, avoua-t-elle d'une voix brisée.

— Je sais.

Elle renifla.

— Tu le sais ?

— Je l'ai toujours su.

Elle se redressa sur un coude, pour le regarder en face.

— Tu plaisantes, n'est-ce pas ? Normalement, quand une personne met son âme à nu devant une autre en lui avouant son amour, elle s'attend à ce qu'on lui réponde : « Moi aussi. »

— Mais tu sais déjà que je t'aime. Je n'ai cessé de te le répéter.

Elle poussa un long soupir tremblotant.

— Sans doute… Mais… pourquoi refuses-tu de me le dire maintenant ?

— Parce que c'est la réponse que tu attends, dit-il avec des yeux brillants. Et je déteste faire ce qu'on attend de moi. Je te dirai que je t'aime quand j'en ressentirai le besoin, pas sur commande.

— Mais tu me le diras.

— Oui. Souvent.

Il l'attira à lui et l'embrassa, longuement, avec une passion dont le souvenir, elle s'en rendit compte, était encore vivace. Puis elle ferma les yeux et ne sut pas comment il s'arrangea pour ôter son jean et son T-shirt, ni pour éteindre la lampe, mais il le fit.

Et, de nouveau, elle fut dans ses bras, avec ses mains qui pétrissaient son buste. Sa bouche avait toujours le même goût, ses lèvres chaudes et gourmandes la pressaient, et quand elle leur répondit en acceptant sa langue, une douce chaleur se répandit dans ses veines, un frisson parcourut sa colonne vertébrale, de bas en haut, jusqu'à exploser au sommet de sa nuque.

Il couvrit sa joue de petits baisers, puis le creux de son cou, et elle inclina la tête, tandis que la pièce devenait floue. Il n'y avait plus que lui, cet homme qui était son mari.

Il poursuivit sa descente, s'attardant sur ses clavicules, puis sur la dépression entre les deux, profitant au passage du pouls qui battait là. Elle ferma les yeux et s'abandonna totalement aux mains qui venaient de trouver ses seins, à la pression ferme des doigts qui les malaxaient lentement.

— Slade…, gémit-elle quand il s'en prit à l'un de ses mamelons qu'il pinça négligemment.

Elle se trémoussa d'anticipation, sous l'effet de la chaleur qui commençait à pulser au plus profond d'elle-même. Elle transpirait légèrement, à présent. Des bouffées de désir la traversaient. Elle se gorgeait de ses caresses et de son odeur.

Seigneur…

Le désir la traversait par vagues, déversait des coulées chaudes dans son sang, la mettait lentement en mouvement. Elle lui planta ses ongles dans les épaules, tandis qu'il poursuivait sa quête plus bas, toujours plus bas.

Les spasmes qui la secouaient suivaient le rythme de ses baisers et de ses coups de langue.

Elle poussa un gémissement et caressa les muscles durs de ses épaules et de ses bras.

— Attention, dit-il d'une voix rauque quand il sentit ses mains glisser plus bas, vers son ventre.

— Jamais de la vie, répondit-elle.

Puis elle l'attira à elle pour l'embrasser avec un abandon sauvage, savourant et goûtant sa langue, tout en redécouvrant avec ravissement les creux et les courbes de son corps — les longs muscles noueux de ses bras, ses épaules et son torse puissants, ses fesses rondes et dures, la peau tendue de ses cuisses.

Tout en ayant conscience de lui donner du plaisir.

Jusqu'à ce qu'il n'y tienne plus et se cale au-dessus d'elle, sur les coudes, en la regardant droit dans les yeux, pour écarter un peu plus ses genoux en s'aidant des siens.

Elle poussa un petit cri.

Puis elle attendit.

Mais il ne la pénétra pas.

Il se contenta de la regarder.

— Slade ?

— Oui ?

— Tu n'as pas envie de moi ?

Il lui sourit et elle vit briller ses dents à la lueur de la lune.

— J'ai envie de toi, mais j'ai d'abord quelque chose à te dire.

— Ah, oui ?

Il écarta une mèche de cheveux qui lui barrait la joue et elle se rendit compte que ses mains tremblaient.

— Je t'aime, Valerie, dit-il d'une voix rauque, tout en la pénétrant.

En était-elle capable ?

Est-ce qu'elle pouvait vraiment quitter Sainte-Marguerite ?

Lucia déglutit péniblement et poursuivit sa lente progression dans les couloirs sombres du couvent. Elle avançait sur la pointe des pieds, rasant les murs, tâchant de ne pas faire le moindre bruit. Un plan avait germé dans son esprit durant les dernières vingt-quatre heures — un plan digne de la rétive Lucia d'autrefois, pas de celle qui était entrée comme novice à Sainte-Marguerite. Si elle partait maintenant, la voix cesserait peut-être de la harceler. Et peut-être, du même coup, pourrait-elle sauver la vie d'une autre religieuse.

Voire la sienne.

Le cœur battant, les paumes et le dos moites de sueur, elle filait en silence sous les appliques, avec son ombre qui la suivait comme un fantôme, et le long couloir qui semblait se refermer derrière elle.

Elle craignait de rencontrer quelqu'un ou quelque chose — elle ne savait pas quoi, et ne voulait pas savoir. Ce soir, la voix ne la harcelait pas, mais elle tremblait à l'idée qu'elle pouvait se manifester à n'importe quel moment pour lui ordonner de sortir de sa cellule et la guider vers un autre cadavre, une autre pauvre fille qu'elle retrouverait allongée, la peau glacée, le regard fixe et vide.

Elle frissonna et descendit lentement les marches de l'escalier, avec des pas aussi discrets que le déplacement d'un chat. Puis elle suivit le couloir qui passait devant l'entrée de la chapelle, en direction du bureau de la mère supérieure.

Soudain, il lui sembla entendre, par-delà sa respiration et le tambour de son cœur, un bruit de pas, le crissement de semelles de cuir sur le plancher de bois.

Tu te fais des idées. Tout le monde dort. Personne ne te suit. Tu es la seule à errer dans ce couvent en plein milieu de la nuit.

Et pourtant, sœur Camille s'était levée en pleine nuit pour rejoindre son agresseur. Et aussi sœur Asteria. La police affirmait qu'elles s'étaient rendues de leur plein gré là où on les avait trouvées. Et puis, la nuit où Camille était morte, elle avait vu quelqu'un s'enfuir de la chapelle. Et la fois où elle était sortie de sa cellule, poussée par la voix, pour se rendre au cimetière, elle avait croisé sœur Edwina.

Elle s'arrêta net.

Retint sa respiration.

Tendit l'oreille.

Etait-ce un bruit de pas, là ?

Non.

Est-ce que celui ou celle qui la suivait s'était arrêté en même temps qu'elle ?

Elle ouvrit les yeux et jeta un regard par-dessus son épaule. Mais elle ne vit qu'un long couloir obscur, éclairé des flaques de lumière posées par les appliques du mur. Est-ce que le démon était là, tapi dans l'ombre ? Est-ce que ses petits yeux rouges l'observaient, en ce moment ? Est-ce qu'il attendait le moment de fondre sur elle, avec ce sourire méchant qui découvrait ses dents aiguës ?

Son cœur battait comme un fou, la sueur dégoulinait sur son visage. Elle s'essuya du revers de la manche de son habit. Elle ne pouvait laisser la peur la paralyser. Elle devait continuer. Elle n'avait pas le choix.

Elle se remit donc en marche, en accélérant l'allure, avec la sensation que ses pieds frôlaient à peine le sol. Elle atteignit enfin la petite porte du bureau de sœur Charity. Elle savait qu'elle ne la trouverait pas fermée.

Elle tourna lentement la poignée, poussa le battant, et entra.

Puis elle referma prestement la porte derrière elle et se dirigea vers le bureau.

Comme il faisait sombre, son petit orteil heurta un coin d'étagère. Tout en se mordant la langue pour ne pas crier, elle attendit que sa vision s'accoutume à la pénombre avant de se décider à rejoindre le bureau, où elle s'arrêta pour reprendre sa respiration et attendre que les battements de son cœur se calment un peu.

Elle allongeait le bras vers le téléphone quand il lui sembla de nouveau entendre un pas dans le couloir. Elle suspendit son geste et tendit l'oreille.

Non… Rien.

Cesse de paniquer. Fais ce que tu es venue faire.

Elle décrocha lentement le récepteur et composa le numéro de Cruz Montoya, tout en écoutant la tonalité et en récitant machinalement une prière.

Je vous salue Marie pleine de grâce, le Seigneur est avec vous, vous êtes bénie entre…

— Cruz Montoya, fit une voix pâteuse et endormie.

Lucia eut soudain les genoux en coton et dut s'agripper au bureau pour ne pas tomber. Son cœur tambourinait à ses oreilles.

Tu ne devrais pas faire ça !

— Allô ! insista la voix. Allô ! Mais qu'est-ce que… ?

— C'est Lucia, murmura-t-elle.

Sa propre voix résonnait affreusement. Elle parlait trop fort. On allait l'entendre…

— Lucia ?

— Oui. Est-ce qu'on pourrait se retrouver quelque part ?

— Quoi ?

— Est-ce qu'on pourrait… ?

— J'ai entendu. Tu veux qu'on se retrouve maintenant ?

Il n'avait plus l'air endormi du tout.

— Dans une demi-heure.

— Mais tu sais l'heure qu'il est ?

— J'ai besoin de te voir. C'est urgent.

Il y eut un silence.

— Je croyais que tu ne voulais plus me voir. Tu as changé d'avis ?

Elle avait oublié à quel point il pouvait être pénible quand il s'y mettait.

— Je t'en prie, Cruz… J'ai besoin de ton aide.

De nouveau, il marqua un temps de pause.

— Bon, soupira-t-il.

Mais il n'avait pas l'air très décidé, et Lucia eut l'impression que son cœur allait lâcher.

— Je ne t'aurais pas appelé si ça n'était pas vraiment important, insista-t-elle.

Elle n'avait pas de plan de rechange. S'il refusait, elle était perdue.

— D'accord, mais où ? Au couvent ?

Cette fois, le ton était plutôt inquiet, comme s'il redoutait un piège.

— Non ! s'exclama-t-elle, prise d'un sentiment de panique. Pas ici… Plutôt à… Il y a une station-service et un petit supermarché sur Rampart, près du parc…

— Tu plaisantes ?

— Pas du tout, répondit-elle en jetant un coup d'œil par-dessus son épaule.

Elle avait la sensation que des milliers d'yeux l'épiaient dans cette pièce, que la pièce elle-même avait des yeux et des oreilles. Elle se sentit soudain glacée et frissonna.

— Je n'ai jamais été aussi sérieuse de ma vie.

Un bruit de pas, cette fois, pas de doute.

Le cœur au bord des lèvres, elle reposa lentement le récepteur et se glissa près de la porte, de manière à se trouver derrière le battant si on l'ouvrait.

Puis elle retint sa respiration et tenta de maîtriser les battements de son cœur qui s'accéléraient à mesure que les pas approchaient.

N'entre pas ici… Non…

Puis, comme les pas s'arrêtaient de l'autre côté du battant, elle posa la main sur la poignée de la porte, pour la bloquer.

Elle sentit qu'on tentait d'ouvrir. Elle tint bon.

La pression cessa. Mais elle ne lâcha pas.

De nouveau, on tenta de faire tourner la poignée.

La sueur coulait sur son front et mouillait ses paumes. La poignée lui échappa, mais à peine, pas assez pour que le battant cède.

Elle entendit de l'autre côté un grognement mécontent et se mordit la lèvre pour retenir un cri d'angoisse.

Puis les pas s'éloignèrent, mais elle n'aurait pas su dire dans quelle direction.

Elle avait la bouche sèche. Elle était en nage.

Elle n'osait plus sortir, pas même risquer la tête à l'extérieur, de peur d'être surprise.

Tu dois y aller. Cruz ne va pas t'attendre éternellement.

Elle compta mentalement une minute. Elle était sur le point de s'aventurer dehors, quand elle entendit un déclic.

Cette fois, ça venait de l'autre porte, celle qui donnait dans le bureau d'Eileen.

Doux Jésus !

Elle n'avait plus le temps de traverser la pièce pour bloquer la porte. Il ne lui restait plus qu'à fuir. Elle tourna résolument la poignée de son côté, tandis qu'on ouvrait de l'autre, et se glissa dans le couloir, en refermant silencieusement derrière elle.

Puis elle partit en courant, en essayant de ne pas penser au bruissement de son habit contre le sol, qui lui paraissait assourdissant.

Elle tournait au coin du couloir, quand elle entendit qu'on ouvrait la porte par laquelle elle venait de sortir.

La personne qui se trouvait dans le bureau de sœur Charity allait se douter de quelque chose.

Seigneur…

Elle devait faire vite, à présent.

Tout en murmurant une prière rapide, elle grimpa quatre à quatre les marches de l'escalier. Ce fut en arrivant sur le palier du premier étage que le ricanement rauque de la voix se manifesta de nouveau.

Psitt…

Cette fois, elle n'allait pas la suivre.

Elle était décidée à briser ses chaînes.

Mais elle eut tout de même la vision d'une femme en robe de mariée, le cou garrotté par un rosaire, qui ouvrait et refermait la bouche comme un poisson hors de l'eau.

Etait-il déjà trop tard ?

Elle jeta un regard apeuré par-dessus son épaule. Mais, derrière elle, il n'y avait que les ténèbres.

Pssst, insista la voix, tandis que les cloches se mettaient à sonner les douze coups de minuit.

Lucia se remit à courir.

Mais la voix continua de la poursuivre de son rire mauvais.

45

Montoya n'arrivait pas à dormir.

Cette affaire commençait vraiment à lui taper sur le système. Il venait de faire l'amour avec Abby, mais ça n'avait pas suffi à le calmer. Impossible de fermer l'œil.

Elle s'était plainte, avant de s'endormir, de ce qu'il s'agitait trop. Aussi s'était-il tourné de son côté et s'efforçait-il de ne plus bouger.

Tout en réfléchissant à l'affaire Camille Renard.

Il avait Clifton Sharkey à l'œil, parce que celui-ci avait commencé par fournir un faux alibi. Il s'était ensuite justifié en expliquant qu'il n'avait pas osé dire la vérité, à savoir qu'il était seul chez lui, parce qu'il avait craint que les flics ne le croient pas, à cause de son casier judiciaire.

Frank O'Toole, aussi, était dans son collimateur. Et le fait qu'il soit protégé par son père et un avocat ne l'impressionnait pas.

Le père Thomas rentrait le lendemain, et il entendait le rencontrer le plus vite possible.

Restait le père John…

Revenu d'entre les morts ?

Ou copié par un plagiaire ? Montoya avait la sensation que le meurtrier s'amusait avec eux, que la prostituée était une simple diversion destinée à les dérouter.

Et où étaient passées les robes de mariée ? Etait-ce ou non une coïncidence que les deux victimes soient d'anciennes orphelines de Sainte-Elsinore ? Et quel rapport pouvait-on établir entre elles et Gracie Blanc, la prostituée ?

Il y avait trop d'impasses dans cette affaire, et aucun moyen de circuler de l'une à l'autre.

Demain aurait lieu la vente aux enchères en faveur de Sainte-Elsinore. Il comptait bien y assister.

Il tendit l'oreille.

Le bébé ?

Non, c'était Cruz qui se levait, probablement pour aller aux toilettes.

Quelques secondes plus tard, il entendit la chasse d'eau. Puis Cruz traversa la maison et sortit par la porte de derrière. En pleine nuit.

Montoya jeta un coup d'œil du côté du réveil. Presque 1 heure du matin ?

Il se leva au moment où Cruz faisait rugir son moteur, puis il y eut un crissement de pneus.

Il atteignit la porte de derrière juste à temps pour voir disparaître l'unique feu arrière de la moto qui s'éloigna, œil de cyclope dans la nuit.

— Hé ! appela-t-il.

Mais, déjà, le bruit du moteur mourait au loin.

Il entra dans la maison et tomba sur Abby, qui arrivait, les cheveux en bataille, les yeux gonflés de sommeil.

— Qu'est-ce qui se passe ? demanda-t-elle en étouffant un bâillement.

— J'aimerais bien le savoir, répondit-il en refermant la porte.

Elle eut un petit sourire coquin.

— Je peux t'offrir quelque chose à boire ?

— C'est un peu tard pour ça, mais…

Il s'interrompit et haussa un sourcil.

— Mais quoi ?

Il la prit dans ses bras et la souleva de terre pour l'emporter dans la chambre. Elle poussa un petit cri de surprise.

— Tu es un mauvais sujet, Montoya, se plaignit-elle en riant.

— En effet, et je vais te montrer à quel point.

— Seigneur, protégez-moi de ce mari libertin ! gémit-elle.

Il lui répondit en poussant des grognements de bête dans son cou. Elle éclata de rire. Il la lâcha sur le lit et se laissa tomber sur elle. Cruz pouvait bien aller au diable.

Cruz attendait sous l'enseigne clignotante de la station-service.

Lucia était en retard.

Ou bien elle s'était moquée de lui et n'avait jamais eu l'intention de venir à ce rendez-vous.

Non, ce n'était pas son genre.

Il alluma sa dernière cigarette, puis jeta le paquet vide. Il lui donnait cinq minutes pour arriver. Pas une de plus.

Et si elle n'est pas là dans cinq minutes, qu'est-ce que tu fais ? Tu la plantes ?

Bien sûr que non. Elle t'a dit qu'elle avait besoin de toi. Elle a sûrement des ennuis. Tu vas l'attendre.

Un peu dégoûté de sa propre lâcheté, il tira une longue bouffée, tout en se jurant que c'était sa dernière cigarette. Il avait arrêté depuis longtemps et s'y était remis quelques jours plus tôt à cause de Lucia. Ça l'avait rendu dingue de la revoir.

Tu te cherches des excuses, mon vieux.

La station-service ne fermait pas de la nuit. Un gamin boutonneux portant une casquette et une combinaison de mécanicien marquée de son prénom — Al — sur une étiquette cousue entre la fermeture Eclair et son épaule, servait à la pompe et s'occupait de la caisse. Il ne devait pas avoir plus de dix-neuf ans, peut-être vingt, mais il était là, assis derrière la caisse, la tête courbée sur son téléphone, en train de taper fébrilement des SMS, mais disponible pour les clients.

Cruz fuma lentement, en écoutant la rumeur silencieuse de la ville.

La Nouvelle-Orléans n'était jamais tout à fait endormie. Elle vibrait d'humidité et d'odeurs, portée par un courant d'énergie qui pulsait sous le calme de la nuit — invisible, mais palpable.

Une voiture s'arrêta au feu rouge, une vieille Chevy dont le moteur au ralenti faisait un bruit d'enfer. Il sembla à Cruz que le conducteur regardait du côté de la station, mais, quand le feu passa au vert, la voiture s'éloigna — toujours en faisant un bruit dingue.

Cruz consulta sa montre en palpant impatiemment les clés de sa moto fourrées dans la poche de son blouson de cuir. Mais qu'est-ce qu'elle foutait, merde ?

Du coin de l'œil, il aperçut une silhouette, une femme, qui traversait la rue déserte.

S'il n'avait pas attendu Lucia, il ne l'aurait pas reconnue. Elle portait un jean, un T-shirt à manches longues, un gilet. Ses cheveux étaient ramassés en une natte qu'elle avait passée sur une épaule. Elle avait aussi un gros sac à dos. Bref, elle avait l'allure d'une ado partant en vadrouille, et pas du tout celle d'une novice.

Il écrasa sa Camel et la rejoignit près de la moto, dont les chromes et la carrosserie noire brillaient tellement qu'ils paraissaient humides sous les lumières fluo de l'enseigne.

— Salut, dit-il d'un ton qui se voulait dégagé.

Son pouls battait déjà la chamade.

— Qu'est-ce qui se passe ? demanda-t-il. Qu'est-ce que tu fabriques ?

— Je me tire, répondit-elle avec un sourire angoissé qui lui déchira le cœur.

— Tu te tires du couvent ?

— Oui.

— Et comment as-tu fait pour en sortir ?

— Ce n'est pas une prison. Pas vraiment. Même si, ces derniers temps…

Elle jeta un coup d'œil nerveux par-dessus son épaule.

— On peut y aller ? demanda-t-elle.

— Où ?

— Dans un endroit où nous pourrons parler.

— A 1 heure du matin ?

— Oui, à 1 heure du matin.

Ses grands yeux noirs le suppliaient, et il songea qu'il n'avait rien à perdre, après tout.

— Entendu, dit-il, tout en se demandant où cette histoire les mènerait. Grimpe.

Cruz avait trouvé une cafétéria ouverte toute la nuit, dans un coin paumé de banlieue. Lucia songea que le plus honnête aurait été de lui demander de la déposer à la gare routière et de ne pas chercher à la suivre.

Mais elle craignait qu'il ne refuse.

De plus, si elle prenait le car ici, on retrouverait aisément sa trace.

Et elle, elle voulait disparaître.

Elle n'avait donc pas le choix. Elle devait s'en tenir à son plan. Et, ensuite, le Seigneur la jugerait pour avoir menti à Cruz. Elle était prête à expier.

Aidez-moi, Seigneur, je vous en supplie, pria-t-elle silencieusement.

Des ventilateurs brassaient paresseusement l'air au-dessus des tabourets en similicuir rouge et du comptoir en Formica bordé de métal. L'unique serveuse remplissait un plateau tournant de fines parts de tarte au citron vert, aux pommes, à la banane et aux pêches — du moins d'après ce qu'en disaient les boîtes alignées sur le comptoir, dont elle les sortait.

L'endroit puait l'huile de cuisine et les oignons frits.

Ils avaient choisi de s'installer tout au fond de la salle, dans un box, à l'écart de la vitrine qui donnait sur la route. De l'endroit où ils étaient, ils voyaient la cuisine, laquelle donnait, au-delà d'une rangée de casseroles et de marmites, sur le parking.

Un aide-cuisinier portant un tablier taché de graisse se tenait dans l'embrasure de la porte s'ouvrant sur l'extérieur. Adossé au chambranle, il tirait sur une cigarette et discutait avec un garçon de salle qui s'appuyait sur son balai, tout en actionnant un briquet.

Elle finissait ses écrevisses. Il n'avait pas touché à son cheeseburger, mais il en était à sa deuxième bière.

Ses cheveux noirs étaient en bataille et ses yeux d'un brun

profond la fixaient avec méfiance. La petite cicatrice qui barrait l'un de ses sourcils paraissait moins visible que de coutume.

— Tu veux quitter le couvent et tu as décidé de disparaître ? demanda-t-il pour la centième fois. Tu es sûre que c'est nécessaire d'en arriver là ?

— Oui.

— Et pourquoi ?

— A cause des meurtres… Je ne me sens plus en sécurité.

— Tu penses que le tueur pourrait s'en prendre à toi ?

Elle fut tentée de lui parler de la voix, de la terreur qu'elle lui inspirait, du fait qu'elle se sentait contrainte de lui obéir, mais elle préféra s'abstenir. Elle n'avait pas envie qu'il pense qu'elle avait perdu la boule.

Cruz en savait déjà trop sur ses dons de médium. Ou sur son sixième sens. Peu importait comment on appelait ça.

— C'est toi qui as trouvé les corps, n'est-ce pas ?

Elle acquiesça.

— Comment ça se fait ?

— Je… je ne dormais pas et… j'ai entendu quelque chose, je ne peux pas vraiment expliquer ça… Je… j'ai eu le sentiment qu'il se passait quelque chose d'anormal.

Cette déclaration très édulcorée ne tenait pas compte du sentiment d'urgence que déclenchait en elle la voix, de sa compulsion à lui obéir.

— C'est toi qui as envoyé à la police le téléphone prépayé de Camille ?

— Tu… tu es au courant ?

— Tu es passée à la poste il y a quelques jours et, juste après, j'ai entendu mon frère parler d'un téléphone qu'on leur avait envoyé. Ça n'a pas été bien difficile de faire le lien.

Elle acquiesça.

— Elle me l'avait confié. Elle craignait que sœur Charity ne le trouve, et elle se servait surtout de son BlackBerry. Et ensuite… ensuite elle a été tuée… Je ne savais pas quoi en faire…

— Vous étiez proches, toutes les deux.

Elle songea à Camille et une immense tristesse l'envahit.

— Oui, murmura-t-elle dans un souffle.

Elle croisa le regard inquisiteur de Cruz.

— Le monde n'est pas noir et blanc, comme les habits religieux. Il est surtout fait de nuances de gris... Camille naviguait entre ces nuances. A l'extrême. Elle était parfois blanche et pure comme la neige, d'autres fois noire comme le plus noir des péchés, et, comme nous tous, le plus souvent quelque part entre les deux. Et oui, en effet, j'étais proche d'elle. Elle me manque terriblement.

Elle battit des paupières pour lutter contre les larmes.

Cruz détourna les yeux et termina sa bière.

— Je savais que j'avais fait une erreur en gardant ce téléphone pour moi. C'est pour ça que je l'ai envoyé à la police.

Elle secoua la tête.

— J'aurais dû le confier tout de suite à ton frère.

Quelques clients entrèrent — trois garçons au crâne rasé et en T-shirt sans manches qui découvrait leurs tatouages, accompagnés de deux filles, l'une portant un short gris, des collants et un T-shirt découpé, l'autre affublée d'une robe d'été avec des bottes de cow-boy. Ils étaient probablement à moitié ivres, et parlaient très fort. Ils s'installèrent dans un box donnant sur la vitrine.

La serveuse se dirigea vers eux d'un air maussade et prit leur commande, tout en supportant avec résignation leurs rires et leurs plaisanteries. L'un d'eux insistait pour payer une tournée de bière, mais la fille aux bottes de cow-boy réclamait de la bière sans alcool, ce qui parut beaucoup amuser les garçons.

— Pourquoi avoir pensé à moi pour réclamer de l'aide ? demanda Cruz en se désintéressant du groupe. Je croyais que tu préférais m'éviter.

Elle grimaça, et, pour la première fois de la soirée, elle lui fit une réponse honnête.

— Parce que je savais que tu viendrais.

— Tu as eu de la chance que je sois toujours à La Nouvelle-Orléans.

— Je sais, reconnut-elle avant de boire le fond de son soda, à la paille.

— Qu'est-ce que tu attends de moi exactement ?

— Je veux que tu m'emmènes loin d'ici.

Il se figea.

— C'est sérieux, Cruz. J'ai beaucoup réfléchi avant de prendre cette décision. Je veux aller à Houston. Ensuite, je verrai.

— Qu'est-ce qu'il y a de spécial, à Houston ?

— Rien. C'est loin de Sainte-Marguerite.

— Tu as l'intention de renoncer à tes vœux ?

— Je n'en sais rien. Probablement. L'évêché ne va pas apprécier que je quitte le couvent au milieu de la nuit sans prévenir personne. J'appellerai sœur Charity pour qu'elle ne s'imagine pas que j'ai été enlevée… Ou pire…

Elle fut tentée de partir avec Cruz. De ne pas le rouler comme elle s'apprêtait à le faire. Mais elle craignait de ne plus avoir, ensuite, la force de se séparer de lui. Il lui inspirait déjà des pensées impures…

Elle n'avait pas le choix.

— Il faut que j'aille aux toilettes, dit-elle.

— Moi aussi, mais les dames d'abord. Pendant ce temps, je paierai l'addition.

Il se leva, elle aussi.

— Merci, Cruz, murmura-t-elle en s'approchant de lui.

Elle se hissa sur la pointe des pieds et déposa un léger baiser sur ses lèvres, tout en glissant sa main dans sa poche de blouson. Ses doigts se refermèrent sur son trousseau de clés. Elle s'écarta de lui.

— Sincèrement, merci, répéta-t-elle.

Il ne répondit rien. Il avait l'air sonné. Il la suivit du regard tandis qu'elle se dirigeait vers les toilettes.

Faites qu'il ne cherche pas ses clés.

Elle alla aux toilettes et se lava les mains, puis ressortit, le cœur battant, juste au moment où Cruz déposait les billets sur la table. Elle avait la bouche sèche, les paumes moites, et la sensation de se noyer dans sa propre perfidie.

Sainte Mère, aidez-moi...

Ils se croisèrent sur le seuil des toilettes. Il avait un éclat étrange dans le regard.

Il sait.

Il l'attira à elle et la serra contre lui.

— J'espère que tu sais ce que tu fais, murmura-t-il tout contre ses lèvres. Parce que moi, je n'y comprends rien.

Puis, avant qu'elle ait eu le temps de l'en empêcher, il l'embrassa. Il sentait la bière et le tabac. Sa barbe mal rasée lui picota les joues.

Et, cette fois, elle se laissa emporter par la passion qu'il mettait dans ce baiser.

Je te veux...

Elle se cala contre lui — un moment de folie — et lui entrouvrit ses lèvres. Elle ne voyait plus rien, son cœur, qui battait comme un tambour, étouffait les bruits de la salle.

Une vague de désir la submergea.

Non !

Elle aurait voulu s'arracher à lui, mais elle ne pouvait pas.

Ce fut lui qui s'écarta, lentement, en la regardant droit dans les yeux. Elle tremblait.

— Ce n'est pas un péché de renoncer à tes vœux, murmura-t-il.

— Je... je verrai.

— Réfléchis bien, en tout cas.

Son cœur se brisa. Elle n'avait jamais cessé de l'aimer. Il n'était pas pour elle, comme elle l'avait cru, une simple amourette de lycéenne.

Mais elle n'avait pas le droit.

Elle déglutit avec difficulté. Elle se sentait terriblement coupable de l'utiliser ainsi. Il ne méritait pas ça.

— Je réfléchirai, Cruz, je te le promets.

Elle ne mentait pas, elle réfléchirait, pour les vœux, mais pour l'autre question, celle qu'il sous-entendait, elle n'avait pas besoin de réfléchir. Il n'y avait aucun avenir entre eux. Elle le savait. Il le comprendrait dans quelques minutes.

Il la lâcha et entra dans les toilettes.

Alors, elle ne perdit pas une seconde. Elle attrapa son sac à dos et sortit par la porte de derrière. Dehors, elle passa devant le garçon de salle qui vidait le contenu d'une petite poubelle dans le container du parking. Ça empestait le marc de café, les légumes pourris, le poisson avarié.

Mais elle le remarqua à peine et traversa le parking en courant, tout en se répétant qu'elle était capable de voler et de conduire une moto.

C'est comme le vélo, ça ne s'oublie pas.

Du moins, c'était ce que prétendait son cousin Juan, qui lui avait appris à conduire la sienne.

Elle était maintenant devant l'Harley. Elle transpirait tellement des mains qu'elle avait du mal à manipuler les clés.

Allez...

Elle songea avec une pointe d'inquiétude que la moto de son cousin était moitié moins puissante que la grosse bécane de Cruz.

Elle eut une poussée d'adrénaline en enfourchant l'engin, mais elle parvint à mettre le moteur en marche. L'Harley démarra en grondant et les pneus crissèrent.

Le casque de Cruz se décrocha du guidon et roula sur l'asphalte, devant elle.

— Hé ! cria une voix d'homme.

Elle jeta un coup d'œil par-dessus son épaule. La silhouette de Cruz se détachait devant la cafétéria, auréolée de lumière — une silhouette d'homme sexy en diable. Puis il dut comprendre qu'elle avait l'intention de filer sans lui, car il se mit brusquement à courir dans sa direction en hurlant son nom.

Trop tard.

Elle baissa la tête et accéléra. La roue avant frôla un poteau, la moto fit une embardée, mais elle parvint à la redresser pour sortir du parking. Puis, une fois dans la rue, elle mit les gaz.

Tiens bon. Tu peux y arriver.

Elle récita une courte prière, au cas où le Seigneur serait en train d'observer la scène.

Les lampes brillaient dans la nuit. Le vent soulevait sa natte, qui s'agitait derrière elle.

Elle passa devant un parc, puis se souvint qu'il valait mieux respecter les limitations de vitesse, et s'obligea à ralentir. Une fois sur l'autoroute, elle pourrait mettre la gomme et pousser à plein régime cette belle machine. Et rouler, pour reprendre l'expression de son cousin, « comme une furie vêtue de cuir ».

Elle tournait à gauche, en passant à l'orange, pour prendre la direction nord-ouest, quand il lui sembla entendre, derrière le vrombissement du motcur, un rire sifflant et mauvais.

Le cœur au bord des lèvres, elle lutta contre la vision d'une nonne auréolée de sang, couchée sur un étrange matelas de cordes métalliques, le visage dissimulé derrière son voile.

Psitt !

— Laisse-moi tranquille ! hurla-t-elle au vent.

Déjà, elle voyait les pancartes annonçant l'autoroute. Elle accéléra, laissant loin derrière elle La Nouvelle-Orléans et Cruz Montoya. Pour toujours.

46

J'ai fait l'amour avec mon mari. Et après ?

Oui, et après ?

Mais pourquoi se sentait-elle à ce point ébranlée ? Comme si sa vie venait de dévier de son axe ?

Elle se conduisait décidément comme une minette de série télévisée, et ça commençait à bien faire.

Elle se tourna vers Slade.

Il dormait sur le ventre, les bras croisés sous son oreiller, la tête de son côté. Les draps formaient un tas au-dessus de ses fesses. Il ronflait doucement, le visage détendu, sa peau mate contrastant avec la blancheur du drap. Une mèche de cheveux lui retombait sur les yeux, l'ombre de ses cils s'allongeait sur ses joues.

Le cœur de Valerie se gonfla. Elle admira ses épaules larges, l'arête de son dos, ses muscles durs qui saillaient sous sa peau dorée.

Pourquoi lui avait-elle résisté si longtemps ?

Pourquoi avait-elle refusé l'amour qu'elle éprouvait pour son mari ?

Un mari qu'elle avait accusé à tort de l'avoir trompée.

Il roula sur le dos en poussant un gémissement endormi, position qui mit en évidence une magnifique érection.

— Tu te rinces l'œil ? demanda-t-il d'une voix rauque de sommeil.

— Tu es réveillé ?

Elle le désirait déjà, elle aussi. Elle en avait la nuque trempée de sueur. Qu'y faire ?

Les lèvres de Slade s'étirèrent en un lent sourire.

— Le spectacle te plaît ? murmura-t-il.

— Tu es vraiment incorrigible !

— J'aime quand tu me parles comme ça.

Il roula hors des draps et l'attira à lui pour l'embrasser, en collant son corps nu au sien.

— Oh ! je t'en...

Sans cesser de l'embrasser, il la souleva pour l'entraîner dans la petite salle de bains, ouvrit le jet et, sans attendre que l'eau soit chaude, il la déposa dans la cabine. Elle poussa un cri aigu, et il éclata de rire. Mais l'eau se réchauffa vite et elle aussi, surtout qu'il s'était mis à caresser sa peau humide avec un savon, tout en l'embrassant. Au bout de quelques minutes de ce délicieux traitement, il la rejoignit, la coinça contre les carreaux de la paroi et la pénétra.

Elle battit des paupières et poussa un cri, le souffle coupé, tandis qu'il écrasait contre son torse ses seins glissants de savon.

— Slade..., murmura-t-elle quand la première vague de plaisir la traversa.

Elle s'agrippa à lui en plantant ses ongles dans ses épaules, et, encore secouée par des spasmes qui n'en finissaient plus, elle passa ses jambes autour de ses hanches, pour qu'il la pénètre plus profondément.

Il se mit à aller et venir. Encore et encore. En haletant à son oreille, jusqu'à ce qu'elle pousse un cri si rauque qu'elle ne reconnut pas sa propre voix.

— Ooh..., gémit-il.

Et lui aussi, renversant la tête en arrière, fut happé par la volupté, tous les muscles de son corps tendus à l'extrême.

Pendant quelques secondes, l'eau coula sur eux. Puis ils reprirent lentement leur respiration. Il la regardait droit dans les yeux. Des gouttes d'eau coulaient de ses cheveux et du bout de son nez.

— Tu es incroyable, dit-il.

Elle ne put s'empêcher de rire.

— C'est toi qui as tout fait.

— Ce fut avec grand plaisir, chère madame.

— Je t'ai déjà dit que ton baratin de cow-boy ne marchait pas avec moi.

Il rit, de nouveau, sans la lâcher. Il était toujours en elle.

— Ah bon ? J'aimerais bien voir comment ça se passe, quand ça marche.

— Ça ira pour aujourd'hui.

Elle déposa sur sa bouche un baiser sonore, puis dénoua ses jambes et sortit de la douche en attrapant une serviette.

— Comme les choses changent, en quelques jours, lâcha-t-elle d'un ton rêveur.

Elle songeait au jour où un intrus s'était introduit dans sa maison pendant qu'elle était sous la douche.

Il la saisit par le bras.

— A propos d'hier soir…

— C'était bien, hier soir, non ?

— Oui. Mais ce n'est pas de ça que je voulais parler.

Il paraissait sérieux.

— Tu as fait un cauchemar.

— Toujours le même, répondit-elle d'un ton dégagé. Ce cauchemar, je le faisais déjà enfant… Ensuite, il a disparu pendant quelques années… Et puis…

Elle prit le temps de réfléchir, mais elle n'avait pas envie de plonger trop avant dans les profondeurs de son subconscient.

— … il est revenu…

— Quand ?

— Quand je suis rentrée à La Nouvelle-Orléans.

— Tu aimerais en parler ?

— Non.

Elle n'avait pas hésité. Parler de ce rêve risquait de gâcher le peu de paix intérieure qu'elle venait de retrouver grâce à Slade.

— Plus tard, peut-être. Une autre fois.

— Tu en es sûre ?

— Oui.

Elle le regarda droit dans les yeux. Il avait encore des gouttelettes d'eau sur les cils.

Elle dégagea son bras et tâcha de chasser de son esprit le souvenir de ce cauchemar qu'il venait maladroitement de lui rappeler.

Après s'être essuyée et avoir enfilé sa robe de chambre, elle alla préparer du café et laissa Bo, impatient, sortir sous l'impitoyable soleil de Louisiane qui réchauffait déjà l'atmosphère. Les lumières étaient allumées dans la maison principale, les oiseaux commençaient à chanter, le bruit des voitures, en revanche, restait discret, comme toujours le week-end.

Slade entra dans la cuisine, vêtu d'un jean qu'il portait très bas sur la taille. Et torse nu.

— Tu auras peut-être une bonne surprise aujourd'hui, dit-il en lui adressant un clin d'œil.

— Je croyais que je l'avais déjà eue.

— C'est vrai. Mais je vais t'inviter à prendre un petit déjeuner dehors. Ça te dirait, des beignets au bord du fleuve ? Ou bien un bon café, tu sais, celui qui rend dingue les gens du Nord ?

— Avec du lait ?

— Du lait ou ce que tu voudras.

— Je veux bien, mais j'ai quelques trucs à faire ici, avant. Laisse-moi le temps de donner un coup de main à Freya et ensuite…

Son portable sonna et elle décrocha.

— Allô ? dit-elle.

Bo se mit à gémir pour rentrer, et le café finit de passer dans un gargouillement infernal.

Mais, au bout du fil, personne ne répondait.

— Allô ? insista-t-elle.

Rien.

— Qui est à l'appareil ?

— Tu es sur la liste, fit une voix sifflante et mauvaise. Tu ne m'échapperas pas.

*
* *

Montoya trouva son frère sous la véranda. Le soleil venait d'apparaître à l'est et de longs doigts de lumière grise se faufilaient lentement dans les rues de La Nouvelle-Orléans. Cruz était assis dans un fauteuil, Hershey à ses pieds, son casque de moto posé près de lui était cabossé, une cigarette se consumait toute seule entre ses lèvres.

En s'approchant, Montoya put également constater que son cher petit frère empestait la bière.

Sa moto n'était pas visible. Il avait dû la perdre en jouant aux cartes.

— Des ennuis ? demanda Montoya, tout en flattant du plat de la main Hershey, qui s'était jeté sur lui pour quémander une caresse.

— Rien d'insurmontable, répondit Cruz en levant les yeux vers lui.

Il soupira.

— Mais j'ai bien déconné, ajouta-t-il.

— Tu veux en parler ?

— Pas vraiment, non.

Montoya s'installa près de lui. Cruz écrasa sans un mot son mégot sous son talon. Puis, d'un ton résigné, il lui raconta sa mésaventure nocturne.

Sœur Charity était au bord de la crise de nerfs.

Deux sœurs manquaient à l'appel, ce matin.

Elle traversait les couloirs à grands pas en faisant bruisser le tissu de son habit et cliqueter son rosaire.

Sainte Mère, priez pour moi…

Elles avaient déjà cherché partout, à l'intérieur et à l'extérieur, mais sœur Louise et sœur Lucia demeuraient introuvables.

Où étaient-elles donc passées ?

La mère supérieure était dévorée d'inquiétude, au point d'en avoir des aigreurs d'estomac. Son esprit vagabondait dans des contrées habituellement réservées à Lucifer.

— Ne pense pas à ça, murmura-t-elle tout en entrant une fois de plus dans la cellule de sœur Lucy.

Elle était vide. Désespérément vide. Le lit n'avait pas été défait. On n'avait pas l'impression que quelqu'un y vivait. La cellule de sœur Louise, en revanche, conservait des traces de sa nuit, et on devinait encore la forme de son corps sur les draps froissés de son matelas. Mais ils étaient froids. Froids comme la mort.

Le cœur de Charity se serra et la peur s'insinua dans son âme.

Elle tenta de se rassurer en se disant qu'on n'avait pas retrouvé de cadavre, ce matin, au réveil.

Peut-être avaient-elles fui ensemble.

Même si elles étaient différentes, elles avaient pu s'entendre sur la nécessité de partir.

C'était sans doute la peur qui les avait poussées à cette extrémité. Charity se sentit coupable. Si elle ne s'était pas comportée avec elles comme un chien de garde, si elle s'était montrée plus douce, plus à l'écoute, plus aimante et moins rigide, peut-être ne serait-elle pas, à présent, en train de pleurer leur absence.

Pardonnez-moi, Seigneur…

Elle avait passé les premières heures du matin à chercher les deux novices, tout en priant et en se répétant qu'elle paniquait pour rien, que son cœur n'avait aucune raison de s'affoler. Mais elle avait changé d'avis. Les règles strictes du couvent, les nouvelles serrures et la protection des voitures de patrouille qui passaient et repassaient sans cesse devant le domaine de la paroisse ne servaient à rien.

En entrant dans son bureau, elle constata que son répondeur affichait un message. Quelqu'un l'avait appelée à 5 heures du matin.

Elle appuya sur le bouton « Play » et reconnut tout de suite la voix de sœur Lucy.

— Révérende mère, c'est moi, sœur Lucy. Lucia Costa. Je tenais à vous dire que j'allais bien. J'ai quitté le couvent cette nuit. Je veux commencer une nouvelle vie. Surtout, ne croyez pas que je vous laisse ce message sous la contrainte. Je suis seule. Je vais très bien. Que la Sainte Mère vous protège.

C'était tout.

Charity se laissa tomber dans son fauteuil et écouta le message une deuxième fois, en essayant de détecter quelque chose d'anormal dans la voix de sœur Lucy. Mais non. Elle ne mentait pas. Elle était visiblement partie de son plein gré.

Mais pourquoi ?

Et pourquoi la nuit, en cachette ?

Parce qu'elle n'en pouvait plus de ta façon d'agir !

Parce qu'elle avait peur.

Charity inclina la tête. Pour la première fois, elle sentait le poids de ses soixante-cinq ans. Ses articulations la faisaient souffrir, elle était vieille — mais pas tout à fait dépassée, pas un « dinosaure », comme le prétendait sœur Irene.

Elle posa ses coudes sur son bureau, joignit les mains, quêta du regard un peu de soutien du côté de la photographie encadrée du pape, et se mit à prier. Elle avait peur. Elle était démunie. Elle le reconnut humblement devant son Créateur.

Suis ton cœur, Charity Varisco. La réponse se trouve dans ton cœur. Montre-toi courageuse, ferme, mais douce. Aie confiance en toi et en ceux qui t'entourent. Crois en ton Dieu, crois en l'Esprit Saint, crois en Jésus, mon fils, ton Seigneur.

— Amen, murmura-t-elle.

Elle avait les yeux pleins de larmes, les joues trempées, et des gouttes salées tombaient sur son bureau.

Elle fit un effort pour se reprendre. Sa douleur ne devait pas entamer sa foi, pas plus que sa peur ne devait affecter son énergie. Elle était une servante de Dieu. Elle n'était pas seule.

Pourtant, sa main trembla quand elle prit le téléphone pour composer le numéro de la paroisse Sainte-Elsinore. Il n'était que 7 heures du matin, mais on décrocha tout de suite. Bien sûr, c'était l'effervescence, là-bas, à cause de la manifestation de ce soir, sur laquelle tout le monde comptait pour récolter de l'argent — manifestation qui se préparait depuis un an.

On lui passa sœur Georgia au bout de quelques minutes d'attente, durant lesquelles elle eut le temps de l'imaginer assise à son bureau, dans ses vêtements de ville. Sœur Georgia ne portait pas l'habit et elle s'efforçait de s'adapter au monde moderne, mais elle était droite et stricte, comme elle.

A Sainte-Elsinore, où elles avaient grandi, dans l'enceinte de cet orphelinat maintenant décrépit qu'on ne tarderait pas à détruire, elles avaient toutes deux été à bonne école.

— Que puis-je faire pour vous, ma sœur ? demanda sœur Georgia après qu'elles eurent échangé quelques banalités.

— Je voudrais parler au père Thomas, répondit Charity en se préparant à la bataille.

Il existait entre elle et Georgia une certaine rivalité. Elles le savaient toutes les deux, et cela n'entamait pas leur amitié.

— Il n'est pas là en ce moment. Mais je serais ravie de lui transmettre un message.

— Est-ce que ça lui arrive, d'être là ? rétorqua Charity sans pouvoir dissimuler son amertume.

— Il est très occupé. Vous le savez, ma sœur, quand on œuvre au nom du Seigneur, on…

— J'en ai parfaitement conscience, oui, coupa Charity.

Elle n'avait pas de temps à perdre. Puisque le père Thomas n'était pas là, il ne lui restait plus qu'à tout expliquer à sœur Georgia.

— Je voulais lui demander de repousser la collecte de fonds, expliqua-t-elle, tout en sachant qu'elle demandait l'impossible. Nous… nous avons un gros problème, ici… Deux de mes novices ont disparu cette nuit. Il me semble que ce serait vraiment irrespectueux pour elles de participer à une manifestation d'un caractère festif.

Il y eut un long temps de pause à l'autre bout du fil. Puis un soupir.

— Je comprends, répondit sœur Georgia d'un ton étonnamment conciliant. Mais il est trop tard pour annuler la soirée, ma sœur. Nous avons envoyé les invitations, vendu les tickets d'entrée, réservé la salle de réception d'un hôtel.

Sans parler de ceux de nos paroissiens qui se démènent depuis plusieurs jours pour organiser les boissons et le buffet. Vous savez comme moi ce que vous répondrait le père Thomas… Je suis vraiment désolée.

— Moi aussi, je suis désolée.

Elle n'insista pas. Mais elle n'en avait pas terminé.

— Je ne crois pas que notre chœur pourra chanter ce soir, reprit-elle.

— Il le faut, voyons… Pour sœur Camille et sœur Asteria… Pour Notre-Seigneur… Je sais que vous traversez une dure épreuve en ce moment, ma sœur, mais il s'agit de récolter des fonds pour un endroit qui nous est cher, à toutes les deux. Sœur Ignatia sera là, elle aussi. Elle ne se déplace qu'en chaise roulante, mais elle viendra tout de même.

Sœur Charity calcula mentalement l'âge de sœur Ignatia. Soixante ans plus tôt, elle n'était pas loin des quarante. Ce qui lui faisait donc bientôt cent ans. Elle songea que le temps n'avait sûrement pas bonifié son caractère.

Sœur Ignatia était une femme acariâtre qui n'avait jamais su s'y prendre avec les enfants.

— Ce sera très émouvant, ajouta Georgia avec un soupir tremblotant.

Charity songea avec un zeste d'agacement qu'elle se comportait comme une lycéenne qui se rend à son premier bal.

— Si vous le dites…

Mais elle ne partageait pas l'opinion de sœur Georgia.

— Vous verrez, ma sœur, vous ne le regretterez pas, reprit sœur Georgia d'un ton enjôleur. A ce soir.

Charity raccrocha en poussant un long soupir, et demeura quelques instants à caresser du bout des doigts la surface lisse de son bureau. Elle avait le cœur lourd.

Pourquoi le Seigneur lui envoyait-il tant d'épreuves ?

Son regard se porta vers le crucifix. La silhouette décharnée de Jésus était taillée dans un bois sombre, presque noir, mais on distinguait tout de même nettement son visage torturé de douleur, les épines de sa couronne, les clous qui le retenaient à la croix.

Elle n'avait pas le droit de se plaindre, pas après ce qu'Il avait enduré pour elle. Elle se signa et elle pria un long moment, les yeux fermés.

Puis elle ouvrit les yeux et décrocha de nouveau son téléphone.

Cette fois pour appeler la police.

47

Montoya grimpa quatre à quatre les marches de l'escalier du bureau de police et fila directement dans le bureau de Bentz, sans même prendre le temps de déposer son arme dans le sien ni de se munir d'une tasse de café.

Il n'avait pas couru, ce matin, et se sentait plein d'une énergie mauvaise.

Il trouva Bentz en train de lire tranquillement ses e-mails. Le personnel de service ce week-end arrivait peu à peu. On entendait des conversations, le tapotis régulier des claviers d'ordinateurs, des téléphones qui sonnaient, le ronronnement de la clim en arrière-fond. L'odeur du café frais flottait déjà dans l'air, mêlée à celle du produit d'entretien, à une vague odeur de brûlé provenant d'une photocopieuse qui surchauffait, et à celle des remugles aigres de la sueur.

L'ambiance habituelle, quoi…

— Il faut retrouver l'Harley de mon frère ! s'exclama Montoya. Elle se dirige probablement vers le nord-ouest, depuis l'I-10, vers Houston, le Texas, l'Arkansas ou l'Oklahoma. Et c'est notre témoin numéro un qui la conduit.

— Du calme, suggéra Bentz en lui faisant signe de s'asseoir. Si tu m'expliquais d'abord de quoi il retourne ?

Montoya préféra rester debout et avança jusqu'à la fenêtre. Il avait besoin d'air.

— C'est mon abruti de frère ! Il n'écoute personne. Il a encore fait une grosse connerie.

Il jeta un regard en coin du côté de Bentz.

— Je te préviens, ne t'avise pas de faire une plaisanterie douteuse sur le fait que c'est de famille.

Puis il se mit à lui raconter ce qui était arrivé à Cruz. Lucia Costa l'avait appelé au secours à 1 heure du matin. Elle voulait qu'il l'aide à quitter le couvent, en pleine nuit, parce qu'elle avait peur et qu'elle ne voulait pas avoir à s'expliquer avec sœur Charity. Elle avait donné rendez-vous à Cruz et elle lui avait volé sa moto. Lui, il était rentré à pied, en s'arrêtant au passage dans un bar pour noyer sa honte dans l'alcool. Par ailleurs, la belle lui avait avoué que c'était elle qui avait envoyé à la police le téléphone prépayé de Camille. Parce qu'elle avait des remords de le garder.

Tu parles ! Cruz gobait peut-être tout ce qu'elle disait, mais pas lui.

— Bref, la dernière fois qu'il l'a vue, elle prenait la direction de l'autoroute, du moins à ce qu'il lui a semblé. Elle a mentionné Houston, c'est pour ça qu'il pense qu'elle est partie en direction du nord-ouest. Mais bon, elle a pu lui mentir... Si ça se trouve, elle file en ce moment vers la Californie ou vers New York, ou n'importe où ailleurs. Comment savoir ?

Il donna un coup de pied rageur dans la poubelle à papier en métal de Bentz, puis se passa la main dans les cheveux.

— Cruz est un naze !

— Fais attention aux fournitures, je te rappelle qu'elles appartiennent au gouvernement, prévint sobrement Bentz.

— Il y a écrit « 1965 », sur cette poubelle, protesta Montoya. Elle est toute cabossée. Ce n'est pas le premier coup de pied qu'elle reçoit.

— Tu as lancé un avis de recherche ? demanda Bentz, dont le calme souverain commençait à échauffer Montoya.

— Oui.

— Parfait. Parce qu'on a un autre problème.

— Un autre problème ? Putain ! Et il n'est pas encore 9 heures. Ça promet. Je t'écoute.

— La révérende mère de Sainte-Marguerite a appelé ce matin. C'est pour ça que je savais déjà, pour Lucia. Elle lui a laissé un message sur son répondeur pour lui dire qu'elle avait quitté le couvent et qu'elle allait bien. Apparemment, ton frère confirme. Mais elle n'est pas la seule à manquer à l'appel. Sœur Louise Cortez, une autre novice, a disparu, elle aussi.

— Bon sang de merde ! s'exclama Montoya en avançant vers le bureau.

— J'ai déjà envoyé deux unités au couvent. Je t'attendais pour y aller avec toi.

Montoya sortait déjà dans le couloir.

— Je n'ai jamais autant été à l'église de ma vie que durant les deux dernières semaines, gémit-il.

Bentz ricana, tout en attrapant sa veste et l'étui de son arme.

Montoya refit en sens inverse le chemin qu'il venait de faire en arrivant. Toujours en courant. Dans l'escalier, il faillit bousculer un type menotté qu'on emmenait pour un interrogatoire. Il puait le vomi, il était sale, il se grattait, il claquait des dents.

Encore un camé en manque.

Il s'arrêta dans le hall d'accueil pour signer le registre et prendre une voiture, puis il alla la chercher sur le parking. Le soleil brillait, mais les nuages commençaient à s'amonceler. L'air était humide.

Bon sang, mais qui en voulait aux nonnes de Sainte-Marguerite ?

Il songea aux robes de mariée et à la liste que leur avait confiée la mère supérieure.

Sœur Louise Cortez y figurait.

Pas sœur Lucy.

Sœur Lucy était en vie.

Il avait de sérieux doutes en ce qui concernait sœur Louise.

— Il faut coincer ce mec, dit-il à Bentz, qui le rejoignait dans la voiture déjà surchauffée et qui bouclait sa ceinture.

— Oui. Le plus tôt sera le mieux.

Ils traversèrent la ville. Le trafic était fluide, comme tous les samedis matin. Bentz profita du trajet pour annoncer à Montoya qu'ils avaient contacté la famille de Gracie Blanc. Elle avait un frère à Duluth, dans le Minnesota, et une mère qui avait choisi de vivre à Miami, au soleil. Tous deux avaient paru très affectés en apprenant les circonstances tragiques de sa mort.

Montoya se gara près de la porte de derrière de la cathédrale, dont les hautes flèches semblaient percer le ventre rebondi des nuages. L'édifice était désert et plus sombre que jamais. Il évoquait une forteresse oubliée plutôt qu'un lieu sacré destiné à apporter un peu de réconfort aux âmes torturées.

Il se demanda ce qu'ils trouveraient à l'intérieur.

Il avait en tout cas un mauvais pressentiment au sujet de sœur Louise.

— La police va nous rendre le corps de Camille, annonça Valerie en refermant son téléphone portable.

Elle n'eut pas plus tôt prononcé ces mots qu'elle se sentit parcourue d'un frisson glacé.

Elle était avec Slade, dans son pick-up, et ils venaient de prendre un petit déjeuner dans le Quartier français — un délicieux café au lait avec des croissants —, en bordure du fleuve qui coulait lentement vers le golfe.

Slade avait insisté pour qu'ils sortent un peu. Aussi, après avoir appelé Rick Bentz, aidé Freya pour le petit déjeuner, et parlé avec un agent qu'on avait envoyé pour recueillir sa déclaration, elle avait accepté.

Quitter la maison et se plonger dans l'effervescence de la ville lui avait fait du bien. Elle en avait presque oublié les menaces de l'inconnu. Slade et elle n'avaient pas évoqué le sujet. Ils s'étaient contentés de profiter du moment. C'était un peu comme s'ils venaient de se rencontrer et qu'ils tombaient amoureux l'un de l'autre pour la première fois.

Sauf que ce n'était pas la première.

Et que le coup de fil de la morgue venait de faire voler en éclats le relatif sentiment de quiétude qu'ils avaient réussi à installer. Il fallait maintenant redescendre sur terre, affronter la réalité, et le fait que Camille avait été assassinée par un psychopathe dont la soif de sang n'était pas étanchée.

Valerie serra les dents pour ne pas hurler son sentiment d'injustice.

Qui était ce dingue ? Ils devaient le coincer et le jeter en prison. Elle voulait se venger. Venger sa sœur. Il fallait que ce salaud paye. Elle ne supportait pas l'idée qu'il se promène tranquillement en liberté.

Si le coupable n'était pas ce faux prêtre d'O'Toole, alors qui était-ce ?

Slade freina brusquement pour laisser passer une femme qui traversait avec une poussette, puis entra dans l'avenue Saint-Charles. Ils passèrent devant le parc Audubon et l'université Loyola, dont les bâtiments de briques rouges évoquaient une forteresse médiévale. Séparée de Loyola par une vaste pelouse bien entretenue, il y avait l'université de Tulane — un bâtiment de briques blanches. Certains la surnommaient « la Harvard du Sud » et assuraient que le niveau y était presque aussi élevé qu'à Harvard. Ce qui restait à prouver.

Valerie songea tristement que Camille n'irait jamais dans aucune de ces deux universités.

— Nous ne sommes pas obligés d'assister à cette soirée, fit soudain remarquer Slade, bifurquant dans la rue qui menait à Briarstone.

— Je ne manquerais ça pour rien au monde, protesta-t-elle. Camille aurait voulu que j'y aille.

Elle se demanda si le père O'Toole oserait s'y montrer.

— Tu n'en sais rien, répondit Slade tout en se garant dans la rue, devant son garage.

— C'est bien ça le problème, soupira-t-elle. Je n'en sais rien et je ne saurai jamais.

— Bon, qu'est-ce qu'on a ? soupira Bentz.

En revenant du couvent, ils s'étaient arrêtés pour acheter des côtes de porc grillées et de la salade de chou aux épices et au miel. Ils avaient trouvé un banc libre dans un parc, tout près du bureau de police, pour parler tranquillement tout en mangeant, et réfléchir aux derniers éléments de l'enquête.

— Tu veux dire à part des impasses ?

Bentz constata que l'humeur de Montoya ne s'était pas améliorée. Il en avait sûrement sa claque d'interroger pendant des heures les religieuses de ce couvent — avec lesquelles ils seraient bientôt suffisamment intimes pour échanger des vœux à Noël —, et de tenter de faire parler des prêtres quasi muets. Quant à la révérende mère, elle les avait épuisés avec sa résistance passive. Bentz en avait marre, lui aussi, mais sans doute moins, parce qu'il avait davantage d'expérience. Montoya était encore jeune et impulsif, même s'il avait fait des progrès depuis qu'il était père. Pour résumer, on pouvait dire que lui, Bentz, contournait le règlement quand c'était nécessaire, tandis que Montoya le piétinait.

Ce n'était pas facile tous les jours de travailler avec lui.

Ils mordirent dans leurs côtes de porc, sans oublier de les tremper dans la sauce graisseuse qui allait avec, tout en suivant du regard des canards qui s'ébattaient près d'un pont, puis se précipitaient en caquetant vers une femme venue les nourrir. L'eau, qui reflétait les nuages, avait pris au cours des dernières minutes une inquiétante teinte grisâtre.

De l'autre côté du pont, une autre femme tentait de faire traverser un chien noir qui tirait sur une laisse rouge, en aboyant vers les canards — effrayant du même coup un écureuil qui se réfugia au sommet d'un arbre.

— Ça suffit, Charlie, viens ! gronda la femme.

Mais le chien était fasciné par les canards. Autant qu'un gamin par un nouveau jeu vidéo. Elle était mal partie.

— Pourquoi sœur Lucy a-t-elle choisi de filer, hier soir ? grommela Bentz, qui réfléchissait tout haut. Et pas avant-hier ou demain ?

— Elle savait peut-être qu'il était arrivé quelque chose à Louise Cortez, suggéra Montoya. C'est bien elle qui a découvert les deux autres corps, non ?

— Tu penses qu'elle est impliquée dans les meurtres ?

Montoya secoua la tête, tout en suçant l'os de sa côte de porc.

— Sûrement pas. Mais Cruz prétend qu'elle est un peu médium… Si elle en savait trop, elle s'est peut-être sentie en danger.

Bentz ne protesta pas. Sa femme, Olivia, avait parfois des prémonitions — don ou malédiction, tout dépendait de quel point de vue on se plaçait. En ce moment, ce don ne se manifestait pas. Il n'en était pas mécontent et il espérait même que ça durerait le plus longtemps possible.

Il prit une fourchette en plastique pour s'attaquer à sa salade de chou.

— Sœur Louise était une ancienne orpheline de Sainte-Elsinore, dit-il. Elle avait été adoptée par une famille du Maine, mais elle est revenue à La Nouvelle-Orléans.

— Je pense que c'est sœur Charity qui se charge de les recruter, indiqua Montoya.

Sœur Devota Arness leur avait avoué ce matin que la mère supérieure gardait le contact avec toutes les anciennes de l'orphelinat.

— Mais Lucia Costa n'est pas une orpheline, ajouta-t-il.

— Donc, si les victimes sont toutes d'anciennes orphelines de Sainte-Elsinore, Lucia ne risque rien, rétorqua Bentz.

Il termina sa salade et plia soigneusement le papier de ses côtes de porc.

— Mais Lucia ne peut pas le savoir. Tout ce qu'elle voit, c'est qu'on assassine ses copines. Il y a de quoi avoir la trouille.

Il lança ses papiers et sa fourchette dans une poubelle.

— Camille avait une liaison avec le père O'Toole, mais pas Asteria ni Louise.

Donc, en suivant la piste O'Toole, ils avaient des chances de n'aboutir nulle part, comme cet écureuil qu'il suivait du regard, celui qui s'était sauvé à cause du chien, et qui sautait maintenant d'un arbre à l'autre, puis redescendait sur la pelouse, pour grimper de nouveau, comme s'il ne savait où aller.

— Il y a tout de même eu quelque chose de louche entre sœur Lea, celle qui a disparu à San Francisco, et le père O'Toole, fit valoir Montoya avec une grimace qui signifiait que cela lui déplaisait de l'admettre.

Il mordit dans son pain au maïs, puis frotta son bouc pour faire tomber les miettes qui s'y étaient accrochées.

— C'est vrai, répondit Bentz, songeur.

Mais ça ne suffisait pas. Ce n'était pas assez solide pour impliquer O'Toole.

Il vida sa cannette de Coca Light et la jeta à son tour à la poubelle, tout en songeant tristement qu'ils n'avaient abouti à rien ce matin. Des agents avaient fouillé le couvent de fond en comble, ainsi que la cathédrale et le cimetière, mais que dalle ! Pas de traces de lutte, pas de cadavre. Rien.

Quant à Lucia Costa, personne ne savait où elle avait filé avec la moto de Cruz.

Comme d'habitude, les voisins n'avaient rien vu et rien entendu, rien remarqué. Le père Frank avait un alibi : il avait passé presque toute la nuit avec le père Paul, à préparer des sermons et à prier.

Montoya termina ses côtes de porc, dédaigna la salade de chou, et prit encore deux bouchées de pain avant de jeter les restes de son repas dans la poubelle.

Puis ils prirent à pied le chemin du bureau, sans échanger un mot, perdus dans leurs pensées.

— Je suis d'accord avec le père Thomas, insista le père Paul. Il est de notre devoir d'assister à la vente aux enchères de ce soir.

Au côté du père Frank, il se tenait devant le tableau blanc et s'adressait à son public d'un ton solennel. Une fois de plus, il avait demandé à Charity de réunir les nonnes et les laïques qui travaillaient au couvent, pour leur faire un sermon sur ce qu'on attendait d'eux, à savoir se remettre à la tâche comme si de rien n'était.

Comme si c'était facile !

Avec lui, c'était : « Le spectacle continue ! »

Charity hocha la tête pour manifester son assentiment,

même si elle se sentait moins investie dans cette collecte de fonds qu'elle n'aurait dû.

Toute sa vie, elle avait obéi sans discuter, mais là, tout de même, le père Paul leur en demandait beaucoup.

Dehors, les nuages s'amoncelaient lentement. La météo avait prévu de la pluie en fin d'après-midi et un gros orage vers 18 heures, heure où devaient commencer les festivités à Sainte-Elsinore.

Le cœur de sœur Charity se serra. Elle était très attachée à Sainte-Elsinore et elle s'était jusqu'à présent démenée pour la collecte de ce soir — en tant qu'orpheline et en tant que femme d'Eglise.

Mais, avec deux novices assassinées et maintenant deux disparues, elle ne se sentait pas le droit d'abandonner son couvent.

Et pourquoi pas ? A quoi cela servirait-il que tu restes ici ?

Un poids tomba sur sa poitrine. Elle verrait ce soir, pour la dernière fois peut-être, les locaux de son orphelinat… Bientôt, on marquerait les bâtiments qui devaient être démolis…

Le chœur pourrait-il chanter sans sœur Louise, qui généralement menait le groupe ? La question la tracassait. Puis elle se rasséréna. Si le Seigneur leur avait confié cette tâche, c'est qu'elles étaient capables de l'accomplir.

Le père Paul entonna une prière. Elles avaient bien besoin de prier, en effet, après cette atroce matinée passée à chercher les deux disparues et à répondre aux questions de la police.

En baissant les yeux, Charity se rendit compte qu'elle se tordait les mains et surprit un regard inquiet du père Paul dans sa direction. Aujourd'hui, il n'était pas à la hauteur. Il se montrait distant, presque dur, alors que les sœurs avaient besoin, avant toute chose, de douceur et de bonté.

Tu ne crois pas qu'on pourrait te faire le même reproche ? Est-ce que tu t'es toujours montrée douce et compréhensive ? Non. Au fil des années, ta rigidité est devenue ton talon d'Achille. Et ce sont ces femmes venues se placer sous ta sainte protection qui en payent le prix.

Elle ravala le nœud qui lui étreignait la gorge, se redressa et porta de nouveau son regard sur le père Paul, qui tentait désespérément de remettre à flot leur navire en perdition. Derrière lui, le père Frank arborait un masque figé. Il priait, lui aussi, mais d'un air absent.

Il était manifestement à des années-lumière de ce lieu saint.

48

— Je persiste à dire que ce n'est pas une bonne idée de se rendre à cette soirée, insista Slade.

Il se débattait avec son nœud de cravate devant le miroir de la chambre, tout en s'efforçant de convaincre Valerie de rester à la maison.

Mais il n'y avait pas moyen.

— C'est la centième fois que tu me le répètes, soupira-t-elle.

Elle portait une robe fourreau de soie, ainsi que des talons hauts. Elle avait relevé ses cheveux en chignon.

— Laisse-moi t'aider, lui dit-elle.

Elle lui noua sa cravate, puis jeta un coup d'œil à leur reflet. Elle, dans sa longue robe — noire parce qu'elle était en deuil —, et lui, en costume noir et chemise blanche, bien coiffé, rasé de près.

Rien à voir avec le couple qui se promenait dans le ranch en jean poussiéreux. En jean, il se serait senti plus à l'aise, et elle aussi. Surtout pour ce qu'elle avait prévu. Elle avait l'intention de profiter de la soirée pour « visiter » l'orphelinat, qui serait vide. Et de fouiller dans les registres.

Elle n'en avait pas parlé à Slade, parce qu'elle n'avait pas envie d'entendre ses objections. Elle comprenait qu'il s'inquiète pour elle, surtout depuis qu'on l'avait menacée en l'appelant sur son portable. Elle aussi s'inquiétait, bien sûr. Etait-ce vraiment son tour, sur la liste du tueur ?

Deux novices du couvent avaient disparu ce matin. Deux de plus. Sœur Lucy et sœur Louise. Elle l'avait appris quelques heures plus tôt par Bentz. On n'avait pas retrouvé leurs corps. Bentz avait ajouté qu'ils étaient à peu près rassurés sur le sort de sœur Lucy, mais que, pour sœur Louise, c'était autre chose.

Quand elle l'avait annoncé à Slade, il avait déclaré tout net qu'il refusait de se rendre à Sainte-Elsinore. Mais, lorsqu'elle lui avait répondu qu'elle irait, avec ou sans lui, il s'était résigné à l'accompagner. Elle lui avait fait remarquer qu'elle ne risquait rien au milieu d'une assemblée composée de plusieurs centaines de personnes, ce qui n'avait pas contribué à le rassurer.

Les cibles de l'assassin étaient toutes d'anciennes orphelines de Sainte-Elsinore.

Mais c'étaient aussi des novices de Sainte-Marguerite...

Pourquoi s'en serait-il pris à elle ?

Quant à la prostituée, elle préférait ne pas y penser. Les journalistes semblaient relier son meurtre à ceux du couvent, mais la police ne l'avait pas officiellement admis.

Peu importaient les détails, en définitive. Les habitants de La Nouvelle-Orléans avaient peur, en ce moment.

Et elle aussi, pour être franche.

D'un côté, elle avait envie de prendre ses jambes à son cou. De l'autre, elle était déterminée à poursuivre ce malade qui s'en prenait sadiquement à de pauvres femmes.

Elle croisa le regard de Slade dans le miroir.

— Tu es splendide, murmura-t-il avec une drôle de lueur dans les yeux. Nous pourrions rester ici, nous faire livrer un repas, et passer la soirée au lit.

— Pas question, répliqua-t-elle en tirant sur sa cravate. On y va.

— J'aime quand tu te prends pour le patron, murmura-t-il.

Il l'attira à lui et l'embrassa.

— Non, tu ne me feras pas changer d'avis comme ça non plus, dit-elle en le repoussant et en le regardant droit dans les yeux.

Avec ses talons, elle était presque aussi grande que lui.

— Je te connais, Houston, ajouta-t-elle avec un clin d'œil.

Puis, avant qu'il ne l'embrasse de nouveau, elle se dégagea

de son étreinte et sortit de la chambre. Bo, qui avait suivi la scène avec attention, trottina derrière elle.

En arrivant dans le salon, elle se rendit compte que la pluie avait commencé à tomber et dégoulinait le long des vitres.

— Un orage d'été, murmura-t-elle pour elle-même.

— C'est un présage, fit remarquer Slade derrière elle.

— Je ne crois pas aux présages.

— Non ? Eh bien moi, j'y crois.

Sur ces mots, il attrapa son revolver, le glissa dans la ceinture de son pantalon, et rabattit sa veste par-dessus.

— Nous allons à une collecte de fonds organisée par une paroisse catholique, fit-elle observer.

— Exactement, répondit-il avec un sourire énigmatique et sans joie.

On l'appela peu avant 17 heures.

La moto de Cruz, sans sa conductrice, avait été localisée dans un parking, près de la gare routière de Baton Rouge. Un agent avait remarqué qu'elle y stationnait depuis le matin. En vérifiant la plaque, il avait découvert qu'elle était volée. La personne à contacter était l'inspecteur Montoya, de la police de La Nouvelle-Orléans.

— Il nous faut cette moto, expliqua Montoya. Dans le cadre d'une enquête pour homicide. Elle a été volée par un témoin.

— Elle est enregistrée au nom de Cruz Montoya.

— C'est mon frère, répondit Montoya.

Il fit à l'agent un bref résumé de la situation et organisa avec lui le rapatriement de la moto jusqu'au labo de La Nouvelle-Orléans. Les experts allaient l'examiner à la loupe. Ils trouveraient peut-être un indice leur permettant de déterminer la destination de Lucia.

Après avoir raccroché, Montoya consulta sur internet les destinations et les horaires des cars qui partaient de Baton Rouge. Lucia ayant dû arriver au plus tôt vers 3 heures du matin, il s'intéressa aux véhicules qui avaient démarré à partir de 2 h 30, pour se donner de la marge. Il y avait eu un car pour Houston à 7 heures, mais il ne croyait pas qu'elle se soit rendue là-bas.

Elle avait certainement cherché à lancer Cruz sur une fausse piste.

La clim était de nouveau en panne et il faisait une chaleur d'enfer dans le bureau. Montoya était en nage. Il se renversa sur le dossier de son fauteuil en soupirant. La soirée pour la collecte de fonds en faveur de l'orphelinat débutait dans une heure. Le tueur se montrerait peut-être. Il avait l'intention de se rendre sur place et de scruter attentivement la foule. Il avait de plus en plus la sensation que Sainte-Elsinore était la clé de l'énigme. Il n'aurait su dire pourquoi.

Il ramassa le gobelet de café qui traînait sur son bureau depuis le matin et le jeta dans sa corbeille à papier. Il ne restait presque plus personne dans le bureau, à présent désert et calme.

Mais Bentz était toujours là.

En sortant dans le couloir, il vit briller de la lumière dans son bureau, à travers la porte entrouverte.

Il alla passer sa tête dans l'embrasure. Bentz était accoudé à son bureau, les manches retroussées, les cheveux en bataille. Il avait devant lui un carnet de notes couvert de son écriture, mais ses yeux étaient fixés sur son ordinateur qui affichait deux photos. Sur la première, il y avait Gracie Blanc. Sur l'autre, une femme que Montoya ne reconnut pas de loin. Mais la scène de crime, en revanche, lui était familière. Il s'approcha.

Merde !

C'était Cherie Bellechamps, la première victime du père John, allongée sur un lit, dans la même position que Gracie.

Les deux femmes étaient à moitié dévêtues, les yeux fixes et rivés au plafond, avec une marque rouge autour du cou — causée par un rosaire pour Cherie.

— Et qu'est-ce que tu en conclus ? demanda-t-il en s'approchant.

— Le père John, murmura Bentz d'un ton plein de colère

contenue. Je ne voulais pas y croire, mais c'est pourtant lui. Il n'est pas mort.

Il poussa une feuille vers Montoya.

— Je viens de recevoir les analyses du sperme prélevé sur Gracie Blanc. Et devine quoi ? Le groupe sanguin de l'agresseur est le même que celui du père John.

Il allongea le bras dans son tiroir de bureau, en sortit un paquet de chewing-gum Juicy Fruit et offrit sans un mot un bâtonnet à Montoya. Comme celui-ci faisait signe que non, il se servit, défit le papier, et fourra le chewing-gum dans sa bouche.

— Ce n'est pas aussi précis qu'un échantillon ADN, mais…

— J'espérais que ce salaud serait mort.

— Moi aussi, mais regarde…

Il montra l'écran et ses photos.

— Les scènes de crime sont pratiquement identiques. Bien sûr, nous pourrions avoir affaire à un plagiaire. Mais un plagiaire qui aurait le même groupe sanguin que le père John ?

Il secoua la tête.

— Au moins, nous avons identifié l'assassin, murmura Montoya.

— Tu crois ça ? riposta Bentz en faisant cliqueter nerveusement son stylo. Il a probablement une nouvelle identité. Et peut-être même un nouveau visage.

Il tira d'un dossier une photographie du père John.

— J'ai déjà demandé à ce que des physionomistes travaillent sur un visage plus vieux. Ou avec une barbe. Ou des cheveux blonds. Et zut ! Comment savoir à quoi il peut ressembler, aujourd'hui ?

Montoya, l'estomac noué, fixa longuement la photo.

— Ecoute, dit-il enfin, même si le père John est revenu et qu'il a changé d'apparence et d'identité, il ne peut pas avoir changé d'ADN. Ni de groupe sanguin.

— Ouais… Et justement, à propos de groupe sanguin, j'en ai une bonne à t'apprendre. Il a exactement le même que celui du fœtus de Camille. Donc, théoriquement, il pourrait être son père.

Slade tint le parapluie au-dessus de la tête de Valerie quand ils traversèrent en courant le parking de l'hôtel.

L'hôtel était un beau bâtiment datant du début du XIXe siècle et récemment restauré. De larges colonnes blanches soutenaient une façade percée de hautes fenêtres à petits carreaux, flanquées de volets noirs et de lampes extérieures dont les pâles ampoules luttaient contre la lumière glauque de l'orage.

Les invités franchissaient l'entrée en refermant leurs parapluies. La lumière faisait briller leurs imperméables luisants de gouttes, leurs bijoux et leurs sourires. Une équipe des actualités était sur place pour filmer l'arrivée du maire, de quelques célébrités locales du petit écran ou de la radio, de vedettes du sport, et des riches personnes qui faisaient partie de la population privilégiée de Crescent. Le bruit courait que Trey Wembley, fils d'un des plus riches hommes d'affaires de la ville et nouvelle coqueluche d'Hollywood, serait présent.

Valerie songea avec un brin de mépris que Brenda Convoy serait sûrement là.

— Je hais ce genre de manifestations, maugréa Slade en tirant sur sa cravate, tandis que Valerie saluait sœur Simone, qui se tenait à l'entrée, pour accueillir les invités.

Ce soir, toutes les nonnes portaient l'habit. Sœur Simone comme les autres. Sa guimpe et son voile blancs tranchaient sur le tissu de serge noire de sa robe. Un rosaire de bois pendait à sa ceinture.

— Je suis ravie de vous revoir, dit-elle en souriant.

— Moi aussi, répondit Valerie.

Sœur Simone lui tendit une enveloppe kraft marquée du logo de Sainte-Elsinore.

— Vous trouverez là-dedans le programme de la soirée, la liste des objets qui seront mis aux enchères, et un carton

portant le numéro qui vous est attribué. Au cas où vous verriez quelque chose dont vous ne pouvez absolument pas vous passer.

— Merci, répondit Valerie.

Elle n'avait pas l'intention de participer aux enchères, mais elle jugea plus délicat de n'en rien dire.

Slade posa fermement la main sur son épaule et ils avancèrent ensemble, lui légèrement en retrait, en même temps qu'un autre groupe, à travers une entrée en marbre décorée de miroirs et de palmiers en pots. Au centre, on avait installé une grande table couverte de fleurs tropicales — anthuriums, strelitzias, tritomas — aux couleurs éclatantes.

Un quartet de jazz jouait au pied d'un grand escalier recouvert d'un tapis à motif floral, avec une balustrade de bois et des piliers blancs, tout à fait dans le style des belles demeures coloniales d'autrefois.

On avait exposé sur des chevalets des photos en noir et blanc de Sainte-Elsinore qui retraçaient l'évolution des bâtiments et du domaine de la paroisse. On y voyait l'école, la cathédrale et l'orphelinat, les enfants, les professeurs, les infirmières, les nonnes — autant de fragments du passé.

Valerie s'amusa à observer les vêtements des enfants, qui changeaient selon l'époque, l'apparition des fils électriques et téléphoniques, les arbres, de plus en plus grands, le remplacement des attelages par des véhicules à moteur, l'évolution des modèles de voitures.

Sur une des photos, datant, d'après la voiture, des années soixante ou soixante-dix, une religieuse était prise sous les flèches de la cathédrale, tenant d'une main un petit enfant et de l'autre un rosaire — on voyait une croix d'argent dépasser de ses doigts fins.

Valerie se figea et contempla longuement le visage dur de la jeune nonne, ses yeux brillants. Ce visage…

— Qu'est-ce qu'il y a ? demanda Slade.

Le cœur de Valerie s'était mis à battre la chamade et des images de son enfance la traversèrent, fragmentées, douloureuses, aiguës. Elle se revit, parcourant les couloirs lugubres de

Sainte-Elsinore, se demandant où était sa petite sœur, encore bébé. Pleurant la nuit sur la mort de ses parents. Espérant que Mme O'Malley viendrait les sauver.

Les sauver de quoi ?

Elle battit des paupières et fut submergée, l'espace d'une seconde, par les odeurs de son enfance.

La cire de parquet.

L'ammoniaque.

Les produits d'entretien parfumés au pin.

La peur.

Un frisson la parcourut.

— Tu te sens bien ? demanda Slade, inquiet, en la prenant par le coude pour l'éloigner de la photo.

— Oui, murmura-t-elle dans un souffle.

Mais elle mentait et dut faire un effort surhumain pour revenir au présent, au XXIe siècle, dans cet hôtel.

Elle jeta un coup d'œil par-dessus son épaule, en direction du chevalet qu'elle venait de quitter.

— Attends, dit-elle, presque suppliante, à l'adresse de Slade.

Il suffisait d'ajouter quelques rides à la jeune religieuse, et aussi la dureté que des années d'aigreur peignaient sur un visage, pour reconnaître sœur Ignatia.

Sœur Ignatia n'était pas pour Valerie n'importe quelle nonne. Elle était celle qui avait enfoncé ses ongles dans sa petite main d'enfant le jour de son arrivée à Sainte-Elsinore, celle dont le rosaire lui avait fait l'effet d'un vilain serpent. Elle était aussi le monstre qui hantait ses rêves : la cruelle femme que son subconscient avait métamorphosée peu à peu en une créature aux dents acérées et aux pattes fourchues.

— Seigneur…, murmura-t-elle en frissonnant.

Elle avait la chair de poule.

Ainsi, pendant toutes ces années, les cauchemars qui la réveillaient la nuit venaient de cette religieuse qui l'avait terrorisée à l'orphelinat.

Pourquoi sa mémoire s'était-elle focalisée sur elle, alors que tant d'autres s'étaient montrées douces et aimantes ?

— Valerie ? dit Slade en lui pressant le coude.

— Je… je vais bien, ne t'inquiète pas, parvint-elle à répondre.

Mais elle était atterrée à l'idée que les images de sa triste enfance étaient imprimées en elle à jamais.

— Rien ne nous oblige à rester, insista-t-il.

Elle comprit qu'il commençait sérieusement à s'inquiéter.

— Je t'ai dit que ça allait. Viens.

Elle l'entraîna dans la salle où on avait dressé les tables pour le dîner. Ils en choisirent une, mais ils durent attendre que d'autres invités viennent la compléter pour que les serveurs se manifestent. On leur proposa, entre autres, de la bière et du vin, mais pas d'alcools forts.

Avant qu'on serve le dîner, le père Thomas, un grand brun souriant aux yeux perçants, s'avança jusqu'au micro pour se présenter et présenter les nonnes qui l'avaient rejoint sur l'estrade.

Il annonça sœur Ignatia, en tant qu'invité d'honneur, et quelqu'un entra en poussant le fauteuil roulant d'une vieille femme frêle et ratatinée, à la peau fine comme du papier et toute ridée, qui donnait l'impression d'une silhouette figée dans la cire.

Valerie la trouva pitoyable. Ainsi, c'était cette femme qui la faisait hurler de peur la nuit ? Comment était-ce possible ?

La chaise d'Ignatia fut installée à l'une des tables placées tout devant l'estrade. Elle remuait à peine, une épaisse couverture recouvrait ses genoux, une croix argentée pendait à son cou.

Valerie songea que, maintenant qu'elle l'avait vue ainsi, ses cauchemars cesseraient peut-être.

Le père Paul et le père Frank rejoignirent sur l'estrade le père Thomas. Le père Thomas engagea vivement les gens présents à renchérir sur les objets en vente, lesquels étaient exposés dans le gymnase de Sainte-Elsinore. Il les décrivit avec enthousiasme, en insistant sur un piano à queue, donation d'Arthur et Marion Wembley, deux paroissiens de Sainte-Marguerite, et, surtout, il le souligna avec emphase, deux anciens orphelins de Sainte-Elsinore.

Puis, après ce discours inspiré, il proposa une brève prière collective avant le dîner.

Dès que le dernier « amen » fut prononcé et que tout le monde eut achevé de se signer, les serveurs se répandirent dans la salle, allant de table en table.

Valerie, à vrai dire, n'avait aucun appétit. Elle ne pensait qu'à ce qu'elle avait prévu pour ce soir. Elle n'aurait peut-être plus jamais l'occasion de fouiller les registres de Sainte-Elsinore, et elle comptait bien en profiter. Pendant que tout le monde assisterait à la vente aux enchères dans le gymnase, elle comptait s'éclipser pour consulter les archives du vieil orphelinat. Et découvrir enfin qui elle était.

Elle repoussa ses crevettes et son melon sur le côté de son assiette.

Une fois de plus, elle se sentait observée…

Elle ne put s'empêcher de jeter un coup d'œil par-dessus son épaule.

Les gens mangeaient. Personne ne paraissait s'intéresser à elle.

Mais il y avait tant de monde… Comment savoir ? Même si l'assassin était là, il ne risquait absolument rien.

49

Montoya s'était posté près d'une porte, sur le côté, pour scruter la foule qui occupait la salle à manger de l'hôtel. Il y avait près de cinq cents personnes, toutes sur leur trente et un, et en théorie prêtes à ouvrir leur portefeuille pour le nouvel orphelinat.

Pour l'instant, il n'avait vu personne qui aurait pu ressembler au père John.

Un serveur passa devant lui avec un grand plateau argenté, en effleurant les feuilles d'un palmier. Comme l'une d'elles lui effleurait le visage, il se déplaça vers l'estrade, à un endroit d'où il pouvait mieux survoler l'assemblée.

Dire que le tueur se trouvait peut-être là…

Le père John, ce salaud…

Avait-il subi une opération de chirurgie esthétique pour transformer son visage ?

Etait-il tout simplement déguisé ?

Et si oui, en quoi ?

Sûrement pas en prêtre. Dans son cas, ce déguisement-là n'en était plus un.

Montoya soupira et passa de nouveau les visages en revue.

Dans la foule, il reconnut plusieurs flics en civil qui prenaient discrètement des photos et enregistraient avec des appareils cachés. De nos jours, c'était facile. Il suffisait d'un téléphone portable pour se transformer en espion.

Il avait échangé un regard avec Bentz quand le père Thomas, qui était monté sur l'estrade, avait mentionné les époux

Wembley, ce couple qui avait servi d'alibi au père Frank le soir de la mort de Camille Renard. Arthur et Marion, catholiques convaincus, avaient fait une généreuse donation en proposant leur piano à queue pour la vente aux enchères.

Montoya s'était déjà renseigné à leur sujet. Ils avaient récemment quitté une grande maison pour un appartement dans une maison de retraite, et avaient cédé à l'Eglise une grande partie de leur mobilier. Il s'était même déplacé pour les rencontrer, à l'hôpital, où le mari était en train de perdre sa bataille contre le cancer. Après avoir passé leur vie à amasser des biens matériels, les Wembley semblaient à présent plus concernés par ce qui les attendait après la mort que par leur collection de belles voitures et de tableaux de maîtres.

Par ailleurs, ils lui avaient joué la comédie du couple heureux, mais il n'avait pas été dupe. Il avait eu l'impression qu'un terrible secret flottait entre eux. Mais peut-être finissait-il, à force de chercher, par voir des pistes où il n'y en avait pas. D'ailleurs, les Wembley n'avaient rien à voir avec les meurtres, et peu lui importait qu'ils aient des secrets, après tout.

Ce soir, l'atmosphère était particulièrement électrique dans la salle. Et, malheureusement, ce n'était pas seulement à cause de la vente aux enchères et de l'orphelinat. Les gens attendaient des révélations au sujet des meurtres de Sainte-Marguerite. Des informations. Des ragots. Des bruits de couloir. Bref, ils voulaient qu'on en parle.

D'ailleurs, si la paroisse avait vendu tous les tickets d'entrée, c'était certes grâce aux célébrités qui avaient promis de soutenir la soirée, mais aussi et surtout à cause du parfum de scandale qui flottait autour de Sainte-Elsinore.

Car tout le monde savait que les deux novices assassinées étaient orphelines et qu'elles avaient vécu entre ces murs qu'on allait bientôt démolir. Autre détail, et pas des moindres, Camille Renard avait eu une liaison avec un prêtre, le père Frank O'Toole, qui se trouvait là ce soir.

Tout cela leur avait fait une publicité à bon marché. Un peu glauque, sans doute, mais efficace.

Heureusement, le public ignorait certains détails, comme les gouttelettes de sang sur le décolleté des religieuses, les fredaines que Camille racontait dans son journal, le lien probable entre les cadavres de Sainte-Marguerite et celui de la prostituée — le fait qu'un tueur en série était revenu d'entre les morts.

Il songea au journal de Camille. Il n'avait rien compris aux suites de chiffres et de lettres qui se mêlaient à ses récits. Avaient-elles un sens ?

Il haussa les épaules, comme si on lui avait posé la question.

Il n'en savait rien du tout. Cette histoire était décidément bien embrouillée, et il commençait à en avoir sa claque.

Les roues du car roulent et tournent,
Elles roulent et tournent, roulent et tournent,
Les roues du car,
Pour faire le tour de la ville.

Lucia avait cette comptine dans la tête. Elle songeait à toutes les fois où elle l'avait chantée avec les enfants de l'orphelinat, en leur apprenant les mouvements de mains qui l'accompagnaient.

Elle soupira et appuya son front contre la vitre du car. La nuit tombait. La soirée pour la collecte de fonds en faveur de Sainte-Elsinore commençait en ce moment même. Une partie d'elle-même regrettait de ne pas y assister. Tout comme une autre partie souffrait d'être séparée de Cruz.

Idiote !

Tu dois tirer un trait sur le couvent et l'orphelinat. Et sur Cruz encore plus.

Le car était quasiment vide. A part elle, il y avait une vieille femme accompagnée d'un enfant de huit ans, installée quelques rangées derrière le chauffeur. L'enfant était blotti dans les bras de la femme et ils dormaient tous deux. Tout au fond s'était installé un jeune homme aux bras couverts de tatouages et au visage barré d'une longue cicatrice. Il écoutait son iPod, les yeux fermés.

Lucia était assise au milieu, dans la rangée opposée.

Elle portait des vêtements de ville et s'était coupé les cheveux elle-même, avec une paire de ciseaux volée au couvent. Son voyage, elle le payait avec l'argent que Camille lui avait confié en même temps que son téléphone. Camille lui avait laissé un portefeuille bourré à craquer de billets de cent dollars. Cinquante. Lucia les avaient comptés.

Une fortune. Elle soupira en se souvenant du jour où Camille lui avait donné cet argent, et son haleine embua la vitre.

— Je préfère, avait-elle dit en le lui fourrant dans la poche de son habit, deux jours avant sa mort. Notre-Seigneur m'a accordé de posséder cet argent, mais il ne voudrait pas que je le perde sottement.

— Mais où as-tu trouvé tout ça ? avait demandé Lucia en poussant un cri étouffé.

Elle avait tenté de rendre l'argent à Camille.

— Peu importe, avait répondu Camille. Disons que c'est de l'argent qui sert à acheter le silence.

Elle avait pressé la main de Lucia.

— Mais les gens riches, comme Marion Wembley, appellent ça une donation.

— Une donation destinée à quoi ?

Camille avait eu un sourire sarcastique.

— A s'assurer que leur réputation ne sera pas entachée. Prends-le et ne te pose pas de questions, d'accord ?

— Je ne peux pas.

— Garde-le pour moi, je t'en prie, avait-elle ajouté avec un regard suppliant. Je pourrais en avoir besoin.

Lucia avait acquiescé en silence, tout en ayant vaguement conscience de commettre une action répréhensible.

— Je le garde un peu. Mais pas longtemps.

A présent que Camille était morte, Lucia se servait de cet argent pour fuir le couvent et Cruz.

Elle ferma les yeux en se demandant où elle serait le lendemain. Elle allait au hasard, sans but.

A Baton Rouge, elle était montée dans un car qui partait vers l'ouest. Puis, au premier arrêt, quand le car avait franchi la frontière du Texas, elle avait acheté un ticket pour un autre qui se dirigeait vers le sud. Là, dans les toilettes, elle avait enfilé son habit de religieuse et l'avait porté jusqu'à la frontière mexicaine. Si on la voyait, on se souviendrait de l'habit, pas de son visage. De plus, la police la croyait habillée en civil.

Elle avait ensuite fait demi-tour vers le nord, s'habillant cette fois en jean, avec un pull rose. A chaque arrêt, elle modifiait quelque chose de son apparence. Elle avait des lunettes, un foulard, un chemisier, une jupe.

La pluie se mit à tomber au moment où le car entamait la montée vers les collines. Tout en contemplant la campagne qu'ils traversaient, Lucia songea qu'elle s'arrêterait sans doute sur la côte Est. Mais pas au nord. Non, alors. Elle était une fille du Sud.

Elle passa mentalement en revue les villes de la côte Est et Savannah lui parut la plus appropriée. Suffisamment grande pour passer inaperçue, mais pas assez pour être complètement perdue.

Le chauffeur, un homme ventripotent au visage rougeaud, mit les essuie-glaces en route.

Les essuie-glaces du car essuient, essuient,
Ils essuient et essuient, essuient et essuient,
Les essuie-glaces du car…

Dans la salle à manger de l'hôtel, les serveurs ramassaient à présent les assiettes des entrées. Valerie avait les nerfs à fleur de peau et ne cessait de dévisager ceux qui l'entouraient. Elle reconnut plusieurs nonnes des deux paroisses.

Les serveurs revinrent bientôt avec le plat principal, des assiettes fumantes garnies de jambalaya[3], d'écrevisses, de haricots rouges, le tout accompagné d'un assortiment de pains qu'ils déposèrent dans un tintamarre de cliquetis de vaisselle et de conversations.

Valerie aurait voulu éviter de converser avec ses voisins, mais

3. Plat typique du Sud à base de riz et parfumé au thym.

il fallait bien se montrer polie, et elle fit un effort, ainsi que Slade. Il s'avéra que les trois couples qui partageaient leur table étaient mariés depuis plus de dix ans et avaient des enfants à l'école primaire. Deux des hommes avaient été adoptés après un séjour à Sainte-Elsinore. Un couple avait adopté leurs deux filles. Ils évoquèrent les récents événements de Sainte-Marguerite.

— C'est merveilleux, cette soirée, beaucoup de gens se retrouvent ! s'enthousiasma l'un des hommes, un grand rouquin.

Son épouse, une femme aux traits réguliers et aux cheveux blonds, acquiesça, tandis qu'une autre, à l'air pincé, une certaine Connie, n'arrêtait pas de bavasser à propos de ce qui se passait à Sainte-Marguerite, tout en descendant son deuxième — ou son troisième — verre de vin.

Valerie eut du mal à tenir sa langue, surtout quand elle se mit à parler de Camille.

— Il paraît qu'elle était enceinte, déclara Connie en haussant des sourcils scandalisés.

— Vraiment ? s'exclama une troisième femme aux yeux de biche.

Elle paraissait horriblement choquée.

— Ça suffit, Connie, gronda Vince, le mari de Connie.

— Et ce n'est pas tout, poursuivit Connie comme si elle n'avait pas entendu. Le père serait un prêtre… D'ailleurs, on peut comprendre qu'elle n'ait pas pu lui résister… Il est plutôt séduisant.

— Connie ! Je t'en prie !

Vince était écarlate, mais Connie, qui avait décidément trop bu, dévorait à présent des yeux le père Frank.

— Je me demande si l'autre, la deuxième victime, n'avait pas elle aussi une relation avec lui, reprit Connie.

Elle éclata de rire et faillit tomber de sa chaise.

— J'ai entendu dire que deux autres nonnes ont disparu ce matin, poursuivit-elle en se rétablissant. Mais, franchement, qu'est-ce que c'est que ce couvent ?

— Connie, arrête, supplia le mari d'un air affreusement gêné.

Cette fois, c'en était trop. Ignorant le regard d'avertissement que lui lançait Slade, Valerie adressa un grand sourire à Connie.

— Camille Renard était ma sœur, dit-elle.

— Bien sûr, c'était une novice, elle était notre sœur à tous…, répondit Connie avec un regard vague, tout en portant de nouveau à ses lèvres son verre de Chardonnay.

Mais Vince se raidit et les deux autres couples ne dirent pas un mot et posèrent lentement leurs couverts sur la table.

— Je veux dire qu'elle était vraiment ma sœur, insista Valerie. Ma petite sœur.

Slade la fusilla du regard, mais elle n'allait pas s'arrêter en si bon chemin.

— Camille était un être merveilleux. Elle me manque beaucoup.

— Seigneur…, murmura la femme de Ned.

La troisième femme se signa.

— Ah ! Alors vous devez savoir si elle était enceinte ou non ? demanda Connie, à qui l'alcool faisait décidément perdre toute notion de décence.

— Je suis désolé, dit le mari en se levant. Connie, viens, nous partons.

— Mais la vente aux enchères n'a même pas commencé, protesta Connie.

Elle avait la voix pâteuse, et Valerie, qui se sentait prête à lui sauter dessus, se demanda combien de verres elle avait bus avant d'arriver.

— Je serai sage, je te le promets, insista-t-elle en faisant la moue.

Mais le mari ne l'entendait pas de cette oreille et il l'entraîna d'une main ferme. Les autres se remirent à manger, en silence, le nez dans leur assiette.

Slade posa la main sur le genou de Valerie, tout en la suppliant du regard de ne pas faire un scandale. Il avait raison. Ce n'était pas le moment d'attirer l'attention sur elle. Pas si elle voulait s'éclipser discrètement tout à l'heure.

Elle s'occupa de nouveau à observer les gens et remarqua

plusieurs policiers qui s'étaient mêlés à la foule. Elle croisa le regard de Bentz et aperçut Montoya, appuyé à une colonne, qui ne quittait pas des yeux le père Thomas, lequel, comme on apportait le dessert, monta sur l'estrade pour présenter le chœur, accompagné de sœur Charity et de sœur Georgia.

Sœur Charity paraissait s'être ratatinée. Elle était pâle, et avait perdu tout son mordant.

Elle tapota le micro pour vérifier qu'il fonctionnait, puis se racla la gorge.

— Comme vous le savez, nous pleurons à Sainte-Marguerite la mort de deux de nos sœurs, commença-t-elle d'une voix claire et posée. Et deux autres ont disparu ce matin, ajouta-t-elle en soupirant. Il manque deux sopranos à notre chœur, mais nous avons décidé que nous chanterions tout de même, à la mémoire de celles qui ne sont plus là.

Elle marqua une pause, le temps de maîtriser son émotion.

— Mais je vais d'abord vous demander de prier en silence pour sœur Camille et sœur Asteria, et aussi pour sœur Louise et sœur Lucy, qui n'étaient plus au couvent ce matin.

Elle laissa la place au père Paul, qui dirigea la prière, puis, après une minute de silence durant laquelle on n'entendit pas cliqueter un glaçon, ils quittèrent tous deux l'estrade et le chœur se mit à chanter.

Valerie écouta, la tête baissée, en songeant à sa sœur, qui aurait dû être là, et aussi à sœur Louise, celle qui avait, paraît-il, une si jolie voix.

Elle consulta le programme et put constater que leurs noms y figuraient toujours.

On pouvait lire :

« Sopranos :
Sœur Camille
Sœur Asteria
Sœur Lucy
Sœur Louise
Sœur Edwina
Sœur Devota

Altos :
Sœur Zita
Sœur Irene
Sœur Maura »

Valerie relut plusieurs fois la liste des sopranos.

Camille, Asteria, Lucy, Louise, Edwina, Devota… C.A.L.L.E.D.

Camille et Asteria étaient mortes. Dans l'ordre du programme… Lucia et Louise avaient disparu…

Est-ce qu'elles gisaient quelque part, en robe de mariée, la gorge entamée par un garrot ?

Et pourquoi ce cœur qui entourait les premières lettres de leur prénom dans le journal de Camille ? Est-ce que Camille avait voulu dire que toutes les sopranos étaient amoureuses du père Frank ?

C'était tout de même un peu tiré par les cheveux… Elle se faisait certainement des idées.

Son attention se porta de nouveau sur le chœur et elle surprit le regard intense de sœur Devota qui se posait sur elle. Elle frissonna.

Devota, aussitôt, détourna les yeux.

Elle eut la sensation que Devota savait quelque chose. Mais quoi ?

Elle soupira. Si elle se fiait à ce qu'elle croyait avoir compris, la prochaine victime aurait dû être sœur Edwina.

Et, pourtant, la voix qui l'avait menacée prétendait qu'elle, Valerie, serait la prochaine.

Sauf qu'elle ne voulait pas être ajoutée à la liste des victimes de ce malade. Elle n'allait pas se laisser faire.

Montre-toi, espèce de salaud… J'en ai plus qu'assez de ce jeu de cache-cache !

Depuis le palier du premier étage, j'observe la foule qui entre dans le hall de l'hôtel.

Ils sont tous venus rendre hommage à une putain…

C'est grotesque !

Camille. Ma belle putain… Je sens ici sa présence. J'ai l'impression d'entendre son rire. Une vague de nostalgie me submerge.

« Apprends-moi. »

Je lui ai appris.

Mais je n'étais pas le premier à faire son éducation.

Elle avait eu d'autres maîtres avant moi.

C'est pour ça qu'elle était si obéissante.

Ce n'est pas la première fois que je perds une femme que j'aime. Mais cette fois… c'est trop dur…

Je sens dans ma poche le rosaire et ses perles tranchantes. Je souris. Il est temps pour moi d'y aller. Je me faufile dans un ascenseur de service et j'appuie sur le bouton. L'ascenseur démarre dans un grincement terrible et glisse vers le bas, lentement, comme s'il m'emportait dans les entrailles de l'enfer.

50

Vu que Slade ne semblait pas disposé à la quitter d'une semelle de la soirée, Valerie jugea qu'il était temps de le mettre au courant de son projet.

— Sortons, lui dit-elle tandis que le père Paul annonçait une ultime prière.

— Pourquoi ? s'étonna-t-il.

Elle ne lui répondit pas et repoussa sa chaise. Il dut lire la détermination dans son regard et la suivit sans protester. Ils n'étaient d'ailleurs pas les seuls à quitter la salle à manger. D'autres qu'eux avaient décidé de prendre le chemin de l'orphelinat, pour commencer à enchérir avant l'affluence.

— J'ai l'intention de consulter les anciens registres de l'orphelinat, murmura-t-elle. Il ne va pas tarder à être vendu ou démoli. Aujourd'hui, c'est l'occasion ou jamais.

Après la disparition de l'orphelinat, il ne resterait plus rien de son passé. La vérité serait enfouie à jamais dans les décombres.

— Tu n'as pas le droit de fouiller ces registres, protesta-t-il.

— Ah, oui ? Tu crois ? Même s'ils contiennent des renseignements qui me concernent ?

Ils traversaient maintenant le hall et passèrent de nouveau devant le grand escalier et le groupe de jazz.

Dehors, il pleuvait et le vent soufflait. Slade ouvrit le parapluie, et ils prirent la direction de l'orphelinat en enjambant les flaques. Il faisait encore chaud, mais les gouttes étaient drues et froides.

Sur le chemin, Valerie expliqua à Slade qu'elle avait peut-être trouvé la signification du mystérieux C.A.L.L.E.D. de Camille. Il l'écouta sans un mot, puis secoua la tête.

— Franchement, non, je ne suis pas convaincu par ta démonstration.

Elle ne répondit pas. Ils arrivaient à Sainte-Elsinore, et elle n'avait plus le temps de discuter.

De vives lumières éclairaient les murs blancs de la cathédrale, leur donnant un aspect éclatant, gommant les fissures et les éboulis, projetant les ombres des gargouilles qui montaient la garde, et qui, perchées au-dessus des pignons et des gouttières, paraissaient surveiller les groupes qui s'avançaient.

Valerie songea qu'ils ne risqueraient rien à l'intérieur de ces murs. Il y aurait trop de monde.

Tu es sur la liste, semblait pourtant lui murmurer l'une des gargouilles. *Tu ne m'échapperas pas.*

— C'est faux, murmura-t-elle pour elle-même.

Elle ne voulait pas céder à la peur.

— Qu'est-ce que tu dis ? demanda Slade en se penchant vers elle.

— Rien.

Ils entraient déjà dans un long couloir où la plus grande partie des objets à vendre étaient présentés sur des tables. Les gens notaient leur numéro et enchérissaient sur une feuille réservée à cet effet. Puis on collecterait les feuilles et chacun récupérerait son lot. Ensuite, la véritable vente aux enchères commencerait. C'était à ce moment-là que Valerie prévoyait de s'éclipser, au moment où l'on vendrait les lots les plus importants, à savoir les voyages, un carrousel de chevaux et le piano des Wembley. Elle estima que le tout pouvait durer un peu plus de deux heures.

Des paroissiens mettaient déjà des options sur ce qu'ils avaient l'intention d'acheter, sous la surveillance de membres de Sainte-Elsinore ou de Sainte-Marguerite.

Sœur Simone et sœur Georgia étaient là, ainsi que quelques-unes des nonnes qui venaient de chanter. Sœur Maura, sœur Devota et sœur Zita se promenaient lentement dans le gymnase.

Mais pas sœur Edwina. Valerie essaya de ne pas s'inquiéter. Elle s'était sans doute trompée. Il n'y avait aucune raison pour que sœur Edwina soit plus en danger que les autres.

Et, justement, sœur Edwina apparut. Elle sortait des toilettes.

Valerie songea que le plus inquiétant, ce soir, c'était son état de nerfs.

Les gens ne cessaient d'arriver et s'entassaient dans le gymnase et les couloirs. On sentait grimper la fièvre d'acheter. Valerie était terriblement oppressée. Cet endroit réveillait des souvenirs pénibles. Son cœur se serrait chaque fois que ses yeux se posaient sur le père Frank.

Elle pensait à Camille.

Et à son bébé qui ne naîtrait jamais.

En ce moment, Frank O'Toole se penchait vers une gamine accompagnée de ses parents et lui caressait la joue. Le geste était anodin et plutôt paternaliste, mais Valerie en eut la nausée. Ce type était un imposteur, et il la dégoûtait.

Comme s'il avait senti son regard, il leva la tête vers elle. Il paraissait abattu et hanté. Elle en resta saisie et préféra lui tourner le dos. Elle refusait de s'apitoyer sur lui.

On ramassait déjà les feuilles des objets exposés et tout le monde se rassembla pour la suite dans le gymnase, un grand hangar équipé de verrières. Au fil des ans, ce gymnase avait été utilisé par diverses écoles. En fermant les yeux, Valerie sentait presque l'odeur rance des survêtements trempés de sueur des joueurs de basket, ou l'angoisse des jeunes filles qui attendaient qu'un garçon vienne les inviter quand il y avait bal le vendredi soir.

A présent que le clou de la soirée approchait, les gens, débridés de toute évidence par l'alcool, cachaient mal leur excitation. La pluie battait les carreaux des fenêtres et des verrières, mais il faisait terriblement chaud, à cause du monde qui s'entassait là-dedans.

Valerie songea que les normes de sécurité étaient à peine respectées. Ils étaient trop nombreux. En cas de problème, il s'ensuivrait une belle panique.

En attendant, on se bousculait pour prendre place sur les chaises, devant l'estrade sur laquelle le père Thomas venait de grimper. Il était entouré par sœur Georgia et une femme mince aux cheveux roux et au sourire lumineux, qu'il présenta comme le Dr Sam, la célèbre psychologue qui intervenait sur les ondes. Le père Thomas ne se priva pas d'insister sur le fait que l'émission du Dr Sam, *Les Confessions de minuit*, battait les records d'écoute, non seulement à La Nouvelle-Orléans, mais sur toute la côte Est.

Il y eut encore quelques présentations, puis une prière collective dirigée cette fois par le père Paul. Enfin, sœur Georgia annonça que la vente aux enchères allait débuter.

Elle commença par égrener la liste des lots, dans l'ordre où ils seraient présentés : les voyages, dont un aller-retour pour deux personnes à Las Vegas, une paire de fauteuils, un carrousel de chevaux, le piano à queue…

Montoya ne lâchait pas d'une semelle Valerie Houston. Quand elle avait quitté l'hôtel avant tout le monde, il l'avait suivie. Depuis qu'elle avait reçu des menaces explicites et directes, il n'était pas tranquille. Son mari l'accompagnait, mais ça ne suffisait pas à la protéger.

Bien entendu, le tueur avait peut-être menacé Valerie pour les détourner de sa véritable cible.

Mais son instinct lui commandait tout de même de s'intéresser de près à elle. Bentz, lui, se concentrait sur O'Toole. Brinkman, Zaroster et quelques collègues en civil s'étaient répartis le reste du groupe de Sainte-Marguerite.

Tout le monde pensait que le tueur, excité par le tapage que causait cette manifestation, ne résisterait pas au désir de se montrer. Et s'il s'en prenait à Valerie Renard, Montoya avait bien l'intention de se trouver sur son chemin.

Il était donc entré avec elle dans la paroisse Sainte-Elsinore, puis dans le gymnase. La vente aux enchères débutait. L'un des invités d'honneur était Samantha Leeds Wheeler, *alias*

Dr Sam, la célèbre psychologue qui avait été autrefois la cible du père John.

Quand il la vit s'approcher du micro, Montoya eut un mauvais pressentiment. Si le père John se trouvait dans l'assemblée, si c'était bien lui le monstre qu'ils pourchassaient, lui qui avait étranglé Gracie Blanc avec un rosaire, il serait sans doute furieux de voir le Dr Sam se pavaner sur l'estrade. Et peut-être ne résisterait-il pas à la tentation.

Dix ans plus tôt, il avait tué des femmes qui lui ressemblaient, uniquement des femmes rousses.

Montoya commençait de plus en plus à croire que la cible de ce soir n'était pas Valerie Renard, mais plutôt le Dr Sam…

Valerie s'était peu à peu rabattue vers le fond du gymnase. La vente aux enchères avait démarré. C'était le moment de disparaître. Elle avait déjà remarqué que deux escaliers menaient aux sous-sols : le premier partait des bureaux, le second de l'autre bout du couloir. Il y en avait aussi un troisième, mais beaucoup plus loin du gymnase. Les bureaux étaient occupés par des bénévoles qui s'occupaient d'empaqueter et de distribuer les objets vendus : elle ne pouvait pas passer par là. Restait donc le fond du couloir.

— Est-ce que tu as bien compris que je ne suis pas du tout partant ? lui dit Slade, tandis qu'ils passaient sous une tenture de velours pour s'engager discrètement dans le couloir.

— Oui, tu me l'as suffisamment répété.

— Eh bien, je te le répète encore une fois.

— J'ai bien compris.

Ils arrivaient devant la porte donnant sur l'escalier, laquelle, bien sûr, était fermée à clé.

— Merde, murmura-t-elle en tapant du poing sur le battant.

Elle avait espéré que ce serait facile.

— C'est un signe, fit remarquer Slade d'un ton sentencieux.

— Pas question que j'abandonne, protesta-t-elle en secouant

la tête. Il y a une autre porte, il me semble, en dehors de celle des bureaux.

Mais celle-là aussi devait être fermée. Il était logique que les accès aux sous-sols soient bloqués aujourd'hui, avec tout ce monde qui circulait.

Elle poussa un soupir de frustration.

— Je sais que ça n'est pas très important pour toi, dit-elle à Slade d'un ton de reproche. Mais tu pourrais comprendre que ça l'est pour moi. Je suis certaine que je pourrais trouver dans les archives qui se trouvent là-dessous…

Elle montra le sol du pouce.

— Je pourrais trouver des réponses au sujet de mes parents. Et peut-être même que j'y apprendrais pourquoi on a tué Camille. J'ai voulu passer par la voie légale, mais sœur Georgia a refusé de m'aider. Si je m'adresse à la police, ça va prendre des mois… Et d'ici là, ce bâtiment ne sera plus qu'un tas de décombres.

— L'évêché ne laissera pas détruire tous les registres.

— Quelqu'un ne veut pas que je sache la vérité, et ce quelqu'un profitera de la démolition et du déménagement pour faire disparaître ce qui le dérange.

Elle renversa la tête contre le battant de la porte.

— Merde…, gémit-elle. C'est foutu.

Slade posa sur son épaule une main consolatrice.

— Je crois que j'ai ce qu'il faut dans mon pick-up, dit-il. Un Pomeroy.

— Tu ne l'as pas sur toi ?

Il ne put s'empêcher de sourire.

— Non. Je ne pensais pas en avoir besoin, vois-tu…

— Tu as eu tort.

— Apparemment.

Il secoua la tête.

— Je vais le chercher. Je reviens tout de suite. Ne bouge surtout pas d'ici.

— Je ne bouge pas.

— Tu devrais peut-être venir avec moi, reprit-il d'un ton hésitant, en jetant un regard inquiet sur le long couloir sombre.

— Il y a cinq cents personnes, plus la police ; je ne risque rien. Et n'oublie pas que je suis flic.

— Tu étais, corrigea-t-il. Et tu n'es pas armée.

— Ne t'en fais pas. Il ne m'arrivera rien.

— Pourquoi est-ce que j'ai l'impression de faire une bêtise ? grommela-t-il.

Il la prit par la taille et l'attira à lui pour l'embrasser, puis il s'écarta d'elle et demeura quelques secondes sans bouger, à la regarder dans les yeux, son front appuyé contre le sien. Ils haletaient tous les deux, et elle sentait son cœur battre à une cadence infernale.

— Tu penses que tu fais une bêtise parce que tu es le mari, dit-elle d'un ton faussement gai, pour le rassurer. C'est normal.

— Ouais, c'est ça, maugréa-t-il en retirant son pistolet de la ceinture de son pantalon. Prends ça, je serai plus tranquille.

— Pour l'amour du ciel, nous sommes dans une paroisse qui organise une vente de charité, Slade.

— Et tu poursuis un tueur qui t'a menacée.

— Tu ne pensais pas avoir besoin d'un outil pour ouvrir une porte, mais tu as pris ton revolver !

Il lui mit le revolver dans les mains, sans un mot. Le poids de l'arme sur sa paume lui rappela le temps où elle était inspecteur.

— Si tu ne le prends pas, je ne vais pas chercher de quoi ouvrir la porte, menaça-t-il.

— Entendu, soupira-t-elle en glissant l'arme dans son sac.

— N'hésite pas à t'en servir si nécessaire.

— Ce ne sera pas nécessaire.

— Tu me devras un fier service, dit-il en partant au pas de course.

Sa silhouette athlétique disparut au détour du couloir.

— Je le sais, murmura-t-elle avec un petit serrement de cœur.

Sœur Charity quitta discrètement le gymnase après le début de la vente aux enchères. Elle estimait avoir fait son devoir pour aujourd'hui. Elle en avait assez d'entendre vanter les mérites de ce « fabuleux voyage pour deux à Las Vegas », de la « luxueuse chambre d'hôtel » et de sa « baignoire aussi grande qu'une piscine », ainsi que des places pour le concert de Wayne Newton et pour le Cirque du soleil.

Tout ça au nom du Saint Père.

Le cœur lourd et gonflé d'inquiétude, elle traversait à présent les couloirs de Sainte-Elsinore, avec l'impression d'être pourchassée par les fantômes du passé.

Tu te permets de critiquer la vente de deux billets pour un voyage, mais tu n'es pas non plus une blanche colombe. Que fais-tu, en ce moment ? N'es-tu pas en train de raser les murs comme une voleuse, pour aller protéger ton petit secret ? Qui es-tu, pour juger les autres, Charity Varisco ? Ah, oui, tu fais une belle révérende mère, vraiment !

Elle fit taire la voix qui la harcelait et afficha un sourire qui se voulait naturel pour saluer de la tête les quelques paroissiens qu'elle rencontrait dans le couloir. Mais elle ne s'arrêta pas pour échanger quelques mots avec eux et se dirigea tout droit vers les toilettes. Là, elle attendit quelques instants, puis ressortit. Cette fois, il n'y avait personne… Parfait.

Elle ne prit pas le chemin du gymnase, mais se dépêcha de filer dans la direction opposée, en passant sous les tentures qui délimitaient la zone réservée au public pour ce soir. Puis elle se mit à courir vers la porte de l'aile sud qui donnait sur l'escalier menant au sous-sol. Tout en marchant, elle sortait le trousseau de clés qu'elle avait précieusement conservé depuis si longtemps, priant silencieusement pour qu'on n'ait pas changé les serrures, quand, soudain, il lui sembla entendre un bruit…

Un bruit de pas ?

Ou quelqu'un qui respirait bruyamment ?

Elle s'arrêta et scruta le long couloir devant elle. Etait-ce une ombre, là-bas, près de la fenêtre ? Son cœur fit une embardée, mais comme il ne se passait rien de plus et qu'elle n'avait pas de temps à perdre — elle ne pouvait pas s'absenter plus de quinze minutes sans que l'on remarque qu'elle avait disparu —, elle décida de continuer.

Arrivée devant la porte, elle esquissa un rapide signe de croix. Puis elle glissa la clé dans la serrure et tourna. Il y eut un déclic.

— Merci, murmura-t-elle.

Elle poussa la porte, avec la sensation que le Seigneur la guidait, et alluma la lumière avant de descendre les marches.

Mais le Seigneur pouvait-il approuver une telle démarche ? N'était-ce pas plutôt un suppôt de Satan qui lui avait ouvert la porte ?

Elle songea à toutes les erreurs qu'elle avait commises dans sa vie, aux fausses routes qu'elle avait empruntées, guidée par l'orgueil et la vanité. Elle avait expié pendant des années, se flagellant au moyen de ce fouet qu'elle cachait derrière un miroir, retenant un cri chaque fois que les lanières de cuir mordaient sa peau nue, mortifiée à l'idée que le père Paul, ce pervers, l'observait.

Elle n'avait pas eu d'autre choix que d'accepter sa présence, pendant qu'il faisait Dieu sait quoi dans sa cachette.

Oui, elle avait commis bien des erreurs…

Elle avait atteint le bas de l'escalier, à présent, et éteint la lumière. Elle crut entendre un bruit, mais sans doute provenait-il du gymnase, qui se trouvait juste au-dessus. Le vieux plancher de cet orphelinat avait du mal à supporter le poids de cette cohue qui le piétinait joyeusement.

Elle actionna un autre interrupteur, celui qui commandait les ampoules nues qui éclairaient une enfilade de couloirs qu'elle parcourut sans se tromper, au milieu des déchets accumulés depuis des années — il y avait là des chaises, des cadres de lit, de vieux tableaux, divers objets, des bureaux, des matelas. Les rats avaient sûrement trouvé refuge dans les cartons qui tombaient en miettes ; quant aux araignées et aux serpents, elle tâcha de ne pas y penser. Elle entendait goutter les canalisations rouillées, remarqua des flaques ici et là, et préféra ne pas songer à la vermine qui rongeait les fondations de Sainte-Elsinore.

C'était une honte de vendre ce terrain et ces bâtiments à des promoteurs qui allaient le démolir. Mais tout avait une fin… Et, après tout, peut-être valait-il mieux que les secrets honteux de Sainte-Elsinore disparaissent à jamais avec eux.

Elle trouva enfin ce qu'elle cherchait. Des sortes de cages… Un espace délimité par du grillage à poule, à l'intérieur duquel on entreposait, sur des étagères, des boîtes de rangement de bois, en métal ou en plastique, le tout classé et daté.

Le cadenas de la porte qui donnait accès à cet espace n'était pas fermé. Les chiffres étaient placés sur la combinaison qui l'ouvrait, et il suffisait de tirer.

— Etrange, murmura-t-elle pour elle-même.

Mais les minutes filaient, et elle n'avait guère le temps de se poser des questions. Elle entendit du bruit au-dessus. Des cris ? Non, plutôt des exclamations joyeuses. Elle poussa la porte, passa derrière le grillage, chercha du regard la boîte qui l'intéressait et la trouva sur une étagère à mi-hauteur.

Elle l'ouvrait déjà et s'apprêtait à passer en revue les dossiers qu'elle contenait, quand elle entendit de nouveau du bruit.

Elle leva la tête.

Son cœur fit un bond et elle lâcha le bac en plastique. Une silhouette familière s'encadrait sur le seuil de la porte.

Dans une main, elle tenait un dossier.

Dans l'autre, un long couteau.

Et au sol, posé près d'elle, il y avait une robe de mariée jaunie.

Montoya soupira. Cette vente aux enchères n'en finissait pas. Le Dr Sam annonça triomphalement que les fauteuils étaient remportés par le numéro 514. Ils furent placés sur un chariot et emportés au fond du gymnase. C'était à présent le tour du piano, le clou de la vente.

— Ce piano est un véritable joyau, annonça le père Thomas avec un grand sourire. Je vous rappelle qu'il s'agit d'un don d'Arthur et Marion Wembley. C'est un Steinway.

Depuis sa position sur l'estrade, il fit signe au Dr Sam qu'elle pouvait jouer quelques notes, et à l'un des bénévoles qui aidaient à la manutention de soulever le couvercle.

— Cet instrument est une pièce rare et la rumeur prétend que…, commença le Dr Sam d'un ton enjoué.

Sa voix mourut lentement et elle écarquilla les yeux, puis elle poussa un cri aigu qui résonna dans le hangar du gymnase. Le bénévole qui venait de soulever le couvercle le lâcha brusquement.

Le couvercle fit, en retombant, un bruit saisissant.

— Seigneur, murmura le bénévole en reculant. Seigneur…

Un silence de mort s'abattit sur l'assemblée. Tout le monde regardait fixement du côté du piano.

Montoya se mit à courir vers l'estrade.

L'homme qui avait soulevé le couvercle, un grand Asiatique aux épaules carrées, continuait à reculer lentement, les yeux rivés au Steinway blanc et étincelant, avec une expression horrifiée.

— Que quelqu'un appelle le 911 ! cria le Dr Sam dans le micro.

Elle était livide et tremblait ; elle non plus ne pouvait pas détacher ses yeux du piano.

Une sorte de cri collectif s'éleva du public, puis les gens se mirent à fouiller leurs poches ou leur sac à la recherche de leur téléphone.

— Du calme, je vous prie…, bredouilla le père Paul.

Mais son visage était livide, comme celui du Dr Sam, et il exprimait la même terreur.

— Qu'est-ce qui se passe ?

— Mais qu'est-ce qu'elle a vu ?

— Regarde la tête de celui qui a soulevé le couvercle. On dirait qu'il a vu un fantôme.

— Seigneur, Chuck, partons d'ici !

Voyant que la foule n'allait pas tarder à paniquer, Montoya sortit son badge et le brandit au-dessus de sa tête.

— Police ! cria-t-il en grimpant les marches de bois pour rejoindre le piano. Restez calmes.

Il croisa le regard de Bentz et celui de plusieurs policiers en civil.

— Restez assis.

Arrivé devant le piano, il souleva le couvercle et le cala. Puis il eut un mouvement de recul. Il sortait de là une odeur de chair en putréfaction. L'odeur de la mort.

Dans le piano, il y avait un corps de femme. En robe de mariée, les yeux fixes, le cou marqué d'une trace rouge. Son sang s'était coagulé sur les cordes. Un rosaire brillait entre ses mains.

— Que Dieu nous aide, murmura le père Frank, qui s'était approché pour regarder.

Puis il se signa et détourna les yeux.

Montoya lutta contre la nausée. La vue du visage terrifié et figé de sœur Louise Cortez était à la limite du soutenable.

51

Valerie progressait lentement vers le bas de l'escalier. Elle avait coincé, à l'aide d'une de ses chaussures, la porte qui y donnait accès. Slade comprendrait qu'elle était descendue et viendrait la rejoindre. Elle avançait donc pieds nus, en direction de la lumière.

Quelques minutes après le départ de Slade, elle avait entendu un bruit et s'était cachée dans un petit renfoncement qui avait abrité autrefois une fontaine à eau. Elle avait vu la mère supérieure ouvrir la porte et en avait profité pour foncer avant que celle-ci ne se referme.

Elle avait tenu le battant, attendu que la lumière s'éteigne, puis elle était entrée à son tour, en ôtant ses chaussures et en sortant de son sac l'arme de Slade — tout en se répétant que c'était idiot, vu qu'elle suivait la mère supérieure d'un couvent…

Mais qu'est-ce que Charity Varisco allait faire dans les sous-sols pendant la vente aux enchères ? Elle songea au journal de Camille : RV 7734 CV. Il y avait aussi le nom de la mère supérieure, écrit en toutes lettres et visé par une volée de flèches.

Elle poursuivit sa progression vers le bas de l'escalier. En bas, le couloir était allumé, et elle attendit d'être certaine qu'il n'y ait plus personne pour s'y engager. Puis, le cœur battant, elle avança de nouveau.

Un petit cri aigu la fit sursauter, suivi d'un grattement de griffes. Un rat ! Réfugié dans un coin, il l'observait de ses petits yeux, qui reflétaient la lumière. Puis il s'engouffra dans un trou et elle vit bientôt disparaître sa queue poilue, qui ondulait derrière lui.

Elle serra les dents et se remit à marcher.

Au bout de quelques mètres, elle s'arrêta net en entendant des voix. Une dispute, apparemment.

Son ventre se noua, sa main s'agrippa au revolver qu'elle brandissait maintenant devant elle, et elle fit quelques pas, en tendant l'oreille.

Elle reconnaissait la voix de la révérende mère. Et une autre… qui lui rappelait quelque chose… Seigneur… On aurait dit la voix mauvaise qui l'avait menacée au téléphone.

— C'est ça que tu cherches ? disait-elle.

Le cœur de Valerie battit la chamade. A présent, elle avait peur. Vraiment peur.

— Son certificat de naissance ?

Un certificat de naissance ? Valerie sut, sans le moindre doute, qu'il s'agissait du sien. Son estomac était maintenant noué comme un poing.

— Donnez-le-moi, fit la voix de la mère supérieure.

— Pourquoi ? Pour que tu le détruises ? Pas question. Allez, avance ! Allons-y.

— Je ne bouge pas d'ici.

— Si tu résistes, je la tue. Comme les autres.

Les genoux de Valerie faillirent se dérober sous elle. Elle ôta la sécurité du .38.

— Vous n'oseriez pas.

— Tu crois ça ?

La voix était froide et déterminée.

— Tu devrais savoir que j'en suis capable. Je l'ai pourtant prouvé. Allez, avance.

Il y eut un bruit de pas, et Valerie comprit que la mère supérieure s'était résignée à obéir à l'assassin, qui l'emmenait plus avant dans les sous-sols.

Elle devait absolument intervenir. Elle était armée, mais sans doute l'assassin l'était-il aussi. Elle réfléchissait au moyen de le prendre par surprise quand la lumière s'éteignit.

Elle était à présent dans le noir.

Elle songea à faire demi-tour, pour attendre Slade ou aller chercher un inspecteur dans le gymnase, mais c'était une perte de temps, et ils auraient peut-être du mal, ensuite, à retrouver les deux femmes dans le dédale du sous-sol.

Mieux valait donc les suivre. Pour le certificat de naissance, et aussi pour la mère supérieure, qui était en danger.

Slade trouverait un moyen de la rattraper. Il n'allait pas tarder à arriver.

Elle n'hésita plus.

En retenant son souffle, elle suivit la lueur de la lampe torche qu'elle apercevait loin devant elle, et qui paraissait s'enfoncer dans les entrailles de la Terre.

— Plus personne ne bouge ! hurla Montoya.

Il fallait avant tout empêcher la foule de paniquer, et tous les agents s'y employaient.

L'odeur de putréfaction du corps de sœur Louise avait à présent envahi le gymnase. Un médecin s'était avancé pour confirmer ce que tout le monde savait déjà : elle était morte.

Le mot se répandit dans la salle comme une traînée de poudre. Quelques-uns sanglotaient, une femme eut un malaise, des hommes manifestèrent l'intention de poursuivre l'assassin. Mais qui ? Il était probablement loin.

Le père Paul, aidé du père Thomas, tentait de ramener le calme en conseillant la prière. Et aussi de s'en remettre à Dieu.

Le père Frank paraissait sous le choc. Il s'était adossé à un pan de l'estrade et semblait sur le point de défaillir. Le Dr Sam, en revanche, avait réussi à se reprendre. Ty Wheeler, son mari, qui se trouvait dans la salle, était venu la rejoindre et passait un bras protecteur autour de ses épaules.

Montoya prit le micro.

— Ecoutez-moi tous, je vous prie. Je suis l'inspecteur Montoya, de la police criminelle de La Nouvelle-Orléans. Plusieurs de mes hommes se trouvent parmi vous, nous contrôlons la situation… Vous devez absolument rester calmes, ne pas bouger de vos chaises. Tout se passera bien si vous coopérez. Des renforts arrivent. Quand ils seront sur place, chacun d'entre vous sera interrogé pour faire une déposition et, ensuite, vous pourrez partir.

Il jeta un coup d'œil du côté du père Thomas et du Dr Sam.

— La vente de ce piano va être reportée, bien entendu. Le personnel de Sainte-Elsinore vous tiendra au courant. Je vous en prie, restez où vous êtes.

Les visages tournés vers lui exprimaient la peur et l'angoisse. Un médecin s'occupait de la femme qui s'était évanouie.

C'était un cauchemar.

Ils avaient réussi à empêcher les gens de s'approcher du piano, mais certains tendaient le cou depuis leur place, pour essayer de voir à l'intérieur. D'autres se trouvaient déjà devant la porte et réclamaient de sortir, d'autres encore s'étaient rassemblés en petits groupes et évoquaient le fait qu'un assassin se trouvait peut-être parmi eux.

C'était bien l'avis de Montoya.

Il alla refermer le couvercle du piano, tandis que Bentz interrogeait les hommes qui l'avaient poussé jusqu'à l'estrade.

Comment avait-on pu introduire un cadavre là-dedans sans que personne ne s'aperçoive de rien ? A quel moment ?

Les questions se bousculaient dans la tête de Montoya, mais il n'avait pas le temps d'y réfléchir. Le plus urgent était de juguler la panique collective.

Le père Frank parut tout à coup se reprendre. Il se redressa, grimpa sur l'estrade et s'approcha du micro.

— Prions ensemble, dit-il.

Puis il inclina la tête, se signa et joignit les mains.

— Notre Père qui êtes aux Cieux…, commença-t-il de sa voix de baryton.

Les gens l'imitèrent et un semblant de paix descendit peu à peu sur le gymnase. Montoya eut l'impression qu'il voyait pour la première fois se manifester le Frank O'Toole qu'il avait connu autrefois.

Tandis que la plupart des paroissiens priaient, tête baissée, il remarqua que Valerie Houston et son mari ne se trouvaient pas dans l'assistance. La mère supérieure de Sainte-Marguerite non plus. Mais elle se trouvait peut-être dans un des bureaux, avec les bénévoles.

Brinkman surveillait les bureaux et Zaroster les couloirs, avec deux agents en civil. Bentz et lui étaient chargés du gymnase, avec un groupe d'agents.

Mais le père John avait peut-être déjà réussi à se cacher.

Et rien ne l'empêchait de s'attaquer à une nouvelle cible.

En arrivant devant la porte, trempé comme une soupe à cause de la pluie, Slade ne trouva pas Valerie. Rien que sa chaussure.

Depuis le couloir, il avait entendu s'élever une clameur dans le gymnase mais il ne s'était pas arrêté. Il avait filé droit vers la porte. Tout ça pour la trouver ouverte, coincée par l'une des chaussures à talons de Valerie.

Comment s'y était-elle prise pour l'ouvrir ? La lumière n'était pas allumée. Elle était descendue dans le noir ? Bon sang ! Elle n'avait même pas de lampe torche. Il lui avait pourtant dit de l'attendre. De ne pas bouger.

Il fut pris d'un mauvais pressentiment. Valerie était en danger, il le sentait.

Il s'était glissé dans l'escalier et avançait prudemment, son Pomeroy à la main. Au bout de quelques secondes il entendit des sirènes de police, puis des crissements de pneus.

La police était là. Une bonne chose !

Pourvu qu'ils descendent jusqu'ici…

Il avait atteint la dernière marche de l'escalier, mais, plutôt que de prendre le risque de signaler sa présence en allumant, il sortit de sa poche un briquet dont il se servit pour s'éclairer. Puis il se remit à avancer, au milieu des ombres menaçantes projetées par la petite flamme vacillante.

De nouveau, des sirènes hurlèrent.

Dépêchez-vous de descendre ! Dépêchez-vous !

*
* *

Valerie parvint à suivre le faisceau de la lampe qui éclairait devant elle les murs décrépis et les malles qui jonchaient le couloir. Son cœur battait comme un tambour, et elle était en sueur. Elle passa une grande voûte, puis deux portes.

A chaque bifurcation, elle craignait d'être découverte.

Elle descendait à présent un escalier. Il faisait de plus en plus frais.

A présent, les couloirs n'étaient plus que des tunnels, et les murs, de la roche.

Elle se cramponna au revolver. La peur lui donnait des sueurs froides, son cœur battait de plus en plus fort.

Mais où était donc Slade ? Bon sang ! Il était temps qu'il arrive. Avec la cavalerie, si possible. Si ça continuait, elle allait devoir affronter seule l'assassin. D'après la voix, il lui semblait qu'il s'agissait d'un homme. Un prêtre, probablement. Elle n'avait pas envie d'être obligée de tirer sur un prêtre.

Encore des marches… Cette fois, le tunnel était si étroit que les murs semblaient se refermer sur elle. Le plafond était bas, et elle frôlait des toiles d'araignées qui se prenaient dans ses cheveux et lui caressaient le visage en passant. L'air sentait le renfermé et la poussière, la moisissure, la pourriture — un mélange d'odeurs si infect qu'elle eut toutes les peines du monde à ne pas tousser.

— Que venons-nous faire ici ? demanda soudain sœur Charity, d'une voix que la peur faisait trembler, et qui parut résonner sans fin dans le dédale des tunnels.

La lumière n'avançait plus, à présent.

— Je voudrais te montrer quelqu'un, fit la voix de l'assassin.

Seigneur ! Il a un complice !

Valerie jeta un coup d'œil inquiet par-dessus son épaule et tendit l'oreille. Pourvu que personne ne vienne… Il lui sembla entendre des pas. Une respiration. Elle craignit d'être prise au piège. Elle fit volte-face, le .38 pointé vers le boyau sombre du tunnel, le doigt sur la détente.

L'image du démon de ses rêves, avec ses petits yeux de rat, lui vint à l'esprit.

Ce démon, c'était sœur Ignatia. Ne sois pas ridicule. Ne te laisse pas emporter par ton imagination.

Elle crut que son cœur allait exploser.

Mais il n'y avait personne. Ni homme, ni bête, ni démon.

Ravalant sa peur, elle se tourna de nouveau vers la lumière et avança de quelques pas. Accoutumés à la pénombre, ses yeux distinguaient maintenant autour d'elle ce qui ressemblait à un caveau mortuaire, avec des cercueils posés contre le mur, dans des sortes de renfoncements, et qui semblaient pourrir sur place. Sœur Charity se tenait devant l'un d'eux. Le couvercle n'était pas scellé. Comme s'il attendait un corps.

Il faisait trop sombre pour que Valerie puisse distinguer les traits du tueur, mais elle vit briller dans sa main une longue lame. Et cette flaque plus claire, là, à ses pieds, qu'est-ce que c'était ?

Seigneur…

Une robe de mariée…

Ce dingue s'apprêtait à tuer sœur Charity et à l'étrangler, probablement après l'avoir obligée à enfiler cette robe.

Elle devait intervenir. Sans plus tarder.

— Qu'est-ce que vous voulez de moi ? gémit sœur Charity.

— Je veux que tu expies tes péchés. Et pas en te fouettant pendant que ce pervers de père Paul te regarde. Non… Je veux que tu expies vraiment. Et pour commencer, je veux que tu avoues que tu n'es pas digne d'être une servante du Seigneur.

— Vous savez donc tout ? murmura sœur Charity.

— Oui, répondit l'assassin en ricanant. Je sais que tu as eu autrefois un enfant avec Arthur Wembley.

A présent qu'elle se trouvait plus près, Valerie se demandait s'il s'agissait bien d'un homme. La voix était grave, mais…

Cette voix… Elle l'avait entendue dans le jardin du couvent de Sainte-Marguerite…

Cette voix ressemblait à celle de sœur Devota.

C'était donc sœur Devota, l'assassin ?

Une femme ?

Une religieuse ?

Non… C'était impensable. Elle devait se tromper.

Comme si le tueur avait lu dans son esprit et décidé de répondre à ses questions, il passa brusquement à l'action. Valerie entendit des pas précipités, puis un bruit de lutte.

Non !

Sœur Charity poussa un gémissement. Valerie fit un pas en avant.

Puis tout devint étrangement silencieux.

Comme la mort.

Une peur glacée l'envahit.

Sauve-la s'il en est encore temps ! Tu ne peux pas rester sans rien faire.

Elle passa lentement en position accroupie et jeta derrière elle un coup d'œil pour s'assurer de nouveau que personne n'arrivait, en sondant la noirceur d'encre des ténèbres, avec la sensation confuse qu'on allait l'attaquer.

Quelqu'un toussa.

Elle tournait la tête du côté d'où était venu le son, vers la lumière, quand une voix s'adressa à elle.

— Montre-toi, Valerie. Je sais que tu m'as suivie. Ça tombe bien. Je t'attendais.

Elle en resta figée de saisissement.

— Tu m'as entendue ? reprit la voix de sœur Devota.

Car c'était bien elle, Valerie en était certaine, à présent.

— Sors de ta cachette, tu es ridicule. Tu es à ma merci.

Valerie ne bougea pas. Pas question de se rendre ou de se montrer. Elle pouvait avoir le dessus sur cette folle.

— Bon… Valerie… Je perds patience. Sors de là tout de suite… Et lâche ton arme… Sinon, je tranche la gorge de ta mère, à l'instant, sous tes yeux…

Slade entendit des voix au loin.

Et celles-là ne provenaient pas du gymnase, où se déroulait

la vente aux enchères, mais du long couloir sombre qui s'étendait devant lui. Il venait d'entrer dans une sorte de tunnel qui empestait la mort et la putréfaction. C'était plein de rats, de tuyaux qui gouttaient. Il avait l'impression de s'enfoncer dans un tombeau oublié depuis longtemps.

Il courait presque, à présent. Il ne cessait d'imaginer Valerie entre les mains de l'assassin, se débattant, le garrot au cou, et ce malade qui serrait de plus en plus fort, un rictus cruel sur le visage.

Avance et cesse de gamberger !

Son briquet éclairant mal, il prit un cul-de-sac et dut faire demi-tour. Le cœur battant, il s'obligea à s'arrêter pour écouter et tenter de s'orienter. D'où venaient donc ces voix ?

Il devait absolument retrouver Valerie. Car il ne faisait guère de doute qu'elle était aux mains de l'assassin… Qui d'autre l'aurait entraînée aussi profondément dans les sous-sols de l'orphelinat ?

Il se remit en marche.

Il se sentait prêt à tout pour la sauver. Encore fallait-il qu'il arrive à temps.

52

La foule amassée dans le gymnase était de nouveau en effervescence. Heureusement, les renforts étaient arrivés, ainsi que plusieurs ambulances, et des infirmiers s'occupaient de ceux qui ne se sentaient pas bien.

Tout en posant sur l'assemblée un regard affligé, Bentz communiquait avec Zaroster. Quand il eut terminé, il se dirigea vers Montoya.

— Mauvaise nouvelle, dit-il. Zaroster vient de m'apprendre qu'une des portes donnant accès au sous-sol est ouverte, alors qu'elle était fermée à clé tout à l'heure. Je l'avais vérifiée moi-même, avec sœur Charity.

Il se mit à scruter la foule, en mâchonnant nerveusement son chewing-gum. Il avait la sensation qu'il se passait quelque chose.

— Et il manque quelques têtes à l'appel, ajouta-t-il.

— Valerie et Slade Houston ?

— Oui. Et aussi sœur Charity et sœur Devota.

Son regard parcourut de nouveau les rangées de chaises.

— Et peut-être quelqu'un d'autre, reprit-il d'un ton énigmatique.

— Saloperie ! s'exclama Montoya, qui avait compris qu'il faisait allusion au père John.

Bentz acquiesça.

— C'est exactement ce que je pense.

— Il est là, c'est sûr. Il est venu assister au spectacle. Et merde ! Tu crois que c'est lui qui tient les sœurs et les Houston ?

Bentz ne répondit pas. Il le croyait, oui. Mais il n'avait pas envie de le dire.

— J'en sais rien, mais je suis d'avis d'aller voir du côté des sous-sols, grommela-t-il.

Puis il prit la direction de la sortie, en se faufilant, comme il pouvait, parmi ces gens en habit de soirée qui affichaient des expressions inquiètes ou horrifiées.

Il avait hâte de coincer le père John. Et cette fois, s'il avait l'occasion de lui tirer dessus, il avait bien l'intention de ne pas le manquer.

Sœur Devota avait plongé sur Charity et lui avait attrapé le bras par-derrière, le tordant si violemment que ses os avaient craqué. Charity avait poussé un cri d'horreur et de surprise quand elle avait senti la lame du couteau se poser sur sa gorge. Puis elle s'était tue. Ça ne servait à rien de crier.

Elle avait tenté de se débattre, mais sœur Devota était plus vigoureuse qu'elle. Puis, quand sœur Devota avait ordonné à Valerie de laisser tomber son arme, elle avait compris qu'elle était perdue.

A présent, elle transpirait, son cœur battait à tout rompre, elle avait peur.

Elle ne pouvait rien faire.

Ni pour elle. Ni pour sa fille.

Mais pourquoi Valerie était-elle descendue dans ce sous-sol ? Pourquoi ? Pourquoi s'était-elle jetée dans la gueule du loup ?

— Tu m'entends, espèce de catin, je t'ai demandé de jeter ton arme ! lança sœur Devota en soufflant son haleine chaude dans son oreille.

La lame était toujours sur sa gorge et entamait sa peau.

Elle poussa un gémissement en sentant le sang chaud couler dans son cou. La blessure la picotait déjà. Comment était-ce possible ? Elle avait connu sœur Devota alors que celle-ci n'était encore qu'une enfant. Elle avait pris soin d'elle quand elle avait fait une chute qui l'avait laissée boiteuse. Pourquoi sœur Devota la haïssait-elle ? Comment une servante du Seigneur avait-elle pu devenir ce monstre ? Son âme ne pouvait pas être tout à fait noire. Il restait forcément en elle un peu de piété et de bonté.

— Sœur Devota, je vous en prie… Songez à la Sainte Mère. Ne cédez pas à l'appel de Satan.

— La ferme, vieille hypocrite ! répondit Devota. Tu es mal placée pour donner des conseils, toi qui n'as cessé de mentir pour dissimuler tes péchés aux yeux du monde !

Elle émit un ricanement sinistre.

— Votre temps est révolu, révérende mère. Vous allez maintenant devoir vous arranger avec le Seigneur.

Puis elle s'adressa de nouveau à Valerie.

— Toi, Valerie Renard, sœur de la catin Camille, montre-toi.

Elle tordit un peu plus le bras de Charity, qui poussa un gémissement de douleur.

— Montre-toi, ou je lui tranche la gorge.

Sainte Mère de Dieu, je vous en supplie, mettez un terme à cette folie.

Mais déjà Valerie, son enfant, entrait dans la lumière. Charity la contempla avec émotion.

Elle était grande et belle, comme son père autrefois, et elle pointait son arme sur sœur Devota.

— Cette femme n'est pas ma mère, dit-elle.

— Bien sûr que si ! Tu n'as donc encore rien compris ? Tu es la fille de cette vieille nonne et du squelette qui a fait donation du piano à la paroisse.

Devota paraissait trouver la chose comique.

— C'est dans ce piano que j'ai mis Louise. Ils ont dû la trouver, à présent. Mais elle ne chante plus.

— Pour l'amour de la Sainte Mère de Dieu…, gémit Charity, dont les pires craintes venaient d'être confirmées.

— Ton vieux père s'est servi de son argent pour payer le silence. Il a payé Mike et Mary Brown, ceux qu'on t'a présentés comme tes parents biologiques et qui t'avaient adoptée à la naissance. Ensuite ils sont morts, et les autres ont pris le relais. Eux aussi ont eu leurs gros billets. Le vieux voulait que le secret soit bien gardé. Et tout le monde s'est tu. Du moment que le vieux casquait, tout allait bien. Il n'y en avait pas un pour racheter l'autre.

— Ne l'écoutez pas, supplia Charity.

Pour la punir de cette intervention, sœur Devota lui tordit un peu plus le bras gauche. Charity songea que son bras droit était libre et qu'elle pouvait s'en servir pour frapper sœur Devota au visage. Mais celle-ci risquait de réagir en lui plantant son couteau dans la jugulaire ou dans la carotide.

— Je dis la vérité, pas vrai ? murmura sœur Devota tout près de son oreille, d'un ton plein d'une joie perverse. J'ai découvert la vérité que tu dissimulais si soigneusement depuis tant d'années. Ton enfant cachée…

— Je vous en prie, gémit Charity.

Son cœur battait, les mots de Devota lui martelaient le crâne, piétinaient sa fierté, exposaient sa honte au grand jour, tandis que le sang chaud coulait le long de son cou.

— Je n'ai pas eu beaucoup de mal, poursuivit sœur Devota en s'adressant cette fois à Valerie. Il m'a suffi de suivre ta catin de sœur. Elle se doutait de quelque chose. Elle est descendue fouiner ici et, avec ce qu'elle a trouvé, elle a pu reconstituer le puzzle. Elle était la fille de Mike et Mary Brown, mais pas toi.

— Je ne vous crois pas, dit Valerie en fixant sœur Devota droit dans les yeux. Lâchez-la.

— Ça ne m'étonne pas que tu ne me croies pas. Déjà, à l'orphelinat, je te trouvais stupide.

Le ton était plein d'aigreur. L'aigreur d'une boiteuse dont personne n'avait voulu.

Valerie avança d'un pas.

— Je vous ai dit de la lâcher, dit-elle à sœur Devota d'une voix basse et menaçante.

— Pas encore, rétorqua Devota avec un ricanement.

— Lâchez-la, répéta Valerie en agitant son arme.

— Tu n'es pas en position de décider, lui rappela Devota.

Mais Valerie était têtue, aussi têtue que Charity autrefois. Elle ne recula pas.

— Pourquoi faites-vous tout ça ? demanda-t-elle en formulant tout haut la question que Charity ne cessait de se poser.

— J'œuvre au nom du Seigneur, répondit Devota avec le ton plein de fierté de quelqu'un qui pense accomplir une mission d'importance.

Charity en fut atterrée.

— Il faut bien que quelqu'un se charge de débarrasser l'Eglise des catins qui ternissent sa réputation, poursuivit sœur Devota. Ainsi, tu vois, Valerie, tu n'avais aucun lien de sang avec ta sœur. Elle te ressemblait vaguement, mais c'était un pur hasard. De plus, les ressemblances, on les trouve toujours, quand on les cherche. Mais Camille, elle, ne s'est pas laissé abuser. Cette catin était moins sotte que toi.

Charity sentit sœur Devota se crisper, comme si Camille avait été une rivale pour elle.

— Elle trompait bien son monde, celle-là. Elle passait pour une blanche colombe, mais c'était un monstre, le mal incarné.

Valerie écoutait sans un mot. Avec un visage impassible.

Et Devota poursuivit, comme si elle ne pouvait plus s'arrêter, comme si elle s'était retenue trop longtemps et que les mots sortaient d'eux-mêmes, en un long chapelet de reproches et de haine.

— Quand elle a compris, elle s'est empressée d'aller trouver le vieux Wembley. Je l'ai suivie. J'ai vu la femme de Wembley lui donner de l'argent : le prix du silence. Et tu sais ce que Camille a fait de cet argent ? Elle l'a confié à cette sorcière de Lucia Costa. Ça aussi, je l'ai vu. De mes propres yeux. J'ai vite compris de quoi il retournait.

— Vous racontez n'importe quoi, murmura enfin Valerie, d'une voix mal assurée.

— Pas du tout, je sais de quoi je parle ! coupa sœur Devota d'une voix furieuse, en postillonnant de rage. Ta soi-disant sœur faisait chanter les Wembley. Et la bourgeoise, elle n'était pas ravie, tu peux me croire.

Charity en avait assez entendu.

— Que voulez-vous de moi ? demanda-t-elle.

Elle ne supportait plus d'entendre Devota dévider devant son enfant l'écheveau des secrets honteux de sa vie.

Elle songea avec tristesse qu'elle allait mourir sans avoir expié ses péchés.

— Ce que je veux de toi ? répéta sœur Devota.

Elle ne paraissait pas impressionnée par l'arme que Valerie pointait sur elle, et haletait de rage à l'oreille de Charity.

— Tu le sais, révérende mère, ce que je veux de toi. Je veux que tu payes. Comme les autres. Elles aussi étaient des catins. Elles étaient amoureuses du père O'Toole.

— Non ! murmura Charity en secouant la tête. C'est faux.

— Camille était la seule à avoir couché avec lui, je te l'accorde, dit sœur Devota.

Charity la sentit parcourue d'un frisson, comme si elle était écœurée, sur le point de vomir.

— Mais les autres, même si elles n'ont rien fait, elles auraient bien voulu et ça revient au même. Je l'ai vu dans leurs yeux de pécheresses hypocrites.

Sa main se crispa sur le poignet de sœur Charity.

— Toutes ces jolies petites filles qui avaient tout eu. Qu'on avait adoptées. Qui avaient eu droit à un foyer, à des parents, à une famille.

Elle eut un rire mauvais.

— Elles voyaient leurs grands-parents à Noël. Leurs grands-mères préparaient pour elles des tartes aux pommes. Elles trouvaient dans leurs bas un bonnet tricoté pour elles, une poupée, des chocolats. Ensuite, elles ont eu aussi des petits copains au lycée, puis à l'université.

Elle s'étranglait presque. Elle paraissait révoltée par l'injustice dont elle avait été victime, elle, la boiteuse, la laissée-pour-compte. De rage, elle broya le poignet de Charity, comme si elle la tenait pour responsable de son triste destin.

— Elles ont eu des amoureux, elles avaient quelque chose à raconter dans leur journal intime…

Elle jeta un regard entendu du côté de Valerie.

— Tu le sais, ça, n'est-ce pas, qu'elles racontaient leurs saletés dans leur journal ?

Charity vit Valerie se décomposer et, pour la première fois, l'arme trembler dans sa main.

— Vous en vouliez à ces femmes parce qu'elles avaient été adoptées ? demanda Valerie d'un ton incrédule.

Charity se demanda pourquoi elle ne partait pas. Il lui aurait suffi de faire demi-tour et de courir. Parlementer avec Devota ne servait à rien. Elle allait se faire tuer, elle aussi.

— Partez, lui dit-elle en cherchant son regard. Sauvez-vous.

Valerie fit quelques pas sur la gauche, mais ne tourna pas le dos à Devota.

— Ces femmes étaient innocentes, dit-elle.

— Innocentes ? répéta Devota d'un ton ulcéré. Innocentes ? Elles ne connaissaient même pas la signification de ce mot ! Elles ont profité de tout ce que la vie leur avait offert, et, à la première frustration, elles sont venues tout droit ici, se réfugier, en prétendant qu'elles avaient la vocation, qu'elles voulaient devenir de purs esprits, des fiancées du Christ.

Elle pressa le couteau contre la gorge de Charity.

— Et toi, toi, tu les as accueillies. Tu as reçu ces minables à bras ouverts, surtout celles qui venaient de Sainte-Elsinore. Tu prétendais leur montrer le chemin de la vérité, alors que tu étais toi-même une putain qui avait eu un enfant avec un homme marié.

— Non, gémit Charity, qui sentait le sang couler un peu plus.

Pars, Valerie. Fuis !

Elle tenta vainement de se débattre.

— Je crois…

— Peu m'importe ce que tu crois. Il ne sort que des mensonges de ta bouche. Et Notre-Seigneur le sait, Lui. Il te voit telle que tu es. Et les autres aussi, Il les a vues. Elles rêvaient toutes de coucher dans le lit d'un prêtre.

Elle approcha sa bouche de l'oreille de Charity.

— Moi aussi, je les ai vues, révérende mère. Et toi aussi. Mais tu as fermé les yeux. Tu les as laissées flirter avec un prêtre. Et pourtant, tu étais bien placée pour comprendre la nature de ce désir malsain qui les dévorait, pour connaître leurs fantasmes...

Seigneur, sauvez au moins Valerie, je Vous en supplie.

— Elles avaient sans doute des fantasmes, protesta faiblement Charity, mais...

— Elles n'avaient pas le droit ! coupa Devota en criant presque, d'une voix de fanatique. Elles auraient dû se consacrer à Jésus, le fils de Notre-Seigneur.

Charity se souvint du jour où Darlene était venue la trouver. Elle paraissait si désireuse d'entrer à Sainte-Marguerite... Elle avait senti pourtant que quelque chose lui rongeait l'âme, mais elle avait pensé que sa foi l'aiderait à prendre le dessus sur la part sombre d'elle-même. Darlene avait renoncé à son nom de baptême pour prendre celui de Devota, mais la graine plantée par le démon avait fructifié, et la femme qui se tenait devant elle, aujourd'hui, était aussi noire que Satan en personne.

Elle regarda Valerie droit dans les yeux. A présent, elle n'avait plus qu'une seule pensée : son enfant devait fuir ce monstre qu'elle avait aidé à créer.

— Va-t'en, supplia-t-elle. Cours.

Valerie se déplaça encore un peu sur la gauche, comme pour chercher un meilleur angle de tir.

— Je t'ai dit de la lâcher, répéta-t-elle avec un calme impressionnant, en s'adressant à sœur Devota.

— Non.

— Je n'hésiterai pas à tirer.

— Tu ne tireras pas ! lança Devota d'un ton plein de mépris. Tu pourrais toucher ta mère. Ou bien la balle pourrait ricocher et vous blesser toutes les deux. Tu n'en prendras pas le risque.

Elle se tut, haletante, comme si elle luttait contre sa propre excitation. Charity la sentit tressaillir.

— Au fait, je voulais vous montrer quelqu'un, reprit-elle d'un ton triomphant.

La terreur de Charity grimpa d'un cran.

Devota relâcha la pression de la lame sur son cou et allongea le bras vers le cercueil qui n'était pas scellé, pour en tirer le couvercle.

Un corps, pourri et desséché, en tomba.

Valerie poussa un cri étouffé et fit un bond en arrière.

Charity hurla.

Le corps était réduit à un amas d'os auxquels étaient encore accrochés quelques lambeaux de chair et une touffe de cheveux. Il flottait dans ce qui avait été une robe. Une robe de mariée.

— Vous la reconnaissez ? ricana Devota.

Charity la reconnaissait, oui. Elle regardait fixement ce qui restait de sœur Lea de Luca, la novice qui lui avait écrit de San Francisco.

Devota jubilait.

— Ce n'est pas bien difficile de trouver des gens qui acceptent d'envoyer de fausses cartes postales.

Elle tordit le bras de Charity, qui poussa un gémissement.

— Et comme ça, toi, tu avais la conscience tranquille. Tu pensais avoir réglé le problème.

— Vous êtes folle, murmura Valerie.

A présent, le revolver tremblait dans sa main.

— Vous avez tué cette femme.

— Je l'ai punie, précisa Devota. J'ai envoyé son âme en enfer, comme celle des autres. Ça n'a pas été difficile. Il a suffi que je leur dise que le père Frank les attendait et elles m'ont obéi sans discuter.

— Vous les avez droguées ! s'écria Valerie.

— C'était juste pour les détendre un peu. J'ai rendu service à ces femmes.

Elle regarda le corps de Lea.

— Je lui ai rendu service.

— En l'attirant dans ce caveau pour la tuer ?

— C'était une catin, riposta Devota en tremblant de rage. Elle ne méritait pas d'être aimée de lui.

— Vous parlez de Frank O'Toole ? murmura Valerie avec une moue de dégoût.

— Oui, du père Frank. Et elle ne méritait pas non plus de porter l'habit sanctifié. Pas avec toutes ses pensées impures.

— Vous n'avez pas le droit de vous substituer à la justice de Dieu, protesta Charity.

— Vraiment ? Et toi, tu te gênais pour parler en Son nom ? Avec le vilain secret que tu cachais ? Je me demande combien de fois tu as rejoint ce vieux dégoûtant dans son lit, combien de fois tu l'as embrassé et caressé.

Elle abaissa son couteau et fendit l'habit de Charity, qui sentit le couteau entamer la peau le long de sa colonne vertébrale. Elle avait l'impression d'être un poisson qu'on s'apprête à étriper.

— Assez ! cria Valerie.

Les yeux de Charity se remplirent de larmes.

Elle contempla le corps en décomposition de Lea.

Sœur Devota n'en était pas à un double meurtre près. Il fallait agir, à présent.

Que le Seigneur me vienne en aide !

Elle rassembla ses forces et, tout en poussant un cri de haine et de rage, elle se jeta en avant.

Entraînant avec elle sœur Devota.

— Valerie !

Slade appela Valerie, mais l'écho lui renvoya son nom, et couvrit presque le cri atroce qui l'avait affolé et qui rebondissait encore dans les boyaux du souterrain.

Il se mit à courir dans la direction qu'indiquait ce cri.

Jamais il n'aurait dû laisser Valerie seule pour aller chercher son Pomeroy. Il s'était comporté comme un idiot. Et, à présent, elle était entre les mains du tueur.

Il courait à perdre haleine, sans se préoccuper du bruit qu'il faisait. Peu lui importait que le tueur l'entende.

Au contraire.

Ça le détournerait peut-être de Valerie pendant quelques précieuses minutes.

Il espéra qu'il arriverait à temps. Et si ce n'était pas le cas, il enverrait lui-même ce malade en enfer.

Maintenant !

Valerie vit la révérende mère — *sa mère* — se jeter en avant. Le sang coulait le long de son dos nu, lequel était couvert de cicatrices qui ressemblaient à des traces de fouet.

En tombant, Charity attrapa le jupon de Devota pour l'entraîner dans sa chute.

Valerie se précipita sur Devota. On verrait après, pour les conséquences.

— Espèce de malade ! cria-t-elle.

Mais Devota l'attendait et la reçut d'un coup de pied qui l'atteignit au mollet.

Un autre coup de pied de Devota.

Un craquement.

Une douleur mordante comme un serpent transperça cette fois le tibia de Valerie, qui vacilla et lâcha son revolver.

Elle se jeta à terre pour le ramasser. Et mit la main dessus. La douleur lui donnait le vertige. Quand elle se redressa, une zone noire bordait son champ de vision.

Elle lutta pour ne pas s'évanouir. Non ! Pas maintenant !

L'arme lui échappa des mains et plongea dans le noir. Elle l'entendit heurter le sol avec un bruit métallique.

Non !

Elle se précipita en avant pour le ramasser, mais son orteil heurta le corps en putréfaction de sœur Lea.

Elle trébucha et s'effondra, le menton en avant. Ses dents claquèrent contre le sol.

Mais elle rampa, désespérément, en direction du revolver, s'écorchant la peau et les paumes.

Cette fois, ses jambes se prirent dans les lambeaux de la robe.

Sœur Devota la suivait du regard en haletant, les yeux luisants de haine, et se remit debout, menaçante silhouette noire, son couteau ensanglanté dans la main.

Une terreur glacée envahit Valerie.

— Ça suffit, ordonna sœur Devota avec un sourire de folle. C'est ton tour, maintenant.

Valerie rampa pour se dépêtrer du tissu jauni de la robe de mariée.

— C'est ce que tu crois, espèce de malade, murmura-t-elle tout en cherchant le revolver à tâtons.

L'un de ses doigts effleura un objet froid et métallique. Elle le tenait !

— C'est ton tour, tu n'y peux rien.

— Valerie ! lança la voix de Slade, quelque part dans les tunnels.

— Je suis là ! hurla-t-elle.

Elle voulut refermer sa main sur le .38. Devota le repoussa au loin d'un coup de pied, mais l'effort lui fit perdre l'équilibre et elle tomba à genoux, près de sœur Charity, dont elle attrapa le voile pour relever sa tête et exposer sa gorge. Valerie vit se balancer la croix qu'elle portait au cou… Elle était couverte de sang.

— Non ! cria-t-elle.

Sœur Charity ferma les yeux et se mit à prier.

— Je vous salue Marie pleine de grâce…

A la lueur bleutée de la lampe torche, Valerie suivit avec horreur le mouvement de la lame qui s'approchait du cou de la mère supérieure.

— Seigneur…, gémit-elle.

Un jet de sang jaillissait déjà, arrosant abondamment sœur Devota, le sol, le corps de sœur Lea. Sœur Charity porta la main à sa gorge. L'anneau de son doigt disparut sous le flot rouge déversé par sa blessure.

Valerie croisa son regard. Le regard de sa mère. Elle tenta de se relever, mais ses jambes cédèrent sous elle et elle retomba, à la merci du monstre.

— Non, gémit sœur Charity. Je vous en supplie, Devota, ne lui faites pas de mal.

— Tais-toi, ordonna Devota.

Ses narines frémissaient de rage.

— Je t'ai assez entendue.

Elle la repoussa d'un coup de pied.

— Laissez-la tranquille ! cria Valerie.

— Toi aussi, je t'ai assez entendue, s'énerva Devota. Tu ne vaux pas mieux que les autres. A l'orphelinat, déjà, j'ai essayé de mettre toutes ces idiotes sur le droit chemin, mais elles ne m'écoutaient pas. J'ai même cassé le bras d'une fille qui essayait de voler des gâteaux. Et vous croyez que le boulanger l'a punie ? Non. C'est à moi qu'il s'en est pris.

— Cette petite n'avait que trois ans..., gémit Charity.

Devota sourit.

— En effet. Elle n'avait que trois ans. Elle était trop jeune pour raconter ce que je lui ai fait ensuite.

Valerie en avait assez entendu. Devota avait martyrisé des enfants, et maintenant elle tuait des femmes. Comment et pourquoi avait-elle franchi le point de non-retour ? Etait-ce parce qu'elle était amoureuse du père Frank ?

Sans la quitter des yeux, Valerie progressait lentement vers l'endroit où le revolver avait glissé.

Mais Devota s'en aperçut et abandonna la mère supérieure pour venir vers elle, avec son visage couvert de sang, comme une bête hideuse, en brandissant son couteau dégoulinant.

Mais où était donc ce revolver ?

— Non..., gémit sœur Charity avec un bruit gargouillant. Pas ça... Pas elle... Pour l'amour du ciel... Elle n'est pas une religieuse...

— Je sais qu'elle n'est pas une religieuse, rétorqua Devota avec un visage haineux. Mais elle a été adoptée, non ? Elle et sa catin de sœur, elles ont eu droit à une famille.

Elle se tourna vers Valerie.

— Et tu lui plais. Je l'ai vu à la manière dont il posait ses mains sur tes épaules, quand vous parliez dans le jardin. Moi aussi, j'ai été sur le point de succomber à son charme, mais j'ai résisté, je suis plus forte que toutes ces idiotes qui n'en avaient que pour lui, qui ont cédé à la tentation sans résister, qui se sont rendues à Satan. Moi, je n'ai pas cédé.

Sa voix se mit à trembler.

— Lui aussi, le père Frank, il est à blâmer. Lui non plus n'a pas su résister à Satan.

Elle déglutit et parut hésiter, puis elle se reprit.

Et, soudain, Valerie comprit tout. Sœur Devota était amoureuse du père Frank, mais il l'avait dédaignée. Lui aussi lui avait refusé son affection. Aucune famille n'avait voulu d'elle. L'homme qu'elle aimait n'avait pas voulu d'elle. Son âme torturée n'avait pas pu supporter cet ultime coup du sort.

— Mais toi, tu lui as plu, hein ? lança Devota comme si elle avait lu dans les pensées de Valerie.

— Non, protesta Valerie.

— Si. Et tu ne vaux pas mieux que toutes ces sottes qui se trémoussaient en riant dès qu'il se montrait.

Elle eut une moue de dégoût et désigna de la pointe de son couteau ce qui restait de sœur Lea.

Ainsi, le cœur qui entourait les lettres C.A.L.LE.D. désignait bien les nonnes qui étaient amoureuses du père Frank.

— Tu l'as vue mourir, n'est-ce pas ? demanda soudain Devota.

Comme Valerie ne répondait pas, elle insista.

— Je parle des derniers instants de celle que tu prenais pour ta sœur… Je t'avais envoyé une vidéo.

Valerie revit en un éclair les terribles images de Camille et d'Asteria luttant pour ne pas mourir.

— Vous n'êtes qu'un monstre, murmura-t-elle tandis que sœur Charity soupirait d'angoisse. Pour qui vous prenez-vous, à la fin ?

— Pour une servante du Seigneur.

— Une servante du Seigneur ? Vous avez tué ces femmes par pure jalousie. Vous n'êtes qu'une psychopathe.

Devota ricana.

— Elles étaient heureuses de me suivre, tu sais ! Tu aurais dû voir leur sourire béat quand elles ont enfilé leur robe…

— Elles étaient sous l'influence de la drogue que vous leur aviez fait avaler.

— Elles étaient droguées par l'amour, oui, tu veux dire !

Valerie allait répondre, quand elle aperçut, balayée par la lampe de sœur Devota, une forme brillante et métallique.

Le revolver.

Il était tout près.

— Pas question..., murmura Devota, qui l'avait vu aussi.

Elle éleva le couteau, prête à frapper.

— Allez au diable ! hurla Valerie en roulant sur elle-même pour l'éviter.

— Valerie ! hurla la voix de Slade.

Devota sursauta et leva la tête en direction du cri.

Valerie en profita pour allonger le bras vers le revolver. Ses doigts le touchaient presque. Mais, en voulant le saisir, elle le fit glisser plus loin.

Le bruit attira l'attention de Devota.

— Quelle idiote ! lança-t-elle d'un ton mauvais.

Puis, avec une agilité surprenante, elle se jeta en avant, en brandissant la lame de son couteau. Valerie vit plonger sa silhouette noire et massive, avec cette lame dégoulinante de sang qui venait sur elle.

Elle roula sur le côté.

Une pointe effleura son épaule.

— Crève ! hurla Devota en élevant de nouveau son couteau, et visant cette fois le cœur de Valerie.

— Arrêtez ! lança la voix de Slade, quelque part dans l'ombre. Lâchez ce couteau.

Valerie distingua une forme qui avançait dans la lumière, derrière Devota.

Celle-ci fit volte-face, juste au moment où il se jetait sur elle. Ses yeux brillèrent de méchanceté et elle tourna son couteau dans sa direction. Il allait s'empaler dessus...

— Non ! hurla sœur Charity, tout en se propulsant en avant, mue par une force surhumaine.

Elle tomba sur Devota, qui partit en arrière, sur la robe de mariée qui attendait sa victime.

Slade rampa en jurant dans leur direction.

— Tu n'es pas encore morte, toi ? hurla Devota à Charity.

Puis elle plongea son couteau entre ses seins, et repoussa avec dégoût son corps, qui déversait maintenant sur elle des flots de sang.

Valerie mit la main sur le revolver à l'instant précis où Charity Varisco, sa mère, rendait son dernier souffle.

Slade s'était relevé.

— Non ! Valerie ! Ne tire pas !

Ignorant la douleur lancinante qui l'empêchait de se lever, Valerie s'était traînée vers les corps emmêlés des deux religieuses en habit, et appuyait maintenant le canon du revolver sur la tempe de sœur Devota.

Slade intervint à temps pour l'empêcher d'appuyer sur la détente.

Il prit Valerie contre lui.

— Non, murmura-t-il à son oreille. C'est fini, à présent.

Ils entendirent des pas précipités. On venait.

La police.

Ce n'était pas trop tôt.

Valerie se laissa aller contre Slade. Elle était bouleversée par ce qu'elle venait d'apprendre. Ainsi, cette femme au dos couvert de cicatrices était sa mère, celle qui lui avait donné la vie et qui venait de la sauver avant de mourir. Les larmes lui montèrent aux yeux et elle se blottit contre Slade, se demandant comment elle avait pu douter de lui.

— Tout va bien, murmura-t-il. Tout va bien.

Elle ferma les yeux pour mieux se remplir de la force qu'il lui insufflait.

Plusieurs faisceaux de lampes apparurent, puis balayèrent l'espace dans lequel ils se trouvaient, avant de s'arrêter sur le carnage.

— Police ! cria Bentz. Personne ne bouge.

— Lâchez vos armes, cria une voix.

— Jésus, Marie, Joseph, quel merdier ! fit la voix de Montoya, qui paraissait surgir d'un brouillard de désolation.

Slade aida Valerie à lâcher l'arme en desserrant ses doigts crispés sur la crosse.

— A l'aide, dit Devota. Ils ont tenté de me tuer…

— Ne la croyez pas, se défendit Slade. Elle…

— Je ne la crois pas, coupa Montoya. Mais je ne vous crois pas non plus.

Slade referma un peu plus son bras autour de Valerie.

— C'est fini, dit-il.

Elle ravala ses larmes. Elle savait que ce n'était pas fini.

Tant d'horreur…

Elle se souviendrait longtemps de la folie de sœur Devota et de la haine qu'elle avait déversée autour d'elle.

Peut-être toujours.

53

— Tu en es sûre ? demanda Valerie à Freya.

Elle venait de rentrer, après deux jours d'hôpital, ravie d'avoir quitté Notre-Dame-de-Pitié, dégoûtée pour longtemps des perfusions, des tensiomètres et de la gelée de fruits rouges.

Freya la balaya du regard, en s'attardant sur le plâtre qu'elle portait à la jambe — elle avait une fracture au tibia, provoquée par le coup de pied vigoureux de sœur Devota. C'était affreux à dire, mais tout le monde se réjouissait qu'elle soit derrière les barreaux, hors d'état de nuire.

Cette horrible aventure lui avait au moins permis de connaître le secret de sa naissance. Elle venait donc d'enterrer sa mère, la troisième en moins de trente-cinq ans de vie… C'était un peu difficile d'imaginer cette vieille chauve-souris de sœur Charity comme sa mère. Mais Charity l'avait aimée, à sa manière, comme elle avait sans doute aimé Arthur Wembley, avec qui elle avait conçu cet enfant du péché. Wembley devait avoir près de soixante ans, quand il avait eu cette aventure avec une nonne, et l'arrivée d'un enfant n'avait pas dû le réjouir ! A présent, il était mourant. Valerie n'avait pas l'intention de lui rendre visite. Pour quoi faire ? De plus, elle n'avait pas envie d'affronter son épouse, celle qui avait payé le silence de Camille. Bien entendu, Madame ne voulait pas de scandale à sa table de bridge.

En fait, en tuant Camille, sœur Devota avait rendu service à Mme Wembley, puisqu'elle avait mis un terme au chantage… Valerie souffrait à l'idée que Camille ait tenté de soutirer de l'argent à quelqu'un en se servant du secret de sa naissance… Mais sans doute n'avait-elle pas eu le choix. Elle savait qu'elle allait avoir besoin d'argent pour élever l'enfant qu'elle portait.

Valerie eut la gorge nouée, comme chaque fois qu'elle songeait à sa sœur. Dieu, comme elle lui manquait ! Camille n'avait pas été la meilleure des sœurs, ni un être parfait, loin de là. Mais elle n'avait pas non plus été tout à fait noire. Camille resterait à jamais un mystère. Qui était donc le père de son enfant ? Valerie ne connaîtrait sans doute jamais la réponse à cette question.

Il est possible qu'elle n'ait pas su elle-même qui était le père. Peut-être même croyait-elle que c'était Frank O'Toole.

Valerie se demanda si Lucia da Costa savait, elle. Lucia avait quitté la ville. La police pensait qu'elle était toujours en vie, mais pouvait-on l'affirmer avec certitude ?

— Oui, répondit Freya en hochant la tête. Je vais me débrouiller, ça va aller.

Le soleil qui filtrait par la fenêtre joua avec ses boucles rousses.

— J'en suis sûre. Sarah a promis de venir m'aider, jusqu'à ce que tu prennes une décision.

— Je croyais que tu n'avais plus de nouvelles de Sarah.

— Je l'ai appelée. Ça tombait bien, elle était justement dans une « période de transition ». J'ignore ce qu'elle entend par là, mais enfin, ça m'arrange.

Des bottes résonnèrent sous le porche, puis Slade poussa la porte du cottage et entra dans la cuisine, suivi de Bo.

— Alors, tu as pris ta décision ? demanda-t-il avec un petit sourire et des yeux brillants de malice. On donne une seconde chance à notre pathétique mariage ?

Valerie ne put s'empêcher de rire.

— On dirait. A condition que tu te comportes correctement et que tu surveilles ton langage.

— Oh ! ne jouez pas les tourtereaux devant moi ! supplia Freya d'un air écœuré. Je crois que je vais vomir.

— On ne joue pas les tourtereaux. J'ai horreur de ça.

— Tant mieux, répondit Freya avec un regard attendri qui

démentait ses paroles. Et n'oublie pas, Val, qu'il faudra que tu me vendes tes parts de l'affaire, si tu n'es pas rentrée d'ici la fin de l'année.

— A la fin de l'année, elle sera dépouillée de ses parts, déplâtrée… et enceinte, fit remarquer Slade avec un clin d'œil.

Puis il éclata de rire, ravi de sa propre plaisanterie.

— Comme si tu avais envie de ça ! lança Valerie en s'esclaffant.

— Pourquoi pas ? Enceinte, ça me plairait.

— Il faudrait d'abord qu'on m'enlève mon plâtre…

— Mais non, tu es supersexy avec ce plâtre ! assura Slade en allant chercher le sac de Valerie dans la chambre.

— Je ne veux pas en savoir plus ! protesta Freya d'un air dégoûté.

— Il plaisante, certifia Valerie. Mais tu comprends maintenant pourquoi il me rend folle.

— Et tu adores ça, affirma Slade qui revenait avec le sac.

Valerie soupira.

— Merci pour tout, dit-elle à Freya.

— Pas besoin de me remercier. Figure-toi que cette horrible aventure nous a fait une fameuse publicité et que nous croulons sous les réservations. Je suis même obligée de refuser des clients.

— Tu vas me manquer, dit Valerie.

— Je m'en souviendrai. Et je ne toucherai pas à tes affaires. Tant que Sarah sera là, en tout cas. Mais attention…

Elle agita un doigt en direction de Valerie.

— Si tu décides de ne pas revenir, je mettrai toutes tes babioles en vente et je louerai ton cottage.

Ses yeux s'animèrent.

— Ça pourrait me rapporter un paquet…

— Finalement, tu ne vas pas me manquer tant que ça, ironisa Valerie.

Elles éclatèrent de rire en se jetant dans les bras l'une de l'autre, puis, avec l'aide de Slade, Valerie sortit du cottage et grimpa dans le pick-up. Bo s'installa au milieu.

Ils allaient prendre un nouveau départ, rassembler les décombres de leur mariage et reconstruire quelque chose ensemble, là-bas, au Texas. Valerie songea qu'elle ne tarderait pas à oublier qu'elle avait douté de lui. Quant à Camille, elle lui avait déjà pardonné.

Elle ferma les yeux en priant pour que tout soit conforme à ses vœux.

Slade, qui venait de mettre le moteur en route, posa sa main sur la sienne.

— Cette fois, ça va être la bonne, dit-il en souriant. Tu verras.

Les cloches de la cathédrale se mirent à sonner, comme pour donner le coup d'envoi de leur nouvelle vie.

— Enfin, ça y est, cette affaire est close, dit Montoya en entrant dans le bureau de Bentz.

Il se laissa tomber dans un fauteuil, l'air infiniment soulagé.

— Elle n'est pas terminée, rétorqua Bentz d'un air sombre. Pas tant que le père John est en vie et en liberté.

Il était épuisé et furieux. Surtout furieux. Il ne supportait pas l'idée que le faux prêtre leur ait filé entre les doigts.

— Rien ne prouve qu'il soit vivant, répondit Montoya en se faisant une fois de plus l'avocat du diable. C'est peut-être un plagiaire qui a tué Gracie Blanc.

— C'est ça ! Et le groupe sanguin ?

— Nous n'avons pas encore les résultats de l'analyse ADN. Allez, viens, je t'offre une bière.

Bentz ne buvait pas d'alcool. Il lui jeta un drôle de regard.

— O.K., pas une bière, soupira Montoya. Un Coca Light ou ce que tu voudras.

Il se leva d'un bond et Bentz attrapa sa veste. Ils sortirent ensemble du bureau.

Dehors, il faisait une température agréable. Une brise fraîche agitait doucement les palmiers qui bordaient la rue.

— Il ne va pas s'arrêter à Gracie Blanc, bougonna Bentz.

— En tout cas, pour les religieuses de Sainte-Marguerite, c'est terminé.

— A quel prix…

Trois sœurs étaient mortes et la mère supérieure aussi, en voulant sauver Valerie — laquelle était sa fille biologique.

Mais Devota, elle, avait survécu, et elle aurait droit à un procès en bonne et due forme. Le procureur préparait son dossier. Elle passerait probablement le reste de sa vie en prison.

Elle méritait au moins ça, avec les meurtres d'innocentes qu'elle avait sur la conscience !

— Hé, attendez-moi !

Bentz ne se retourna pas. Il savait que c'était Brinkman, courant et suant. Montoya, lui, jeta un coup d'œil agacé par-dessus son épaule.

Aucun des deux ne ralentit l'allure.

Brinkman les rattrapa au moment où ils entraient dans le bar, et sortit de sa poche son paquet de cigarettes.

A leur grand étonnement, il leur en offrit avant même de se servir.

— Non, merci, dit Bentz en secouant la tête.

Montoya hésita.

— Non plus, dit-il. Je ne fume plus. L'enquête est finie et Abby m'attend au tournant.

— Tu as peur de ta femme, déclara Brinkman, moqueur.

Il s'alluma posément une cigarette et souffla un long jet de fumée par les narines.

— Possible, répliqua Montoya. Mais moi, je suis toujours marié.

Brinkman tressaillit sous l'affront, puis il haussa les épaules.

— Tu as bien de la chance, murmura-t-il tandis que Bentz poussait la porte pour laisser passer Montoya. Je finis ma cigarette et je vous rejoins. Commandez-moi une bière sans alcool.

— Tu n'auras qu'à te la commander toi-même, Brinkman, lança Bentz.

La porte se referma derrière lui et il se laissa envelopper par la pénombre de la salle. Il aurait bien bu une bière lui aussi, avec ou sans alcool. Il rejoignit Montoya, qui s'était déjà installé sur un tabouret.

Le barman posa deux verres devant eux, plus une bière et un

Coca Light. L'arrestation de la meurtrière de Sainte-Marguerite méritait au moins ça. Mais Bentz n'arrivait pas à se réjouir. Le père John était dans la nature.

Il ne put réprimer un soupir.

Ce salaud s'en sortait toujours…

Epilogue

Quand on veut sa vengeance, il faut savoir prendre des risques.

Et, bien sûr, se montrer patient.

J'ai attendu cinq mois, en silence, enfermé chez moi, interrompant mon œuvre, pendant qu'*elle*, elle continuait à donner son avis tous les soirs sur les ondes.

Ça n'a pas été facile.

Mais je l'ai fait.

J'ai attendu.

J'ai peaufiné mon plan.

Je me suis renseigné sur les emplois du temps, sur les habitudes. J'ai réfléchi à la manière d'entrer dans cette prison.

Ce n'était pas aussi compliqué que je l'aurais pensé.

Il n'est pas rare qu'un prêtre intervienne dans une paroisse autre que la sienne. Il m'a donc suffi d'une fausse pièce d'identité pour franchir les portes de la prison de sœur Devota, née Darlene Arness.

Ensuite, les mains pieusement croisées sur ma bible, j'ai dit à la gardienne que je venais pour confesser cette pécheresse et elle m'a laissé entrer dans la cellule de Devota, bien sûr…

Dans la cellule, nous sommes filmés par une caméra de surveillance, mais ça ne m'inquiète pas. Sœur Devota m'ouvre ses bras et son cœur, elle me raconte tout, même le meurtre de ma si belle Camille. Elle n'est pas inquiète : je suis un prêtre, ce qu'elle me dit restera entre nous. Elle ne perçoit pas ma colère, elle ne voit pas le tic nerveux qui agite ma paupière, mes mains qui broient ma bible. En tuant Camille, sœur Devota n'a pas seulement tué l'enfant qu'elle portait — mon enfant. Elle a tué la femme que j'aimais. Car j'aimais Camille, ne vous y trompez pas.

Bien sûr, je m'efforce de conserver mon calme et de jouer mon rôle de prêtre à l'oreille attentive. Mais je suis là pour faire justice, et quand Devota se met à m'expliquer que Camille était enceinte, je sens enfler en moi le désir de l'étrangler.

Je songe à la première fois que j'ai vu Camille, dans les sous-sols de Sainte-Elsinore. Je cherchais de vieux accessoires pour mon personnage et elle m'a pris pour un prêtre. J'ai senti tout de suite que je lui plaisais. D'ailleurs, elle n'a pas cherché à me le cacher. Et nous sommes devenus amants.

Elle a vite compris que je n'étais plus en exercice, et peut-être même a-t-elle compris tout le reste.

Mais elle n'a pas posé de questions.

Je pense qu'elle savait, et que ma réputation n'a fait qu'attiser le feu de ses désirs.

Camille n'était pas faite pour devenir religieuse.

Elle me manque.

Je me retiens de hurler en écoutant cette folle qui l'a tuée — en copiant mes méthodes, qui plus est.

La garce !

J'écoute sa confession. Elle n'a pas terminé.

Et moi, quand j'en aurai terminé avec elle ce soir, je devrai de nouveau disparaître pour un long moment, devenir invisible. Mais je reviendrai, quand le temps sera venu, quand tout le monde m'aura oublié.

Sauf Rick Bentz. Lui, il ne m'oubliera pas.

Chaque fois que je pense à lui, ma cicatrice me fait mal.

La confession est terminée. Je bénis cette chienne de Devota, puis, avant qu'elle ne lève les yeux vers moi, je place une main sur sa bouche et je lui tords le cou.

Ensuite, je la redresse sur sa chaise, je jette un dernier regard vers la caméra, pour Bentz, qui visionnera ces images, et je sors tranquillement de la cellule.

Quand les sirènes retentissent, je suis déjà loin de la prison.

Et je me laisse avaler par la nuit de La Nouvelle-Orléans.

REMERCIEMENTS

Chaque fois que je m'attelle à un roman, je suis entourée de gens qui m'aident à le mener à terme — en tout premier lieu, mon éditeur, mais aussi bien d'autres, par leurs recherches, leurs encouragements, leurs conseils techniques. Je me fie à leurs compétences personnelles ou professionnelles, mais je suis seule responsable de ce que j'écris, et si ce livre comporte des erreurs, je les assume.

Je tiens en tout cas à remercier tous ceux qui m'ont soutenue pour Devious. La liste ci-dessous n'est sûrement pas exhaustive, mais c'est celle qui me vient en tête :

Alex Craft, Ken Bush, Nancy Bush, Matthew Crose, Michael Crose, Niki Crose, Wayne Kreitz, Carol Maloy, Arla Melum, Ken Melum, Trevor Melum, Roz Noonan, Robin Hue, John Scognamiglio, Larry Sparks, et Celia Stinson. Merci à tous, et pardon à ceux que j'aurais pu oublier.

NOTE DE L'AUTEUR

Comme toujours, j'ai modifié certains faits réels pour les besoins de mon intrigue.

C'est pendant que je travaillais à ce roman que s'est produite la catastrophe du golfe du Mexique. Au moment où j'écris ces lignes, la marée noire consécutive à l'explosion d'une plate-forme pétrolière menace le littoral de Louisiane et l'embouchure du Mississippi. Je suis malade d'inquiétude, pour les eaux du golfe et les Etats qui le bordent, pour tout l'écosystème de la région.

La Nouvelle-Orléans et l'Etat de Louisiane me sont chers. Je n'ai jamais vécu dans le Sud, mais j'y ai passé des moments magiques, et mes personnages, eux, en sont originaires et y habitent.

Je ne manquerai pas de faire allusion à cette catastrophe lors d'un prochain roman mettant en scène Bentz et Montoya. Je suis de tout cœur avec ceux qui résident et travaillent dans la zone sinistrée : des gens forts et courageux, qui se sont déjà battus pour se relever après le désastre de l'ouragan Katrina, et qui doivent aujourd'hui affronter l'impensable. Il faut des êtres exceptionnels pour résister aux assauts de la nature et à ceux des hommes. A tous, je dis bravo.

CHEZ MOSAÏC

Par ordre alphabétique d'auteurs

LISA JACKSON	*Le couvent des ombres*
EMILIE RICHARDS	*Le parfum du thé glacé*
ROSEMARY ROGERS	*Une passion russe*
KAREN ROSE	*Elles étaient jeunes et belles*

Composé et édité par les

éditions HARLEQUIN

Achevé d'imprimer en Allemagne
par GGP Media GmbH, Pößneck
en mai 2012

Dépôt légal en juin 2012